雪域高原 XUEYU GAOYUAN

时代出版传媒股份有限公司
安徽文艺出版社

作者介绍

贺贵成，1963年生于四川省射洪县。大学本科学历。中国作家协会会员，四川省作家协会报告文学专委会委员，四川省巴金文学院签约作家，四川大学客座教授。1980年10月应征入伍，先后在青藏高原、四川盆地服役。因工作勤勉，曾8次荣立二、三等功。2003年12月自主择业，曾在四川电视台《税收与法制》和《四川地矿》栏目任主编、中共四川省委组织部《共产党人》声像杂志任执行责任编辑、中共四川省委《四川党的建设》杂志社办公室任副主任、编辑部任副主任、精神文明报社任副总编辑。20世纪80年代开始文学创作，共发表文学作品350多万字，其中10多篇（部）作品获得省级以上文学奖。与人合著出版报告文学集《扫尽贪官》《柏油路上的"战争"》《忠诚卫士故事集》《铸剑橄榄绿》等10多部作品。个人已出版报告文学集《昆仑作证》，长篇报告文学《醉风景》，影视剧作集《热血丰碑》，30集长篇电视剧作《生命线》，电视专题片解说词集《人生路》，长篇小说《黑飘带》（被四川人民广播电台改编制作成5集同名连续广播剧，并获中国优秀广播剧大奖）、《天路尖兵》（入选解放军文艺出版社成立60周年暨建党90周年"百部优秀作品"）、《守四方》（入选中华人民共和国70华诞献礼作品）、网络长篇小说《绽放》。

献礼中国共产党百年华诞

贺贵成◎著

雪域高原

XUEYU GAOYUAN

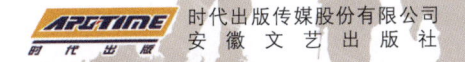

时代出版传媒股份有限公司
安徽文艺出版社

图书在版编目（CIP）数据

雪域高原/贺贵成著.--合肥：安徽文艺出版社，2021.8
ISBN 978-7-5396-7223-6

Ⅰ．①雪… Ⅱ．①贺… Ⅲ．①长篇小说－中国－当代 Ⅳ．①I247.5

中国版本图书馆 CIP 数据核字（2021）第 116669 号

出 版 人：段晓静
责任编辑：孙晓敏　　周　丽　　　装帧设计：徐　睿

出版发行：时代出版传媒股份有限公司　www.press-mart.com
　　　　　安徽文艺出版社　　www.awpub.com
地　　址：合肥市翡翠路 1118 号　　邮政编码：230071
营 销 部：(0551)63533889
印　　制：安徽新华印刷股份有限公司　　(0551)65859551

开本：710×1010　1/16　印张：20.75　字数：400 千字
版次：2021 年 8 月第 1 版
印次：2021 年 8 月第 1 次印刷
定价：62.00 元

（如发现印装质量问题，影响阅读，请与出版社联系调换）
版权所有，侵权必究

为中国硬汉塑像

  自从1952年海明威著名的小说《老人与海》问世后,形象冷峻、意志刚强、性格粗犷、宁折不屈的硬汉形象,便越来越受到文学艺术界的密切关注。

  其实,在人类文明的进步史中,在人类踏着血和火的曲折路径而跌跌绊绊的前行中,各个民族都曾出现过数不清的包括男性和女性在内的"硬汉"。没有他们,一桩桩惊天地、泣鬼神的壮举便无从完成,各民族的进步也难以想象。

  感受着新时代的召唤,加之人生体验的强烈冲动,使本书作者贺贵成先生不能自己,他用20年时间创作出了30多万字的长篇小说《雪域高原》,呕心沥血地歌颂了解放军基建工程兵战士那"热爱国土、热爱人民的赤诚之心"和那"一副压不倒、摧不垮的钢筋铁骨",树起了中国硬汉的鲜明形象。

  谁都知道,在海拔5000米左右的永久冻土带修筑青藏公路,是个啃硬骨头的任务;同样,创造一部歌颂筑路英雄的作品也是一个啃硬骨头的任务。可是,读完这部厚厚的作品,我可以有把握地说,贺贵成干得不错,他出色地实现了自己的创作初衷。

  这部作品具有很强的可读性——仅这一点就相当难能可贵。一群大兵,在荒无人烟的雪域高原上修公路,苦是够苦的了,他们的经历和精神非常值得记载和赞扬。可是,作为小说,又是30多万字的长篇巨作,怎么表述让人(特别是那些对此事并不十分关注,也并不知道关于青藏公路修筑过程的读者)读得下去并印象深刻呢?贺贵成紧紧地抓住了人物感情深处的复杂冲动,以最具普遍性的人性本身,打动着读者的心。作品一开始,随着后来被确认为是一场"笑话"的"炊事员持枪杀团长"事件,管理员秦擎天、炊事员黄宝宝、团部警卫班长李俊杰……反正这次事件所涉及的人,统统被盛怒中的团长"发配"到工程尖刀连,到青藏路第一线去承担最艰苦的任务。戏剧性的开端,唤起了读者对人物命运的关注。我们看见,秦擎天怀着复杂的心态,谢绝战友的相送,一个人悄悄地到工程尖刀连去上任就职去了。黄宝宝怀着忐忑不安的心情,到工程尖刀连去了。

  其实,在工程尖刀连里,战士们都有着真实而又各不相同的感情活动。这是些贴近现实的描述,是出自每个人的切身处境。比如,有的想立功、入党、提干;有的却只想干够年限争取当个志愿兵,把每个月几块钱的津贴变成几十块钱的工资,以便给贫困的农村家庭一点微不足道的帮助——真是人上一百，形形色色啊。贺贵成从最平易近人的这个角度切入，首先在读者与人物之间建立起亲切感、认同感，读者自然就会关切地设想，这些同自己一样，有着复杂难言的情感活动，有着放不下丢不开的牵挂的普通人，就要到远离城市、远离家庭的雪域高原去了。在那种难以描绘的艰苦环境中，干着难以描绘的重活险活，他们会怎么样？撑得住吗？会发生什么事呢？人最关注的是人，是人的情感活动，是人的心灵激荡。当作品引起读者对人物的关切时，下面的叙述就好展开了。

接下来，在唐古拉山、风火山、沱沱河大桥的三大工程中，作品让我们看到了从工程尖刀连中，冒出来的一个又一个铁铮铮的汉子，并且十分成功地展现了这个群像中丰富的层次和斑斓的色彩。他们并不是从一个模子里铸出来的。他们有着不同的社会文化背景，有着各不相同的个性，对同一事物也往往有着并非一致的感受。他们有共同的一面，在恶劣的自然条件和艰巨至极的工程任务面前，都能咬紧牙关，绞尽脑汁，苦撑苦干，决不后退。但他们身上更引人注意的，却是那各不相同而都合情合理的特殊性格。在阅读过程中，正是这些真实、鲜活的个性，在我们的心头刻下了凹凸鲜明的印象，乃至你完全可以轻而易举地从中认出某一个人来。

万山起伏，群峰如浪。可是，峰峰岭岭却又风姿迥异绝不雷同。真是"横看成岭侧成峰，远近高低各不同"。同样，出现在《雪域高原》里的众多山峰式的人物，也都以各具特色的个性，活脱脱地展现在读者的面前。在这群人当中，被刻画得比较出色的，无疑是秦擎天、何玲和王大寨。秦擎天具有硬汉子的钢铁般的意志，但他又是最具现代意味的硬汉。他情感充沛，想象丰富，知识面宽，求知欲强，他乐于与人沟通，而且善于与人沟通。不论是文化水平较低而又心事重重的士兵，还是团长的女儿、心细如发、感觉敏锐的连里唯一的知识女性——女军医何玲，他都能掏出真心来同对方交流。甚至就连一直把他视为眼中钉的心胸狭隘、嫉贤妒能的张德彦，最后都在他的精神感召下，与他坦诚相见，并且在人生轨迹上发生了重大的转变。何玲是一位有理想、有抱负、有责任心的现代女军人，她在张德彦与秦擎天之间的感情转移，贯穿在三大工程的进展之中，被写得细致入微，真切动人。到何玲终于做出自己的选择时，你会觉得，这是情之所必至，势之所必然。连长王大寨是全连官兵敬重的带头人，但他同别人一样，也有着丰富深厚的感情。只是不善表达的他，在形势严峻、任务沉重之时，面对全连官兵，他总是疾言厉色、威严有加，而悄悄把这份情深深地藏在自己内心深处。他的疾言厉色之下，掩藏着对士兵的真心疼爱；他的厉声呵斥之中，渗透着对人的深深理解,王大寨严厉,严厉得可爱。是的,文中描述的是中国军人修筑青藏公路的故事,但同时也是或者说其本身更加是:人的精神在严峻中升华。透过这部阳刚大气充沛的作品,一个个富有现代特性的中国军人硬汉形象,像雪山,像峻峰,耸立在人们眼前,竖立在人们心上。

在页页是严寒、冰雪、工地、工程的《雪域高原》里,处处流淌着滚烫的绵绵情,处处展现的是火热的战斗场面。对远方的恋人、妻子的说不尽的相思之情,对病势垂危的父母的歉疚之心,对陷入危机的婚姻的钻心的痛,对自己未来的浮想联翩,对文学的爱好,对音乐的向往,对战友的体贴、挂念、负疚、猜疑……如果说,每一个人的经历,都是一部长篇小说的话,那么,在这与世隔绝的冰天雪地里,同生死共患难的经历,便大大地缩短了人与人间的距离,使人们都进入了别人的故事,人们的思念交织在一起,人们的欢乐与痛苦也交织在一起。他们为着祖国的安全和建设,履行着人民军人的神圣使命,他们服从命令,奋不顾身,团结合作,攻坚克难,完成了一项项重要的任务。于是,这部长达30多万字的《雪域高原》,在你的阅读过程中,便不再是关于某一工程的描述,而是一幅长长的浓墨重彩的关于人民军队听党指挥,敢于牺牲,勇于奋斗的动人画卷。

百年潮正阔,风起再扬帆。迈进新时代,走好新征程,需要每一名党员干部把艰苦奋斗的精神作为一种政治品德来传承、一种党性修养来坚持、一种生活方式来倡导,矢志拼搏,永远奋斗,凸显硬汉风格,不断书写中华民族伟大复兴的新篇章。

中国管理科学研究院四川文化研究所原所长
四川省作家协会主席团委员、文艺评论家

吴 野

2021年5月

目　录

为中国硬汉塑像（吴野）／001

第一章／001

第二章／009

第三章／017

第四章／023

第五章／029

第六章／035

第七章／039

第八章／043

第九章／046

第十章／058

第十一章／063

第十二章／073

第十三章／077

第十四章／081

第十五章／084

第十六章／087

第十七章／095

第十八章／103

第十九章／109

第二十章／112

第二十一章／115

第二十二章／124

第二十三章 / 128

第二十四章 / 136

第二十五章 / 144

第二十六章 / 147

第二十七章 / 153

第二十八章 / 162

第二十九章 / 165

第三十章 / 183

第三十一章 / 193

第三十二章 / 203

第三十三章 / 212

第三十四章 / 225

第三十五章 / 240

第三十六章 / 255

第三十七章 / 262

第三十八章 / 267

第三十九章 / 272

第四十章 / 280

第四十一章 / 288

第四十二章 / 301

第四十三章 / 312

第一章

1981年隆冬的一天傍晚,一场下了几天几夜的大雪终于停了,白雪覆盖了昆仑山脚下的整个格尔木。就在这天傍晚,解放军基建工程兵青藏公路改建工程指挥师三团出了大乱子,史无前例的大乱子,谁听了都吓得胆战心惊——机关炊事员黄宝宝手持步枪,酒气冲天地来到团长何明凯办公室兼寝室的门外,咚咚地使劲敲了两下门。正在这时,公务员赵小刚提着暖瓶给团长送开水,目睹黄宝宝的行为后,惊慌失措地在走廊上大声呼喊道:"不好了,黄胖子要开枪打团长……"由于紧张,赵小刚脑袋嗡嗡作响,头发都竖起来了,他一边跑一边喊,突然八磅暖水瓶重重地掉在了坚硬的地面上,发出惊心动魄震撼人心的一声巨响:"砰!"

黄宝宝因为酒精的刺激,再加上听到赵小刚出乎意料的呼喊声,本能地拔腿风似的跑了。

"来人呀,有人要向团长开枪!"赵小刚吓得脸色惨白,声音发颤地跑出走廊再次大声惊呼。

部队住的是土坯修建而成的平房。机关司、政、后三大部门与团首长那排房子离得很近。全机关四排房子整齐地排列在一起。第一排是团首长办公室兼寝室,第二、三、四排按次序分别是司令部、政治处、后勤处干部战士的办公室兼寝室。

一听到那吓人的呼喊声,随即又是一声巨响,大家都从各自暖烘烘的办公室跑出来,围到寒气袭人的何明凯办公室门外,闹闹嚷嚷的。

军务股栾股长问赵小刚:"谁要向团长开枪?"

"是、是炊、炊事员……"赵小刚已经被吓得语无伦次了。

军务股栾股长说:"你不要着急,慢慢说。"

机关指战员的目光都齐刷刷地盯着赵小刚,越是这样,他越战战兢兢的,说不出话来。

保卫股吴股长拍了拍赵小刚的肩膀说:"小赵,别急,慢慢讲。"

赵小刚稳定了一下激动的情绪,断断续续地说:"刚才……刚才,炊事员黄胖子醉醺醺的,拿着站岗用的步枪,敲团长的门,要开枪打团长……"

人群中一阵骚动。有人说:"这小子简直狗胆包天!"也有人说:"这小战士平时表现还不错啊!"

吴股长问:"黄胖子人呢?"赵小刚说:"他、他刚才跑了。"

这时,何明凯开门从办公室里出来,一脸杀气腾腾的样子,双手插在裤兜里。

大家的目光都聚集在何明凯脸上,有人在喊:"团长,团长,你没事吧?"

"没事。刚才我听到急促的敲门声,正要从办公桌旁站起来去开门,就听到公务员的惊呼……"

政委刘相村来到何明凯面前:"没出事就好。团长,走,到你办公室,我陪着你……"说完,转身对保卫股股长指示道,"吴股长,你赶紧报告师保卫科,并请他们速派人来破案。还有,通知一团、二团保卫股,请他们协助我们查一查黄宝宝是不是跑到他们两个团的老乡处隐藏起来了,一旦发现,立即抓捕!""是!"吴股长给何明凯、刘相村行了军礼,转身跑步离去。刘相村又指示军务股股长:"栾股长,你迅速通知正在组建的工程尖刀连前往团首长办公室外站岗,直到抓到罪犯方可撤岗,这是第一件事;第二件事,你迅速组织机关和部队,兵分四路,朝东、西、南、北方向在戈壁滩上寻找;第三件事,你指派两名参谋组成两个设卡小组,迅速乘坐五号、六号北京吉普车,分别在北面方向的格尔木市区、南面方向的格尔木水电厂设关卡阻截。有什么情况,立即报告!""是,请首长放心,一定完成任务!"栾股长敬礼,转身跑步离去。

于是,整个三团的军营沸腾了。政治处广播室响起来了,播送着紧急通知:"各连指战员注意:现有紧急行动,请你们听到广播后迅速集合,将部队带到机关礼堂前。"紧急通知在广播里连吼了三遍。

接着,接受战斗任务的两名参谋分别率两名战士乘车驶出了部队大门。

师保卫科接到吴股长的电话报告后,科长率两名干事急匆匆地赶到了三团,一跳下车就钻进了团长何明凯的办公室。

这时,正在组建的工程尖刀连指战员头戴皮帽子,身着皮大衣,脚穿大头鞋,已在团首长的那排办公室兼寝室外密密麻麻地站好了岗。在暗淡发红的灯光下,由于天气寒冷,他们有的在白雪覆盖的路面上跺着脚,有的呵气暖着双手,他们盼望着早点抓住罪犯免受皮肉之苦。

连长王大寨和副指导员张德彦走过来了。看着士兵们又是跺脚又是搓手,王大寨发起火来,吼道:"像这样子,就是咱们工程尖刀连的形象?军人站没站相,像什么军人?!"

战士们停止了搓手、呵气,也停止了跺脚。

机械排排长孙绪明说:"连长,你没必要发这么大的火,实在太冷了,冰天雪地的。"

"这点冷都受不了,还算什么军人?这里不是刀山,也不是火海,明年上唐古拉山,怎么办?这点苦都吃不得还能干啥?大家要清楚,我们是全师唯一的工程尖刀连,这副熊样子,今后能拿下世界海拔最高、气候最恶劣、工程最艰苦的路段吗?怪事!"

在方圆10多平方千米的铺着积雪的戈壁滩上,三团除工程尖刀连的指战员外,其余十多个连队的指战员手持电筒、火把,把戈壁滩上空照得透亮,他们在寻找罪犯黄宝宝。

"丁零零……"何明凯办公桌上的电话响了,办公室里所有人,包括刘相村、保卫科长、干事和保卫股吴股长等都停止谈话,目光转向那部红色的电话机。

刘相村抓起话筒:"喂,哪一位?"

"我是在格尔木市里设卡的胡参谋,我们在公路上已检查近百辆车,没有发现目标。"

"继续坚守!"刚放下电话,电话铃又响了。刘相村抓起电话,话筒中传来:"刘政委,我在格尔木水电厂向你报告,我是参谋贾先进,我小组对向西藏方向进发的车辆进行了逐一认真仔细的搜查,没有发现黄宝宝。"

"继续仔细检查,不能放过任何可疑车辆。"刘相村放下电话,便出门去了厕所。

须臾,听到有人敲门喊报告。何明凯喊了一声:"进来。"

进门的是工程尖刀连副指导员张德彦,他向屋里的人行了军礼:"团长,我向您汇报一下我的思想情况:我不想在工程尖刀连干,为什么老连队干部中只留下我一个人在工程尖刀连,却把郭连长和李指导员调走?"

何明凯说:"你不是不知道,郭连长身体不适应,心动过速,所以团党委研究将他调离;李指导员家庭比较困难,父亲长期瘫痪在床,无人照顾,我们准备安排他转业,他也多次要求转业。你还年轻,身体又没什么毛病,家庭又没拖累,你说你们三个谁该留下来?工程尖刀连现在正在组建中,非常缺人才,之所以前几天师里从一团将懂施工的王连长调到你们连任连长,也正是出于这方面的考虑。今天下午会上已定了,过几天还将从一团调来一名技术员,从二团调来一位摊铺排排长。连队没有指导员,你要好好配合连长的工作。你们连还缺一名副连长,我们党委正在考虑人选。目前,我们团抽调的七十多名指战员已陆续到达了工程尖刀连。这不,他们正在首长办公室外站岗呢。还有二十多名新兵等新训一结束就分配到工程尖刀连。"

张德彦说:"团长,您和我父亲是战友……其实,我更适合在政治处工作。"

何明凯说:"德彦,把你留在工程尖刀连是我的意思,你太年轻,需要锻炼,才能成熟。比如说现在吧,谁敢这时跑到我办公室来为自己的私事开后门?这你就显得很不成熟,你别把这不当回事,这里是战场,随时考验着每一个人。你是副指导员,你的一言一行,随时都影响着战士。你的毛病,我知道,你这人容易冲动,这些你今后一定要改。我不希望我未来的女婿是这个样子!"

张德彦也不好再多说什么,只是点了点头,嗯了一声。

何明凯问:"最近玲玲给你来信了吗?"

张德彦说:"来了。她说她在江油军训很好,等军训一完,她要上格尔木。"

何明凯说:"这鬼丫头,江油多好,非要来格尔木干啥?留守处卫生队也需要医生。她太任性了,也不给我说一声。你给她写信劝劝,就在江油留守处卫生队干,也好跟她妈做个伴!你们多通信了解了解有好处。去吧,快去和连队一起站岗。"

在戈壁滩上寻找黄宝宝的指战员吃不消了,不仅天寒地冻,而且体力消耗也大,不少人坐在雪地上吸起烟来。

天要亮了,有两三个连队开始返回营地。但工程尖刀连的指战员还是原地不动地坚守着,个个双手冻得像馒头,双脚冻得生疼发硬,随时都有倒下去的危险。

就在这时,站在团首长窗外的战士们吓了一跳:从三米来高的屋顶上滚下来一个人。大家已经麻木的神经一下子活跃了起来,都围了上来,定睛一看,吃惊不小,这正是人们要抓捕的持枪罪犯黄宝宝。大家扑上去,把他抓了起来。吴股长狠狠地将一副铮亮的手铐铐在了黄宝宝的双手上。

黄宝宝恍惚迷离中大喊:"你们这是干什么嘛!铐我干什么呀!"

吴股长追问:"步枪在哪?"

黄宝宝看了看双手戴的手铐,慢吞吞地回答:"在屋顶上。"

王大寨指示两名战士攀着团首长窗前固定在电话杆上的铁梯子,上到房顶,取下了步枪。

接下来,师保卫科和团保卫股的五人对黄宝宝进行了三天两夜的突审。

审讯结果很快出来了。由师保卫科和团保卫股组成的专案组向团党委汇报了突审结果。

那天下午,师部主管施工的赵副师长率工程技术科、军务科、干部科、装备物资科的科长们前往三团，给正在组建的全师唯一的工程尖刀连敲定车辆、机械装备以及干部和战士的调配等问题。

按照何明凯的意思，晚上必须宴请他们一顿。三团驻地离格尔木市有12千米之遥，到市里宴请实在不方便。所以团里宴请师部领导，约定俗成订在机关小灶餐厅。为了搞好这次接待，早在一天前，管理股管理员秦擎天就带领机关大灶（负责股室以下的干部和战士的一日三餐）的司务长和一名炊事员前往市里采购各类蔬菜及副食品。机关小灶原本只有黄宝宝一名炊事员。那天，秦擎天考虑黄宝宝忙不过来，特地从机关大灶抽派了两名炊事员来帮忙。

晚饭时分，师部首长在团首长的陪同下，进入了小灶餐厅。入座后，何明凯首先举杯，说了一些欢迎师部首长来团里指导工作之类的话后，大家欢欢喜喜地举杯相碰，一饮而尽。

吃了一些形美色艳、清爽适口的凉菜后，大家都交口称赞炊事员的烹饪技术实在不错：

"这战士的菜做得好呀！"

"看这些菜的色彩，实在很好看。你们吃这什锦猪肚，香嫩不腻，别具风味。"

"这三色鱼卷做得不错，你们看黄、白、紫三色相间，美观诱人，味道鲜嫩，是道佐酒佳肴。"

说话间，三杯白酒就下了肚。

赵副师长说："何团长，你们是怎样培养出这么好的炊事员的呀，不简单啊！"

何明凯说："小黄是去年底入伍的新兵，新训结束后被分到江油留守处机关做饭，因人勤快，又吃得苦，表现不错，就送到江油饭店培训了三个月。后来听管理股龚股长和秦管理员反映这小鬼饭做得好，所以在9月份就调来了。"

赵副师长很高兴："干脆把他调来给我们做饭，何团长、刘政委，不知你们舍得不？"

刘相村说："给首长做饭，哪有舍不得的！"

何明凯说："老首长，你们真需要，调去就是了。我们再培养。看来我们三团真是人才济济呀！"

赵副师长笑道："好你个何明凯，自吹自擂！"

在笑声中，大家又吃着一道道色香味俱佳的热菜。这时，军务科科长要到外面几十米远的厕所去解小便，何明凯叫团参谋长陪着前往。军务科科长不让：

"外面冰天雪地的,太冷了,风又大,我自己去。"何明凯便不再坚持了,只好由军务科科长自己去了厕所。军务科科长解完小便回来,到伙房洗手时,直夸黄宝宝:"好小子,你的菜做得不错呀,好好干,有前途!"

黄宝宝正忙着做一道热菜,见膀大腰圆的首长一表扬,嘴里说:"谢谢首长夸奖,我做得不好!"其实他见到这么高大的首长心里就发虚,右手拿着舀调料的小匙在不停地发颤,慌忙之中错将咸盐当白糖放进了正烹饪的炒锅里。他觉得白糖放得少了些,就又用颤抖的手将咸盐当白糖舀了一匙,准备少放些,就在往锅里倒时,已洗好手的军务科科长亲切地拍了他一下肩膀说:"好好干,小伙子,我走了。"致使他将一满匙咸盐全倒在了锅中。

菜摆上餐桌,何明凯介绍说:"这是一道味道醇厚的特色菜,大家快尝尝。"

赵副师长一筷子下去夹着一个排骨,放在嘴里品尝,赶紧吐了出来,并皱起了眉头。

干部科科长夹住一块排骨,放进嘴里,脸色也由喜悦变成了严肃。

刘相村看了看赵副师长,又看了看干部科科长,自己夹了一筷子,尝了尝:"味道和以往的怎么不一样呢?"

何明凯也夹了一筷子放进嘴里一嚼,立马吐了出来,筷子往桌上一放,用手猛地抹了一把嘴,呼地站了起来直奔伙房,怒目圆睁地瞪视着黄宝宝,嗓门很高地吼道:"你咋搞的?做的菜又咸又苦,叫首长咋吃!"黄宝宝端着的装有鸡汤的大碗砰的一声掉在了地上,碗碎汤溅,他的裤腿、胶鞋上溅满了鸡汤。他木呆呆地望着团长愤愤地走出伙房。

首长们离开餐厅后,黄宝宝心不在焉地收拾硕大圆桌上的残汤剩饭、盆盆碗碗。他觉得周身无力,于是坐在凳子上,傻呆呆地望着这满桌的东西。他从江油调来已经三个多月了,第一次挨团长收拾,也是当兵一年来第一次遭收拾,心里很不是滋味。当兵以来他严格要求自己,从来没有让首长和战友们推迟过一次开饭,从来没有遭受这么大的打击。自己辛辛苦苦,起早贪黑,究竟为了啥?想着想着,他就情不自禁地流下了滚烫的眼泪。

秦擎天来了,说:"刚才我让团长骂了一顿,说我对你教育不严,没管好你,才使今天那道菜出了问题。我有责任。"黄宝宝用手背擦了一下脸上的泪水,站了起来,低垂着头,一声不吭。大概是秦擎天的口气比较和缓,黄宝宝的泪水又如泉涌般地掉了下来:"管理员,不怪你,完全是我自己造成的。做菜时,一位大个子首长进来洗手,我见了他就心虚,慌忙中误把盐巴当白糖放进了菜里。"秦擎天安慰道:"没事,犯错误难免,改了就是好同志。快收拾吧,收拾完好早点休息,忙了一天了。等团长气消了,我再给他解释解释。"

秦擎天走后,黄宝宝洗刷完碗筷,收拾完锅盆,打扫完卫生,用煤封好餐厅里的铁皮炉子,心里还是堵得慌,于是提起半瓶没喝完的酒,摇了摇,一口就灌了下去。不一会儿他就觉得脸发烫、心发烧、头发昏。这是他生平第一次喝这么多的酒。喝完半瓶酒,他猛地咳嗽了一阵,觉得心里好受些,便猛然想到自己也该去团长那里解释解释,以求得团长的谅解。他锁好伙房门,刚迈步朝团长办公室走,身后就传来"黄宝宝,等一等"的喊声。黄宝宝转身见警卫班的班长李俊杰手里提着步枪,气喘吁吁地跑来。

"我老乡的对象来了,我要去看看,请你过会儿帮我站两小时的岗。"

黄宝宝很想推辞,但又考虑到李俊杰在新兵连当过自己的班长,便满口答应道:"行!"

黄宝宝从李俊杰手中接过枪就朝团长何明凯办公室走去……

由于酒精的刺激作用,当黄宝宝听到公务员赵小刚出乎意料、大惊失色地呼喊时,他脑子发蒙,也惊慌失措,本能地拔腿便跑,跑到团首长那排办公室外,站着喘了一口粗气,看见了距离团首长办公室很近的电话线水泥电杆,电杆上有用来检修电话线的一直固定在杆上的铁梯子,他便顺梯爬上房顶。由于寒冷,他坐在了冒着浓烟的火墙烟囱边以使身上不至于寒冷。他想过一会儿再下去向团长解释……想着想着,酒劲大发,他头脑眩晕,眼皮发沉,身体无力,坐着的他倒下去了,倒在了散发着热气的烟囱旁,呼呼大睡了……

在团党委一班人听取了师保卫科和团保卫股联合专案组的"关于黄宝宝持枪打团长未遂案"的汇报后,真相大白,大家不由得哈哈大笑,就连以严肃而著称,很难从紧绷的脸上挤出一丝笑容的保卫科科长也哈哈大笑了。这简直是一个天大的笑话呀!但只有何明凯淡淡地笑了一下后,板着脸说:"我看这事真不好收场呢!"

刘相村诚恳地说:"我看我们有必要向黄宝宝同志道歉。"

党委一班人各抒己见,都说政委的意见是对的,但向一个战士道歉,需要勇气。

刘相村说:"我去向黄宝宝同志道歉。"

何明凯一抬右手制止道:"不行,这样,我这团长就一点面子都没有了。"

刘相村说:"何团长,有错必纠,这是我们党的一贯政策。"

何明凯态度坚决:"没必要有错必纠!"

大家都很严肃地看着何明凯。

何明凯说:"将这次事件所涉及的人,统统下到正在组建的工程尖刀连去。"

"不行吧?"有人反对。

"什么不行?工程尖刀连是全师三个团在我团组建的唯一一个英雄的连队,他们去会感到无比高兴,其他人争着都去不了呢。除黄宝宝外,警卫班班长李俊杰也下!他身体素质好,又带过兵,到工程尖刀连绝对会发挥很好的作用!"何明凯嘴里这么说,同时,心里在想要不是李俊杰因看望老乡的对象,就不会将枪交给黄宝宝替他站岗,也就不至于发生此次"大笑话"。

"那么,管理员秦擎天也下?"

"也下,工程尖刀连差一名副连长嘛!"其实,何明凯觉得秦擎天平时在教育黄宝宝时功夫不够,才导致此次事件发生。想是这么想,但这些都是提不到桌面上来的话,他只好藏在心里。

其他人想反对,但被盛怒中的团长一锤子定了音。大家看着何明凯黑沉沉的脸庞,都吓得不好多说话了。

第二章

　　管理员秦擎天是自己走着去工程尖刀连的。一路上,他身背被包,左手提着装有军装的帆布包,右手提着装有洗脸盆、牙具、书籍的塑料网兜。他嘴里喷出白白的气雾,飞舞的雪花不断落到他的军装和大头帽上,他深一脚浅一脚地踏着厚厚的积雪向工程尖刀连走去。

　　昨晚,秦擎天通宵未合眼,坐在被窝里读了一本描写青藏高原的历史以及青藏公路的过去和现状的书。他在读到的重要处都用笔画了一些横线,而后又下床伏在办公桌上做了一些笔记。

　　今天是星期天,按惯例部队只开两顿饭,大家好不容易一周才捞到一个睡懒觉的机会,都要睡到十点多钟才起床,十一点才吃一天的第一顿饭。秦擎天在做完笔记后,很想上床躺一下,但一看表,已是七点多钟了,就草草地刷了一下牙,擦了一把脸,开始收拾床铺,打包捆绳。

　　管理股龚股长起床披着皮大衣去厕所解小便回来想继续睡懒觉,见秦擎天在另一间房子里正收拾东西,就问:"今天就下去?"秦擎天说:"嗯,趁大家在睡觉。"龚股长:"我叫两个战士来帮你收拾,我送你去。"秦擎天说:"不必了,就在一个营区内,又不远。"龚股长说:"不行。我叫小车班派个车来。"说着就抓起办公桌上的电话。秦擎天一把按住了电话机。龚股长使劲去掰他的手。秦擎天不放手说道:"请龚股长尊重我的意愿。我俩合作这么久了,还没有发生过不愉快的事,不要为这事发生磨擦伤了咱俩的感情。"龚股长火了,说道:"就你毛病多,哪个机关干部下去不是用车送的?我知道你心里难受,不想让大家看见你走。你也没有什么值得恼火的。群众的眼睛是雪亮的,是好是坏大家心里最清楚。组织上考虑你有实干精神和指挥才能!"秦擎天愤慨地说:"废话!'黄宝宝持枪打团长未遂案'与我有何瓜葛,团长非要不明不白地把我弄下去。欲加之罪,何患无辞!我从江油留守处调格尔木时,是主动要求下去,我不怕苦,不怕死,可团长、政委死活要我当管理员。说我好的是他们,说我坏的也是他们。股长,你说我心里能不火吗?"龚股长说:"秦管理员,我理解你的苦衷。"秦擎天说:"理解就好。我作为被'发配'干部悄悄下去,这样我心里好受得多!"

　　团政治处给秦擎天的任命是工程尖刀连副连长。

秦擎天路过机关小灶时停下了脚步,凝神片刻,他想到了憨厚的小胖子炊事员黄宝宝,警卫班的高个子班长李俊杰,还有长得白白净净的公务员赵小刚,他们早就到工程尖刀连了。因为接替他工作的新管理员迟迟未到,所以昨天新管理员一到,他们就搞完交接工作。原计划今晚司令部给他和新管理员办一场宴席,欢送他下连队和欢迎新管理员上任。然而他固执地走了,他觉得心里有块沉重的石头堵得慌,哪有心情吃得下宴席?一说"宴席"两字,他心里就窝着一团无名火,要不是团里宴请师部领导那顿宴席,他此时也许正在温暖的被窝里做着香甜的美梦呢。

想到这里,秦擎天长长地叹息一声,嘴里呵出一团白白的气雾,便转身向工程尖刀连走去。

秦擎天是1976年春,从四川的农村入伍的。他幼年丧母,少年丧父,读高中时与哥嫂相依为命。但嫂子有自己的小算盘,想得到父母留下的全部家产,在他高中毕业那年哥嫂恨不得他立即远走高飞。他对于自己在那个贫瘠小山村的前途也感到渺茫,他暗暗发誓,一定要摆脱那曾生他养他的故土,离开哥嫂,去过一种与终日面朝黄土背朝天的先辈们完全不同的新生活。

秦擎天所在的三团原驻扎在四川省江油县。他新训结束后,就到教导连学习汽车驾驶技术,由于他比别人更能吃苦,毕业后留任教导连代理司务长,实现了他人生目标的第一步。在代理司务长两年期间,他也不断地为自己的目标而努力奋斗着,其中有三件事轰动了全团。

第一件事是4月下旬的一天,他去财务股领现金,回到连队后,一细查,发现多出一百元。这一百元钱,他不说谁也不会知道。当时他的津贴每月只有六元钱,尽管他有自己的打算,但从骨子里来说,他仍然是个非常律己的人。于是,他立即步行到三里外的财务股,退回了这一百元钱。管理现金的同志感激地夸他是"有高尚品格的后勤人员"。第二件事是那年7月份,有两头母猪快要下崽了,他索性把铺盖卷搬到猪圈里,一连守候了三个晚上。四川的盛夏,猪圈不但臭气熏天,令人作呕,而且还有蚊虫叮得他满脸、满身都是疙瘩。连队有两三个干部当时被感动得掉了泪。功夫不负有心人。经过九个月的精心喂养,猪的存栏数由原来的二十五头增加到了五十二头,一年就产了猪肉一千五百多斤。第三件事是他肯学习,也爱动脑子。当兵第二年,他报名并自学汉语言文学专业的课程。在自学古代汉语时,很多文言文艰涩难懂。为弄懂疑难问题,他步行5千多米路到县文化馆查阅资料,拜师求教,并用积攒下的津贴购买了十多本参考书。每天早晨五六点钟他便起床读书,到了晚上,尽管劳累了一天,十分疲倦,但他还是要坚持学习到深夜。教导连是个训练单位，新兵较多，他们每个人都想超过别人，为自己创造一个更好的未来，因此学习积极性很高。秦擎天看到这点，经连队党支部同意，带头办起了一个名为《向阳》的专刊。他编辑了《目前形势》《文化娱乐》《古今笑话》《名人逸事》《生活常识》《安全行车》等几个专栏，这既使他得到了锻炼，又丰富了连队的文化生活，很受大家欢迎。一次，连里正在上《交通规则》这一课，他查阅了有关资料后，在《安全行车》栏里发了《靠右行车是何道理》的文章。许多老兵看了后都说："小秦真行，咱开了好几年车都不知这个理儿，今天才学到了这知识。"

这三件事，一传十，十传百，传得全团都知道有秦擎天这么个人物。后来，教导连指导员将秦擎天的事迹汇报到团里，赢得了团首长的一片赞誉。有两名团领导在听取指导员汇报时，还为小秦搬铺到猪圈里的情节，感动得几次掏出手绢擦去眼角的泪水。当时主管后勤工作的副团长何明凯和政治处主任刘相村更为激动。他俩虽然在听汇报时未掉泪，但也深深地被秦擎天这名小战士的事迹震撼了。何明凯激动地说："我为我们团有这样的战士感到骄傲和自豪！我建议政治处派两三个笔杆子下去，再挖挖这个小战士的闪光点，作为全团的典型来宣传。"政委强调道："我认为何副团长的建议很好。为使部队学有榜样，赶有目标，政治处马上抽派副主任张大光同志带一名组织股长和一名宣传干事下去，仔细了解秦擎天的事迹，要写出有思想、有深度、有高度的事迹材料来！"

一个由政治处副主任张大光带队的"事迹采访组"在教导连一蹲就是一周。这期间，他们先后找干部座谈，找战士座谈，找炊事员座谈，然后找秦擎天了解情况。"事迹采访组"被感动了，三人在连部会议室挑灯夜战，连夜赶写出了洋洋万言的事迹材料——《树立共产主义理想　立足本职多做贡献——三团教导连代理司务长秦擎天立志学雷锋的事迹》。

这份内容翔实、情节感人的事迹材料出来后，团首长立即圈阅，批示"要大力宣传秦擎天的动人事迹"，并指示在全团举办一次"秦擎天同志事迹报告会"。

至此，团部机关和各连的高音喇叭连续一个多月播送秦擎天的事迹。在三团军营里到处都能看见黑板报、墙报整版整版的有关秦擎天立足岗位学雷锋的事迹。

很快，《基建工程兵》报登了反映秦擎天事迹的长篇通讯文章《雷锋精神在战士秦擎天身上延伸》。

接着，团里特地向师政治部要了一个战士破格提干的名额，这个名额很快就批了下来。教导连代理司务长秦擎天就成了机关灶正排职司务长，行政级别二十三级。

秦擎天在从机关走到工程尖刀连的半路上,他将东西放在地上休息了一会儿,又将左右手的东西换了一下,站起来继续走向工程尖刀连……

工程尖刀连是因青藏公路改建工程的迫切需要而组建的。面对青藏公路改建工程的种种实际情况,要按照党中央的要求在1985年8月底前全线通车,压力犹如泰山压顶。成立工程尖刀连是经过师长和师部领导深思熟虑的,它的组建对加速青藏公路的改建工程将起到十分重大的作用。工程尖刀连,其实就是"敢死队",它是一面旗帜、一面镜子,担负着急、难、险、重的光荣而又艰巨的任务。具体任务是1982年铺筑唐古拉山10千米沥青路面,1983年铺筑风火山8千米多的沥青路面以及500米的草袋挡土墙和350米的浆砌护坡,1984、1985年修建号称万里长江第一桥的沱沱河大桥。

按师部文件精神,在三个团中组建工程尖刀连。三团抽出一百人,一团、二团各五十人,连长由参加过巴基斯坦公路修建、青藏公路改建的一团施工连连长王大寨担任,提升为副营职连长。所抽调的指战员必须有很高的政治素质,有"一不怕苦、二不怕死"的革命精神,还要有强壮的体魄。在施工机械方面配置全师最好的施工机械:解放牌130汽车、解放牌130翻斗车各十辆,推土机、压路机、平地机、装载机各一辆,平板车四辆。

在秦擎天未到达工程尖刀连报到前,工程尖刀连的人员、车辆、机械已陆续到齐。

秦擎天到达工程尖刀连时,大家正躺在被窝里睡着懒觉,只有炊事班的战士忙碌着做菜,他们在宽大的菜板上砍着被冻得结结实实的白菜。最先看见秦擎天走进营区的是黄宝宝,他重操旧业。他从厨房里跑出来,用系在腰上的围裙擦着沾在冻得通红通红的双手上的白菜粒,一把提过秦擎天的东西去了门上贴有"副连长"字样的房里。房内只有一张木板床、一张办公桌、一把椅子,地面像是几天前专门打扫过,比较干净。秦擎天跟随着黄宝宝进到屋里,觉得屋内和屋外一样寒冷无比。黄宝宝放下东西说:"管理员,我去喊连长和通讯员,叫通讯员来生炉子。"秦擎天用手拍打了身上的雪花,又呵出热气来暖暖已冻僵的双手说:"不要叫他们了,让他们多睡一会儿,你去搞点炭火来就行了。"

十分钟左右,黄宝宝用铁锹端着一堆燃烧着的红红的煤炭进来了。跟在他后面的是从警卫班发配下来的班长李俊杰,他提着一铁桶煤炭疙瘩。炉子生起后,屋内的温度开始上升了。

秦擎天已铺好床铺,洗脸盆等东西已摆放停当。这时黄宝宝、李俊杰坐在刚铺好的床铺边上,望着坐在办公桌旁吸烟的秦擎天,默默无言。黄宝宝先说:"秦副连长,你过去不是不抽烟吗?"秦擎天猛吸一口烟说:"前一段时间心里烦躁,一学就会了,借烟解愁真有效。人人都说香烟危害人的身体健康,原来我也坚信,现在觉得烟是好东西,累了抽一支就减轻疲劳,痛苦时吸一支就想得开一些。"李俊杰说:"秦副连长,我们对不住你,你跟着我们受牵连。"黄宝宝说:"这事怪我,让你跟着我们受窝囊气。"秦擎天笑了:"过去的事就过去吧,不存在谁对不住谁。今后不要再说这些了,要好好工作。"李俊杰说:"请副连长放心,我们一定干出个样子,不会丢脸!"秦擎天说:"好吧,你们回去该干啥干啥。噢,公务员小赵下到哪个班了?"李俊杰说:"下到人工排一班了。怎么把他也弄下来了?"秦擎天说:"不知道,领导们的事。你们回去吧!"

送走黄宝宝、李俊杰后,连长王大寨就推门进来,连声抱歉:"哎呀,对不起你秦副连长,没有去接你,欢迎,欢迎!"秦擎天迎上去,两手紧紧握着王大寨的手:"就几步,没必要麻烦大家。"

看上去,王大寨是个身材魁梧的汉子,比秦擎天1.72米的个头少说也要高出两三厘米。那黝黑黝黑的国字形脸膛有些消瘦,皮肤粗糙,粗厚的嘴唇干裂发紫。一望便知,他是一个在高原筑路中能吃苦的军人。看来,上级安排他来工程尖刀连当连长再恰当不过了。

王大寨望着秦擎天,爽快地说:"这是个礼节问题。没听说你这几天下来,下来就好,我早盼你来,几年前我还学过你的先进事迹呢。"秦擎天说:"哎呀,今非昔比。前些年我红得发紫,现在我黑得如锅底。"王大寨笑了:"不要这么认为,大家都了解你,你是一个能人。尽管我是从一团调来的,但我比较了解你的为人。"说着,他到门口提高嗓子喊道,"通讯员,快给秦副连长提壶开水来。"秦擎天说:"我是犯了错误被发配下来的,连长要多多帮助。"王大寨说:"秦副连长,你说到哪里去了?按你的说法,我也是发配下来的。到工程尖刀连来大家心里都明白,来了就意味着比别的施工连队更吃苦,随时都有可能'光荣'呢!"

通讯员喊了声"报告!",提着一瓶开水走进来放在办公桌上。王大寨给通讯员介绍了秦擎天。通讯员向秦擎天行了一个军礼:"副连长好!"秦擎天说:"谢谢你。"一看便知通讯员是个新兵,满脸稚气,乖巧可爱。通讯员离开后,秦擎天问:"怎么这么小个兵?"王大寨说:"刚满十八岁,甘肃人,名叫何小碧。团里几天前给我们分来了二十多名新兵。听说他是写血书要求来工程尖刀连的,我见他个子小,就叫他当了通讯员。你猜领导要把我调到这里来,是怎么说的?"秦擎天说:"反正,团首长找我谈话,说的是组织的需要,工程的需要!"王大寨叹息道："对，但其实我早就想转业了。我上次探家时，我那在市教育局工作的老婆也是这么说，早点回来吧，她不嫌我穷，回来全家三口人在一起多好。但我答应她等把青藏线修好就回来。"这时，秦擎天给王大寨递过去一支"恒大"烟，自己也点燃一支猛吸起来。王大寨说："少抽点，对身体不好。我是老烟鬼，就没法改了，不要像我这样，脸都吸得变形了。"秦擎天说："心里烦，抽烟解解闷。"

"领导找我谈话叫我来尖刀连当副营职连长，按理说提升了一职，应该想得开了，但我一开始还是想不开。后来有一天晚上我睡不着觉，想到1976年在援巴筑路中牺牲的战友，心理才得以平衡。"王大寨回忆说，1974年，他和他的战友们是以中国普通百姓的身份去执行中国政府援巴任务的。但他们每个人心里明白，他们是军人，是中国人民解放军某部的战士，在那片完全陌生的土地上，他们代表中国，也代表中国军人。援建中巴公路，也是在当时具有重大国际影响的大事。那时，施工机械很少，战士们每人一把锹、一把十字镐，外加一条命，在被外国专家称为"生命禁区"的极为恶劣的条件下施工，其艰难困苦可想而知。部队的施工地段极为复杂，危岩壁立，深谷万丈，谷底狂暴的印度河呼啸而过。那一带岩层风化严重，时有塌方，几度被外国专家判为公路和铁路的禁区。然而，那里偏偏又是中巴公路的必经之地，别无选择。连长和指导员因此也小心翼翼，他们不止一次攀上悬崖顶端，注视事故可能发生的端倪。那片宁静的山体，那片高耸的悬崖似乎异常驯服，没有任何桀骜不驯的迹象。那凶恶的事故怪兽，骗过连长、指导员和连队全体施工战士的眼睛。那是1976年10月10日下午，部队进入施工地段。当时任副连长的王大寨布置完施工任务，便要赶去连部开会。当他刚刚离开工地时，就听到一丝不易察觉的奇异声响，似闷雷。他感到不妙，立即转身返回工地。然而，就在他回身跑向工地的时候，轰隆隆一声巨响，前面那片悬崖发生了大塌方，部队的整个施工工地全部被碎石流沙埋没。他只觉脑子里一炸，完全不顾被正在下落和滚动的岩石砸伤的危险，奋不顾身地扑向工地，去寻找他的战士，去抢救他的战友……塌方发生之后，有不少巴基斯坦朋友赶到现场主动抢救伤员。巴基斯坦政府也及时派出直升机，以最快的速度运送伤员。11日上午，当时的巴基斯坦总理穆罕默德·阿里·布托致电中国政府，对在巴丹工程中死难的中国筑路员工表示深切的哀悼。在那次大塌方中，共有四十四名战士献出了年轻的生命。印度河呜咽而去，为牺牲者致哀。吉尔吉特是巴基斯坦北方重镇，在城市东北角，位于印度河畔的一处山坡上，翠柏丛生，鲜花遍地，那是巴基斯坦政府为中国筑路军人修建的烈士陵园。

许多年过去了,每当王大寨回忆起援巴大塌方那惊天动地的一幕时,他都会情不自禁地潸然泪下。此时的王大寨已泪珠滚滚,动情地说:"这些牺牲的战友,他们大都才二十出头,不少是与我同年入伍的。他们来自全国多个省市,大多是农民的孩子……"

关于援巴筑路的那段历史,秦擎天曾听不少战友讲过,但是听王大寨讲这段历史,他产生了与往日不同的感受。看到连长满脸泪水,他忙弓下腰从床铺下的脸盆里取出毛巾递给王大寨。

王大寨这才从回忆中醒过来,说:"大塌方后,牺牲的战友们惨不忍睹啊,有的找不着尸体,用衣服或帽子代表他们的尸体;有的尸体找到了,但血肉模糊,尸体被石头砸断得成几截,大家只好用麻袋装。这些我一辈子都忘记不了。尤其是部队回国时,广大指战员到烈士墓去凭吊,不少战友号啕大哭,那哭声震天撼地,大家扑在烈士墓碑上久久不起。那场景就是铁石心肠的人看了也要掉泪啊!"他讲到这里,又用毛巾抹了抹泪水。秦擎天猛吸口烟说道:"王连长,你是被援巴公路牺牲的战友感化而来到工程尖刀连的,而我呢,纯粹是被发配到工程尖刀连的。"王大寨也吸了口烟:"这话不对。明眼人都知道,是冤枉你了,但部队就这个样,一切服从命令!"

这时,开饭的集合号响起。

二百号人站好整齐的队列。值班干部、人工排排长汪满良指挥大家唱《基建工程兵之歌》,歌声顿时飘扬在雪域高原的上空:

  我们是光荣的基建工程兵,
  基本建设当闯将,
  从南方,到北方,
  从内地,到边疆,
  艰苦奋斗,四海为家,
  祖国处处摆战场,
  千难万险无阻挡。
  ……

歌声毕,汪满良面对队列喊了一声:"立正。"然后他跑步到王大寨面前,行完军礼:"报告连长,部队开饭前已集合完毕,请指示!"

王大寨跑步到队列前,向大家行完军礼道:"请稍息。我讲几件事:第一件事是,天寒地冻的,大家注意休息的同时,注意整理好自己的行装;第二件事是明天就要进行上山前的体检,大家不要感冒,如果体检不合格退回各团,大家就不好说话了,来时各团首长送来,兴高采烈的,回去时团首长就不可能来接你了。你们都是各团挑选来的思想素质高、身体素质好、工作干劲大的人才,所以要确保体检合格;第三件事是,下午排以上干部到连部开会;第四件事是,这是新调来的秦副连长,大家欢迎!"

如雷的掌声过后,队列里鸦雀无声,只听见雪风呼呼刮过耳畔。

尽管秦擎天在连队、在机关也待过好几年,但如此整齐的队列,他却是第一次见到。八行队伍成八条笔直的一字线,队列中的人个个收颔挺胸,纹丝不动,看来连长王大寨在刚组建的工程尖刀连的作风纪律养成上是狠下了一番功夫的。来自三个团的兵,能在如此短的时间内达到如此严格的作风纪律,多么不易。秦擎天顿时觉得王大寨是位带兵极严的干部……

"同志们,秦副连长从团机关调来,文化高,能吃苦,我在一团时还学过他的先进事迹!"他用威严的目光扫视了一下队列,与适才那轻言慢语的声调判若两人,"同志们不要有丝毫的误解,秦副连长既不是被发配下来的,也不是下来几天拔腿就走的,上级正式任命他为我们工程尖刀连的副连长!今后,大家遇事要向他多请示、多报告。军人嘛,服从命令是天职。下面请秦副连长讲话。"

雷鸣般的掌声又响起。可爱的战士们鼓掌也使出了握铁镐修路的劲头!

"同志们,战友们!很感谢你们的掌声,我对不起大家的掌声。大家知道,几个月前,震惊全团全师的案子与我有关,我是被发配下来的,但我是堂堂男儿,我愿和大家一起,把我们工程尖刀连的施工任务干好,使我们全师唯一的工程尖刀连,成为修建青藏线上的一把尖刀、一面旗帜。我……讲完了。"秦擎天那"视死如归"的讲话又一次赢得了战士们的掌声。

王大寨问:"副连长讲得好不好?"战士们答道:"好!"王大寨说:"那咱们就要照着办!开饭。"

全连指战员依次进入饭堂后,秦擎天觉得脸上火辣辣的,心跳如鼓。他觉得自己成了大喊口号的"专家"了。应该说,秦擎天是个善于言辞的人。几年前,他面对全团官兵做事迹报告,可以说讲得如行云流水,酣畅淋漓,赢得掌声不断。今天的讲话事先他没有一点儿思想准备,再者心里也缺少应有的底气,毕竟自己是因"犯错误"来到这个连的。

第三章

就在秦擎天去工程尖刀连报到的那天上午,一个身材苗条、脸色白皙、长着一双动人的黑眼睛的漂亮女干部敲响了团长何明凯办公室的门。

她就是何明凯的女儿何玲。1977年全国刚恢复高考制度,她以优异成绩考上了医学院,因为是1978年春上的学,所以去年冬天就毕业了,毕业后,作为内招兵直接到了江油留守处参加军训,军训刚结束,她不顾何明凯的再三阻拦执意上了格尔木。当时,师干部科考虑她是本科生,要把她安排在师机关卫生科工作,她坚决不同意,用她的话说:"年纪轻轻,没有实践经验就搞行政工作,几年所学的知识没有发挥的地方。"于是科领导也就没有再挽留她。何玲到三团干部股报到时,正值何明凯在北京开会,她在卫生队待了几天,今天才见到了父亲何明凯。

何明凯见到自己亭亭玉立的女儿,自然很高兴,关切地问:"玲玲,没有高原反应?"何玲笑嘻嘻地说:"有啊,今早上我还淌了些鼻血。"何明凯说:"在高原这地方要随时注意身体。"何玲说:"我知道。您老是把我当成小孩。"何明凯笑笑:"是嘛,谁叫你是我的宝贝女儿呢?"

何玲喝了一口父亲给她冲的麦乳精,一本正经地说:"爸,我跟您说个正经事,您得先保证支持我。"何明凯说:"什么事?若是正确,我就支持!你先说什么事。"何玲笑容可掬地说:"肯定正确。卫生队要派一名医生配合工程尖刀连的施工,我想去。"何明凯惊讶地问:"什么?"何玲说:"我想去工程尖刀连,我想去锻炼锻炼!"何明凯不高兴了:"你先斩后奏,我不同意。难道师卫生科容不下你,我们卫生队也容不下你,非要上唐古拉山!说得好听,去锻炼锻炼,你知道唐古拉山的恶劣环境吗?嗯?一团和二团的施工连队每年都有几个人不是在上山的途中因患肺水肿、脑水肿死亡,就是在施工现场因过度疲劳牺牲。这些你知道吗?"看着父亲脸色变了,何玲有点害怕了,只是小声说:"知道,听说过。"何明凯问:"你知道,那你还非要去?你怎么这么犟?!"何玲反驳道:"我犟还是您犟?您原来口口声声对我讲,要好好学习,有了本事才能为'四化'建设贡献力量。今天您倒好,'四化'建设、唐古拉山、工程尖刀连需要我的时候,您却怕您的宝贝女儿牺牲了!"何明凯叹了口气说:"你去吧!你长大了,我管不住你了!"何玲站起来:"您算同意了!"说完就离开了何明凯的办公室。

在回卫生队的路上,何玲想,没想到来到高原第一次与父亲见面是这样。其实她想去唐古拉山的初衷很简单,就是想去体验一种全新的生活,可没想到父亲如此态度。张德彦也不愿意她去,当她跟张德彦说了想跟他一起上唐古拉山的想法时,张德彦跟她说唐古拉山苦得很,最好不去。何玲是一个个性极强的人,自己认准的事她就执着地去干。现在既然自己的亲人和心上人都不愿她去,她就偏要去看看究竟能苦到什么程度,她才不信那个邪。

下午的排以上干部会议在连部召开。原计划由副指导员张德彦主持会议,他却一觉睡过了,到开会时间还没有醒,足足等了半小时还不见人来,王大寨就叫人工排排长汪满良去喊。等他慢腾腾地爬起来,穿好衣服,洗好脸,走到连部坐下时,王大寨发火了:"工程尖刀连的连队干部开会都这样慢腾腾的,还叫什么工程尖刀连?如果这样,施工能走到全师前面才遇到鬼了!"张德彦坐在凳子上,很想还击王大寨几句,又觉自己没理,便说:"我有点感冒……"王大寨问:"中午吃饭时没听说你感冒!不要找客观理由,找找主观原因吧!"秦擎天劝阻道:"算了,算了。"王大寨说:"这不行,张副指导员必须说清楚。"张德彦憋不住了:"如果你看不惯,可以向团部打报告,我立即离开。"王大寨说:"那不行,你以为工程尖刀连是自由市场,想来就来想走就走?副指导员,我早就知道你不想待在工程尖刀连,但军人以服从命令为天职,你懂得!"

秦擎天此时更加佩服连长的魄力。坐在会议室的干部都知道张德彦是团长未来的女婿,看来,工程尖刀连缺少任何干部都行,但不能缺少王大寨,否则,全师最艰巨的施工任务只能泡汤。如果说中午王大寨在队列前叫秦擎天十分佩服的话,那么此时的王大寨更是令秦擎天增添了几分敬意。

张德彦说:"我承认,我睡懒觉不对,今后改正。"王大寨说:"改正,要从行动上改正。你要记住一点,工程尖刀连绝不是一般的连队。下面开会,会议主要内容第一是研究后天派一名连干部和一名排长带战士上唐古拉山打前站的事;第二是各排汇报战士的思想状况;第三是了解掌握各种车辆、机械的保养情况。"运输排长叶增光先发言:"我们排战士们思想很稳定,大家恨不得立即开始施工。关于车辆的保养,我们排上面配置的二十辆'解放牌'汽车和'解放牌'翻斗车,尽管是些旧车,但车况总的还可以,都进行了仔细保养,只有一台车因故障较多,现正在修理连抢修。"王大寨急切地问:"大约多长时间能修好?"叶增光说:"可能要三天吧。"王大寨说:"不行,限两天修好。等到会议一完,你立即去修理连找石连长。"

接着是机械排排长孙绪明、人工排排长汪满良、摊铺排排长邹洪康对各自排里的战士思想状况和工作情况进行了较详细的汇报。

这次汇报,王大寨比较满意,他进一步要求道:"机械排还要把推土机、装载机、平地机等机械再仔细检修一遍,确保一上山就能开工。下面大家研究一下,谁带队上唐古拉山打前站?"秦擎天、叶增光、孙绪明、汪满良和邹洪康都要去。王大寨问张德彦的意见如何。张德彦无所谓地说:"随便,哪个去都能完成任务!"

按王大寨的脾气,要在以往非批评张德彦不可,但考虑到他刚才挨了批评,心里不舒服,才心不在焉地回答,所以也就没有再批评他。接着,王大寨又安排工作:"综合大家意见和对工作的全盘考虑,由张副指导员和叶排长带五辆车和十个人到唐古拉山打前站,主要任务是支五顶帐篷,部队上去能暂时住下。同时车上带些副食品、烤火取暖煤。运输排、机械排的车辆、机械保养工作还要一台一台地过,要仔细检修一遍。秦副连长是驾驶员出身,这项工作由他负责。"

几天前,工程尖刀连的二百号官兵在团卫生队进行了上山前的体检,有五名士兵因患有高原性高血压、高原性低血压、红细胞增多、白细胞减少以及其他高原疾病而被刷了下来。于是,师司令部又从二团调了六名士兵到工程尖刀连,在卫生队参加体检。余辉是最后一个走进心电图室做检查的。他一进心电图室就看见了一个熟悉的身影,尽管她穿着白大褂、戴着军帽,他还是认出她来了——高中同学、五至县二团留守处干部家属院十分要好的朋友吕莉。

他俩对视了一下,两个人都没有说一句话。但对方心跳声,似乎彼此都能听见。

余辉傻呆呆地看着吕莉。吕莉的脸一下子红了,旋即又恢复了平静,但由于出乎意外的激动,说话时还是结结巴巴:"上、上床,躺着,我给你做心电图检查。"慌乱中,余辉连大头鞋都忘了脱就躺上了检查床。吕莉平复下心情,说道:"这样不行,我怎么做?"余辉用双手支撑起来坐在床边上,脱掉大头鞋,问:"要脱军装吗?"吕莉说:"上装脱了。"余辉如是照办,脱了军装又躺在了床上。吕莉把他的棉衣、绒衣卷了起来后,又挽起他的裤脚。此时,平躺在检查床上的余辉屏息静气,双手抱头,紧闭眼睛。他听到了吕莉急促的呼吸声,也闻到女孩子身上特有的香气。这时吕莉坐在床边的圆木凳上,开始在他脚腕、胸前涂着黏糊糊的药水,由于药水太凉,余辉一个激灵,浑身有些颤抖。接着吕莉用几个带有吸力的电极轻轻地压在他胸前、脚腕上。感受到她动作的温柔与紧张的余辉,大气不敢出。吕莉说:"请把双手放在身体两侧,放平。"他忙把枕在脑袋下的手抽出来,置于身体两侧。吕莉看着他紧闭双眼的英俊可爱的脸庞微笑了一下,把他没有放平的手拉直,接着又在他手腕上涂上药水,压上电极。室内静得连一根针掉在地上的声音都能听到。吕莉打开了心电图机,只听到机子里传出走纸的声音充满了整个房间,是那样的悦耳动听,就像一首抒情动听的情歌,深深地烙进了两个年轻人的心房。心电图做完了,吕莉取下余辉身上的电极,帮他擦净身上的药液,又帮他拉平了卷起的棉衣、绒衣和裤脚,轻声说:"起来吧,好了。"余辉赶紧从床上坐起,正准备穿鞋时,由于着急、激动,提在手中的鞋咚的一声掉在水泥地面上,正在收拾心电图机的吕莉急忙弯腰将鞋捡起,递到他颤抖的手中。余辉穿好鞋站起来,边扣绒衣扣子就想逃出心电图室。吕莉喊道:"余辉,军装。"她从床上抓起军装交给了快要出门的余辉。余辉拿着衣服深情地看了吕莉一眼说:"谢谢!"便夺门而逃。

由副指导员张德彦带领的五辆车,包括司务长胡南雄、炊事员黄宝宝等人的前站安家队途经三天的路途颠簸,昼夜兼程地到达白雪覆盖的唐古拉山施工驻地。

唐古拉山,藏语的意思为"高原上的山",主峰海拔7111米,横卧西南,巍峨千里。青藏公路经过的唐古拉山口,海拔也有5000多米。

在青藏高原,海拔每升高1000米,头疼恶心,胸闷气短等高原反应会更加严重一些。现在,张德彦所带领的一帮人马已从海拔2780米的格尔木,登上了海拔5200多米的唐古拉山,升高了2400多米,别说劳动,就是走起路来,也明显地感到氧气不足,气喘吁吁。风刮得人的脚跟站不稳,雪打得人的眼睛睁不开,高原反应折腾得人痛苦不堪。

一阵猛烈地风刮过来,站在汽车旁的张德彦差点被刮倒。他连忙对下了车的司务长胡南雄、炊事员黄宝宝等人说:"赶快上车,在驾驶室里待一会儿再说。"

上车后,大家立即关上了车门。坐在五辆车上的战士们感觉到头昏脑涨,上气不接下气,周身软软的。三天三夜的路途,他们全靠饼干充饥,每个人的嘴唇已干裂出血……

风雪渐渐变小了,张德彦刚跳下驾驶室,就一个趔趄坐在地上爬了很久才爬起来,他感到周身像面团一样酸软无力。他开始走到每辆车跟前,敲敲驾驶室的车门:"快下来,快下来干活,风小了。"最先跳出驾驶室的是黄宝宝。张德彦关心地说:"不要命了啊,跳下来摔倒了就爬不起来了,慢慢下来。"人们拖着疲惫的身体,穿着厚重的皮大衣从驾驶室里走了下来。张德彦说:"先适应一下,再干活。"一位战士不满地说:"张副指导员,还干活呀?活命都难。"张德彦满脸严肃地说:"少废话,来就是干活的,不干活你来干什么?"人们慢腾腾地走到张德彦跟前。张德彦分配了任务:"先卸这一车帐篷,另外几车等吃了饭再卸。司务长和黄宝宝想办法烧点开水。"

黄宝宝爬上了装有副食品的车厢,找出烧开水用的两只铁桶,递给站在车旁的胡南雄。

运输排长叶增光和士兵们喘着粗气,没精打采地卸着车。张德彦查看了地形走过来就发火了:"卸车都这么困难,懒洋洋的,我们作为工程尖刀连怎么完成艰巨的施工任务!"李俊杰安慰着:"张副指导员别发火,我们实在没有办法,身上软得不行,一点儿力气都没有。"张德彦说:"我不发火,怎么行?这样子真让人着急!"

胡南雄和黄宝宝手握铁锹在地面上铲着白如面粉的积雪倒入桶内。铲了半桶后,他们就用三根钢筋搭成喷灯烧水架,吊起水桶,开始用火柴点喷灯生火,但划掉几根火柴怎么也点不燃。黄宝宝急了,大叫起来:"怎么总是点不着?"卸车的人不知哪个喊了一句:"傻瓜,这里缺氧,要慢慢来,急有啥用。"胡南雄说:"我来。"黄宝宝将火柴递了过去。胡南雄划了三根火柴,终于点燃了喷灯。黄宝宝将冻得通红的双手伸向燃烧的喷灯,想暖暖僵硬的手。第一辆车上的物资卸完后,大家都围着烧开水的喷灯烤了一会儿火,暖了暖手。

这时水开了,大家拿来牙缸从铁桶里舀出开水来喝。胡南雄问:"副指导员,用这些开水下面条行不行?"还没等张德彦表态,士兵们就迫不及待地喊了起来:"行,怎么不行!"于是,黄宝宝就从盖有帐篷布的副食品堆里找出来五把面条。大家手忙脚乱地将面条放入沸腾的开水中,有人喊:"再放几个午餐肉罐头。"黄宝宝又去拿来三个罐头,李俊杰从驾驶室找来钢丝钳,弄开罐头倒入铁桶中……喷灯燃着呼呼的火焰煮了二十多分钟,只见面条还是硬邦邦的,就是煮不熟。

李俊杰问胡南雄:"怎么搞的,老是煮不熟?"胡南雄答道:"不知道,在格尔木用高压锅只要五分钟就熟了。"张德彦解释说:"这里海拔5200多米,水的沸点只有六七十度。你们不想想,面条怎么能煮得熟?"已饿得饥肠辘辘的战士们说:"那就这么吃吧!"

端起冒着热气的饭碗,大家两眼直愣愣地看着硬邦邦的面条,都没有胃口了,但还得吃,吃了饭还要搭帐篷、卸车。张德彦带头吃了两碗后,看到有的人才只吃了半碗,表情严肃地说:"每人必须吃够两碗,否则下午干活,身体支撑不住。记住,必须像完成任务一样。"可是,叶增光一碗还没有吃完就哇的一声吐了出来。胡南雄赶快跑过去扶着叶增光坐下。张德彦说:"实在吃不下去,就不要吃了。"叶增光吐得脸色惨白,全身无力,就想倒下去。黄宝宝也过来扶着叶增光,并拍了拍他的后背:"好些不?叶排长!"叶增光有气无力地说:"好些了!"叶增光呕吐出来的凌乱的面条,瞬间在雪地上结成了冰。

吃了午饭,大家稍作休息后开始支第一顶帐篷。十个人喘着大口大口的粗气,在冻得硬邦邦的地上,靠大铁锤支起了帐篷的铁管骨架,接着开始将帐篷布挂在骨架上。这时,一阵猛烈的狂风怒吼着,刚支起的帐篷骨架在狂风中歪倒下了,只有挂在骨架四周的帐篷布在狂风中发出哗哗的声响。

第一顶帐篷在缓慢而又艰难的过程中终于支好了。为了避免狂风把帐篷连根拔起,他们用开水浇在铁橛子四周,将帐篷和冰雪冻在一块。

唐古拉山的夜冰冷刺骨,帐篷像一座冰窖,寒冷和高原反应使他们气喘头疼,难以入眠……

第二天,大家的体力有所恢复,又支起了四顶帐篷。任务完成后,大家将驾车返回格尔木,但还得留下一个人来看守。大家清楚单独留在这里要经受着煎熬、寂寞的滋味。所以当副指导员张德彦问"谁留守在这里"时,大家都不吭声。片刻后,只有黄宝宝和李俊杰争着留下。张德彦对矮胖矮胖的外号叫"黄胖子"的战士说:"小黄,辛苦你了!李班长回去还要带领他的班搬家来这里。"黄宝宝笑嘻嘻地说:"没事!"然而当他呆呆地看着远去的绿色车辆时,眼里却涌出了泪水……

第四章

　　鲜红的太阳照射在冰冷的高原戈壁上,尽管已进入3月,但高原上没有一点春意,格尔木的树木伸出干枯的树枝,就像瘦骨嶙峋的老人伸出饱经风霜的皱巴巴的大手,呻吟着呼唤春天的早日到来。此时的高原用寒气袭人、呵气成霜、滴水成冰的字眼来形容,一点儿也不过分。

　　三团工程尖刀连的指战员们就要在这时离开格尔木驻地奔赴新的战场。

　　昨天下午,连队举行了大会餐。饭菜搞得很丰富,十多个炒菜、蒸菜,盆盆碗碗摆了一地。十人一班,以班为单位,就有二十多桌(以地为桌),把连队的营区占了一大片。何明凯、刘相村等司、政、后的部门领导来了,每个班分发了三瓶"绿豆大曲",人人都斟了小半牙缸。

　　"同志们,战友们,你们明天就要开赴世界屋脊、生命禁区的风雪唐古拉山了。那里寒冷且严重缺氧,气候特别恶劣;那里虽不是枪林弹雨的战场,闻不到浓烈的硝烟,看不见冲天的火光,然而那里的战斗却照样惊天动地,照样威武壮烈。青藏公路是内陆沟通西藏和南亚的咽喉和血管,是西藏连接内陆的神经和脉搏。这是一条艰险之路、蛮荒之路,也是一条幸福之路、繁荣之路。所以我为我们全师唯一的工程尖刀连去唐古拉山创造奇迹感到光荣和自豪!在这里我代表团首长和机关指战员感谢你们!"何明凯激昂的祝酒词一说完,双手高举半碗酒说道:"为了胜利,干杯!"然后一饮而尽。接着,大家端起牙缸,相互碰碰,也一饮而尽。大家吃得兴高采烈,人人喝得热血沸腾。

　　这天清晨,整个军营彩旗飘扬,锣鼓喧天,鞭炮震天动地。一千余名指战员排着两排整齐的队伍,鼓着掌夹道欢送战友们上山。临时组建的业余军乐队吹着小号、黑管、长号等乐器也来参加欢送仪式。何明凯、刘相村以及参谋长、政治处主任和后勤处长也站在大门口欢送。好热闹的场面啊!难怪站在欢送队列里的新兵蛋子不无羡慕地说:"早知这样,我也应该主动请战……"

　　工程尖刀连的指战员们从连里走出来了。他们头戴大头帽,身背背包,左挎挎包,右挎水壶,脚穿大头鞋,右手抱着厚重的皮大衣。走在三列纵队前面的依次是连长、副连长、副指导员、排长,还有医生何玲。

　　工程尖刀连的官兵在锣鼓声和掌声中走到早已停放好的十辆"解放牌"运

兵车前。运兵车的前面是十辆"解放牌"翻斗车,车上装有手推胶轮车、十字镐、铁锹以及大米、面粉、面条、罐头、黄豆、锅、碗、瓢、盆等施工设备和生活设施。在运兵车的后面接着是四台能载二十吨重量的平板车。平板车上分别载的是平地机、压路机、装载机和推土机。这些机械是用粗大的钢丝绳和铁丝牢牢地固定在平板车上的。长龙般的车队有一种撼人心魄的力量。

大概是受到隆重欢送仪式的鼓舞,工程尖刀连的指战员们个个都笑逐颜开地和团首长握手告别,在一声声祝福中开始上车。一位战士在登车时手拉车厢板不小心打滑了,加上笨重的大头鞋,还没上上车就摔了下来,好在没有摔伤,在大家的搀扶下才登上了车。

前面拉运东西的车已经开始发动了,眼看所有的车辆就要起步前进了。夹道欢送的指战员们一下子飞奔到拉上帆布顶篷的运兵车车尾向他们的老乡、战友、同学告别。这时,正在业余军乐队中演奏的吕莉,停止手中敲鼓的鼓槌,直奔第六号运兵车,从军装衣兜中拿出早已写好的信举在手中,大喊:"余辉!"车尾后拥挤不堪,祝福声不绝于耳。吕莉喊第一声时,在这嘈杂声中余辉并未听到,她又一次大声呼喊:"余辉!余辉!你的信!"余辉赶忙伸手拿到了信,连声说:"谢谢你,吕莉!"

运兵车鸣着喇叭启动了,很快便离开团部大门口。欢送的人招着手,目送着车辆远去。吕莉呆滞地站在那里,眼里噙满了泪水,心里十分惆怅。

长龙般的车队疾驶在青藏公路上。六号车内,战友们在争抢余辉手中的信。大家累得气喘吁吁,但这封快要被抓扯坏的信,还是攥在余辉手中。

"刚才那个方块兵就是给我们做心电图的那个,人长得真漂亮,谁要找到那么个媳妇,真有福呀……"

"她可是我们团里的团花。听说几个月前才从师部总机班调到我们团,在二十二医院学了一两个月心电图……"

"据说是二团副参谋长的女儿呢!你小子是不是爱上她了,对她了解得这么清楚?"

"我这种粗人跟她,那真是癞蛤蟆想吃天鹅肉。"

"你也只能过点嘴瘾。那方块兵长得就像含苞待放的鲜花,真叫鲜嫩欲滴啊!"

余辉听到这些粗话,额头上青筋暴起,大吼一声:"谁要再说她,我对他不客气了!"这一吼,使全车厢二十来个人都直愣愣地望着他,一声不吭了,只能听到汽车轮胎在路上奔驰的摩擦声。这时他将攥在手里已皱皱巴巴的信,递给身旁的战友钱自化。钱自化不接。他口气平缓地说:"请你给大家念念。"钱自化接了信,从未封口的信封里取出了信纸,见只有一张信笺,便将信笺翻过来看了一眼,又朝信封内看了看,确定信封里再没有别的,才展开信笺,上面写道:"余辉:注意保重身体!上高中时从你手中借的《钢铁是怎样炼成的》一书放在家中,今后一定奉还。战友吕莉。"大家连续听两遍后,有的惊讶地问:"没有了?就这么两句?"钱自化将信笺装入信封交给了余辉:"就这么两句。"余辉又将信笺从信封里抽出来,看了起来。大家原本以为这封信是吕莉写给余辉的情书,谁也没想到就这么草草两句话,根本没有谈情说爱的字眼,大家觉得很扫兴。

开赴唐古拉山的车辆颠簸地行驶在改建中的青藏公路上。由于公路上堆有石灰、沥青、石块等施工物资,且路面凹凸不平,所以长龙般的车队在艰难地行进着:一会儿车弹跳起来,一会儿绕道而行,走便道、蹚雪沟、爬山坡、涉险滩。一路上,几乎是边走边推车,不管是有河流的地方,还是走便道,都要推车。此时,一辆运兵车陷入了泥泞不堪的便道。大家看见陷入便道的汽车轮胎不断打滑,而且轮胎越陷越深。

王大寨、秦擎天跳下各自坐的驾驶室,快步来到陷车地点。"车上的人,全部下车!"士兵们听到王大寨的命令都下了车。秦擎天一手抓住驾驶室车门对驾驶员钱远明指挥着:"挂倒挡!"然而,还是打滑,只见车轮旋转着。旋转的车轮飞舞着,稀泥甩了战士们一身、一脸。王大寨喊道:"快找铁锹来!"几位战士找来铁锹,铲出轮胎前的稀泥。寒风中,又听见王大寨在吼:"你们快找些石头来,再扛点方木来。"稀泥铲除了,石头找来了,方木也扛来了。十多块石头放到轮胎前挖出的坑中,秦擎天指挥钱远明轰大油门,前进!只见石头被轮胎挤压下去了,一点儿作用都没有发挥出来。王大寨喊道:"快把方木垫上。"战士们按照王大寨的指挥将碗口粗的方木放到轮胎前。汽车像人一样喘着粗气,轰鸣着,刚前进了一点,车轮将方木压进了泥中。王大寨喊道:"再抬些方木来!"方木又放上了。王大寨喊道:"所有人都在大厢两边推车。钱远明下来,由秦副连长开车。"人们迅速站到大厢两边,用冻得僵硬的双手扶在大厢板上。王大寨指挥着:"我喊开始,大家一齐使劲推,我就不信爬不出来。好,大家注意,一、二、三,开……始!"秦擎天猛轰油门,再加上士兵们的使劲推车,车前进了,但车轮在方木上又开始打滑了,正在推车的余辉见方木一沾上水就缺少摩擦力,他急中生智,脱下皮大衣,跑步向前将大衣塞在打滑的轮胎下面,接着藏族战士俄尕志也把皮大衣垫在了轮胎下。车前进了,很快便驶出了泥坑。

巍巍天路,车轮滚滚。翻过海拔4800多米的昆仑山口,工程尖刀连又遇到了第二个灾难：严重缺氧带来的高原反应，使经受颠簸的士兵们头晕目眩，四肢无力。有的士兵一到五道梁就呕吐不止，脸色惨白。整个车队都停了下来。这时，从车上抬下来一位新兵，放在了公路边上早已准备好的担架上。王大寨吼了起来："快，快抢救！"

一路上也有高原反应的何玲，此时似乎忘记了自己的难受，立即拿出听诊器进行检查。这位战士出现了严重的呼吸困难，口唇发紫，大汗淋漓，不时地咳出粉红色泡沫状痰液。

王大寨着急地问："怎么样？"何玲回答说："这个战士可能患了高原性肺水肿。先在这里用些强心和利尿剂的药，最好赶紧派人送去格尔木，否则……"王大寨说："那么严重？"何玲说："如果这个战士抢救得不及时，很可能……"王大寨表情严肃，大声说道："瞎说！"何玲和卫生员给生病的战士注射了一针强心针，并帮他服了一些西药，而后，何玲瞧了一眼王大寨，见他脸上怒气未消，就想到张德彦跟她说的有关"怒伤肝"的一些趣事。

几个月前，王大寨从一团调到三团来当工程尖刀连连长没几天，就有些头昏脑涨，再加工作压力太大，成天周身无力。他来到卫生队，一个姓罗的女医生给他做完检查，说："你除了工作压力大外，还有些贫血的症状，需要注意营养。"他暴跳如雷地吼道："瞎说！"罗医生说："王连长，你这人名气大，脾气也大。你患有贫血症，信不信由你。这是科学。"他说："什么科学不科学？"

罗医生说："王连长，'怒伤肝'。我作为医生，奉劝你几句，今后要少发怒，否则，对身体极为不利。"

他问："什么叫'怒伤肝'？"罗医生说："就是发怒的人，对肝脏不好，容易患肝病。"他说："瞎说！"罗医生说："看看，说着说着，你又来了！王连长，你记住，'怒伤肝'！"

那一次在卫生队看病，王大寨很尴尬。因为还有几位工程尖刀连的战士也来看病，就站在他的身后。其中一位战士差点笑出声来。但突然想到连长是爱发火的人，收拾起人可不得了啊，于是他强忍着没敢笑。几位战士见王大寨拿着处方走出了诊断室，大家才忍不住笑起来。罗医生问："你们笑什么？"大家不约而同地说："我们连长是'怒伤肝'！"罗医生也笑得前仰后合："你们呀。"由此，王大寨"怒伤肝"的绰号便在三团传开来。

现在，何玲瞧着眼前的王大寨，想到他的绰号"怒伤肝"，不由得笑了。这一笑，使王大寨意识到自己的样子一定跟在卫生队看病时的情景差不多，也忍不住笑了。笑缓和了一下紧张气氛，也解决了问题。王大寨尽量语气平缓一些："何医生,你看现在,我该干什么?"何玲说:"王连长,你快在公路上拦一辆车,迅速派卫生员送这位战士到格尔木治疗,如抢救及时他没有生命危险。"秦擎天跑过来说:"连长,按你的安排,我和副指导员组织全连吃过干粮了。现在这位战士病情怎样了?"王大寨说:"已稳定多了,我去拦辆车,送病员下山。"秦擎天说:"你快去吃点饼干,我去拦车。"

半个小时后,秦擎天拦住了格尔木驻军汽车团的一辆"五十铃"汽车,都是当兵的,很好说话。病员很快被抬上了车,卫生员也紧跟着上了车。"五十铃"马达轰鸣地朝格尔木方向驶去。

王大寨吃着饼干,走到坐在汽车旁的战士们中间,逐个问他们的身体状况,大家普遍反映呼吸困难、头昏脑涨、恶心想吐、全身无力。他鼓励战士们:"不要有什么恐惧感,要坚持,坚持到底就是胜利!我有在高原野外生活的经验,不能坐下来休息,因为太疲乏,坐下就不想起来,睡倒有冻死的危险。起来走走,暖和暖和身子。"

工程尖刀连的车队行驶在青藏公路的便道上。他们眼睛所及是山势巍峨,群峰耸立,银亮的雪峰巨蟒似的横卧在广阔的草原上和戈壁滩上,戈壁滩上长有不少骆驼草。他们放眼遥望,在旷无人烟的高原上,偶尔也能见到成群的藏羚羊、黄羊、野牦牛、野驴等动物。

何玲看着车窗外的一切,不断地被高原上特有的风景和那些顽强地生活在高原上的生灵们感动着,她觉得她的选择没有错,工程尖刀连将会是她生命中最重要的一部分。当她的思绪随着车轮的飞转纵横驰骋时,那恼人的高原反应好像也变得不再那么难以忍受了……

当在驻地留守的黄宝宝听到汽车喇叭声时,他的第一个反应便知战友们到了,急急忙忙地跑出帐篷,一激动,脚踩滑了,砰的一声摔倒在冰冷的雪地里。王大寨在驾驶室看到黄宝宝摔倒的情景,疾呼道:"黄宝宝!"并赶紧跳下车,扑到雪地上,将黄宝宝抱到怀里。此时的黄宝宝,嘴唇裂口,脸也比以前黑了许多。战友们也围了上来:"醒一醒,宝宝!"这时,黄宝宝睁开眼睛,豆大的泪水滚滚而下:"你们终于来了,我好想你们啊!"说着从连长怀里挣脱出来,站起来说,"没事,我太激动了,脚踩滑了,我太想你们了!"

由于长途奔波劳碌,加上强烈的高原反应,到达唐古拉山驻地时,官兵们个个脸色铁青,眼圈发黑,四肢无力。他们下车后,往往是一步三喘,三步一歇,不少人呕吐不止。

秦擎天对官兵们说:"大家先吃饭!"从机关调到工程尖刀连的城市兵赵小

刚不满地问:"又吃干粮?一路上,三天三夜都吃那玩意儿!"王大寨发怒道:"不吃干粮吃什么?有干粮吃就不错了。就你娇气!"赵小刚牢骚满腹:"干粮,干粮,天天干粮还叫人活不活!"王大寨说:"就你不能吃干粮,怪毛病不少,别人都能吃,就你特别!是军人就得吃苦,就得奉献!"赵小刚把司务长胡南雄发在他手中的饼干扔了雪地上:"奉献,奉献,天天都讲奉献,耳朵都听得起老茧了。你自己奉献去吧!"王大寨气势汹汹地吼道:"你给我拾起来,拾起来!"赵小刚无动于衷,两眼盯着王大寨。这时,王大寨吹响了集合哨音。全连两百号人齐刷刷地站好了队列。

王大寨站在队列前,表情严肃地说:"你们看这雪地上的饼干,就知道是怎么回事了。这是赵小刚扔的,他对天天吃干粮不满。这件事,发生在其他连队情有可原,但我们是全师唯一的工程尖刀连,我们承担的是急、难、险、重的任务,这要求我们必须吃苦,同时还要干出比别的同等人数的连队多出三倍的艰巨任务,这才无愧'工程尖刀连'的光荣称号。所以,我为赵小刚的行为感到耻辱!为了教育其他同志,帮助赵小刚改正错误,现在我正式宣布:给赵小刚警告处分一次。"赵小刚在队列里嘟囔道:"处分,怕什么。一个处分,我背着走,两个处分我挑着走。"王大寨吼道:"你还嘴硬,再说!"队列里鸦雀无声。王大寨面对疲惫不堪的官兵们说:"大家一路很辛苦,我知道,我很感谢你们。但这仅仅是万里长征的第一步,我们要继续发扬艰苦奋斗和一不怕苦、二不怕死的精神,否则我们就不是名副其实的工程尖刀连。吃过饭,大家先休息半个小时,接着就干活。我分一下工:由秦副连长负责运输排、机械排的人马,任务是卸帐篷、物资,还有把推土机、压路机、平地机和装载机从平板车上卸下来。张副指导员负责领导勤杂人员和炊事人员煮饭,好让大家今晚上吃顿饱饭。何医生负责给大家检查身体,该用什么药就用什么药。我和方技术员呢,就负责人工排、摊铺排,主要任务是铲雪,然后支三十多顶帐篷,支取暖炉,每个帐篷里一个。如果今天把活干完了,明天就给大家放一天假,任务是睡懒觉!"

队列里有人带头鼓起了掌,接着掌声就稀里哗啦地响成了一片。

第五章

　　傍晚时分,湛蓝天空悬挂着朵朵时隐时现的白云。低垂的白云下,三十多顶帐篷齐刷刷地支了起来。一排排车辆、机械整齐地停放在了帐篷外。

　　与格尔木团部机关取得联系的电台也通了。发往团部的第一封电报是由连长王大寨草拟的:"工程尖刀连经过广大官兵的努力拼搏,克服陷车、高寒缺氧等困难,除一名战士因高原肺水肿,被送往格尔木抢救外,已安全顺利到达唐古拉山驻地。到目前为止,安营扎寨工作已完成。"

　　此封电报刚发出,立即收到一封团部发来的电报,电报内容是:"送往格尔木抢救的战士韩小兵已在途中不幸停止了呼吸,特告知。"

　　电报员将电报送到连部交给了王大寨。王大寨盯着电报看了半天,才长叹一声:"唉,老天爷,真不叫人活了!"接着,秦擎天、张德彦以及何玲也看了电报。沉默着。王大寨、秦擎天坐到刚铺好的床铺上猛吸着烟。

　　各班排帐篷里已烧起取暖用的煤炭炉子。大家围在炉子旁才感到僵硬的身子有些暖和了,似乎疲乏也消失了许多。吃罢晚饭,大家就躺进了冰冷的被窝。虽然取暖炉子烧得通红,但帐篷内还是像一座冰窖,寒冷和高原反应使他们气喘头疼睡不着觉。

　　夜深了,西北风在空旷的唐古拉山吼叫着,摇撼着大地,帐篷哗哗响个不停。王大寨带着秦擎天、张德彦和何玲逐个逐个帐篷来查铺,个个反映:头疼得要爆裂了,上气不接下气……王大寨对何玲说:"给他们多吃些防治高原反应的药。"何玲说:"药品消耗很大,几天下来已用了一大半。"王大寨说:"不管怎么说,首先要保证战士们身体健康,才能保证施工顺利。"何玲说:"现在不控制,药一旦用完怎么办?"王大寨说:"先用着,用完了我们再给团里打报告。"

　　查铺查到人工排一班时,只见赵小刚双眼大睁望着帐篷顶。王大寨问:"你还不睡,是不是受了处分想不开?"赵小刚说:"连长,没什么想不开的,受处分无所谓,只要能活下来就不错了。"

　　王大寨微笑地问:"那你想什么?"赵小刚说:"睡不着就想家了,想我们江南多好啊!"王大寨给他披了披被子:"盖好,快睡吧!"当王大寨他们走到俄尕志铺前时,见俄尕志睡得正香,说:"你们也应像他那样好好睡觉。"

此时,整个帐篷内的十人大通铺,只有俄尕志熟睡了。俄尕志是藏族人,生活在四川阿坝高原近二十载,对高原生活已经非常适应了。其他战友高原反应十分强烈,他却毫无头昏、呕吐、胸闷之感。在风雪唐古拉山的第一晚上,大家都十分羡慕他能睡得如此香甜。

李俊杰说:"连长,谁不想像俄尕志那样睡着,好好休息一下,只是我们头痛得要命,呼吸也很艰难,憋得心里发慌,冻得手脚始终是冰凉的。我实在有些受不了了……"还没等李俊杰说完,通铺上的另一位战士抢着说:"我刚才想我母亲,可是记忆就是连不起来,想不起母亲长得啥模样了。"还有几位战士想说什么,王大寨立即制止了:"好了,好了,你们睡吧,过几天就适应了。"

几个干部查完全连的哨,顶着刺骨的寒风回来后,秦擎天、张德彦也说呼吸困难、头疼得要命。何玲关心地说:"你们要注意休息!"张德彦望着何玲,充满柔情地说:"你第一次上高原,比我们更需要休息。"王大寨猛吸着烟:"可现在还不能休息,我们刚才查哨时发现好几个帐篷的铁橛子有些松动。我想今晚风雪这么大,帐篷被吹得哗哗响,很有可能将帐篷连根拔起,到那时我们就惨了。我们还是要早做准备。所以,我想现在我们三个连干部、技术员方林、四个排长辛苦一点,烧些开水,浇在铁橛子四周,将帐篷和冰雪冻在一起。何医生一路上高原反应厉害,就先回去休息。"何玲着急地说:"我不休息,我要跟你们一起干。"秦擎天说:"我觉得连长这个办法好,否则一旦帐篷被吹上了天,不但影响战士们休息,而且付出的人力和代价就更大了。"王大寨问:"张副指导员的意见呢?"张德彦实在不想干了,他总觉得自己打前站时立了功,然而他们并没有把打前站的功绩表扬一番。再者他也心疼刚上高原的何玲,所以他的意见是:"这时干,我不反对,但就我们几个干部不知要干到什么时候,我觉得应该叫全连战士都起来,一起干要快得多。"王大寨抬手制止道:"那不行,战士们三天三夜的长途跋涉本来就辛苦,好不容易才躺下,90%高原反应强烈,让他们好好休息一下。"正在这时,何玲突然哇地吐了起来,直吐得四肢无力,全身酥软,脸色惨白。王大寨安排张德彦:"快,快扶何医生到床上躺一躺!你就不用干了,好好照顾何医生。"张德彦赶紧扶着何玲走出连部帐篷。技术员方林来到连部,本来想打退堂鼓,但见这种情形,他只好一声不吭表示同意。王大寨从床铺边站了起来:"通讯员,去通知四个排长来,我们现在就开始干!"

用开水浇完三十多顶帐篷四周的铁橛子,已是凌晨四点多了。余辉因途中脱皮大衣解救被陷车辆而有些感冒,尽管已经服了不少药,但还是有些咳嗽,无法安睡,只好披着皮大衣坐在通铺上,听到帐篷外有浇水声和脚步声,他就爬了起来,看见干部们正在给铁橛子浇开水,他也就不声不响地加入了这项工作。等浇完开水,王大寨才看到余辉。他拍了拍余辉的肩说:"不错,继续发扬。战士的觉悟比我们干部高得多!"

第三天吃过早饭,工程尖刀连的指战员在营区排好整齐的队列,深情地唱着《红梅赞》:

  红岩上红梅开,
  千里冰霜脚下踩,
  三九严寒何所惧,
  一片丹心向阳开,
  向阳开……

歌声一停,王大寨就站在队列前,激昂地布置今天的施工任务:"同志们:千里冰霜脚下踩,三九严寒何所惧,一片丹心向阳开。这歌唱得好呀!我们工程尖刀连今天正式在世界屋脊、地球第三极、人类的生命禁区的唐古拉山开始了人类同自然环境做斗争的战斗。我们是军人,是雄狮,是猛虎。谁是英雄谁是好汉,唐古拉山比比看。至于施工前的动员鼓动工作,在格尔木已经搞过了,也就不再搞了。因为大家明白党中央在盼着我们迅速修好青藏公路。下面我布置今天的工作:运输排到格尔木拉石灰和水泥,由秦副连长负责;人工排到无名大河砸冰背冰供炊事班做饭和大家洗漱用,由汪排长负责;机械排用推土机从公路两边往公路上推土,其余人拿铁锹整平,再用平地机和压路机压平整,此项工作由张副指导员负责;摊铺排开料场,由装载机配合,这项工作由我和方技术员负责。现在解散,立即投入各项工作。"

汽车和机械发动了好久都发动不起来,原因是严寒和缺氧。战士们轮换摇着摇把,每人摇上几下,就气喘吁吁,张着嘴喘气。汽车和机械经过一个多小时的折腾终于发动了,但不是人用摇把摇燃的,而是战士们用木柴醮着汽油烧烤了很长时间的发动机后才发动起来的。

由秦擎天带队的汽车排陆陆续续地驶出了工程尖刀连驻地。出发前,他反复强调了安全问题。

开料场也是一件艰苦的事。因为高原沼泽地没有可作为修筑公路的沙砾,而公路边都是粉沙,不能满足设计要求,两三千米内地貌又不允许。由王大寨和方林带领的摊铺排用了整整一天的时间,才在 5 千米外找到可供修筑公路的料场。中午大家只啃了几口冰冷如铁的馒头。返回途中,雪风凛冽,不少战士在挖草皮时虎口被震裂了,淌着血。虽然劳累,但王大寨心里还是很高兴的,因为有了收获。

与此同时,由张德彦带领的机械排,日子就不那么好过。谁承想大地如铁板一样坚硬无比。冰封雪裹的唐古拉山属于永久的冻土地带,风吹得人站不住脚,地冻得铁镐也挖不动。推土机沉重的铲子铲下去,只推出几道白色印痕。无奈之中,张德彦发火了:"怎么一点都推不动?"推土机手余辉很难为情地说:"我也没办法。"张德彦吼了起来:"不行,再来。"余辉又爬上推土机的驾驶室,放下铲刀,加大马力,大家只听到推土机铲刀与大地接触时发出砰的一声响,地上还是只有几道白色印痕。张德彦咬牙切齿地用穿着大头鞋的脚跺了几下,似乎想一脚把亿万年来的永冻层跺融化:"去他的唐古拉山,怎么这么坚硬!"

余辉跳下驾驶室,解释道:"副指导员,这地太坚硬,我马力加得够大的,可是还是几道白色印子。"张德彦说:"不怪你,只怪这冰天雪地的鬼天气害人。"孙绪明说:"大家再想想办法。"张德彦狠狠地说:"哪有办法?有烟没有,来一支。心里烦得很!"余辉立即从衣兜里掏出烟来递给张德彦。烟点燃了,张德彦猛吸两口就不停地咳嗽起来。而后,大家又接连反复地试了几次,大地还是毫发无伤。到了傍晚,机械排的战士们像打了败仗的士兵一样怀着沉重的心情回到了驻地。

当晚,王大寨组织连队干部开会。张德彦焦急地详细汇报了机械排一天来鏖战唐古拉山的情况,说着说着他差点掉了泪。王大寨吸着烟,心情烦躁地来回转着圈:"不要都看着我,开动脑筋想想办法。工程尖刀连这样下去能行吗?"会议开了一个多小时,人人愁眉苦脸也没想出办法来。最后,王大寨把烟蒂狠狠地往地下一甩:"明天三个排的兵力统统上工地!散会!"待大家走后,王大寨叫通讯员去何医生给他拿瓶安眠药来。何小碧去了一会儿回来了,后面跟着何玲。何玲把一瓶安眠药交给王大寨说:"几天前在格尔木就给你拿了不少,少吃点,对身体不好!这种药有依赖性,记住每天只能吃两片。"王大寨说:"不吃睡不着,压力太大。我这几天一直吃的三片,今天施工开始就不顺利,看来今晚要吃四片了。"何玲说:"不行,那样确实有害无益。"王大寨开玩笑道:"是不是怕我把你的药吃完了?"何玲说:"不是那意思,我考虑的是你的身体受不了。"王大寨说:"不行呀,不吃这东西不行,吃少了也不行。睡不着体力就无法恢复,没有体力就无法带领大家施工。工程尖刀连要是完不成沥青路面的铺筑任务,我就无脸见师团首长了。你知道我的思想压力有多大,我这个高配副营职连长不好当呀!"说着,他吃下了四粒药片。何玲说:"连长,我知道你的压力大,既然上面把这么艰巨的任务交给你,就说明你有这个金刚钻。"王大寨说:"何医生,话不能这么说,唐古拉山的工程是青藏线上最艰苦的工程。师部从三个团抽调精兵强将成立工程尖刀连是最正确的,全师正看着我们这个连呢,我在一团当过三年多连长,在青藏线上只要是我负责的每一段路都保质保量地完成了,我曾经自豪过,但现在我不敢说自豪,除了压力还是压力。我的苦衷谁了解呢?只有安眠药了解。好了,何医生你回去休息,我还要去查哨!"

王大寨来到人工排一班,看见烛光下藏族战士俄尕志趴在床上练习写汉字,李俊杰正在教他。俄尕志在一张白纸上反复地写着"一不怕苦,二不怕死"的字样,写了整整一页纸。战士们见王大寨来了都站了起来。王大寨招呼大家坐下,顺手从床铺上拿起俄尕志写得歪歪扭扭的字:"不错,不错,大家都要有'一不怕苦,二不怕死'的拼搏精神才能拿下唐古拉山的施工任务。大家高原反应好一些了没有?"有几位战士回答道:"好一点!"王大寨说:"好点就好! 早点休息,明天还有重活等着我们干。"于是有几位战士开始脱衣上床。俄尕志望着王大寨说:"我再练一会儿字,等他们睡着了我再睡,我倒下去就能睡着,睡着就会打呼噜,影响大家休息。"王大寨说"好吧",打着手电又到其他帐篷查哨去了。大家开始迷迷糊糊地睡了,但睡得不踏实,因为缺氧,一会儿又要憋醒。俄尕志练完字站起来,伸了伸腰,开始上床躺下了,听着狂风把帐篷吹得哗哗地响,他也睡不着了,失眠了。

1961年,俄尕志出生在四川阿坝藏族自治州的农村。可惜小学还没有毕业的俄尕志就回到了马背上,抄起了牧羊鞭。从此,广阔的草原和无垠的雪山成了俄尕志的大课堂。他虚心向农牧民学习兽医知识和各种生产技术,为改变家乡的落后面貌而辛勤努力着。1978年初,十七岁的俄尕志被大伙用扔豆的方式选举为生产队长。一年后,他又在党旗下庄严地举起了右手,并担任了大队团支部书记……在1981年11月青稞收获的季节,俄尕志的愿望实现了:他应征入伍了。当他脱下毡帽、藏袍,换上崭新的绿军装后,竟兴奋地跃上马背,一个呼哨飞奔出了几百米。出发的前一天,藏族县长把俄尕志等十名藏族战士带到县城边的雪山前,语重心长地说:"娃子们,九十九座山挡不住雄鹰高飞,九十九条河拦不住骏马奔驰。你们面前的这座山就是当年红军翻过的雪山,你们今天当兵,就得学红军的样,当个好兵,像那雄鹰高飞、骏马奔驰,为咱藏族人民争光哟!"

当兵了,一切对俄尕志来说都是新鲜的。部队首长和战友们也喜欢他这个黝黑结实、有一头卷毛的藏族战士。特别是他在联欢会上露的一手独唱藏族歌曲和翩翩而起的藏族拉手舞,更是获得了热烈的掌声。但没过几天,困难就和欢乐结伴而来。他从小讲藏语,汉字识不了几个,普通话也只能讲些简单的,听首长讲话和与战友们交流思想感情都遇到了障碍。一次开全连大会,俄尕志代表新战士发言,他讲着讲着就换成了流利的藏语,弄得下面的战士们一个个都愣住了。在困难面前,俄尕志这个藏族战士并没有低头。为了学汉语,他用津贴买来了《现代汉语词典》。

通铺床上,赵小刚的一声咳嗽打断了俄尕志的回忆。俄尕志翻了一下身,问:"赵老兵,你也没睡着呀?"赵小刚说:"唉,在高原上睡不着,鼻子也不通气。"俄尕志说:"你在想什么?"

赵小刚说:"想家,想父母,想未婚妻……"

第六章

　　第二天,工程尖刀连一百多号人来到唐古拉山公路两旁。
　　按王大寨的安排,摊铺排、机械排的人马铲除公路两侧的积雪,人工排跟着他们干。
　　一到工地,身强力壮的俄尕志第一个挥起十字镐,镐头砰的一声弹开了,留在地上的只是一个白色的斑点。王大寨说:"加油,使劲!"俄尕志又挥起了第二下,情况和上次差不多。可王大寨仍然不相信大地有这般坚硬,夺过十字镐,憋足力气抡圆了,砰的一声朝下砸去。大地安然无恙,受到损害的却是他自己。他的虎口被震得又麻又痛,好像要裂开似的,不由他不丢下十字镐,吸着凉气使劲搓揉。其他人也都试了一下,之后便站着不动了。汪满良说:"也许中午会好些,太阳一照,地面会融化些。"王大寨脱下皮大衣扔在地上:"我们不能跟着太阳转,要不还叫什么工程尖刀连。"他又举起十字镐,将尖尖的镐头砸到地面上,半蹲着稳稳扶住:"来,镐头砸镐头,我看是地硬还是铁硬。"汪满良和俄尕志将自己的镐头摆平,像抡锤那样轮换着砸去。这办法倒还奏效,戳在地上的镐尖一弹一跳地朝土层深入着。方林望了望四周苍凉的雪野说:"连长,能不能用汽油和木材烧?"王大寨说:"这办法我想过,哪有那么多汽油和木材? 来,三人一组就像我这么干。"
　　人工排就这样开始了他们的行动。临到中午时,冰面上方圆 10 来米已经露出一层两三寸厚的地皮。王大寨像个管家婆,忽喜忽骂地唠叨着,让大家加油,再加油。因为按照常理,再揭去一层冻硬的地皮后,下面肯定是疏松的土壤或者沙石。但这时,赵小刚已经有些吃不消了,喘着粗气用衣袖揩去脸上的汗水。王大寨说:"你不用砸了,只管扶牢镐头就行。"赵小刚蹲下去,从王大寨手中接过镐柄,用力扶稳,可等到连长重重地一砸,那镐头便跳了起来,差点打到王大寨头上。赵小刚自己也被弹了出去,一屁股瘫坐到地上。汪满良说:"你休息吧。"可赵小刚却两手撑地立住了。王大寨便说:"叫你休息你就休息,谁也不会说你没干活,只要能参加工程尖刀连就是好汉。"赵小刚不听劝又要去扶住镐柄。王大寨将他拉住,对大家说:"那就都休息一会儿吧。"
　　人们纷纷坐下了,这才发现各自的虎口都被震裂了,并渗出了血。王大寨吸着烟,苦思冥想怎样提高工程速度。这些天因缺氧所有人都没有睡好,加上接连几天的劳累,人们或坐着或靠着隆起的土堆,都闭上了眼睛。李俊杰和赵小刚、俄尕志真的睡着了,发出轻微的鼾声;汪满良似睡非睡,迷迷糊糊的,知道王大寨坐在了自己身边,又无法打起精神来和他搭话。方林从上衣兜里掏出一个笔记本,从本子里拿出未婚妻龚萍的照片,左看右瞧,脸上露出了淡淡的微笑。

他俩相识在呼和浩特交通学校。那是新生报到的第一天,方林是上午到校的,中午在校外的小吃部吃了一碗面条便返回学校,在校门口外的公路上见一名身材颀长、相貌甜美、一头乌黑长发的姑娘提着大包小包的东西吃力地往学校行走,额头上渗出豆大的汗珠,一看便知是新生。方林便跑上去对她说:"我来帮你提些东西。"她便将一个大塑料包交给了他:"谢谢!"他们提着东西默默地走在通往学校的道路上。方林觉得太沉闷了,问:"你叫什么名字?"她腼腆地回答:"我叫龚萍。"方林说:"龚萍,真巧了,咱们的确是萍水相逢。你家是哪里的?"龚萍说:"北山市。你呢?"方林说:"我家是青海农村的,就在著名的藏传佛教塔尔寺附近。你知道塔尔寺的'三绝'吗?"龚萍说:"知道。塔尔寺的'三绝'就是壁画、堆绣和酥油花。一年前的暑假,我爸去西宁开会,带我参观过塔尔寺。"

后来他们共读一个系一个班。歌德说过:"哪个青年男子不善钟情,哪个妙龄女郎不会怀春。"再后来,除了学习,业余时间他们形影不离,出双入对。公园里有他们的身影,电影院里有他们的足印……他们相爱了,并且爱得很深,恨不得把对方融化进自己的身体里。但是,当龚萍满怀激动的心情把自己恋爱的情况告诉她的父母时,却遭到了父母的坚决反对,两位老人认为自己的女儿找个农村的孩子,门不当户不对……虽然遭到父母的强烈反对,但龚萍还是一往情深,对方林热情四溢地说:"你放心,我会永远爱着你!"感动得方林热泪盈眶。快毕业了,龚萍的父亲已在当地的交通部门给她找好了工作。龚萍就给父母做工作要把方林也安排在同一个部门工作,但父母置之不理,还把心爱的女儿骂了一通。最后,方林一咬牙报名来到了青藏高原,来到了青藏公路。方林永远忘不了龚萍这个热情似火的姑娘在他俩离校前的一次约会时的山盟海誓:"不管你走到天涯海角,我们的心永远都在一起。"龚萍进入当地的交通部门工作,方林则被分配到了正在担负青藏公路改建工程的一团工程连当了一名技术员。刚分开的半年内,他们鸿雁传书,几乎每周都有一封书信往来,互诉分离的衷肠。每收到一封龚萍的来信,方林都激动得吃不下饭,睡不着觉,信看了一遍又一遍,几乎能背下了。再后来,龚萍的来信就日渐稀少了,而且语言也不冷不热。去年底龚萍给他来了一封信说,叫他无论如何去一趟她家,有要事相商。然而师部在三团成立工程尖刀连,就将他这个技术骨干从一团调来了。他曾找连长王大寨请假,王大寨火爆脾气一上来,就把他臭骂了一顿。方林哀求连长看在一个团出来的面上批准他的请假申请,但王大寨眼睛都红了,瞪了他几眼,他就不敢再说啥了。于是在工程尖刀连还未上山前,他给龚萍连续写了三封信,到现在一封回信也没收到……

回忆是一种幸福,回忆能填补幸福。

王大寨坐在镐柄上连吸了三支烟,突然觉得这儿太静了,静得有些瘆人。他腾地跳起,拉拉汪满良说:"起来,咱们开始干活。"汪满良身子摇晃了一下,猛地睁开眼,恍然觉得自己正躺在床铺上,习惯地掀了一下被子,掀起来的却是自己的皮大衣前襟。他使劲摇摇头,吃力地站起,总算是又回到了面前这个严酷的环境中。王大寨又去拽醒赵小刚。赵小刚刚一睁眼,他身边的俄尕志就跳了起来。俄尕志拍打着身上的泥土说:"我睡着了。"王大寨叫道:"汪排长,李俊杰,俄尕志你们过来,我刚才想了半天,咱们先挖一条机沟,宽0.1米,深0.2米。"说着,王大寨就蹲在地上比画着,问方林:"你看,挖这么个机沟,然后再把推土机铲刀放下去,用推土机推,行不行?"方林说:"试试看吧。"接着王大寨在地上画出了两条线,大家拼命地用十字镐砸十字镐的办法挖了起来。挖了一会儿,到了开中饭的时间。这时,王大寨说:"下午三个排仍然挖机沟,吃了午饭就开工,现在抓紧吃饭。"

午饭的主食是米饭,菜只有两个:每个班一碟子干炒黄豆,一碟子罐头脱水菜,另加一盆白开水醋汤。

吃完午饭,大家气喘吁吁地来到工地,没歇息一下就又干了起来。人多力量大。一条长25米,宽0.1米,深0.2米的机沟在一个小时左右就挖好了。王大寨叫推土机来试一下。余辉驾驶着推土机轰大油门开过去一试,铲刀下去,一推就成了楔形,土一点没推动。王大寨一看不行,眉头一皱:"这个鬼天气。不行,再挖!"大家一鼓作气,机沟大约挖到0.2米宽,0.3米深时,王大寨喊道:"推土机再来试一下。"推土机再一次轰大油门,铲刀一过去,坚硬的冻土终于被推走了。大家欢呼雀跃。王大寨皱起的眉头舒展开了:"大家休息一下,排以上干部过来开会。"

开会地点就在刚挖掘成功的机沟旁,六位干部蹲在地上,围了个圈。王大寨说:"看来4月份,三个排的主要工作就是挖机沟。公路两边,与公路平行每隔1米挖一道机沟,公路两侧要各挖八道机沟。"张德彦说出自己的观点:"还不如等到5月初天气变暖,冰雪融化后再干。"王大寨斩钉截铁地说:"不行。必须争分夺秒!"邹洪康说:"对,应该抓紧时间干。"张德彦看了一眼邹洪康。王大寨说:"技术员,你立即算一下,每个班一天挖30米,一个月能挖多少?"孙绪明惊讶道:"30米!"汪满良也吃惊地说:"连长,30米绝对完不成。"方林说:"25米就差不多了。"

  王大寨不容其他人再减少任务了:"好,同意大家的意见,少一点,每个班每天25米,不要再争了。"方林用计算器计算后道:"按十二个班每天各挖25米计划,一个月只能挖562.5米。"王大寨道:"能挖一点是一点,总比不干好吧。机械排抽出三个人开推土机、平地机、压路机……"孙绪明想,自己排开推土机、平地机和压路机就占去了三个人,所以没等王大寨把话说完,就抢先道:"不行,我们排完不成任务!"王大寨有点想发火:"你嚷嚷什么,等我把话说完。从明天起,文书、通讯员,还在炊事班抽出一个人补到机械排。"孙绪明高兴地说:"这还差不多。"王大寨道:"各排今晚上组织大家好好动员,教育大家要吃苦耐劳,发扬'一不怕苦,二不怕死'的精神,为工程尖刀连争光,为青藏公路多做贡献!"

第七章

　　一周后何玲才适应高寒缺氧的气候环境,身体也逐渐恢复过来了。只要战士们一下工,她就去战士们住的帐篷,一个一个地检查他们的身体,有病就吃药,不能影响施工。由于她去的次数多,再加上她没有团长女儿的架子,大家特别喜欢她尊重她,有的战士亲切地称她为"玲玲医生"。

　　然而,何玲来到工程尖刀连并没有使张德彦感到高兴和幸福。何玲刚上山时,高原反应比较强烈,不是头昏脑涨,就是呕吐,连饭也吃不下去,甚至每天早晨还流鼻血,一洗脸鼻血就往下滴,有时染红半盆洗脸水。张德彦见了就埋怨她道:"谁叫你来这鬼地方,不好好在机关待着,何苦呢?"何玲微笑着说:"谢谢你的关心,我相信我会适应这里的一切。既然我选择了来工程尖刀连,我就会坚持到最后。"张德彦说:"你这人真是固执!"何玲说:"算你说对了,如果你觉得不能接受,那么现在和我说再见还来得及。"到这时,张德彦就不敢再多说什么了。他很爱何玲这一点不假。他曾多次在夜晚梦见过,憧憬过他们在一起的幸福时光,可是当何玲真的来到他的身边,天天能见面时,现实却没有他梦想、憧憬的那么浪漫。何玲说:"真正理解生活的人,不是在艰难中熬煎着等待欢乐,而是在艰难中奋斗着创造欢乐。这里确实苦,比我原来想象的还要苦很多倍,可是这里却需要我,你不觉得这里才让我体现了自身存在的价值吗?你过去给我的来信中,除了说爱我外,就是高原生活的艰苦。别人能待下去,我不相信我们就比别人差。"张德彦无言以对,只是默默地看着她。何玲又说:"顽强的生命绝不会在温室中孕育,而是在空旷的草原上,在湿润的冻土下,在嫩绿的水草旁……一味沉溺于享受的人是懦夫与弱者,而理想的花朵,成功的硕果是永远不会欢迎怯懦的人去采摘的!"

　　何玲说的什么,他一句也没听进去,他的思绪又回到了与何玲第一次分离的时刻。那是何玲考上大学第一次离开家,在火车站的站台上,张德彦带着一份落榜生的失落,带着一份少男少女的朦胧情愫,将何玲送上开往西安的火车。那时的他真怕从此永远失去何玲,失去这个曾无数次做过他梦中新娘的美丽少女。高考成绩出来后,他曾把自己关在屋子里不见任何人,万念俱灰,他知道大学将是一道把他与何玲隔开的高高的门槛,他觉得自己配不上何玲了。可是何玲却在那样的时刻来到他的身边，用少女的一片纯情宽慰着他，使他又重新鼓起了生活的勇气。他到现在还清楚地记得当时何玲对他说的话："振作起来，没考上大学也不至于这样，今后还有机会考，何况条条大路通罗马，一个人只要身体健康，道德高尚，无论上不上大学，无论将来干什么，都会是社会的有用之才。"他感激何玲没有抛弃他，当何玲就要走的前两天，他专门赶车到绵阳，到绵阳最大的百货商店为何玲选购了一条绿色的纱巾。虽然张德彦不是一个富有诗情画意的人，可他也知道绿色代表着生命，代表着常青，在那个讳谈爱情的年代，他还是想把他与何玲的关系用"爱情"这两个字来形容，他从内心深处愿何玲和他之间的爱能充满生命的活力，如同一棵稚嫩的小树苗，在雨露和阳光的沐浴下，长成一棵参天大树，那绿叶的荫蔽护佑着他俩，直到永远。当他流着泪把那条两天前买来的绿色纱巾递给坐在火车上的何玲时，他看到何玲的眼里也盈满了晶莹的泪水，他知道从这一刻起，这条纱巾将成为连接他和她的一条生命的纽带，不论他们今后在哪里，他们的心都会在一起……

秦擎天带领的车队在格尔木拉运石灰和水泥返回后，何玲到他的帐篷问他有没有什么不适，需不需要什么药，秦擎天正拿着一本朱自清的散文集在看，见何玲进来，他忙站起来，请何玲坐下。何玲问："秦副连长，你也喜欢文学？"秦擎天说："平时喜欢看一些文学作品。"何玲说："上大学时，我也喜欢写写画画。不知秦副连长平时写不写点东西？"秦擎天说："我偶尔写写散文。"何玲惊喜地问："你会写散文？"秦擎天说："写得不好，有时只是一种精神寄托，精神追求吧。我不能和你比，你是大学生，我是土包子。这样说，也许太土了，应该是说你是阳春白雪，我是下里巴人。"何玲说："别这样说。咱们都一样是文学爱好者，都一样是高原筑路军人。能不能把你的文章让我欣赏欣赏？"秦擎天说："可以，别笑话我。"说完就从床边的办公桌抽屉里拿出一个里面贴满已发表的作品的笔记本，递给何玲。何玲接过笔记本，翻看起来，一篇题为《骆驼草赞》的短文吸引了她的目光：

我赞美你——高原戈壁上的骆驼草，你这大自然的精灵，在恶劣的环境中，茁壮地生长。远古的风土曾把你养育，亿万年前的海水曾将你滋润。

时光荏苒，沧海桑田，你无怨无悔地诀别了舒适的水底，走到一个没有母亲遮蔽的充满逆境的天空下，走到一片饱受无情的自然之手摧残的土地上。

但我知道生命是不息的,于是代表着生命的你们一辈辈把根扎在这里,日夜陪伴着这块人迹罕至的土地,用心打扮着这片日渐荒芜的戈壁。

于是骆驼草,你和你众多的兄弟姐妹便成了一颗颗璀璨的绿色珍珠,散落在高原荒地,点缀着茫茫戈壁。

啊,骆驼草,你肯定曾为绝望的人带来新生的希望,你也为饥饿的牲畜带来延续生命的食粮。

啊,骆驼草,你索取的是那样少,奉献的却是那么多,你就是我生命中激动的源泉,你更是我心中适者生存的楷模。

啊,骆驼草,我的字典里生命的注释就是你,正是你用你的不屈把生命二字写就。

我赞美你——骆驼草。

何玲看完后,情不自禁地说:"好,好,很美!完全写出了我第一次看见骆驼草时的感受!"秦擎天说:"不行,瞎糊弄几句,别见笑。什么时候也让我欣赏欣赏你的文章。"何玲说:"我可没有你写得这么好。我写的都是有感而发,还要请你多指教。部队上一定有许多文学爱好者吧?"秦擎天说:"我知道工程尖刀连的余辉也是个文学爱好者。哎,对了,我给你背两句诗,是我们连的一个战士写的,'远看雪山锯齿齿,近看雪山齿齿锯'。"何玲说:"我好像觉得挺耳熟的,虽然从韵律上讲有点像诗,说到底也只能算是顺口溜而已。"秦擎天说:"虽然有模仿的痕迹,不过,一个战士在唐古拉山待几天能写出这两句,就很不容易了,至少他还是很善于观察和联想。"何玲像想起什么似的盯着秦擎天说:"我好像以前在什么地方见过你,但一时想不起来了。"秦擎天说:"是吗?"何玲想了一会儿,惊喜地说:"记起来了。去年,对,去年8月下旬在成都开往西安的火车上,当时我在江油火车站上车时,你还帮我提过旅行包,车上很挤。"秦擎天说:"经你这一说,我也有印象了,你当时是头乌黑的长发。"何玲说:"到部队来就剪短了。"秦擎天说:"我当时是从江油调往格尔木。"何玲说:"我当时是去西安上学。你那时穿着军装可神气了,皮肤也白。"秦擎天说:"我到格尔木后,脸就没白过,高原的紫外线强。何医生,我一直想问你,作为一个团长的千金,你干吗非要来唐古拉山?"何玲说:"我就是想体现一个医学院毕业生的价值,想体验一种全新的生活。到卫生队报到后,我听说工程尖刀连非常需要医生,别人能来,我为什么不能来,团长的女儿就高人一等?"秦擎天说:"看来,你这人挺有个性,还能和我们这些农民的后代打成一片。我在江油留守处机关当司务长时,听说你是家属院中唯一考上大学的干部子弟。"何玲笑逐颜开地说:"谢谢你的夸奖。其实,1977年全国刚恢复高考制度,考试题目也并不复杂,我抱着试一试的心态就考上了。"

　　这时,张德彦从外面走了进来,看见何玲与秦擎天有说有笑的样子,脸上挂上了一丝不悦,对何玲说:"找了你半天,原来你在这里!"何玲站起来,顺手将粘满作品的笔记本放在办公桌上,提起药箱,对张德彦说:"啥事?走吧。"

第八章

王大寨从施工工地下工回到帐篷后,见办公桌上装烟灰的罐头盒下压着一张纸条,他抓起来一看,上面写着几行字:

王连长:
　我自上山以来,老是头疼胸闷,喘不过气来,气候如此恶劣,施工如此艰苦,生活如此枯燥,我太想家了……

战士赵小刚

看完纸条,王大寨猛地一拍桌子,把桌上的喝水缸子都震得砰砰直响,嘴里骂道:"这个败类,这种事情竟然也出在咱们工程尖刀连!"他长叹一声,一屁股坐在床铺上,双手抱着头。通讯员何小碧见连长发这么大的火,也不知发生了什么事,只是一动不动地站在原地盯着王大寨。王大寨抬起头来说:"通讯员,你到人工排叫汪排长来。""是!"何小碧应声而去。随即王大寨从衣兜里掏出烟来,点燃狠狠地吸了几口。"报告!"汪满良来了。王大寨问道:"你们一班的赵小刚在班里吗?"然后看着汪满良。汪满良说:"好像没在,我去班里找找。"

王大寨大手一挥:"不用了,你看看桌上那纸条就明白了。"汪满良从桌上拿起纸条看后,眼睛睁圆了:"连长,这不可能!"王大寨说:"这还有假?"汪满良说:"那咱们连分头去找找。"王大寨说:"找找?你想想这冰天雪地的,他能步行离开?"汪满良想起来了:"对,今天上午有两支车队经过:第一支车队是青海运输公司的;第二支车队是青藏兵站部汽车三十五团的,都是从西藏返回青海方向的。啊,记起来了,当三十五团的车队鸣着喇叭通过我们施工地段时,赵小刚慌忙放下手中的铁镐,对我说要去上厕所,我让他快去快回。他头也没抬,提着裤子就朝车队行驶的方向跑去……"王大寨说:"对,我想他也是坐这支车队的车走的。"汪满良说:"那我们现在咋办?"王大寨说:"没办法,也不用派人找了,反而要误工期。只有报告团部我连有一名战士离队了。上级要追查原因我兜着。"汪满良说:"不,连长,这不公平,是我没有看好战士,责任是我的。"王大寨说:"你有什么办法不让他走,娘要嫁人,天要下雨,我也没办法。赵小刚,把我们工程尖刀连的脸丢尽了。"

下午一上工,王大寨没有急忙让大家挖机沟,而是叫人工排排长汪满良集合。汪满良吹响了紧急集合的哨声,大家放下手中的镐头,奔跑着过去集合。王大寨紧绷那清瘦黝黑的脸,杀气腾腾地在队列前盯了大家半天。大家预感到出了什么大事,都盯着王大寨,大气都不敢出,昂头挺胸。王大寨讲道:"今天我们工程尖刀连出了一个擅自离队的,这个就是人工排一班的战士赵小刚!"队列里有人窃窃私语:"不会吧?"王大寨加重了语气:"这是千真万确的事实。如果有人现在想离开,就站出来,我们会以不适应在唐古拉山施工为由,让他回格尔木。"讲到这里,他停止了片刻,问道:"有没有?"队列里没有人吭声。王大寨大声地问:"既然没有,我问大家这里苦不苦?"大家回答道:"苦!""承认这里苦是对的,否则别人会认为我们是傻子。这里确实太枯燥了,没有公园,没有电影,听不到收音机,看不到电视,整天就是施工、吃饭、睡觉。我们眼睛所看到的是雪山,在'山上不长草,风刮石头跑'的环境里,正如大家编的顺口溜那样'吃水麻袋扛,吃的夹生饭,睡的玉石床(冰雪地)'。这样的环境苦不苦?回答只有一个字'苦'。但我们同当年开辟青藏公路的慕生忠将军他们比,我们的条件优越了不少倍。革命前辈不怕艰难困苦,不怕流血牺牲开辟青藏公路,为的是西藏百万农奴翻身解放;而今天,我们来改建这条公路,是为建设一个繁荣、富强、团结、文明的新西藏。我们修的是民族团结的路,是西藏人民的幸福路。尽管苦点累点,但也是应该的,光荣的……"

挖机沟是个艰苦而付出体力很大的活。近一个月来,人人嘴唇干裂了,有的嘴唇上还淌着鲜血,脸黑如锅底,双手虎口震裂后又结出了厚厚的茧疤。应该说,大家干得不错。连队干部,特别是王大寨,天天盼着5月份早日到来。因为5月一到,冻结的大地随着白天温度的升高,冰雪开始融化了,机沟就不需挖掘了,推土机就能将公路两边的泥土推上公路。

连长,大概是军队里最爱发火,也应该发火的角色。此时,王大寨正双手叉腰,气势汹汹地大发雷霆:"你给我回去休息!"通讯员何小碧没有吭声,手里的镐头仍在飞一般地舞动。他心里清楚,自己太想实现曾经对父母的承诺了,而要实现这个承诺,他就必须要比别人更优秀,比别人干得更多。刚来工程尖刀连时,他因自己被选为通讯员曾经懊恼过,因为他知道那样的工作是不能与一线的战士们相提并论的,现在好不容易有了展示自己的机会,他能躺得住吗?他是几天前在工地上因严重缺氧而休克被战友们抬进被窝的,何玲检查后让他必须卧床休息。望着战友们离去时疲惫的背影,他又爬起来,背着何玲跑向工地,他理所当然地要挨王大寨的"训"。

这个兵龄不到两百天的战士,因为心中有一个明确的目标,因此工作中就时时体现出一股子蛮劲。再苦再累的活,只要分配给他,绝不会从他嘴里蹦出半个"不"字,可让他休息,他就会说是在要他的命。望着他近乎哀求的眼睛和执拗的神态,王大寨拍了拍他那稚嫩的脸蛋,眼睛湿润了。

工地上的定额,从来都是按满负荷下达的,对何小碧来说,超额是正常的,即使生病也不例外。然而,高原强烈的紫外线的照射和严寒缺氧,却是一个难以接受而又必须接受的事实。为了达到他所谓的"正常",他的脸已肿得绷破肉皮了。张德彦也忍不住发火了:"我命令你马上回去休息!"何小碧说:"任务这么重,我能躺得下吗?"说着,已是泪流满面。张德彦铁青着脸,只好亲自动手,把他赶下了工地。

闲不住的何小碧,默默地在营房里烧着开水,然后一担担地给工地上的战友送去……

国际劳动节那一天,何小碧挑着开水艰难地向工地走去,突然心脏剧痛,他扑倒在地……躺在王大寨的怀里,他留下的最后一句话:"我对不起……没有完成任务,死了也让我朝着拉萨,朝着青藏公路。"

战友们在何小碧的衣兜里发现了一封没有写完的家信:"亲爱的爸爸、妈妈:我现在正在最高的地方修路,我身体很好,不必挂念……我不会辜负二老的希望,争取年底寄立功喜报回家……"

时间过得太慢了,全连官兵都陷入一种恐惧中,忐忑不安而又手足无措。

秦擎天带汪满良和三位战士去挖坟坑,坟地选在了唐古拉山口的山坡上。按照何小碧的遗愿,将他埋在山坡上既可以看到战友们的施工,也可以看到公路上行驶的车辆。汪满良回头看看那三十多顶孤零零的帐篷,对秦擎天说:"不能埋远点吗?"秦擎天不容反驳地说:"不能!不能让他离我们太远,他是有灵魂的。"汪满良说:"可我们是来修路的,让这坟堆天天守着战士们,会影响情绪。"秦擎天说:"不会。干吧!"于是便用汽油和木材将地烤化后,几个人就拿镐头、铁锹挖起土坑来。

王大寨和几位战士将何小碧的遗体抬着走向坟地,工程尖刀连的全体官兵紧跟在后面。有人在哭,却听不到声音,哭泣声被凌乱的脚步声和风的呜咽淹没了。

第九章

晚上,王大寨来查铺,看见孙绪明还坐在床铺上,神情黯然,正打着电筒在那儿写信。王大寨问:"给家属写信?"孙绪明长叹道:"唉,她不小心摔了一跤,流产了。"王大寨也长叹一声,掖了掖孙绪明的被子,坐在了床边上,关切地说:"军人的老婆不容易,写信好好安慰安慰。施工任务这么紧,我也不能让你回去一趟。晚上天气太冷,写完早些睡,别感冒了,明天还要施工,我走了,还要去查铺。"孙绪明点点头,嗯了一声:"你也早些休息。"王大寨边往外走边说:"我知道。"

孙绪明写完信,披着大衣,出帐篷撒了一泡尿,回去坐在床头上便没了睡意。

孙绪明当了排长后第一次回老家农村探亲是去年10月下旬。一进家门,生产队的父老乡亲就来看他,说他们家不知烧了哪炷高香,儿子当了军官了;女人们说他人长高了,脸也白了;有一位婶娘在他军装上捏了捏,说这衣服质量就是好,还是涤卡呢!大家还说他是孙家村新中国成立以来唯一的军官……孙绪明顿时一种光宗耀祖的自豪感油然而生。他笑嘻嘻地给叔叔们发香烟,给婶子们和孩子们散糖果。大家热闹一阵子就走了。客人走后,孙绪明脱了军装就要给父母干活。母亲说:"你难得回来,先歇歇。再说家里也没多少活需要干,有些重活,小英帮咱们干了。她带着小妹去公社供销社买书包了,原来那个书包烂得大洞连小洞的,让别人笑话。"

没过多久,文小英和小妹回来了。文小英一见孙绪明就腼腆起来:"绪明哥回来了。"孙绪明高兴地招呼道:"嗯,小英快进房坐。"说着,抬眼一瞧身旁的文小英已是个头高挑的大姑娘了,脸上一对酒窝还是那么动人,穿着大方整洁。孙母也招呼文小英进屋坐。文小英羞羞答答地说:"婶子,我回去给爸妈讲一声,好让绪明哥去我们家做客。"孙母忙放下针线活,捧出一捧糖果给文小英说:"好吧,这姑娘真懂事,快拿上,你绪明哥带回来的。"文小英接过糖果满脸通红地走了。小妹放下买来的书包,跑到孙绪明跟前:"哥,想咱们家不?"孙绪明说:"咋不想呢?我当兵时,你才读二年级,四年不见怎能不想?"小妹又说:"小英姐说你现在当军官了,看不起农村姑娘了。"孙绪明捏着小妹的鼻子说:"瞎说。"孙母见小妹的疯劲上来了,就喊道:"小妹你都大姑娘了,没大没小的,还不赶快去烧火煮饭。"小妹噘了噘嘴,去厨房了。孙母说:"小英这孩子真不错,你走这几年,我们家的大事小事她都帮着干,一有空就看着你给家里邮来的照片发呆,她真心对我们家好,对你好,你可不能变心呀。"孙绪明说:"妈,你儿子是陈世美吗?"的确,他提干后,就经常琢磨着一定要好好干,干满十五年或提到副营职就可让文小英随军,吃上国家商品粮。

　　第二天,孙绪明按照母亲的盼咐,在公社供销社买了不少孝敬文家老人的东西,同时他又给文小英买了两块质地不错的布料。回来后,母亲夸他想得周到。下午,孙绪明就和小妹把大包小袋的东西送到了文家。文小英的父母自然喜得合不上嘴,硬要留孙绪明兄妹俩在家吃饭,小妹说家里还有事就回去了。孙绪明哪能坐得住,见文小英要去井口挑水,他便走过去一把夺过文小英肩上的扁担,文小英抓着扁担不让,说:"你休息吧,我来挑,免得把你军装弄脏了。"孙绪明从文小英手里夺过扁担就挑了起来,文小英就跟在了孙绪明后面走。这时,生产队的人见了就说,看这小两口还没结婚就这么亲热。话音一落,大家哄然大笑。这一笑让文小英羞涩得无地自容了,也不管孙绪明撒腿便跑回了家。孙绪明挑了五担水,水缸就满了。正在杀鸡的文母拿过毛巾跑过来递给孙绪明擦脸上的汗珠,并拉孙绪明坐下,说:"孩子,你真勤快呀,和当兵前一个样。"

　　当晚,文家精心准备了满满一桌子的饭菜,文小英也去把孙绪明的父母和小妹请来了,两家人坐在饭桌旁谈笑风生。文小英的父母就夸孙绪明能干,而孙绪明的父母就称赞文小英懂事。四个老人高兴得一个亲家长一个亲家短的。文母说:"原来我们家都以为绪明一当军官就会忘了我们家小英子,没想到……"文母话还未完,孙母就接上了:"我们绪明哪是那种没良心的人!"

　　回家的第三天中午,孙绪明正在睡午觉,刚从县人民医院回来的严大叔来到他家说:"孙绪明婶婶叫他到县城去一趟,说有急事找他。"

　　原来,严大叔的老婆患了心脏病,在县人民医院内科进行治疗。前天上午孙绪明满面春风地回家后,正给大家发烟散糖时,正巧严大叔从县医院回家拿粮返回县城路过孙绪明家,还在人堆里得了孙绪明的一支香烟。回到县医院,严大叔就将孙绪明回家探亲的情况告诉了在内科当医生的孙绪军。孙绪军回到家又把这一消息告诉了母亲,蔡婶听到这个消息后,喜不自禁地找严大叔专门回一趟孙家村,叫孙绪明来一趟,说有急事找他。待严大叔说明来意,睡意正浓的孙绪明就赶紧从床上爬起来,将军装穿戴整齐,洗了一把脸,就准备匆匆上路了。母亲一把抓住他盼咐道:"去县城要给你叔叔和婶婶买些礼品,他们对你一直都很关心的。"

孙绪明坐班车到达县城已经五点了，下车后他到了县城的一家商店转悠了半天，才决定给叔叔和婶婶买两盒糕点、两瓶人参酒和两盒"屯绿牌"茶叶。从商店出来，孙绪明提着塑料网兜走在县城的马路上时，见骑车下班的人来来往往。

孙绪明敲开孙烈家的门，孙烈刚回到家不久，正在刮胡子。蔡婶很高兴地打量了他一番。孙绪明将手里提的东西交给蔡婶说："没什么好东西，看望看望叔叔和婶婶。"蔡婶接过东西说："绪明，你把我们当外人了！"蔡婶放下东西，叫他用温水洗把脸，而后打了一个电话，便到厨房做饭去了。洗完脸后，孙绪明用毛巾把军装上的尘土掸了掸。孙烈刮完胡子洗完脸，坐到沙发上同他说话。

一会儿，有人敲门，孙烈开了门，热情地请客人进来。进门来的是一对五十开外的夫妻，后面还有个二十多岁的女孩。在厨房做饭的蔡婶听到有人进门，急忙来到客厅，用系在胸前的围裙抹着手，对孙绪明介绍道："绪明，这位是吴局长，吴叔叔。"孙绪明从沙发上站起来，握了握吴局长的手并问好，吴局长爽朗地笑着说："好，好！"蔡婶又将局长夫人、局长的千金吴雁做了一番介绍，最后指着孙绪明介绍道："这是我侄儿小孙，现在在部队当排长。"吴局长将孙绪明从头到脚打量一番，说："好，好，个头蛮高的！"孙烈沏好茶，端到茶几上，请吴局长一家三口坐到沙发上喝茶。这时蔡婶做饭去了。几人坐在沙发上，吴局长一家三口人目不转睛地盯着孙绪明看，孙绪明的脸都红了，他微微地低着头，手里捧着茶杯，不时地下意识地喝一口茶。局长夫人像个查户口的民警似的问孙绪明的年龄、家庭状况、在部队能拿多少工资、在高原工作苦不苦等等。孙绪明机械地回答着局长夫人所提出的每个问题。吴雁被孙绪明滑稽的样子逗笑了。孙绪明的额头开始冒汗，他微微发颤的手放下茶杯，从裤兜里掏出手绢擦了擦额头上的汗珠，坐直了身体，抬头看了看正在笑他的吴雁。刚才蔡婶介绍时，孙绪明没好意思仔细看吴雁，现在这一看，着实让他吃惊不小：眼前的她穿着一件剪裁得体的中式棉袄，棉袄包裹着她的身体，衬托出她那一副让天下男人都喜欢的身材。这身材既不像林黛玉纤细的瘦，也不像杨贵妃那样雍容华贵的胖，而是凸凹有致。

开饭了，蔡婶的拿手好菜摆上了桌：芝麻肉条、元宝肉片、龙门叠金、炝青白蛇、四喜丸子、煎烹鱼片、冬笋烧鸡、酱爆肉丁、紫菜汤，共八菜一汤，总数为九，那意思是天长地久。一看满桌的菜，大家就知道蔡婶为了这顿丰盛的佳肴做了充分的准备。大家坐上桌后，吴局长就开玩笑道："看着这些菜，胃口大开，弟妹有时间教教雁雁的妈妈。"蔡婶笑道："杨大姐是单位领导，天天忙忙碌碌的，哪有时间学做菜呀。"这时，孙烈打开了一瓶"西凤"，给每人斟一杯，举起杯说："欢迎吴局长一家和绪明到我家做客，没有吴局长的推荐，三年前我也调不到县里来工作，所以吴局长是我的恩人，等一会儿绪明代我向吴局长全家多敬几杯！"说着，就和吴局长一家及孙绪明碰了碰杯，仰着脖子一饮而尽了。吃了一会儿菜，孙烈叫孙绪明快给吴局长敬酒。孙绪明放下筷子，端起酒杯说："吴局长，我敬您一杯，感谢您对我叔叔的关怀！"吴局长举起酒杯说："孙副局长本来就很有能力，我只是推荐了一下，谈不上关怀。你们孙家村出人才哪，不仅出了个副局长，而且还出了个军官！"两人在大家的笑声中，碰了杯就喝下了。接着孙绪明又给局长夫人敬了一杯。在给吴雁敬酒时，孙绪明的手有些颤抖，脸也红了："吴雁同志，我敬你一杯，祝你万事如意！"吴雁端着酒杯，意味深长地看着他说："谢谢！"孙绪明不敢直视她的眼睛，然后两人一饮而尽。在给孙烈和蔡婶敬酒时，孙绪明说："叔叔，婶婶，俗话说吃水不忘挖井人，我孙绪明能有今天，多亏了你们，真诚地感谢你们对侄儿无微不至的关怀，我今生今世永难忘！"吴局长说："吃水不忘挖井人，小孙这话讲得好啊！"

一顿饭在兴高采烈的气氛中吃完了，孙绪明要帮蔡婶收拾碗筷，蔡婶不让他干，对吴雁说："雁雁，你带绪明出去走走，看看县城的夜景。"局长夫人也跟着蔡婶附和道："对，对，出去看看。"吴雁喜悦地对孙绪明说："行，走，我们出去走走！"孙绪明本不想去，县城有什么好看的，但又见吴雁用火辣辣的目光看着他，热情地邀请他，他不好开口推辞，便跟着吴雁出了门。

他俩出门后，蔡婶就征求吴局长和局长夫人的意见："你们觉得绪明这孩子行不行？"局长夫人说："不错，不错。我没意见，看老吴的意见？"吴局长说："行，我没意见，孙副局长两口子介绍的人还能有错？下一步就看雁雁的态度了，这鬼丫头眼光高，谈了几个都没成，非要找个部队上的，我们也不好多问，孩子大了，不好管。"局长夫人说："明天，就让他们在一起多了解了解。我要去检查一下文化工作，老吴明天又要召开工作会议。"孙烈说："我看这样安排可以。今晚，我们再跟绪明说说。"

孙绪明跟着吴雁来到县城的一条大街上，行人稀少，灯光暗淡，商店也关门了。他们走了很长一段路，吴雁把他带到到县城外的大河边，两人就伏在河岸边的石栏柱上，望着天空，吴雁说："今天是农历十六，天上的月亮真圆啊！"孙绪明没精打采地附和着："对，月亮真圆。"吴雁走近孙绪明问道："你是不是酒喝多了不舒服？"这时孙绪明闻到吴雁身上散发出的沁人心脾的香水味，说："没有。"吴雁抓着孙绪明的手，孙绪明顿时觉得身上一颤，想挣脱，然而吴雁却把他的手握得很紧。吴雁笑道："都20世纪80年代了，还那么老封建。"孙绪明感到吴雁的手特别光滑细嫩。他觉得一种危险的情绪笼罩着他,不能再在这里待下去了,他挣脱吴雁的手,转身便往回走。孙绪明眼前出现了多年来一直在心里爱着的文小英的身影,他不能对不起她啊。

他俩回到孙烈家中,吴局长夫妇已经回去了。蔡婶单独把吴雁叫到卧室问:"雁雁,你觉得绪明这人咋样?"吴雁说:"人长得标致,也懂礼,眼里也有活,挺不错的。"蔡婶说:"你观察得挺仔细的。"吴雁娇嗔道:"蔡阿姨!"两人都扑哧地笑了。吴雁笑过后,说:"不过,就是思想挺封建的。"蔡婶解释道:"农村出来的孩子都这样,不像你在城市长大的。"吴雁想也是这个理。

吴雁走后,蔡婶、孙烈和孙绪明坐在沙发上看电视。蔡婶问:"绪明,你觉得吴雁这姑娘如何?"孙绪明似乎感觉到了叔叔和婶婶的意图,他不知该怎样办,只好小心地回答道:"挺好。"蔡婶向孙绪明摊牌了:"想你也知道了我们叫你来县城的目的了,既然你觉得吴雁挺好的,那就跟她处处吧。吴局长两口子对你也挺满意的,吴雁也想跟你交往下去,这姑娘平时心气可高了,她能看上你,也算是你们有缘。"孙绪明口发干,心里怦怦跳着,他真想将自己和文小英的事说出来,又怕猛一下子拂了叔叔和婶婶的面子,毕竟叔叔和婶婶有恩于自己,沉默了一会儿,只好嗫嚅地说:"只是……"孙烈安慰道:"吴局长两口子都没嫌弃你,你不要自卑。"孙绪明的嘴唇发抖,鼓了半天勇气决定还是把他和文小英的事说出来:"不是,我是说……"但是没等他把话说完,蔡婶脸上的笑容顿时消失了,说道:"你有什么可说的,你要不是当上军官,吴局长家能看得上你?吴雁长得花一样的,又在银行工作,还愁找不上条件比你好的对象?"孙绪明只好闭上嘴,默默地听着,一肚子的委屈也不好往外倒,他想先不说破也好,等以后再想办法推掉。孙烈说:"你在部队提干后,给我们家寄来一封感谢信,还寄来一张你穿着四个兜的军装的照片。我和你婶婶正在看你的照片时,正巧局长夫人到我们家有点事,看了你写的信,觉得你的钢笔字写得不错,语言表达能力也强,又看了你的照片,就问了一些你的情况,然后她郑重地对我们说能不能把你介绍给吴雁。当时我和你婶婶就满口答应了。"蔡婶接着说:"吴局长两口子也从来不找我们办事,他们宝贝女儿的事找到我们,我们能不帮忙吗?用你晚上吃饭时的话说,那就是吃水不忘挖井人哩!"

孙绪明面对孙烈和蔡婶的一席话,他又有什么好说呢?他想起来了,自己刚提干穿上四个兜的军装时,确实在格尔木军人照相馆照了一张全身像,并加印了二十张,给孙烈、蔡婶、父母、文小英、高中同学等都寄了,并随照片附有一封热情洋溢的信,告诉他们自己当上了军官呢!孙绪明想到这些,喝了口茶后,觉得自己其实很肤浅,刚穿上军官服就那样忘乎所以。如果不是自己那封该死的信和那张自认为青春勃勃的照片,哪能有今天这事呢?

晚上,当他躺到孙烈家那柔软的香味扑鼻的被窝里时,他感到心里前所未有地难受。平心而论,吴雁确实是个不错的女孩子,不仅人长得楚楚动人,而且热情大方,在她的身上有一种吸引他的新鲜感,而且吴雁父母都在县里工作,不用说,家庭条件自然十分优越。想到吴雁,自然便会想到文小英,文小英虽然人长得一般,但心地善良,尤其是自己在部队这四年,她帮家里干了不少事,还经常与自己通信,虽然没有火辣辣的情呀爱呀的字眼,但从字里行间能深深地感受到她对自己的一颗真诚而又炽热的心……孙绪明睁着眼望着屋顶,觉得太阳穴跳着疼。自己该怎么办呢?如果明天一走了之,肯定使叔叔和婶婶在吴局长全家人面前难堪,他不能对不起叔叔和婶婶,人不能忘恩负义,滴水之恩当涌泉相报。可是自己就能对不起文小英吗?唉,看来只有先把在县城的这两天应付过去,至少面子上过得去,不能让叔叔和婶婶下不了台,还是等今后再想办法推掉吧……鸡已叫三遍了,他才睡着。

第二天早晨,孙绪明被一阵急促的电话铃声吵醒了,他睁开惺忪的眼睛拿起放在枕头边的"钟山牌"手表,一看已是九点多了,太阳满怀已透过玻璃窗射了进来。他一骨碌翻身起床,急急忙忙地穿上衣服,来到客厅,满怀歉意地说:"婶婶,对不起,起来晚了。"刚放下电话的蔡婶大笑起来:"你纽扣都扣错了。"孙绪明往自己胸前一看,果真扣错了,也笑了起来,忙扣好纽扣。蔡婶说:"刚才吴雁来电话说她今天请了假,叫你到她家玩,她家就在一单元的四楼右侧,你快去洗脸吃饭,别让人家等急了。"

孙绪明来到吴雁家门口,敲了两下门,就听吴雁唱着"我们的生活充满阳光",喊道:"来了,来了!"门开了,吴雁笑逐颜开地说:"请进,军官同志!"孙绪明也笑了,觉得吴雁很幽默,便抬头看了看吴雁。吴雁今天着实打扮了一番,脸上施了胭脂粉,嘴唇上也涂了些口红,而且身上也有股扑鼻而来的香味。孙绪明进了屋,换上布拖鞋坐到沙发上,环视了一下客厅,地上铺着红地毯,墙上是白色且有花纹的墙纸。吴雁坐到他身旁给他剥了一个红皮橘子递过来:"来,吃点水果。"他摇摇手说:"没那个习惯。小的时候家里穷,买不起这些东西,长大了到了部队没机会吃这些东西,所以不习惯。"吴雁有些撒娇了:"吃吧,水果吃了对身体有好处!"孙绪明只好接了橘子。

趁孙绪明吃橘子之时,吴雁给他沏了杯茶放在茶几上,问:"你会跳舞吧?"孙绪明说:"不会。"吴雁说:"当你翩翩起舞时,迷人的音乐使你陶醉。"说着,她走向台式收录机,选了一盒舞曲磁带放了进去,按下放音键。顿时,富有动感的舞曲从立体声的喇叭里响起,在客厅里回荡着。吴雁走过去将坐在沙发上的孙绪明拉起来:"来,我教你。现在20世纪80年代了,啥都要学点,我也才学会不久。"孙绪明被吴雁拽到客厅中央。吴雁说:"这会儿放的是《月朦胧,鸟朦胧》,是一曲慢三步的舞曲。"她的左手拉着孙绪明的右手,让他把右手放在她的腰上。孙绪明按吴雁教他的把右手轻轻放到她的腰部,顿时他感到她的腰是那么柔软。他搂好后,吴雁的左手就搭在他的右肩上,然后叫他伸出左手和她的右手握在一起。吴雁说:"注意听鼓点,每一步都要踏在鼓点上。"孙绪明觉得大白天搂着一个女人跳舞,有一种犯罪感涌上心头。但吴雁那双含情脉脉的大眼睛看着他,他心跳加速,口干舌燥。最先提出来"不跳了"的是孙绪明。吴雁就牵着孙绪明坐在沙发上,把茶杯递给他:"喝点茶。"孙绪明端起茶杯,猛地一口喝完了,说道:"我该回婶婶家了。"吴雁:"就在我们家吃午饭吧,我给蔡阿姨打个电话。"

两人在厨房里忙乎了一阵子,搞了两个凉菜后,又炒了两个热菜,最后烧了一个蛋汤。菜端上桌后,吴雁取出一瓶白酒,斟了两杯后,端起酒杯对孙绪明说:"为我们的相识干杯!"孙绪明不想喝,昨晚在孙烈家喝的酒还没消化,加上一夜受着精神煎熬,胡思乱想,觉也没睡好,实在是喝不下去。但当他看着吴雁真诚的目光,又不好拒绝,他无奈地端起了酒杯。两人碰了碰杯,只见吴雁一口干了,他只好一仰脖子喝干了。他觉得男人不应该在女人面前表现得无能。吴雁给他碗里夹了几筷子菜,他说自己来。吃了一会儿菜,孙绪明觉得尽管是"逢场作戏"也还是应该敬吴雁一杯,于是他举起酒杯来说:"感谢你的盛情款待!"吴雁举起酒杯主动地与他碰了碰:"来,干了!"又一口干了。吴雁在银行信贷口工作,单位经常有应酬,时间一长,也就练出来了。吴雁微笑着说:"我俩今天中午就把这瓶喝完算了。"孙绪明摇摇头说:"不行,还是少喝点。"吴雁笑着说:"刚才你说能喝半斤,你还不如一个女孩子。"孙绪明只得鼓起勇气说:"行吧。"不知不觉两人吃着菜就把一瓶酒喝完了。

洗完碗筷,吴雁补了一下妆,就拉着孙绪明到她卧室,看看她的影集。

卧室不大,除了一个装有不少书的书柜外,还有一张吴雁睡的床,剩下的就是一张书桌和一把椅子了。一进屋,吴雁就让孙绪明坐在床边上,自己坐在椅子上拉开抽屉取出两本漂亮的影集,坐到了床边,打开影集指着一张照片说:"这是我读中专时照的。"孙绪明看着照片上穿着连衣裙、身姿婀娜的吴雁,脱口而出:"那时你真漂亮!"吴雁深情地注视着他,笑道:"那我现在就不漂亮了?"孙绪明抬起头说:"漂亮,漂亮!"吴雁一高兴,就在他脸上亲了一下,大笑起来。因为这一亲,嘴唇上的唇膏就印在孙绪明脸上。孙绪明被这突如其来的一吻搞蒙了,心里一慌,不好意思地赶紧用手摸脸,没想到口红越涂越多了。吴雁银铃般的笑声又响了起来:"不许动,我去拿毛巾给你擦擦。"毛巾取来了,孙绪明要自己擦,吴雁左手就抓住他的手说:"不要动。"帮他擦脸上的口红。当他碰到吴雁的手时像触了电一样,霎时间电流通遍全身。吴雁擦完他脸上的口红,顺手将毛巾放在书桌上,右手就紧紧地握了上来。俗话说酒能乱性,此时的孙绪明心跳加速,他想要控制自己,但吴雁的嘴已凑了上来,鬼使神差,他的嘴也迎了上去。一个长长的让人透不过气来的吻让他俩忘记了世上的一切,浑身酥软地倒在了床上,两个火辣辣的嘴唇碰到了一起,相互紧紧地搂着对方……一切逐渐趋于平静,孙绪明的脑子开始清醒过来,他不知道刚才的一切是怎么发生的,一定是可恶的酒精在作怪,他想到文小英,便羞愧地哭了起来。吴雁吃惊地问:"怎么了,绪明?"孙绪明只是摇摇头。吴雁一把将他的头抱在怀里,心疼无比地说:"别哭了!"他也紧紧地搂住了她的腰,才停止了哭泣,此刻他唯一的想法是,事已至此,也只有对不起文小英了。

一天后,吴雁请了假,与孙绪明一起到乡下看望他的父母。最开始,孙绪明对吴雁提出要去他们家看看的想法是坚决反对的,他怕突然回去后,这件事对文小英的打击太大了,万一出了什么事,他怎么担当得起啊。可他拗不过吴雁,最后还是同意了。

当孙绪明和吴雁提着几包东西往家里走时,屁股后面跟着一大群人,他们是来看吴雁的,村里人难得见到如此漂亮的姑娘。有几个到公社供销社买东西回家的同一个生产队的小伙和姑娘遇上了他们,便要帮他们提东西送他们回孙家村,孙绪明就把东西交给了他们,吴雁穿着高跟鞋不好走路,便半倚在孙绪明身上慢慢走着。

帮他们提东西的姑娘和小伙提前到了孙绪明家,于是孙绪明带吴雁回家的消息像插了翅膀一样传遍了孙家村,人们带着好奇、兴奋,不约而同地来到孙家外面。孙绪明和吴雁走到家门口,看到门外站了不少人说说笑笑的,十分热闹,好像在欢迎他们俩的到来似的。

文家此时却被一种浓浓的悲伤笼罩着。文小英听到这个给她致命打击的消息时,先是不相信,她不相信绪明哥是那么无情无义的负心人,她不相信两天的时间就会有如此大的变故。但当告诉她消息的姑娘说吴局长的女儿如何如何白净如何如何漂亮,孙绪明和吴局长的女儿如何如何亲密时,她相信了。在众人面前,她坚持住没哭出来,只是用她那洁白的牙齿紧紧地咬着她那细润的嘴唇,她感到周身无力像要瘫软下去,但她挺住了,跑回自己的睡房才号啕大哭起来,那哭声十分凄凉。文母听到哭声,破口大骂道:"你爸妈又没有死,你号什么丧!"母亲的骂并没有使她停止哭泣,反而更加恸哭不已。文母又吼道:"那么一个陈世美,值得你这么号丧吗?缘分这东西,该你的跑不掉,不该你的得不到!俗话说得好,命里有时终须有,命里无时莫强求!"

孙绪明和吴雁走在通往自己家的崎岖小道上时,并没有想到孙家村的人已经知道了一切。他想该怎样去见文家的人,怎样去跟他们解释这一切。他想等忙完后,再找文家父母解释,再找文小英仔细谈谈,希望能得到他们的谅解,自己在处理和吴雁的事上确实身不由己啊!

孙绪明他俩一到家,就被爱热闹的老老小小包围着,闹闹嚷嚷的。吴雁挤出人群打开一个大包,捧出五颜六色的糖果给大家吃。这时,孙父一脸严肃地把孙绪明叫到另外一个房间,用旱烟杆指着问:"你怎么这么不懂事,叫我和你妈咋抬头?人要脸树要皮呀!"孙母也埋怨道:"小英那里你怎么交代,你就不怕人家骂我们家不仁不义,骂你是陈世美!"孙绪明本来心情就矛盾,听父母这么一说,心里就更不是滋味了,像个受了委屈的孩子耷拉着脑袋说:"这事是叔叔和婶婶一手操办的,当时我不同意,婶婶就不高兴,我也是身不由己……今后我到小英家赔个不是……"听说是孙烈和蔡婶做的媒,孙父和孙母就不吭声了。他们觉得孙烈当了副局长管大事都管不过来,还有心管儿子的婚事,说明孙烈没把他们当外人,还能说啥呢?这些年孙烈不是一直帮助他们家吗?不看僧面也要看佛面啊。孙父、孙母一想到这些,气就消了一大半。孙父抽着旱烟,猛咳了一下,对孙绪明道:"你小子得把和文家的事处理好,免得别人背后指着咱们的脊梁骨骂。"孙母也说:"做人要讲良心。"孙绪明抬起头,望着父母说:"我知道。"

吴雁在孙绪明家只勉强住了两天就急着要回县城。孙父、孙母和妹妹挽留她多住几天,她说银行的工作忙,只请了两三天假。其实,吴雁想早点回县城的另一个原因她没有说出来。她从小就生长在县城,父母只有她这么一个"公主",对她可以说百依百顺,她高中毕业后,又在本地的财经学校上学……她一直没在农村待过,刚来孙家第一天,觉得农村像公园,也新鲜。然而她渐渐觉得无法适应农村的生活,比如上厕所蹲不惯茅坑,晚上睡觉也冷得发抖,搞得半夜无法入睡,不像家中还有取暖用品。当然孙家也就不好再挽留吴雁了。"不能耽误孩子的工作。"孙母说。孙绪明只好送吴雁回县城,但他心里清楚,吴雁在自己家待不惯,说工作忙只是借口,因为来时吴雁亲口对他说过请了一周假呢!

回到县城,孙绪明在吴雁家待了几天。这几天吴雁带孙绪明去附近的公园等景点转了转,又手拉手地到电影院看了几场电影,只有他俩在家时,两人便在一起缠绵。一天早上早饭时,孙绪明对吴雁说,他想回家帮家里干一些活儿,家中的房子该加盖些瓦,免得晚上一起风就往房里灌,再者家里猪圈也有些破烂,需要重新修建。父母老了,身子骨不硬朗,他利用这段时间干多少是多少。他话一说完,吴雁就噘起了嘴,不让孙绪明回去。孙绪明说:"我回来一次不容易,几年了才回来这么一次,不帮家里多干些活心里实在过不去,农村自从包产到户后,各家忙各家的,家里缺劳力,我的父母很辛苦,你就让我回去吧,等一干完,我就来陪你。"说到这里,吴雁也只好同意孙绪明回去了。告别了吴雁的父母和叔叔、婶婶,孙绪明又一次回到了自己家。

孙绪明把想给房子加盖些瓦和重新修建猪圈的事跟父母讲了,父母自然很乐意。母亲说:"房子早该加盖些瓦了,去年夏天下暴雨时,有间房子漏得很凶,小英搭着梯子冒雨到房顶上盖完瓦下来时,她不小心从梯子上摔了下来,摔得鼻青脸肿,在家躺了半个来月。"

听到"小英"这两个字,孙绪明的心绞着疼。自从上次变故后,他一直没见到她,也不知她现在怎样了,听父母说,她瘦了,脸上再也见不到笑容了。孙绪明知道,他伤害了一个好女孩,他的良心将永远受到谴责。

孙绪明在生产队请了三个人帮忙,干了十多天把房顶加盖了瓦片。接着他又请了十多个人修建猪圈。修猪圈是个麻烦事,不仅要挖坑,还要上公社供销社买白灰、水泥,更重要的是还要到很远的石厂去买石头,并且将那沉重的石头抬回家。抬石头是个重体力活,孙绪明脱下军装穿上父亲补了又补的衣服也跟着帮忙的人一起抬石头,抬石头是四人一组,几百公斤重的东西就压在四个人的肩上,尽管是冬天,他们成天都是汗流浃背的。孙绪明四年没这么卖命地干过这样的重体力活了,几天下来,肩上也起了血泡,大家劝他休息,他不肯,还是咬牙坚持把石头抬完。抬完石头的那天下午,请来帮忙的人早早吃了晚饭就各自回家了。孙绪明坐在石头上想心事,他想起文小英,想去文家的愿望越来越强烈。他不顾一切来到文家院门口,文小英见到他就像见了瘟神似的,关上大门,转身跑进屋,砰的一声关上了房门。孙绪明站在原地一动不动地看着大门发愣。文家的邻居走过来与他打招呼,他才反应过来。那位长辈对他说:"孩子,大家在小英面前喊你陈世美,小英不让喊。小英和你的事,文家不怨你了,都知道这桩婚事是你叔叔和婶婶做的媒。"听到这里,孙绪明很感动。他想文家如此深明大义,真是好人,他更觉得对不起他们。第二天早晨一觉醒来,他是怎样从文家回到自己家的,他怎么也回忆不起来了,好像掉过泪,又好像在回来的路上摔过跤。

还差一两天猪圈就要修好了,然而就在阳光微弱的正午,孙绪明和帮他家修猪圈的人刚端起碗吃饭,就接到从县里捎来的口信,要他火速前往叔叔家。不知是喜是悲,孙绪明顿时没有了食欲,放下碗筷,换上军装就要上路。父母和帮忙的人都劝他吃完饭再去,他却说这就走。大家说,军人干什么事都是风风火火的。

孙绪明刚到孙烈家,蔡婶面无表情地告诉他:"吴雁怀孕了,反应特别厉害,你看咋办?"这是一个令他完全意想不到又让他热血涌动还叫他心惊胆战的消息。他呆了半天才喃喃道:"咋办呢?"

孙绪明和吴雁在那天偷吃禁果后,过了不久吴雁就发现自己怀孕了。她很害怕,也不敢让父母知道,尽管父母对她十分宠爱,视她为掌上明珠,但在大是大非面前,他们绝不会让步的。那天母亲到厕所时碰巧发现了吴雁怀孕的事,她十分气愤地说:"你们才认识了几天?就干出这种丢人现眼的事,未婚先孕,叫别人知道了,我和你爸的脸往哪里搁?"吴雁哭着说:"都是我不好!"母亲转身走出家门,门发出砰的一声巨响,把吴雁吓了一大跳。吴雁的母亲急忙到孙烈家,将孙绪明和吴雁的事告诉蔡婶。蔡婶一听完,脸色发白,十分吃惊。两人半天不说话,都在想该怎么办。还是蔡婶先开口:"杨姐,你看是不是叫雁雁先做人工流产?"局长夫人却把头摇得像拨浪鼓一样:"不行,不行,那样会闹得满城风雨,沸沸扬扬的,叫老吴和我的脸往哪里放?"蔡婶似乎更理解局长夫人的苦衷:"也是。"你看着我,我看着你,半天时间,也没有想出办法来。而后,蔡婶用商量的口气说:"你看能不能让他们这几天结婚?"局长夫人沉默了半天:"太快了,但也没有更好的办法。我找老吴和雁雁商量商量,你找小孙做做工作。"蔡婶嗯了一声。

接下来,吴局长家进行了一番草草的准备。第三天是星期天,孙绪明和吴雁的结婚仪式在县委招待所进行,亲戚朋友们欢聚一堂共祝吴雁和孙绪明喜结良缘。司仪主持了他们的结婚仪式,孙烈作为证婚人,也发表了一番热情洋溢的讲话。

孙绪明假期结束离开县城的那天早晨,是吴雁打着雨伞把他送到长途汽车站的。头天晚上,吴雁在床上搂抱着他几乎哭泣了一晚上,她不希望也不愿意离开他。所以,早上吴雁要送他到车站时,孙绪明就对她说:"要送的话,可以,但不能哭,否则我自己去车站。"吴雁红着眼圈,咬着牙说:"不哭。"然而一到车站,吴雁还是忍受不了分离的痛苦哭出声来,搞得他措手不及,他只好上了车。上车后,吴雁就奔过去在车窗处抓住了他的手,哭泣声更大了,嘴里不停地说:"我不让你走,我不让你走……"他看着吴雁哭得如此伤心,鼻子一酸,一股热泪也从眼眶里滚落下来,说:"雁雁,别哭了,别伤了肚子里的孩子。"她的哭声才小一些。

孙绪明回到部队放下行李包也顾不上休息,就跑到连部找连长汇报,连长一见他回来了就喜笑颜开地与他握了握手,说:"孙排长,因你驾驶技术不错,将你调到工程尖刀连去了。"孙绪明在休假前就听说要成立工程尖刀连,当时他没想到自己能进工程尖刀连。因为当时六个排长,除他之外,其他五人都争着要去。所以,当连长说把他调到工程尖刀连时,他豪爽地回答道:"是。"他明白军人是以服从命令为天职。

孙绪明到工程尖刀连的第二天才知道新成立的工程尖刀连的任务繁重得不敢想象,要在四年时间拿下唐古拉山、风火山沥青路面的铺筑和沱沱河大桥的修建这三大工程,必须要付出血的代价的。他又一想,管他呢,既来之则安之。

第十章

唐古拉山荒原又一次被晚霞烧红了,红风吹来,细尘如纱,如飘飘然的女人的轻纱,如拂扬着艳丽华彩的天神地鬼的面纱。渐渐地,焦灼的原野上尘土跃上了半空,在天地相夹的无底深渊中奔涌——狂风大了,一瞬间便吹迷了旷野,吹昏了人们的眼睛。

何小碧牺牲后,为了节省人员,连部没有再配通讯员,文书就代替了通讯员的工作。开晚饭时,文书将连队干部、技术员和医生的饭盛好放在桌上,技术员方林没等其他干部端起碗就吃。下饭用的菜,还是老样子:盐水煮黄豆、罐头脱水菜,外加四川产的豆腐乳。吃了两口饭后,方林皱起眉头,接着将嘴里的米饭吐在了地上。这时,王大寨、秦擎天他们进来了,王大寨刚坐下拿起筷子,方林就把饭碗朝他面前一推说:"这饭里面全是沙子。"王大寨看了看方林,把筷子插进碗里,吃了一口饭,慢慢一嚼,果然里面有沙子。张德彦说:"我也吃出来了。"何玲夹了一块豆腐乳说:"哎,这豆腐乳上面也有沙子。"王大寨放下碗筷说:"秦副连长,走,我俩去伙房看看。"

炊事班几个人端着碗正蹲着围着烤火炉吃饭,见两位连领导来了,都齐刷刷地放下碗筷,站了起来。王大寨拉着脸吼道:"你们咋搞的,饭菜里全是沙子?"胡南雄解释道:"我们有什么办法?一进入5月整天狂风大作,把帐篷都快吹翻了,风沙是从帐篷缝里像魔鬼一样钻进来的。"王大寨说:"你们不会想想办法?"黄宝宝说:"连长,办法我们已经想了,而且也做了,但没有用啊。"王大寨说:"我不相信没办法。走,我们看看去。"

王大寨、秦擎天来到伙房,看到伙房的帐篷的缝隙全被衣服、面袋、报纸塞得严严实实的。炊事班几个人无可奈何地看着王大寨和秦擎天。王大寨埋怨道:"这个鬼天气害死人了!"秦擎天说:"慢慢想想其他解决办法,你们赶快回去吃饭,要不然饭全凉了。"

当晚,王大寨又服下四粒安眠药。他当连长几年了,带领连队曾在西大滩、纳赤台、昆仑山等地段施工,也未曾遭遇过如此"风沙饭",如果此事解决不了,大家吃不饱饭,势必影响工程进度!

一天傍晚,秦擎天和战士余辉在戈壁滩上聊着自修大学的艰辛。这时,一位藏族老人和藏族小孩赶着羊群过来了,秦擎天叫余辉一起跟着他们走一趟。余辉想跟他们走有什么意思,自己又不养牛羊,还不如背几道哲学题。秦擎天说:"走,一会儿你就明白了。"他俩吸着烟,与羊群间隔十多米,紧跟着一老一小的藏族同胞。过河、爬坡、转弯,慢腾腾地走了几十分钟,秦擎天和余辉见藏族老人和孩子赶着羊群走到了两顶帐篷和一间石片砌起的小屋子前,将羊群围进了羊圈。他俩走近了小石片砌起的小房子东看看西瞧瞧。这是用石片和泥巴糊起的小房子,是藏族同胞专门用来煮饭的,小小的铁皮烟囱正飘着缕缕炊烟呢,还能闻到烧牛羊粪的气味。

当他俩嘻嘻哈哈地回到连队驻地时,见王大寨蹲在连部帐篷门口独自吸着烟,愁眉苦脸地思考着什么,大头鞋前已有四个烟蒂,看来他已蹲了好久了。秦擎天开玩笑道:"连长,想媳妇了吧?"王大寨抬头看着秦擎天,心情烦躁地说:"唉,哪有心思想媳妇。我在想怎样解决'风沙饭'问题,想了好几天都没有想出好办法来。这个鬼天气,害死人啦!"秦擎天高兴地说:"走,进帐篷,我有办法了。"王大寨眼睛一亮,疑惑地问:"你有办法?"

秦擎天在帐篷里把修建伙房的事给王大寨说了一遍,王大寨惊喜地从包里取出烟来给秦擎天递过去,开起玩笑道:"哎呀,你真是鬼聪明,为咱们连立了一大功呀!来,奖赏你一支烟。因为我太激动了,我今晚又要多吃一粒安眠药了!"说完哈哈大笑。秦擎天说:"你要少吃那玩意儿,对身体不好。"王大寨说:"谁不知道,但没有办法,压力太大,每天不吃就无法入睡。"秦擎天说:"最近几天,我发现你嘴唇黑得有点过了,不太对劲,是不是肝有问题?"王大寨说:"何医生也跟我提过这事,但我没觉得哪里不舒服。再说有不少战士嘴唇还淌血呢,你不是也流过血。"秦擎天说:"是的,我和战士们嘴唇淌血,那属于正常,是高原反应引起的。但是你的嘴唇发黑就与我们不一样。"王大寨用手在胸脯上拍打了两下说:"我没觉得肝有什么问题,你看我身体不是棒棒的?"秦擎天说:"我作为小兄弟,关心一下,总之要注意。"王大寨说:"好,不说我了。说说你吧,你这人爱学习,爱动脑筋,爱关心人,要是你在机关当个参谋、干事会发挥大作用呢!"秦擎天说:"天生我材必有用,别说了连长。"王大寨不说了,担心说到秦擎天到工程尖刀连的事,使他伤心。当然,王大寨知道秦擎天不是那种小肚鸡肠的人,但当时那件事确确实实地给他开了一个大大的历史性的玩笑。人呵,三十年河东,三十年河西。

修建伙房的任务,王大寨交给了秦擎天负责。秦擎天果然不负众望,带领人工排用了两天时间将伙房修了起来。新的伙房修好后,大家在开饭前,又唱起了雄壮、豪迈的《战友之歌》。歌声一止，王大寨跨到队列前，脸上带着少见的微笑，说："同志们，从今天起我们就告别了'风沙饭'，对我们连来说这是个大好事。这功劳首先应归于秦副连长，是他带领大家修起这石片伙房……"秦擎天站在队列里说："这些事情都是大家做的，功劳应归于大家。"王大寨说："秦副连长还很谦虚，大家鼓掌感谢他！"于是，队列里掌声雷动。王大寨又讲道："今后不论在工作中遇到什么困难，都要多开动脑筋，要向秦副连长学习。可我们有些人干什么事都不愿动脑筋，是不是担心把脑子用坏了……有人说我们在青藏线上施工，气候干燥、生活枯燥、心情烦躁，这不假。谁不承认这些事实，谁就是傻子。但是我们既然选择了高原，选择了沙漠，选择了艰苦，也就选择了奋斗。我们青春有限，但是选择无悔。所以我们工程尖刀连要无愧上级党委交给我们的艰巨任务，就是死也要拿下唐古拉山。我们后面的任务还非常艰巨，明年还有风火山地段的改建任务，后年和大后年还有号称万里长江第一桥——沱沱河大桥的修建任务。因此，我们要鼓足干劲，确保高速度高质量地完成唐古拉山地段施工任务。"

这几天，张德彦有些窝火。那天他看到何玲与秦擎天有说有笑，比跟自己在一起时还开心，就有些不高兴，他让何玲注意点，何玲却不以为然，认为他心胸太狭窄，不像个男人，这让他心里始终有个疙瘩，他开始觉得他和何玲之间有了隔阂。今天王大寨在表扬秦擎天后说的"我们有些人干什么事都不愿开动脑筋"，他认为是含沙射影地指他。因为他在施工刚开始时负责机械排用推土机往公路上推土时失败了，后来是王大寨想办法组织大家挖机沟才获得成功的。他还想到，在格尔木连队干部开会时，因自己迟到挨王大寨批评，秦擎天因为修了一个伙房后，干部和战士都十分尊重他，见面就亲切问候："秦副连长，你好！"而自己呢？打前站时干了那么多，部队开拔到唐古拉山后，为了在何玲面前挣够面子，给她留下一个好印象，他在工作上也比以前努力多了，可干部和战士不但没这么尊重自己，而且他们的眼光中还透出有点瞧不起自己，背后说他这人自私，更恶劣的是，大家还给他取了个很不光彩的绰号，叫"张讨厌"，真是让他不胜烦恼。

这天傍晚，心情糟透了的张德彦，烦躁地在帐篷里走来走去，想着这些让他不痛快的一切，想到何玲，又想到了他与何玲最初的日子。

张德彦第一次见到何玲，是1974年夏天。母亲带着他和弟弟、妹妹随军从老家来到江油县的部队家属院。本来张德彦来到江油后应读高中一年级，但当时何明凯对张大光讲，就让你那儿子降两级读初中二年级算了。当时张大光不同意,但后来一想觉得何明凯的意见还是比较正确,就同意了张德彦和何玲同时上初二。因为何明凯说,张德彦在农村读书的质量没有县城的质量高,弄得不好就跟不上,那时再降级就很难了,而且会打击他的自信心。秋季开学后,张德彦上了初二(1)班,何玲上了初二(2)班。由于张德彦比较贪玩,再加上之前文化课的底子没打好,果真跟不上,他也心灰意冷。张大光为此有时心情不好,动不动就将他狠狠地揍上一顿。何明凯知道后,就对张大光说:"光打孩子没有用,我叫玲玲每天晚上去你们家给张德彦复习功课不就行了,何必大动肝火。"从此,何玲吃了晚饭就去张家帮张德彦补课。第一学期结束时,何玲考了全年级第一名,张德彦语文、数学两科各考了六十多分,考得最好的是劳动课九十多分。因为劳动课对于牛高马大的张德彦来说,真是小菜一碟。尽管这样,张大光十分感激何玲,如果没有何玲帮助补习功课,张德彦的语文、数学肯定不及格。

有恩不报非君子。一旦何玲母女搬煤球上楼,张母就叫儿子张德彦赶紧去帮忙。张德彦力气大,何玲母女要搬两趟的煤球,张德彦一人扛起很轻松就搬上了楼。所以何玲母女也挺喜欢他。

每年过节,营里干部有吃"转转饭"的习惯,就是今天初一在我家吃饭,明天初二在你家吃饭。在何明凯家吃饭那天,营里有个姓李的副营长看见张德彦和何玲坐在一条凳子上吃饭,他喝下几杯酒后就像发现新大陆一样高兴地扯着嗓子大声嚷道:"你们看,你们看,何玲和张德彦是不是天生的一对,地造的一双?"几个干部的家属也嚷道:"不看不知道,一看他俩还真像一对,一个眉清目秀,一个浓眉大眼哩!"何玲放下碗筷,绯红着脸蛋跑回了自己房间。张大光说:"李副营长,少开这种玩笑!"何明凯高兴地说:"没事,没事,开开玩笑算不了什么。孩子们长大了,婚姻是他们自己的事,我们大人管不着呢!"

自那以后,何玲开始躲避张德彦,上学、放学各走各的。有一天,几个高中同学哼着《达坂城的姑娘》的曲调,跟何玲开玩笑唱道:"你今后嫁人不要嫁给别人,一定要嫁给我!"何玲气愤地说:"不要脸!"几个同学就更起劲了:"只要你嫁给我,不要脸就不要脸。"何玲只有一人,势单力薄,被他们气哭了,而且哭得很伤心。张德彦从后面赶来,见此情景,哪肯让何玲吃亏,于是和那几个同学扭打起来。尽管张德彦牛高马大,但也不是那几个同学的对手,那几个同学将张德彦推进了刚插完秧的水田里,拔腿跑了,弄得他在水田里挣扎了半天才爬起来。自"英雄救美人"后,何玲才又与张德彦开始有说有笑了。

高中毕业后,何玲以优异的成绩考取了医学院,张德彦却因没达到录取分数线而未能上大学。张德彦的父亲张大光为儿子的前途十分着急,要求儿子复读一年明年再考,张德彦却记着何玲当时对他说的话"条条大路通罗马",他觉得自己就是再复读一年,也未必有一个令人满意的结果,便想早点步入社会,找一条适合自己的路,于是就在这年底成了内招兵。

天各一方的何玲、张德彦便开始书信往来……

张德彦当兵一年后,以推荐的名义上了基建工程兵交通部兵办在湖北宜昌举办的教导队。教导队出来后,经过努力,张德彦很快被提拔为行政二十三级的排职干部……

在帐篷里,张德彦想到这些心里才舒服了些,于是就有了与何玲聊聊天的欲望。

第十一章

　　夏季是施工的黄金季节,整个工地上车来人往。由秦擎天负责的运输排从5千米之外的料场拉来一车车沙砾土倒在工地上,由张德彦负责的机械排用平地机铺平,然后再用压路机压实。

　　这天下午,平地机铺得不太平整,秦擎天将翻斗车拉运来的沙砾土倾倒在公路上后,跳下车,叫开平地机的钱自化停下,就跟他讲解怎样才能把沙砾土铺平。

　　在工地上指挥着平地机的张德彦站在远处,看着秦擎天一笔一画地对钱自化指点着,又想到秦擎天与何玲有说有笑的情景,一股醋意涌上来,他一下子就控制不住情绪了,便走到秦擎天跟前,满脸不高兴地说:"秦副连长,你安心拉你的沙砾土吧,这里有我指挥呢!"

　　"那请张副指导员认真指挥吧!"秦擎天没想到张德彦不甘示弱地来这么一句,顿时觉得没趣,只好点着一支烟又上了他驾驶的翻斗车……

　　钱自化便启动了平地机,由于工地上的沙砾土堆得太多太高了,挡住了他的视线,就跟张德彦说:"张副指导员,请帮我看着一点,我该怎么打方向?"

　　张德彦由于心情不舒畅,又加上心不在焉,就不加思考地指挥着平地机,大嗓子地吼了起来:"往右打方向,往右打方向……"

　　谁承想,钱自化用力将方向盘向右猛打过去,平地机便栽下了一个不高的平缓山坡。张德彦猛然清醒过来,脸色也变白了,便拼命地跑到平缓山坡的平地机旁,吃惊地睁大了眼睛。

　　由于地势平缓,钱自化过了好一会儿才从已经灭了火的平地机驾驶室里爬了出来,只是脸上有三四处被驾驶室碰撞的青一块紫一块的伤痕,鼻孔也流血了。大概是因为疼痛难忍,钱自化站起来,态度不恭地说:"唉,张副指导员,你、你指挥的什么车?"

　　"啊,我对不起你,小钱!"张德彦有些惊慌失措地说,然后掏出手绢要替钱自化擦鼻孔里流出来的血。

　　"不用,不用,我不用你擦!"钱自化气愤地说,接着就大哭起来。

　　"是我指挥失误,小钱你原谅我吧!"张德彦知道自己犯了错误,赶紧向钱自化道歉。

钱自化用右手手背擦了擦脸上的鼻血，哭丧着脸说："连长要是问起来，我咋向连长交代？"说完，哭声更大了。

于是张德彦走上前，拍了拍钱自化的肩膀，说："小钱，要是大家问起来，你就说是你自己不小心把平地机开翻的。"

钱自化停止了哭泣，疑惑地问："这是什么意思，张副指导员？"

张德彦说："别让人知道是我的指挥失误造成的翻车。"

钱自化看着张德彦，一动不动地权衡利弊后，说："为什么？我一个小战士怎么能承担得起这么大的事？"

张德彦咄咄逼人地说："你不这么说，你今后就别想转志愿兵了。虽然我是个副指导员，但能帮你在转志愿兵的事上说上话！"

钱自化很为难地问："要是连长追问呢？"

张德彦说："你不说，我不说，鬼晓得！"

钱自化只好打掉牙齿往肚子里吞，很不情愿地说："嗯，好吧！"

运输排的翻斗车、汽车马达轰鸣地你追我赶，将一车车的沙砾土料倾卸在路基上，由于平地机没有及时平整碾压，不到两个小时，泥土料就堆积成山了。

这时天上飘起了小雨，一辆高级轿车从西藏驶入青海，被堵在施工地段。那辆高级轿车鸣了片刻喇叭后，又静静地等了半个小时，从车上走下一个青年人，跑到张德彦面前："你们估计需要多少时间车才能通过？"张德彦不冷不热地说："多少时间？明天能过去就不错了！"青年人着急了，问道："你能不能想点办法？"张德彦说："我没有办法可想，唯一的办法，就是你们慢慢地等下去。"青年人问："请问你是干什么的？"张德彦说："我是这里的副指导员，修路的！"青年人又问："你们的最高领导是谁？"张德彦说："是连长，叫王大寨。他正在帐篷里养病。"说完指了指连队的帐篷。

青年人一口气跑到连部找到王大寨时，累得脸色惨白，一时说不出话来。王大寨正在输液，他拖着疲惫的身子从床上坐起来对青年人说："不急，慢慢说，慢慢说！"青年人上气不接下气地说："我是西藏自治区党委的一名秘书，我们的一名副书记和一名厅长要去西宁开紧急会，中央领导在西宁召集的。然而，你们修的路段泥土堆积成山，车开不过去，请你想想办法。"王大寨疑惑地说："不可能吧，下午我和战士们安装烤油架时感到身体实在不舒服，就回来了，才两个小时，车就过不去了？"青年人说："千真万确，你去看看就知道了。"

王大寨再也躺不住了，他让何玲先停了针，等事情处理完再接着打。何玲看情况的确严重，便只好同意了，王大寨临出门，她又反复叮嘱道："事情完了，赶快回来,我等着你。"

当王大寨来到工地时,只见那堆积成山的沙砾土料还在往上涨,翻斗车来往像穿梭似的,一车车沙砾土料倾卸而下。站在一辆"解放牌"汽车大厢上的几个战士还一铁锹一铁锹地从车上往路基上卸沙砾土料。嘴唇发黑的王大寨见到张德彦吼了起来:"张副指导员,你怎么搞的?"

张德彦说:"我怎么搞的?你问小钱就知道了,你跟我发什么火!"其实,他这时见王大寨发火,就开始有些后悔了,觉得自己太没有把工作当回事了,责任心也太不强了,当时怎么就心不在焉呢?他害怕事情的真相一旦暴露,何玲就会离开自己,可事已至此,他也只有硬着头皮瞒下去了。

王大寨吼道:"小钱,小钱,你过来!"

钱自化坐在公路边上望着连队驻地的伙房冒着的袅袅炊烟,听到连长的喊声,战战兢兢地跑到王大寨跟前说:"连长,什么事?"

王大寨问:"平地机怎么停下了?"

钱自化还没有吭声,张德彦就迫不及待地说:"刚才秦副连长批评了小钱几句,小钱心里不舒服,他一走……具体情况,小钱在场。"

王大寨说:"你是说跟秦副连长有关了?那你们为什么不叫修理工来检修?"

张德彦说:"平地机被小钱不小心开翻了,他们在抢修推土机,再说就是他们来了一时半会也未必能修好。"

王大寨吃惊地问:"翻了?翻到什么地方了?"又责问张德彦道,"你是怎么指挥的?你怎么知道一时半会他们修不好?"他又望了望脸上受伤的钱自化,"你脸上还受了伤!你说,究竟怎么回事?"

钱自化支支吾吾起来:"我,我……"

张德彦又抢先道:"平地机翻到下山,损坏的程度有些大……"

王大寨着急起来:"翻到什么地方了?"

张德彦指了指被工地上高高堆起的沙砾土挡着的那边。

这时,小轿车里走下来一位中年人,来到王大寨面前:"你们一定要尽快想办法,让我们的车尽快通过,否则,中央领导追查起来,你们要负完全责任。"

王大寨猛吸着烟,急得额头沁出汗珠来,对中年人说:"请领导不要太急,我们正在想办法。"

受阻的十多名司机也跑过来,焦急地问:"究竟怎么回事?后面堵了不少车,少说也有一百多辆。"

王大寨焦急地解释道："对不起,实在对不起大家了,我们正在想办法解决,请大家回到车上休息!"他接着布置了任务,"张副指导员,你去叫人工排、机械排停止其他工作,拿铁锹来将沙砾土摊平。小钱快去通知几个修理工先停下正在抢修的推土机,赶紧来抢修平地机。"

钱自化跑步去连队驻地通知修理工了。张德彦故意带着抱怨的口吻道:"如此多的沙砾土料,两个排的人力不知要干到何年何月。"

王大寨说:"你先按我的安排办,你说的情况我知道,我又不是瞎子!我会安排正在安装烤油架、拌和机的摊铺排和正在拉运沙砾土料的运输排停工,全部突击这项工作。"

天色渐渐地暗了下来,本来大家白天干活就很疲乏,又加上一个多小时挥锹铲土,汗水淋漓,不少人实在是体力不支了,就怨气冲天地吼了起来:"连长,这到底是怎么搞的,还叫人活不活?"

王大寨强忍着肝部的疼痛,也干得气喘吁吁,很恼火地说:"你们问我,倒不如去问秦副连长。"

干得正卖劲的秦擎天停止手中的铁锹,气呼呼地说:"连长,你这话是什么意思?"

王大寨说:"你问张副指导员。"

秦擎天怒气未消地问:"张副指导员这到底是怎么回事?"

张德彦不冷不热地答道:"怎么回事,你自己不清楚?"

秦擎天窝了一肚子火:"我清楚?清楚什么?请你当着全连官兵的面解释清楚。"

张德彦慢腾腾地说:"有这个必要吗?"

秦擎天说:"废话,怎么没有这个必要?"

张德彦大声说道:"好,我给大家解释清楚。事情是这样的,今天下午秦副连长觉得小钱没有把路面整平,就把小钱狠狠地批评哭了,小钱受了委屈就分心了,不小心把平地机开翻到山下了……"

秦擎天说:"你瞎说,我根本就没有批评小钱。"

张德彦说:"你问小钱是怎么回事?"

钱自化吓得脸色惨白,战战兢兢地不知怎么回答。

张德彦见钱自化不敢吭声,说:"别怕,你说!"

钱自化手脚更加颤抖不已,无法控制自己的情绪,就泪流满面地哭了……

张德彦冷笑道:"你说你没有狠狠批评小钱才怪呢!"

秦擎天本想与张德彦干上一仗,但又考虑到会让全连官兵笑话,就强迫自己忍下了。

天黑了下来,王大寨安排几个战士把自制的十支大火把拿来了。火把是用旧棉絮缠制而成,上面蘸着不少柴油。他们先点燃了五支,等五支火把上的柴油快烧尽了,就赶快点燃另外五支,再将已要燃尽的火把熄灭再蘸上柴油,就这样轮换着用。火把映红了施工工地,映红了正在挥汗如雨的官兵。

王大寨不想参与秦擎天和张德彦的争执,简直是婆说婆有理,公说公有理。他放下铁锹,打着手电疾步来到修平地机的平缓山坡上,问几个修理工:"情况怎么样?"修理工回答说:"找不出来原因,到处都是好好的,就是上不来油,可能是平地机滚下山坡时,把油管颠簸坏了。连长,你去干你的,我们再想想办法,把油路统统检查一遍。"

王大寨说:"尽量快点恢复,晚上温差大,零下十几二十度,再加上深夜大家还没吃晚饭,到明天肯定有不少人因为感冒压床板而影响工程进度,我比你们着急呀!"

修理工说:"连长,我们知道,你去吧,你在这儿看着我们,我们反而不知干什么好。"

王大寨说:"好吧,你们抓紧!"

王大寨爬上工地,安排了三名战士领着受阻车辆的领导和司机们去连队吃饭。王大寨就像一个犯了弥天大罪的孩子,向严厉的家长哀求似的,反复地给受阻车辆的领导和司机们点头哈腰地做检讨:"对不起大家,天寒地冻让你们受苦了,作为一连之长,我愿意接受大家的批评。今天不仅使你们受了苦,还使你们挨了饿,现在是深夜才请你们吃饭,实在过意不去。我们部队生活差,让大家填填肚子,请谅解,请谅解!"

自治区副书记拍了拍王大寨的肩说:"应该说,你们筑路部队受的苦、受的累,我今天才目睹到,让我很感动。王连长,你反复给我们做检讨,搞得我们心里反而不是滋味了,我代表自治区党委谢谢你们,你们辛苦了!"接着,他紧紧握着王大寨冰冷的双手。

男儿有泪不轻弹,王大寨的热泪从面颊上滚落下来。什么苦没吃过,什么经历没遇过?他王大寨没有掉过一滴泪。而此时此刻,他这铁骨铮铮的男子汉却流下了两行热泪,这是因被人们理解而流出的泪水啊!

王大寨让何玲陪着受阻的领导和司机们吃饭,叫她饭后就在连部待着,以免受阻人员有什么不适,她好照顾。安顿停当后,他不顾何玲的劝阻,又来到了火把照亮的工地。战士们还在你一言、我一语地怨气冲天地埋怨秦擎天:"秦副连长搞啥?把我们害得这么苦!"

余辉争辩道:"凭我的直觉,凭我与秦副连长的交往,他不可能把钱自化批评哭的,他不是这样的人。"

一位战士说:"有些人就是当面一套,背后一套,我见多了。你说秦副连长不是这样的人,现在怎么解释?"

余辉说:"这件事终究会水落石出的。要是两天前,那台推土机没有坏,我开着它呼啦呼啦地几个来回就弄平了,何必让大家这么苦干!"

李俊杰说:"打死我也不相信秦副连长会把小钱批评哭了,秦副连长是那么好的人!"

张德彦没有吭声,听着大家攻击秦擎天,提心吊胆又有些许幸灾乐祸,他只希望这件事情能平静地过去。

秦擎天一直没有说话,大家的怨气是可以理解的。白天大家超强度地工作,晚上又超负荷地苦干,连续干了十一二个小时,唐古拉山的夜晚如此寒冷,不少战士已经咳嗽不止,有的干不动了甚至坐下来休息,人人腰酸腿痛筋疲力尽……想到这些,秦擎天深深地吸了一口气。

这时,修理工大呼王大寨:"连长,快过来,总算找着了。"听到这一声喊,王大寨甩掉手中烟头,像孩子一样高兴地跑过去问:"找到问题了?"

修理工说:"找到了。连长你看这主油管被颠簸坏了,我们抓紧换上新油管。"

王大寨问:"估计还要用多少时间才能修好?"

修理工说:"快了,大约二十来分钟。"

王大寨说:"好,抓紧,抓紧!"一说完,王大寨朝着人们正在劳动的地方走去,边走边气愤地呼喊道,"小钱,小钱,钱自化,你给老子站出来!你受了秦副连长批评,为什么就分心把平地机开到山下了?你究竟是怎样把平地机开翻下去的?"

听到王大寨如此山洪暴发般的吼叫,人们停止了手中的活,顿时,整个工地死一般寂静。

钱自化吓得周身发抖地从人群中走了出来,开始哭泣起来。

王大寨气愤得不能自控,差点扇他两耳光,但他还是理智地忍住了,只是声音沙哑地吼道:"你给老子老实向大家讲清楚,是怎么回事?嗯!"

钱自化泪流满面、泣不成声,结结巴巴地说:"是、是副、副指导员指挥平地机时把方向搞反了……"

大家把目光转向张德彦,张德彦感觉众人的目光像锋利的刀子一样刺了过来。他狼狈不堪地蹲下了,双手抱头,发出一声长长的叹息:"唉!"

王大寨追问道:"那你刚才为什么不说?"

钱自化说:"副指导员说我要是说出来,今后转志愿兵就不帮我说话。我是无辜的,连长你处理我吧!"一说完,就瘫倒在地上了。

"简直混账!"王大寨对两位战士安排道,"把钱自化背回去,让他好好休息。"两位战士背走钱自化后,王大寨看了看蹲在地上痛苦不堪的张德彦,又吼道,"张副指导员,平时你驾轻就熟地指挥平地机,今天怎么这么蠢啊?嗯!你简直拿着我们全连官兵的生命开玩笑。为了突击这个任务,大家干到现在,不少战士感冒了,咳嗽不止,还硬撑着……"

张德彦说:"是我不对。"

王大寨吼声更大了:"一个平平淡淡的'我不对'就解决问题了?明天给全连官兵做检讨。"

本来一肚子委屈的秦擎天在知道真相后,真想当时就把张德彦痛骂一顿,他想不明白张德彦为什么要这样对他,他觉得自己没有哪点对不起他张德彦啊!可是秦擎天这个人虽然很有个性,爱憎分明,但他从父母那里承袭下来的与人为善的品质,却让他在任何时候对人对事都能把握一个度,他不忍心把事情做绝,更不忍心得理不饶人,把人逼到绝路上,他一直记着父亲在世时说的一句话:"做人要学会宽宏大度,要学会忍让!"这会儿看着张德彦蹲在地上的可怜相,他心里不禁生起一阵怜悯,不由得对王大寨劝道:"算了,算了,连长!"

王大寨说:"不行!你受得了他的侮辱,我们还受不了那么多罪!"

半个小时后,平地机发动的声音传来。大家用粗大的绳索把平地机从平缓的山坡上拖了上来。工地再经过平地机铺平、压路机碾压,道路很快畅通了。大家手持铁锹,站在公路两边,目睹着一辆辆轿车、货车、军车鱼贯通过唐古拉山施工地段。司机们鸣着喇叭向官兵们致敬!

李俊杰却佝偻着身子不停地口吐清水,在火把光照射下,他的脸色显得更加苍白,余辉、俄尕志忙把李俊杰扶起。王大寨过来问:"怎么了?"李俊杰抹了抹嘴角上的清水:"吐几口清水,没事,心里翻江倒海地难受。"

王大寨说:"快,扶他回去。"

官兵们回到连队,王大寨通知大家马上开饭。饭是炊事班招待了地方领导和司机后又重新做的。胡南雄、黄宝宝和炊事班人员一直守候在伙房等着战友们回来吃饭。

王大寨见有不少班没去伙房打饭又喊道:"开饭了,开饭了!"秦擎天一个一个帐篷地催喊大家:"快吃饭了!"有的战士躺在床上说:"吃不下,太累了。"秦擎天说:"坚持一下,吃了饭再睡。"战士说:"骨头都散架了,哪有劲吃饭。"秦擎天看到有的战士已横七竖八地躺在床板上呼呼地睡着了,有的战士还不时地呻吟着。

秦擎天来到机械排二班,余辉等人正在吃饭。秦擎天径直走到钱自化的床铺前,用手给他掖了掖被子,看见正躺在床板上的钱自化满脸泪痕,就顺手扯下搭在铁丝上的洗脸毛巾在他脸上擦了擦。钱自化迷迷糊糊没睡着,睁开眼睛见是秦擎天,他的手从被窝里伸出来紧紧攥着秦擎天,内疚地说:"秦副连长,我对不起你,对不起大家!"泪水又流出来了。秦擎天安慰道:"没事,没事,不能怪你,今后好好干!"他对正在吃饭的战士们说,"吃完饭后,赶紧睡觉,今天大家都很累,明天还要施工。"

战士们目送着秦擎天走出帐篷。而后,钱自化伤心地哭起来。

吃完饭后,余辉他们安慰了钱自化几句,便很快地进入了梦乡,并且鼾声大作。但钱自化辗转反侧,怎么也睡不着。他觉得今天这事太窝囊了,由于张德彦对平地机的指挥失误,自己成了张德彦的牺牲品,前途也完了,更对不起父母啊。

钱自化原来是二团施工连的平地机手,由于成绩显著,去年荣立了三等功。在年底,已当了三年兵的他千方百计地要离开部队,却被留了下来,连队领导对他说:"你刚立了功当了先进,现在走影响不好,最好能干上一年,明年再走……"后来,他也没想到,自己被调到工程尖刀连。

他老家在四川农村,原来,父母、哥嫂、妹妹在一起生活,生活不算太好,但也能过得去。春节前夕,上级批准他探亲,这是他告别家乡三年来第一次探家。所以他满怀喜悦和激动,从格尔木兴冲冲地回家过节,但等待他的却是分家!在"隆重"的分家会议上,哥哥指手画脚,气势汹汹地说:"你当兵在外三年多,没向家中寄过一分钱。而我呢?上要照顾父母,下要抚养小妹。你说我亏不?我和你都是儿子,我管父母几年了,现在该轮到你了。"尽管生产队和村里的领导都反对哥哥的观点,但都无济于事。虽然他不愿意,哥哥却一锤子定音了。他想说,哥哥和嫂子呵你们就忍耐一年吧,待明年我钱自化就是变牛变马也一定回来报答你们!家就这样分定了。父母和小妹归他,哥哥和嫂子另过。难忘临回部队的头天晚上,父亲坐在小凳上一个劲地抽烟,一个劲地长叹,他老人家心里难受。母亲擦着热泪为他叠衣服,做玉米饼,准备行装。小妹在一旁轻声哭着。过了好久,父亲才沉重地说:"化儿,我和你妈都六十多了,人老了,田里重活干不动了,你妈的病谁管?小妹还要上学,田谁种?日子咋过?你给部队讲讲,早点回家吧!"

钱自化是一个比较内向的人,不善于与人交流,也不善于向人倾诉,他只有把痛苦、泪水悄悄地藏在肚子里,匆匆地赶回了部队。他所在的连队十名同志奉命调到工程尖刀连,他二话没说,打起背包就来到了工程尖刀连。施工中,他驾驶的平地机是20世纪70年代出厂的,机况差,效率低,为了不落在别人的后面,能在离开部队时入上党,他对平地机勤检查、勤保养,一旦平地机有了故障,他总是冒着大雪、狂风也要排除。由于刚上山时有些不适应高寒缺氧的恶劣气候,他呕吐不止,头昏脑涨,但他却坚持着,没叫一声苦。他每天都要提前一个小时起床,晚上下班后,他总要比别人多干一会儿。但是,每当夜晚战友们熟睡了,他久久睡不着,脑海里总是出现父亲佝偻着身子在大田里劳动和母亲带病还在操持家务的情景,这一切像电影镜头一样在脑海里闪现。他在心里说:爸爸妈妈呀,我对不起你们!

就在十几天前,他跟几个关系要好的战友聊天时透露他想在今年底退伍回家照顾老人和妹妹的想法。战友们都劝他说:"你当兵都四年了,凭你干得这么好,再干一两年就可以转志愿兵,转了志愿兵后把每个月五六十元钱的工资寄回家,那才是对父母的最好照顾。假如你回家种田还不一定能养家糊口呢?"这句话提醒了他,对呀,自己光想着退伍,怎么就没想到还可以争取转志愿兵呢?他觉得战友们的建议非常正确。可是转志愿兵也不是那么容易的事,必须要表现得更突出、更优秀,想想自己当兵快四年了还是个团员,当务之急,今年一定要把入党的问题解决了。其实在去年底他就应该成为一名预备党员的,但当时有名城市兵要在年底复员,连队指导员给他做工作,要他高风亮节让给那位城市兵,并说他在连队工作干得那么出色,入党的机会很多等等。后来他果真就让出了入党名额,年底时只立了一个三等功。所以几天前他就很认真地伏在床铺上又写了一份入党申请书,郑重地交给了副连长、党支部副书记秦擎天。但他万万没想到张德彦利用他想转志愿兵的愿望,让他干了一件没良心没道德的蠢事,冤枉了秦擎天。说实话,当张德彦叫他'你就说是自己不小心把平地机开翻了的'时,他真的犹豫过,但是看到张德彦咄咄逼人的目光,他在无可奈何的情况下,便答应了,但他没有想到张德彦最后把事情演变成,是因为秦擎天狠狠地批评了他,使他开平地机时分心才把车开翻下了山。他觉得自己干了一件耻辱一生、教训深刻的傻事。他更觉得自己犯了罪,有一种前所未有的负罪感。他对不起工程尖刀连,对不起全连官兵,更对不起秦副连长……想到这些,他心如刀绞似的疼痛,滚烫的热泪又流出来打湿了枕巾……尽管他在张德彦的利用下伤害了秦擎天,但秦擎天真是宰相肚里能撑船,君子不计小人过,还来到他床铺前安慰他,使他又一次受到震撼,他绝不辜负秦副连长的期望:"今后好好干!"

　　这个夜晚,对张德彦和何玲来说,都是一个难眠之夜。张德彦想想自己做的蠢事,真恨不得揍自己一顿,他不知道出了这件事后该怎样去面对何玲。而何玲听说张德彦居然做出了这样的事后,真是不敢相信自己的耳朵,她虽然知道张德彦不是一个心胸很开阔的人,但也不至于做这样的事吧,然而事实是无情的,她开始怀疑自己的选择了……

第十二章

  帐篷外的山坡下,李俊杰正埋头坐着,脚旁是一堆烟头,被烟熏得发黄的牙齿使劲地咬住那憨厚的下唇,任凭大风吹拂着凌乱的头发。
  半个月前,他突然收到一封"父病重"的电报,他只当是父亲思念儿子,并未在意,便随手塞进了衣兜。他是人工排一班的班长,负责筛石灰,忙着抢工期,每天早起晚归,竟把电报的事忘了。大约过了十天,他又收到"父病危速归"的加急电报。这时他才深感事态的严重,仿佛看见了老人那盼子归来的眼神。于是他捏着电报一口气跑到了连部门口,刚要捞开门帘喊报告,王大寨的声音从帐篷里传出来:"人工排明天继续筛石灰,照这个速度,要在下月拿下近千吨的筛灰任务恐怕困难……"他听着听着,像被钉子钉在原地似的,再没有往里移动一步。他知道石灰是公路施工的最基本材料,一旦石灰跟不上,势必影响整个工程的进度。在这个节骨眼上,无论谁都张不开口去向连里请假。他作为一个骨干,自然也不例外。
  他是父亲最疼爱的儿子,连给他取的名字都包含着父亲的厚爱。他出生后,父亲给他取名叫"疙瘩",只要在前面加上"宝贝"二字,这疼爱的分量就不言而喻了。他的父亲疼他,是因为四十多岁才抱上这个宝贝疙瘩,怎么能不疼呢?后来他报名上学,老师听他的名字可笑,就给他取了个响亮的学名,叫李俊杰。
  李俊杰从连部门口跑回帐篷,一下子瘫倒在自己的床上,心里不停地说:"自古忠孝难两全。父亲啊,您不是希望儿子早立功吗?那就请您原谅我吧!"又过了二十来天,他收到了妻子的信,等他看完信,差点休克,伤心和悔恨的泪水浸透了信纸:"俊杰,六月三日儿子夭折,六日母亲暴病故去,九日你父亲又喊着'俊杰,俊杰'离开了人世。家里多么希望你能回来料理后事啊!可你……"李俊杰的心碎了,这天晚上他一夜未眠。人非草木,孰能无情?一连几天,他吃不下饭,睡不着觉,终因悲伤过度而病倒了。王大寨来到他床前,噙着泪水说:"家里出了这么大的事,咋不告诉我?准备一下,明天回家。"李俊杰感激地说:"谢谢了,眼下人已经去世,就算我回去也于事无补,算了吧!"王大寨关切地说:"那今天你就给家里写信,安慰安慰妻子!"
  在山上日复一日的施工中,能收到远方亲人的书信是最让人兴奋不过的事,每个人都会把来信读了又读,倒背如流,书信成了他们的一种精神支柱和生活里的亮点。当然有的书信也是让人痛苦的,比如李俊杰,要承受着巨大的精神折磨。如果长时间收不到期盼的书信,那真是一件让人发疯的事情。方林就是这样,来到唐古拉山几个月了,没有收到未婚妻龚萍的只言片语,他先后给龚萍去了六封热情洋溢的书信,但没有收到她的一封来信,他的心里有些焦躁。每次他都渴望捎信来的战友能喊"方技术员有你的信"。刚开始他还幻想也许龚萍那饱含似火激情的来信正在路途上,然而一次次的失望让他开始预感到他和龚萍的爱情出现了危机。他对王大寨哀求道:"连长,能不能批我半月假,去北山看看龚萍?"王大寨问:"就你那对象?"方林嗯了一声。王大寨说:"不行。一个女孩子不来信就把你搞得神魂颠倒了?"方林说:"不是,我预感到出了什么事。"王大寨说:"有啥事,不外乎她不爱你了。当然也许她工作忙顾不上给你写信呢!"方林说:"不对,去年她每周都给我写封信。现在几个月过去了,一封信都没有收到,所以我要请假去看一看。"王大寨态度坚决地说:"不行,这就是我的态度。你一个干部的觉悟难道还不如战士李俊杰的高?他一周内家里三位亲人去世,我们同意他回去一趟,他都不回去,而是去了筛灰场。你呢?"方林说:"我实在没有办法!"王大寨说:"我理解你的心情,我教你一个办法,只有两个字,那就是'克服'。"说着,他从衣兜里摸出一封信,交给方林:"你看看,我也很纠结,也只能克服了。"

方林接过信,从信封里抽出信纸展开:

大寨:

你可能不知道,像我们这些丈夫不在身旁的女人,除了忍受内心的孤寂,在外面还处处受排挤,现在的政策分房以男方为主,各种福利照顾优先考虑双职工,这些我都不计较,谁让我嫁给一个军人呢?可近两个月来,我的腰椎间盘突出综合征越来越严重,卧床不起,只好住进医院,全年一百多元的奖金局里一分不给,请人护理局里又不出钱。人家的孩子回家有热饭暖衣,而我们八岁的孩子放学回家却要做饭洗衣,做她不该做的事,我实在受不了。与其两人受苦,倒不如我们分开的好。我只能狠心走离婚这条路了。

方林看完信,默默地将信还给王大寨。王大寨又在衣兜里掏出另一封信给他。方林接过信,看了一眼处在十分痛苦中的王大寨,又读起了他女儿的来信,上面歪歪扭扭地写着几十个字：

爸爸：
　　妈妈的病很重，翻不过身来，我每天放学回家都要去医院帮妈妈翻身。我人小翻不动，妈妈老是拉着我的手哭，爸爸你快回来吧！

方林读完信，眼里噙满了热泪，把信递给正在吸烟的王大寨说："没想到，连长你也有这么多痛苦呀！"王大寨说："是人都有痛苦，有的人痛苦大，有的人痛苦小。我爱人是个大学生，当年她顶着她父母、亲戚、朋友多方压力嫁给我这个穿军装的，实在不易呀！我欠她的实在太多了……这样，方技术员，年底部队下山我让你休假到北山去看看。你最近一定要把修筑涵洞的质量抓上去。我现在用这点时间写封信。"

方林走后，王大寨心想写信劝说她会谅解吗？但也只好如此了，反正脱不开身，他提起笔毫无把握地重复多次写过的类似说明原因的信，所不同的是信中详细地介绍了干部和战士呕心沥血、浴血奋战唐古拉山工地的情况，并随信寄去了仅有的五十块钱。

成天不是黑乎乎的压缩海带，就是干草筋一般黄不拉叽的压缩青菜，战士们不说吃，闻着就作呕。许多战士患了维生素缺乏症，视力减退，手掌、脚掌脱皮，口腔溃疡。每到开饭的时候，战士们都皱着眉头，很艰难地吃一点压缩菜，有的干脆到伙房要点盐，朝饭里一拌，三口两口地强咽下去。看着战士们不吃菜，王大寨就大声说道："同志们，不吃菜不行，不吃菜哪有劲干活？来，一起吃菜，当任务来完成，大家看着我。"他将压缩菜塞了满口，饶有趣味地咀嚼着，吞咽着。战士们只当是执行命令，也学着王大寨的样子，大口吃菜。然而，钱自化吃着吃着，却佝偻着身子呕吐起来。那样子太让胡南雄心酸自责，作为司务长，不能解决蔬菜问题，他感到脸红，感到失职。胡南雄想到黄豆含有多种维生素，便让炊事班用黄豆给战士们做菜。炊事班倒也做出不少花样，炒黄豆、炸黄豆、煮黄豆……头几顿战士们吃着还新鲜，黄豆总比压缩菜好，但没吃几天，战士们又不吃了，怎么能一日三顿地吃黄豆啊！于是，工程尖刀连流行起战士们自编的黄豆谣：

黄豆黄，黄豆香，吃了黄豆肚子胀，

放起屁来砰砰响,见了黄豆喊爹娘。

这黄豆谣一出,炊事班的人哭笑不得。晚上,胡南雄和黄宝宝无法入睡,满脑子想着怎样解决大家吃菜的问题。黄宝宝忽然一骨碌坐起来,对胡南雄说:"咱们做豆芽。"胡南雄说:"你别异想天开了,这唐古拉山的鬼天气能做出豆芽?"黄宝宝说:"司务长,别打击我的积极性,咱们试一试吧。"胡南雄说:"你要试就试吧。"黄宝宝说干就干,到伙房找来一只簸箕,扒了几斤黄豆,用水浸好,再放到簸箕里。为了保持温度,他将自己的棉衣盖上。豆芽慢慢地生长,白花花的,黄宝宝和胡南雄看了喜滋滋的。黄宝宝半夜里还几次爬起来看看白花花的"宝贝"尽情地伸展着腰肢……

工程尖刀连吃上了味道鲜美的黄豆芽,战士们高呼万岁。他们听说豆芽是黄宝宝像孵鸡那样孵出来的,就对黄宝宝亲热得不得了,甚至对他很崇拜。

然而,好景不长,黄宝宝第一次发豆芽正赶上那几天天气稳定,以后便是一连串的恶劣天气,忽而气温很高,人们只穿件衬衣,忽而又一阵大风,跟着就飘下雪来。黄宝宝几次做的豆芽都在这种冷热不定的温度差中烂掉了,战士们便只好再吃压缩菜和炒黄豆。

第十三章

　　文书跑到工地上气喘吁吁地对王大寨说:"连长,赵小刚回来了!"王大寨不相信自己的耳朵:"你说什么?"文书加重语气说:"赵小刚回来了!是他父亲带他来的,我安排他们在连部等你。"

　　赵小刚父子没有坐在连部等王大寨,而是在文书去喊王大寨时,就从帐篷里出来,在营区内等待王大寨。王大寨和文书走进营区时,赵小刚的父亲羞愧难当地迎上去说:"王连长,是我教子无方,不仅丢了部队的脸,而且也丢了我们父母的脸。"王大寨握着赵父的手说:"辛苦你了,你能把赵小刚送回来,我很感谢你!"赵父说:"我们给您添麻烦了。"王大寨说:"别这样说,我们在这地方施工确实很苦,连队任务很重,劳动强度大,环境也比其他兄弟团的施工连队要苦些。"赵父吼着站在不远处吓得全身打战的赵小刚说:"你还不给王连长承认错误!"赵小刚战战兢兢地说:"连长,我对不起你,对不起连队,给咱工程尖刀连抹了黑……"他知道连长的脾气,动不动就发火吼人,他心里很害怕,不敢正视王大寨的目光,耷拉着头,说着掉下了悔恨的泪水。王大寨看着眼前这个没有穿军装的战士,他压住了怒火,只是心平气和地说:"回来了就好,今后好好干。不过做错事就应该有惩罚,要按相关规定处理。"赵小刚点着头,哭声越发大了起来。王大寨指着赵小刚穿的老百姓服装,问:"你的军装呢?"赵父回答说:"回家打工时被人偷了。"王大寨说:"先借一套用。"赵小刚用手抹了抹眼泪:"是。"王大寨语气平缓地说道:"别哭了,哭的时候你没赶上。我带你们去个地方。"

　　王大寨走在前面带路,老赵和赵小刚尾随其后。在路过施工地段时,赵小刚看到工地上战友们干得热火朝天的情景,不禁羞愧难当,他低着头,双脚像灌了铅似的沉重。不知是哪位战友嚷道:"那不是赵小刚吗?"另外的战友看见后,肯定地说:"对,对,是他!"这时一位战士呼喊道:"赵小刚!"赵小刚只顾埋头跟着连长和父亲朝前走,装着没听见,他无脸面对热情招呼他的战友啊,他悔不该当初鬼迷心窍而离队……

　　那天,他跑到施工工地前面拦住了青藏兵站部三十五团的一辆从拉萨返回格尔木的军车。赵小刚暗暗庆幸自己坐上了车,否则他不敢想象,在这冰天雪地里步行,即使不冻个半死,也有可能被困在雪地里让饥饿到极限的野兽吃掉,到那时哭都来不及。

　　赵小刚在格尔木二十二医院下了车,他道过谢,就径直来到格尔木汽车站,坐上了通往西宁的长途客车,而后又转乘火车回到了老家。见到亲人,全家人很高兴,未婚妻卿春燕也赶来看他。赵父问他才当兵一年多,怎么回来了?他撒谎道:"一位首长带我执行一项任务,顺便回家看看,我只能在家住三天。"母亲说:"不能多住些天?"赵父说:"孩子的工作要紧,三天也不短。"在家三天,赵小刚吃上了父母精心制作的可口饭菜,也不让他干一点家务活,未婚妻也陪着他玩耍开心、幸福。三天的时间转眼就过去了,父母、未婚妻抹着泪,把他送上了火车,他也恋恋不舍地挥泪告别。火车发动了,未婚妻呼喊着他的名字跟着火车追了一段路程,才被加速前进的火车甩在了后面。他的眼睛再次模糊了。他想到自己这次离队对不起养育他的父母,也对不起深爱他的未婚妻。如果再回到部队,战友们能谅解他吗?连长能谅解他吗?再说那么艰苦的环境自己能坚持下来吗?想着想着,他的心在痛,头在胀裂,悔恨自己不该跑回来,但已走到了这一步,只有破釜沉舟,他决定先到附近的城市去碰碰运气,看能不能找份工作。

　　两个月以来,他在火车站当过装卸工,在粮店当过搬运工,起早贪黑,倍感辛苦,但有时连饭钱都挣不够。这还不说,一天夜里,他装有军装的布包也被人偷了。在走投无路的情况下,他拖着疲惫的身体回到了家。母亲见他蓬头垢面、衣衫不整的样子,心痛地掉下了眼泪。父亲问他究竟是怎么回事,他坐在沙发上,低垂着头,泪水像断了线的珠子滚落下来,任凭父亲再三追问,他还是一言不发。母亲在一旁擦着泪劝丈夫道:"别发这么大的火,把孩子吓着了!"赵父气得大吼道:"吓着了?他再不说就给我滚出这个家,我没有这样的儿子!"他从沙发上站起来,咚的一声跪在地上。母亲忙过去搀扶他站起来,却被父亲强硬地制止了:"不准拉他!"他泪流满面,跪在地上一五一十地说出了自己是怎样离队,又是怎样打工的经过。赵父听完他的叙述,气得把头往墙壁上撞。母亲和他都吓着了,赶忙拉着赵父。赵父说:"我一辈子做别人的思想工作,没想到自己的儿子这么浑蛋,把我的脸丢尽了。"

　　王大寨指着眼前的没有墓碑的坟堆说道:"到了,就是这里。"老赵、赵小刚看着这个土堆,不知王连长要说啥,就望着王大寨。王大寨说:"这土堆里埋着我们工程尖刀连的一位战士,是连队的通讯员,名叫何小碧,他是生病后坚持为战友们送开水牺牲的。他留下的最后一句话是'我对不起……没有完成任务。死了也让我朝着拉萨,朝着青藏公路'。这是多么好的一位战士啊!"赵小刚父子俩看着坟堆默默无言。赵小刚脑海里闪现出浓眉大眼、小个子、脸庞稚气的何小碧的形象。他记得有一次,何小碧还帮他洗过衣服,那是他从机关刚下到工程尖刀连的时候。王大寨又说:"何小碧是我们连牺牲的第二位战友。第一位战友韩小兵,还没到达唐古拉山,肺水肿就夺去了他宝贵的生命。"老赵点头说:"怎么不立个碑?"王大寨道:"今后再说吧!"

开饭前,赵小刚面对全连官兵,流着泪表了决心:"我决心不再离队了,要与战友们同甘共苦……"他哽咽着说不下去。接着官兵们欢迎赵小刚的父亲讲话。老赵愧疚地说:"赵小刚从小在家娇生惯养,来到唐古拉山施工,因吃不下苦而想家离队了,给连队抹了黑,给战友们丢了脸,说明我这个父亲对他教育不力,很对不起大家。我这次千里迢迢把他送回来,希望大家能帮帮他。谢谢大家!"一阵掌声过后,王大寨说:"大家不要歧视他,也不要冷淡他,要在生活上关心他,工作上帮助他。"

傍晚,秦擎天和赵小刚在改建中的青藏公路边并肩散步。

这时,一对朝圣的藏族母子磕着等身长头一路风尘仆仆,在青藏公路上虔诚无比地向着拉萨的方向一点一点地前进着。

秦擎天和赵小刚驻足,专注地看着这对藏族母子旁若无人、专心致志地磕着等身长头从他们的身旁经过……

秦擎天问:"赵小刚,你知道在通往拉萨的路上磕等身长头的信徒依靠什么支撑着吗?"

赵小刚默想了片刻,摇了摇头。

秦擎天说:"我个人理解,他们依靠的是使命与信仰。其实,人类的远古时期是从童话中走出来的,人们最大的动力来自使命和信仰。关于这一点,我们只要看看在通往拉萨的路上磕等身长头的信徒就能理解使命与信仰的重要了。"

赵小刚默默地听着,似乎有所触动,有所感悟。

秦擎天语重心长地说:"赵小刚啊,你千万别脚踩西瓜皮——滑到哪里算哪里了,你一定要有个奋斗目标啊!"

赵小刚嗯了一声。

秦擎天接着给赵小刚讲了这样一个故事:一个父亲带着三个孩子到沙漠中去猎杀骆驼。他们到达了目的地后,父亲问老大:"你看到了什么呢?"老大回答:"我看到了猎枪、骆驼,还有一望无际的沙漠。"父亲摇摇头说:"不对。"父亲以相同的问题问老二,老二回答说:"我看到了爸爸、大哥、弟弟、猎枪、骆驼,还有一望无际的沙漠。"父亲又摇摇头说:"不对。"父亲又以同样的问题问老三,老三回答道:"我只看到了骆驼。"父亲高兴地点点头说:"答对了。"

故事一讲完,秦擎天说:"这个故事告诉我们:一个人若想走上成功之路,首先必须有明确的目标。目标一经确立,就要心无旁骛,集中全部精力,勇往直前去实现。刚才,我们看到的那对母子,他们心中就有一个坚定不移的目标——拉萨。那么,赵小刚你的目标呢?"

　　赵小刚望着秦擎天说:"秦副连长,我知道了,你放心,我的目标就是不怕吃苦,干好工作,修好路!"

第十四章

　　平地机翻车事件发生后,张德彦悔恨了很长时间,他真正体会到了搬起石头砸自己脚的滋味,特别是看到何玲看他时那带着鄙视的眼神,他真恨不得能从头再活一回,好在秦擎天对他依然如故,使他得到些许的安慰,他心里对秦擎天有了一丝歉疚感。

　　何玲对张德彦感到心灰意冷,她不知他怎么会变成这样,她甚至有了离开工程尖刀连的念头,想到张德彦,看到秦擎天,强烈的羞耻感便让她无地自容。可是她又怎么能这样离去呢?除了爱情,她还有一份责任,那就是一个医生的责任。

　　一有机会,张德彦便会来找何玲,痛哭流涕地请求她的谅解,他说他错了,他不该心胸狭窄,更不该感情用事,把工作与个人恩怨混为一谈,他赌咒发誓以后再也不会这样了。除了认错,张德彦还不停地追忆着他们分别的日子里对何玲不断的思念。时间一长,何玲开始心软了,再加上秦擎天在事后也与何玲谈过几次,希望这件事不要影响她和张德彦的关系,因为人非圣贤,孰能无过,不要因一时一事,而对一个人下结论,张德彦并不是个不可救药的人,应该给他机会,他现在最需要何玲的理解,不能在这时把他推出去,这样对他的打击太大了,毕竟他们之间有真正的感情,不能轻易毁掉它。

　　何玲开始想张德彦的好处,想他们青梅竹马的中学时代,想他曾经对她们母女的帮助,想她上大学时张德彦到车站送她的情景,想他给她买的那条被她一直珍藏着的绿纱巾,她真的害怕如果在这时离开张德彦,他会从此一蹶不振,生活在一个无望的世界中,从而自暴自弃,毁掉自己的前程,那是她内心深处最不希望发生的事情。

　　何玲终于原谅了张德彦,一切又恢复了往日的平静。

　　一辆开往西藏的军车在唐古拉山施工地段的碎石场外的公路上停了下来。一个女人提着一个鼓鼓的行李包从驾驶室走下来。她目送军车离开后,提着行李包缓慢地向碎石场走去。

　　从外表看,这是一个身材丰满、眉清目秀、二十四五岁的女人,脸上浮现出不少哀思,身穿红黑相间的格子衣服,走起路来一条粗黑的辫子在身后摆动着,煞是可爱。走了几步路,她觉得很累,喘气困难,就放下行李包,坐在包上歇息,目光不停地在施工地段巡视。随后她站起来,提着包,乏力地走到碎石场。战士们在原始的碎石机上拼命地碎石,碎石机发出震天的声音。她问一位忙碌着的战士:"同志,你知道李俊杰在哪里干活?"这位身穿皮大衣、头戴大头帽的战士放下手中的硕大石头,朝她上下打量了一番,指着前方200米远的筛灰场说:"他在那里筛石灰,你看石灰飞扬的那地方。"她顺着那位战士手指的方向看过去,说:"看到了。"这时,战士们都放下手中的活,向她围了过来,目不转睛地盯着她。她怪不好意思地低下了头,脸上泛起了红晕。一位战士问:"你是不是叫梁菊芳?"她微笑道:"你们怎么知道?"战士们纷纷地说:"我们连谁人不知,谁人不晓?""前一段时间,我们连开展向你们两口子学习的活动呢。""连长表扬李班长和你,说你们识大体、顾大局,家里连续失去三个亲人,你都不让李班长回去……""对,还说你思想好,觉悟高哩!"梁菊芳说:"我没那么高的思想觉悟。"战士们又你一言我一语地说:"连长还说你是女强人,能一人撑起半边天。""不是这样说的,连长说你是能撑起整片天的好女人呢!说你支持丈夫一心扑在施工上。""对,我们连长就是这样表扬你的。"梁菊芳说:"不对,我给李俊杰又发电报又写信,叫他回来处理……"一位战士说:"连长骗我们了!"大家哈哈大笑。又一位战士笑着故意做出一副咬牙切齿的样子说:"走,嫂子,我送你去找李班长,好好收拾他!"梁菊芳蹲下打开行李包,捧出柿饼让大家吃:"这是咱们老家的特产。"大家边吃边说:"嫂子,李班长的柿子好甜啊!"大家又扑哧地笑了起来。这一笑,她更不好意思了。

来到筛灰场,梁菊芳在一群被石灰染白了的士兵中,怎么也看不清哪位是她日思夜想的丈夫。

正在筛石灰的李俊杰看到梁菊芳时,不敢相信眼前的这个女人是他心爱的饱受磨难的妻子。他跑过去忘情地把她拥进了自己的怀中,石灰染白了妻子的脸庞和衣服。

一周前,李俊杰兴致勃勃地拿着一封信找到王大寨说:"连长,我家属要来一趟。"王大寨看了信,拍案而起:"在这个节骨眼上,施工任务这么重,谁有心思想家属。如果真要来,我处理你!"说完从办公桌抽屉里找出三封信来交给李俊杰说,"你看看我是怎样处理家属的问题的。"李俊杰接过信,站着就看起来。前两封信王大寨曾让技术员方林读过,是他妻子和女儿写来的。第三封信是他两天前收到的。信上说:"大寨,我的病有所好转,请勿念。看了你的信,真把我给感动了,我虽苦,但你们更苦,是我错怪了你,让你分心了。大寨,你放心,我知道该怎么做。"李俊杰看完后,将三封信交给王大寨:"连长,你的情况与我的情况不一样。"王大寨:"怎么不一样?"李俊杰解释道:"第一,我结婚一年半了,两口子待在一起不到一个月时间;第二,家中接连三位亲人去世,是她忍着巨大的痛苦帮我尽了本该我完成的安葬父母的义务。她一个弱女子不容易,她来了,我好给她一些安慰。"王大寨有些激动地说:"那也不行。前一段时间,我还号召全连官兵向你们两口子学习,这倒好,你作为一个班长,却带头让家属来。如果真要来,我处理你!"李俊杰昂起头说:"你就是开除我军籍她也要来!"王大寨有些愤怒地吼道:"为什么?"李俊杰说:"信刚才你也看到了,信上说给我写信后的半个月她就从家乡启程出发。连长,你也不算一算,自从她把这封信寄出到今天已经十八天了,你看信封上的邮戳时间,说明她已上路两三天,不让她来,我怎么阻止她?"王大寨点燃烟,猛吸一口,唉的一声长叹,蹲在地上,用手抓了一把头发,露出了头皮。

  这么远的路程梁菊芳走过来了,她却一点没感到累,当部队领导让她在格尔木休息一天再走时,她坚持要见到朝思暮想的丈夫再休息,这种力量促使她一口气到了唐古拉山。她终于看到唐古拉山一年四季不化的雪山。她本想见到丈夫时把自己一腔的埋怨、委屈、痛苦好好发泄一下,可看见丈夫的脸黑如铁锅底,一层层地掉皮,嘴唇也干裂得流出了血,还在顶着强劲的风沙过筛石灰,她哽咽得什么也说不出来,只是一个劲地抱着丈夫痛哭。

  王大寨让战士们腾出半间堆放汽车、机械零部件的帐篷给李俊杰和梁菊芳住,好让夫妻俩诉说着长久不见的思念之情。

第十五章

中午一点多钟,工程尖刀连的官兵们正在吃饭,一辆师部的北京吉普车开进营区停下。师工程技术科的唐科长从车上下来,接着下来的是工程技术科的余工程师和陈工程师。

王大寨听到吉普车的刹车声赶紧放下碗筷从帐篷里出来,急忙上前向唐科长一行敬礼,并招呼大家进了连部帐篷。张德彦、方林都放下碗筷和唐科长一行三人握手问好,并互做了介绍。

唐科长刚在床铺上落座,就问:"王连长,你们连队干部全不全?"王大寨一边给唐科长和两位工程师发着烟,一边回答道:"只差秦副连长,他带了四辆车和七个战士去大柴旦拉煤去了。"唐科长又问:"你们指导员呢?"王大寨答道:"我们指导员的位置一直空着,缺编。"唐科长指着张德彦问道:"这位张副指导员,叫张什么呢?忘记了。"王大寨说:"张德彦。"唐科长拍了一下脑门:"啊,记起来了,何团长的未来女婿呀!何团长的千金不是在配合你们连工作吗?"张德彦回答道:"她这两天有点感冒,在帐篷里输液。"唐科长说:"这鬼地方病了可要当心,弄得不好就要发展成肺水肿、脑水肿……"王大寨说:"我和张副指导员开饭前又去看了她,劝她去格尔木治疗,她不肯去,说自己输几瓶液就好了。"唐科长指着方林,说:"方技术员,我们是在去年军训队认识的,我给你们十多个从呼和浩特交通学校毕业的秀才上过课。"方林点头说:"对,唐科长当时给我们上的是工程速度与工程质量。"唐科长掐灭烟头,坐到了饭桌旁要一起吃饭。王大寨说:"不行。你们等一会儿吃面条吧。"唐科长说:"没事,就吃这馒头。"王大寨说:"馒头不够,再说已经冰冷了。"唐科长就不再坚持了,说道:"行吧,你们赶紧吃。"王大寨对正在给客人添茶倒水的文书说:"倒完茶水,你去给炊事班讲一声,叫他们赶紧给唐科长三人煮些面条,多放些午餐肉。"

王大寨草草地啃了几口硬邦邦的馒头,又往嘴里灌了一碗白开水醋汤,抹了抹嘴说:"吃完了,请唐科长做指示!"唐科长说:"指示谈不上。王连长,连队干部太少,我建议排长们也参加。"王大寨见文书从炊事班回来,就叫文书去叫四个排长来开会。文书出去不到三分钟,四个排长提着凳子、拿着笔记本来到连部坐下后就眼睁睁地望着唐科长。王大寨说:"唐科长,人到齐了。"又对大家说,

"欢迎唐科长讲话!"大家鼓起了掌。

唐科长喝了口茶,清了清嗓子说:"大约在十二点四十分,我和余工程师、陈工程师到了你们工地,你们刚下班。我们这次来的主要任务是根据师首长指示,检查工程质量的。主要检查了四项:一是沙砾土料质量;二是沙砾垫层质量;三是碎石质量;四是桥涵质量。刚才我们已经对你们修的这段路进行了检查,检查的结果由余工程师说说。"余工程师打开记录本,讲了起来:"我们用了五天时间对全师正在施工的十二个连队进行了检查,咱们工程尖刀连是最后一个检查的。总的来讲,咱们工程尖刀连的速度快得超出了我们的想象,你们连每一个人干的活相当于其他施工连队三四个人干的活,而且质量不错。"工程尖刀连的干部们脸上露出了灿烂的笑容。余工程师说:"纵观咱们连队的沙砾料、垫层、碎石这三项的质量,应该说是全师施工连队最好的,其他施工连队或多或少都存在着问题,比如沙砾土料含土量和粘合力不强、含沙量高、含有粉沙等等;又比如垫层,压的力量不均,碎石颗粒大小不一等等。而咱们工程尖刀连的这三项合格率达100%。"听到这里,工程尖刀连的干部们激动得情不自禁鼓起了掌。唐科长说:"不要高兴得太早了,你们修筑的涵洞还没有说。现在由陈工程师讲讲,他可是桥涵专家。"

陈工程师也没拿记录本,接着就说:"啥桥涵专家!经检查,工程尖刀连修筑的这道涵洞,整个涵身下沉了0.13米,混凝土结构的涵墙断裂……"还没等陈工程师讲完,方林抢先道:"不可能!"王大寨犹如五雷轰顶,很难相信工程技术科的结论:"不可能!"唐科长严肃地说:"这是事实。"连队干部都吓蒙了,眼睛瞪得像灯泡一样大,你看着我,我看着你。王大寨仍然摇着头。唐科长态度坚定地说:"你们连修筑的涵洞要炸掉!"王大寨惊诧道:"炸掉?!"他深知炸掉意味着质量事故,意味着巨大的经济损失,意味着官兵们的血汗白流,意味着需要重修。整个帐篷内陷入沉默。方林双手捂着脸,片刻泪水从指缝里流了出来。

唐科长语气铿锵地说:"方技术员,现在哭已经晚了,早知今日,何必当初?你作为技术骨干,把你从一团调到工程尖刀连来是为了让你好好发挥特长,好好干。可你呢?你知道你是怎样调到工程尖刀连来的吗?"方林抬起头,双手从脸上放下来,脸颊上淌着泪水,摇摇头。唐科长说:"当时工程尖刀连组建时,郝参谋长来征求我的意见,叫我考虑在全师范围内调一个技术过硬、肯动脑筋、不怕吃苦的技术人员去工程尖刀连。当时一团和二团有五个技术员都来找我,想来工程尖刀连,但我经过反复考虑,觉得你方林不错,所以才把你调入工程尖刀连。你知道,能来工程尖刀连,不管是官是兵都是一种荣誉、一种光荣、一种自豪!"

人们看着方林。方林看着唐科长,悔恨交加。唐科长问方林:"你知道炸掉涵洞要损失多少吗?"方林还是摇摇头。唐科长说:"我告诉你吧,我粗略算了一下,直接经济损失两万多元。"连队干部吃惊地问:"两万多?"唐科长说:"是两万多,如果再有一万元,就可买一辆北京吉普车,就是我们坐的那种车。这还是小事,关键是给我们工程尖刀连抹了黑,这种政治影响是无法用钱来衡量的!"方林痛心疾首地说:"这都怪我呀!"唐科长说:"方林,你要有心理准备,你肯定要受严重警告处分的。"方林点了点头说:"我想到了。"王大寨问:"唐科长,能不能想点其他弥补办法,不炸掉涵洞?"唐科长斩钉截铁地说:"不行,坚决炸掉重建!"

一说起要重建涵洞,汪满良心里就生出一丝悲凄感,因为他又要带领一班人马在方林的指挥下冲锋陷阵……再说人工排的工程量又重,过筛石灰的任务也很繁重,一个排分成两班人马,一半人修筑涵洞,一半人筛石灰。原本涵洞一完工,所有人力投入抢筛石灰的任务,但是万万没想到……

方林独自坐在帐篷外,面对雪山荒原发呆。

要炸掉涵洞重修,连队干部和战士都有怨气。这个残酷的现实,让方林倍感痛心,他这才知道从学生到技术员的转变是多么艰难,工作上一点疏忽就会造成这么严重的后果。他分析了事故发生的原因,高原冻土地质复杂,施工的程序和浇注模具不妥,自己没有把在学校里所学的知识灵活运用到实际工作中去都是原因,但更主要的原因是未婚妻一直没有来信,使他在施工中分散了精力,没有尽到责任……他和他的同学从踏进部队大门的那一刻起,就充分感受到了部队领导对他们这批学生官的关怀和对他们寄予的厚望。在脱掉学生服,换上绿军装,进行了三个月的军事训练,具备了一定的军事素质后,作为一名连队的技术员,他从一团调来开始负责工程尖刀连施工中的技术工作。当时他可是一腔热血,想在工作中干出一番成就,为学生官争光。因为,在学校学了三年,现在是检验知识的时候了。可是,谁能想到竟然会发生这原本不该发生的一切呢?

轰隆一声巨响回荡在唐古拉山的上空,这是工程尖刀连炸掉涵洞的声音。

第十六章

傍晚,秦擎天、何玲、余辉坐在营区的帐篷外。何玲兴致勃勃、声情并茂地朗读着余辉发表在格尔木文联办的《晶花报》上的一首诗歌《落叶》:

满地作轻轻地跳跃,
像从天空降下的小鸟,
将生命的雅号——绿
寻找,寻找……

当夜幕降临的时候,
它潜入夜的梦,
梦见金色的谷子,
在歌,在舞,在笑……

莫说再不能吮吸母亲的乳汁,
温柔的大地——母亲的怀抱,
和煦的阳光——母亲的关照。
落叶悄悄地融进尘泥,
聆听新生命在枝头欢笑。

何玲读完,赞不绝口:"不错不错,有意境,有新意,把落叶这普通的事物写活了。年纪轻轻的,不错!"秦擎天说:"余辉的最大特点是勤奋。"余辉有些不好意思地说:"我是个文学爱好者,今后请秦副连长和何医生多指导。"何玲朗朗地笑了:"今后互相学习。秦副连长,你最近又读了什么书?"秦擎天答道:"《老人与海》。"何玲说:"我还没读过,只知道点故事梗概。"

秦擎天便谈起对这部作品的感受:"《老人与海》成功地塑造了著名的'硬汉'形象——圣地亚哥。这位古巴老渔民在海上苦斗了八十四天没有钓到鱼,但他仍不认输,终于在第八十五天制伏了一条比他的小船大几倍的马林鱼,可成群的鲨鱼却轮番袭击,吞食老人的捕获物。老人没有屈服,用渔叉、船桨等拼命抗击了三天三夜,最后,马林鱼只剩下骨架。老人虽未战胜厄运,却不失为一位精神上的强者。他留下了一句响当当的名言:'人是不能被打败的,你可以把他消灭,但不能打败他!'圣地亚哥那种敢打必胜的信念、刚毅坚强的意志、临危不惧的胆魄、不屈不挠的精神,很值得我们学习。"

何玲夸奖道:"秦副连长,你口才真厉害。"秦擎天笑道:"瞎诌几句。"余辉听得神情专注,并若有所思。秦擎天说:"人们常把胸怀大志、敢作敢为的热血男儿誉为硬汉,然而要做真正的硬汉并非易事。做个真正的硬汉,重要的是说到做到,言行一致,莫做'语言的巨人,行动的矮子'。像海明威,不仅成功塑造了'硬汉'形象,而且以自己的人生实践了硬汉的精神。他尝试吃过蚯蚓、蜥蜴,在墨西哥斗牛场亮过相,闯过非洲原始森林,两次世界大战都上了战场。作为作家,他奋力拼搏,写成名著《老人与海》,荣获 1954 年诺贝尔文学奖。可见,要做个真正的硬汉,就要既怀有雄心壮志,又要坚持不懈地努力,这样才能够有所作为。"余辉问道:"同志之间胸襟开阔,谦和忍让,算不算是硬汉?"秦擎天回答道:"这也是硬汉的优良品质。"何玲说:"秦副连长,你应该改行。"秦擎天说:"我这五大三粗的能干啥?"何玲说:"当政工干部最合适!"秦擎天说:"别损我,我有几斤几两自己还不知道?"余辉说:"秦副连长太谦虚了。"秦擎天说:"我这人脾气不好,直来直去的。"何玲说:"这叫个性。男人要没个性,就像面团,实在没意思。真的,我也直来直去。"

秦擎天又接着说:"做个像圣地亚哥那样的硬汉,就要不畏强敌,不怕牺牲,具有破险克难、顽强拼搏的精神。在中国革命史上,革命前辈为了人民的幸福,藐视凶恶的敌人,踏着坎坷的征程,创造了熠熠发光的井冈山精神、长征精神、延安精神……铸就了中华民族新的辉煌。他们是铁骨铮铮的硬汉,是我们人生的榜样。"何玲揶揄道:"你在给我们上政治课。"秦擎天说:"别笑我了,这是我读了《老人与海》的体会。"何玲说:"借给我读读好吗?"秦擎天说:"明天吧,今晚上我把最后两页读完。"

三人谈意正浓时,张德彦来叫何玲出去转转。何玲不想去,秦擎天就催何玲:"快去吧,何医生。"何玲意犹未尽地跟着张德彦去了。

战士们看着他俩远去的背影,就议论开来:

"不知张副指导员烧了哪炷高香,找了这么漂亮的未婚妻。"

"何医生也是瞎了眼,找了一个小肚鸡肠的人。"

"'张讨厌'要不是找团长的女儿做靠山,他小子早挨揍了,上次他的瞎指挥,把我们搞得深更半夜的,害得老子们躺了两天床板。"

"你们不要嫉妒张德彦,有本事今后找一个比何医生更漂亮的。"

"你小子癞蛤蟆想吃天鹅肉,就凭你满脸土豆一样的青春痘?"

"青春痘怎么了,还不是高原这紫外线把老子害了。你好看,你就一个猪八戒的样子?"

大家哈哈大笑。

张德彦和何玲对于他们背后发生的事情一无所知,他俩有说有笑地走进了戈壁滩。何玲脱口而出:"这儿真美,这么大的戈壁滩,远处是夕阳下的雪山。"张德彦说:"你现在见什么都新鲜。"何玲说:"你这人真是不热爱生活,不懂得欣赏大自然的美景。"张德彦说:"谁说我不热爱,谁说我不懂得欣赏!"接着说,"你尽量少和秦擎天在一起。"何玲说:"凭啥?我知道你这人心胸狭隘,就像上次平地机翻车事件……"张德彦说:"好了,以后再不要说这件事了好不好?我今天找你,说个正经事。我想请你给你爸说说,我想到机关去干。"他一直觉得何玲是为了他才来到唐古拉山的,他本来就不想在山上干,现在又害怕何玲在山上待久了,生什么病,所以他急于要离开这个鬼地方,这样也好顺理成章地把何玲带走。何玲:"你自己去说,不比我去说更直接吗?"张德彦说:"来唐古拉山前,我去找了他,他说我太年轻,需要锻炼才能成熟。"何玲说:"我爸说得对,你是太年轻,需要锻炼,我们都需要锻炼。你说你到机关能干啥?"张德彦说:"当干事啊。"何玲说:"你以为干事那么好当啊。我让你回答几个小问题,你要是答对一半,我就给你当说客。"张德彦对何玲不理会他的良苦用心真是无可奈何,只好任何玲考他:"行,你说吧。"何玲问:"'其实地上本没有路,走的人多了,也便成了路。'请问这句名言是谁说的?"张德彦很想表现一番,便脱口而出:"梁启超。"何玲说:"错,应该是鲁迅。我再问你,'患难困苦,是磨炼人格之最高学校',这句名言又是谁说的?"张德彦思索了半天:"好像是周恩来。"何玲说:"错,是梁启超说的。"张德彦说:"对,是我记错了,再来。"何玲说:"听好,'千磨万击还坚劲,任尔东西南北风'的作者是谁?"张德彦苦思冥想后说:"不知道。"何玲说:"那我告诉你吧,作者是郑板桥,对不?"其实,张德彦根本不知道这句名言,但还是说:"对,就是郑板桥。"何玲看着额头上快要渗出汗来的张德彦,心里也很着急,不由得说:"不行吧。三道题一道都没有答对,你不觉得惭愧吗?"张德彦用手绢擦了擦脸上已经冒出的汗珠,咬咬牙,狠狠心说:"换一种形式再来一道。"何玲笑笑说:"好吧,也许刚刚的题有些偏,对你不公平。换一种形式,换成古译今。庄子的《学屠龙》如何?"一听到"庄子"二字,张德彦的脑子就要炸了,但他想碰碰运气,就说:"行。"何玲说:"原文是:'朱评漫学屠龙于支离益,殚千金之家,三年技成而无所用其巧。'"张德彦苦苦思考着。何玲用无奈的口气道:"我的大指导员,如何?译不出来吧?"张德彦取下军帽,擦了擦额头上的汗,脸上一片绯红,小声地说:"译不出来。"何玲没有再难为他,面带愠色道:"我帮你译吧。译文是,有一个叫朱评漫的人,在支离益那里学习屠龙的本领,用光了千金家财,三年之后终于把技术学到了手,却没有地方可以让他施展自己高明的本领。"张德彦说:"我刚才也是这么想的,担心说错了。"何玲说:"那好,你联系实际评析一下?"张德彦摇摇头。何玲说:"评析应该是这样:'龙'在哪里呢?学会了屠龙之术,却无龙可杀,岂不悲哉?脱离实际的学习、研究,恰似朱评漫学屠龙手艺一样,学得再好,研究得再深,也是毫无用处的。"

何玲知道张德彦在学校时成绩不是很好,他们分开后,两个人一直靠通信保持联系,都说距离产生美,何况张德彦给何玲的每一封信因为是发自内心的真情的表白,应该说还是写得不错,这让何玲产生一个错觉,张德彦进步了。可是当他们又能天天在一起后,她才发现这些年过去了,张德彦的学识毫无长进,依然如故,这怎能不叫她心急如焚?真是恨铁不成钢,她开始担心长此以往,他们将不再有共同语言,他们的爱情将经不住时间的考验。

两人没说话,走了好长一段路,张德彦才打破沉默:"玲玲,你知道我上学读书正赶上'文化大革命',你也应该理解我。"何玲盯着他说:"理解?有人说'我们被耽误了',就说你是'被耽误'的吧,也并非不能成为有用的人。直木可以作梁,弯木也可制犁,谁又能说犁没有自己的用途?!组织上安排你在这里修路是正确的,你这点知识能当好一个政治机关的干事?笑话!"张德彦说:"我今后加强学习不行吗?"何玲说:"你这人就是缺少毅力,你看人家秦擎天不仅干工作出色,而且还挤出点滴时间读书学习,你呢?"张德彦无言以对。何玲说:"还有战士余辉,他们都应是你学习的榜样。要知道无论干任何事,不经过艰苦的努力都不会达到理想的境地。"

有人说爱情能改变一个人,这话不假。自从何玲发火后,张德彦确实改变了一些,到工地同战士们干活更加卖力,晚上业余时间也看看书,但他着实不是读书的料,只要一捧起书不是头脑发胀、昏昏欲睡,就是走神,几页看下来不知书上说的子丑寅卯。尽管这样,何玲还是一直鼓励着他,期待着奇迹的发生。

晚上,何玲仍旧去各班的帐篷转转,看看有没有生病的战士,有就及时送上药,没有人生病,自己心里也踏实些。她每到一个班,无论战士们忙啥,只要一见她,都要不约而同地站起来,说:"玲玲医生又来了!"

何玲微笑道:"有没有要药的?没有我就走了!"一位战士说:"你坐坐,和我们聊聊天。"何玲问:"你们为啥想和我聊天?"那位战士说:"因为我们觉得你人好,没有团长女儿的架子。"另一位战士开玩笑道:"不是,因为你长得漂亮,我们想多看几眼!"大家大笑不止。何玲顿时脸红了,问:"我漂亮吗?"大家异口同声地说:"漂亮!"何玲说:"好,我跟大家聊聊天。我给大家讲个笑话吧。"大家鼓起了掌:"好!"何玲讲道:"有个人的妻子生病了,请来医生为其看病。医生检查了一下,问道:'有螺丝刀吗?''有的,给你。'过了一会儿,医生又问:'有锤头吗?''有……不过,我妻子得的是什么病?''没什么,我总得先把药箱打开。'"大家哈哈大笑。听到笑声,其他班的战士也进来了。

何玲起身要走,一位战士就说:"不过瘾,太短了,玲玲医生再来一个。"大家就跟着起哄:"对,再来一个!"无奈,何玲就又讲了一个:"从前有个财主,非常小气,对自己家里人也不例外。有一天吃饭时,两个儿子盛好了饭,问父亲用什么菜下饭,父亲在墙上挂了一条咸鱼,对儿子们说:'你们看一眼鱼吃一口饭就行了。'儿子们没办法,只好这样吃起来。突然,兄弟俩争执起来。父亲问为什么,弟弟告状说:'刚才哥哥多看了咸鱼一眼。'父亲一听大怒,说:'别管他,咸死这个馋嘴的!'"哈哈哈……大家又一阵大笑,边笑边喊:"再来一个,再来一个!"何玲脱不开身,只好笑着说:"大家说话算数,最后一个。这个笑话的名字叫《约会》。"一听"约会"两个字,战士们就来劲了:"快讲,快讲!"何玲讲道:"小鄢给他的女友写了一张字条:'晚八时,公元前见面……'不久,他收到了女友的回条,上面写着'我生活在公元20世纪,无法与古人见面……'"整个帐篷里充满了欢笑声。

何玲来到王大寨的帐篷里还能听到战士们传来的笑声,她把药箱放在办公桌上自己也笑了。王大寨正在借着烛光给妻子写信,听到何玲的笑声,赶紧把写了几句话的信纸抓在了手上问:"何医生笑什么?"何玲说:"我笑自己给他们讲的笑话。"王大寨说:"我以为你笑我给老婆写的信!"这一解释不要紧,何玲趁他不注意一把抢过信,笑容可掬地念起来:"玉洁:好想你和女儿,我实在对不起你们,收到你的信这么长时间,今天才抽出点时间给你们写信……就写这两句?这不对啊,信的开始应该称'爱妻玉洁好想你'。"王大寨也笑了:"老夫老妻的,不像你们年轻人,情啊、爱啊、恋的。"何玲笑着把信还给王大寨,说:"我刚上山时,给你拿了一瓶安眠药,之后你又叫文书来拿了一瓶,你怎么吃这么快呀?"王大寨无可奈何地说:"压力太大,每晚不吃三四片睡不着呀,有时肝部也有点疼。"

何玲打开药箱把一瓶安眠药放在王大寨的办公桌上："我告诉你安眠药要少吃，能克制就克制，它的副作用很大，依赖性也大。再者，你应到格尔木二十二医院去检查一下，看看肝有没有什么问题。"王大寨说："哪有时间呀，如果不在十月前拿下唐古拉山地段，一到11月份，冰天雪地的就不好整了。"何玲说："看来你把命都押上了。"王大寨愁眉苦脸地点燃一支烟猛吸两口："不是我觉悟高，实在是没有办法！"

何玲除每天给官兵看病治病的本职工作外有大把的时间自己支配，在这段时间她认认真真地读些医学专业的书，并做了不少笔记，而后就随便读些文学书籍作为消遣。时间就这样在她手中有计划有安排地流逝，她不是虚度光阴的人。

连队官兵们干得轰轰烈烈，何玲看在眼里，于是，她扛着铁锹来到了机声轰隆的工地。对于她来工地，官兵们非常吃惊。医生嘛，没有病人，你在帐篷里烤着火待着或睡懒觉……谁说你没为青藏公路做贡献呢？不知是谁惊喜地喊了一声："玲玲医生来帮咱们干活了！"大家都用敬慕的目光看着她。何玲笑嘻嘻地说："我能干点啥？"王大寨正在工地那一头指挥摊铺排摊铺沥青路面，见何玲来了，跑过来说："啥都不用干，你到工地上来就不简单，给大家鼓了劲！"何玲说："活还没有干一点，就受大连长的表扬，真高兴！"王大寨劝道："你回去休息！"何玲说："既然来了，就得干活。"王大寨说："你干一天，不如全连官兵多铲一锹。"何玲说："我就是想让大家少铲一锹。"官兵们被何玲的话逗笑了。王大寨指着工地说："你看这尘土飞扬、机声隆隆的，你受得了？"何玲说："你们快干活，我没问题！"

何玲站在工地，手持铁锹，看了看，惊喜道："真叫热火朝天啊。"

离公路几百米远的地方是筛灰场，战士们正埋头筛石灰，石灰在天空飞扬，就像白色的密密的大雾笼罩着上空；筛灰场隔壁是碎石场，官兵们在隆隆的机器声中拼命地加工碎石；烤油架上冒着浓浓的黑烟，沥青就是经过那里熬熔后再经拌和机与碎石拌和后拉到工地上的；运输排的翻斗车将一车车沥青混合料拉运到工地，倾倒在路上；摊铺排的官兵们脚蹬石棉防护靴又将拌和的沥青混合料一铲铲地平铺在路上，接着机械排的官兵们开着压路机进行碾压；人工排的官兵们手持铁锹摊铺路基三合土……何玲看到这一切后，很是激动，一个建设者的自豪感涌上心头，自言自语地说：好一派生动的劳动场面啊！好一幅动人心魄的画卷啊！

何玲正埋头干活时，一双白线手套递到她眼前，她抬头一看是张德彦。张德彦说："你刚干活，没经验，手容易被打出血泡。"何玲不要，推让了一番，又害怕当着战士们的面使他难堪,就将手套接了过来,戴上手套一句没说就又干了起来。

王大寨吹响了哨子,说:"大家休息二十分钟。"

余辉停了推土机,跳下来就直奔何玲跟前说:"何医生,听大家说你的笑话讲得不错,给大家讲一个吧!"何玲推辞道:"不行,不行。"大家也要求道:"来一个,玲玲医生!"王大寨走过来,说:"大家欢迎何医生讲一个!"于是大家兴高采烈地鼓掌。何玲就不好再谦虚了:"好,只给大家讲一个。"大家坐了下来,有的坐在铁锹把上,有的坐在石渣上,有的干脆坐在地上。何玲清了清嗓子,就讲了起来:"大家听好,笑话讲完后,我要提问。""好!"又一阵掌声。

何玲讲道:"一位医生同病人说:'像你这种毛病,非常厉害,我见多了,我是非常有把握医治的。'病人很担心地问:'那么,我这病医得好吗?'医生很有把握地说:'这病,十个人中总有九个要死亡的!'病人听了,眼泪也流了下来,很悲伤地说:'那么,我这病是不会好了!'医生很肯定地说:'一定会好的,因为这样的病我已经医死九个人了。'"

大家听得很高兴,喊:"再来一个!太短了!"何玲说:"有言在先,我要提问。这个笑话,我们给它取个名,谁知道,请举手!"笑声顿时没有了,大家你看我一眼,我看你一眼,都回答不上来。这下,何玲高兴了:"如果大家回答不上来,我就不讲了,任务就完成了!"王大寨笑道:"我不信咱们工程尖刀连这么重的施工任务都能完成,你这小笑话的名还取不出来。技术员上!"方林摇摇头:"不知道!"王大寨又说:"可惜,我们秦副连长出车了,他来准行。"何玲笑笑:"要他来了,我就不让大家回答了。"王大寨看着张德彦。张德彦赶紧摇摇头,并摆摆手。王大寨用手搔了搔头,然后对余辉说:"我们的小秀才,说说!"余辉面有难色:"不一定对。"王大寨鼓励他说:"错了,就再来。"余辉声音不大:"好像叫'十医九死'。"何玲惊喜地叫道:"啊!对啦!"王大寨自豪了:"看来,咱们人才还是大大地有吧!"官兵大笑过后,又嚷道:"再来一个!再来一个!"

何玲只好又讲了一个笑话:"好吧,再给大家讲个《老油条的故事》。从前有一个极吝啬的富翁,年纪已八十多岁。他有三个儿子,都在外面经商,在他住的村庄里,可以说他是位有福有寿的人。这位富翁喜欢喝酒,天天总是醉醺醺的,所以有人称他'酒中仙'。老翁的下人也很喜欢饮酒,常常去偷吃他的酒。有一天,老翁发现他的酒少了一半,非常愤怒,叫所有的下人都滚蛋。下人去后,他在十字街口,贴了一张广告,写的是:'王家要找一个不吃酒的下人,请快来接洽,工钱面议。'酒鬼李小二,本来是一个富家子弟,因为他整天吃酒赌博,无所事事,几年里把家产败得精光,现在连衣食都成问题了。他看见那个广告,假装自己是不吃酒的,到王家去应征。他见了王翁,恭恭敬敬地鞠了一躬,老翁问他:'你会喝酒吗?'李小二说:'酒是什么东西?我连这个名字都没有听到过!'王翁高兴极了,连忙拿一瓶黄酒给他看:'这是什么东西?'李小二嗅了嗅回答:'难闻得很!''我告诉你,这是一瓶黄砒霜,吃下去马上会死的!'说罢,他再拿出一瓶白酒给他看。李小二说:'我不认识,这是什么东西?'王翁捋捋胡须说:'这是白砒霜,比黄砒霜还要厉害,吃一点儿马上会送命的!'李小二连声答应:'晓得!晓得!'王翁十分满意地留他做下人了。过了半个月,王翁要出去喝喜酒,叮嘱李小二说:'我要到李家庄去应酬,厨房里有许多火腿和腊鸡、腊鸭,你要当心看好,不要让小猫、小狗吃了。还有这两瓶砒霜,切不要开盖,否则要毒死人的。'李小二又连声应道:'晓得!晓得!'王翁去后,李小二独自留在家里,看到火腿和腊鸡、腊鸭,外加两瓶诱人的黄酒和白酒,他忍不住了,索性煮起火腿和腊鸡、腊鸭,热起黄酒和白酒,大吃一顿。傍晚,王翁回来了,一进门来,只见李小二昏昏地躺在地上,吃了一惊。他走到厨房一看,火腿和腊鸡、腊鸭已经不见了,黄酒和白酒只剩两只空瓶,连忙唤醒李小二,问道:'这究竟是怎么一回事?'李小二伸一伸懒腰,站起来,看见王翁怒气冲冲,连忙磕头,哭丧着脸说:'老先生去后,隔壁那只白猫,把厨房里的腊鸡、腊鸭都拖走了,我连忙追赶,谁料后面又来了一只白狗,把火腿也衔去了,我自知没有面目再见先生,顿时起了自杀的心思,我先喝了一瓶黄砒霜,过许多时候,还没有死,我就再把那瓶白砒霜喝下,就糊里糊涂地倒在地上了。老先生,你说白砒霜很厉害,为什么我还没死呢?'王翁气得说不出一句话。"

官兵们大笑,拍手叫好,又喊道:"我们欢迎玲玲医生再来一个!"

王大寨看了看手腕上的表:"时间到了,该干活了!"

第十七章

9月,唐古拉山的天气特别好,风和日丽,艳阳高照,除了严寒、缺氧外没有什么与内地不一样的。为了确保10月底唐古拉山地段公路竣工,工程尖刀连召开了"大干九十月,以实际行动迎接十二大"的誓师大会,班排与班排之间开展对口赛,个人开展了"你为十二大做些什么"的活动。工地上掀起了争分夺秒抢竣工、你追我赶比贡献的热潮,到处呈现着一派欣欣向荣的景象。

几天来,施工进度突飞猛进,速度快,质量好。

王大寨双手叉腰,那一向严厉的脸上就像唐古拉山的晴空一样灿烂,喜笑颜开地说:"谁说这里不能待人,谁说这里不能创造奇迹!"张德彦说:"连长的话有道理!"秦擎天建议说:"大家太疲劳了,休息不够,容易出事。"王大寨换了姿势,双手抱胸:"那明天就让大家稍稍放松一点。"

这天傍晚,大家还在抢时间、抓速度。班排之间铆着劲儿干,大家恨不能多长出一双手来,今天就能使工程竣工。然而愿望是美好的,现实却是残酷的。

黑黢黢的天空里,只听砰的一声震天巨响,余辉驾驶的推土机在开挖水沟时,推土机刀片铲破了埋在地下与青藏公路平行的输油管道,顿时汽油燃烧,火光冲天,那火光映红了唐古拉山的上空。输油管道的气压,将推土机冲出现场三四米,推土机随后翻入山下。

"余辉,你在哪里?"

"快,快救人!"

施工工地炸开了锅。一群人拿着铁锹奔赴着火的输油管道旁开始扑火;另一群人向山坡下奔涌而去,有的是从山坡上滚到山坡下的,脸色吓得惨白。他们借着汽油燃烧的火光,看见了这样一幅惨景:推土机仰面朝天,驾驶室已变形,有一块巨大的石头压着它。有两位战士吓得瘫坐在地上,大家脑子里一片空白,哪有一点救人的意识。秦擎天打着手电奔来了,看到大家傻呆呆地站着,大声吼道:"你们还不赶快救人!"这时,大家的意识才恢复过来,一齐拥到推土机旁。秦擎天叫战士拿着手电,他一下扑倒在地,双手紧紧抱着驾驶室门把手,使劲往外拉。有几位战士也扑倒在地,一起使劲才将门打开。电筒光射进了驾驶室,只见余辉横扑在方向盘上,满脸、满身都是鲜血,鼻孔里的血还在不停地流淌着,脸上划出几道深深的大血口子,已经不省人事了。几位战士放声地哭了。秦擎天匍匐在地上,轻轻把余辉抱出了驾驶室,孙绪明和俄尕志要去帮忙,他说:"我抱吧。快去叫何医生做好抢救准备……"在电筒光的照射下,秦擎天抱起余辉小跑几十米,喘着粗气,俄尕志就从他怀里抱过余辉向帐篷跑去。一路上余辉的鲜血染红了通往驻地的道路。

帐篷内,何玲已准备了消毒药水。抱着余辉的俄尕志一进帐篷就喊:"快,快抢救!"

昏暗的烛光下,何玲用药水给余辉清洗满脸的伤口……

王大寨和张德彦扑灭完火进来了。王大寨拨开人群,钻进去,走到病床前,问何玲:"伤势怎么样?"何玲说:"脉搏很弱,血压下降明显,不仅体表大面积出血,而且可能有内出血,伤势很重。"王大寨伏在床边,抓住余辉血肉模糊的手,呼喊了两声:"余辉,余辉!"躺在床上的余辉毫无反应。秦擎天说:"得赶紧送格尔木团部卫生队。"王大寨说:"对,有百分之一的希望,我们要用百分之百的努力抢救他!叫报务员赶紧给山下卫生队发电报,请他们提前做好抢救准备。"话音一落,文书就跑出了帐篷去通知报务员。王大寨说:"你们哪一位护送余辉下山?"张德彦说:"我认为秦副连长护送比较合适,他开车技术好,工作细心,经验多。"王大寨说:"行吧,秦副连长赶紧弄一辆车况好的车下格尔木。"

抢救还在进行,纱布已包扎完,余辉的头上仍在渗血。慌忙之中,俄尕志抱来了床单,何玲把床单撕成长条状,又缠住余辉的脑部、双手和双脚。接着按照王大寨的要求又给余辉打了几支针药。

汽车开到帐篷前。王大寨和秦擎天等人将余辉抬上了车。秦擎天到车上,将一同前往护送余辉的钱自化也拉上了车。王大寨对秦擎天说:"要坐稳,要轻轻扶着余辉。"他又跑到驾驶室前交代:"你们两个要注意安全,开平稳些,少颠簸,同时加快速度。"

汽车大灯霎时亮了,发动机嗡嗡作响。在指战员们暗淡的目光和悲痛的声音中,汽车驶出了营区,沿着尚未改建好的青藏公路直奔格尔木。

接到山上的电报后,不到一个小时,团卫生队二十多号人就将抢救准备工作就绪了。卫生队以队长为抢救组长的五人抢救小组在格尔木焦急地等了两天两夜。何明凯、刘相村、参谋长等领导也多次来卫生队进行检查,以确保万无一失。

护送余辉的汽车停在卫生队院子里已是下午六点多钟,医护人员抬着担架拥了上来。叶增光和钱远明从驾驶室跳下来,到车厢后打开后厢板,秦擎天和钱自化接过担架将余辉僵硬的身体小心翼翼地抬上担架。医护人员抬着余辉,直奔抢救室。卫生队队长向秦擎天问起这位战士的名字,秦擎天回答说:"余辉。"

听到这个名字,站在后面的吕莉禁不住倒吸一口气,几乎叫出声来。抢救室里,吕莉拨开人群,扑在抢救床上,凑近脸去看,极力要在这张缠满了绷带、床单布条的面孔上,辨认出她所熟悉的某些特征来。

吕莉极力忍住了眼泪,默默地听钱自化讲述事情的经过:"前天下午我开推土机挖水沟时,余辉看见我十分疲劳,因为我们这些天都在为十二大的召开献礼大干。本来他头天就开了一整天推土机没休息,晚上他又通宵帮着拉运石料,他已经超额完成了任务,按常规前天他该休息,但他还是在下午上了工地。我本来是开平地机的,整个该平的路段平完后,孙排长叫我开推土机把公路旁的水沟挖一下,余辉看我特别劳累,就帮我开推土机挖水沟,哪想到天黑时,推土机刀片铲破了输油管道,管道气压大,把推土机冲出施工地点几米远,推土机就翻入山下……"钱自化哽咽着,泪流满面地说不下去了。

何明凯、刘相村以及其他团领导和军务股栾股长来了。卫生队队长表情沉痛地说:"太晚了!"他们走进抢救室看了看正在清洗的余辉的遗体,问秦擎天:"怎么现在才拉到?"秦擎天解释道:"路途十分颠簸,实在不好走!"大家都很悲痛。刘相村问:"栾股长,牺牲的这位战士的档案,你们在连队找出来没有?"栾股长说:"找出来了,这位战士叫余辉,曾在江油进行过新训,新训期间受嘉奖一次,在教导队学驾驶技术期间又被评为先进个人。从档案里看表现不错。在学校读书时入了团,是位内招兵。他是师后勤部副部长余峰的儿子。"何明凯怀疑道:"瞎说,怎么可能呢?"刘相村也不相信地说:"我也没听说过。"栾股长将拿在手里的档案递给身旁的参谋长:"你们看,上面写得很清楚。"参谋长翻着档案材料看后,说:"团长、政委,确实是余副部长的儿子。"何明凯叹息道:"这个内招兵不简单,我去卫生队给余副部长挂个电话。"

一个小时后,一辆小轿车驶进了卫生队大院,师后勤部副部长余峰从车上走下来。团领导领着余峰来到抢救室,抢救室里医务人员正在为余辉做清洗工作。看着余峰进来,大家默默地让开道,站在了一边。余峰走到抢救台前,默默地目不转睛地看了好一阵子,抢救室里鸦雀无声。余峰掏出手绢擦了擦眼睛,使劲控制住自己的情绪,说:"孩子,你就这样走了!"又用手抚摸着余辉那伤口累累而又惨白的脸庞。

在卫生队大院里,余峰沉痛地握着团领导的手说:"我还有事,不能久留,开追悼会的时候通知我一声。"便上车走了。

清洗遗体的工作还在进行,医务人员用药水已清洗完头部、双手。吕莉强忍着泪水,轻轻地用药水清洗着余辉的脸庞,生怕把他擦痛了似的。他的脸是那么惨白,伤口是那么深。他走得很安详,还面带微笑。吕莉看着这张脸几次都差点哭出声来,眼前总是浮现出他们一起上初中、读高中的情景。

由于鲜血流得太多,衣服沾在身体上特别紧。医务人员先用温水蘸湿衣服后,再用剪刀将衣服剪开,进行清洗。人们在军装口袋里发现了一份尚未写好的《入党申请书》和一封信,信封口子是封了的,信封上写着"请面交团部卫生队吕莉战友亲收"的字样。

医生发现后,将染着血迹的信递给吕莉。吕莉默默地接过信,看着熟悉的字迹,终于忍不住哇的一声哭了出来。卫生队长叫一位女兵陪吕莉去休息,卫生队离女兵宿舍有200多米远,吕莉被战友搀扶着,几次差点瘫坐下去。

吕莉坐在床上,借着昏暗的光线,捧着字迹清秀工整的信,急切地读下去:

吕莉:

你好!现在卫生队工作忙吗?

我们分别两年多时间了,终于在上山前的体检时才匆匆一见。我忘不了见到你的那个时刻,不知怎么搞的,见到你后,我大气都不敢出,心里怦怦直跳。两年多不见,你身材苗条了,也更漂亮了!真应验了"女大十八变"的古话。

你给我的那封简短的信,差点给我惹出事端。特别感谢你对我的关心,真诚地谢谢你了!我很珍惜这封寥寥数句的信,它不仅铭记于我脑海,而且镌刻于我心中。

吕莉,你可能会笑话我这人太重感情了,是的,你可能不了解我幼小心灵缺少母爱的创伤。在我一生中我热爱四个女性,首推是我亲生母亲,接着是我现在的妈妈,然后是我小学的班主任李老师和你。你们共同的特点是心地善良,乐于助人,善待别人的同时才善待自己。

也许你会认为我很夸张,其实不然。我七岁时失去了母亲,不久父亲又去世了。我只能跟着叔叔过,叔叔天生老实,又没文化,加之家境贫寒,我时时感到孤独和悲切。我八岁生日那天,不料同学们纷纷凑钱买来可口的饭菜,庆祝我的生日。班主任李老师也特地为我带来精心制作的饭菜,她号召同学们奉献爱心,团结拼搏,报效祖国。这使我对生活有了新的认识。自从生日那天以后每天都有同学对我嘘寒问暖,使我沐浴在温暖和幸福的海洋中。

很快,要上中学了,却又给我增加了烦恼——学费怎么办?因为我写字绘画还不错,同学们叫我现场写字绘画,这吸引了不少过路人。他们看了我现场的书画作品与简介,都纷纷掏出包里的钱,一角、两角、五角、一元……看着一张张慈祥可亲的脸,我的眼睛湿润了,我更努力地写着每一个字,更用心地画着每一幅画。忽然,从人群里挤出一个三十五六岁的妇女,激动地拉着我的手说:"孩子,阿姨没有生育,阿姨愿意做你的妈妈,抚育你长大成人!"我当时泪流满面,说不出一句话来。老师和同学们也都转过头来看着这位阿姨。就这样,经过相关部门多道手续,我又有了"妈妈"。

妈妈对我很好,常给我买书,常带我走亲访友,常带我去公园……平时耐心地教导我要学会吃苦,要学会做人,要学会学习、学会生活……为了让我的特长得到发挥,特地送我到书法家那里拜师。在妈妈的关怀下,我曾数次参加全国少年儿童书画赛,并多次获奖。

吕莉,关于我的这些情况,一生中我只对你一人倾于笔端。我的这位好妈妈,就是你在二团驻五至县留守处家属院喊的"陈阿姨"。

我的爸爸是1975年才见我第一面,他见到我的第一眼,就兴奋无比地搂着我,亲切地喊:"儿子,儿子,我好想你呀!"妈妈在一旁包着饺子,看着我们父子俩的亲热劲,幸福地笑了,说:"只想儿子,就不想我了吗?"爸爸说:"想!"我们全家都哈哈大笑。妈妈催促我:"辉辉,快叫爸爸。"我叫了一声:"爸爸!"大家又乐了,爸爸笑得前仰后合,我不好意思就一把抓了爸爸头上的军帽扣在了我头上。我其实早见过一些爸爸在部队照的照片,但大多照片上他都是穿着整齐的军装,一脸严肃的样子,叫人看了有些威严感。这次相见才使我知道他其实也是喜欢欢乐、热爱生活的人。

就在那年的七八月份,假如我没记错的话,你们家从四川随军也来到了家属院。因为你和我都要去远离家属院两千米远的矿山机械厂子弟学校去插班读初中二年级,我俩又都是新来的,所以我俩经常一起上学,一同回家。从家属院到学校有条简易的公路,公路两旁是庄稼,还有水田。阳春三月,油菜花开得金灿灿的,十分好看。那时我们人小不懂事,我们家属院的孩子最爱唱的一首歌是在县文化馆工作的李阿姨教的,她丈夫当时好像在二团当什么主任。这首歌我现在才懂得它的真正含义,不知你是否还记得它的歌词:

月亮弯弯两头尖,

两头金星挂两边。
金钩挂在银钩上，
郎心挂在妹心间。
月亮出来月亮弯。
月亮上面挂牡丹。
牡丹挂在紫荆树，
哥心挂在妹心间。

吕莉，你还记得我俩背着军用挎包的书包在往返学校的路途上边跑边唱的情景吧！

好了，不扯远了，也许你最关心的事，就是我为什么要上唐古拉山、要去三团工程尖刀连吧。说来话长，这里只做简叙。我高中毕业后并没有参加高考，原因是妈妈养育我非常不容易，作为儿子，我一辈子当牛当马也报答不了她对我的恩情。为了照顾妈妈，我毕业后被招进文化馆当起了美工，就是画画、写美术字，工作特别轻松，时间一长我觉得特别乏味。回到家里妈妈给我做饭、洗衣、拖地、洗碗。她什么活都不让我干，尽管她很乐意也很高兴，但我并不开心。所以1980年年底的一个晚上，我与妈妈谈了大半夜，主要内容是我想到爸爸部队去当兵，奋斗一番。妈妈立即到邮局给爸爸打了电话，爸爸说同意，支持我去……没几天，我就来到了格尔木，体检合格后，我来到三团驻四川的江油留守处新兵教导连，新训三个月结束后，我就在教导连（全师三个团的汽车驾驶员都在这里培训）学了六个月的驾驶技术。回到格尔木我就分到了二团汽车队，开起了汽车。分到二团是爸爸的主意，他主要考虑，师部机关离二团机关只有几步路之遥，好照顾我。我当时并不想到二团，只想到远离师机关的三团任意一个汽车连。我对爸爸说："你在眼前，我就想把你当成拐杖，这对我今后的人生之路并没有好处。"爸爸说："这次我就让你一次。"

"人最宝贵的东西是生命。生命属于我们只有一次。人的一生应当这样度过：当回首往事的时候，他不会因虚度年华而悔恨，也不会因碌碌无为而羞愧；在临死的时候，他能够说：'我的整个生命和全部精力，都已经献给了世界上最壮丽的事业——为人类的解放而斗争。'"这是我十分崇拜的英雄保尔·柯察金的话。我刚上高中时，在图书馆工作的妈妈从单位借来一本《钢铁是怎样炼成的》，推荐给我让我好好读读。我每晚做完作业后，用了一周的时间读完了这本书,我的心灵受到了极大的震撼,我懂得了许多做人的真谛。后来妈妈又给我买了这本书,我又读了一遍,然后我就把这本书推荐给你看了……在江油学汽车驾驶技术期间,我到新华书店再一次购得一本《钢铁是怎样炼成的》,在驾车之余,读了第三遍。有人说,一本好书可以影响整整一代人,我认为这话不假,这本书随时随地都跟着我。

按爸爸原来的打算,我要去拿个文凭,等服役期满后回地方好安排工作。在我记忆中,爸爸至少找我谈了四五次,但我还是没有答应。有一次,他老人家真的火了,说我这人太要强了,拿我没办法,甚至有两个月之久他没跟我说一句话。我给妈妈写了一封长信,请妈妈劝劝爸爸要想开些。妈妈给爸爸去了信,并将我的那封长信也寄给了爸爸。爸爸看完我那封信很感动,流泪了,对我说:"孩子,你成熟了,爸爸也放心了!"其实,我那封信只写了两位老人对我的培育之恩,同时写了我今后用业余时间考自修大学的打算等等。来工程尖刀连,刚开始,爸爸也很担心,他说:"我就你这么一个儿子,尽管不是我亲生的,但你比亲生儿子还好,仅这一点你妈和我都得到了安慰。你妈也担心你万一出了意外她会受不了这个打击。"我说:"当兵就要到最艰苦的地方去,越艰苦,越磨炼人。"吕莉,你别笑话我,我当时真是这么说的,你认为我是在喊口号。经过反复的"讨价还价",爸爸后来同意了。恰巧三团工程尖刀连有四人体检不合格,我和另外五位战友在军务股通知后不到半天就来到工程尖刀连报了到……

吕莉,我来到唐古拉山施工感受颇深,你要能在这种环境待下去,你会感到生命的伟大。尽管这里很苦很累,但我还是埋头苦干,任劳任怨地做好每件事,干好每一项工作。很庆幸的是,直到今日,大家都不知道我的父亲就是师后勤部副部长,这样我才能和他们一起摸爬滚打。另一个很值得我庆幸的是,我结识了一个有上进心,工作很有责任感的副连长秦擎天,他爱学习、爱动脑子。我们挺有共同语言,我们经常在一起探讨人生的价值,也谈一些各自的苦难……

吕莉,信就拉拉杂杂地写到这里吧。其实这封信我在烛光下断断续续地写了三个晚上才写完。好,今后见面再叙吧!

读着读着,泪水模糊了吕莉的双眼,打湿了信笺。这一晚上,吕莉在哭泣中,迷迷糊糊地睡了一会儿,又开始哭泣,枕头湿了一大半。哭泣声惊醒了同宿舍的女兵,女兵们爬起来,又对她安慰一番。尽管这样,她还是睡不着,脑海里像放电影一样闪现她和余辉在五至县一起上学的一幕幕情景。第二天吕莉眼睛里布满了通红的血丝。

工程尖刀连从团里发来的电报中得知余辉已牺牲了,团里叫连队抓紧整理余辉的遗物,并赶紧派人送下去。

在清理遗物时,战士们在一个装满书的纸箱里看到了《钢铁是怎样炼成的》,书中夹有一大一小两张照片。大的是余辉高中毕业时的全班合影照片,照片上还有吕莉。一位战士夺过照片看后,指着照片上的吕莉说:"这个不是我们上山时给余辉写信的那个方块兵?"大家围成一团看着照片:"哎呀!原来他们是高中同学啊,我还以为他们在谈恋爱呢!"

"这里还有一张小的,你们看这不是师里的余副部长吗?"

"我看看。就是,就是。"

"好像是张全家福。"

"对,就是。你们看照片上写有'全家福'三个字。"

"余辉长得一点不像余副部长,也不像他的母亲。"

遗物整理完后,王大寨召集全连召开了会。王大寨抹了一把泪,说:"我们的好战友余辉同志走了,他那样年轻,那么富有朝气。他的牺牲,对我们连来说是个很大的损失……战友们,我们要化悲痛为力量,搞好施工。气可鼓,不可泄。还有艰巨任务等着我们去战斗,去拼命!我们作为全师的工程尖刀连要远学姚虎成,近学余辉!"他脸上的泪水滴落在军装上。战士们也哭了,有的还哭出了声音。

在距团部近20千米的格尔木烈士陵园,白茫茫的盐碱,白茫茫的芦花。野风中,沙土弥漫,枯草发抖。为开发柴达木盆地而献出生命的建设者安息在这里,从20世纪50年代初期修筑青藏线的民工和士兵,到今天为荒原飞架线路、铺设油管和牵来钢铁彩虹的铁道兵、工程兵、汽车兵、通信兵、管线兵的烈士们,列队般地集结在昆仑山下的这片荒漠中。

余辉就安葬在这里。战友们在余辉的坟上插上一块木牌,木牌上写着:余辉,男,1963年7月5日出生,高中文化程度。1980年12月入伍,系基建工程兵青藏公路改建工程指挥师三团工程尖刀连战士,于1982年9月8日21时19分壮烈牺牲,被追认为中国共产党党员。

第十八章

　　唐古拉山的施工地段只要 800 米沥青路面一铺完,整个地段就竣工了。恰在这时,师部负责工程施工的赵副师长率技术科唐科长、余工程师和陈工程师一行的工程质量验收组来到工程尖刀连的工地。他们从小车下来后,唐科长就将赵副师长向工程尖刀连的连队干部做了介绍。王大寨、秦擎天、张德彦、方林都给赵副师长等人行了军礼,嘴里说的都像一个模子里刻出来的一样:"欢迎首长指导检查工作!"

　　赵副师长巡视了已铺摊好的平整的黑色路面和正在施工的地段,很兴奋的样子,双手叉腰说道:"不错,不错嘛,不愧是师里唯一的工程尖刀连呀!"

　　王大寨从衣兜里拿出烟,给赵副师长、唐科长、两位工程师发了烟。赵副师长看着施工人群中的何玲,就问:"王连长,你们连有女兵?"王大寨说:"有,是团里配合我们连的医生,叫何玲。"赵副师长夸奖道:"不简单啊!"王大寨喊道:"何医生,何医生——! 快过来见见赵副师长!"何玲听到喊声,放下手中铁锹就奔跑过来,立正,向赵副师长行军礼,报告道:"报告赵副师长,我是三团卫生队的医生何玲,我正在和战士们一起施工,请指示!"赵副师长与她握了握手,用豫剧唱腔唱道:"谁说女子不如男……"大家哈哈地笑了。赵副师长说道:"指示,谈不上。你的精神可嘉,值得全师女干部和女兵学习!"何玲谦虚地说:"还差得远!"王大寨介绍道:"何医生是大学本科生,是我们何团长的千金。"赵副师长怀疑地问:"何明凯的女儿?"何玲答道:"是。"赵副师长开玩笑:"何明凯那么黑,可女儿却像朵花一样漂漂亮亮的。"何玲不好意思地低下了头,脸庞绯红。王大寨又说道:"何医生很能吃苦,经常和战士们滚在一起,战士们都很尊敬她。"赵副师长说:"是吗,我一定给你记三等功!"何玲连连说:"不行,不行!"赵副师长说:"战士们说你行,你就行! 战士们是真正的英雄,是不是小何医生?"何玲望着赵副师长摇摇头后又点点头。王大寨又将张德彦介绍给赵副师长:"这是我们的张副指导员,是何医生的对象。"赵副师长握着张德彦的手:"祝贺你小伙子,一个如花似玉的姑娘成了你的对象。"大家又笑了。赵副师长握着秦擎天的手,问王大寨:"这位是不是叫秦擎天?"王大寨回答道:"是。"赵副师长对秦擎天说:"几年前我在报纸上见过你的照片,也读过你的事迹,很感人。"秦擎天说:"我做得还不够！"赵副师长道："王连长，咱们工程尖刀连真是人才云集啊！"王大寨指着方林介绍道："这位是连队技术员方林。"赵副师长想了一下，记起来了，问："就是那个造成涵洞下沉、涵墙断裂的技术员？"唐科长点点头："就是。"赵副师长握着方林的手："今后要吸取教训啊！你要有个心理准备，对你的处分决定师里都打印出来了。"方林诚恳地说："我今后一定吸取教训。"大家没有了笑声，只是默默地看着赵副师长。赵副师长对大家说："好啊！我们要看行动。我听唐科长汇报说，造成涵洞下沉的原因，有客观的，也有主观的。客观原因大家都知道，高原冻土地质复杂；主观方面就是方技术员没有尽到心，没有尽到职，所以给国家造成了经济损失。"王大寨说："我们炸掉涵洞进行重修时，方技术员很负责很尽心！"赵副师长说："好吧，我把我们来的目的说一下，今天我们主要检查涵洞质量、路面的宽度和路面的平整度。现在大家就开始吧。"

于是，王大寨大致分了一下工。王大寨和方林陪着唐科长、陈工程师检查涵洞质量；秦擎天和张德彦陪着余工程师检查沥青路面的宽度和平整度。

检查沥青路面的余工程师带着秦擎天和张德彦走一段路，然后叫他们拿着皮尺量一量路面的宽度，接着余工程师趴在公路上像瞄靶一样，认认真真地观看路面的平整度。

王大寨、方林跟着唐科长和陈工程师来到涵洞，唐科长和陈工程师就拿着皮尺到涵洞里又是量又是画的。王大寨的心都提到嗓子眼上来了。方林更紧张，身体有些发颤，周身也燥热起来，额头上冒着虚汗。王大寨说："技术员，我真担心万一……"方林说："我也害怕质量有问题……"王大寨掏出一支烟吸了起来，由于吸得太猛，他咳嗽了两声。唐科长和陈工程师从涵洞里爬出来，上到地面，又用皮尺量了量涵洞的宽度。王大寨迫不及待地问："唐科长，合格不？"唐科长笑道："合格，完全合格！"王大寨闭着眼睛，摇了摇头，好像他从黑暗中走出来一样，出了口大气："合格，就好！合格，就好！"方林这才摸出手绢擦了擦额头的汗，仿佛自己从死亡线上活了回来。

余工程师检查完路面宽度和平整度回来，很兴奋地向赵副师长报告说："经过检查，9千多米的黑色路面的宽度和平整度的优良率达百分之百。"赵副师长说："你别糊弄老头子啊！"余工程师说："若是赵副师长不信，请坐上车跑一趟。"赵副师长说："好啊！我要亲眼看看工程尖刀连筑的黑色路面。"驾驶员就把车开了过来。余工程师、何玲就陪着赵副师长上了车。驾驶员加大马力跑完工程尖刀连的黑色路面，赵副师长连声说："这个工程尖刀连还真行，看来当初师党委决定成立工程尖刀连的思路是完全正确的。"

师部工程质量验收组在离开工程尖刀连之前,给连队官兵很高的评价。说他们在世界屋脊海拔最高的唐古拉山地段,不畏最恶劣的气候和最艰苦的环境,修建了质量最高、速度最快的高原公路!

王大寨表示:感谢师首长的关怀和厚爱,我们下决心在成绩面前戒骄戒躁,把今后修建的风火山地段、沱沱河大桥的施工任务搞得更好,不愧为全师唯一的工程尖刀连。他还说,还剩几百米的摊铺任务,保证在三天内完成。赵副师长很高兴,他上车时,对连队干部说:"你们要准备两三个笔杆子,在部队下山前要整理一份事迹材料,在11月下旬待全师三个团的施工连队一下山,师部准备召开'双先'表彰大会,所以你们连要在表彰大会上发言。在到山上前,师长和政委就给我交代过,只要你们全部工程优良,就叫你们写份事迹材料。至于能不能评上'双先'单位,到时师党委还要讨论,所以,材料质量也很重要。"连队干部听到这个喜讯,都鼓起了掌。王大寨高兴地说:"那请赵副师长现在帮我们的事迹材料取个标题!"赵副师长说:"好你个狐假虎威的王连长,给我这个副师长下命令了!"大家被赵副师长的话逗笑了。赵副师长掏出烟给能吸烟的干部每人发了一支,说:"烟,不能白抽,都想想。"赵副师长吸着烟思忖着,突然眼睛一亮,说:"想出来了!"唐科长催促道:"快说,快说!"赵副师长说:"《鏖战唐古拉 啃下硬骨头》!"

由于受到赵副师长率领的工程质量验收组的高度赞扬,工程尖刀连的干部和战士受到极大的鼓舞,施工干劲倍增,几百米的沥青路面在第三天中午就高质量地铺完了。接着,下午开始洗刷衣服。"明天,全连放假一天睡懒觉!"待王大寨把放假的事一说完,战士们欢呼雀跃!

第二天清晨,官兵们睡得十分香甜。在唐古拉山施工七八个月,无论风有多么大,雪有多么狂,温度有多么低,他们就连国家法定的节假日也没休息过,今天他们不再考虑施工的质量呀、进度呀这些听得耳朵都生茧的施工术语了。

但这天,王大寨、秦擎天、张德彦、何玲、方林他们起得特别早。按头天中午吃饭时的安排,"双先"材料《鏖战唐古拉 啃下硬骨头》由秦擎天牵头,张德彦、何玲参与写作。别看每天都和战士们同吃同住同施工,一说起要把发生在官兵施工中的事迹写成材料,几个连队干部还是头痛,因为他们没有接触过这方面的内容,所以心中无数。下午排长、战士们洗刷衣服之时,连队干部们在一起讨论怎样写,写些什么事迹才能反映工程尖刀连的业绩。大家你一言我一语,折腾了两个小时都没有弄出什么眉目来。

王大寨急躁起来,说:"快点快点。"接着他就催促张德彦说,"你是从事政工这条线的,你说说怎么弄。"何玲也跟着连长附和道:"我们这么多人都是给你帮忙的,你不知道咋弄,我们怎么写呢?"其实何玲是想气气他,你张德彦不是说想到机关当干事嘛,干事就是搞材料的,你以为干事好当!张德彦摇摇头,苦笑道:"脑子里乱乱的,没有理出个头绪来。"秦擎天在笔记本上记着什么,然后放在桌上,掏出一包烟来,扔给王大寨一支,自己也点燃一支,深深地吸了一口,说:"我认为,是不是应该这样写。不一定正确,仅供大家参考。"王大寨催促道:"快说!"秦擎天说:"这份材料应该分三大部分;第一部分写唐古拉山的艰苦环境,在这种环境下,我们刚组建的工程尖刀连,如何帮助官兵们树立扎根高原、以苦为乐的思想,使每个人成为有理想、有抱负的革命军人,战胜困难、完成艰巨任务的。第二部分主要写我们连如何克服施工中的困难,也就是说大家在施工中是怎样干的,应重点写牺牲的余辉、何小碧等三位战士的英雄事迹。还有像连长为了施工,天天吃安眠药,而且有时还带病坚持在施工第一线,何医生在干好本职工作的同时,如何在工地上和大家挥汗如雨,等等。"何玲插话说:"写连长是对的,写我不行。"方林说:"何医生,别谦虚嘛!"何玲笑道:"这是我应该做的,和战士们比,我就很内疚。写我点到为止就行了,多写写战士们,工程都是他们干的。"王大寨说:"有什么内疚的,赵副师长都表扬了你。"张德彦附和道:"对,谁还不承认?"王大寨说:"别说了,让秦副连长讲完。"

　　秦擎天说:"第二部分,还应该写写张副指导员带战士上山打前站所受的苦,还有黄宝宝为了使官兵吃饱吃好,生豆芽的事。"王大寨说:"对,要写上一笔,在唐古拉山能生豆芽肯定是件新鲜事。第三部分呢?"秦擎天说:"第三部分,写我们连官兵在风雪唐古拉山为了施工,舍小家顾大家,把党的利益放到第一位的事迹。比如说班长李俊杰在一周内家里接连失去三位亲人的情况下仍然一心扑在连队工作上,战士赵小刚逃跑返回连队如何拼命干……还有老战士钱远明、藏族战士俄尕志等等都能写进去。上述就是我对《鏖战唐古拉　啃下硬骨头》的结构、内容的想法,算抛砖引玉。"王大寨说:"就这样写,肯定错不了!这样吧,秦副连长、张副指导员和何医生,你们每人写一部分吧。现在就分工。"张德彦抢先说:"我帮助他俩收集材料吧。"王大寨说:"不行,一人一部分!这样时间也快些!张副指导员先说,你写哪一部分呢?"张德彦想了一阵后说:"我写第二部分吧。"王大寨说:"好,就这样定了。何医生呢?"何玲就说:"我只好写第三部分了。第一部分不好写。"王大寨说:"行,那秦副连长就只有写第一部分了。方技术员,施工上所有的资料由你提供。比如石灰、水泥、木材、沥青、钢筋、土石方等等,你都要准确提供!"方林说:"放心,没问题!"王大寨最后强调道:

"请大家务必抓紧时间,明天上午就把各自写的材料拿来念。"

讨论一结束,张德彦、何玲就分头到各班排收集素材。

秦擎天独自一人坐在帐篷里,一边吸着烟,一边思考着……半个小时过后,他突然来了灵感,铺开信纸,笔下生风,直到凌晨三点左右才休息。

第二天一大早,王大寨叫方林去喊他们三人把材料拿来念念。方林来喊张德彦时,见他正坐在办公桌前,望着只字未写的信纸发呆。方林来喊何玲时,她刚梳完头。方林进到秦擎天的帐篷时,见秦擎天睡得正香,就到铺前推醒他:"秦副连长,连长叫……"秦擎天睡眼惺忪地一骨碌从铺上坐起:"啊,天都亮了!"他慌慌忙忙地穿上衣服,脸也没洗,抓起写好的材料就来到连部,见大家已坐好了,赶紧解释道:"对不起,我睡着了!"王大寨说:"你们哪个先念?"何玲说:"秦副连长先念吧。"秦擎天说:"女士优先,何医生先来。"王大寨见张德彦坐在那里愁眉苦脸、一言不发的样子,说:"秦副连长先来。"秦擎天说:"写得粗糙,总之丑媳妇也得见公婆。"他拿起信笺纸就读了起来:"我们工程尖刀连在世界屋脊海拔最高、地质条件最复杂、气候环境最恶劣、海拔高度有5千多米的唐古拉山担负着10千米的公路改建任务,施工任务最艰巨。这里年平均气温在-5℃左右,最低的达-37℃,空气中的氧气含量仅有海平面的三分之一,肺水肿、脑水肿、高原心脏病等严重威胁着人的生命,是'人类生命的禁区'。官兵们编了这样的顺口溜:'六月风雪七月冰,四季棉袄不离身''上了唐古拉,伸手把天抓'。在这样艰苦的环境下生活、战斗,人们不能没有想法。"

念到这里,何玲就带头鼓起了掌,王大寨和方林也跟着鼓起了掌,只有张德彦没有鼓掌,他就像霜打的茄子,心想,自己怎么就写不出来呢?所以当何玲他们鼓起了掌,他才反应过来。其实秦擎天读了这么久,他未听进去一个字。王大寨问道:"张副指导员,你认为秦副连长的开头写得好不好?"张德彦就赶紧回答道:"好,好!"王大寨说:"我认为开头挺好。秦副连长接着念吧。"秦擎天就接着念了起来。他一口气念了工程尖刀连如何针对官兵思想实际,怎样开展"热爱祖国、热爱高原、以苦为荣、以苦为乐"的教育,如何开展"四比四看"(即比思想,看谁扎根高原的思想树得牢;比工作,看谁乐于吃苦精神强;比干劲,看谁的任务完成快;比贡献,看谁为国家创造的财富多)的活动,如何通过"四有三讲两不怕"的教育等等。材料念完后,秦擎天抬起头来说:"还有两段没念。还需要认真修改。"何玲说:"写得不错!"王大寨脸上有了笑容:"这样行,不错!"

王大寨又说:"张副指导员,念念你写的第二部分。"张德彦支吾道:"哎呀,还没有写,还在思考……"王大寨本来微笑的脸,一下子就拉了下来:"这样拖拖拉拉可不行啊!"大家都把目光转向张德彦,他只好低下头去,何玲也为张德彦的不争气感到难堪,她的脸微微红了。

　　王大寨说:"何医生,你读读你写的?"何玲诚恳地说:"我有些地方写得很粗糙,读后大家再提修改意见。"王大寨说:"念念吧,没事。"何玲清了清嗓子,一口气就把昨晚辛勤写出的两千多字读完了。秦擎天夸奖道:"写得很感人,是好东西!"何玲笑道:"别夸了,说得我不好意思了。"王大寨脸上又露出了笑容:"不愧是大学生啊!"何玲道:"还需要更深一步搜集素材,再充实一些。"方林将施工中的各种资料统计表誊写了三张,给每人发了一张:"这是你们写材料时所需要的资料。"王大寨说:"这些资料,方技术员给我看过,就这些,写材料用得上。能不能把我们连学习天山筑路英雄姚虎成的情况写进去?你们考虑一下。"秦擎天说:"能。只能增加到我写的那部分。"王大寨说:"好,能写进去就好。另外,请何医生帮帮张副指导员。"何玲故意说:"让他自己锻炼锻炼!"其实看着张德彦的可怜相,她真是有点怒其不争哀其不幸了,她自己是一个要强的人,她也希望她所爱的人能够出类拔萃,她多么想让张德彦有一天也能像秦擎天那样。当然她不会忍心看张德彦的笑话,就是王大寨不说,她也要帮他,不让他在大家面前出丑。张德彦说:"你还是帮帮我吧!"他声调很低,声音里还带着点哀求的味道。

第十九章

连队下山的电报通知是傍晚接到的,通知上说,要工程尖刀连制订出到达格尔木团部的具体时间,团领导好组织全团官兵在团部机关大门口欢迎他们的凯旋。王大寨看完团部发来的电报,有些心潮澎湃,热血沸腾,满脸溢出了笑容:"团部要像欢迎战场上的英雄凯旋一样迎接我们。"秦擎天幽默地说了一句:"是啊,谁说我们这里不是战场,谁说我们这里不是战斗!"干部们都笑了,笑声中有一种自豪感。秦擎天说:"那我们明天就开始打扫战场了!"王大寨说:"一定要注意安全,否则一冒泡就成了狗熊了。"大家又笑了。张德彦说:"对,连长说得对,安全很重要。"何玲笑道:"想不到,连长也会幽默。"王大寨说:"哪个不会,人们常说笑一笑十年少。前一段时间施工压力太大,想笑笑不起来。我给你们讲个笑话吧。有个小伙子跑去问介绍人,说:'你给我介绍的那个女演员,似乎是一个心肠很硬的姑娘……'介绍人说:'心肠硬?你要以硬对硬,钻石是能打动她的心的……'"大家又是一阵笑声。接着王大寨安排了第二天的工作,特别强调张德彦和何玲要抓紧时间把手头的"双先"材料弄出来,一旦下山,政治处肯定要得急。

第二天,大家收拾"战场"比较快,也很安全。因为头天大家睡了一天的觉,精神饱满,加之下山心情也迫切,所以不到下午四点,该装的机械、物资都上好了车。

王大寨决定收尾工作完成后,组织全连官兵到何小碧的坟堆前,进行最后的道别。

秦擎天让所带领的人马在完成装机械和物资的任务后,每人去采摘几朵格桑花。官兵们如是照办,在满山寻找只有在高原才能生长的格桑花。花采回来后,秦擎天找来一根粗铁丝,在李俊杰和俄尕志的帮助下,做成了洗脸盆大小的一个花圈。

格桑花花圈插在何小碧的坟堆前,一阵风吹来,格桑花花瓣舞动着,发出如诉如泣的声音,好似要向人们述说着什么……王大寨站在坟头前说:"小碧,你安息吧,我们连明天就要离开你了……"说到这里,他有些哽咽道,"我们不想离开你,但我们还有新的任务,风火山地段的路等着我们去修,沱沱河的大桥等着我们去建……"他控制不住自己的感情,话没说完,泪水就涌了出来。几个战士受了感染,也泪流满面。

当工程尖刀连这支浩浩荡荡的车队路过雁石坪、通天河、开心岭、二道沟等施工连队时,兄弟施工连队的战友对他们的下山充满着敬意和羡慕之情。一团六连的一位战士说:"我现在真后悔当时自己怕苦怕累没有去工程尖刀连!"在这位战士的言语中似乎工程尖刀连是耍过来的。其实苦和累只有浴血鏖战唐古拉山的工程尖刀连战士心中最清楚最明白,他们流过血,也掉过泪呀!

工程尖刀连的战士目睹了兄弟施工连队用胶轮小推车拉运沙砾石料的场面:后面一个人推着装满沙砾石料的小推车,左右把手上捆着一根绳索,套在脖子上,前面一个人用一根绳索捆住小推车,佝偻着身子吃力地使劲拉着前进……汗水滴落在他们走过的每一寸土地上。

车队在二道沟路段停下了,因为兄弟施工连队要炸料石场的石头,正在放炮。工程尖刀连的官兵们正站在车队旁休息,突然兄弟施工连队人声嘈杂,似乎发生了什么事。一会儿,只见一位鲜血淋淋的战士被几位战友抬着正奔向连队。何玲见状忙跟了过去,卫生员帐篷前被不安的情绪笼罩着,工程尖刀连官兵们的心猛地收紧了。这是一名班长,在排除料石场的哑炮时,不幸发生了爆炸……

当工程尖刀连官兵正在默默地为他祈祷的时候,噩耗已从卫生员帐篷里传了出来。兄弟施工连队战友的抽泣声转为恸哭。牺牲的战友只有二十岁,正是如花似锦的好年华,未来正在向他微笑,可是死神却早早地抓走了他。

工程尖刀连的官兵们每时每刻都有这样的感慨:这条通往幸福的天路,不是用沙砾、石灰、水泥、沥青铺成的,而是用筑路官兵的汗水、青春、忠诚、生命铺就的!

工程尖刀连的车队在青藏线的南山口停了下来。连队与团部约定的时间是五点到达团部大门,他们提前了两个来小时,而从南山口到团部只需一小时。于是官兵们下了车集合,王大寨把进团部大门口的注意事项讲了:一是大家要精神饱满,要像打了胜仗的英雄一样雄赳赳。讲到这里,队伍里就有人笑了,说看我们尘土满身的样子,像个狗熊,哪有一点英雄的形象。王大寨讲的第二点是车队到了团部大门口外的公路上,每台车留一人开车,其余的全部下车集合,不穿皮大衣,但要戴皮帽子;队列为三列纵队,队列的顺序是连队干部、排长,后面接着是部队……

工程尖刀连到达团部机关大门外的公路上正好是五点整,团部顿时锣鼓喧天,彩旗飘扬。只见大门口的墙壁上贴着:"热烈欢迎工程尖刀连凯旋""向工程尖刀连的战友学习""向工程尖刀连的战友致敬"等标语。从机关大门口到工程尖刀连营区,站着全团千余名夹道欢迎的战友,在欢迎的队伍中有卫生队女兵吕莉她们。那场面壮观得叫工程尖刀连的官兵们没有想到。

当王大寨等连队干部带领全连官兵跨入团部大门口时,欢迎的掌声如雷。站在迎接队伍最前面的是赵副师长、唐科长以及团长何明凯、政委刘相村等机关领导,他们一一和连队干部握手,嘴里不停地说:"欢迎你们凯旋!""你们辛苦了!"

看着何玲晒黑的脸,何明凯很心疼,眼角也有些湿润了。

当工程尖刀连的官兵们全部进入团部大门时,鼓掌声、锣鼓声、鞭炮声震天动地地响个不停。下山归来的官兵们红光满面,精神饱满,倍感自豪!工程尖刀连的官兵们回来了!回到了那土坯墙的干打垒平房,又见那纸糊的顶棚、透风的门窗、油漆斑驳的桌椅……

第二十章

自打上唐古拉山施工以来,直到今天工程尖刀连的官兵们才洗上热水澡,屈指算来,官兵们已有八个月时间没有这么舒服过了!难怪藏族战士俄尕志一跳进洗澡堂,当热乎乎的水浸遍全身时,连声说:"好安逸啊!好安逸啊!"这一发自肺腑的"好安逸啊!"逗笑了在澡堂里洗澡的几十号战友。有的战友就问俄尕志:"好安逸是什么意思?"俄尕志解释说:"按我们四川方言,就是好巴适、好舒服的意思。"战友们就开始向俄尕志撩水:"我们让你安逸,让你舒服!"俄尕志睁不开眼睛,就喊道:"别、别这样!我给大家唱一首我们藏族的情歌。"大家停止了撩水的手:"好!"等俄尕志给他们唱情歌。俄尕志想了一会儿,就唱起了藏族民歌《我的爱人》:

孔雀的羽毛最美丽了,
我爱人的容貌,
比孔雀的羽毛还美丽得多。
布谷鸟最勤快了,
我爱人的劳动,
比布谷鸟还勤快得多。
银匠的手最巧了,
我爱人的手,
比银匠的手还巧得多。

歌唱完了,几个战友就笑了起来:"这小子想女人了,想老婆了!"俄尕志说:"别、别乱说。我连对象都没找,哪有老婆呢?!"大家又开始向俄尕志撩水……

头天,工程尖刀连的官兵们一下山,后勤处处长就通知锅炉房老周给他们烧一次洗澡水。烧一次洗澡水要一个通宵和一个上午,平时,机关和连队一个月只洗一次澡,因为烧一次洗澡水要烧掉不少煤。一旦烧好了水,师部有些干部也开车来三团洗澡,因为在师部机关和一团、二团没有一个像模像样的澡堂,三团的澡堂还像那么回事。在高原泡在澡池里是种享受,在内地生活的人们是很难感受到那种惬意的。

这天中午,工程尖刀连接到了洗澡的电话通知,于是王大寨就让连队分三批去机关澡堂洗澡。因为洗澡池只有30来平方米,人多了容纳不下。俄尕志他们是第一批进入洗澡池的,然而,第一批洗澡的官兵就超过了时间。原计划每一批洗一个小时,全连一下午就能全部洗完,但当他们一进入洗澡池,就忘了一切,尽情地享受着这难得的幸福时光,又洗又笑,又玩又闹,不愿离开那叫人通体舒服的池子。所以直到晚上开饭号的喇叭响了,第二批洗澡的官兵才忙忙慌慌地爬出洗澡池。

第三批洗澡的官兵是吃过晚饭后慢悠悠地收拾起换洗的衣服、肥皂、毛巾等东西,端着洗脸盆才来到洗澡堂,一揭开澡堂门上厚厚的帘子,一股白雾似的热气就冒了出来,再往澡堂里一看,漆黑一片,可谓伸手不见五指。汪满良跑出去问烧锅炉的老周,老周回答说:"男澡堂的灯泡坏了,只有明天上午来洗。"

这时夜色已经笼罩着高原格尔木,军营不少屋里已亮起了刺眼的灯光。官兵们只好扫兴而归。

青藏公路改建工程指挥师首届"双先"会于11月下旬在格尔木师部土坯墙的干打垒平房的礼堂召开。当师政委宣布完受表彰的"双先"标兵单位和个人的命令后,当即给被评为"双先标兵单位"的工程尖刀连颁发了五千元奖金,然后是介绍事迹经验。这些"双先"代表会的发言材料,都由团、师政治部门把过关,不少事迹经验都有所拔高,要写出真情实感,否则空洞的内容保准在领导那里通不过,这可苦了那些摇笔杆子的干事们。当领导审阅你所写的事迹经验材料后,要么是缺乏高度、深度,要么是内容不翔实、事迹不感人等等。所以不管师机关还是团机关的干事们一说起写材料就头疼,有时挑灯夜战几个甚至十几个通宵,到头来还是过不了领导那一关。所以为了能在领导那里过关,就要苦思冥想。就说工程尖刀连的发言材料《鏖战唐古拉 啃下硬骨头》吧,秦擎天从山上下来刚进连队,团部政治处的电话就打来了,叫他赶紧把材料的初稿拿去。他也没顾上洗把脸,就满身尘土地找到张德彦和已回卫生队的何岭拿来材料,满头大汗地到了组织股。贾股长认真地把材料看了一遍后说:"这份材料总的来说不错,二三部分差一些,尤其第二部分太空了。我所知道的你们王连长在山上为了施工,每晚都要吃三四粒安眠药;还有王连长以及其他几位战士在山上头发也脱光了;还有为保证畅通,你们有一次干到凌晨两三点等等,这些都是好素材,要写进去。"秦擎天认认真真地在笔记本上记着。贾股长又说:"我们股的裴干事出差了,他的办公室空着。今晚你回连队好好休息一下,路途上几天几夜没休息好,挺辛苦的。从明天起你就每天到裴干事办公室写材料,你看行吗?"秦擎天说:"我可能不行,写不好。"贾股长说:"我还不了解你的文字功底?原本是想调你来组织股当干事,后因那件可笑的事,把你调到工程尖刀连,年轻人锻炼锻炼也对,今后机会还多。至于连队的工作,我给王连长打电话说一说。"秦擎天只好咬牙答应下来。

　　秦擎天还真行,三天就苦熬出来了,贾股长很高兴。贾股长对材料做了一些润色,就报到了师里。师里一致认为这是非常好的材料,并在全师进行表彰。

第二十一章

一年一度的年终总结开始了。部队搞年终总结就得评功评奖,如果评得好,就可以极大地鼓舞官兵们的士气,如果评得不准,就可能大大地打击大家的积极性。

工程尖刀连的评功评奖就评出了点问题。

上级给连队的评功评奖的比例是:立功2%,嘉奖5%。但团部考虑到工程尖刀连在施工中的功绩,给他们的比例大一点,也就是工程尖刀连立功的比例为2.5%,嘉奖的比例为6%。按照这个比例,也就是说他们的立功人数不得超过五人,嘉奖不得超过十二人。工程尖刀连的评功评奖的工作应该说是扎实的,先是个人总结,再是班排总结。从班排报上来的立功人员是王大寨、秦擎天、何玲、黄宝宝、李俊杰、钱远明、钱自化、俄尕志、赵小刚,共九人。

连部召开排以上干部会议,专门讨论立功之事。

首先发言的是秦擎天,他说:"我不该立功。为什么呢? 其一,早些年我的功呀荣誉呀都得了不少;其二,我是因犯过错误才来到咱们连的,也算是给我一个改正错误的机会。"王大寨说:"关于你说的错误,那是冤假错案,也不必放在心上。"几位排长也说:"秦副连长干得不错,应该立功。"秦擎天挥了挥手,诚恳地说:"请大家再不要提我立功的事了,谢谢大家,不要再说了!"大家见秦擎天态度如此坚决,也就不好再吭声了。

至于王大寨、何玲的立功,大家没有二话,一致赞同。但王大寨对自己立功有不同意见:"何医生立功全连官兵都是赞同的,一个女孩子能在山上与大家同吃同住,仅凭这一点就该立功,还不说她与我们一同上工地施工。我就算了,我是职务最高的副营职连长,所有的活都是战士们辛辛苦苦干出的,我的意见很简单,多评战士,少评干部。"大家觉得连长的话有道理,也没多说什么。

关于黄宝宝、李俊杰立功的事就有些分歧。

看着秦擎天和王大寨在那里为了立功的事推来让去,张德彦心里突然酸溜溜的,心想,别表演给大家看了,如果嫌荣誉烫手,给我好了。说心里话,张德彦对立功的事看得很重,他多想自己也能立上一个功,也好在何玲面前能够挺直腰杆说话。可是他知道,因为他做的那件愚蠢的平地机翻车事件,他今年立功的事是彻底没戏了。本来他跟黄宝宝和李俊杰之间也没有什么,可这会儿由于心里不痛快,就不自觉地把他们划成是与秦擎天一伙的了,张嘴便说:"黄宝宝和李俊杰二人都是因那场风波而被罚到连队里的,如果他俩立功,别人会怎么想呢?"王大寨说:"这话就有点言过其实了。这两位战士在施工中实实在在贡献不小,先说说黄宝宝在山上一个人守了那么久的营房,为改善大家生活想方设法生豆芽,还有,只要有官兵们加班,无论多晚回来,他都在伙房等候大家,给大家提供热汤热饭的。"秦擎天没有表态,他知道在黄宝宝和李俊杰的事上他都不好说话,毕竟他们都算是被"发配"到工程尖刀连的。胡南雄说:"黄宝宝应该立功,我同意连长的意见。"方林和叶增光也都同意黄宝宝立功。

黄宝宝立功的事就这样定下来了。接着是讨论班长李俊杰的立功之事。

汪满良先发言:"众所周知,李班长家里一周内失去三个亲人,他仍一心扑在工地上,连队干部劝他回去处理一下,他却固执地谢绝了大家的好意,在施工中出满勤、出满点,超出三个人的工作量。另外,他家属梁菊芳从老家来后,他反复给她做工作,满打满算家属来队只有四天就走了。李班长为了不影响施工,不让战友们去送家属,所以他家属在早晨四五点钟就起床到公路边去等过路的车⋯⋯"说到这里,他的眼圈就发红了。王大寨说:"同意李俊杰立功的就举手。"除张德彦没举手外,其余的都举了手。王大寨说:"李俊杰的立功就这样定了。接下来大家讨论一下运输排的老兵钱远明。"秦擎天先发言:"钱远明已转了一次志愿兵没有转成,是因为名额有限。钱远明是个老兵,军龄比我们张副指导员还要老一年,家在农村,因为是山区,家里也穷,他们那地方结婚比较早,所以他的双胞胎儿女都两三岁了,他还是一个拿十多元津贴的战士。他当兵几年,只在第三年休过一次假⋯⋯"大家扑哧笑了。王大寨说:"别笑,秦副连长讲的都是实话,钱远明尽管是我们连最老的兵,但工作干得没说的,我同意他立功。"

对于钱远明立功,包括张德彦在内,全部都同意。

最后钱自化、俄尕志和赵小刚三个人中只能评两个。

人工排长汪满良说:"我认为赵小刚就算了,尽管他后来干得很出色,但前面离队给我们连造成的影响较大。"王大寨问:"你们的意见呢?"张德彦说:"我认为钱自化不应该评功。"从平地机翻车事件后,他对钱自化一直是耿耿于怀,钱自化立功自然会让他很不舒服,他也害怕钱自化的立功又让人们想起那件事,可这些又不能明明白白说出来。孙绪明问:"为什么?"张德彦脸红了,不好再说什么了。孙绪明接着说:"你是说那次造成堵车,大家干到深夜两三点的事吧,那不能怪他,只能说是别人的失误却害苦了他,也害苦了全连所有官兵。到现在了,还要害人家,不让人家立功。"大家看了看张德彦。张德彦腾地站了起来,旋即又气呼呼地坐下,眼睛盯着孙绪明。孙绪明也回瞪张德彦一眼,忍不住大声说:"我看到他就讨厌,难怪战士们给他取个外号叫'张讨厌'。"房间里顿时充满了火药味。王大寨吼道:"孙排长,你少说两句。谁没有犯错误的时候,不能老抓着别人的辫子不放。更何况有理不在声高,开会就要像个开会的样子。钱自化确实也有错,也不能立功。"张德彦愤怒地盯着孙绪明。孙绪明说:"你看着我干吗?你能把我吃了?不看在团长和何医生的面子上,老子早就揍你了!"这时,王大寨拍桌而起:"孙绪明你有完没完?这哪像开会的样子?扯淡!今天就研究到这里,散会!"

大家走了,会议室就剩下王大寨一人,他怒气未消地大口大口地吸着烟。

两天后,立功人员名单出来了,他们是:何玲、黄宝宝、李俊杰、钱远明、俄尕志。

这天是钱自化二十二周岁的生日,孙绪明说要庆贺一下。钱自化说:"孙排长,算了,生日年年都有,没那个必要。"孙绪明知道钱自化家中很困难,于是便自己掏了二十元钱给来机械排二班玩耍的俄尕志,叫他去团部军人服务社买四瓶"绿豆大曲",六袋花生,还有四包"恒大"烟。钱自化去拉扯孙绪明,要将俄尕志手中的二十块钱要回来交给他,掏出自己的十块要给俄尕志。孙绪明说:"你的钱拿回去孝敬父母吧!我挣的是工资,你挣的是几块钱的津贴。"他将钱自化手中的钱夺了下来,塞进了钱自化的上衣口袋里。钱自化很感动,嘴里道:"孙排长,这多不好呀!"孙绪明道:"谁叫我是你的小排长呢!"俄尕志手里攥着二十块钱就跑出去了。半个小时后,俄尕志怀里抱着购买的酒、花生和香烟回来了,并将找回来的五块多钱交给了孙绪明。孙绪明对将东西放在床铺上的俄尕志交代道:"去看你们人工排的汪排长有没有事?没事,就叫他过来,就说我请他来,顺便叫李俊杰班长也过来。"俄尕志转身去了。

一会儿,汪满良、李俊杰、俄尕志一同来了。孙绪明拆开一包烟,先给汪满良递过去,汪满良摆摆手,孙绪明说:"今天是钱自化的生日,人人都抽,图个热闹。"汪满良没有再推辞,接过烟坐到了床铺上。孙绪明给大家发完烟,就叫钱自化搬过来一个纸箱子,在箱子上铺了一张报纸后就把几袋花生撕开,倒在上面。李俊杰就从床铺下找出小凳子,摆在了纸箱子的四周。俄尕志拿来一个牙缸,倒了满满一缸酒。大家围坐起来后,孙绪明开始说话了:"今天是钱自化二十二周岁的生日,我们团离格尔木有点远,要不因为这么远就在饭馆里吃上一顿。条件就这个样,把汪排长你们叫来,也没什么吃的,我们五个人就这几瓶酒,几袋花生吃完就打扫战场,睡觉!"说着他就端了满满一牙缸酒递到钱自化跟前说:"我们共同祝你生日快乐!"钱自化不接牙缸:"孙排长,你先来,你先来!"孙绪明说:"快接上,今天是你的生日,我们祝你生日快乐!"汪满良他们也附和道:"钱自化,你的生日,你先来!"钱自化接过牙缸,手有些发颤,激动地像表决心似的:"孙排长,汪排长,你们都是好人,感谢战友们,我一定好好干!"说完,就喝了一大口。大家拍着手,唱了几句生日歌。钱自化把牙缸递给孙绪明,孙绪明往牙缸里一看:"钱自化,喝太少了,至少一口要喝掉半牙缸才行。"李俊杰抽着烟,吃着花生,也跟着吼道:"对,喝半牙缸。"钱自化看了看大家,又猛地喝了一大口。孙绪明从钱自化手中接过牙缸,递到汪满良跟前说:"这半牙缸是汪排长的。"汪满良不接牙缸:"孙排长,你先来。"孙绪明说道:"你是我们机械排的客人,当然你先来。"汪满良说道:"我喝不完这么多。"孙绪明又说道:"你把这半牙缸喝完,我喝一牙缸给你看看。"汪满良还在犹豫不定。俄尕志说:"汪排长,别怕,喝!"李俊杰也说:"我们欢迎汪排长!"大家稀里哗啦地鼓起掌来。汪满良这才缓慢地喝了下去。俄尕志提起酒瓶又倒了满满一牙缸。孙绪明手里剥着花生对李俊杰和俄尕志说:"你俩先来,一人半牙缸。"李俊杰说:"孙排长先来!"孙绪明双手端起一缸酒,咕咚咕咚地一口气喝个牙缸底朝天。大家鼓掌。汪满良说:"孙排长,海量!"俄尕志说:"孙排长是个男人,说一不二!"孙绪明说:"别夸了,我这人是二杆子脾气,直来直往,别人不敢摸的我敢摸,别人不敢说的我敢说。就说那两天前开会吧,一般人敢顶'张讨厌'?我就敢!"接着又是满满一牙缸酒,李俊杰和俄尕志各喝了半牙缸。大家吃着花生,抽着烟。第二瓶酒你一口我一口地很快就喝完了。第三瓶酒打开后,俄尕志又倒了一牙缸。汪满良说:"慢点喝,慢点喝,人招不住。"大概是因为酒精的作用,大家的话多了起来,嗓门也高了起来。

　　他们一边喝酒,一边聊天。酒喝得兴奋,话聊得正投机的时候,张德彦推开门进来了。张德彦路过这里,听见里面声音很响,便进来瞧瞧。最先看见张德彦进门的是孙绪明,因为他坐的方向,正好面对着门,他不屑一顾地假装没看见,端起牙缸只管喝着。汪满良面向着孙绪明,背对着门,再加自己酒量有限,脑子就有些发蒙发沉,张德彦进来,他不知道。钱自化、李俊杰、俄尕志见张德彦进来,就站了起来。孙绪明喝了一大口酒,见三位战士站起来,看也没看张德彦,就吼道:"你们坐下,站起来干什么?"三位战士坐也不是,站也不是,看了看孙绪明后,又看着张德彦。张德彦很尴尬,觉得在战士们面前丢了脸,实在忍不住冲孙绪明吼道:"孙绪明,你总是跟老子过不去,你到底要干啥?"汪满良听到张德彦的声音,无力地站了起来,转身说:"张副指导员,你来了。"孙绪明腾地也站了起来,手指着张德彦说:"'张讨厌',你身为副指导员,是你先挑事的,大家看着的呀!"孙绪明弯腰要提自己刚才坐的小凳子向张德彦砸去。就在这时,张德彦跨步上前将纸箱上还有剩酒的酒瓶抓在手里,趁孙绪明提着小凳子快要站直的那一瞬间,朝他头部砸去,随着砰的一声,瓶碎酒溅,只听到孙绪明啊的一声,左手迅即捂到头部,又将右手提的小凳子朝张德彦的脸部砸去。张德彦蹲在地上,双手捂向脸部,鼻血从手指缝隙间流出……汪满良和三位战士被瞬间发生的事情惊得目瞪口呆,只是愣愣地站着。片刻,俄尕志惊呼道:"孙排长,你头上的血流到衣服上了!"孙绪明这才丢下小凳子,用手向脖子上摸去,一股热乎乎的东西沾满了大手,顿觉头上剧痛,双手捂着头部。汪满良这时才说话:"李班长和俄尕志将张副指导员扶到他房间,帮他洗洗鼻血,我和钱自化将孙排长送到卫生队去包扎。"听到汪满良的安排,李俊杰似乎才从噩梦中醒来,赶紧和俄尕志走过去将张德彦扶起。这时,张德彦已疼得说不出来话了,在两位战士的搀扶下,站了起来,放下双手,人们才见他的右脸肿得犹如馒头一样,青紫了一大块,鼻孔里的血还在朝外淌……

　　汪满良对手捂着头的孙绪明说:"走,咱们得赶紧上卫生队。"孙绪明痛苦地说:"不用,一会儿血可能就不流了。"汪满良说:"不行!"就和钱自化拖着孙绪明向卫生队跑去。

　　李俊杰和俄尕志要将张德彦搀扶到他的房间,张德彦说:"到连长房间去。"王大寨正在看有关"十二大全面开创社会主义现代化建设新局面"的文件材料。张德彦他们一进来,王大寨从办公桌旁站了起来,看看满脸是血的张德彦,赶紧让出凳子让他坐下,又忙从床头上拿出卫生纸,叫两位战士给张德彦把正淌血的鼻孔塞住,把脸上的血擦一擦。王大寨问:"是怎么搞的,搞成这样子?"李俊杰和俄尕志觉得不好回答,都没有吭声。张德彦说:"是孙绪明打的。"王大寨问:"他人呢?"张德彦没有言语。王大寨提高了声音急切地问道:"你们聋了,孙排长人呢?"就从衣兜里摸出烟点燃,狠狠地吸了一口。李俊杰回答道:"孙排长去了团部卫生队。"王大寨吼起来:"他去卫生队干什么?"俄尕志说:"他也受了伤。"张德彦说:"连长,你一定要为我做主啊!"他说话的声音夹杂着哀求的意味,泪水也快要出来了。王大寨说:"待我把事情搞清楚再说。"说完,他指示李俊杰和俄尕志把张德彦扶回去休息,用温水将他脸上的血迹洗洗,再去连队卫生员那里取些消炎药来让他服下……

孙绪明双手捂着头从房间里出来,几乎是小跑到团部卫生队的,他觉得自己的头部血流得太凶了。汪满良和钱自化也跟着他跑。

汪满良在卫生队走廊里,撞见手里拿着书的何玲,气喘吁吁地喊:"何医生,何医生,孙排长受伤了,请你给他包扎一下,他已进了门诊室。"何玲没来得及穿白大褂,就跑步来到门诊室,只见孙绪明已经躺在检查床上了,钱自化正在给孙绪明脱大头鞋。何玲见孙绪明军装上到处流着血,伤势很重,便吩咐汪满良快去喊唐医生来。汪满良转身而去。何玲对孙绪明说:"我先把你的头发剪了。"站在旁边的钱自化问:"何医生,你需要我干什么?"何玲说:"你去病房抱床被子来给孙排长盖上。"她操起剪刀将孙绪明头上已被血凝固的头发剪了,说:"孙排长,我现在用酒精给你消毒,会很痛,你要坚持住!"躺在病床上的孙绪明脸色有些发白,紧闭着双眼,说:"没事,我能坚持住!"然后何玲将一瓶酒精从他头上边倒边用棉球清洗。这时,唐医生来了,一进门便问道:"伤势怎样?"何玲用夹棉球的止血钳指着孙绪明头上两厘米多长翻着白肉的血口子说:"伤势不轻,要缝针。"钱自化把抱来的被子盖在了冷得发抖的孙绪明身上。伤口缝合了十多针。接着何玲和唐医生用绷带为孙绪明进行包扎。包扎完后,唐医生对何玲说:"有事就叫我。"便离去了。然后,何玲开了些消炎药,当即派汪满良找来开水,叫孙绪明服下。何玲又开了青霉素之类的药,要给孙绪明输液,孙绪明不想输,硬撑起身子要回连队。何玲说:"千万使不得,必须输液,免得发炎。"孙绪明一想也是,便又躺下了。钱自化从药房取来药后,何玲将药和葡萄糖注射液兑好后就给孙绪明输上了。

把这一切忙完后,何玲坐在凳子上松了口气,问:"孙排长是怎么受伤的?"钱自化支吾道:"是、是……"孙绪明没等钱自化说出来,抢先道:"是抢修机械时,不小心弄的。"何玲又问汪满良:"孙排长身上有股酒气,他喝酒了?"汪满良说:"天气太冷,孙排长检修机械前,喝了几口暖暖身子。"何玲说:"哎,你们工程尖刀连真玩命啊!"

待李俊杰和俄尕志将张德彦扶上床,帮他擦洗了脸,并从卫生员那里取了些消炎药让他服下后,王大寨就叫他俩去了他办公室。李俊杰和俄尕志将事情的前因后果一五一十地说了一遍。王大寨长叹道:"这个张副指导员呀,他又弄出一摊子事来。"之后,他就去找秦擎天,秦擎天还没有回来。秦擎天头一天带了几辆车去大柴旦拉烤火煤去了,按理今晚上该回来了。于是,王大寨只好到各排各班查哨去了。今天上午团里通知各连连长开会,通报了二团一个下山的施工连队因为晚上战士们睡觉前没有把取暖的煤炉子封好,发生煤气中毒,死了两个人。从团里回来,他专门组织班长排长开了会,教育大家注意安全,晚上睡觉前一定要把煤炉子封好,还要仔细检查。所以王大寨到了各班首先仔细地看看火墙的煤炉子封好了没有,不能让二团的悲剧在自己的连队重演,作为连长,他要对每个战士的生命负责。

他检查完各班的煤炉子就回自己的办公室,刚要进门时,就见几束灯光射了过来。秦擎天带队的几辆拉煤车停下后,他跳下驾驶室对几位战士说:"煤明天卸,你们先到炊事班弄点面条吃,早点休息,时间不早了。"王大寨走过来对秦擎天说:"辛苦了!"秦擎天说:"没事,本来该早点回来,可是途中发生一起车祸堵车了,耽误了两三个小时。你怎么还没有休息?"王大寨说:"安全回来就好。我一直等你回来,今上午团里开了会,二团的一个施工连因煤气中毒死了两个人,团长专门讲了安全问题。人呀、车呀、煤气中毒呀讲得很多。你们不回来,我就提心吊胆的。还有一件事,说来本不该发生的事,但发生了。"秦擎天吃惊地问:"什么事?"王大寨心情沉重地说:"张副指导员和孙排长打架。"接着就将事情复述了一遍。秦擎天想去看看张德彦。王大寨说:"算了,他刚睡下,让他好好睡睡。"秦擎天要去卫生队看看孙排长。王大寨关心地让他吃了饭再说。秦擎天说:"一顿饭不吃没事,我洗把脸就去。"

见王大寨和秦擎天打着手电来到门诊室,何玲、汪满良和钱自化立马站了起来,让出凳子来,叫他们坐。王大寨摇了摇手:"你们坐。"躺在病床上的孙绪明,满脑袋包扎着白纱布,输着液睡着了。他今晚喝了不少酒,刚才清洗和缝合伤口把他痛得不行,实在是累了。汪满良正要去推醒孙绪明,王大寨说:"别弄醒他,让他睡吧。何医生,孙排长伤势如何?"何玲说:"缝了十二针,伤口挺大,流了不少血。"王大寨和秦擎天看到何玲的军装胸前有不少已干了的血迹。王大寨说:"辛苦你了,何医生。"何玲说:"别那么说,都在唐古拉山摸爬出来的,你们更辛苦,刚才听孙排长说,你们晚上都在抢修机械,但今后抢修机械时一定要注意安全。"王大寨见何玲不知道真相,也就故意不把这层窗户纸捅破:"是,是,今后注意安全。"他真担心两个干部打架的事,一传十,十传百,传得全团上上下下沸沸扬扬的,影响连队的集体荣誉。

第二天一大早,王大寨和秦擎天便来到张德彦的房间,告诉他何玲还不知道打架事件的真相,叮嘱他千万不要走漏风声,何玲如果问起来,只说是不小心摔了,他们会与他统一口径的。

中午何玲到张德彦那里,看见张德彦的脸青肿着,心疼地问是怎么回事,张德彦只说是不小心摔了,何玲嗔怪道:"这么大个人了,走路还走不稳。"

几天后,孙绪明出了团部卫生队,张德彦被打肿的脸也恢复了正常。王大寨害怕张德彦和孙绪明之间再发生摩擦,做出有损于工程尖刀连荣誉的事情,就组织排以上干部开了会,会上要求张德彦和孙绪明做了检讨,并保证以后不再发生类似的事,但两人好像还赌着一口气,死活不吭气。

王大寨气得拍着桌子,把他俩臭骂了一通:"首先是你孙绪明不对。你作为排长,张副指导员作为连队干部来你们宿舍,战士们见他来了站起来,这是对的。你倒好,非要叫战士们坐下,这是你的错误。造成这种原因是在干部们讨论钱自化立功问题时,你和张副指导员发生分歧,有情绪。另一方面是你们是同年兵,又是同年提干,他现在是副连职,你是正排职,心里本身就不平衡……当然孙排长自己掏钱为战士过生日还是值得表扬的,这种精神可嘉。"在王大寨批评孙绪明时,张德彦微微地抬起头,有点幸灾乐祸地看了两眼耷拉着头的孙绪明。王大寨端起杯子喝了口茶,又开始批评张德彦:"你作为副指导员,先动手打人这很不对,而且用力又过猛,使孙排长头上缝了十二针呀!我知道评功时,你对孙排长心里就有气,那天晚上你在机关的战友处吃饭时又喝了几口酒,回来,就和孙排长干上了……"他气得声音有些沙哑,也讲不下去了。

后来团党委一班人研究各连立功的名单时,何玲作为特殊情况,团部让出一个名额,没占工程尖刀连的名额。研究讨论中,政治处乐主任提出给张德彦。可是当乐主任一提出来,就遭到何明凯的强烈反对,差点弄得他下不了台。然后经过大家权衡后,在立功名单上添上了王大寨的名字。

接着,政委刘相村说:"鉴于工程尖刀连今年在施工中取得的显著成绩,我建议给他们向师部报请集体三等功。"话音一落,刘相村的建议得到了党委一班人的一致同意。

第二天,关于给工程尖刀连报请集体三等功的事迹材料呈送到了师部。这个事迹材料是贾股长和秦擎天通宵达旦地根据"双先"材料改头换面弄出来的……

在团部机关礼堂召开的庆功表彰大会结束后,官兵们观看了由八一电影制片厂摄制的反映修筑天山公路的故事片《天山行》。这部片子从 8 月以来,三团已放映过三四次了,官兵们连片中的插曲都能熟悉地唱出来。在看电影时,干部股敖干事到礼堂找到方林,请他去一趟。到了干部股办公室,敖干事递给方林关于他受到"严重警告处分"的决定,要他在处分决定上签名。

"方林"这两个字他不知写过多少回,唯独这次签名他心里像猫抓似的难受,他的手战战兢兢,不听使唤地画上"方林"两个字,写后他简直不相信这是他的名字。

晚上,工程尖刀连举行了会餐,七盆八碗的,饭菜特别丰盛。赵副师长、何明凯和刘相村也和连队官兵们一起就了餐。喝完酒时,一位战士唱起了《天山行》的插曲,赵副师长也跟着这位战士唱起来,接着是何明凯、刘相村、王大寨……全连官兵都深情、豪迈地唱了起来:

　　天山高,天山险,
　　天山横在我面前。
　　天山路,弯又弯,
　　你把我的心事牵。

吃饭时方林猛地喝下半牙缸酒,饭菜也没有动就跑进寝室,扑倒在床上,心如刀绞似的闭上双眼,泪水从眼角滚落出来。窗外,深情、豪迈的歌声传来,他觉得更加痛苦。战友们高举酒杯,欢天喜地喝庆功酒,自己却喝了一杯苦酒。他是个善于自省的人,从今天签的"方林"两个字里,从苦酒里知道了,光有美好的愿望是不够的,理想不是现实中的花环,事业也不能凭一腔热情去完成,必须要有高度的责任心,必须要把自己的才智灵活运用在工作实践当中去。他相信他方林会成为一个顶天立地的汉子,总有一天会让大家对他刮目相看的。

第二十二章

连长王大寨、副指导员张德彦、技术员方林、机械排排长孙绪明、人工排排长汪满良、摊铺排排长邹洪康、司务长胡南雄,均在一周内相继离开格尔木回老家休假去了。在连队留守的干部只有副连长秦擎天、汽车排排长叶增光。

秦擎天自从当兵后就没有回过老家,他觉得家对他来说已是形同虚设,成了一个抽象的名词,毕竟父母都不在了,对于哥哥、嫂子,说心里话,他没有太多的牵挂和眷恋。而他留在这里似乎意义更大一些,一来部队需要,二来也可以利用这段时间充实一下自己,多读点书,在他心中,书比一日三餐更重要。

战士中只要够休假条件的,多数人都走了,有些没走的也是因为手头有些工作还没干完。老兵钱远明衣兜里随时装着老婆和一对儿女的合影,他想回家看看几年没见的儿女,但秦擎天没有让他回去。首先是汽车排的车辆保养任务重,虽然保养和检修的车辆已开到了修理连,但连队还是要去人守着,让修理连的战友搞快些,免得影响第二年的开工,所以他和排长叶增光也留下来了。第二是,团部在工程尖刀连刚下山的头几天就透露了要给连队一个转志愿兵的指标,而工程尖刀连唯一符合条件的就只有钱远明一人。一旦转志愿兵的名额下来,不仅需要他填一些表格,还要体检身体……基于这些原因,秦擎天就让钱远明发了电报,叫老婆带着孩子来格尔木探亲。

几天后,一辆"解放牌"汽车驶进了工程尖刀连的营区,车停后,从驾驶室走出一个身材结实、剪着短发的女人。她下车站稳后,就伸手从驾驶室抱出一个三岁多的小男孩放在地上,接着又抱出一般大的小女孩,另一只手从驾驶室提出鼓鼓的布包,对驾驶员道谢。那驾驶员说:"别客气,咱们都是老乡,我是隔壁汽车三连的。"汽车开走了。这时,这个女人就牵着女孩的小手说:"天天,咱们找你爸爸去。"小男孩看到营区里的军人都是穿的绿军装,他就天真地问:"妈妈,妈妈,我咋有这么多爸爸呀?"女人听到这话,既想哭又想笑,原来在家她经常告诉他们,你们的爸爸是解放军,穿着绿军装,戴着红五星。所以小家伙一见到穿军装的就叫:"爸爸!"听到他的叫声,大家都被他逗笑了。叶增光问她:"你找谁?"这女人说:"我叫丁巧巧,是钱远明家里的。"几个人这时就喊:"钱老兵,钱老兵,你家属和孩子来了。"钱远明立马从房子里钻出来,向丁巧巧跑去:"你来了。"丁巧巧不好意思了,低下了头:"嗯!"接着她示意小男孩说:"冬冬,快叫爸爸。"冬冬看了看脸色黑如锅底的钱远明,胆怯了,不但不叫,反而后退了一步。天天却怯怯地叫了一声:"爸爸。"钱远明喜不自禁地应了一声,上前抱起天天就亲。丁巧巧又对冬冬说:"快叫啊,你不是想爸爸吗?"钱远明向前走了一步,想抱着儿子亲亲。冬冬嘴一撇大哭起来。围观的官兵们哈哈大笑。一位战士帮着把丁巧巧的大布包提进了房中,大家闹闹嚷嚷就跟着进了房屋。一进房里就感觉暖暖的。为了家属和孩子的到来,钱远明做了一番准备,土墙上糊了一层旧报纸,房内是用两块床板铺成的一张宽大的床,床上放着两床折叠好的军用被和一件皮大衣。屋内还放了一张办公桌和几条木板凳。钱远明招呼大家坐,大家有的坐在凳子上,有的坐在床沿上。丁巧巧把冬冬递给钱远明抱。钱远明左手抱着天天,右手抱着冬冬,冬冬尽管不情愿,但钱远明的右手就像钳子一样把他箍得紧紧的。丁巧巧打开了大布包,捧出花生和干红枣给叶增光他们散发,说:"这是咱家乡土里和树上长的,也没别的。"大家吃着红枣,寒暄一阵,叶增光站起来说:"嫂子,你好好洗洗,刚来注意休息,要多喝开水免得嘴唇干裂淌血。我们一有时间就来看你!"

  几天后的一个晚上,高原又下了一场大雪,大家都窝在房子里的火墙边取暖聊天,钱远明一家住的房子里却传出来凄惨的哭声。最先听到这哭声的是运输排排长叶增光,他想可能是两口子吵嘴打架引起的,也就没有放在心上,他想也许过一会儿就会"风平浪静",两口子哪有不吵嘴打架的。但是过了十多分钟,哭声不但没有减弱,反而更大了。他大步流星地来找秦擎天,秦擎天正在做笔记。叶增光显得有些焦急地说:"不好了,秦副连长,你快去看看,钱老兵家两口子打起来了。"秦擎天放下手中的笔,站了起来说:"不可能,前不久远明才参加了改选志愿兵的体检,他应该高兴才是,全家团聚了,他又转志愿兵了,这叫双喜临门。"叶增光说:"从他房间传出的哭喊声可大了。"秦擎天说:"走,去看看,是不是出啥事情了!"秦擎天拉开门,一股猛烈的风扑了过来,接着传来的就是钱远明一家四口的哭泣声。一出门,秦擎天和叶增光踏着厚厚的积雪加快了脚步。来到钱远明的住房外,秦擎天举起手重重地敲了两下门,并喊道:"快开门,快开门!"房里的哭叫声似乎小了些。门开了,钱远明见是秦擎天和叶增光,停止了哭泣,用手抹了一把满脸的泪水。秦擎天和叶增光进屋看见丁巧巧坐在床沿上,双手搂着冬冬和天天哭得泪流满面,胸前衣服被泪水打湿了一大片,冬冬、天天两兄妹哭得鼻涕流得很长。钱远明的眼圈都哭红了。桌上摆着乱七八糟的饭碗,有的碗里还有大半碗剩饭。大概是秦擎天和叶增光进来了,全家停止了哭声。秦擎天坐下后,脸上阴沉着,从衣兜里摸出烟,点燃后猛吸了一口,吐出烟雾,说:"钱远明,你作为一个老兵也不注意一点影响,这样大吼大哭的像什么样子?"钱远明看着秦擎天,又用大手抹了一把脸上的泪水。秦擎天说:"老婆才来几天,就这么吵吵闹闹的,这是你钱远明的不对,你老婆来一趟容易吗?把两个孩子拉扯这么大,你拍拍胸口想想。"丁巧巧这时说话了:"首长,你冤枉他了。"秦擎天、叶增光就惊奇地看着丁巧巧。

丁巧巧接着说:"今天下午,我头昏脑涨,又咳得很厉害,连队卫生员休假去了,拿不到药,钱远明就去卫生队给我拿药。他拿药回来,脸上也没点笑容,天天要他抱,他不抱不说,还黑着个脸吼了孩子一顿,吓得天天就哭了。之后他就躺在床上蒙头大睡,我拉开被子问他怎么了,他不说话,只是默默地流泪。晚上,他从床上爬起来,一个人坐在小凳上发呆,我叫他吃饭,他也不吃。我和两个孩子快要吃完了,他端着碗吃了几口就眼泪汪汪地说他完了。我吃惊地问怎么回事,他说他给我拿药时,在卫生队碰到他的老乡唐医生。唐医生悄悄告诉他,说他转志愿兵的体检有问题,肝有毛病。他说如果身体不合格,志愿兵就转不成了⋯⋯说完,他就呜呜地哭了。他一哭,我也就忍不住了。我想这些年,我为了支持他工作,吃了不少苦,也受了不少累。尤其在三年前的冬天,我生下冬冬和天天月子还没坐满,他唯一的亲人——他的妈妈得了急性阑尾炎,要开刀做手术,我背上背一个孩子,怀里抱上一个孩子在医院里照顾他妈妈⋯⋯在那些艰难的日子里,他妈看着我就掉泪,让我发封电报给远明,叫他请几天假回来⋯⋯我想他回来也解决不了什么问题,路途又远,我还是咬牙坚持下来了。他的父亲死得早,母亲又是支气管炎,痰喉气喘的,重点的活也干不了,只能帮我带带孩子。一到冬天,她老人家起不了床,连饭我都要给她送到床前。包产到户后,全家人的责任田从播种到收割都压在我一个女人的肩上。为了他的前程,我吃尽了苦头,但我给他的信中从来不谈这些,害怕他分心,影响他的进步。一想这些,又想到他体检没过关,我也伤心地哭了。大人哭了,两个小孩也哭了⋯⋯"

丁巧巧一口气说完,秦擎天眼里噙满了泪水,对她说:"这些年你实在不易,我理解你的心情。"接着问钱远明,"你平时觉得肝部有没有异常反应?"钱远明说:"没有,能喝能吃能睡的。体检前的那天晚上,来了几个老乡看丁巧巧和孩子,我还陪着他们喝了不少酒呢,我身体能有问题?"秦擎天的眼睛亮了:"体检前的头天晚上,你喝酒了,喝了多少?"钱远明说:"不少,可能半斤多。"秦擎天说:"你简直拿着你的前途开玩笑!"钱远明不解地问:"咋了?"秦擎天说:"你喝了那么多酒,第二天检查对肝能没影响吗?!"钱远明说:"当时高兴,也没顾得上这些。"丁巧巧问:"那该怎么办呢?"钱远明、丁巧巧和叶增光看着秦擎天。秦擎天吸了两口烟,思索了片刻,说:"我也没有把握,只能试试。我这就去找军务股栾股长,找司令部参谋长把钱老兵这个情况汇报一下,争取明后天重新到医院体检。"说完,站起来,开门走了出去。

第二天,团里来电话通知钱远明明天到格尔木陆军二十二医院进行复检。

又过了几天,团部的命令下来了。钱远明成了每月能领几十块钱工资的志愿兵了。

钱远明和丁巧巧又哭了。丁巧巧激动得泪流满面地说:"终于盼到出头的日子了!"

第二十三章

　　孙绪明探亲的时间未完,就提前二十多天回到了工程尖刀连,他是连队最早一个归队的。

　　回来后,战友们就跟他开玩笑,说:"孙排长是牵挂着部队建设和'四化'建设,才提前归队的。"孙绪明脸上没有一点笑意,说:"去,去去!"战友们便觉得很尴尬,再也不与他开玩笑了。

　　其实,孙绪明内心的痛苦,只有他自己清楚。他是工程尖刀连第一个踏上探家的路途,当时他的心情可以用"归心似箭"来形容。他当时恨不得自己能长出一对翅膀飞回那个令他一想起就怦然心动的地方,因为那里有他日夜牵挂的结婚才一年的妻子吴雁。孙绪明坐在火车上,一想起吴雁这个多情的女人,心里就涌出了一股甜意。

　　在唐古拉山施工的5月上旬,也就是何小碧牺牲没几天,他收到了吴雁一封来信,信上说,前不久一天早上,她上班时,由于穿高跟鞋踏空从楼梯上摔了下来而流产了……

　　夜深人静的时候,他每每想到吴雁因流产而痛苦的情景时,心里就阵阵如刀绞似的疼痛,觉得很对不起吴雁,所以这次休假期间,一定要让她高兴。

　　孙绪明一下火车就提着东西匆匆奔往长途汽车站,迫不及待地坐上了通往县城的长途班车,班车到县城已是晚上十点多。一下车,孙绪明步行了二十来分钟到了他熟悉的县政府家属院。他站在家属院大门口一看,岳父家还亮着灯,他长长地舒了口气,一种甜蜜的感觉涌遍了全身。他把两大包东西放在了收发室,提着一包青海产的质量上乘的纯羊毛毛线朝叔叔、婶婶家走去。他原本可以过一两天再送去,但又害怕叔叔、婶婶说他"娶了媳妇忘了娘",所以不如立即给他们送去。敲开门,他把东西送到蔡婶手里,说:"婶婶,没啥孝敬你和叔叔的。"蔡婶连忙说:"给我们买这东西干啥呢,该给你老丈人、丈母娘和雁雁买嘛。"他说:"给他们买过了。"婶子问:"什么时候回来的?"他说:"刚到,先到你们家了。"蔡婶又问他:"吃晚饭没有?"他说:"刚下长途车。"蔡婶就让他洗脸,说:"我打电话叫雁雁过来。"他说不用了,准备等会儿回去给她一个惊喜。蔡婶给他煮了两碗鸡蛋面条,他边吃边听蔡婶说:"家中只有雁雁一人,吴局长两口子已在十多天前到青岛疗养去了,还有十来天才回来。"他听到这里,便快速吃完面条,心想,雁雁一人在家也挺孤单的,早点回去好陪陪她。

他提着两大包东西上楼找到他熟悉的门敲了几下,没人开门,又过了两三分钟后,他又重重地敲了几下,等了好一会儿,隐约听到屋内有人说话,随即屋内又响了一声拉灯线的声音,接着吴雁问:"谁呀!"孙绪明喜悦地说:"是我,雁雁!快开门!"过了好一会儿门开了,孙绪明见吴雁惊愕得脸色有些发白,身子也有些微微颤抖。吴雁的声音发着颤:"也不发封电报来告诉一声。"孙绪明说:"哪顾得过来。"提着东西进门后,见客厅沙发上坐着一个三十多岁有点奶油小生样的男人,正跷着二郎腿吸烟,他的心咯噔一下,脸上的笑容消失了。吴雁赶紧介绍道:"这是我们银行李科长。"李科长立即站了起来,上前握着孙绪明的手,满脸堆笑地说:"孙军官你好!你怎么也不提前告诉吴雁同志一声,我好安排她去接你。"孙绪明不冷不热地说:"不用了!"李科长忙对吴雁说:"工作上的事就按我们刚才商量的办。噢,这几天你就不要来上班了,好好在家陪陪孙军官。"说完转身开门走了。

吴雁关了门,转身扑在正站在屋中央呆愣着的孙绪明的怀里,撒娇道:"绪明,你把我想得好苦啊!"说着就要亲他。孙绪明原来想象的见面时的种种令人心醉的场面统统成了泡影,淡淡地说:"我累了!"推开了扑在他怀里的吴雁。吴雁睁大了那双媚眼说:"累了,就休息吧。"接着就去帮他解军装上的纽扣。孙绪明又推开她,自己解开纽扣,脱下军装,径自到了他和吴雁的卧室里想将衣服挂在衣帽架上。一进卧室他随手拉亮了灯,顿时映在他眼帘的是:床上的被子和枕头乱七八糟的,床边的红色地毯上有几团湿漉漉的卫生纸纸团。吴雁跟在他身后,心虚地盯着他的背影。孙绪明一腔怒火涌上心头,转身就给吴雁脸上重重的两巴掌。吴雁被打得眼冒金星,捂着脸半天才哭泣起来。"你还有脸哭!"孙绪明接着又扇了她两耳光。当晚他从岳父的卧室里抱出被子,躺在沙发上睡了。尽管他经过几天长途火车和班车的颠簸,觉得又累又困,但总是睡不着,脑子里一直想着晚上回家后遇到的那一幕幕情景⋯⋯

第二天早上,他不顾哭泣了整夜的吴雁,穿上军装就出了门。回到自己的家,父母问他怎么没带吴雁回来,他撒谎说她工作忙离不开。当着父母的面,他尽量装着很高兴的样子,苦涩的泪水只有在心里流着。母亲告诉他,文小英心里始终放不下他,自从他结婚后,多少媒人登文家的门给她介绍对象,她都不愿意,她的父母气得几乎要与她断绝关系。文小英时常还背着她的父母来家里帮忙,先开始她的父母骂她没出息,丢尽了文家的脸,后来看管不了,索性睁一只眼闭一只眼,随她去了。听到这些,孙绪明心中更加难受,说不清是悔恨还是歉疚。

　　一天后,蔡婶从县城里赶来了。她对孙绪明的父母说,抽点时间回来上上坟,背地里她对孙绪明悄悄说:"吴雁家那晚保险丝烧了,李科长帮助安了保险,你却……"后面的话蔡婶没好再说完。孙绪明怕婶婶的到来让父母觉察出什么来,心里承受不了。同时他也觉得婶婶为了他的事,大老远地亲自跑到家里来也不容易,不能让婶婶面子下不来,便同婶婶一起回到了城里。回城后,孙绪明坚决不回吴局长家,非要住到婶婶家。蔡婶为难了,半天才说:"你想怎么办?"孙绪明激动地:"要么告那李科长破坏军婚,让他判刑,要么离婚。"蔡婶劝道:"两种都使不得。"孙绪明问:"那怎么办?"蔡婶说:"那等吴局长两口子回来再定吧。"一直受着精神煎熬的孙绪明,吃住在蔡婶家,有时吴雁打电话来叫他回去,他也无动于衷。

　　终于,孙绪明盼回了吴雁的父母。两人听蔡婶把事情的来龙去脉讲完后,气得吴局长半天才说出一句话来:"这个鬼丫头,真把脸丢尽了!"局长夫人也说:"怪不得她瘦了一圈,问她只是哭。"孙绪明看到岳父和岳母痛苦万状的样子,从心里也生出几分同情来。过了好一会儿,吴局长缓缓地抬起头,喝了口茶,以商量的口气道:"绪明,孩子,这样行不行,我叫李科长调走?"蔡婶道:"人要脸,树要皮。这是一个两全其美的办法,我看行。"孙绪明狠狠地说:"不!既然你们不让我离婚,我就非要告倒那小子不可。"局长夫人说:"你告倒他,闹得满城风雨的,再说你也没有证据。"孙绪明说:"证据,我有!"局长夫人说:"你这样让雁雁今后怎么做人呢?"孙绪明想想也是,他不能不给吴雁留条后路,可他也总不能就这么窝囊地忍下这口气吧。

　　俗话说人不报天报,就在孙绪明想着怎么出这口恶气时,李科长却犯事儿了,因为收受贿赂被检察院批捕了。

　　吴雁经过这次事情,人好像一下子老了几岁,精神萎靡,目光呆滞,就像快要凋谢的花朵。她一次次地来蔡婶家叫孙绪明回去,请求他的原谅,可他一想起那晚的情景就觉得无法再原谅她,即使不离婚,他也不可能再像从前那样真心地爱她了,可是这样的婚姻又有什么存在的价值呢?

　　又是几天之后,在婶婶的一再劝说下孙绪明才回到吴局长家。当晚躺在床上,他就听到吴雁在他耳畔轻轻地抽泣着。他在黑暗中瞪着两只眼看着黑黑的屋顶,没有说什么,也没有安慰她。

方林是继孙绪明后第二个提前归队的。

他在格尔木长途汽车站下车后又搭了一辆前往拉萨的汽车到三团团部大门口外的公路边下了车,提着一个行李包和一摞在新华书店买的书走到团部大门口的收发室时被收发员叫住了,请他把一封加急电报捎回去,说是邮局刚送到,自己不想再跑了。方林接过电报一看,电报是孙绪明的。他三步并做两步走,回到连队把东西一放就到机械排找到了孙绪明。孙绪明急忙扯开电报一看,上面只有寥寥十多个字:你妻吴雁因重病突然身亡速归处理后事。

加急电报是岳父发来的,一看完内容,孙绪明手就颤抖不止,泪水像大颗大颗的雨点似的掉落下来,他在心里呐喊道:"是我害死了她呀!"

秦擎天闻讯后,从管理股要了一辆面包车要将孙绪明送到格尔木长途汽车站。车到连队,秦擎天推着孙绪明上了车:"回去处理完后再回来。"说着就将五百元钱塞到孙绪明手里:"拿着,能帮你解决一点急需,今后慢慢还我。"

方林坐在自己的床铺上喃喃道:"孙排长老婆死了!"于是他想到了龚萍,嘴里说:"她也死了!"其实龚萍没有死,她活得好好的。方林说"她也死了",准确地说,他和龚萍的爱情死亡了。

方林从格尔木心急火燎地坐上班车,一到西宁,接着买了一张去北山市的火车票。他的家距西宁也就一两个小时,按常理,他应先回老家看看父母,然后才去找未婚妻。他觉得他和龚萍分别了一年半时间了,这一年半时间好像半个世纪那么漫长,他日里想念着她,夜里梦见着她。为了她,唐古拉山施工时由于自己分心走神,尽责不够,精力外移,致使自己负责修建的涵洞下降、涵墙断裂;为了她,部队直接经济损失两万多元;为了她,自己受了处分还受了战友们的指责;为了她,自己掉过不少泪……在方林的脑海里龚萍的音容笑貌时时在闪现;在方林的耳畔随时回响着龚萍那甜蜜而充满深情的声音:"不管你走到天涯海角,我们永远都是天生的一对!"

方林坐火车到达北山这个新兴工业城市时,已是下午三点来钟了。他找到了龚萍的家,心里有些激动,心想如果是龚萍来开门,见到他一定会又惊又喜地扑上来搂着他,甜甜地亲吻他。然而门一开,所听所见的一切使他从头凉到了脚后跟,开门的老大爷告诉他,龚家早在一年前就搬走了,具体搬到了什么地方他也不清楚。方林开始有点蒙,但一想也许是好事多磨吧,灵机一动,一口气跑到了龚萍工作的单位询问,一个女同志说她今天没来上班。他要了龚萍家的详细地址,满头大汗地又转了两次公共汽车,下来步行了300米左右,终于找到龚萍住的那栋楼,一问才知她家住在顶楼。他觉得自己身上有一股使不完的劲,一口气跑到五楼,在一个贴有双喜字样的门上敲了几下,门开了,开门的是一个十六七岁的姑娘,怀里抱着一个熟睡的小娃娃。方林问:"这是龚萍家吧?"小姑娘彬彬有礼地说:"这就是龚萍姐姐的家,请进吧。"方林进了屋,看着小姑娘怀中抱着熟睡的小孩,又疑惑地问:"这是龚萍家吧?"小姑娘眼睛一亮说:"是呀,我是她家请的保姆。"方林看了一下这布置别致的房子。客厅的墙壁挂着一个大相框,相框里是龚萍和一个英俊的小伙子的婚纱照。他目光呆呆地望着照片,人就像泄了气的皮球软软的,有些站立不稳了。保姆热情地招呼他坐,他好像才有了点反应。保姆说:"大哥,你帮我抱一下小孩,我去给你倒茶。你别摔着他了,龚萍姐姐可心疼她的宝贝儿子了。"方林伸手抱过孩子,诧异地问:"嗯?这是龚萍的儿子?"保姆点点头,就进厨房去倒茶。她倒来茶,方林将小孩递给了小保姆,转身心情沉重地走出了龚萍的家门。

在返回西宁的火车上,方林一声不吭。在车上他想大骂龚萍,但又觉得自己特别可笑。他只是在心里狠狠地骂道:女人真容易变心,狗屁的山盟海誓,统统滚蛋……

回到老家,方林在床上整整睡了两天大觉。而后,帮父母干了些农活,母亲又多方托人在县城帮他找对象,整天婆婆妈妈的……觉得心里烦透了的他就提前回了部队。

"大家吃糖,大家吃糖!"邹洪康探家归队,提着一个大塑料袋给战友们散发着一大把一大把的糖块。他给大家散发糖块时,布满青春痘的脸上溢出了笑意,那笑蕴含着一种甜蜜和幸福。大家知道邹排长不但长得粗犷,就那满脸青春痘都吓跑了不少姑娘。但这次老天有眼,他找到对象了。邹洪康散发完糖块,战友们就跟他开玩笑道:

"祝'非洲人'给我们找了一个嫂子!"

"这姑娘肯定是瞎子,连你脸上那么黑的鸡蛋大的疙瘩都看不清?"

"别瞎扯,我们邹排长虽然长得不好看,但是个真正的男人,你们看他虎背熊腰的!"

在笑声中,一位战士喊道:"叫邹排长把他那心爱的未婚妻的照片拿出来我们饱一下眼福!"

大家都赞同地说:"对,拿出来我们瞧瞧!"

邹洪康坐在床上,看着大家只是嘿嘿地傻笑:"她没送俺照片。""不可能吧!"大家就把他压在床铺上,从上衣口袋里掏出一个小笔记本翻开,里面真的夹了一个女孩子的半身照片。邹洪康看着战友们抓抢着照片,心里有些急了:"不要弄烂了!"一位战士端详了一会儿照片,说道:"谁说我们邹排长找个瞎子,你们看比西施还漂亮呢!"这位战士的滑稽样逗得大家又一次哄堂大笑。大家争先恐后地看了照片,又有一位战士故意狐疑地问:"邹排长,这么漂亮的姑娘不会跟你再拜拜吧?"邹洪康笑道:"不可能吧。"那战士笑道:"怎么不可能呢?现在的姑娘,说变就变,就跟唐古拉山的天气一样……"大家又一阵爽朗的笑声。

邹洪康的老家在河南驻马店农村,每年一到夏季洪水成灾,农民的日子过得相当清苦不说,有些年粮食吃了上季没有下季。现在邹洪康还能清清楚楚地记得,自己穿上新军装,父亲把他送到公社武装部时,从裤兜里掏出五张一角的票子塞到他手里说:"孩子,把这点钱带上,说不定能派上用场呢!"刚开始邹洪康不要,他想到家中姊妹多,他一走只有两位老人劳动,养家糊口,生活很艰难。但父亲硬要塞给他,他手里捏着带有父亲体温的五角钱,眼圈红了。父亲怕他掉泪,转身就走了。他看着父亲佝偻的背影,又看了看手中的五张一角一角的钱,鼻子直发酸,两行滚烫的热泪就从面颊上滚落下来……来到部队,每月有六元钱的津贴,第一次拿到津贴的当天晚上,他激动得彻夜难眠,这是他一生中见到的最多的钱,而且是自己挣的。这一晚他躺在被窝里,把攥在手里的钱使劲捏了又捏,摸了又摸……从此,他每月除了买点牙膏、牙刷、肥皂这些必不可少的日用品,还有写信用的八分钱一张的邮票外,把所剩下的几块钱统统寄回了家。他也不买书,入伍的档案里虽然在文化程度那栏写着"初中生"三个字,但他的实际学历只有初中一年级,因为家里没钱交学费,初中没读完他就辍学回家干起了农活,总算能为家里出点力了。

家中收到他节省下来的几块钱,就像过节一样欢天喜地,父亲一高兴就从他寄来的几块钱中拿出八毛钱到街上去买了一斤连骨猪肉回来,和着蔬菜煮上一锅,全家人吃得红光满面。

在新兵连三个月,因为天天吃大米干饭、白面馒头,他身体结实了,个子也猛地向上蹿高了一截。用他给家里写信的话说,部队天天都像在过大年,棒棒的身板有使不完的劲。在二团施工连队时,他所在的班负责摊铺沥青,苦活重活他全抢着干,班长叫他注意休息,他说身上的劲今天使了明天就会长出来,没事。后来他当了班长、代理排长,再后来他被破格提拔为排职干部。对于他来说,压根就没有想到自己能当上干部,当提干命令下来后,他嘿嘿傻笑了几声。当了干部后他还是成天与沥青打交道,头戴黄色防护帽,鼻梁上架着墨镜,脚蹬盖上黄色帆布的翻毛皮鞋，带着全排的人冒着 130 多度的高温，争分夺秒地挥锹摊铺。他们的身后，紧跟着大象般的压路机。

邹洪康当上干部第二年回老家休假时，亲朋好友一连给他介绍了好几个姑娘都没有成。谁能想到长期的高原生活，邹洪康的脸庞被强烈的紫外线照射成黝黑色，又长了一脸的疙瘩，战友们戏称他是青藏高原的"非洲人"，因此，姑娘们一见就吓跑了，所以找过的姑娘不下一个班，却没有一个"对号入座"。姑娘们说他脸上那么多疙瘩太难看。那年 4 月，他父亲托人给他介绍了一位护士，家中接连七封来信催他回去同女方见面，这可是个难得的机会。俗话说"过了这个村，就没有这个店"了，可他没有去，不是他不想回去，而是部队开工不久，一个萝卜一个坑，许多事需要他去做，他不忍心丢下工作去处理个人问题。之后他反复几次给家里和介绍人去信说明情况，家里倒是能理解，但这位护士却托介绍人给"非洲人"捎了一句话："那个邹洪康不懂得什么是爱情！"后来连以前的几个介绍人再也不踏进他家的门槛了。

工程尖刀连从唐古拉山下山后，邹洪康又回老家休了一段时间假，他本来第二天就要启程返队，今天却有一只金凤凰飞到了家中。看着眼前亭亭玉立的姑娘，他受宠若惊："你咋知道咱家在这儿？"姑娘顺手从挎包里取出《驻马店报》给邹洪康看："俺是从报纸上知道的。"

这位姑娘叫尹秀，二十二岁，是驻马店丝绸厂女工。几天前，她从报纸上读了一篇题为《唐古拉山好儿郎》的通讯，文章较详细地介绍了 1977 年冬天从河南入伍的驻马店籍排长邹洪康战斗在世界屋脊，奋战青藏公路改建工程，勇于吃苦耐劳的动人事迹。尹秀一口气读完后，眼睛湿润了，被文中邹洪康的事迹感动了。或许是出于一时感情冲动，或许是出于真诚，她一下子就爱上了筑路军人邹洪康，这份爱情来得那么快，让她自己都觉得难以置信。

见到邹洪康，尹秀就滔滔不绝地谈了自己的一些情况，还害怕邹洪康不相信她，就把工作证和几年来在工作中评为"先进生产者"的奖状也拿来了。她的意思是让邹洪康相信她对邹洪康是真诚的，她不像社会上有些姑娘那样看不起军人呀！再说尹秀对待爱情也是十分严肃的。

邹洪康回家探亲半个多月来，家里的父母托人连续给他介绍了四五个姑娘都告吹了：一是说他脸上有疙瘩；二是说他工作环境艰苦；三是说他工资低；四是说他家庭负担重……为了邹洪康的个人问题，父母操碎了心呀。

邹洪康在归队的路上，总在想是谁写的那篇文章呢？

战友们从房间里出去后，邹洪康坐在床铺上还在琢磨着是谁如此这般了解他呢？连两年前十几个姑娘没看上他，他在施工中如何拼命干活，还有他的家庭情况都了解得那么清楚。作者"本报通讯员秦川"到底是谁呢？这团迷雾一直压在他的心头，让他伤神费脑，百思不得其解。

第二十四章

波云诡谲的风火山，戴着耀眼的雪冠，那座被藏族同胞视为天神的雪峰，威严挺拔，似乎给人一种不可抗拒的威慑。

工程尖刀连到达风火山时，已是下午三四点钟了。在风雪交加中，官兵们看到十多名藏族同胞穿着藏袍，手持转经轮，长跪于雪地上，任凭风雪吹打着他们黝黑而发紫的面孔，嘴中念念有词。大家听不懂藏语，王大寨就问站在自己身旁的俄尕志，俄尕志解释道："这是他们虔诚地祈求风火神保佑他们吉祥平安，保佑他们的牲畜膘肥体壮……"王大寨笑道："你小子真行呀，要不是你解释，叽里咕噜的真听不懂。"接着，由王大寨、秦擎天、张德彦带领的三拨人分别开始搭帐篷、卸物资和机械设备、煮饭，一切都在顶风冒雪中进行，一切都在忙忙碌碌中进行。

王大寨从老家探家归来，放下行李，风风火火地找到秦擎天问他休假这段时间连队的情况。秦擎天笑着握着王大寨的手说："早就盼着你回来了，你终于回来了。"王大寨先从包里拿出烟来，递给秦擎天，两人点燃烟吸了起来。接着秦擎天又问他嫂子和女儿怎样，王大寨都说好。秦擎天见他满身尘土的样子，就从铁桶里将水倒入脸盆，又提过暖水瓶向脸盆里兑了些开水，扯过毛巾递到王大寨手中说："你先洗洗，我去炊事班叫他们做碗面条来。"

待秦擎天从炊事班回来，王大寨已将脸洗完，并用毛巾掸了掸军装上的尘土。两人坐下后，秦擎天就说："在修理连大修的车辆早已开回连队停车场，所有机械也进行了两次检修，上山前的大米、面粉等副食品已从后勤仓库领回来了，而且已装上了车……"秦擎天汇报完，王大寨紧绷的脸上露出了微笑，说："秦副连长，这段时间就你一个连部干部在这里，辛苦你了。今年完成风火山施工任务后，无论如何也要让你休假，尽管你的父母去世了，但你也应该回去看看哥哥和嫂子，我知道他们那时对你不好，但毕竟是手足同胞，血浓于水。再者，你也二十大几的人了，我记得不错的话，你今年也该二十五六岁了吧？"秦擎天说："二十六了。"王大寨有点语重心长地说："对，二十六了，你也该找对象成个家了。我在二十六岁那年女儿都出生了。现在女儿八岁了，我也三十四五了。唉，人啊！"待王大寨说到这里，秦擎天转移了话题，说："运输排钱远明的志愿兵也转了,老婆和孩子也回老家了。"

王大寨从感慨中回到现实说:"转了就好,我也牵挂着这事,不能让那些干活卖命的战士跟着我们吃亏,人心都是肉长的。秦副连长,还有一事,我要向你解释一下,就是我去年年底立功的事,我压根没想到团党委开会研究,让何医生没占我们连的立功名额,给她单项立功,这样就多出一个名额,他们党委就把我弄上去了。"秦擎天说:"我还以为是多么大事呢,党委的考虑是正确的。我在连队讨论立功时就表过态,早些年我的荣誉得了不少。"王大寨说:"我觉得在唐古拉山你比我干得好,所以为这事我感到挺愧疚的。"秦擎天开玩笑地说:"我有几斤几两自己最清楚,我觉得你很了不起!"两人笑了。秦擎天又记起一件事,说:"除你和机械排孙排长外,前天全连都进行了上山前的体检。"王大寨迫不及待地问:"情况如何?"秦擎天说:"总的情况还可以,由于慢性缺氧和高原反应引起的各种高原疾病,如高原性高血压、高原性低血压、红细胞增多、白细胞减少、血色素增高、血小板减少、肝功能异常、肺活量降低、胃病、痔疮、关节炎等普遍存在。"王大寨听完就喊了一声:"我的老天哪!"秦擎天说:"你也该去体检一下,有病早知道。"王大寨摇摇头说:"有啥好体检的,检查了反而增加心理负担。"秦擎天又说了孙绪明的情况。王大寨问道:"他老婆因重病突然病故?"秦擎天说:"是的。"王大寨睁大了眼睛惊讶道:"他才结婚一年多时间,去年4月他老婆又流产了,真是祸不单行呀!"秦擎天说:"是啊,月有阴晴圆缺,人有旦夕祸福,谁想得到呢?"王大寨说:"是啊是啊。"秦擎天说:"你休假走了没几天,团里给我们连两名退伍名额,够条件的李俊杰和钱自化都愿意留下继续干,后来,军务股长就把这两个名额给了修理连。前几天,军务股又来了个电话说今年新兵接得少,就不给我们连分新兵了。"王大寨说:"不分就算了,也分不了几个。"

其实听王大寨说起自己的年龄和个人问题,秦擎天也并不是无动于衷。之所以迟迟未解决个人问题,他有自己的想法。自从离开家乡,他就没打算再回去,所以他提干后,哥哥和嫂子曾想把嫂子的表妹介绍给他,他拒绝了。随着年龄和知识的增长,他越来越想找一个不只是生活上,更重要的是在事业上、知识上有共同追求,共同语言的伴侣,可是他长年在荒无人迹的高原修路,社交圈子又窄,这样的伴侣一时半会儿到哪里去寻觅呢?

吃完面条,王大寨一抹嘴,叫上秦擎天和张德彦到各班排的宿舍走了一趟,看了看战士们。战士们有的在床上睡觉,有的在聊天,有的在玩扑克,有的在看书学习。王大寨他们每走到一个班里,战士们都站起来高兴地和王大寨握握手,王大寨就嘘寒问暖几句。他们走进人工排一班宿舍时,俄尕志和赵小刚睡得正香,李俊杰手里拿着一本书在看,见连长他们来了,李俊杰就想推醒俄尕志和赵小刚,王大寨摆了摆手说:"让他们睡吧,能睡好觉是一种幸福,过几天又要吃苦了!"李俊杰上前来握着王大寨的手说:"连长,辛苦了!"王大寨说:"有啥苦的!你回去干的第一件事是什么啊?"李俊杰想了一会儿才反应过来说:"买了十斤芹菜煮了一大锅,吃了两顿,在山上吃黄豆和脱水菜吃烦了!"王大寨开玩笑:"李班长真是头猪,一顿吃五斤芹菜!"大家大笑起来。其实,李俊杰回家的第一件事是跑到父亲、母亲的两堆长满荒草的坟头前一把鼻涕一把眼泪地恸哭了一场。那撕心裂肺的哭声,使乡亲们也泪水涟涟。

团党委扩大会议是在王大寨回到连队的第三天召开的,十多个汽车连、工程尖刀连的副连职以上干部和机关股室的干部都参加了会议。在布置完今年十多个汽车连队如何增强职业道德,确保运输物资安全送到一团、二团的施工工地的工作后,团长何明凯又重点讲了工程尖刀连的事:"工程尖刀连不仅要拿下风火山地段8千多米的路面修筑和铺设沥青的任务,还有500米的公路草袋挡土墙和350米的浆砌护坡垒筑任务,在此基础上还要确保军队和地方过往车辆的畅通任务,风火山地段翻浆、塌陷十分厉害,所以陷车、阻车经常发生,要求工程尖刀连一定要高度重视,切记不要像一团、二团那样收到地方运输单位状告少数施工连队见死不救的信件。有的告状信还写到师部去了,影响很不好!我们是人民的子弟兵,就应该多为人民办好事。所以工程尖刀连不要出现一团、二团施工连队的事。你们是年前才被师部评为'双先'标兵单位,只能争光不能抹黑。"讲到这里,何明凯的目光盯着台下的王大寨、秦擎天和张德彦问道:"你们有没有决心?"王大寨等三人同时回答道:"有!"接着何明凯又说:"别看你们去年的任务是10千米黑色路面,今年风火山的任务就其施工的艰苦程度不亚于去年啊!"

开赴风火山的三十多个小时的路途中,可以说比较安全。尽管路上陷车、阻车、拖车、推车的事发生了不少,但人们的高原反应似乎比去年上唐古拉山时要小不少。这多亏了何玲。工程尖刀连从格尔木出发前,何玲就给每位官兵发放了预防高原反应的新药"党参片",每人五片,叫大家立即服用,而且盯着大家服下后才离去。一路上,只要车队一停下,她就背着药箱在车队前后跑来跑去,问这个有没有高原反应,问那个头疼不疼。一旦谁有反应就赶紧喝一管葡萄糖液……第二天早上,她又要求大家再次服用了五片"党参片"。后来,快要到达风火山时,大家下车稍作休息,俄尕志就对何玲说:"你就是我们藏族人民心中的活佛!"何玲反倒觉得不好意思了:"受不起,把我吹到天上去了!"

大家赶在天黑前搭起了九顶帐篷,除留一顶给何玲住,一顶堆放大米、面粉等物品,一项做饭外,其余六顶帐篷住进二百号人。

  王大寨几乎是整夜都在迷迷糊糊中度过的,一晚上帐篷被风吹得如水似的哗哗地响个不停,他担心帐篷被风吹翻。几十个人挤在一顶帐篷内,有高原反应的,有说梦话的,有的鼾声像乐队的架子鼓。然而更使他感到压力的是风火山地段的施工工程。昨天下午连队一到风火山驻地,一位四十多岁的中年汉子穿着厚厚的皮大衣跑来了,握了握王大寨、秦擎天和张德彦冰凉的双手,喜形于色地说:"欢迎你们,我们终于有邻居了。"接着他指着有两三百米远的简陋的铁皮小屋说:"我们就住在那里。"秦擎天向他手指的方向远眺:"风雪太大,视线模糊,看不太清楚。"张德彦:"是那儿,你们看屋顶全是白雪。"王大寨的目光寻找了好久,才说:"看见了!你们是干什么的?"中年汉子说:"我们是科研人员,全组只有五人,我叫鄢伦亮,是这个科研小组的组长。"张德彦说:"连长,听鄢专家的口音是你老乡!"王大寨一步跨到鄢伦亮的跟前,又握了握手:"哎呀,在这风雪交加的风火山认识一个老乡不容易啊!鄢老乡,我们要在风火山施工一年,对这里的气候、地质等等情况不太了解,你要多帮帮我们,我们这里有位技术员叫方林,我叫他今后多与你们联系,少不了给你们添麻烦。"鄢伦亮笑道:"能帮解放军干点事,我们很高兴。"接着他告诉他们,在青藏高原铺设沥青路面,工程之艰巨,技术难度之大,是中国公路建设史上的第一,在世界上也是罕见的。

  对于这些,王大寨在青藏线上负责施工多年,已刻骨铭心地领教过了,尤其是去年在唐古拉山施工那段时间,可以说是永世难忘啊!

  鄢伦亮又说:"从格尔木到唐古拉山,遍布着我国温度最低、厚度最大的高山型多年冻土层,约占全国冻土层面积的70%。多年冻土层是在一定地质作用和气候条件下形成的,是连续三年以上温度在0℃以下含冰的土层。有的形似冰河,有的状如夹心面包,有的则是冰土混合的'湖泊'。夏日消融,公路沉陷翻浆,寒冬冷缩,路面鼓胀裂口,这一直是青藏公路的祸患。沥青路面吸热,温度比沙土路面高20℃,更易引起路面沉陷。冻土保温是改建青藏公路的关键。在多年冻土地区大规模修筑吸热性强的沥青路面,迄今尚无完全成功的先例。对此,国内外已研究了七八十年,技术先进的苏联、美国、加拿大,也基本上处于实验研究阶段。早在1972年,交通部第一公路勘察设计院等近十个科研机构,开始对青藏高原多年冻土层保温进行探索,常年坚持在风雪线上挖深坑,取岩芯,观察地温变化,测量地面冻胀,铺设沥青试验路,终于找到了解决这一难题的办法:给冻土盖上'被子',提高路基,保持冻土不融化。此项成果,填补了在高原多年冻土地区修筑沥青路面的空白。"

待鄢伦亮缓口气时,王大寨说:"那我们师现在采用的沥青筑路,就是你们提供的科研成果?"鄢伦亮不无自豪地说:"应该说,是我们近十个科研机构共同研究的结果!现在我们根据上级的指示,已开始对国家未来修建青藏铁路提供科学数据而忙碌地工作着。"王大寨说:"鄢老乡,你不愧是专家,一口气给我们讲了这么多东西,受益匪浅啊!"张德彦也附和道:"就是,专家就是不一样!"秦擎天说:"以前,我们也知道一些,但不如鄢专家讲得这么有理有据,科学性这么强!"鄢伦亮摇摇头,谦虚道:"不行,不行,纸上谈兵!你们才是真枪实弹。"王大寨说:"鄢老乡,请你给我们讲讲风火山这一带的情况。"鄢伦亮用手指了指风火山,道:"风火山是青藏高原的风库,全年有104天刮八级以上大风,五级风几乎一年刮到头。在这里,人们一年四季穿皮大衣,到了冬天,漫天冰雪,昼夜大风,严寒可以把堂堂男子汉冻哭。这里的藏民还传说,风火山有神灵,叫'风火神'!"王大寨说:"刚才一群藏民还跪在山下祈求风火神保佑他们呢。"鄢伦亮说:"这是藏族同胞的一种信仰,反正我们在这里住了十年了,没有见着什么风火神。有一次,我们科研组乘车外出,突然间狂风骤起,昏天黑地,汽车紧急刹车。等风过去,人们发现,车厢被风沙打掉一层漆,对面停着一辆军车,我们与他们只相距一米多,差点撞车。回到住处洗把脸,洗脸水成了红泥浆……在风火山简陋的铁皮小屋里,我们科研人员坚持了十年,探索了十年。十年寒暑,我们出了一些科研成果。十年哪,人一辈子有几个十年?"王大寨说:"是啊,你们不易啊,我们在这里只待一年,把路铺好就走。过两天,我们请你给连队讲讲你们如何艰苦奋斗的,好鼓舞官兵的士气!"鄢伦亮赶紧推辞道:"不敢,不敢,说到艰苦奋斗,你们部队是我们的榜样。我在这里给你们背首诗就行了。"他思索了片刻就背了起来:"风火山上高峰,汽车轮儿漫滚。今日镢锹在手,开辟世界屋脊。"

鄢伦亮诗背完了,秦擎天说:"这是1954年慕生忠将军在风火山上写的一首诗。"

"对,对,是慕将军在山上写的,主要描写当年修路的那种艰难情景。"鄢伦亮解释道。

王大寨一想到这些,顿无一点睡意,他爬起来,披着大衣,擦着火柴,看了看手表,还不到凌晨四点。他长叹了一声,摸出烟来一支接一支地抽了三支,又用烟头上的一点红光照着表,凑近眼前使劲地瞅了瞅,四点半。他心里有些烦躁,睡不着觉对他来说是件十分痛苦的事,尽管昨晚吞服了五粒安眠药,却没有一点效果。在家时,不吃安眠药居然也睡得像死猪一般,每天清晨妻子玉洁是怎样出门去上班的,女儿是怎么系着红领巾背着书包出门的,他全然不知,等他一觉醒来,已是十点多钟了。想到这些,他心里既幸福又惆怅。他立即把思绪收了回来,强迫自己要睡一两个小时才行,不然身上软绵绵的怎么带领大家干活呢?躺下一会儿,他觉得有点睡意了。突然一位战士从地铺上爬起来,慌忙穿上大头鞋,就跑到帐篷门口搬开用来顶帐篷门的桌子,掀开了帐篷门,一阵风雪就灌了进来。那位战士站在门口撒了小便,回来后用桌子顶好门,只听嘴里咕哝道:"真冷啊!"就又爬进被窝躺下了。听声音,王大寨就猜出来了是赵小刚。他再也睡不着了,便想起赵小刚的事来:这小子自从归队后,将功补过,前后跟换了个人似的。可惜的是去年年底立功名额有限,那就等今年年底吧。只要他在风火山干得好,我王大寨说什么也要让他立个功今后退伍回去好安排工作。由于离队那事,好端端的未婚妻也吹了。我在回家前与秦副连长交代过,以连队党支部的名义给他家和未婚妻分别去封信,说说他归队后在施工中怎样玩命干活的事。也不知秦副连长把这事办了没有,收到回音没有。

在赵小刚归队后,王大寨找他谈过话,问他为什么不好好给团首长当公务员,非要来工程尖刀连受苦。他说是他自己要求下工程尖刀连的,因为所谓的"黄宝宝开枪打团长未遂案"发生后,秦管理员、黄宝宝、李俊杰班长被他鬼使神差地一声"不好了,黄胖子要开枪打团长"的喊声害了,他们不明不白地到了工程尖刀连。他们三个都是好人,都是无辜的。事后,他万分地后悔,良心不安。秦管理员在机关是被官兵公认的好同志,从江油调到格尔木任管理员后办的第一件事,就深得民心,好评如潮。一到8月、9月、10月,格尔木风沙特别大,机关干部和战士从各自的办公室去食堂吃饭要走一段路,风沙一来,大家只好把碗扣在胸前,免得沙子吹进了碗里。秦管理员看在眼里,记在心上,第二天就到后勤仓库领来木料,用炊事班推煤的手推车推到修理连木工班加工成木板,而后又从修理连请来木工与自己一道在食堂的一面墙上做起了一排碗柜,一人一把锁,各放各的碗。本来是一件小事,却在机关引起强烈反响。何团长和刘政委在机关军人大会上表扬了秦管理员。他自己新训结束就被选去当公务员,当时团长回江油留守处家属院休假,到新兵连来检查工作时发现他人长得精干,个头又还可以,细皮嫩肉的,所以新训一结束,他就随新兵上格尔木当了公务员。当公务员就是给几个团首长打打开水、扫扫地、洗洗衣、叠叠被,客人来了倒倒茶。自黄宝宝从江油留守处调到机关做饭后,他要去帮厨,黄宝宝硬是不让他干,他只好干完公务员那份活后就休息着。有时黄宝宝给他留上一碗好吃的菜,当他吃到黄宝宝留给他的菜时,特别感动,他俩关系特好。而李俊杰是他新训时的班长,对他也特别好,还给他家写过信,说他在新兵连干得不错。他父母收到信后激动得哭了,来信说他进步大,让他好好干。他从心底里感谢李班长……他们下到工程尖刀连后,他很内疚,很痛苦,觉得对不起他们。他思考了几天,最后一咬牙找团长谈了他要去工程尖刀连的想法。开始团长还是好言相劝,不让他下去。当他第三次找团长时,团长就怒气冲天地吼道:"滚,你给我滚!"他觉得受了侮辱,泪流满面地提着被卷到了工程尖刀连。然而,真来到唐古拉山,他才知道这里的艰苦远远超出他的想象,他实在太想家就离队了……

突然,躺在被窝里的王大寨听到帐篷外一阵狂风呼啸而过,随即是轰的一声巨响,接着,他又听到好像是帐篷支架铁管的折断声……他本能地坐起来,穿衣、穿裤、穿鞋,这一切都在一分钟内完成了。撒完尿,睡得不踏实的赵小刚也迷迷糊糊地翻身爬起来……王大寨跑出帐篷,在雪光的反射下,只见装有物资的帐篷已被连根拔起,一块帐篷布已飞上天空。这时,赵小刚边跑边勒裤腰带,扑到连根拔起的帐篷上。王大寨看着狂风越来越大,慌乱中从大衣右口袋摸哨子,没有摸着,包里只有烟和火柴,立即用左手捏捏左口袋,终于摸到了哨子,嘤嘤地吹响了。

不到三分钟,有一半的人从各自的帐篷里蹿出来,问:"黑不拉叽的,咋了?"王大寨扯开嗓门喊道:"各班排注意,各班排注意,留一部分人扯住住的帐篷,其余人员立刻到装物资的帐篷周围压住帐篷……"人们向装物资的帐篷奔跑过去。飞上天的那块帐篷布渐渐地向雪地上飘落而下,几个人又奔跑过去按在了地上。天渐渐地亮了,风也渐渐地小了。王大寨布置道:"每人回去拿铁镐,重新立帐篷!"人们纷纷离去。王大寨和秦擎天看着被狂风吹垮的帐篷,没有说话。

"我的脚……我的脚……"

何玲听到声音立即跑过去,才发现赵小刚整个身子还压在帐篷布上。何玲问:"你的脚怎么了?"赵小刚双手攥成拳头,使劲擂自己的脚。何玲这才发现,他的双脚竟没穿袜穿鞋。王大寨和秦擎天也跑过来了。王大寨见状,怔住了,半天才说出话来:"你……怎么不穿鞋袜呢?"赵小刚有些痛苦地说:"见你跑出帐篷,我迷迷糊糊地只穿上衣裤就急急忙忙地跑了出来……"何玲说:"快把他送到我的帐篷。"秦擎天赶紧弯下腰,将赵小刚抱起,朝着何玲住的帐篷跑去。进了帐篷,何玲让大口喘气的秦擎天把他平放在她床上。王大寨说:"我去找瓶热水来!"何玲说:"不用。"王大寨焦急地问:"那咋办呢?"何玲说:"秦副连长,请你端盆雪来。"秦擎天转身在帐篷内看见何玲的洗脸盆,就想弯腰去取,但就在那一刻,他又觉得拿何玲的盆不妥,便直起腰转身要到自己的帐篷里去取盆。何玲说:"还愣着干什么?就拿我的洗脸盆去!"秦擎天弯腰拿起盆走出帐篷,王大寨也跟了出来,他俩很快就在帐篷外捧了满满一盆白雪回来。何玲把赵小刚从床上扶起坐到床沿上,让他两条小腿垂着。秦擎天赶紧过去扶着赵小刚。何玲将赵小刚的双脚按在雪盆中,迅速地用雪搓起来。她一边搓他的脚,一边抬起头,问:"疼不?"赵小刚说:"不疼。"何玲更加快速地用雪搓着他的脚:"不疼就麻烦了!"王大寨大睁着眼看着何玲双手忙碌地为赵小刚搓着脚。一盆雪搓化了。何玲问:"现在开始疼不?"赵小刚答道:"不……"何玲又问:"还不?有没有……像被火烤一样的感觉?"赵小刚又答道:"有……点点……"何玲说:"这就对了。"接着何玲扯下搭在铁丝上的毛巾,轻轻地给赵小刚擦干了双脚,将毛巾放在盆里,开始解自己的纽扣。还是秦擎天反应快,对王大寨说:"连长,你快帮我扶着!"王大寨上前扶着赵小刚。秦擎天迅速解开胸前纽扣,一把将正在解纽扣的何玲拉开,蹲了下去,将赵小刚的双脚暖在自己胸上。赵小刚说:"不,不!"秦擎天用绒衣将赵小刚的双腿裹住,紧抱在怀里。渐渐地,赵小刚感到自己的双脚恢复了知觉,温暖了……

第二十五章

  1983年清明时节,高原仍是春寒料峭,格尔木河床里的冰层没有一点消融之意,坚硬的冰层仍然将格尔木河面铺成一张密不漏风的结结实实的大床。
  秦擎天他们在格尔木烈士陵园旁的公路上见到了团部卫生队的卫生员吕莉。
  秦擎天带领十台"解放牌"汽车从风火山返回格尔木石灰厂拉石灰。石灰由工厂帮助装上车,装车时,秦擎天就去家属院的厕所解手。石灰厂住的是几排平房,比格尔木驻军的营房要好得多,部队干打垒营房的墙面上没有粉刷石灰,而石灰厂的家属院因为天时地利的原因,粉刷了一层石灰,但石灰厂只有一个公共厕所。一到家属院,他便看到几户人家在做纸钱,这倒是提醒了他,使他想起几个月前牺牲的战友余辉。
  第二天,吃过早饭,秦擎天驾车拉着战友们在格尔木转了一圈,好不容易找到一个售花圈的地方,秦擎天掏出钱买了花圈。秦擎天他们是最早来到格尔木烈士陵园扫墓的。他们默默地将花圈放在余辉坟头,深深地鞠了三个躬表示对余辉的悼念。他们从陵园走到公路边停放的汽车前,秦擎发现了在公路对面踽踽独行的吕莉,立即上前与她打招呼:"吕莉,你也去看望余辉?"吕莉的脸上挂着淡淡的忧伤,嗯了一声。秦擎天说:"你慢慢去,我们先走了!"
  吕莉这天早晨起得特别早,部队的起床号是七点吹响,而她五点多一觉醒来就再也睡不着了。吃了早饭,卫生队有个病员要转到二十二医院,她顺便坐上了救护车一同前去。在二十二医院下车后,她不禁觉得周身发冷发抖,于是加快了脚步。在寒风中,穿着大头鞋的她来到了郊外的格尔木烈士陵园旁的公路上,她放慢了脚步。没想到在公路边上碰到秦擎天他们,她知道他们也是来看余辉的。刚进陵园,她有些害怕,眼前全是一些横七竖八的坟头,干枯的野草经风吹拂扑打着地面,发出嗒嗒的声音,凌乱的花圈纸屑一会儿飘向天空,一会儿坠落地面,在坟堆上乱舞,已经发旧的花圈架子上还有一些残余的纸屑在风中整齐地发出哀鸣声。
  络绎不绝的扫墓者越来越多,有步行的,但大多数是开车来的,他们都带着纪念亡者的祭品。吕莉这时才大着胆子走到余辉的坟墓前,从挎包里取出一张报纸,蹲下铺在墓前的地上,然后把挎包放在报纸上,将冻僵的双手放在嘴上呵了呵气,搓了搓,才慢慢地从挎包里取出一袋花生、三条她亲手织的毛线护领,还有一盒"凤凰"牌香烟摆放在报纸上,眼含泪水地说:"余辉,今天是清明节,我来看你了。半年多了,这是我第一次来看你,平时工作忙,抽不出时间。花生,是你生前最喜欢吃的食品;烟,我也不知你喜欢哪种牌子的,不过'凤凰'烟目前是格尔木卖得最好的烟,你就试着抽抽吧;毛线护领,是我亲手为你织的,原本是想在你们连从山上下来后,当面送给你,青藏高原十分寒冷,风沙也很大,把护领缝在衣服领口上可防寒防风沙,还可保暖。可还没等你用上它,你就走了,今天我给你带来了。"

说到这里,吕莉已泪流满面了。她用衣袖擦了擦泪水,说:"余辉,你给我的信,我读了不下百遍,感谢你没有忘记我们中学时代相处的日子。你在信中说'当兵就要到最艰苦的地方去,越艰苦越磨炼人',这句话使我受到很大的启发。原本我打算当兵三年服役期一满就退伍回我的家乡,平平淡淡地过一生。然而读了你的信,使我改变了原来的想法,那就是干到部队要我退伍时我才到地方工作。自打来到部队后,我就一天没有放弃过学习,高中数理化、语文、政治等课程,我又苦苦地啃过一遍,但一直没有考学的机会。"

说到这里,吕莉已是泣不成声了,泪水滴在了摆放祭品的报纸上。她索性双腿跪下,双手颤抖地剥开一颗花生,将花生米放在报纸上,说:"余辉,你吃吧!"她拿起香烟打开,抽出一支放在报纸上,说:"余辉,你抽吧!"接着她又深情地说:"我刚来部队时,全师百名女兵集中在师里统一新训。有天晚上,我突然有想给你写信的念头,但只写下你的名字,我就不知道该写啥了,可现在天天晚上都梦见和你在矿山机械厂子弟学校读书的情景。新训结束后我被分到师里总机班当话务员,本来我该当班长了,只因与战友闹矛盾,无奈我就给三团军务股栾股长写了一封长信,要求去那里当话务员。在师通讯参谋的帮助下,我调到了三团总机当话务员,后来因卫生队缺卫生员,团里就派我到二十二医院学习心电图……一年前,你到卫生队体检身体做心电图,这是自从高中毕业后我第一次见到你。第二次在卫生队见到你,你已成了一具血肉模糊的尸体……余辉,你安息吧,待到明年清明时,我还会来看你……"

就在这时,余辉的父亲余峰和一个胖乎乎的干部向余辉的坟墓走来。

异常悲伤的吕莉抬起泪痕满面的脸,立即站起来。余峰上前拍了拍吕莉的肩:"孩子,你还好吗?"吕莉忙从衣兜里掏出手绢,擦了擦脸上的泪水,只是点了点头。余峰指着那位胖乎乎的干部介绍道:"这是后勤部办公室的胡主任,他陪我来看看余辉。"又对胡主任介绍说："这是三团卫生员吕莉，余辉的高中同学。胡主任你可能认识她父亲，原来一团的吕副参谋长，去年年底转业了。这花圈是你送来的？"吕莉说："不，是秦副连长他们。"余峰说："孩子，人死不能复生，你也不要太伤心了。我知道你和余辉是要好的同学。那些年，我回老家休假，见你们经常在一起，我多高兴呀！"说着，泪水已盈满了眼眶。他走过去深情地抚摸着坟前的墓碑，说："辉儿，爸爸对不起你，你妈妈至今还不知道你牺牲的事儿。她多次来信问起你的情况，我都说你在山上施工，好着呢。孩子，爸爸还是在你追悼大会上讲的那句话：我为有你这样的儿子感到自豪！"吕莉听完余峰对九泉之下的余辉说的话，又落泪了。

　　吕莉是坐余峰的专车返回三团卫生队的。在车上，余峰问："莉莉，你今年想考学不？"吕莉说："想考，就是没机会。"余峰说："有机会。前不久，我们后勤部针对部队缺医少药的状况，给基建工程兵交通部办公室打了报告，要求请解放军的军医大学帮我们代培十名医生。批复几天前下来了，批了五个名额，是在重庆第三军医大学读书。"吕莉说："还不知道能不能考上。"余峰说："我相信你能考上。上次我去你们卫生队检查工作，你们队长说你表现不错，也很爱学习。"吕莉问："不知有些啥条件？"余峰说："军龄两年以上，年龄在二十二岁以下，必须是党员，至少立过一次三等功。这是我们后勤部党委统一定的标准。有了这些硬条件才能报考。"吕莉说："这些条件我都符合……"余峰说："抓住机会吧，这可是千载难逢的机会啊！过几天要向各团下发通知。"

　　这年夏天，吕莉以全师第一名的优异成绩考上了重庆第三军医大学。

第二十六章

　　孙绪明从老家赶回风火山工程尖刀连驻地时,连队已施工十多天了。连队这一段时间只有一项艰巨任务:500米长的草袋挡土墙的垒筑任务。

　　由于在以往施工中路基两侧原始植被遭到破坏,暴雨之后,有一段山坡出现了大滑坡,大量的泥石涌向下面的路基。工程尖刀连的首要任务是清除路基上的大量泥石。先是用草袋装满土,然后将草袋垒在山坡上。应该说,连队施工进展很快,500米长的垒筑任务已垒筑了1米多高。

　　孙绪明回到驻地帐篷放下行李就赶到工地,王大寨见他回来了,就上去问他:"家里的事处理得如何?"孙绪明脸上没有表情,淡淡地说:"还凑合。"王大寨把孙绪明从头到脚打量了一番,见他已瘦了一圈,心里生出些怜惜来:"孙排长,你刚上来,回帐篷休息,明天再干。"孙绪明说:"我处理家里的事本来就耽误了十多天,看你们已干了这么多活,我心里愧疚得慌。"一说完,蹲下背起装有土的草袋就走,走了几步,嘴里开始喘着粗气,腿肚子也发软,差点瘫坐下去,俄尕志眼疾手快地上来扶着孙绪明,他才一步一步地挪动着身子背完这一草袋土。

　　晚饭前,王大寨站在队列前,问道:"谁在帐篷前吐了一口痰?"刚才何玲忽然发现在帐篷前有一口浓痰,痰中带有殷红的血。她弯下腰,又仔细地看了看,她断定吐痰的人,是一位患高山肺水肿的病人,必须立即救治。于是她马上给王大寨做了汇报,叫他查一查。队列里没有人回答。王大寨提高了嗓门:"谁吐的?"还是没有人应声。大家你看我一眼,我看你一眼,以为谁把痰吐在帐篷前破坏了环境卫生,才惹连长发火了。然而只有赵小刚心中清楚,只要自己一承认,就会被强迫去休息,大家在施工中谁没有个头疼脑热,他们能忍受,自己为什么不能坚持呢?想起去年自已在唐古拉山犯的错误,给工程尖刀连丢了脸,给父母和未婚妻丢了脸,就让他悔恨不已。这次来风火山,他曾暗下决心,一定要比之前干得更好,改变自己的形象,干出个样来给大家看看。

　　深夜,王大寨睡不着,打着手电去查铺,走进人工排一班十多人住的帐篷,一阵呼噜呼噜的咳痰声使他吃惊,循声走近,赵小刚在靠帐篷角的床铺上睡着,已处于半昏迷状态。手电光下,他脸色发青,嘴唇发紫,喉管被痰堵住了。王大寨推了推睡在赵小刚旁边两个床铺的李俊杰、俄尕志,说:"你俩快起来一下,赵小刚病了。"李俊杰和俄尕志迅速穿好衣服。王大寨又叫他们俩穿上大衣,不要感冒了。王大寨打着手电照着路,他们俩扶着赵小刚来到何玲的帐篷门口。何玲帐篷的窗口露出了几缕烛光,王大寨敲了敲帐篷铁门说:"何医生,快开开门,吐浓痰的找到了。"何玲正和衣坐在床上看书,听到喊声,立即跳下床,跑去开了门。王大寨他们进了帐篷,何玲叫李俊杰和俄尕志快把他放在检查床上。王大寨把手电光照到检查床上,静静躺在床上的赵小刚已经昏迷过去,双眼紧闭。何玲一看赵小刚那青紫的脸色,对王大寨说:"典型的高山肺水肿。"说完,何玲想到这里没有吸痰器,她就弯腰下去,口对口地吸赵小刚的痰。"我来,何医生!"俄尕志就站了过去,像何玲一样弯腰下去,口对口地吸痰。李俊杰看何玲又要弯腰下去吸痰,就一把抓过何玲,说:"让我和俄尕志来……"赵小刚喉咙里的痰吸完了。何玲取出药品,充兑于输液瓶里,随即为赵小刚打上了点滴。王大寨忐忑不安地问:"没事吧?"何玲说:"抢救及时,应该没事,否则后果不堪设想。"王大寨的心放了下来:"只要没事就好。感谢你晚饭前对我的提醒。"何玲说:"幸亏你是一个对工作负责的人,否则……你们回去休息吧,有我守着就行了。"俄尕志说:"我留在这里吧。"何玲说:"不用了,本来这些天你们背草袋就够累了,回去好好休息吧!"三人感激地看了看何玲,没有再坚持。

  出了帐篷,走了十多步,一柱手电光就射了过来,在王大寨身上晃了晃。"谁?"王大寨叫道。接着他的手电光也射了过去,只见一个满身稀泥、头发蓬乱、失魂落魄的人扑通跪了下去,双手合十连连磕头,哀哭着:"首长,我终于找到你们了!"他一激动,说不出话来了,豆大的泪珠就从面颊上滚落下来。王大寨叫站在身后的李俊杰、俄尕志把他扶到连部帐篷去。进了连部帐篷,王大寨叫这失魂落魄的人坐在凳子上,并叫李俊杰给他倒了一碗开水,那人见开水放在桌上,已冻得有些僵硬的双手就迅速伸了过去,紧紧地抱着碗,想以此暖暖他的手。在烛光下,王大寨见他四十开外,嘴唇已干裂出道道小血口子。那人脸上流淌着泪水,暖了一会儿手后,端起碗咕咚咕咚地就将开水一口喝完,他放下碗,用哀求的语气对王大寨说道,他是青海长途汽车站的司机,名叫散木旦,是藏族人。几天前从西宁拉运了四十多名乘客到拉萨,谁承想客车在离风火山改建地段五六千米的地方,遇到铺天盖地的大雪,今天早上他和另外一名司机在便道上迷路误入沼泽地,轮胎全部陷进泥潭,客车来回挣扎了几下,便不能动了。顿时,司乘人员在海拔5千多米的雪原上没了依靠。他们在路边拦住一辆五十铃汽车,没能把客车拖出来,后桥却给拖断了。另一名司机返回300千米外的格尔木市购买配件,而乘客只有在车上焦急地等待。前不着村,后不着店,大家一天没吃饭了。

说完,散木旦又哀求道:"求求你首长,救救我们吧,我们永世不忘!"王大寨说:"那为什么不早些来通知我们?"散木旦说:"我是刚承包上这辆车,头一次开这趟车进西藏,不知道你们这些救命恩人住在这里。到晚上快七点半我又拦了一辆车,也没能把客车拖起来,司机才告诉我,叫我来求求你们。路不好走,我不知摔了多少跤,才找到你们的帐篷。实在对不起首长,给你们添麻烦了。"王大寨从凳子上站了起来,从衣包里拿出烟来,凑近蜡烛的火苗点燃,猛吸了一口,吐出烟雾,沉思了片刻,看了看手表快十二点了。散木旦看着王大寨,又想跪下哀求了。王大寨摆了摆手,制止了,对李俊杰说:"李班长,你立即去通知机械排的钱自化,叫他快起床发动推土机,并带几根钢丝绳。注意,别吵醒其他人。施工本来就累,傍晚又拖了两次车。然后你到炊事班叫黄宝宝他们起床,赶紧压一大锅稀饭,热一大锅馒头,煮一大锅盐水黄豆,他们已经一天没吃饭了。"李俊杰回答"是"便转身要走,被王大寨叫住,把手电递给了他。王大寨又对俄尕志说:"你去叫秦副连长来。"俄尕志拿起散木旦的手电就去了。

不一会儿,秦擎天系着纽扣进来了,问王大寨:"连长,怎么回事?"王大寨面带难色但又无可奈何地说:"我实在没有办法,又把你叫了起来,你傍晚拉石灰回来,饭都没顾得吃,就带一帮战士去拖了两茬被陷的车队,好不容易吃点饭,刚躺下又把你叫起来,我真是心里觉得过意不去,但又毫无办法。"秦擎天说:"没关系,有事就安排!"他确实很困乏,当王大寨对他说话时,他连打了两个哈欠,他想提提神,便立即从包里掏出烟来递给王大寨,自己就弯腰凑近蜡烛火苗点燃一根烟,这时才发现桌旁坐着一个老百姓,他又从包里拿出一根烟来递给那人。散木旦双手伸过去接了烟,说:"我来求你们,你们还给我发烟,真不好意思啊!"王大寨介绍道:"散木旦,这是我们秦副连长。"王大寨接着将散木旦的事说了一遍。这时,帐篷外传来推土机发动的声音。王大寨说:"本来,我想立即叫全连都起来,腾出四十多个床铺来让受困的乘客住,又一想,还不如等把他们接回来再说,让大家多睡一会儿。""对。"秦擎天说完,转身出去发动汽车了。王大寨走出帐篷,散木旦和俄尕志跟在后面,三人向发动着的推土机走去。王大寨用手电光一照,看见推土机旁有两个人,因背对着,看不清楚,走近一看除钱自化外,另一个是孙绪明,他就用有点命令似的口气说:"谁叫你来的,回去休息,看你都瘦了一圈,刚回来,不要命啦!人够用了,回去休息!"孙绪明说:"多一个人多一份力,反正我也睡不着。"王大寨也没再坚持了。自从吴雁死后,孙绪明就开始失眠,每天晚上躺在床铺上辗转反侧睡不着。当李俊杰去喊钱自化起床时,尽管声音很小,但还是被孙绪明听见了,所以两人都同时摸黑穿衣起床。李俊杰通知完炊事班起床做饭的事也过来了,秦擎天的汽车经过一阵火的烧烤发动起来了。

汽车缓缓起动上路了,推土机紧跟其后,汽车的疾驶声和推土机的隆隆声打破了雪原的寂静。

到达陷车现场,王大寨他们惊愕地发现,情况比散木旦说的还要严重得多,客车轮胎已被泥潭淹没,车身也倾斜着,泥潭上已结了一层冰。车上的乘客见几束手电光射过来,疲惫而焦急的脸上露出了笑容,呼喊着:"解放军来啦!""我们有救了!""我们终于盼到了!"喊过这几声后,车上的乘客有的骚动起来,有的激动得眼泪扑簌簌地流了下来。

按照王大寨的安排,李俊杰、俄尕志扯着两根粗大的钢丝绳下到泥潭,一下去,他俩腰以下部位便陷进泥浆中,深一脚浅一脚地靠近客车,又用手在泥浆中摸索了半天,才找到客车的保险钩,将钢丝绳挂上,抬头对王大寨喊:"连长,已挂好了。"散木旦上了客车驾驶室,松开刹车准备着推土机的牵引。王大寨对在这一端已将钢丝绳挂在推土机上的孙绪明和钱自化喊道:"上车,开动!"钱自化爬上推土机驾驶室,轰大油门前进……钢丝绳由弯变直了,但是推土机硕大的履带开始打滑,推土机突突地发出像人喘着粗气的声音,冒着黑黑的浓烟,然而泥潭中的客车只是晃动了几下,又不动了。秦擎天对王大寨说:"连长,客车和乘客太重了,这样可能不行。你看这样行不行,用钢丝绳套着我的车,我的车倒退接近客车,让乘客分批上我的汽车,然后用推土机牵引我的车。我也不知行不行,咱们试试。"王大寨说:"只好试试。"

在手电光下,还站在刺骨的泥潭中的李俊杰、俄尕志的手又伸进泥潭中取下了钢丝绳。准备上来时,两人迈不动步了,双脚冻得僵硬,好一会儿他俩才互相搀扶着挪动着脚步缓缓地爬了上来。他俩一上来,已精疲力竭,唇齿颤抖,说不出话来,只是喘着粗气,有些支撑不住了。王大寨和秦擎天这才发现他俩的腿上已是血糊糊的,有的地方还在往外淌血,有的地方血已凝固,这是泥潭中的冰碴扎的。王大寨和秦擎天赶紧背起李俊杰和俄尕志上了有些热气的驾驶室。

秦擎天和孙绪明拖过钢丝绳套住了秦擎天开的那辆车。秦擎天打开车门,一进驾驶室就问:"你俩好一点没有?"俄尕志有气无力地说:"好些了。"王大寨指挥着推土机和汽车。汽车缓缓地倒退,靠近了客车。秦擎天对客车驾驶员散木旦说:"叫他们分两批上,否则推土机拉不动。"乘客们很听话,一个个有秩序地从客车上到汽车的大厢上。王大寨见有一半的人上了秦擎天的车,便指挥推土机前进。秦擎天的办法果然可行,第一辆车二十多人救了出来。接着第二辆车上的人也救了出来……

两辆车和推土机刚停稳在帐篷外,王大寨第一个跳下车。

紧接着一阵哨声在工程尖刀连响起。

几分钟后,官兵们就拥向连部的帐篷外,不少人在埋怨道:

"黑灯瞎火的,干啥呢?"

"才睡好一会儿,又把人整起来。"

"还叫不叫人活?"

王大寨冲着人群吼道:"发什么牢骚?集合!"人们静了下来。王大寨打着手电整完队,讲道:"我知道大家很辛苦,也非常不忍心把大家叫起来。但是现在有地方群众在翻越风火山时遇到了困难,他们找到我们,我们不能袖手旁观,见死不救。大家的牢骚我理解,可我们是军人,是人民的子弟兵,当人民生命遭受危险时,我们要冲锋,要陷阵,要洒热血……谁叫我们穿这身军装!"队列鸦雀无声。王大寨口气平缓了些道:"这里我要表扬几个人,他们是秦副连长、孙排长、李俊杰班长和战士钱自化、俄尕志,还有炊事班的同志。这些同志不畏天寒地冻,两个多小时中,在沼泽泥潭中救出了四十多名乘客。这些乘客带的干粮早已吃完了,他们被围困在车上一天多没吃饭了。"讲到这里,官兵们也明白了紧急集合的原因。王大寨接着说:"下面由张副指导员组织运输排、机械排腾出床铺让乘客们睡,大家两人睡一个床铺,挤一挤。秦副连长组织乘客们吃饭,我负责乘客中两名生病妇女的救治工作。"

待连队解散后,王大寨就去找何玲,叫她立即带上医疗器械去给两名妇女检查。在何玲的帐篷里,王大寨看了看躺在检查床上已被抢救过来的赵小刚,他已有好转,王大寨悬着的一颗心才放了下来。何玲跟着王大寨来到运输排的一个帐篷里,见两名妇女有气无力地躺在床上,何玲开始给她们检查身体。与此同时,秦擎天已组织一些战士将一盆盆冒着热气的稀饭、馒头、盐煮黄豆送到运输排和机械排的各个帐篷里。何玲检查的第一位妇女是孕妇,是去西藏看望当兵的丈夫。她从没上过高原,在路上就感到头晕、发热,自己带的药又不敢随便吃。何玲给她测完血压、量完体温,帮助她服了一些西药……另一位妇女高原反应特别严重,手脚冰凉,嘴唇发紫,好像昏死了过去。何玲立即给她输液,四肢无力的她吃不下西药,何玲就把药片碾碎用水给她灌服……等她醒来后,面前是热气腾腾的饭菜和官兵们期望的目光。她明白,是子弟兵救了她,但是嘴里啥话也说不出来,任凭两行热泪尽情地流淌……病好后的第二天,她拿出一百元钱再三要王大寨收下以表谢意,王大寨说:"不要这样,为人民服务是我们应该做的。"那妇女深深地叹了口气:"我知道,你们身上有很多东西是金钱买不到的。"

另外一名客车司机从格尔木买来了汽车配件,王大寨安排三名修理工迅速帮助抢修。客车修好后,当乘客们要上车时,听说为救他们有两名战士受了伤,非要看望不可。当他们看到躺在床上的李俊杰、俄尕志已肿了的伤痕累累的双脚时,不禁泪水夺眶而出。那位被抢救过来的妇女激动地捧着俄尕志的脚,抚摸着,泣不成声地说:"都是为了我们呀!"

第二十七章

秦擎天被帐篷外乱哄哄的、听不懂的声音吵醒,他似乎预感到有什么事情将要发生,于是他翻身起床穿好衣服走到帐篷外,此时,被吵醒的王大寨也来到外面。

白茫茫的晨雾笼罩的营区内,站着近百名的藏民。这些身穿羔皮藏袍,脚穿藏靴的藏民,满脸怒气,目露凶光,有的手持藏刀左右挥舞,有的抱着石头举过头顶,有的手持猎枪瞄准帐篷,嘴里不停地用藏语吼喊着什么。

秦擎天和王大寨被眼前的情景惊呆了,不知所措。由于藏民的吼喊声狂猛如山洪暴发,不少官兵赶紧起床穿好衣服奔出了帐篷,大家都心惊肉跳地看着眼前这场面,怔在了一旁。王大寨喊道:"俄尕志!俄尕志!"俄尕志跑到王大寨身旁,王大寨问:"你听他们在吼些什么?"俄尕志说:"连长,他们在吼要我们滚开,说我们得罪了风火山的山神。"王大寨不解地问:"山神?"他猛然想起鄢伦亮所讲的风火神的事来,而后又想起他们刚进驻风火山时碰见藏民虔诚地跪拜风火神的情景。俄尕志又对官兵们翻译着藏语:"他们还说由于我们惹怒了风火神,导致他们的牛羊不断死亡,所以叫我们立即滚开,否则,他们的刀枪不会长眼睛的。"官兵们的目光全聚集在王大寨的脸上。

王大寨提高嗓门,声音有些发颤说道:"藏族同胞们,请你们放下手中的猎枪、藏刀和石头,心平气和地跟我们讲清楚事情的原委。汉藏是一家,我们来到这里修路也是为了藏族人民的幸福。我们会尊重藏族同胞的风俗习惯,大家应该坐下来共同想办法解决目前的问题。"待王大寨一讲完,俄尕志叽里咕噜地就用藏语翻译起来。官兵们用羡慕的目光看着俄尕志,尽管大家听不懂他说的藏语,但从藏民的表情和行动中可以看出他们都很乖巧地听他的话。此时的俄尕志比连长王大寨、副连长秦擎天的威信还高。藏民听完俄尕志的话,纷纷放下了手中的武器。

在俄尕志给藏民翻译时,王大寨和秦擎天相互耳语了一阵。

看现场气氛缓和了,王大寨紧绷的脸上开始松弛下来:"藏族同胞们,我们是中国人民解放军,根据党中央、中央军委的指示命令,我们来改建青藏公路,修建风火山路段。这条全长 1937 千米的青藏公路改建工程的完成,将对西藏各族人民的经济、文化的发展起到重要作用。党中央指示我们必须要在1985年8月底以前全线竣工。我们工程尖刀连担负的施工任务重、时间紧,所以我们上山前就没来得及与你们通气,没有与你们商量,就急于开工了,冒犯了你们,得罪了山神。我叫王大寨,是工程尖刀连的连长,我向你们做检讨!"说完他向藏胞深深地鞠了一躬。

俄尕志又将王大寨的话翻译了一遍后,藏民中就有两三个人说:"金珠玛米亚咕嘟!"

官兵们没听懂这句藏话,就盯着俄尕志,等待他翻译。俄尕志说:"刚才他们说,解放军好!"王大寨带头鼓起了掌,面带微笑道:"感谢藏族父老兄弟们的理解!"俄尕志一翻译完,藏民们紫黑色的脸上也露出了微笑,随即也响起了稀里哗啦的掌声。

王大寨说:"请藏族同胞们选几名代表,到我们连部共同商量给牛羊治病的大事,并请你们放心,我们将尽最大的努力把你们的牛羊治好!"俄尕志翻译后,有两个藏族小伙子欢天喜地地把右手大拇指和食指放在嘴里,使劲地吹出哨音。藏民们留下三名代表后,其他人都纷纷离去了。

在连部的帐篷里,王大寨请藏民的领头人,名叫达杰的人说说牛羊生病的情况。俄尕志边听边翻译道:"他们养的牛羊在最近一段时间死亡不少,他们都是以放牧为生的藏族,经济收入全靠牛羊,牛羊的死亡断了他们的经济来源。所有藏族同胞一致认为,是我们得罪了风火山的山神所致,所以大家很气愤,就找我们算账,叫我们滚开。刚才听王连长说我们要尽最大努力治好他们的牛羊,他们很高兴!"

王大寨对秦擎天、张德彦道:"我看这样,俄尕志在老家放过牛羊,叫他和何医生去把牛羊检查一遍,找到病因后,该用什么药,我们派车去格尔木买。"张德彦从心里心疼何玲,他不愿意何玲跟着俄尕志去,刚才那惊心动魄的一幕,他是目睹过了,幸亏制止了,否则后果不堪设想,只要猎枪一响,肯定有不少人受伤,甚至死亡……一想到这些,他就不敢往深里面想了,所以他赶紧说:"最好不要让何玲去,她去了也没用,她是治人的,又不是治牲口的!"俄尕志说:"其实治人治牲口都差不多,只不过牲口用药量要大些。"王大寨说:"不要争了,就这样。吃了早饭,俄尕志和何医生去认认真真地检查一遍。秦副连长,有啥说的没有?"秦擎天说:"没有啥,总之要把这事干好,否则今后施工困难大。他们说我们得罪了风火山的山神,不让施工,我们就没有办法。他们对我们动刀动枪的,不仅在全团,就是在全师都要成为一个重大事件。如果我们现在给他们讲科学与信仰或迷信的关系,他们根本听不进去,所以这件事,我们只能处理好,让他们信服我们。"王大寨道:"秦副连长说得在理。我们现在就开饭,俄尕志去问一下那几位藏胞吃不吃?"俄尕志就去问那三人,达杰叽里咕噜地说了几句。俄尕志对王大寨翻译说:"他们说我们吃我们的,他们吃的是糌粑。他们在这里等我和何医生。"

吃饭的时候,张德彦见何玲没来,端着饭碗拿着馒头就到何玲的帐篷里去,将情况向何玲说了一遍,并叫何玲不要跟着俄尕志去藏民家给牛羊看病。何玲一听就急了:"那怎么行?你也不看看是什么事情,我这么一个大活人,能出什么事儿?我肯定要跟俄尕志一起去的,你就别拦着了。"

何玲身背药箱跟着俄尕志在达杰他们三人的带领下来到了一户用石块和夯土筑墙、平顶多窗的藏民家,达杰对俄尕志说:"这是我的家。"

一条藏狗蹿了出来,何玲吓得叫了一声,脸也变了色,战战兢兢地赶紧拉住俄尕志的衣袖。俄尕志说:"别怕,何医生,有主人在,藏狗不会咬人的。"达杰赶忙过去朝狗肚子上踢了一脚,并吼了一声,那肥壮的藏狗嗥叫了两声,摇头摆尾地跑了。达杰做了手势,请他们先进屋。俄尕志拉着何玲的手进屋后,见墙上挂有班禅的画像。待他俩坐定后,一位藏族妇女就端来酥油茶放在他俩面前,乳黄色的酥油茶腾升起一团雾气,雾气里裹挟着茶叶、牛奶和盐巴醇醇的清香味。达杰介绍说,这是他的妻子。俄尕志用藏语说了句:"阿嫂好。"那妇女笑着点点头。这位妇女穿的是长袖长袍,前面系着氆氇围裙,头发梳成很多小辫,拢在一起披在背上,上面缀着珊瑚、贝壳和银币。

何玲对达杰的妻子的穿着打扮很欣赏,看得入了神,坐在她身边的俄尕志用手碰了碰她,说:"何医生快喝酥油茶,其他人都喝完了。"何玲端起酥油茶,嘴快要接近碗边时,皱起眉头,一股她从来没闻过的酥油味刺入她的鼻中,胃里有一股翻江倒海的感觉,于是她便放下了酥油茶碗。达杰他们见何玲不喝,脸上没了笑容。俄尕志赶紧给达杰他们解释道:"何医生以前没来过这里,不习惯喝我们藏家的酥油茶,请你们多多谅解。"达杰他们这才理解了何玲的举动。当然,俄尕志用藏语对达杰他们说的什么,何玲听不懂,也没多问,否则,凭何玲的性格,她会一口气把酥油茶灌下去的。

达杰的妻子猛地咳嗽起来,何玲打开药箱取了一些感冒药递过去,达杰的妻子不接,俄尕志向她解释一番,她才勉强接下。俄尕志对何玲说:"你给我拿几片药,我当着她的面吃,他们才相信。"何玲把取出的药放在俄尕志手掌上,俄尕志又向达杰的妻子解释了几句,就将药片放进嘴里,又端起何玲没喝的酥油茶喝了一口将药送进肚中。达杰的妻子见俄尕志吃了药片,自己也学俄尕志的样子将药服了下去。

达杰他们带俄尕志和何玲来到他家屋外几米远的牛圈。俄尕志和何玲见牛圈里的二十多头牛身上很多地方都脱了毛,脱毛的地方肿着,还流着血,有的牛用蹄子使劲地搔着面部,有的像狗一样坐着,在地上摩擦肛门和阴部……

看完牛圈后,达杰介绍道:"我们风火山一带有几户近百头牛几天前死光了,其他牧民是昨天才发现的。"羊圈离牛圈不远。羊圈内有一百多只羊羔正在吃草料,见人来,就抬起头来咩咩地叫个不停。俄尕志听达杰说患病的羊主要是腹泻,他发现病羊的粪便有股刺鼻的腥臭味,颌下水肿,黏膜苍白。俄尕志钻进羊圈用手摸了摸几只羊,体温都较高……

达杰他们又带俄尕志和何玲去了另外一户牧民家。在路上,何玲问俄尕志刚才在达杰家她没喝酥油茶,他给他们说了些什么,俄尕志就将对达杰他们说的话如实重复了一遍。何玲听后很感激地说:"谢谢你了俄尕志。"俄尕志说:"在我们藏家,喝酥油茶是种礼节,不喝等于看不起人家。"何玲说:"下一家我一定喝。"说着很快就到了另一户牧民家。这一家牧民住的是用牦牛毛织成的帐篷,一进帐篷,因光线不好,点的是酥油灯。男主人正在用手抓糌粑吃,女主人正在用手抓羊粪蛋往炉膛里添,见达杰他们进来,两口子很高兴,男主人招呼他们坐在铺有藏毯的地上。

喝完酥油茶,达杰、俄尕志、何玲和主人就到牛圈和羊圈外转了一圈。这家牧民的牛羊患的病与达杰家几乎一样,而且病得不轻。达杰说,整个风火山寨子五六十户人家有五百多头牛、八九千只羊都是这种病。俄尕志和何玲还要去看几家牧民的牛羊,达杰说都是一样的病情,没啥好看的了。

达杰他们三人领着俄尕志和何玲往幽静的山坡走去,因为在半山腰有一座藏传佛教的寺院。俄尕志就向达杰说:"我原来在老家阿坝牧区学习过兽医知识,也帮牧民治好过不少牛羊和马。据我对你们两户牛和羊的检查,我认为牛患的是伪狂犬病。这种病在我们阿坝高原也常见,鼠类粪尿中含有大量病毒,也能传播这种病。牛在暴发这种病之前,牧场上常有老鼠和吞食死老鼠的动物大批发病死亡。这种病的传播途径比较多,而且这种病只在局部地方流行,多发生于冬、春两季。"达杰黝黑的脸上溢满笑容,问:"羊羔又是患的什么病?"俄尕志说:"羊患的病叫前后盘吸虫病。"达杰疑惑地问:"这两种病能治好吗?"俄尕志胸有成竹地说:"能,绝对能治好!刚才我问了何医生,治牛羊需要大量的药,她那里没有,她那里的药都是上山前带给我们官兵治病的。我和何医生回连队立即向连首长汇报,我想肯定会解决的。"何玲听不懂藏语,只是跟在他们后面走。

大家到了半山腰的寺院,达杰就指着寺院一一向俄尕志和何玲做介绍。寺院依山就势,靠水邻壑,高低错落,重叠而上。寺院建筑的造型,采取了汉式歇山顶和藏式平顶相结合的处理手法,在坡顶正脊之上安装宝塔、火焰掌、四角套兽、铜铃、筒瓦或琉璃瓦屋面,斗拱悬挑,飞椽出檐,四角起翘,明快轻盈。平顶之上布以金幢、金鹿法轮、宝塔、宝伞、布幡等装饰,琳琅满目,光彩耀人。殿内布置各色幡、帏、绸缎、哈达,天花布阵藻井,梁枋精雕细刻,陈设丰富多彩。壁画表现了释迦牟尼、黄教始祖宗喀巴、四大天王、菩萨、度母、护法神等形象,人物栩栩如生……

何玲被藏汉式建筑的寺院深深地吸引了,她平生第一次见到藏传佛教寺院,觉得新鲜,美不胜收。俄尕志见过不少这样的寺院,没啥兴趣,再者心里装着藏家的那些患病的牛羊,就催促兴致盎然、看得入神的何玲说:"何医生,我们快回连队把牛羊的病情汇报一下,好采取措施。"何玲听俄尕志这么一说,也觉得该回连队了。

何玲和俄尕志回到连队,连队刚开午饭。吃饭时,何玲就将她和俄尕志去藏民家里对牛羊检查的情况在饭桌上向王大寨、秦擎天、张德彦、方林汇报了一遍。王大寨说:"何医生,请你把牛羊究竟病成啥样子给我们讲清楚,光是病情严重,严重成啥样子,我们没搞清。"何玲笑道:"牛羊具体病重成啥样,只有俄尕志能说得一清二楚。我第一次见牛羊患病,搞不清楚。"王大寨叫文书去喊俄尕志来。一会儿,俄尕志就端着饭碗进了连部。

王大寨说:"俄尕志,你把藏民牛羊生病的情况具体详细地给我们汇报一下。"俄尕志放下碗滔滔不绝地汇报了一遍,汇报完后,他又加重了语气说:"如果采取措施不力或迟了,后果会很严重,几百头牛、几千只羊就将在十天内死光……"听到这里,喧得大家把吃进嘴里的饭差点吐了出来,怔怔地看着俄尕志。王大寨没了食欲,把半碗饭放到桌上,顺手摸出烟吸了起来,焦急地问:"真有这么厉害,那怎么办?"俄尕志倒背如流地说:"治牛需要氢氧化铝甲醛疫苗进行紧急接种,按我老家的用量,每头成牛需10毫升,犊牛需8毫升,皮下注射,六七天重复一次,免疫期可达一年。治羊需要氯硝柳胺、硫氯酚或溴羟替苯胺,这三种药随便哪一种都行,剂量按每千克口服80毫克就可以了。"王大寨盯着俄尕志问:"你能有把握?"俄尕志胸有成竹道:"有。我在家乡就这么干的。"怕连长不相信他,他拍了拍胸脯。王大寨对正在吃饭的方林说:"方技术员,你赶紧算一下,需要多少药品?牛按600头,羊按1万只计算。"方林放下碗筷,从包里掏出计算器算了起来,很快药品用量总数就出来了:治牛的疫苗需要12000毫升,按每只羊30公斤计算,治羊的药需要2400万毫克。何玲问:"这么大的用药量?"方林答道:"我算了两遍,就这么大的用药量。"王大寨猛吸一口烟:"秦副连长、张副指导员,你俩看怎么办好?"张德彦说:"只有派车到格尔木买。"秦擎天吸着烟说:"派车可能来不及。"

听秦擎天这样说,张德彦突然有了一种不舒服的感觉。自从唐古拉山工程结束后,他和何玲一起回老家探亲,那段时间他觉得自己又找到了幸福的感觉,到了内地,也许因为何玲的指点,也许是氧气充分的原因,他在学习上也没那么木讷了,有时还能看进去点书,这让何玲也感到无比欣慰,两人之间的关系似乎又进了一步。可是回到格尔木,特别是到了风火山后,他觉得他与何玲的关系又疏远了,她的心好像被连队的官兵们分去了不少。除了每天例行的询问每位官兵的身体情况,为他们及时治病外,她还到工地上抢着干一些力所能及的活,他俩在一起的时间明显减少了,这让他心中有些不悦。更让他不快的是,何玲有几次去秦擎天的帐篷,待的时间都比较长,他觉得她好像更愿意和秦擎天交流。他曾问过何玲待那么长时间干什么,何玲回答说与秦副连长交流读书的心得,这对她帮助挺大的。当时何玲对他问这个问题很是生气,觉得他在监视她,认为他就不像个君子,总也改不了心胸狭窄的毛病。看着何玲生气的样子,他突然恨起秦擎天来,他觉得是因为秦擎天的存在,让他在何玲心中的形象变得不再像从前那么美好,那次平地机翻车事件发生后曾对秦擎天的一丝歉疚感也一下子荡然无存了。这时他心里说,就你秦擎天处处显能,又一个显能的机会你小子却退却了,分明是自己开车去前后往返几天,路上很苦吧。你小子不是一直被大家称作英雄的吗?现在终于成了狗熊了吧?什么"派车可能来不及",你秦擎天分明是找借口推辞……想到这里,他口气更加硬了些:"我看只有派车连夜去格尔木买,没有别的办法!"

秦擎天没有急,反而心平气和地说:"如果派车去格尔木买,往返必须要三四天时间,车还必须两人开,轮换休息,路途上还不能耽误一分钟,时间对于牛羊来说就是它们的生命,时间对于牧民来说就是他们的金钱,时间对于我们连队和藏民的关系来说就是最好的军民关系和汉藏关系的具体体现。所以,我想这样行不行,仅供大家参考。立即给团长发封加急电报,让团里把药送来,并且电报必须以连长和何医生的名义发。"何玲问:"为什么?"秦擎天说:"按惯例这种事,电报应该发给后勤处,可万一后勤处重视不够,就耽误了抢救治疗牛羊的时间。以连长和何医生的名义直接把电报发给团长,团长接电后一看药品量如此之大,他就知道了事态的严重性。这样一来,团长肯定会很重视,并会速派人今天就去格尔木买药,而后他会立即派小车连夜送往风火山。我想如果是这样的话,大约在明天下午,最迟在明天晚上十点以前就应该能送到我们连。"秦擎天的话让大家心服口服,他刚说完,俄尕志一激动就鼓起了掌。张德彦瞪了俄尕志一眼。王大寨笑道:"不错,这办法好!"方林也高兴地说:"这好,这好!"接着王大寨拟好电报稿,叫每位干部,还有俄尕志都看了一遍。看完后,俄尕志补充说还需要买十支大号的注射器和一百根大号针头。王大寨接过从俄尕志手中递过来的电报稿,拍了拍后脑勺说了声看我这脑袋,就拿笔添上了,然后叫俄尕志赶紧送到电报员手中,并说叫电报员赶紧发出去。

  雪山。蓝天。群峰莽莽,寒风萧萧,雄奇而苍凉。
  第二天傍晚,工程尖刀连的官兵正在各自的帐篷里吃饭。
  "嘀嘀——!"几声汽车喇叭声打破了寂静。王大寨放下碗,急忙地蹿出了帐篷,只见一辆北京吉普车已停在了连部帐篷外,他上前去拉开车门,两位疲惫不堪、嘴唇干裂的司机从车上缓慢地下来。王大寨往车里看了看,车后座上装满了整箱整箱的药品,他高兴得像小孩一样,满脸笑容灿烂无比,握着两位司机的手,不知说啥好,喜得只知道说:"哎呀呀,哎呀呀!真是兵贵神速!你们辛苦了,辛苦了!"接着他招呼两名司机赶紧进帐篷吃饭。待两个司机坐下,文书已将盛好的米饭端到他们面前,他们也不客气了,端着碗狼吞虎咽地吃了起来,不管不顾地一会儿工夫,一人干下去三大碗米饭,又咕咚咕咚地喝下两碗醋汤,放下碗筷,才开始说话,其中高个子说:"三十多个小时终于吃上了一顿饭!"
  头天中午快到两点了,团部电报员收到工程尖刀连的特急电报后,拿着电报就往团长何明凯办公室跑去,敲了半天门没人回应,隔壁办公室的副团长说:"团长因重感冒连午饭都有没吃就到卫生队打吊针去了。"电报员转身一口气跑到卫生队,何明凯正躺在一张病床上输液,闭着双眼,好像睡着了。电报员犹豫了,进去吧,影响团长休息,弄得不好挨顿训;不进去吧,这是特急电报,他作为电报员,知道这份电报的分量,一旦误了事,他一个小小电报员负不起责任,会吃不了兜着走。想着想着,他的脚就不由自主地跨进病房,刚跨进几步,何明凯就问:"谁呀?"电报员吓了一大跳:"团长,是我,电报员。"何明凯漫不经心地问:"又是什么事呀?"电报员说:"团长,这里有封特急电报,是工程尖刀连来的。"何明凯说:"念给我听听。"电报员接着就念了起来,还没念完,何明凯睁开眼睛,一骨碌翻身坐起:"快、快,快给我看!"电报员急忙把电报捧送给何明凯。何明凯仔细地把两百来字的电报看了两遍,非常吃惊,眼睛睁得溜圆,自言自语道:"工程尖刀连出啥大事了,需要这么大的药量!"一看电报的签发人,不仅有王大寨的名字,而且还有自己的宝贝女儿何玲。他一把扯掉手上的输液针头,下床直奔卫生队队长的办公室。卫生队队长看完电报,也傻了眼,半天才回过神来,说:"我们卫生队仓库里有没有这些药,团长,你说怎么办?"何明凯用命令的口气说:"你立即带两个人去格尔木购买,坐我的车去,速度要快。我立即安排机关小车班的两名驾驶员等待你们,药一买回来,让他们连夜送往工程尖刀连。"

两名司机将购买的药品装上北京吉普车就风驰电掣地行驶在了青藏线上,在三十多个小时的行程中,他俩没停下休息一分钟,也没吃一粒饭,耳畔不时响起团长在他俩临上路前反复交代的两句话:"一要加快速度,二要注意安全。否则,小心我收拾你们!"

第二天,两名机关司机吃完早饭就驾车返回格尔木。车发动前,王大寨叫黄宝宝为他们准备的一塑料袋馒头,塞到车上。由于气候原因,面团发酵不好,馒头是硬邦邦的,但也毫无办法,工程尖刀连的官兵在施工中一直吃的是这种馒头。秦擎天又用自己的军用水壶盛满开水,递到两名司机面前,他们不要,秦擎天说:"这么远的路,光是馒头,没有水怎么吃。"他们就不争了,接过了水壶。

北京吉普一走,王大寨就安排何玲、俄尕志去为藏民们的牛羊注射药剂。秦擎天觉得人手太少,建议王大寨再增加两人,不能耽误牛羊病情。王大寨一想也对,便叫上了李俊杰和钱自化。

四个人接受任务后,扛着药品就先去了达杰家。达杰一见他们,激动得说不出话来,只是满脸虔诚地堆着笑,看着他们给他家的牛羊注射……达杰又带他们挨家挨户地给牛羊注射。到了中午,达杰非常真诚地挽留他们在一家牧民家吃手抓羊肉,到这户牧民家前,达杰就派人去打过招呼。手抓羊肉是牧区群众款待宾客的佳肴,也是日常生活中不可缺少的主食之一。达杰带何玲等四人一进这家藏胞的帐篷,主人就将一碗碗奶茶端了上来。俄尕志端起奶茶喝了起来,接着何玲、李俊杰、钱自化也喝了下去。何玲一口气喝完了奶茶,她感觉奶茶比酥油茶好喝些。热情好客的主人便端上了一大盘层层叠叠、热气腾腾的手抓羊肉放在大家面前,羊肉上还插着几把锋利的藏刀,桌上摆了一碟食盐。达杰、俄尕志首先带头一手抓肉,一手拿刀或割或挖或剔或片地吃了起来。何玲、李俊杰、钱自化生平第一次吃这个,看着肉膘白嫩的羊肉,都不知道如何下手。达杰和俄尕志,还有主人都热情地招呼他们趁热吃,何玲他们学着达杰和俄尕志的样子拿起藏刀割下羊肉,蘸上食盐吃了起来。何玲吃着手抓羊肉,就有一种回归自然的感觉。

大家默不作声地吃着手抓羊肉,帐篷里一片寂静,为了活跃气氛,达杰出了个谜语(藏语称"楷"或"嘎吾凑"),说:"一个黑东西,方方又正正,肚里会说话,口中能吃人。"俄尕志翻译后,让何玲他们猜,说打一物。何玲他们吃着手抓羊肉,开始思考着,片刻都摇摇头。达杰笑问俄尕志:"你知道谜底是什么?"俄尕志答:"太简单了,谜底是黑帐篷。"达杰问:"再给你出一个,一个好汉佩带皮耳环。"俄尕志答:"帐篷橛子。"气氛顿时活跃起来,大家开始有说有笑地吃羊肉了。达杰对俄尕志说:"看我俩谁的谚语(藏语称'丹慧')多?"俄尕志豪放地说:"行,你先来。"达杰道:"穷人没有说三句话的自由,没有走三步路的权利。"俄尕志道:"头人吃的是肥肉,骑的是骏马。"达杰道:"春天放平滩,夏天上高山,冬日进山湾,牲畜四季膘情满。"俄尕志道:"冬天的暴风雪,是宰杀牲畜的刀子。"达杰道:"劳动是幸福的右手,节约是幸福的左手。"俄尕志道:"骄傲的山梁上,存不住知识的水。"达杰道:"绳不拧紧容易断,人不团结做事难。"

吃完手抓羊肉,大家又喝了一碗奶茶,由达杰带路,何玲他们又一家一户地为牛羊打针服药……

十多天后的一个中午,官兵们刚吃完午饭,达杰带着一群藏族同胞手持哈达来到工程尖刀连驻地,他们个个穿着整洁的藏服,笑容满面地将一条条洁白的哈达捧献给每一位官兵,感谢他们治好了牛羊。

第二十八章

　　风火山的天气就像娃娃脸,说变就变,刚才还是晴空万里,一片乌云飘来,顿时不是凄风苦雨,就是雹雪交加。600米修好的路基经过三天恶劣天气的考验,汽车驶上去轮胎打滑,人走上去路面就像发酵的面团,脚一踩上去顿时深陷,脚一提上来顿时膨胀……

　　面对严重的路基质量问题,工程尖刀连的干部们倍感痛心。王大寨组织排以上干部召开会议,他先发了言:"我们今天开会研究一下这600米已修好的路基质量问题怎样解决,大家发表意见。"孙绪明说:"我认为这段不行就把它挖掉重来!"张德彦气愤地说:"挖掉?这些天战士们怎样干的,你没长眼睛,看不见吗?"

　　大家沉默了。人们忘不了修筑这几百米路基的艰难情形:冰雪融化后,道路泥泞,汽车打滑,爬不上山坡,去不了料场,一堵一长溜,官兵们个个心里急得直冒火,说:"在这里施工就像老牛掉进水井里,有劲使不上。"可即便是这种情况,大家也不愿耽误工期,积极想办法。钱自化用推土机一次又一次地刮去坡道上的稀泥,把汽车拖上山坡,拉来好料,铺在便道上,再接着施工。

　　王大寨又问:"汪排长,你的意见呢?"汪满良说:"我同意张副指导员的意见,如果再把几百米铺垫好的路基挖掉重来,全连非趴下不可。"王大寨用期望的目光看着秦擎天。秦擎天猛吸了一口烟,喷出满嘴烟雾:"我谈谈我的看法。我认为造成这600米翻浆的主要原因是料不合格,含泥量过大,如果不挖掉,只会越搞越糟,到时不但交不了差,我们连队还要付出更大的代价。我的意见是长痛不如短痛。我建议:一是要改变料场,找一个含沙量高、含土量少的料场;二是把这600米翻浆路基彻底挖掉。"方林说:"我觉得秦副连长的意见有道理,尽管大家这段时间干得很累,但不能凑合。百年大计,质量第一。去年在唐古拉山修的涵洞,开始我抱着侥幸心理,结果教训很惨重,大家都要从我身上吸取沉痛的教训。如果这600米路基不挖掉,蒙混得了一时,蒙混不了一世。过几天,四个涵洞就要开挖了,我力争我负责的这项工作优良率达100%。"王大寨又问:"叶排长和邹排长的意见呢?"叶增光回答得很爽快:"同意秦副连长的意见。"邹洪康回答很干脆:"挖掉重来!"王大寨猛吸了口烟,沉重地说:"综合大家的意见,我们痛下决心挖掉重来。你们下去后要做好战士们的工作。从明天开始,由秦副连长和张副指导员带领全连去处理这段路基。我和方技术员带几个战士明天去重新找料场。还有一件事,师里在'双先'会上给我们发了五千元奖金,我觉得这时候给大家发下去比较合适,一是调动大家的积极性,二是把上级党委的关怀和鼓励实实在在落到实处。这件事由秦副连长负责处理。散会!"

  这些天,挖掉翻浆路基和寻找新的料场可是一件苦不堪言的差事。几天下来,挖路基的人马不但人人虎口震裂了,而且几根铁镐把也弹断了,俄尕志、钱自化被弹断的镐把打得鼻青脸肿,鲜血直流……王大寨和方林带的几名战士勘察寻找料场跑了不下100千米,第三天下午终于找到了符合技术要求的料场,个个累得精疲力竭。料场离所要修建的风火山地段有11千米之遥。

  开饭时,黄宝宝见大家那黝黑的面孔、干裂的嘴唇和深陷的指甲,就想落泪。干着如此繁重的体力劳动,人们仍然吃着罐头脱水干菜,变换着花样的黄豆,外加四川豆腐乳。吃完早饭,收拾完锅碗瓢盆,黄宝宝就坐在铁皮制作的伙房门口望着远处随着气温的升高而有些返青的草原想着心事,偶尔又用手搔搔头。昨天晚上他到人工排一班去玩,偶尔听班长李俊杰说到草原上有不少老鼠洞,李俊杰还绘声绘色地说那些老鼠不怕人,成群结队地在牧场上嬉耍……说者无意,听者有心。此时,他脸上露出些微笑,站起来向炊事班的帐篷走去。他扛着铁锹对胡南雄说:"司务长,我出去一下。"胡南雄问:"干什么?"黄宝宝说:"我又不去干坏事。"说着便出了帐篷。

  一出帐篷,黄宝宝没有朝施工工地方向走,而是去了返青的牧场。走了2千米的路程终于到了牧场,牧场上果真有些老鼠洞。黄宝宝迫不及待地挖开第一个老鼠洞就收获不少,三只老鼠缩成一团,他放下铁锹欣喜若狂地抓起三只老鼠,心中顿时有了收获感,嘴里不停地说:"战友们可要吃着老鼠肉了!"他放下三只老鼠,又开始挖第二个老鼠洞,费了九牛二虎之力挖开了,洞里只有些老鼠屎,老鼠却无影无踪。他的积极性似乎受到了挫伤,就坐在锹把上喘了一会儿粗气。挖开第三个老鼠洞时,五六只老鼠窜了出来,拔腿便跑。他猛追几步,抓到了两只老鼠。第四个鼠洞,刚挖一铲,一只灰黑色的兔子奔了出来,黄宝宝手握铁锹就追。他追得快,兔子就跑得快,他追得慢,兔子就跑得慢,就像捉迷藏似的。他追了300来米觉得很累,上气不接下气,就瘫坐在草地上。兔子大概也累了,也停下了脚,并用前爪搔了搔耳朵,把头转过来,两只眼睛怔怔地盯着十几米远的黄宝宝看。黄宝宝顿时怒火蹿上来,在心里狠狠地骂道:"兔崽子,等老子喘够了气再来收拾你,你不要用两只狗眼藐视老子!"黄宝宝歇足了,把怒火化为强大的动力,跃身而起,一个健步蹿了过去。兔子反应过来,刚跑几步,铁锹已重重地拍在了它的脑袋上,它四爪朝天,还在不停地蹬着腿。黄宝宝笑道:"你跑,我让你跑啊!"接着又一锹砸下去,兔子再也不能动弹了。

快到十一点了,胡南雄不见黄宝宝回来,心里窝着一团火,心想等他回来要好好收拾这小子一顿。然而当黄宝宝提着四只兔子和二十多只老鼠回来时,胡南雄不但没有收拾他,反而还满脸堆笑地讨教道:"你小子真行,怎么弄到的?"黄宝宝太累了,轻描淡写地说:"就在牧场上弄到的。"

中午午饭时,每个班分得一盆兔子肉和老鼠肉炖的黄豆。菜的味道鲜美无比,大家吃得很高兴,连菜盆里的汤都被喝光了。吃完饭,王大寨吸着烟来炊事班,微笑道:"你们是不是偷了藏民的羊羔来煮给我们吃?不要破坏藏汉、军民团结噢!"胡南雄说:"连长,咱们哪能干那事?是黄宝宝去牧场上弄的兔子和老鼠。"王大寨对黄宝宝说:"不错,继续这么干。改善了大家的生活,就能提高施工速度。"又对胡南雄说,"你组织炊事班的人员去多搞些。大家喜欢吃,很香,味道也不错。"胡南雄说:"我们从明天起每天抽出两个人去……"

第二十九章

　　难得一个晴朗的太阳天，中午下工后，工程尖刀连的官兵们刚进帐篷，一辆北京吉普戛然停在营区内，组织股贾股长、保卫股吴股长，还有保卫股杨干事从车上下来。

　　正在洗脸的王大寨听到停车声后，把毛巾扔在脸盆上就从帐篷里出来，招呼贾股长他们进了帐篷，又叫文书去炊事班给司务长打个招呼，说连部有客人，多加一个菜：午餐肉罐头。文书从炊事班回来，贾股长他们四人已擦洗了一下脸，接着炊事班黄宝宝三人将米饭、煮黄豆等饭菜送了过来。吃饭时，吴股长问连队的干部全不全，王大寨说："只差秦副连长，他带运输排去格尔木拉沥青了，应该明天回来。"说着扫视了一下饭桌上的人，抬头对文书说，"你快去地方科研组叫方技术员回来吃饭。"文书回答"是"，便放下碗筷去了。贾股长问："方技术员到地方科研组查找资料？"王大寨说："是去科研组找鄢专家，请教有关沥青路面的事。据方技术员讲，他想创造性地采用改性沥青路面、钢纤维混凝土路面……还有些名词术语，我就搞不清了。他给我说，一旦这项技术改革试验成功，沥青路面可使用十五年以上。他说要我支持他，我说：'只要你技术改革成功，青藏公路改建工程你的贡献就最大，我会大大地支持你！'"大家被王大寨的话逗笑了。贾股长问："给他处分后有思想包袱没有？"王大寨说："没有背思想包袱，反而积极性更高了。跟他恋爱好几年的对象也吹了，别人小孩都生了。"何玲说："要是一般人遇到这种接二连三的打击，早就消沉了，可方技术员不一样，愈挫愈强，更加发奋了！"王大寨说："何医生说的都是实话。最近他负责四个涵洞的挖掘任务，那认真劲简直叫人感动，每天第一个蹲在涵洞开挖处，战士们下工走后他还要检查一遍，最晚回来。晚上他坐下来就翻阅资料，又是算又是画的，很投入，废寝忘食的，人也瘦多了。他说在哪里摔倒就要从哪里爬起来。和在唐古拉山比，简直判若两人。都是女人害了他，女人害人啊！"何玲说："连长，你这话说得有问题，一竿子打倒所有的女人，女人不一定都是害人的。"听了何玲的话，全桌人扑哧都笑了。吴股长一笑，被米饭呛着了。王大寨立即纠正道："何医生，何医生，我可不是那意思，你经常和我们一起在工地上摸爬滚打的，我一直都把你当作男人看待啊！"何玲不好意思了："连长，你瞎说！"笑声充满了连部的整个帐篷。

吴股长没有看见张德彦，就问："王连长，你们的张副指导员呢？"

王大寨说："吴股长，你不知道啊？我们的张副指导员下山去师部教导队学习了。"

贾股长解释说："吴股长，你前段时间回老家休假了，你不知道。最近师部搞了一个政工干部学习培训班，培训一周时间，有三级政工干部参加。"

吴股长说："哪三级政工干部参加学习？"

贾股长说："就是团级、营级、连级。我们团选了15个人参加。"

吴股长说："哦，知道了。"

这时满身泥土的方林回来了，一进帐篷便向贾股长他们问了好，坐下端起饭桌上的饭就大口大口地吃了起来。大家吃完饭，吴股长就问："王连长，中午你们要午休吗？"王大寨说："午休？那是你们机关的事，我们这里哪有什么午休？一听到'午休'这两个字，我觉得十分新鲜。我给首长们汇报一下，我们连早上六点半起床，七点半上工，中午十二点半下工，下午一点半上工，晚上七点半下工，中午吃饭带休息只有一小时，我们每天工作十一个小时这是常事。过几天，为了节约时间，饭都由炊事班送到工地。就这样，我们还不敢在雨雪天停工，否则完成上级交给的任务，只能是纸上谈兵，只能是一句空话！"贾股长说："那我们就抓紧时间开始我们的工作。"吴股长说："王连长，叫排以上的干部都参加。"王大寨叫正在收拾碗筷的文书去通知司务长和排长们来连部开会。很快，司务长和三个排长提着凳子进了连部。

大家坐好后，吴股长喝了口茶水清了清嗓子，说："这位是组织股的贾股长，想必大家都认识，过几天只要命令一宣布，就是我们政治处的副主任了。大家欢迎贾副主任先讲。"于是，掌声响了起来。贾股长说："别听吴股长的。本来，我准备过几天来咱们连队，但机关车少，所以吴股长要上来，我们就一路跟来了。我来的主要任务是了解一下我们工程尖刀连的工作、生活情况，而后要写一篇《来自风火山工程尖刀连的报告》。这项工作刘政委很重视，连这篇文章的题目都是他定的。这篇文章主要写我们连如何艰苦奋斗，如何'一不怕苦、二不怕死'的英雄业绩。"王大寨高兴地鼓起了掌，其他干部也跟着鼓了掌。王大寨说："我们工程尖刀连和其他两个团的兄弟施工连队在青藏线上如果离开了艰苦奋斗，离开了两不怕的精神，就没戏唱了！"贾股长说："是的，我们团是个汽车团，只有你们一个施工连队，这篇文章出来后师部的《政工简报》肯定要转发，并且对我们全团乃至全师都有指导意义，所以我力争把它写生动、写精彩。"何玲说：

"贾股长是全团的大笔杆子,还有啥问题?需要什么素材,我们积极提供!"贾股长说:"所以,请大家帮我想想,多提供一些有说服力的素材。俗话说,巧妇难为无米之炊,更何况我还是笨媳妇呢?"王大寨说:"贾股长谦虚了,我们保证提供你所需要的情况。感谢贾股长来宣扬我们的事迹!"说着又带头鼓起掌来。

接着,吴股长喝了口茶,故意咳嗽了一声,算是清了清嗓子,道:"刚才贾股长说的是你们的好的一面。我可是为收到一封匿名举报信来的!"王大寨舒展的面颊一下子绷紧了,眼睛也瞪圆了。几个干部你看我一眼,我看你一眼,相互吃惊地问:"什么匿名举报信呀?我们干了什么坏事了?"何玲在嘴里重复道:"匿名举报信?"孙绪明想了半天,一激动,说话的声音大了:"我们没有干什么坏事呀!"吴股长声音提高了:"我没有说在座的干了什么坏事,我们只是来把事情调查清楚。"说完,他叫杨干事把黑色手提包打开,拿出了一封信。吴股长拿过信,展开看了看。王大寨不安地问道:"告谁?"吴股长一字一顿地说:"秦、擎、天!"

人们又惊讶地议论着,有的说:"秦副连长能干坏事?"有的说:"秦副连长干啥坏事了呢?"还有的说:"我才不相信他能干什么坏事!"

贾股长不轻不重地说:"几天前,团党委正准备开会研究向师部呈报我们团评选的交通部'新长征突击手'的先进人物名单时,团首长突然收到这封群众来信。刘政委指示,本着实事求是的原则,安排吴股长和杨干事两人来调查。下面由吴股长讲话,大家也不要争吵了!"王大寨问贾股长:"当时我们连报秦擎天为'新长征突击手'时,他和叶排长跑运输不在,在家的干部碰了碰头,就报了他。要等到吴股长调查完,黄花菜都凉了。"贾股长叹息道:"真是可惜了你们连那唯一的一个名额。"吴股长拿着匿名举报信说:"我现在把这封群众来信给大家念一遍。"王大寨有点等不及了:"快念吧!"

"尊敬的团党委:现在我们实事求是地向你们反映我们连副连长秦擎天同志贪污师部奖给我连的奖金款一事。我们连只有一百九十九人,按理讲,五千块的奖金,人均应得奖金二十五元,但由他负责发放的奖金每人只有二十四元。所以秦擎天同志共贪污了二百二十四元整。我们请求团党委严肃查处。"

在吴股长双手捧着信纸念匿名举报信时,何玲盯着信纸背面看,信纸左上角有被蜡烛油浸透过的痕迹,她苦苦地想了好半天,觉得好像在哪里见过,但一时想不起来了。听吴股长念完匿名举报信,王大寨说:"信上说得不对,我们连现在一百九十九人是对的,但像何医生、电报员是从机关派来配给我们的,也应该算进去,就应该是二百〇一人。不知何医生拿到奖金没有?"何玲回答道:"我和电报员都拿到了!"吴股长说:"就算两百零一人,还差一百七十六元呢,这么多钱到哪里去了?"王大寨有些烦躁了,问胡南雄:"司务长,秦副连长退回钱没有?"胡南雄道:"没有。"吴股长喝了口茶说:"我们为了尽快把事情搞清楚,所以秦擎天明天回来后暂时不要参加施工,不许他与别人接触。请各位干部动员战士们讲真话,讲实话,积极配合我们的工作,把这件事搞个水落石出。我讲完了。"贾股长说:"就按刚才吴股长讲的办,不过,对调查干部这样的经济问题一定要谨慎,不能冤枉一个好人,也不能放过一个坏人。这只是我的一点建议。"王大寨用手搔了搔头发说:"我们一定配合好吴股长和杨干事对秦副连长的调查。不过,我在这里说点不该说的话,凭我与秦副连长共事一两年来看,不论从他的人品、胸怀,他的工作能力、才干,还有他对战士的关心、真诚,在座的干部都有目共睹,我不太相信他会贪污一百七十六元钱。当然这钱的数额还是比较大的,相当于我们团长或政委一个多月的工资。但无风不起浪,既然有人反映了,我又不敢肯定他秦副连长没有……"他猛吸了一口烟,心想部队最忌讳两件事:首先是男女问题,其次是经济问题。于是他又说:"当然,结果要先由吴股长调查后我们才能认定。下午吴股长就先找胡司务长、李班长和赵小刚他们谈谈情况。贾股长这里,由我们何医生跟你谈谈。她不但学历高,而且还会写文章,她还经常与我们一起在工地上摸爬滚打的,她了解的情况多。何医生今天下午你跟贾股长谈完了,明天又该去给藏族同胞检查身体了。"他又看了看手腕上的表:"快,其余的人该上工地了,已经晚了十多分钟了。"

下午吴股长和杨干事第一个找胡南雄谈话,地点是在炊事班的帐篷里。胡南雄开口便说:"刚才连长对秦副连长的人品、才能,对人真诚的评价代表了我们连所有干部战士的心声,我也不相信秦副连长有贪污行为。"一听说有关秦擎天的事,黄宝宝就打抱不平:"我们还不了解秦副连长?他绝不可能贪污……"还没等黄宝宝把话说完,吴股长脸就黑了下来,吼道:"没有你什么事,你不说话,别人又不会说你是哑巴!"

黄宝宝看着吴股长黑着的脸,就想起前年冬天吴股长审讯他时也是这么黑着个脸,凶神恶煞的样子,不相信黄宝宝交代的事实经过,不相信他没有开枪打团长的意图,跟他反复强调什么"坦白从宽,抗拒从严"之类的政策,黄宝宝从来没经过这样的事,当时真吓得他大气不敢出,额头上虚汗直冒,差点尿裤子。审讯事件过后,黄宝宝每每想起这件事,就觉得当时自己实在是太幼稚了,何必那么害怕? 老子没做亏心事,也不怕半夜鬼敲门。管你什么保卫科科长、保卫股股长怎么对我黄宝宝干吼干叫,又是拍桌子又是甩板凳的,我确实没有开枪打团长的意图,你们非要逼我说,我能乱说吗? 我只能把自己当时的实际情况告诉你们,你们却不相信。最后结果如何,我黄宝宝说的是真话吧!但三天两夜突审,把我的身体都搞虚脱了,使我元气大伤,我这辈子脑海里永远抹不去那刻骨铭心的三天两夜啊!想到这些黄宝宝就有一种说不出的痛楚,好像刚要愈合的伤疤,又被别人揭去了那块疤壳,使他疼痛难忍……他不由自主地说:"吴股长,不听群众言,吃亏在眼前。"说完就出帐篷走了。

"什么意思?黄宝宝你给我说清楚!"吴股长突然意识到当时突审黄宝宝所谓的开枪打团长未遂案时自己刚当上股长,操之过急,确实对黄宝宝有急躁的行为。他主要想在团首长尤其是何团长面前显示自己的才能。他清楚地记得当黄宝宝所供认的没有和自己所需的愿望达成一致时,他伸出巴掌狠狠地打了黄宝宝一耳光,黄宝宝手上戴着手铐,也无法还击。这一耳光下去,黄宝宝嘴角淌血了,他还想再扇一耳光,被保卫科科长拉住了……后来他也想过,自己是太粗暴了。所以当黄宝宝刚才说他那句话,他只是没底气地说了上述两句话,这只是给自己找个台阶下。若是别人敢在他吴股长面前这么放肆地说"不听群众言,吃亏在眼前",他一定会毫不客气地像吼犯人一样地吼上一通……

胡南雄将条子递了过去:"吴股长你看,这是秦副连长当时在司务处取钱时打的一张条子。"

司务长:

　　从你处取走人民币伍千元整用于连队发奖金。

经办人:秦擎天

吴股长看完条子后交给正在做询问笔录的杨干事:"把它记录好!"杨干事迅速记完后,把条子还给胡南雄。胡南雄就把条子又放回装有账本的铁皮柜锁好。吴股长招呼他过来坐下谈。胡南雄顺手从床铺下拉出一个小凳子坐到了吴股长对面。吴股长问:"从发奖金到现在二十四五天了,秦擎天没把剩的钱退回来?"胡南雄答:"他没有把剩的钱退回来。"吴股长问:"只有你是司务长,也只有你知道秦擎天没有把剩的钱退回来,你说你对匿名信不知情,这又怎么解释?"胡南雄答:"我也想过,一般人都会这么想,但我确实没有写。"吴股长说:"不是你,那你说是谁写的?"胡南雄说:"要是我写的,天打五雷轰!"接着吴股长就给胡南雄交代了一系列政策。胡南雄想,真是跳进黄河都洗不清了啊,低着头想了半天,他突然抬起头盯着吴股长。吴股长笑了一下:"想通了?"胡南雄摇了摇头:"能不能把匿名举报信给我看看?我能看出是谁的笔迹,因为每个月发津贴时大家都在账簿上签字。"吴股长摇了摇头："要保护举报人的积极性,否则谁还敢向上级机关举报不合法的行为呢?你好好想想,有没有谁来问过你关于奖金的事?"胡南雄双手抱胸,望着帐篷顶苦思冥想着。一会儿,他比较兴奋地说:"想起来了,秦副连长发了奖金的第二天中午到我这里借过花名册,当天晚上就拿来还了。"吴股长对这些根本不感兴趣,心想他借花名册可能是核对连里的人数,又问:"还想起什么没有?"胡南雄答:"有啊,记不起具体时间了,好像是五六天还是七八天前,张副指导员来问过奖金发完没有,我说我不清楚,他什么也没说,转身就走了。"吴股长让胡南雄看了看询问笔录,并叫他签上自己的名字。杨干事取出印泥盒子,胡南雄用大拇指蘸上鲜红的印泥,在自己的名字上郑重地按下了红红的手印。

接着吴股长他们就到了人工排一班的帐篷里,见李俊杰和赵小刚正不知所措地坐着,等着他们的到来。听见脚步声,他俩都胆战心惊地站起来,因为"黄宝宝开枪打团长未遂案"中,他俩都领教过吴股长的厉害。

吴股长和杨干事一进帐篷就坐在了床铺上,吴股长故意咳了一声,李俊杰和赵小刚像犯人接受审讯一样低着头,周身像筛糠似的发着抖。"你们站着干啥?坐过来!"李俊杰和赵小刚听到吴股长那严厉的声音,才挪动着沉重的步子坐到了吴股长对面的床铺上,像面对着严厉的法官似的低垂着头。吴股长说:"政策,我就不交代了,我们已经是第二次打交道了。一句话,要实事求是,不能说假话,否则是要负法律责任的。你俩谁先来?"

赵小刚微微地抬起头,看见吴股长不苟言笑严肃有余的脸庞说:"你要我们说什么?"

"明知故问,你们知道秦擎天贪污奖金的事吗?"吴股长道。

"对这件事我根本不知情啊,秦副连长是好人呀,他不可能贪污!去年我家属来唐古拉山几天,临走时我找王连长想在连队借五十元钱,王连长没同意。秦副连长知道后硬塞给了我五十块钱。后来我还他,他死活不要……"李俊杰感动得泪水像洪水一样倾泻而出。

这时,赵小刚大声地哭了起来,说道:"自从我在唐古拉山返队后,秦副连长像大哥一样关心我,经常找我谈心,要我做个脚踏实地的人。他还经常给我家和我的未婚妻去信,汇报我在连队的表现,父亲、母亲和未婚妻看到我的进步后,来信鼓励我要好好干。去年年底,因连队立功名额有限,我没有立功,又是秦副连长给我父母写信,讲明我没立功的原因。我父母可高兴啦,说我看来真正变好了,成熟了。秦副连长是好人啊,怎么可能会贪污奖金?求求吴股长,你们可别再整秦副连长了……"

吴股长气得嘴角起白沫,吼道:"混账,谁整他了?"

赵小刚蒙了,也不知该怎么说才对,只是泪眼汪汪地望着吴股长……

晚上贾股长、吴股长、杨干事和小车司机四人住在运输排的一个帐篷里。洗漱完毕,坐在被窝里,贾股长问吴股长:"你们的调查工作进展如何了?"吴股长说:"总的来说,进展不错。不过,我们调查的人都说秦擎天是个好人,看样子大家都很佩服他。"贾股长说:"而且是真心真意地佩服。我下午找何医生聊了一下午工程尖刀连的情况,晚饭后我又分别与王连长和孙排长聊了聊,总的来说,收获不小,能写一篇好文章。除了他们的生活、施工,还有官兵的思想状况外,大家都不约而同地谈到了秦擎天,都说他行得端、坐得正,论人品,论才能,论官兵关系,大家都赞叹不已,他做的好多事情很感人。用王大寨的话说,'这工程尖刀连除了我王大寨外,只有秦擎天玩得转'。何玲也是这个观点。"贾股长说:"吴股长,我有个建议,不知行不行,仅供参考,杨干事也帮我们想想……"

吴股长很拥护的样子,他知道贾股长是政治处的老正营股长,他当股长时,自己还在副营干事的位置上,他不仅兵龄比自己长两三年,而且在机关以"办事稳当,对人真诚"著称,更何况命令一宣布,他就是名正言顺的副主任了呢。尽管都是正营职,但他就是自己的领导。见贾股长还没有说,他就催道:"你说,你说,我肯定会采纳你的正确意见的。"

贾股长说:"你中午宣布的'秦擎天明天回来后暂时不要参加施工,不许他与别人接触'的决定要取消。一是,我们调查的几个干部、战士都认为秦擎天不可能贪污奖金,这个匿名举报信的真假值得怀疑。"

杨干事说:"就是。"

贾股长继续分析道:"二是,秦擎天是大家公认的好人,我想是有的干部或战士不服气,比方哪个战士被秦擎天批评了或批评重了怀恨在心,于是就写了这封匿名举报信。三是,我曾经与秦擎天合写过材料,因而知道这个人是个堂堂正正的男人,我不太相信他会贪污。"

吴股长又像是自言自语又像是在问贾股长:"那么剩下的奖金到哪里了呢?"

对这个问题贾股长一时也无言以答,心想吴股长爱怎么办就怎么办吧,反正他是尽心了。

第二天秦擎天带着运输排的车队回来,只有由叶增光和另外一名战士驾驶的那辆车因前桥断裂,弄到修理连抢修去了,可能要推迟一两天回来。运输排的战士把装有沥青桶的车辆一一在营区停放整齐后，就进行了一番洗漱。不一会儿，连队也到开饭的时间了。

秦擎天到连部吃饭时，见贾股长他们在连部，他就热情地和贾股长握手问好。贾股长说秦副连长辛苦了，秦擎天只是笑笑说习惯了。他又与吴股长握手，吴股长满脸严厉，握手时也是应付，没有一点热情劲儿。秦擎天本来想把这一趟拉运沥青的工作情况向王大寨说说，但看见他也有些不冷不热的样子，秦擎天一下子就心情沉重起来，一句话也没有说。只有何玲向秦擎天笑道："回来了！"秦擎天点了点头，心里得到一丝安慰。

在饭桌上吃饭，大家只是默默地埋头吃着，没有人说话。秦擎天感到有种压抑感，他猜想连队一定出了事，而且这事还与自己有关，不然的话保卫股吴股长来干什么？至于贾股长，秦擎天早在十多天前就听说他来写一篇文章……想着想着他就想到了自己下午的工作，他抬起头对埋头吃饭的王大寨说："连长，我今天下午组织运输排把沥青桶卸下来堆放在营区门口，你看行不？"王大寨冷淡地说："不用了，你休息吧。"秦擎天说："连队这么忙，我能休息吗？这是怎么了？"吴股长黑着脸说："怎么了？难道你不清楚？"秦擎天想刚才的猜想果真没有错，心里不由得咯噔一下，道："刚才我一进连部就感到气氛不对，原来是冲着我来的。"吴股长说："团党委收到一封匿名举报信，反映你有……所以你暂时不要参加施工……"秦擎天气愤地说："揭发我？我不参加施工？难道我犯了什么弥天大罪？吴股长，你能不能说明白一点，我究竟犯了什么错误，能不能容我解释几句？"吴股长说："现在没有这个必要，我们现在正在调查，等调查清楚了，会给你解释的机会的！"秦擎天把饭碗往桌上一放，扔下筷子，气呼呼地说："我会耐心地等待着，看我到底犯了什么错误，我要等到真相大白的那一刻！"王大寨安慰道："别激动，秦副连长，是黑说不白，是白说不黑，事情总会搞清楚的。"秦擎天愤怒道："我没做亏心事，半夜不怕鬼叫门！"

秦擎天离开饭桌，摔门而出，径直到厕所解手。在厕所里碰见黄宝宝，黄宝宝一见秦擎天，立即热情地说："秦副连长你好！"秦擎天说："好个屁！"黄宝宝见秦擎天满脸痛苦的样子，很想把吴股长调查他的一些情况给他讲一下，但又不敢讲。昨天晚上全连官兵开了会，吴股长在会上黑着脸严厉地讲了关于秦擎天的贪污案，说在事情调查清楚以前，不准任何人以任何形式向秦擎天通风报信，否则将受到严肃的查处。黄宝宝自然不相信他可敬的秦副连长有贪污行为，他解完手提着裤子说："秦副连长，晚上我把饭送到你帐篷里，你一定要保重，我们全连都不相信你会犯错误的！"秦擎天蹲在茅坑上，向黄宝宝点点头："谢谢你，黄宝宝!"黄宝宝很愧疚地说:"都怪我酒喝得醉醺醺的,跑到团长那里去解释……都是我害了你,才使你下到工程尖刀连,全连我最对不起的人,就是你了!"秦擎天很感动,说:"这事怎么能怪你?生活就是这样阴差阳错。虽说到工程尖刀连苦点累点,但和大家在一起心里踏实。我从来没认为同大家一起施工有什么不好,我觉得这是笔难得的财富呢。"黄宝宝说:"秦副连长,还是你的觉悟高!"秦擎天说:"什么觉悟,我确实是这么认为的。你快回去吧。"黄宝宝嗯了一声就走了。

"因祸得福"这个词是秦擎天从厕所里出来往自己的帐篷走时想到的,他摇摇头,苦笑了一下。如果说刚才在连部吃饭时,他一听说"团党委收到一封匿名举报信,反映你有……"的话还有些不能接受的话,那么现在他一想到"暂时不要参加施工",反而有了一种如释重负的感觉。他想,管你吴股长把老子调查多久,让你吴股长把老子查个水落石出,我秦擎天一不恼二不火,还是一种享受呢!他回到帐篷,关死了门,脱下棉衣棉裤,坐在床上借着从窗户照射进来的光线,捧起《茹志鹃短篇小说集》,翻到《百合花》细读起来。秦擎天已记不清读多少遍了,第一次读的时候是在高中课本上,每读一次他都有一种新的收获。他十分喜爱作家笔下的把自己唯一的嫁妆——那床结婚用的被子借给部队的新媳妇形象。他脑海里早就记下了那新媳妇的形象——这媳妇长得很好看,高高的鼻梁,弯弯的眉,额前一绺蓬松的刘海儿,穿的虽是粗布衣服,倒是新的……

小说快要读完时,秦擎天听到营区里响起战友们上工的脚步声,就想起该上工地了。他刚掀开被子,突然意识到自己是"暂时不要参加施工"的人,便又坐下来盖好被子,接着读起小说来。不一会儿,他觉得眼皮发沉,周身发困,倒下就呼呼大睡起来。

按吴股长与王大寨商定的,今天下午第一个找机械排排长孙绪明谈,第二个找全连唯一的志愿兵钱远明谈。

孙绪明是吴股长叫文书去喊到连部接受调查的。孙绪明没喊报告就走进连部,一进去就看见吴股长和杨干事坐在饭桌前,杨干事胸前放着一个记笔录的本子。他佯装不知地问:"吴股长找我有什么事?"吴股长指着一个凳子叫他坐下。孙绪明拉过凳子坐下,望着吴股长。他早就听说过吴股长厉害,他就不信那个邪,他要看看吴股长究竟怎么个厉害法,所以进连部时,他故意没喊报告就大摇大摆进去了,原想吴股长肯定会火冒三丈地叫他滚出去,他好借机和吴股长大干一仗,大不了今年年底转业回老家算了,但他的想象并未变成现实。

"我们找你来是想了解一下秦擎天贪污的情况。"吴股长说。

"你们调查清楚了？秦擎天真贪污了？哎呀！这秦擎天也太胆大妄为了，竟敢贪污奖金？"孙绪明故作惊讶状，接着又问，"我说真话还是假话？"吴股长说："当然是真话！"孙绪明说："如果让说真话的话，我就说。如果我们团、我们师的干部都像王大寨和秦擎天那样，青藏公路改建工程早几年就完成了。比党中央规定的竣工时间，至少要提前两三年，也绝不会成立什么工程尖刀连！"

吴股长和杨干事都惊讶地大睁着眼看着孙绪明。

孙绪明缓了口气说："我们连长王大寨是个老高原了，自从他上唐古拉山施工以来，天天吃安眠药，天天一身泥一身水地同大伙干。几天前，他和我下工走在最后，他用手使劲压着自己的肝部，弯着腰，额头上冒着虚汗。我扶着他回来后躺了一会儿，他下午又上工了。他肝部总是疼，但他还不让我说，他说大家知道了会影响施工士气。我今天才对你们说起，他实实在在是拿着自己的生命开玩笑，这样他能坚持多久？不倒下才怪呢！……现在说秦副连长吧，可以说，他为青藏线立下了汗马功劳，他遇事爱动脑筋想办法，解决了施工中遇到的不少困难，我们连的官兵有目共睹。这个人心胸开阔，很关心下级，战士们都喜欢他。我今年探家回来后，就接到妻子病故的加急电报，他闻讯后二话没说将自己的五百元钱硬塞给我，我至今还没有还他……"他说到这里声音就哽咽着，眼圈也红了，吴股长也动了恻隐之心，没再问话。孙绪明停了一会儿，强迫自己坚强起来，又道："昨天中午吴股长当着全连干部的面，说秦副连长贪污，我到现在也无法相信。在连队，包括连长在内，大家都特别尊重、佩服秦副连长，但有一个人例外。"吴股长问："谁？"孙绪明答："副指导员张德彦！"吴股长问："他俩有摩擦？"孙绪明说："应该说有吧。但这都是张副指导员不对。当然倒不是秦副连长借了钱给我，我就说他好话。也不是因为我和张德彦打过架，就说他的坏话。"吴股长说："你给我们举一个具体的事说说。"孙绪明说："张副指导员这人心胸狭窄，也爱嫉妒人，秦副连长因为干得不错，连长总是表扬他。这表扬一多，张德彦就千方百计给秦副连长出难题，总想出口恶气。去年在唐古拉山施工时，他指挥平地机失误，造成翻车，害得大家加班干到凌晨两三点。他开始一口咬定这事是秦副连长引起的。后来才知是他的失误导致的，原本连长叫他做检讨，后来不知怎么的就不了了之了。到了风火山，他也总是找秦副连长的碴。"吴股长问："你和张副指导员打架是怎么回事？"孙绪明把与张德彦打架的经过说完后接着说："当然，这件事过后一想我也不对，连长也批评了我，我也虚心接受。我说的话如果你们不相信，可以问连长，问技术员，问几个排长，还有全连战士。"吴股长说："我会问的。"

孙绪明从凳子上站起来就想离去,杨干事叫他把询问笔录看一遍后签上名字。他看也没有看就签上了自己的名字,并用右手大拇指蘸上印泥重重地在自己的名字上按下了一个鲜红的大手印。出门时,吴股长叫他顺便把钱远明叫来。

　　吴股长从钱远明口中并没有得到多少情况。钱远明告诉了他们一件事,就是4月5日清明节那天运输排去烈士陵园看余辉购买花圈的事。五十块的花圈钱,他和叶增光都要给秦擎天十五元,算三人共同买的,钱塞到秦擎天衣袋里,秦擎天又从包里抓出来退给了他俩,并说:"你们家里困难大,我单身一个,工资又比你们高。"所以五十元花圈钱是秦擎天一个人掏的腰包。一说到秦擎天贪污奖金的事,钱远明的头摇得拨浪鼓似的对吴股长说:"不可能!"吴股长又问他:"为什么?"钱远明还是那三个字:"不可能!"而后便没有话了。

　　吃罢晚饭,吴股长找王大寨核对了张德彦因为指挥失误造成平地机翻车事件和张德彦与孙绪明打架事件,都得到了肯定答复。

　　边走边思考的吴股长回到住处,见贾股长正伏在床铺上整理笔记,就问:"贾股长,你的素材搜集得如何了?"贾股长抬起头说:"不错,不错,收获很大。我准备写两篇东西,一个集体,一个个人。"吴股长问:"个人,谁?"贾股长说:"秦擎天!"吴股长感慨道:"是呀,我也觉得秦擎天这人值得写。我调查的人都说他是好人。"接着他把秦擎天送给李俊杰五十元钱的事,借给孙绪明五百元钱的事,还有为余辉买花圈自己掏五十元钱的事,一一给贾股长讲了。贾股长说:"五百元钱的事,昨晚孙绪明跟我谈了,送李俊杰五十元钱的事我也听说了,五十元花圈钱我还没有听说,明天我找钱老兵了解一下。我今天采访记了二十多页,大部分是他们谈的秦擎天的好事。你没问秦擎天今天下午一个人在帐篷里情绪怎么样?"吴股长说:"我问了送饭的黄宝宝,他说秦副连长好好睡了一下午。"

　　第二天人们正在吃午饭,叶增光驾驶的车回来了,停好车后,他手里拿着一沓信件,站在营区内喊:"邹排长,钱自化,钱远明,李俊杰,俄尕志……快来拿信!"正在吃饭的人们听说有信,都端着饭碗不约而同地从帐篷里蹿出来:"叶排长,有我的没有?""有我的没有?"

　　收到信的人喜笑颜开,没有信的就很失望。叶增光一发完信,将两封写有"连队首长收"和"党支部收"字样的信送到连部,交给正在吃饭的王大寨。

　　王大寨放下筷子,又将攥在左手的两封信的寄信地址看了看,也不知是好消息还是坏消息。他撕开第一封信读了起来,这封来自河南的信是摊铺排排长邹洪康的父母写来的,信上说寄来的三十元钱已收到,感谢连队党支部和部队首长的关怀,他们一定支持孩子安心工作,为"四化"建设多做贡献。他又看了另一封信,这封信来自四川,是机械排二班战士钱自化的父亲托人写来的,信的内容与邹洪康父母的来信大同小异,信上还是说连队党支部寄来的三十元钱收到,很感谢! 王大寨把两封信一看完,就交给了贾股长。王大寨也不吃饭了,点着烟吸起来,开始沉思。贾股长把信看了后递给正在吃饭的吴股长、吴股长看完将两封信还给王大寨,王大寨顺手递给方林,说:"你和何医生都看看。"

信很快就看完了,王大寨问方林和何玲道:"是不是你们以连队党支部的名义寄的钱?"两人都摇了摇头。王大寨说:"你们没寄,我也没寄。几个排长和司务长家中都有或大或小的困难,他们也不可能寄。"人们都放下了碗筷,目不转睛地看着王大寨紧锁眉头的面颊。王大寨深深地吸了一口烟,说:"贾股长,吴股长,我想了一下,这事是不是秦副连长以党支部的名义干的?"吴股长说:"不可能吧,你想,如果是他寄的钱,为何不写自己的名字? 如果他真有钱给下级的家里寄,为何他又把近两百元钱的奖金贪污了?"王大寨说:"那是不是张副指导员寄的呢?"

何玲说:"我了解张德彦,他是不可能寄的。如果他寄了,他会告诉我的。"

"报告!"听到报告声,人们抬起头,见钱自化站在帐篷门口,手里捏着一封信。王大寨说:"进来。"钱自化径直来到王大寨面前,将手里捏着的信递给他说:"连长,我父母写信来,叫我一定要代他们感谢连首长对我们家无微不至的关心,你们寄的钱收到了,并叫我听你们的话,在部队好好干。"王大寨看完后,将信递给贾股长说:"你们都看看。"又对钱自化说,"小钱,你回去,信我们看完后再还给你!"钱自化向王大寨深深地鞠了一躬,又向其他人深深地鞠了一躬,转身出了帐篷。

信是钱自化的父亲口述,妹妹执笔的:

自化儿:

你好! 我们全家很想念你。

这一段时间对我们家来说,真是喜事不断。之前,县民政局奖励你在二团工作时立三等功的五十元钱由村民兵连长带领的一群学生敲锣打鼓地送到了咱们家,还有一张红艳艳的立功喜报呢。一直躺在床上生病的你妈,得知这一喜讯,也从床上爬起来,病似乎也好了一大半,她老泪纵横道:"我们化儿有出息了!"那天,生产队里的人听到锣鼓声都跑来看热闹,可把我们全家高兴坏了,脸面上也很光彩。化儿好好干吧,只要你有出息,爸妈再苦再累都能忍着。少想家，多干活。接着的几天后又同时收到两张汇款单，一张是你寄来的二十四元钱，另一张是你们连党支部寄来的三十元钱。我和你妈心里可高兴了，喜得我们大半夜睡不着觉。化儿，你收信后一定替我们全家给首长磕个头，作个揖，我们谢谢他们，他们干国家大事，还不忘记我们这些老人，不知说啥才好！化儿，这一百零四元是这样开支的，还春节时在你二妈家借的二十元；由于家里无钱买猪，只养了一个二十多斤的小猪息，所以又用五十元钱买了一头八十多斤的猪；另外剩的三十四元，给你小妹买了一身像样的衣服，花了九元三角，她上初中了，穿得破破烂烂的，别人笑话，新衣服一穿，模样也好看多了；送给你哥哥、嫂子十块钱，他们养儿盘女的也不容易，上次你回来探家，哥嫂惹你生了气，你也不要总记在心上，他们都是你的亲人；你小妹年初上学时欠的学杂费，补交了三元两角；你妈腰疼病隔上两三个月要犯一次，躺在床上疼得虚汗直冒，你小妹去买了几片止痛片，按说每次要吃一片，但你妈舍不得，把一片药掰成四份吃……原来没有钱治，一直硬拖着，所以给你妈留了五元来治病；另外叫你小妹上街花了三元钱买了两斤多大肥肉和几斤盐巴，把你哥哥、嫂子和侄儿、侄女叫在一起吃了一顿饭。家中还剩下三元五角钱，万不得已我和你妈是舍不得用的……

何玲是最后一个看完这封信的。她看得很仔细，没想到农村人过得这么艰辛。她从小生活在城市，生活对她来说阳光灿烂。如果她今天不读钱自化的家信的话，根本不知农村人是怎样艰难度日的。她抬头把信递给王大寨时，人们发现她眼里盈满了晶莹的泪花。她发现大家注视着自己，立即扭转头，赶快从裤兜里摸出手绢捂在了已流淌出泪水的眼睛上。女孩子还是心软，同情心强，王大寨盯着何玲想。贾股长打破了大家的沉默，说："我看下午能不能安排开个会？在座的干部今天下午都不要上工了，把秦副连长也叫过来，吴股长当面问问，我们听听究竟是怎么回事。如果他真贪污了，就不能自圆其说；如果是另外的情况，大家皆大欢喜。大家意见如何？"大家都没意见。王大寨说："我去给四个排长交代一下，叫他们领头干。"王大寨走出帐篷没几步，李俊杰就追了过来，说："连长，我给你汇报个事。我家属来信说，收到连里寄的三十块钱，叫我感谢你们。"王大寨站住了："是吗？信呢？"李俊杰就从裤兜里把信掏出来，递给王大寨。王大寨接过信，说："我下午看看，晚上还你。"

秦擎天是方林去叫到连部的。他一进门，吴股长很友好地说："秦副连长，我们想找你谈谈连队发放奖金的事情。"

"行,我回去取个本子来。"秦擎天回到自己的帐篷里,从办公桌的抽屉里取出一个红色的笔记本,就回到了连部的帐篷,坐在凳子上问:"从哪里谈起呢?"吴股长说:"从你在司务处取出五千块钱说起。"秦擎天翻开笔记本说:"我从司务长胡南雄那里领了五千元的当天晚上,就算了半天,每人只能发二十四元奖金。我们连共计两百零一人,实际去年上山施工的只有一百九十九人,卫生员在五道梁送我连第一个生病也是我连最早离开人世的战士韩小兵返回格尔木后,根据连长和张副指导员还有我的意见就留守连队负责看管营房,同时给运输排下山拉物资的人员做做饭,对有病的人员取点药也方便些,此外他还要管理全连官兵的档案。关于奖金的发放,我是按二百零三人计算的。"吴股长问:"为什么?"秦擎天接着说:"连队牺牲的三人也发了的。同时,给团里配合我连工作的何医生、电报员也各发了一份奖金。不知我这样做对不对?"王大寨大加赞赏:"对,比我考虑得周到!"吴股长问道:"牺牲的三个战士的奖金是怎样发的?"

"余辉的奖金是运输排去格尔木团部拉沥青时,我叫叶排长和钱远明开车送到师部的。本来我该去的,但我要在邮局寄战友们托付给我汇往各自老家的款,就没有去成。余辉的奖金,是叶排长和钱老兵把钱送到余部长办公室的。此事,请吴股长问问叶排长和钱老兵就清楚了。至于第一个牺牲的战士,名叫韩小兵,家住山东茌平县城,这是我看了从司务长那里借的花名册后查到的。还有牺牲的甘肃临洮县农村的何小碧。他们的奖金是我在邮局亲自寄的。这是两张邮政汇款收据,我在收据后已注明哪一张是韩小兵家的,哪一张是何小碧家的,避免他们没有收到,我好去邮局查询。"秦擎天说着将两张汇款收据交给了王大寨。

何玲专心地听着秦擎天不紧不慢的话,心里暗暗佩服:"这个秦擎天做事比女人还细心呢!"

"所以,五千元奖金,人均二十四元。这是我给全连官兵发奖金时,大家签的字。"说着,秦擎天又将发奖金时在笔记本上的几页登记连同笔记本递给王大寨。王大寨不接笔记本,说:"这是大家都知道的事,没必要看了。"秦擎天站了起来,拿着笔记本递到吴股长跟前。吴股长说:"不用看了!"秦擎天还是把笔记本放在吴股长面前的桌面上,又从包里摸出烟来给王大寨和正在记录的杨干事各发了一支,接着自己就点上抽了起来。他没有给贾股长和吴股长发烟,他在机关当管理员时就知道他俩不抽烟。坐在凳子上,秦擎天猛吸了一口烟,说道:"其实,吴股长最关心发奖金后剩下的一百二十八元钱,不,准确说是一百二十七元四角二分钱,因为给韩小兵家、何小碧家寄款汇费用了四角八分,外加五分一张的两张汇款单。"吴股长说:"是的,我们很关心这事。"秦擎天还是一本正经地说:"我实在不想说,说了就没意思了。"

王大寨吸着烟,说:"你把这一百多元说清楚,这事就了结了,贾股长和吴股长来了两三天了!"秦擎天说:"算我挪用公款吧,但不能算贪污,我没那么大的胆子。"人们目光齐刷刷地盯着秦擎天。王大寨急躁起来:"你说清楚就行。"吴股长口气也硬起来:"既然干了,还怕说?团党委也十分重视这事,不能让一个干部栽在金钱上!"秦擎天听出来了,吴股长的意思真的是自己贪污了似的,他说:"我原本想过两天发了工资就把这钱还给司务处,神不知鬼不觉的。没想到有人在背后监视着我,我很感激。"

贾股长坐在那里一言不发,他想,他的直觉告诉他秦擎天这样的干部不会贪污。但从秦擎天现在的表情看又有点像贪污了那笔钱似的,他有点怀疑自己的感觉了。

"先别说感激写匿名信的人的事,直接说自己的事吧!"吴股长说。

"大约一个月前,我哥来信说,急需从我这里借五百元修房子,当时我只有四百四十多元。"

秦擎天这样一说,人们目光里更加坚信他贪污了这笔钱。只有一个人不相信他贪污,这个人就是何玲。何玲也说不清为什么不相信秦擎天有贪污行为,也许是直觉吧,女人的直觉。

"过了几天,连长在排以上干部会上叫我负责发放资金。奖金当天晚上发完后,不少战士来找我,请我在格尔木拉物资时到邮局帮他们寄点钱回去。这些往家里寄钱的都是农村兵,这一下提醒了我,我觉得农村兵的家里都很苦,我来自农村,对农村有所了解,虽然实行了包产到户,农民的积极性得到了提高,粮食年年都有好收成,但购买一些日常生活用品,还有土地款、化肥款、农药款等都需要钱。钱从哪里来?粮食卖不上价,所以农民的日子过得艰辛啊!"

听到这时人们心里不由得一颤。是啊,在连部坐着的干部们谁能像秦擎天这样如此深入地了解农村,了解农民的艰辛?在何玲的眼里,秦擎天讲述的农村情况,就像一首悲壮的歌曲。这时王大寨给他递过一支烟,秦擎天摸出火柴点燃烟,猛吸了几口,似乎有一种悲伤的情绪笼罩着他。

秦擎天心情沉重地讲道:"我们连在唐古拉山牺牲的第一个战友何小碧,家在甘肃农村,家里太穷了。他是家里的老大,有三个小妹妹,全家唯一的经济收入就是父亲打铁挣点钱养家糊口。我找他谈过一次心,他跟我说着家里的一些具体情况时,这个可爱的小战士豆大的泪水就像断了线的珠子一样滚落下来。

他说初中还没有毕业就辍学了,跟着父亲学打铁,他人小力气也小,拿起大锤打铁很吃力,累得直喘粗气,抡上两下大锤就提不起来,抱着大锤蹲在地上伤心地大哭起来……父亲以为他伤着身体了,他说不是,怨自己没力气,白白地让父母养了十多年不能为家里分担负担。父亲很后悔,觉得对不住自己的孩子,小小年龄就辍学了。父亲当初让他来当兵,是让他在部队好好锻炼几年身体,今后好回去子承父业。"他竟眼圈一红,有点讲不下去了。

大家早就被秦擎天所讲的事打动了,也被深深地震撼了,最早流下眼泪的是何玲,一条手绢已被泪水打湿了,因为人多才没有哭出声来。其他人也受到感染,就连铁石心肠的吴股长眼眶里也盈满了泪水。

秦擎天稳定了一下情绪,继续说道:"何小碧的遗体埋葬在了唐古拉山,连一块墓碑也没有立。"

"当时没想起这事,实在对不起他了。明年修沱沱河大桥时也有钢筋和水泥,到时制作一块墓碑。连队干部都帮我记着这事!"王大寨不无愧疚地解释道。

"再说说人工排一班长李俊杰吧。他跟我一样是被发配到工程尖刀连的,在家里连续失去三位亲人的沉重打击下,他没有倒下。他的家属梁菊芳为操办两位老人的丧事,欠了很多债……"

王大寨脑海里突然回想起李俊杰在家属离队前向他借五十元钱的事情来。他顿时觉得自己当时居然那么粗暴,太不理智了,现在想来实在内疚。但话又说回来,公家的钱,你借我借,部队建设怎么搞,王大寨也有他的难处。

"为了节约钱,李班长一天只限制自己吸两支烟,而且是每包只有一角八分钱的'兰花'牌香烟。他吸烟的方法有些特别,一支烟分成两次抽……再说说机械排二班的平地机手钱自化吧,他舍不得花两三毛钱买一管牙膏,而是到炊事班要了一罐头盐巴来刷牙……"秦擎天哽咽着实在有点儿说不下去了。

何玲在暗暗想,秦擎天不愧是位业余文学爱好者,每天都在用他那双明亮的眼睛像艺术家一样观察着连队的工程、连队的官兵以及他们的大家庭。这样的人竟然有人举报他有贪污……

"秦副连长,你该讲讲剩下的一百多元奖金的下落了。"吴股长说。

"莫忙,我讲完就说。吴股长,我不展开说了,概括地说说。除了何小碧、李俊杰、钱自化外,还有摊铺排排长邹洪康、运输排志愿兵钱远明家里也很困难。所以我又以连队党支部的名义给五位官兵家里分别寄去了三十块钱。"

听到这里,大家都松了一气。

"吃饭时收到钱自化和邹洪康家里的感谢信,这个谜团才终于解开了。"王大寨说完,又想起了什么,用手捏了捏口袋,摸出一封信来,递给吴股长:"这是李俊杰收到的信,也说是连队寄了钱。"

秦擎天解释道:"我原本想等几天发工资时把发奖金余下的一百多元补上交到司务处,这事就了了。我不想让人知道我给五名官兵家里寄钱的事。"

吴股长问道:"你当时的思想动机是什么?"

"这几位干部和战士家里的困难大,我觉得我该帮帮他们……当时,我也想到邮局寄钱不容易,顺便就把这事办了。我给我哥哥和嫂子只寄了四百元,剩下四十多元,加余下的奖金,就给他们每家寄了三十元,最后剩十多块钱是这个月的烟钱。"

"你为啥寄钱不写自己的名字?"吴股长问。

"写自己的名字,就成了沽名钓誉,我也不想让人说我是拉拢人心!"

吴股长想,虽说秦擎天是在为官兵做好事,可他的方式方法也有问题,容易让人产生误解,看来这事只能到此为止了,不管怎么说,也算画上了一个圆满的句号。

王大寨问道:"你借用奖金为战士家庭解决实际困难,为啥不跟我打个招呼?"秦擎天说:"去年李俊杰借钱,你不但不在借条上签字,反而还雄狮发威般地把他吼了一顿,我哪敢对你说,怕被你臭骂一顿!"大家被秦擎天的话逗得哈哈大笑。王大寨笑道:"你要跟我打个招呼,哪能把一个简单的事搞得这么复杂!"秦擎天说:"若是昨天中午吃饭时能容我解释一下,也不至于弄成这样子。"王大寨愧疚地说道:"让你受委屈了!"秦擎天释然地说:"我很感谢你们,让我睡了一两天好觉,真是一种享受啊!"吴股长说:"让秦副连长回来后暂时不要参加施工,不许他与别人接触,是我强硬执行的。群众的眼睛是雪亮的,黄宝宝说'不听群众言,吃亏在眼前',现在想想这话很有道理呢。贾股长也劝我不要那样对待秦副连长,但我却一意孤行,差点让一个好干部受到冤枉。我向秦副连长道歉。"秦擎天真诚地说:"严格讲都是我不对,造成误会,给大家添麻烦了!"

何玲想,秦擎天真是宰相肚里能撑船啊,别人打他一耳光,他还说别人打得对,要是遇上其他人早就闹翻天了。秦擎天真是个不简单的人物啊!

"寄给这五位官兵家中的钱应由连队解决,不能让你个人掏腰包!"王大寨说。

"不行!坚决不行!谁也别再提这事了,谁提我对谁发火!"秦擎天态度坚决地说。

"哎呀!上一次风火山收获真不小啊!原本只写一篇反映咱们连队开展艰

苦奋斗,发扬'一不怕苦、二不怕死'的文章,现在我又要多写一篇了!"贾股长终于开口说话了。王大寨自然很高兴,迫不及待地问:"还写一篇什么文章?"贾股长说:"人格魅力!什么是人格魅力呢?秦副连长身上就有一股强大的人格魅力。经过我这两三天的采访,大家谈论最多的就是王大寨、秦擎天和何玲三位同志。刚才吴股长讲了群众的眼睛是雪亮的,他们是最有资格评价我们干部的,他们心里有一杆秤,因为他们眼里装着的是我们干部的一言一行。所以,我思考了一下,我这篇文章的标题就叫《什么是人格力量?被告出来的好干部秦擎天》。"王大寨开玩笑道:"我们的秦副连长因祸得福啊!"秦擎天认真地说:"什么因祸得福,用我们四川话说,简直是'冬瓜皮做衣领——霉登了项'。"大家扑哧地笑了。贾股长说:"秦副连长,我倒坚信是'金子总会发光,是煤炭总要燃烧'的道理。"秦擎天说:"我一不是金子,二不是煤炭,我就是我,我就是大海里的一滴水,我就是青藏高原的骆驼草,青藏线上不起眼的铺路石!我一直要求自己清清白白做人,实实在在做事!"贾股长说:"水见阳光总要反光!"何玲跟着贾股长起哄:"铺路石更伟大,青藏线离了它,路就修不成了!"

第三十章

　　孙绪明自从处理完吴雁的后事回到风火山施工以来,几乎一直处于痛苦之中。他最怕夜晚,这种怕不是因为高原的严寒缺氧导致的睡不着觉,而是因为精神的煎熬,尽管每天他施工很劳累,但只要脑袋一挨枕头,就没了睡意,脑海里总是浮想联翩……看来过去那种一挨枕头就能呼呼大睡的美好时光一去不复返了。他原来听连长王大寨讲过失眠的痛苦,那时他不信,他还跟连长开玩笑地说:"是不是连长在施工的地方很难见到女人,想嫂子了?"王大寨只是笑笑说:"孙排长,我特别羡慕你们呀,一倒到床上就能像猪一样地睡过去。"当时他对连长的话无法理解,现在他对失眠有了刻骨铭心的领悟了。一到夜晚,只要有过往的车辆在施工地段陷车,他总是第一个穿好衣裤下床蹿出帐篷,然后带领几位战士上车就走,自己开着推土机把陷车拖出来。他觉得干活比在床上彻夜难眠痛快得多,不仅能让更多的战士睡个安生觉,而且能消磨了时间。那种在漫漫长夜中盼天亮的煎熬已将他折磨得快要发疯了。那段时间,虽不是说每天都有陷车要拖,但也是隔三岔五的就有司机来连队求援。秦擎天去格尔木拉石灰的时候,王大寨和张德彦也要去拖车。每当这时,孙绪明都态度很坚决地说:"你俩回去休息,恢复体力,明天好带领大家施工,我开着推土机带几个战士去就行了。"看着孙绪明很真诚的样子,王大寨和张德彦只好回去睡觉了。

　　张德彦开始觉得孙绪明这个人其实还不错,很讲义气,他懊悔自己那一次打架下手太重了,谁能想到一酒瓶下去,居然使孙绪明头上缝了不少针,流了不少血,也受了不少痛苦。更使张德彦感动的是,何玲在抢救孙绪明时,问孙绪明怎么搞这么大个伤口,孙绪明说是自己抢修机械把头搞破的。他想,如果何玲知道是他把孙绪明的头砸成那样的话,何玲不找他算账才怪呢。他知道何玲的正义感和倔强脾气。何玲至今没有在他面前提起过这事,他真的很庆幸何玲压根不知道这件事的真相。

　　王大寨见胡子拉碴、日渐消瘦的孙绪明,很心疼地问:"孙排长,没有过不去的火焰山,你是不是有什么心事?说出来,我们能帮上忙的,一定帮忙!"孙绪明闭口不谈,只是摇摇头。王大寨又问:"你是不是身体有毛病?"孙绪明还是闭口不谈,仍然摇摇头。王大寨从衣兜里摸出烟来,先给他递了一支过去。孙绪明不接烟,还是摇摇头。王大寨态度坚决地说:"我知道你不抽烟,来一支吧,吸上一支心里好受些。"说着自己就将两支烟同时点着,并将其中的一支送到孙绪明嘴边。孙绪明用手接过烟,猛地吸了一口,呛得他佝偻着身子猛咳了一阵,脸色由红变紫了,气喘吁吁的样子。王大寨忙上前给他轻轻地捶了捶背。他站直后又用衣袖边抹了一下嘴角的唾沫。片刻,等他喘气均匀了,王大寨再也捺不住性子了,大声说道:"你是聋子,还是哑巴?"孙绪明淡淡地说:"心里烦,每晚都失眠,通宵睡不着。"王大寨只好说:"去何医生那里取点安眠药,也许管用,快去。"孙绪明站着不想去,他知道自己是心病,服用安眠药不行。王大寨从背后使劲推他去找何玲取药,他觉得连长这般关心自己,不能再推辞,便朝何玲的帐篷走去。

何玲只给孙绪明取了六片安眠药,并向他反复交代道:"这种药副作用大,依赖性也大,每晚只能吃两片,千万不能多吃,否则弄坏了身子。"孙绪明回来后在床铺上坐了一会儿,按何玲的叮嘱吃了两片药。由于一直没休息好,当晚效果果然不错,第二天早上听到起床哨音他才爬起来,感到身上也有劲一些了,也不那么心烦意乱了。过了两天,安眠药吃完了,他又去找何玲要药,何玲拉着脸说:"不给!"孙绪明知道何玲不是舍不得那些药片,而是真心希望他不要把身体搞垮了,他近乎哀求道:"何医生,你再给我六片,我今后绝不再来找你要了!"何玲说:"是男人说话就要算数。连长就是吃安眠药上瘾的,一天不吃就睡不着,而且药量越来越大……难道你要步他的后尘?"孙绪明从何玲那里取了六片安眠药,连说了两声"谢谢",转身要走。

何玲把他喊住了:"孙排长,你坐下,我还有话对你说呢。"孙绪明心里一颤:难道她知道自己和张德彦打架的事了?一旦说出来,肯定要影响他俩的感情。他告诫自己,绝对不能说。他有点紧张地问:"何医生,啥事?"何玲问:"你头上伤那么重,有没有后遗症?比方说头昏啊之类的?"孙绪明不由自主地摸了摸头:"没后遗症,不痛。"何玲说:"没有后遗症就好,我一直挂念着这事,一忙起来就忘了问你。"孙绪明说:"谢谢你的关心。其实嘛,这是怪我自己抢修机械时不小心。"何玲说:"过后,我还说过连长,不要把你们箍得那么紧,是弦都有绷断的时候,他才有趣,说他王大寨虚心接受何大医生的诚恳批评,不要在光线不好的晚上加班,不过工程尖刀连是英雄的连队,英雄的战士就是不怕流血牺牲。"两人都哈哈地笑了。何玲想了一会儿说:"你晚上失眠,我给你开个土处方。你可以试试,也许效果不错。你请运输排的战友在格尔木买几瓶高粱白酒,每晚睡觉前喝上三五口,可能有作用。"

第二天运输排的车下格尔木拉沥青,饱尝失眠痛苦的孙绪明一咬牙就掏出二十元钱交给叶增光,请他全买高粱白酒。他担心叶增光记不住,又说了一遍。叶增光哪知他是治病用的,开玩笑道:"是不是你小子有什么喜事买酒请客?"他说:"我心里烦,别开玩笑了,小心我骂你一顿。"叶增光笑着不说话了。

从何玲那里取来的六片安眠药,孙绪明三个晚上就服完了。他想到何玲那里再要几片药片,又想到自己已在何玲面前夸过海口:"……我今后绝不再来找你要了。"君子一言,驷马难追。第四天晚上,孙绪明还未上床就有了想睡觉的欲望,但当他头一沾枕头,片刻就睡意全无,无论如何都睡不着。一睡不着就开始胡思乱想,他在心里呐喊着:"叶排长,你小子早点把酒给我买回来!"他把枕头从床铺这头抱到那头,还是睡不着,心中默默地开始数数:一、二、三……就这样他一直数着,渐渐入睡了。早晨听到哨音一觉醒来,他为自己创造的奇迹兴奋得不得了,洗脸都忍不住在笑。接着几个晚上,他都是用数数的方法让自己入睡的,所不同的是第二天晚上数了很久才睡过去,第三天晚上用了更久的时间才闭上他那早已沉重的眼皮……

叶增光给孙绪明买了十四瓶高粱白酒,还给了他剩下的四角钱。酒是在团部军人服务社买的,为了防止酒在路上被打破,叶增光又去连队找来一大块烂篷布,将酒一瓶瓶包裹好置于驾驶室坐垫下的工具箱里,周围又塞满了些烂篷布。尽管这样,途中还是打烂了一瓶。孙绪明原以为这种瓶装高粱酒挺贵的,没想到二十元钱买了这么多瓶,晚上开饭时,他先给每个排送去一瓶后,给连部也送去一瓶。一见他提来一瓶白酒,方林就开玩笑道:"孙排长,你来巴结连队领导了!"孙绪明说:"方技术员,我是先巴结战士,后巴结你们的!你要是不怕糖衣炮弹,就搞两大口。"何玲说:"孙排长,这是治病的,拿来喝了干啥?"孙绪明说:"何医生,感谢你了。酒买多了,我今晚试试看。"王大寨也开起玩笑起来:"这酒全归何医生喝,我们不喝了。"何玲说:"为啥?我才不沾酒。"王大寨说:"你要是把孙排长的失眠症治好了,等于又为'四化'多出了一份力呀!"何玲说:"我不懂,啥意思?"张德彦给何玲解释道:"连长的意思是,孙排长病治好了,可为施工多出力!"王大寨笑道:"张副指导员说对喽!你们两个真是天生一双啊,心有灵犀一点通啊。"大家被王大寨的话逗笑了。何玲说:"连长,好坏!我叫玉洁嫂子收拾你。"王大寨说:"她要能来风火山收拾我,那真是一种享受啊!"大家又笑了。王大寨说:"两年前,我在一团当连长时,负责不冻泉地段的施工。远远看着一辆长途客车驶来,可是几个施工的战士却在通客车的唯一便道上,用铁镐挖了一个大坑,而后他们就坐在旁边歇息,目睹客车开过来。你们猜为什么?"他故意卖起关子来。大家都摇摇头。接着王大寨不慌不忙地说:"客车开到大坑前,驾驶员一看赶紧停下了车,从车上走下来一些男男女女,老老少少。刚才挖坑的几个战士要帮助驾驶员推车,驾驶员还特别感动。"何玲说:"我知道了,战士们想立功。"王大寨说:"大错特错。正在公路上施工的战士看见那几个战友推客车,都纷纷地放下了手中的镐头跑过去推车。我纳闷一辆客车需要那么多人推吗,我就跟了过去一看,战士们打着推车的幌子,真正的目的是为了看一看女人,战士们看女人的目光火辣辣的,有个姑娘长得比较漂亮,战士们硬是把人家看得低下了头……"秦擎天插了一句话:"凭连长的性格,还不吼战士们一顿?"王大寨说:"唉,人人都是爹妈所生,都有七情六欲,大家不来当兵,不来修青藏线,他们在家乡只要每天一睁开眼睛就能见到女人啊,然而在我们这里却成了一种奢望。你说我这个连长还能说什么?"大家都目不转睛地看着王大寨,希望他把这事讲完。王大寨又讲道:"客车开走后,战士们你一言我一语地议论着,说刚才那姑娘比电影《庐山恋》里的演员张瑜还漂亮呢!……我听了后突然想起一句话来,当兵三年老母猪赛貂蝉。"方林问:"连长,我们怎么没那种奢望呢?"王大寨答:"因为你天天见到女人了。实话讲,何医生要不来咱们工程尖刀连,我们连照样也会出现挖坑劫车的事。何医生,我王大寨真的感谢你!你没见到,只要你一上工地,战士们的施工干劲也大了……"秦擎天也说:"是的,我也早就看出来了!"王大寨:"所以,年底我们还给你报请三等功,不占团里的立功名额,占连里的。"

经王大寨这么一说,何玲才感觉到自己居然有那么大的作用,她认为连长讲的是肺腑之言,不由得说:"但愿我起到了你们所说的作用。不过我去年已经立了功,今年应该给战士们,他们立了功至少可以拿到县民政局给他们奖励的五十元钱,帮家里一把。"王大寨说:"这立功的事,群众的眼睛是雪亮的,我们现在说也没有用。我的老乡鄢伦亮,就是那个科研组组长,他有时晚上跑到我这里来聊天,我问他:'你们长年累月的在这里最想什么?'你们猜他们想什么?"方林说:"想早点回城。"秦擎天说:"想多出科技成果。"张德彦说:"想回家探亲。"何玲说:"想多睡几天懒觉。"王大寨说:"不对,都不对。鄢老乡说他们最最想的是女人!"大家诧异地异口同声说:"女人!"王大寨说:"是的,女人! 刚上风火山没几天,我们请鄢专家用自己的亲身经历给战士们讲艰苦奋斗的事,对全连激励不小啊! 可是他们也有凡人的一面。"

当天晚上,孙绪明在临睡前咕咚咕咚地喝下两三口高粱白酒,效果真是不错,他倒床就直睡到第二天早上。一个月左右,孙绪明坚持天天睡觉前咕咚几口高粱白酒,失眠症彻底根除了。一天施工下来,孙绪明倒在床上就是想想点心事都没那个精力了,眼皮早就开始打架了,头一沾枕头,片刻间就能传出如雷的鼾声。当然,晚上他偶尔也要带战士们去拖过往被陷车辆。然而好景不长,叶增光驾驶的车回来后叫车上的战士给他送来一个包裹,包裹是叶增光从团部收发员那里取来的。以往包裹领取单一来,团部收发员就将领取单分发到各个连队,由领取人自己想办法去一二十千米外的市邮政局领取。而工程尖刀连的官兵在距离团部机关数百千米之遥的地方施工,这样一个包裹在格尔木市邮政局一放就是两三个月甚至半年多时间,待施工结束返回格尔木时,才去领取,一个包裹仅罚款就几十元乃至上百元,邮寄的东西的价值还没有罚款多。为这事,秦擎天就找团部收发员说,凡是工程尖刀连的包裹,都请他领回放到团部收发室,一旦有车下来就捎到山上去。开始收发员不愿意,觉得麻烦,但转念一想,秦擎天在管理股当管理员时是自己的领导,对自己也不错,所以才答应下来。

　　孙绪明把包裹捧到手里时,一看包裹上竟是文小英那熟悉的字迹,他没有急忙打开,而是把它放到了枕头边,想等到晚上再拆开。傍晚下工,吃完晚饭后,孙绪明坐到床边的小凳子上,感到腰酸腿疼的。这些天,一直在抢挖涵洞,风火山地段8千多米的路面就有四个涵洞,比在唐古拉山多了三个。原本修涵洞的工作是人工排的,但是人工排活也不轻,李俊杰带着他的一班去筛石灰,其余的人马由技术员方林和排长汪满良带领修涵洞。眼看修涵洞的任务繁重且艰巨,一时半会儿又跟不上施工的需要,所以王大寨、秦擎天、张德彦三个连干部一商量就给机械排分配了修建两道涵洞的任务。孙绪明二话没说,就带着他的一帮战士们干了起来。别看这些天有太阳,但越往深处挖掘越困难,因为下面是冰冻层,坚硬无比。人工排和机械排共有五十多人挖掘涵洞,人人的虎口都震裂了。方林一直在现场,就连解手都小跑着,生怕质量再出问题,他在四个涵洞之间穿梭似的跑来跑去,有时还拿起铁镐同大家一起干。方林一丝不苟的工作态度,使全连官兵肃然起敬。孙绪明带领的战士们比汪满良的一班人马干得更猛一些,施工进度也快出一大截,王大寨看后喜形于色,对孙绪明说:"还是悠着点吧,不要一下子把身子骨弄坏了。"孙绪明和他的战士们越受表扬干得越狠越猛……

　　孙绪明坐在床边的小凳上,稍做休息,抬头便见枕边的包裹。他缓缓地拿起包裹,又坐回小凳上,双手用力撕开包裹布,映入他眼帘的是一件叠折整齐的枣红色毛衣。这枣红色毛线,他还记得是自己刚当干部,准确地说是自己穿上四个兜的军装领到第一个月工资,在大商店挑选了半天才掏钱买下的一斤半毛线,而且是商店里三四十种各色牌子的毛线中价格最昂贵的,每斤三十元钱。在西宁火车站的邮局就给当时相亲相爱的未婚妻文小英寄了回去。没想到文小英自己舍不得织起来穿,居然在他背叛她之后还给他织了毛衣寄来。他双手抱着毛衣在自己脸上摩擦着,泪水夺眶而出,嘴里喃喃地说:"小英,你把我忘了吧!"然后他将毛衣放在床铺上打开,这才发现毛衣里面还有一对上面绣着鸳鸯戏水的枕套,还有一双用红丝线做的"忠"字鞋垫以及一张折叠好的信纸。他忙打开凑到烛光前看,原来是一封寥寥数句的信:

　　绪明哥:我听说高原很冷,我把织好很久的毛衣寄来,也不知是大是小。原想是你上次回来探家送给你,没想到……知道你心里苦,我也没法安慰你,你要保重。你家里的事,有我,我想你该放心了。今年年底你什么时候回来探家,提前来封信讲一声,我好和小妹去车站接你……

　　孙绪明信还没看完,热泪又从眼眶里涌了出来。他凝视了很长时间鸳鸯戏水的枕套和那双"忠"字鞋垫,又用双手深情地抚摸着。

　　晚上睡觉前,他脱掉棉衣棉裤坐在床头上,将那枣红色毛线穿在身上试了试,非常合体。他脱下来叠好,并将枕套和鞋垫包裹起来放好,舍不得穿上文小英一针一线织起来的毛衣去施工。

　　夜深人静,偶尔一阵大风吹来,帐篷发出哗哗的声音。孙绪明躺在床上睡意全无,他又开始失眠了,他强迫自己数数,希望能早点睡着,恢复体力,明天还要挖掘涵洞。但不管他怎样在心默数着数,总是越睡越清醒,越睡越精神……

　　他探家回到工程尖刀连,收到那封加急电报后,身上揣着秦擎天塞给他的五百元钱心急火燎地赶回吴雁家。吴雁的母亲见了孙绪明,非常冷淡,不愿与他多说什么,这让孙绪明非常难受。倒是吴雁的父亲吴局长对孙绪明还比较客气,他从吴雁的卧室里拿出一封信,递给孙绪明,说:"这是雁雁临走之前给你留下的亲笔信。我和她妈妈已经看过了。"孙绪明双手接过吴局长递过来的只有一页纸的字迹潦草的信,急切地看了起来:

　　绪明:

　　我多么希望能得到你的原谅,多么希望能回到从前的时光。都说失去了,才知道其珍贵,我现在对这句话的意义才真正地理解了。请相信我,绪明,我是爱你的,我不能失去你,可是你的冷淡和蔑视却让我知道我永远无

188

法再获得你的原谅了。时光不能倒流,我们再也无法回到从前的时光了。面对你的目光,我无地自容,也许只有一死才能洗清我在你身上烙下的耻辱的印迹,只有一死才能重新得到你的爱和信任了。

我的好丈夫,我先走一步了,如果真的还有来世的话,愿我俩结伴而行吧!

我走了,带着一失足成千古恨的感慨而走的。我的死与你无任何关系。怨只怨我在关键的时候没有把握住自己,一切都是我的错……

绪明,我走了,我求你一件事,但愿你能答应我。我是父母唯一的宝贝女儿,我这一走,对他们精神打击不小,所以请你一定要把我父母当成自己的亲生父母对待。刚开始也许他们不接纳你,尤其是母亲。但他们总有一天会接受你,毕竟他们是通情达理的人。拜托你了!还有一件事,我走后,如有可能请你和文小英结为百年之好吧,我已听说了你们的事,我在九泉之下真心祝愿你们幸福……

别了,绪明,你能来看我,在我的墓前说一声,你原谅我了,你不再认为我吴雁是一个轻浮的女人了,好吗?

孙绪明看完信,泪水无声地滚落下来。

待了一会儿,吴局长便到厨房里给每人做了一碗西红柿鸡蛋面,端上桌后,他先去沙发旁把老伴扶到餐桌旁。三人坐在餐桌旁开始吃饭,吴雁的母亲动了几筷子便放下了,由于极度悲痛,她一点食欲也没有,吴局长就劝她:"多吃点,已经几天了,身体撑不住。"吴雁的母亲放下碗筷,站起来摇摇晃晃地向卧室走去。孙绪明赶紧放下筷子上前扶她进了卧室。他回到餐桌后,拿起筷子吃剩下的面条,可刚刨了一口,就咽不下去了,嗓子里像堵着一块东西,尽管饥肠辘辘,就是吃不下去。吴局长说:"孩子,路途辛苦了,多吃点。"孙绪明没说话,只是摇了摇头。吴局长没有强求,想想吴雁的死对孙绪明的打击也是够大的,他有点可怜孙绪明,于是起身站起来,开始收拾碗筷。孙绪明也站了起来,夺过吴局长手中的筷子,说:"爸,我来。"吴局长没有再争,就坐到沙发上去了。孙绪明走进厨房,拧开水龙头,用冰冷的水冲洗着他的头,一会儿他将水撩在脸上使劲地抹了抹,然后才开始洗碗刷锅。他从厨房出来,坐在吴局长旁边,问:"爸,吴雁是怎么……"吴局长说:"服毒自杀。"孙绪明一听,身体颤抖了一下。吴局长接着说:"雁雁这孩子,自小娇生惯养,一直在别人的赞扬声中长大,没受过什么挫折和打击。从你走后,她一直都很消沉,我们也天天劝她,既然事情都发生了,只有面对现实,振作起来,重新开始生活。可是,她却不听劝,真是始料不及,没想到竟然做出了这样的蠢事。那天,我们下班回来,一进门,就发现客厅茶几上放着吴雁写给你的那封遗书。我们赶紧奔进卧室,只见她平躺在床上,脸色惨白,嘴里冒着白沫,已不省人事,旁边放着一个农药瓶子……"他哽咽着说不下去了,只见泪水滚落而下,停了一会儿,待情绪稳定后,又道:"我们把吴雁送到县医院进行了洗胃,然而晚了……"说完,他痛心疾首地低下头。孙绪明问:"那个李科长怎么处置的?"吴局长叹气道:"早判刑了,判了有期徒刑十年。这个家伙除了受贿外,品德还极其败坏,调到县里来才几个月,他就把雁雁在银行工作的同事糟蹋了,没想到雁雁居然也上了他的当……"孙绪明咬牙切齿地愤怒道:"该枪毙这小子,太害人了!"

当晚,孙绪明睡在他和吴雁结婚时的床上,想了很多很多。在这张床上,他曾对不起一个女人,那就是内向、含蓄、温柔的文小英。然而在经历了这一连串打击后,此刻他更感到对不起的是另一个女人乃至她的全家。吴雁将她的一切一切都交给了他,而他作为军人,作为男人,并没有尽到一个丈夫的职责。吴雁流产了,他在唐古拉山只写了封简短的信安慰了她几句,他长期不在吴雁身边,一个漂亮的单身女人,又怎么可能不被不怀好意的人盯上呢?谁都有失去理智的时候,想当初如果自己是意志坚强的人,又怎么会背叛文小英呢?为什么自己这样自私,不从别人的角度出发想问题,给吴雁一丝生活下去的希望呢?想到这些,他悔恨地用双手使劲抓扯着凌乱的头发。

第二天,他跌跌撞撞地来到医院太平间,看见了躺在冰凉的水泥台子上的吴雁。他不由得扑在吴雁僵硬的尸体上开始撕心裂肺地号啕大哭,嘴里不停地喊着:"吴雁,是我害了你呀!吴雁,是我害了你呀!"站在旁边的吴局长、局长夫人、孙烈、蔡婶不禁为之动容,不停地抹着脸上的泪水。

在殡仪馆,孙绪明花了两百多元买了质量最好、做工最考究的骨灰盒。从殡仪馆回到家,一路上孙绪明始终将装有吴雁骨灰的骨灰盒抱在怀里,不肯松手,生怕她跑了似的。一回到家,他就独自将骨灰盒抱进卧室,放在书桌上,然后坐到椅子上,专注地望着骨灰盒上吴雁微笑的照片……

连续一周时间,孙绪明上街买菜、做饭、洗碗、洗衣,样样抢着干。只要吴局长、局长夫人下班回到家,热汤热饭就端上了桌。慢慢地,一家三口偶尔也有些笑容。孙烈和蔡婶隔一天过来看看他们。孙绪明想从县城直接返回部队,吴局长说:"你还是要回一趟农村看一看年迈的父母,是人都有老的时候,他们不就图个儿女对他们的孝顺吗?"吴雁的母亲也说:"回去在农村待几天陪陪父母说说话,再回部队也不迟。"孙绪明心里无比激动,他想,他们毕竟是有文化的人,如此深明大义,实在难得。他说:"感谢爸妈,你们一定要保重身体,今后我只要一回来探亲就来看你们!"

回到家里,第一个来看孙绪明的是文小英。几天前文小英就听村里人传得沸沸扬扬,说吴局长的千金走了,是突然得重病走的。文小英刚听到这个消息时,还不相信,但大家都众口一词,文小英不得不信。文小英见孙绪明瘦了一大圈,便对吴雁的死更加确信无疑了。文小英也不知怎样安慰孙绪明,只是泪眼婆娑地说:"绪明哥,我知道你心里苦,想开些!"孙绪明只是感激地点点头,两人便傻坐在那里,不知该说些什么。

孙绪明在家里只待了三天。在这三天里,他帮父母拼命干活,只有这样他才能释放心中的痛苦。一旦闲下来满脑子都是吴雁的身影……吃饭时,父母问及吴雁得的什么病。他只是轻描淡写地说,突发急病,医院没抢救过来。父母就唉声叹气一阵子。他不想把吴雁死去的真实情况告诉为他操碎了心的父母,免得他们承受不了。离家那天早晨,孙绪明六点多钟就起了床,洗完脸,吃完饭,正准备启程时,文小英提着二十个熟鸡蛋来了,说让他带到路上吃。

晨雾朦胧,走在通往公路的小道上,孙绪明、文小英呼吸着新鲜的空气,谁也没开口说话,就这么一前一后地走着。到了车站,他和她只是默默地站在马路边等班车的到来。过了一会儿,班车终于来了。上车后孙绪明向文小英招招手:"回吧!"文小英眼里突然盈满晶莹的泪珠,招手目送班车驶去……

到了县长途汽车站,孙绪明直接到售票窗口买了开往省城火车站的车票。票买好后,一看表还有半个多小时才发车,他就打电话给吴局长,没人接,又打到叔叔家,蔡婶接了电话。孙绪明请婶婶转告吴雁的父母多保重,自己下次回来再看望他们和婶婶一家,他回来的时间不短了,部队早已上山施工了,他还要赶回去参加施工……

在风火山施工的闲余时间,孙绪明干的头一件事,就是很虔诚地给吴局长夫妇写了一封长信,在信中检讨了自己的过错,对吴雁的死进行了深深的自责和忏悔。孙绪明很快就收到了吴局长的回信。信上说吴雁的死,他们做父母的有主要责任,出现矛盾后没及时沟通,没解开她的心结。吴雁从小就一帆风顺的,没经受过生活的磨难,所以狂风暴雨一来就承受不了……信上还说叫他安心工作,不要过太自责。

信,孙绪明读了几遍,心灵受到一些震撼,吴局长夫妇宽大的胸怀让他感到愧疚万分,感到对不起他们……

连队的官兵问起他失去妻子的情况,他总是缄口不语。

本来,他心里刚刚平静了一段时间,睡眠充足了,身体也恢复了,施工干劲也大了。但是文小英寄来的毛衣、枕套、鞋垫,还有信,又掀起了他心中的波澜。

这一夜,可以说孙绪明又一次经受了精神的煎熬,感情的折磨……

第三十一章

　　工程尖刀连党支部是在党的生日前五天召开发展新党员的会议的。召开这次发展新党员的会议是在头天晚饭后支部委员会商定的,至于发展的对象,也是支部委员会商定好了的。

　　会议由张德彦主持,他把开会的目的讲了,又把发展新党员的名单念了一遍,他们是何玲、方林、钱自化、黄宝宝、赵小刚等几位同志。张德彦一讲完,党支部书记王大寨接着说:"'七一'快到了,需要发展一批党员。上次组织股贾股长,不,现在他是团政治处副主任了,来我们连搞材料时,看到我们连施工很苦,所以他让我们以4%的比例发展党员,而别的连队发展党员比例是3%,我们连比别的连队多两个名额。正常情况一年发展两批,'七一'和年底各一批,这样一算,我们在今年'七一'只能发展四个。刚才张德彦同志已经把发展对象的名单念了,我就不多说了,现在开始。"张德彦扫视了一遍参加会议的人,觉得不够,就问王大寨:"我们连队正式党员是十一人,怎么还差一人?"王大寨拍了拍脑袋道:"啊,忘了。中午下工时,我叫俄尕志赶紧吃了饭去帮藏族牧民检查牛羊,有了病好早点医治,不能像上回那样搞得人心惶惶。他跟我说不管谁入党他都同意。本来也想叫何玲同志和他一道去检查牧民的身体,又考虑到她今天要当着党员同志的面宣读她的入党申请书,只好过一两天再去。"张德彦说:"嗯,下面由何玲同志宣读入党申请书和介绍自己的简历及亲属关系。"

　　别看何玲经常给大家讲笑话,有说有笑的,但当她捧起亲笔写的入党志愿申请书时,双手就有些哆嗦。她听到自己的未婚夫张德彦竟然像陌生人一样称呼自己为"同志",也觉得很陌生,于是念入党申请书时喉咙发干,声音也有些发颤,她急着读完申请书,额头开始冒汗,似乎进入了盛夏的江油。她的入党介绍人是王大寨和秦擎天。她一读完入党申请书,王大寨就叫秦擎天先讲。

　　秦擎天就从何玲一直认真学习马列主义、毛泽东思想、党的报告精神,到她家庭历史清白,再到如何按照新党章严格要求自己,等等,做了认真的发言。至于何玲的工作,秦擎天没有多讲,只说:"她所干的工作,在座的党员同志们都是有目共睹的。她是我们团长唯一的孩子,因她有为共产主义而奋斗的坚定信念,有不怕苦不怕死的革命精神,主动来到我们全师最苦最累而且随时都可能因种种情况而牺牲的工程尖刀连,以自己顽强的意志,挑战自我、志在高原、奉献青春,以对党和人民的无限忠诚和对祖国的无限热爱,实现人生的价值,巾帼不让须眉。要说何玲同志的缺点,我觉得有时太固执。希望何玲同志今后严格用《党章》要求自己,勤奋工作,成为'不为良相,便为良医'的林巧稚似的医务工作者。我作为党支部副书记很高兴做她的入党介绍人,并且同意她成为一名预备党员。"

王大寨接着说:"刚才秦擎天同志就何玲同志对党的认识、家庭及个人经历,还有学习、工作进行了全面的介绍,我同意秦擎天同志的意见。秦擎天同志刚才对何玲同志的评价,让我想起了何玲同志刚上唐古拉山时,与我们一样因为高原反应,头昏脑涨,呕吐不止,周身无力,但她克服了这一切。用秦擎天同志的话讲叫挑战自我、志在高原、奉献青春。我是1979年8月从援建的中巴公路来到青藏公路改建工程一团的,任施工连长几年了,还没有见到哪位师长、哪位团长的女儿来到这种艰苦的环境干上一两年的。哦,你们是说现在师部后勤部余部长的儿子余辉,他自然很伟大。但我这里说的是领导们的女儿,女兵、女干部。我在一团当连长时,来过一两个女兵、女干部,那时我们从不冻泉搬迁到开心岭一带施工,论气候论环境还赶不上唐古拉山和风火山艰苦。她两三个女兵,其中一个女干部是带队的,到连队来放电影,吃饭时,大家把从牙缝里节省下来的午餐肉罐头端上来,她们说不好吃,压缩干菜就更不用说了,还说馒头没发酵好,硬邦邦的。"

大家听王大寨说到这里就忍俊不禁地笑了笑。

王大寨接着说:"有位排长看不惯她们那娇滴滴的样子,骂道'你们是人我们就不是人了?我们成天累死累活的都吃得下,你们吃不下?就你们高贵……'更难缠的是放完电影,女干部带着两个女兵找到我们干部说,我们的战士看她们的眼神都是直直的,搞得她们怪不好意思。我说我们这里很少见到女人,说明她们长得漂亮,长得好看,那几个女兵这才高兴了。"

听到这里,人们都笑得前仰后合的。

王大寨又道:"今天是开党支部会议,我讲的都是实话。后来她们担心安全问题,提出能不能派几个人帮她们站一晚上岗?我和指导员犯难了:白天战士们累死累活地干了一天,晚上还要站岗?但无奈之下我还是答应了。她们进了给她们准备好的帐篷。她们走后我就对站在身旁的那位排长说,让他们排抽四个战士去站岗,那位排长发起牢骚来了说:'站岗得有枪,没枪咋站岗?排长又说:'这鬼地方哪弄枪去?我们的枪就是铁锹,一人拿一把去。'战士们提着铁锹去站了岗。等大家熟睡了,那个排长起来跟四个战士耳语一阵后,提着裤子就朝女兵住的帐篷撒了一泡尿,接着抬起脚气愤地踢了几下帐篷,女兵是穿着衣服睡的,一听到响声,个个一激灵跳下床,大声地喊:'抓流氓!'听到这呼喊声,全连官兵都起来了,问流氓在哪里?女兵们站在帐篷门口说:'跑了!跑了!'这时那位排长走到她们跟前讥笑道:'流氓,流氓在哪里?'我就去问站岗的战士,战士说排长开玩笑,踢了几脚帐篷。我走过去就吼了排长几句,排长气呼呼地回去睡觉了,他气得睡不着,就爬起来悄悄地叫四个战士下岗回去睡觉了⋯⋯后来她们回格尔木没几天,团部发电报来说我们连对女兵的生命安全不负责,必须写份检讨。我们连队干部看着电报发呆,不知这检讨怎么写,搞得大家焦头烂额的。那位排长到连部来看见那份电报哈哈大笑,指导员火就上来了,呵斥道:'都是你小子惹的祸,你还笑,你如果不把这事解决了,老子处理你。'那位排长搔了搔脑袋,嬉皮笑脸地说:'这还不好办,给他们写啥检讨,发封电报就行。就说我连不再需要女兵来放电影了,如果今后还要放,请派男兵,否则我们概不接待。'连队干部一想也对,最后团里也没有再追究这事了。这故事就讲完了。"

　　王大寨说到这里,摸出烟来扔了一支给秦擎天,自己点燃吸了起来继续说道:"我刚才扯远了,主要是想通过女兵放电影的事对比一下,她们来待一晚上就受不了了,而何玲同志一待就是一两年,人人都是父母所生,都是血肉之躯,何玲同志为什么能和官兵打成一片?是因为她心中有为共产主义而奋斗终生的坚强信念。所以,我同意何玲同志加入中国共产党。"张德彦见王大寨讲完,就问:"在座的其他党员有没有不同意见?"张德彦说:"大家没有不同意见就举手表决。同意何玲同志加入党组织的,请举手!"十位党员都齐刷刷地举了手表示同意。王大寨说:"把俄尕志同志算上。"张德彦说:"加上俄尕志同志一票,共计十一票,全票通过。接着下面讨论方林同志的入党问题,下面由方林同志⋯⋯"

　　张德彦话没说完,就见达杰骑着一匹黄色的马向工程尖刀连的营区奔过来,由于过度惊慌,缰绳还未拉紧,马还未站稳,他本想跃马而下,却从马背上摔了下来。正在连部开会的人们见状忙跑出去,拥向达杰。人们急忙扶起他,他着急得说不出话来,大家从他慌张焦急的表情上看,就意料到有不祥的事情发生了。王大寨有些耐不住性子了:"达杰,快说!"达杰断断续续地叽里咕噜了一阵子藏语。大家你看我一眼,我瞅你一眼,不知是啥意思。王大寨拍了拍光脑袋说:"要是俄尕志在就好了!"达杰一听"俄尕志"三个字眼睛就瞪得溜圆,接着就喊天叫地哭出声来。

　　这时女教师卓玛骑着一匹棕红色的马飞奔而来,她拉着缰绳,额头上沁出豆大的汗珠,惊慌失措地用不太熟练的汉语道:"金珠玛米,俄尕志被埋在泥石流里了。"王大寨问:"在哪?"卓玛说:"在那座山脚下。"说完,拉着缰绳,掉转马头,用绳子打了两下马屁股,马迈开四蹄奔跑起来。卓玛在马背上转过头来大声说:"我去叫我们的同胞抢救俄尕志!"

达杰哭吼着跃上马也奔跑而去……

噩耗犹如晴天一声霹雳,在党员们的头顶上炸开,一时间大家愣住了,个个脸上由白变青,由青变白,傻了片刻,秦擎天才反应过来:"快救人呀!""对,快快!何医生准备些药品,秦副连长快去工地叫大家带上铁锹。走,张副指导员,我们先走一步!"王大寨布置完抢救工作就去找铁锹。何玲朝自己的帐篷跑去。秦擎天箭一样地朝工地方向奔跑而去。王大寨、张德彦、方林,还有四个排长以及胡南雄、李俊杰、钱远明、钱自化、赵小刚、黄宝宝都大步流星地朝出事地点跑去。

出事现场距离连队驻地有近1千米的路程。由于跑得快,心里又着急,王大寨扑通一声栽倒了。跟在王大寨后面的孙绪明大吼道:"连长,你怎么了?"跑在前面的人折转身回来,急忙放下手中的铁锹,弓下身子帮孙绪明把王大寨扶起来坐在地上,人们看到王大寨满脸汗水,脸上沾满泥土,嘴里也开始流血。张德彦问:"连长,没事吧?摔到哪里了吗?"王大寨用右手抹了一把脸上的土,又抹了一把嘴角上流出的血,气喘吁吁地说:"没事,你们快去吧,救人要紧,时间就是生命。"张德彦说:"孙排长,你照看连长,我们先去。"孙绪明抹了一把汗水说:"行。"于是张德彦他们又扛起铁锹奔跑而去。

这时,王大寨双手又使劲地压着胸脯下方右侧的肝脏部位。孙绪明问:"连长,是不是你肝又开始痛了?"王大寨点头道:"有点,但这事你别乱讲,快扶我起来。"孙绪明劝说道:"你别去了,我把你送回去。"王大寨态度坚决:"不行,我得去!"孙绪明把他扶起来:"你真不要命。"王大寨说:"走吧,咱们走慢点,等我好点了,咱们就跑……"于是孙绪明扶着王大寨慢慢前行着,走了一段路程,王大寨的肝部好点了,他们就又跑了起来。

来到山体滑坡现场,王大寨惊呆了,比他想象的情况要严重十倍,那垮塌下来的泥石流简直形成了一座小山包。由达杰和卓玛带领的藏族同胞和先前跑去的官兵正挥汗如雨地用铁锹铲土,没有铁锹的藏族同胞或跪或弓着身体用双手拼命地扒泥土,有的干脆脱了藏袍忘我地干着。整个抢救现场一幅战天斗地的气势,让背着红十字药箱跑来的何玲感动得差点流下眼泪。她没有铁锹,就放下药箱,跪在地上用双手使劲扒土。秦擎天带着全连战士跑来了,大家汗流浃背,气喘吁吁,一到就开始挥锹铲土。王大寨把秦擎天和张德彦拉出抢救的人群说:"我们商量一下,能否把推土机开来推土?这样速度快一些。"张德彦说:"按现在这个速度弄下去不知要弄到猴年马月。"秦擎天抬头巡视了一下地理环境,面带难色道:"这路实在不好把推土机开来,只能试一试。"说完,掏出烟递了一支给王大寨。王大寨划火柴时手也哆嗦起来,划了五根火柴才把烟点燃,猛吸一大口,拼命咳了起来,悲哀地说:"我们又一位好战友走了。"

几位藏族妇女来到了抢救现场。她们提着一壶壶、一桶桶酥油茶、奶茶来了,并端着一碗碗酥油茶、奶茶送到官兵手中。何玲看着酥油茶又想起和俄尕志第一次到达杰家的情景,现在她已习惯喝这种营养丰富的酥油茶了。

几位鬓发花白的老阿妈一到抢救现场,就面对坍塌的山体跪了下去,手中摇着转经筒,口中念念有词地祈求佛保佑她们的同胞俄尕志……

王大寨在人群中找到卓玛,迫不及待地问:"俄尕志是怎样……"卓玛说道:"今天是星期天,我们学校放假,我帮阿爸、阿妈放牧。俄尕志背着药箱去各家看了牛羊回来,达杰和他一路,他又到我家看了牛羊,就开始返回部队了。达杰和我正在草地上说着学校的事,他刚走出一二百米远,我们就听到一声巨响,接着看见这座山坡的泥石滚落下来,将俄尕志埋在里面。情急之中,达杰骑着我家的马向连队跑去报告,我想他不懂汉语,我也骑马赶去了。"

秦擎天和孙绪明、钱自化开着推土机终于来了。一路上不好走,下坡爬坎的,两人指挥一人开,三个人提心吊胆,真害怕再弄出一点差错来。推土机一到,抢救工作快了一大步。

夜幕徐徐降临了,按王大寨的安排,秦擎天、孙绪明、钱自化轮番驾驶推土机推土,李俊杰、钱远明、赵小刚立刻回连队做了些火把来,并叫炊事班把饭送到抢救现场,其余人仍然挥锹铲土。接着王大寨又找达杰和卓玛商量叫他们已辛苦了一下午的藏胞回去休息,达杰和卓玛说:"俄尕志是为我们的牛羊治病而遇难的,你们不走,我们也继续跟着干。"

面对真诚纯朴的藏族同胞们,王大寨无话可说,只好由着他们干。

直到第二天上午,达杰他们首先挖出了俄尕志的军帽,军帽上的红五星在阳光的照耀下熠熠生辉。接着推土机停了下来,官兵们也扔掉了手中的铁锹,开始跪在地上拼命地扒着泥石。终于,俄尕志的身体扒了出来,俄尕志是面朝下扑在地上的,头上有不少血迹,怀里抱着已经压扁的药箱,脸已是血肉模糊,僵硬的尸体呈弓状……一幅惨不忍睹的景象。不少人开始悲痛地落泪。

俄尕志的遗体停放在连队的营区里,何玲泪水涟涟地给俄尕志清洗脸上和头上的血迹。藏族同胞们眼里噙着泪水围着俄尕志的遗体看着何玲清洗遗体。

官兵们回来后,王大寨就安排大家洗漱,稍稍休息一下,下午继续上工。大家哪还顾得上洗漱,放下铁锹歪七竖八地倒在床上就呼呼地睡了过去,一天一夜没合眼了,都疲惫不堪。

这时,王大寨和几个干部都坐在连部流着眼泪发呆。

下午,李俊杰和赵小刚为俄尕志清理了遗物。遗物很简单,有一身换洗的军装,上面还有不少补丁;有几封藏文写的信,一看便知是从他家乡四川阿坝寄来的,连队的人也看不懂;另外还有一本《现代汉语词典》、五本兽医书(据秦擎天讲这几本兽医书是俄尕志请他在格尔木书店买的)和一个笔记本,里面全是俄尕志练习汉语时写的"一不怕苦,二不怕死""下定决心,不怕牺牲,排除万难,去争取胜利"等歪歪扭扭的字样。这个红色塑料皮笔记本是李俊杰在唐古拉山时送给他的,刚开始俄尕志不知从哪里弄来一张白纸,在上面反复练习写着"一不怕苦,二不怕死"的字样,后来俄尕志将这张纸正面反面都写满了,李俊杰就送了那个红色塑料皮笔记本给他,他先不收,说:"班长,这么好的笔记本还是你用吧。"李俊杰硬塞给他说:"我还有一个。"俄尕志这才收下。每当睡觉前,他都要在笔记本上练习一阵汉字。

当王大寨、秦擎天、张德彦看着俄尕志简单的遗物,看着满笔记本的汉字时,眼睛又湿润了。

俄尕志的遗体当晚被达杰和卓玛他们停放到了依山而建的寺院里,达杰他们这些虔诚的藏民点着酥油灯,为俄尕志守灵。

第二天早上开饭时,连里收到团里发来的两封电报:一封是关于俄尕志葬礼的举办事宜;另一封是让连里速报新党员名单,同时团里在"七一"要表彰一批优秀党员,给工程尖刀连一个优秀党员的名额。

王大寨看完电报后与几个支部委员商量了一会儿后,对正在给干部盛饭的文书说:"吃完饭你去把党员们叫来开会,还有钱自化、赵小刚、黄宝宝。"

连部帐篷里,大家都默默地吃着饭,谁也没说话,俄尕志的牺牲,使大家心情很沉重。饭没吃完,党员们和钱自化、赵小刚、黄宝宝提着小凳子就到了连部。于是王大寨他们赶紧吃完饭放下碗筷,便开始开会了。王大寨说:"今天开会有三件事情:一是继续前天下午发展党员的事;二是评选一名优秀党员,团里在'七一'进行表彰;三是团里已同意我们连队与藏族同胞为俄尕志举行葬礼。会议还是由张副指导员主持,现在开始。"张德彦主持道:"下面由方林同志宣读入党申请书。"

方林看了看大家,没有读入党申请书,说道:"各位党员同志们:经过思考、权衡,我和正式党员以及正在发展的预备党员比较了一下,我方林不管从责任心,还是做的奉献来讲,我都不符合一名党员的标准。去年唐古拉山的涵洞由于我负责时分心走神,没有尽到职责,造成两万多元的经济损失,刚开始面对领导的批评和战友的指责,我还想不开,大家喝庆功酒时,我却背了处分,喝下了一杯自酿的苦酒。而后我才开始深深地反思,也开始重视将书本上的知识转化到实践中去……"

王大寨插话道:"你今年干得不赖,负责的四个涵洞速度、质量都不错呀!"

方林说:"话不能这么说,工程技术的奥秘深着呢。只有等涵洞修好了,师部工程技术科来验收了,说合格才算合格。我在这里以一个向党组织靠拢的积极分子的名义提出来,我和科研组开发的改性沥青路面已取得很大进展,还有一段时间就能有结果。这项改革得到鄢专家的大力支持,并得到了科研组的科技人员的肯定。它的显著优点是这种路面在高海拔多年冻土地区的使用寿命比一般沥青路面要长好几倍。我提出来的目的是想得到连长、秦副连长、张副指导员以及在座的党员们的大力支持吗!"王大寨脸上露出了笑意:"我曾对你说过,你那项革新一旦成功,你就是青藏线上施工部队贡献最大的人了!我们能不支持?"方林又道:"话扯远了,现在我回到入党这个正题上。等我这项革新一成功,涵洞建成达优良工程,到那时你们不给我入党,我都要找大家!什么叫党员,俄尕志就是党员,他被埋在泥石流中,藏族同胞自发地抢救他,说明他为藏族同胞办了实事,人们尊重他爱戴他。为什么战士们尊重爱戴王连长、秦副连长、何医生?那是因为他们对战士真诚关心,对工作认真负责。钱自化、赵小刚、黄宝宝都干得也很出色,所以我和他们比起来,还有很大的差距,我还没有达到一个真正的预备党员的标准。我的发言完了,我去工地了。"

望着方林走出帐篷的背影,王大寨和秦擎天心里都清楚,原先考虑他尽管去年受个处分,但他今年确实干得不错,再者他是干部——正排职技术员,入了党在群众中说话才有威信,还有一个原因是这次何玲入了党,同是干部,不考虑他入党,他会有意见……现在看来,真是低估了方林的思想觉悟,这是他们始料未及的。

方林刚开始说自己不够入党条件的话时,张德彦还有些感动,可是听到后面,方林说了那么多所谓受人尊敬的人名,唯独没说他张德彦的名字,他心里就有些不舒服了,脸上也显出一丝不悦,强打着精神说道:"下面由钱自化同志宣读入党申请书。"

钱自化战战兢兢地读完了入党申请书。

刚才方林的发言,已让张德彦不悦,看着钱自化的样子,又让他想起那已快要淡忘的平地机的翻车事件,他想,如果不是钱自化当时经受不住那个阵势招了供,也许事情就不会牵涉到他。想到这里,张德彦开口便说:"我作为他的第一入党介绍人,为了向钱自化同志负责,我认为该同志还不具备成为一名预备党员的标准。"

话音一落,惊得人们目瞪口呆,都盯着张德彦听他的下文。

本来涨红着脸的钱自化一下子低下了头,羞愧难当。在唐古拉山自己在选择入党介绍人时选的是张德彦,因为平地机翻车事件后,自己将真相告诉了大家后,就把他得罪了,去年党也没入成。今年重写入党申请书时,本想把介绍人换成秦副连长,但又觉不妥,那样自己不就成了小人了吗?他心想,事情都过去一年了,张副指导员也不会计较了,于是在入党介绍人的选择上还是选了张德彦和孙绪明。

"为什么?"王大寨问。

"不为什么,他不一定知道党的二大在什么时间、什么地点召开的,党的二大提出了什么内容。"张德彦理由似乎很充分,说话的声音也大了。张德彦知道一般人是不可能把党史记得这么清楚的,特别是像钱自化胆子又小,即便知道,在这样的场合也不可能顺利记起来。

然而张德彦却错看了这一点,他不知道钱自化把入党的事看得非常非常重。钱自化是第五个年头的兵了,在连队钱远明兵龄最长,已转了志愿兵,兵龄第二的要数人工排一班班长李俊杰,自己也算兵龄第三的老兵了。如果今年"七一"入党的机会一旦错过,年底万一退伍兵一多,又不一定能轮上自己了。尽管自己已立过三等功,但没有入党,档案里至今空缺着。说不定今年年底退伍,回到家乡,别人一问入党没有,岂不羞煞祖宗?自己已错过了两次入党的机会了,前年年底让给了退伍的城市兵,去年"七一"又因平地机的翻车事件耽误了。他还想,自己一旦今年入了党,就好好干,再留一年就可能转志愿兵了……所以为了自己入党的理想,钱自化还真花了不少时间苦读党史的所有内容,有时做梦都梦见自己在记党史。可是现在,面对这么正式的场合,面对张德彦的突然发难,钱自化的大脑一片空白,心里一紧张,汗水立刻打湿了衣裳,越发显得战战兢兢了。

王大寨说:"张德彦同志,你是不是对钱自化同志的要求太苛刻了?"张德彦说:"苛刻?我这是对钱自化同志负责!"秦擎天说:"我记得清楚党的二大召开的时间和地点,但党的二大具体提出了什么内容,我是记不清楚的。"张德彦语塞。孙绪明很了解自己的战士,也了解钱自化在背诵党史时所下的苦功。他说:"钱自化同志,你说说看。"钱自化迅即站了起来,抬起眼泪汪汪的脸。孙绪明安慰道:"你别慌张!"秦擎天也说:"对,千万别慌张!"人们看着钱自化,不禁心中生出了怜悯之情。

钱自化站起来没有马上说话,他先控制了一下自己的情绪,他深知这对他是否能在"七一"时在党旗下举起右手宣誓至关重要。听着王大寨和秦擎天的话,又看到孙绪明鼓励的眼神,钱自化镇定了一些,平静了一会儿,就开始小声说了起来:"中国共产党第二次全国代表大会是1922年7月16日至23日,是在上海南成都路辅德里625号召开的。党的二大明确提出了彻底反帝反封建的民主革命任务,为中国各族人民的革命斗争指明了方向。大会根据列宁关于民族和殖民问题的理念和中国社会半殖民地半封建的性质,制定了党的最高纲领……"

王大寨说:"停,不必再说下去了。看来钱自化同志实实在在在熟记党史方面下了一番功夫。孙绪明同志,你作为他的第二介绍人,你讲讲。"孙绪明说:"钱自化同志所干的工作大家每天都是看到的,他作为一个老兵,在施工中起到了模范带头作用,我同意介绍他加入党组织。"秦擎天说:"我认为钱自化同志不仅在行动上具备了一个党员的标准,而且还在思想上也具备了一个党员的标准,我也同意该同志成为一名预备党员。"张德彦似乎缺少了当主持人的积极性,不吭气了。王大寨先举起了右手说:"同意钱自化同志入党的同志请举手。张副指导员同志,你数一下同意的人数。"除张德彦之外,其余的党员都迅速地举起了右手表示同意。张德彦说:"九人同意!"王大寨说:"不对,就算你不同意,也有十人同意,别把俄尕志忘了。"

接着赵小刚和黄宝宝很顺利通过了入党讨论,连俄尕志那一票,每人都只有十票同意,两人各缺一票,都是张德彦不同意。张德彦说赵小刚和黄宝宝犯过错误。因为在党支部会议上,各人都有保留自己意见的权利,王大寨就没有发火,要是在干部会上,王大寨早火了。难道不允许任何人犯点错误?对任何人不能一棍子打死。在你张德彦心中战士们就不能有点毛病?!你难道没犯过错?平地机翻车事件至今你还没有做检讨,还有你先动手打孙排长……王大寨想到这里,长叹一声,从包里掏出烟先给秦擎天扔过去一支,接着又给李俊杰扔过去一支后,自己先点燃猛吸一口,道:"讨论党员的事就结束了,希望这次成为预备党员的同志更加严格要求自己,努力工作,搞好施工。第二件事就是选出一名优秀党员,团里'七一'要进行表彰,大家议一议看谁合适。"秦擎天吸着烟说:"我认为俄尕志同志比较合适。"大家都赞同秦擎天提出的人选,将俄尕志评为优秀党员。王大寨说:"好,就这么定了,俄尕志被评为团里的优秀党员。第三件事,团里同意我们为失去的好战友俄尕志按藏族同胞的风俗举行葬礼。仪式怎么搞,我们不清楚,具体事宜由秦副连长或张副指导员带李俊杰班长与达杰他们联系。要抓紧,如果明天能行更好,遗体不能放得太久,以免影响大家施工的情绪。"

"由秦副连长去吧,我还要组织四名新党员填表。"张德彦哪还有心情去管这些事,于是他推辞道。

第三十二章

　　赵副师长和唐科长是为了《关于试铺 4 千米改性沥青路面的请示报告》而来到风火山的。
　　工程尖刀连这份《请示报告》发给团部后,何明凯细细看完长达五页的电报后既高兴又犹豫,高兴的是一旦试铺改性沥青路面获得成功,就等于延长了高原公路的寿命,为国家节约一大笔开支。如果是那样的话,他领导的三团工程尖刀连那可是功德无量,为青藏公路的改建工程立下了汗马功劳。高兴之余,他又有些犹豫,风火山地段气候变化无常,人们很难摸准高原冻土层的脾气,一旦试验不成功,那损失就惨重了,4 千米的路损失下来也有两三百万元呢……想到这些,他觉得自己这一团之长无法做主,便在电报的首页文件头上批下"此事事关重大,呈请师部首长审定"的字样,便从藤椅上站起来,拿着《请示报告》坐着自己的一号专车上了师部工程技术科。
　　何明凯推开门走进去,见唐科长吸着烟正聚精会神地审阅一张施工图纸。
　　听到脚步声,唐科长抬头看去只见何明凯已站在了他身旁。他赶紧站起来,与何明凯握了握手,并让何明凯坐在沙发上,又倒了茶。何明凯喝了口茶,微笑道:"忙啥呢?"唐科长坐回到办公桌前:"成天忙得头昏脑涨的,也不知没完没了地忙个啥。"他拍了拍桌面上的图纸说:"这不,正忙这玩意儿!什么工程质量、速度呀,搞得人喘不过气来。这张图纸就是你们工程尖刀连明年要开工修建的沱沱河大桥,赵副师长都催了几天了,叫快点报给他审阅,然后送师长……这科长不好当啊。"何明凯感叹道:"我们责任也大着呢,工程尖刀连你们都知道,不用说了,其余十多个汽车连配合一团二团施工部队运送物资,任务也重,动不动出个车祸,或者不留神就有伤亡,搞得我和政委给师部写了两份检讨了。你说我这团长好当?"两人相视而笑。唐科长说:"何团长,你没事不会来我这里的,有啥事?"何明凯说:"是啊,无事不登三宝殿啊!"说着将工程尖刀连的《请示报告》递给了唐科长。唐科长接过《请示报告》认真地看过一遍说:"这是件好事,何团长是怎么想的?"何明凯把自己在办公室的想法简单地说了一遍后,说:"正因为拿不准,我才来请示你们。"唐科长说:"那也是,一旦试铺路面不成功,谁也不负起这个责。何团长,我们去找一下赵副师长,请他拿主意。"

两人一前一后的到赵副师长办公室，赵副师长叫他们坐下，自己就看起了《请示报告》，又用红色铅笔在"4千米"的下面画了一道横线。看完后，把电报放在桌上，抓起电话让总机接了师长办公室。师长听完汇报后说："我过来。"赵副师长赶紧说："我们到您办公室来。"

　　赵副师长、唐科长和何明凯一行三人到了师长办公室，秘书进来给三人倒了茶，并一一端到三人面前的茶几上。师长说："何团长，我正要找你呢。"何明凯说："师长，有啥事，请指示！"师长从桌上拿起散发着油墨香的《政工简报》说："我刚看了政治部编的《政工简报》，好家伙，上面三篇文章就有你们工程尖刀连两篇。简报刚出来，明天才送到你们三团。"赵副师长由衷地说："要说工程尖刀连的功劳，有师长的一半，当年要不是您提出来成立一个工程尖刀连，谁能想得到呢？"何明凯也跟着说道："还是师长高瞻远瞩，有远见！"师长说："这是师部党委集体的智慧，我只不过出了一个点子，事实证明是对的。言归正传，不扯远了。何团长今天不来，我都要给你打电话。"何明凯看着师长严肃起来，自己心里就发怵。

　　师长说："赵副师长、唐科长也在这里，大家都帮助拿拿主意。是这样的，沱沱河长江大桥明年初就要开工，不少工作需要工程尖刀连准备。我想呀，今年他们从风火山下格尔木后，就不准备让官兵探亲了，当然，家中有特殊情况的，还是让他们回一趟家。原则上都在部队休假。所以，我想在工程尖刀连伙房后面200米左右的地方盖一排家属来住的房子。不知工程尖刀连有多少已婚官兵？"何明凯道："有十多个吧。"师长慢条斯理地说："那就盖二十间吧，今年年底需要结婚的官兵，叫未婚妻来部队举行婚礼。同时，叫结了婚的官兵家属统统来部队与家人团聚。你们看行不行？"赵副师长满脸笑容地说："师长考虑得周到，有啥不行的。"唐科长说："官兵们肯定很高兴。"何明凯很感动地说："我代表工程尖刀连的官兵感谢师长的关怀！"师长说："工程尖刀连官兵在工地上累死累活地干，为青藏公路改建工程做出的贡献是巨大的。我们当领导的就要给他们办点实事。所以，我考虑给你们团拨十万块钱用于盖这二十间土坯房，够了吧？"赵副师长说："十万块够了。"师长说："何团长回去后立即叫营房股动起来，早点建好，晾一下。再者，给每间房里配一个烤火炉子，一个铁皮水桶，一张桌子，四个凳子，叫你们修理连木工班给每间房子做一张双人床，再从后勤处取些皮褥子、被子，给每间房子配上两套。锅碗瓢盆就不配了，统一在连队吃饭。赵副师长看还需配些啥？"赵副师长考虑了一会儿道："要说，也都配齐了，但最好再配一台电视机。"师长很爽快说道："那好，再配一台彩电，放在连部，由连队统一管理，晚上家属们想看就到连队统一和官兵观看节目。"唐科长说："在山上收音机都没有，下来就有彩电看，不知官兵们能高兴成啥样子！"师长语重心长地说："也该叫工程尖刀连官兵享受享受。工程尖刀连95%以上的官兵来自农村，家里都比较困难。这些情况我是看了《政工简报》上写副连长秦擎天的那篇《被告出来的老典型——秦擎天》的文章中了解的。之所以动了心思要配齐工程尖刀连家属房的生活设施，就是想让这些在青藏线拼命的战士少花钱，多节约一点本来就很少的津贴寄回家，帮家里解决一些困难。"何明凯说："感谢师长考虑得这么周到！"师长指示道："总之，要把这件事办好，让他们一下山，家属们就来队里，就能有房住。十万块钱的事，我今天就给后勤部余部长说，叫他立即给你们拨过去。"何明凯立了军令状："请师长、赵副师长放心，我回去立即抓这件事，保证完成任务！"

师长问道："秦擎天这人怎样？"赵副师长和唐科长异口同声说："不错，确实不错。"何明凯说："前一段时间，贾副主任从风火山写材料下来，给我和刘政委反映过秦擎天这人的情况，大家都认为他是个好同志！"师长说："秦擎天是我们师的老典型了，好几年前大力宣传过他的事迹。刚才我又在《政工简报》上读了他在工程尖刀连的情况，事迹很感人。看来这位副连长各方面都很出色，是经受得住考验的老典型啊！是骡子是马拉出来遛遛，是英雄是狗熊等着瞧瞧。组建工程尖刀连时，因为那'笑话'把他弄去了，他不但不背包袱，而且干这么好，官兵拥护他，这不容易，说明他觉悟高，干劲大，这才是真正的老典型呢。所以我建议该用这个人了。"何明凯表示道："我回去一定和刘政委商量一下。"

师长又说："何团长，我们对待每一个干部要像爱护自己的眼珠一样，不要因那次'笑话'而不把他放在心上。前几天，我收到你的女儿何玲医生写来的一封信说，连长王大寨在山上一直吃安眠药，身体都搞坏了！去年11月在师部召开的'双先'会上，王大寨的发言材料上也有他天天吃安眠药这事，当时我确实没引起注意，看了何玲医生的信，我才感到问题的严重性。王大寨从当干部以来，无论是修中巴公路，还是修青藏公路，一直都在施工第一线冲锋陷阵、摸爬滚打。所以我考虑把他提拔为你们团主管行政管理的副参谋长，让他把风火山地段干完就回团部机关工作。你回去把提升报告打来，我和政委、政治部主任等常委一班人很快会研究的。你们看行不行？"何明凯说："我替王大寨和秦擎天两位同志感谢您，师长！"师长不但是白发苍苍的老人，而且在全师可以说是德高望重，又是1974年第一批进入青藏线的元老了，他的资历比师政委老多了，少说也有三五年吧！1976年7月的大地震，突然袭击并吞噬了唐山，师长的妻子和孩子在地震中丧生。他听到噩耗，心如刀绞，但那时因为青藏线改建离不开，他竟然没有回去看一眼，而是把巨大的悲痛强压在心里，变成强大的动力。他承受了人间最沉重的打击，但他挺住了，他是个真正的军人，是个顶天立地的汉子。

"何团长，你们党委写来的两份检讨，我都看过了，两次车祸的原因都找得很准，但不能只停留在把规章制度贴在墙上，说一千道一万，不如扑下身子真抓实干，抓好落实。"师长劈头盖脸地这么一说，何明凯就有些坐不住了，脸上也红一阵白一阵的，望着师长说："师长说得对，我们一定真抓实干，抓好落实！"师长口气缓和了一些："我知道你们三团汽车多，大概有七八百辆吧？我们一定要把战士的生命放在第一位，父母把孩子养大不易，好端端地送来当兵……没想到他们来部队见到自己的孩子时竟是搭着黑纱的一张遗像……对了，因车祸牺牲的那位排长，他的妹妹接替哥哥当兵来了没有？"何明凯答道："感谢师长关心，那位排长的妹妹已安排在我们卫生队当卫生员了。"听到这里，师长痛心疾首的面容舒展了一些，又道："死亡与死亡不同吧，工程尖刀连的小战士何小碧、余部长的儿子余辉，还有前一段时间在风火山地段为藏族同胞的牛羊防病治病返回连队途中牺牲的藏族战士……据你们三团报的情况报告说，在为那藏族小战士举行葬礼时，送葬藏族同胞有几百人。这说明了你们工程尖刀连的汉藏团结、军民关系搞得不错呀！"何明凯说："我们一定继续努力！"

这时，师长对赵副师长说："老赵，你把《请示报告》给我看看。"赵副师长起身走过去将《请示报告》递给师长，说："这事我做不了主。"师长接过《请示报告》就十分仔细地看了起来，并且不时地从办公桌上拿起钢笔，在上面画些横线。赵副师长、唐科长和何明凯就坐在沙发上，喝茶、抽烟，谁也没说话，怕影响师长看《请示报告》。师长看完后，双手抱胸又思考了一会儿，才抬头说："你们看法如何？"三人一前一后地说："师长定！"师长说："那这样吧，我的意见是先试铺3千米，如果行，今后再推广。做改性沥青路面试验的技术员方林是不是受处分的那个技术员？"唐科长回答说："是，就是负责修涵洞出事的那个。应该说是从呼和浩特交通学校来的那一批中，功底比较扎实的。"师长说："这人还比较爱动脑子的。我不是那种因谁犯了错误就一棍子把别人打死的那种领导。我把我的想法谈谈，不妥的地方你们再纠正。因为三团就一个施工连队，没有设技术股，所以针对这种情况，赵副师长和唐科长这几天就去一趟风火山，与连队干部和科研组的专家们再认真敲定一下先试铺3千米。你们看行不行？"赵副师长回答得很爽快："可以！"唐科长有些犹豫不决的样子，解释道："师长，你也知道我手里活多，走不开。"师长温和的脸上一下子严肃了起来："唐科长，你不要不情愿。一旦哪个团的施工质量出了问题,我板子要打到赵副师长和你两人屁股上。把手里活放放,陪赵副师长去,同时顺路看看其他连队的施工质量。"

赵副师长和唐科长坐车到达工程尖刀连时还差一个小时左右才到中午十二点。赵副师长叫驾驶员直接把车开到了热火朝天的施工工地。车停稳后,赵副师长和唐科长一下车,王大寨、秦擎天、张德彦、方林、何玲就迎了上去,大家相互握手问好。赵副师长抬头望了望阳光灿烂的天空说:"这天气还真不错呢,大家好好干!我给你们带来好消息了!"王大寨他们就迫不及待地问:"赵副师长,有什么好消息,快告诉我们!"秦擎天先给赵副师长和唐科长发了烟,接着给王大寨发了一支,自己也抽起一支。赵副师长说:"先说说你们的工程进展。"王大寨回答道:"总的说来,还可以。"赵副师长问:"王连长说话怎么底气不足呢,怎么个可以法?"

"报告赵副师长和唐科长,工程尖刀连500米的草袋挡土墙、350米的浆砌护坡任务早已完成;四个涵洞的挖筑任务已进入尾声;8千米路的基层近几天即将完成,接着将铺设路面。请首长检查指导!报告人:工程尖刀连连长王大寨。"王大寨声音吼得很洪亮,报告完毕,又正正规规地向两位首长行了标准的军礼。赵副师长忍俊不禁,拍了拍王大寨的肩道:"还像个打仗的军人样!"大家也被王大寨一本正经的表演逗笑了。唐科长半开玩笑半认真地问:"王连长、方技术员,你们的四个涵洞不会再下降0.13米吧?"方林的脸一下红了。何玲喜滋滋地问:"赵副师长,该您说说了,您给我们带了什么好消息来?"赵副师长故意逗何玲玩:"好消息呀,是你爸叫我问你什么时候我们才能吃上你和张副指导员的喜糖!"何玲不好意思地说:"赵副师长,看您说的!"张德彦也有些不好意思起来。人们就笑着看了看何玲又看了看张德彦。

赵副师长说:"好,不开玩笑了。我告诉你们第一条好消息是政治部办的《政工简报》把你们连和秦副连长的事迹刊发了。"一边说着一边拉开小车车门取出一沓《政工简报》给每人发了一份,把多余的全交给了王大寨,又说:"我和唐科长出发前,师长给我们交代要多带些来,你好组织全连学习,鼓舞大家的士气。"王大寨表态道:"我们一定组织大家学习!"何玲从王大寨手中取过一份《政工简报》看了看封面:"咦,还加了编者按,说工程尖刀连的经验和秦擎天同志的先进事迹不仅值得全师各单位借鉴,而且值得每位官兵学习呢。"说着就跑到秦擎天面前,用《政工简报》拍了拍他,开玩笑道:"咦,看不出英雄人物就在我身边呢!"秦擎天红着脸说:"何医生,你别瞎说!"何玲说:"秦副连长还谦虚呢,看来还能进步!"说着,又随手翻了一下《政工简报》,又玩笑道,"这标题好呀,《被告出来的老典型——秦擎天》!"

在大家的笑声中,张德彦却笑得不那么自然,看到何玲对秦擎天的亲昵样,他真有些受不了……

赵副师长说:"大家向你们学习,这是第一喜吧。"何玲笑嘻嘻地问:"难道还有第二喜?"赵副师长说:"有哇!师长表扬你们王连长、秦擎连长是实干家,可能还要提拔啊!"方林惊喜道:"哎呀,该祝贺连长和秦副连长!"王大寨喜上眉梢地说:"赵副师长,你别拿我和秦副连长开玩笑了。"赵副师长故意严肃起来:"谁跟你们开玩笑了?你王连长不信老人言,那问问唐科长!"人们把目光投向唐科长。唐科长吸着烟满脸笑容地说:"师长是说了!"

张德彦听到这话,觉得自己真是雪上加霜,三个连职干部,师长独独没提到自己,但他还是强迫自己露出微笑。他想知道第三喜是否与自己相关,便急迫地问:"赵副师长,那还有三喜?"赵副师长爽朗地说:"何止三喜,还有四喜呢!"王大寨催问道:"赵副师长快说,让我们多高兴高兴!"赵副师长眉开眼笑地说:"师长考虑你们连辛苦,明年又要修沱沱河大桥,有不少准备工作,所以给你们连拨专款十万元盖二十间家属房,让官兵家属来部队过节。另外再给你们连队买台大彩电!这事呀,师长已安排小何医生的黑脸爸爸负责了!"王大寨和秦擎天他们在一阵笑声中,更加激动得不知用啥语言来表达了。

看着他们喜不自禁的样子,赵副师长更是满脸洋溢着笑意:"更有让你们高兴的事,就是……"说到这里,他有些喘不过气来了,还猛咳了一声。何玲问:"没事吧,赵副师长?"赵副师长说:"没事,没事,歇一歇就好。人上点岁数真不行呢。第四件喜事,唐科长给大伙说说。"唐科长说:"那就是师长同意你们试铺3千米改性沥青路面。赵副师长带我来就是敲定这事的。王连长,你叫人通知鄢专家他们五人下午都参加,在连部开会议议改性沥青的试铺工作。"王大寨鼓了两下掌:"预祝方技术员的试验取得成功!"赵副师长不无幽默地说:"方技术员不干则罢,一干就是惊天动地,一鸣惊人啊!去年那一家伙,把师长搞得愁眉不展,把连队搞得怨气冲天;今年这一家伙,把师长搞得眉开眼笑,把连队搞得人人欢笑!"方林在大家的开怀大笑声中,顿时脸红耳热。唐科长安排道:"王连长和方技术员带我去看看你们的挡土墙工程究竟如何,秦副连长和张副指导员,你们仍然指挥战士干活。何医生陪赵副师长回连队休息。赵副师长,你看这样安排行不行?"赵副师长说:"我也得去看看他们的挡土墙。"

张德彦跑步上前,拉开车门,赵副师长就弯腰进了车内坐在了前座。方林说："不远,就在前面4千米的样子。"车一会儿就到了已修好的挡土墙旁。这护坡有500米是草袋装土堆砌而成,整整齐齐一目了然,另外350米有浆砌护坡,在一段路基的弯道处。赵副师长和唐科长看后比较满意。唐科长问方林："这就是你两次向我们科提出更改设计方案的那一段?"方林望着赵副师长和唐科长答道:"是。当时我想青藏公路改建是在边研究,边采用科研新成果下施工的,难免有些设计不够合理。我从图纸上发现,原设计与地貌不相符,如果照图纸施工,既浪费材料,又不能起到护坡的作用。"王大寨立即给两位首长汇报道:"更改一次设计方案真是不容易,需要充分的更改依据和科学的设计方法。为了这350米的浆砌护坡工程,方技术员不仅请教鄢专家,还不分昼夜地翻阅技术资料,对现场重新进行勘察,重新绘图,重新计算。但有的同志不理解,说他没事找事干,按设计施工、照图纸办事,就是不合理,板子也不会打在他屁股上。他说他是技术员,应该为重点工程的质量负责,他不怕麻烦。"唐科长首肯道:"这新的浆砌护坡挡墙是比原来的设计要合理得多,而且节约了人工材料费。"赵副师长评价道:"嗯,不错,是比原来好些!这一年方技术员进步不小啊!"王大寨说:"今年他在施工质量上够操心的,首长们要不要去看看方技术员负责的四个涵洞?"赵副师长挥手说:"走,看看去!"

很快到了第一个涵洞。大家下车后,看见天已阴了下来,接着蚕豆大的冰雹砸下来,打在车上发出啪啪的声音。王大寨赶紧将往涵洞走去的赵副师长和唐科长拉住,叫他们上车躲躲。"战士们成天施工都受得了,我就受不了?"赵副师长谢绝了王大寨的好意,径直往涵洞走去。王大寨歉意地说:"风火山这鬼天气,就像娃娃脸,说变就变,刚才还是晴天,一片乌云飘来,顿时不是雨就是雪,有时还有冰雹砸来。今天对不起两位首长了。"赵副师长很善解人意地说:"这又不怪你王连长,自然现象,谁也奈何不得。"

到了涵洞,唐科长用自带的皮尺测了测高,又量了量宽,又在洞里观察了一番,出到洞口,很满意地说:"不错,不错,能评上优良工程。"王大寨和方林的脸上露出了笑意。接着王大寨又陪两位首长驱车看了看另外三个涵洞。在第四个涵洞中,赵副师长和唐科长看见正如王大寨所汇报的那样正在进行收尾工作。没有穿雨衣的李俊杰、赵小刚、钱自化他们的外衣已被飘飞的细雨打湿了,还在汪满良的带领下继续埋头干活。听到脚步声,汪满良抬头一看是赵副师长他们走来,便放下手中的活,大声喊道:"大家注意,立——正!"战士们放下手中的活,立即立正站好。汪满良这时跑步到赵副师长面前,立正,行军礼:"报告首长,工程尖刀连人工排和机械排的少部分人员正在进行拆卸浇注模具的工作,请指导！报告人：人工排排长汪满良。"赵副师长还了礼："请大家稍作休息！"汪满良转身跑向他的战士们喊了一声："大家稍作休息！"听到口令，战士们并没有放松，还是傻乎乎地站在那里，看着赵副师长他们向自己走来。赵副师长走近官兵们道："同志们，辛苦了！"官兵们回答道："首长好！"赵副师长上前去握赵小刚的手。赵小刚见自己手上满是泥土，怕弄脏了首长的手，就将伸出的手缩了回去。王大寨脸上有些尴尬，赶紧解释道："战士们手上都是泥，赵副师长就算了吧，别生气。"

"这些战士多可爱呀，我生哪门子气呀，他们怕把我这老头子的手弄脏了。"赵副师长说完，看着战士们那黝黑的面孔、干裂的嘴唇、深陷的指甲，还有那被雨水打湿的衣服，他感动了，眼里饱含着晶莹的泪花，又深情地说："孩子们，你们艰苦不怕苦，缺氧不缺精神，让我这个老头子很受感动！你们有权利在花前月下同女朋友散步，有权利跨入大学的校门，去获得一张当今青年渴望的文凭。然而你们发扬邓小平同志所倡导的'发扬革命和拼命精神，严守纪律和自我牺牲精神，大公无私和先人后己的精神，压倒一切敌人、压倒一切困难的精神，坚持革命乐观主义、排除万难去争取胜利的精神'以及'亏了我一个，幸福十亿人'的精神，把青春年华献给了高原，献给了西藏人民，为'四化'建设创造了惊天动地的业绩。我代表师长、政委，还有师机关的全体官兵向你们鞠躬！"赵副师长饱含激情地一说完，就向官兵们深深地鞠了一躬。看着战士们被雨打湿的衣服，赵副师长问："王连长，为什么不让战士们穿上雨衣施工？你们没发雨衣吗？"王大寨说："发了。我们上唐古拉山施工前，团后勤处给每人配发过一件雨衣，但百分之八九十的雨衣都因施工强度大而磨烂了，穿不成了。"赵副师长问："你们今年上山前为什么没到团后勤处给每人领一件？"王大寨回答道："团里有规定，汽车连队每四年配发一次，施工连队每两年配发一次。"赵副师长说："规定也得讲究实事求是，他们总是坐在机关凭空想象。你们连里中午起草封电报，由我签发，叫后勤处派车立即把雨衣送来，一人一件！"

由唐科长主持召开的试铺改性沥青路面的会议在连部召开，特邀的鄢伦亮等五人的科研小组成员全都来了。方林将改性沥青路面防止吸热，确保公路不会下陷的特点谈了一番。待方林讲完，鄢伦亮更具体地从风火山地区是多年的冻土层讲起，又把改性沥青路面与普通路面做了一些详细的比较。他说经过反复试验，改性沥青路面就是采取聚苯乙烯隔热的特点，不仅不会使路面在夏天受高温炙烤而下陷和寒冬冷缩而鼓胀裂口，而且大大延长公路的使用寿命，对发展西藏的经济起到不可低估的作用。王大寨很感谢地说，如果没有鄢专家的科研组提供的各种资料,改性沥青路面的试验很难取得成效。接着几个战士将试做的1平方米的改性沥青路面样品从科研组抬来了。

赵副师长上午在工地经过冰雹、雨水的折腾,再加上中午他吃过午饭筷子一放,也没顾得上午休一会儿就给全连官兵传达了盖二十间家属房、买彩电的消息,官兵们备受鼓舞,赵副师长也跟官兵们一样高兴。所以下午开会时他感到有些疲倦,不由得在心里暗暗地说看来自己是老了,不如年轻人充满活力了。但当看到战士们抬进连部试做的改性沥青路面的样品时,眼前一亮他又来了精神,从凳子上站起来走到白色的路面前和唐科长、王大寨他们蹲下身去,仔细地看了看,又用手摸了摸,站起来说:"这白色可能对驾驶员行车视线有影响啊。"鄢伦亮解释道:"这个问题方技术员和我们科研组的同志也已经考虑到了。我准备在3千米的路面的试铺中把它改成猪肝色,这样就不至于影响行车视线了。"唐科长说:"改成猪肝色就好!"赵副师长说:"只要不影响行车视线就行。鄢专家,请你们还一如既往地支持我们的工作。"鄢伦亮表示道:"谈不上支持,请赵副师长放心,我们会竭尽全力帮工程尖刀连把这事做好。"赵副师长双手抱拳:"那我就谢谢科研组的同志们了!"

开饭了,黄宝宝他们把几个菜摆上连部饭桌时,赵副师长叫司机从车上取来自己上山前在格尔木商店买的两瓶"泸州二曲"。赵副师长拧开瓶盖,给五名科研人员各斟满了一小杯白酒,又给自己倒了一杯,端起酒杯说:"我感谢你们,我先喝为敬!"说完,一仰脖子喝了下去。看着赵副师长喝了,科研组的成员也喝了。接着赵副师长又给王大寨、秦擎天、张德彦、方林、何玲各斟了一杯,说:"你们辛苦了,我敬你们一杯。3千米的改性沥青路面的试铺,只能成功,不能失败!"

第三十三章

　　3 千米改性沥青路面的试铺任务完成的那个傍晚，王大寨却倒下了。

　　投入改性沥青路面的试铺工程以来，工程尖刀连的官兵们晴天一身汗，雨天一身泥，都在争分夺秒地赶进度，就连午饭都是由炊事班送往工地的。自赵副师长来连队传达了师长对大家的关怀的消息后，官兵们备受鼓舞，百尺竿头更上一层楼，干得越发起劲了。尽管这样，王大寨还是一会儿在铺路现场，一会儿在烤油场，来回奔波。改性沥青不易搅拌，他就和摊铺排排长邹洪康商量对策，忙得满头大汗，时不时地肝部还疼痛起来，为了不让官兵们看出来，自己假装没事人一样蹲在地上，悠闲地吸着烟，右手却不时地按着疼痛的肝部，脸色由紫变白，虚汗淋漓……这一切被邹洪康看见了，就上前说："连长，你不舒服就回去躺躺。"王大寨故意轻松地说："你快干你的，让我抽支烟还不行？"邹洪康还是不放心："不行，千万别硬撑着。"王大寨瞪了他一眼说："邹排长，你这人怎么话这么多？"邹洪康见王大寨想发火了，也就灰溜溜地同战士们干起活来。王大寨吸完烟后，又蹲了一会儿，觉得肝部的疼痛已减轻了一大半了，就撑起身来，弓着腰从地上拿起铁锹往战士们中走去。

　　官兵们下工后，王大寨却还要把铺的路面检查一遍，秦擎天和孙绪明要陪着他，他却死活不干："你们快同其他人回去休息，让我一个人清清静静地看一下新铺的路面。"秦擎天见王大寨态度坚决，就不想再争执了，可又不放心他一个人在这里，他知道王大寨最近身体很虚弱，万一肝痛发作，身边没人也不行，就说："连长，我先回去，让孙排长陪着你。"王大寨来火了："我又不是小孩，叫你们回去就回去吧，大家都在这里熬着，有什么用！"孙绪明看了一眼秦擎天，秦擎天略显无奈地说："那我俩回去了。"王大寨说："好，我检查一遍就回去。"

　　秦擎天和孙绪明默默地往连队走去。刚走几步，孙绪明说："秦副连长，你发现没有，连长越来越消瘦了，脸色也蜡黄蜡黄，嘴唇发紫得厉害。"秦擎天长叹了一声："唉！连长这人真不要命了。刚才他跟我们发火，其实是关心我们。"孙绪明说："我知道，他实在是打肿脸充胖子，肝病已把他折腾得够呛了！他害怕影响大家干活的士气，一直隐瞒着。"秦擎天说："他还不让人说，其实他这病已成了人人皆知的秘密了！我真不知道我们缺了连长怎么办呢！"

留在工地的王大寨却无比兴奋,他趴在公路上像瞄靶一样,认认真真地查看今天铺筑的路面的平整度,查看完后,他站起来看着向前延伸的改性沥青路面由衷地笑了笑,就像十月怀胎的妇女备受熬煎,终于生了一对白白胖胖的双胞胎那样喜不自禁。接着他坐在锹把上,摸出烟来点上,幸福地吸着……吸完烟,他有种前所未有的自豪感涌上心头,拎着铁锹回到连队驻地。一进到连部帐篷,见秦擎天他们坐在饭桌旁还在傻傻地等他回来吃饭,他说:"等我干啥?今后要是我回来得迟,你们就不要等我了。你们快吃呀!"秦擎天说:"那怎么行?我们不干活的倒先吃。"

王大寨放下铁锹觉得大家等着他一起吃饭,就不想再耽误时间了,也没顾得上洗把脸,坐到饭桌前,还没端上饭碗就像告诉大家好消息似的,喜滋滋地说:"咱们铺的路真平呀,像块镜面那么平呢。"方林说:"连长,这事你今后就少操点心吧,要不然要我这个技术员干什么?"何玲说:"连长,你得把自己的身体看重点,看你瘦成啥样了!"秦擎天心疼地说:"何医生说得对,身体才是革命的本钱。"方林说:"今后何医生多看着点连长。"王大寨幽默起来:"何医生看着张副指导员就行了,我有人看!"何玲白了一眼王大寨:"连长,你真烦!老说这样的话。"她越来越不喜欢在众人面前有人开这样的玩笑。张德彦见何玲不太高兴,便接过话头:"连长,谁看你呀!"王大寨一本正经地说:"有啊,赵副师长呀!他的话一直在我耳畔回响着,'只准成功,不准失败'。"

这天晚上吃过饭两个小时后,王大寨坐在办公桌旁给妻子玉洁写信,可铺下信纸刚写下"玉洁,你好"几个字,他的肝又开始疼了,他用右手使劲地按着肝部,疼得他额头虚汗直冒,他咬牙坚持着。待疼痛稍稍减轻一点,他慢腾腾地来到何玲的帐篷。何玲问:"还打布桂嗪?"王大寨说:"何医生看有没有更能止痛的针药,今天已痛了三次了,我感觉周身无力……"何玲说:"那就只有注射哌替啶了,这种针药比布桂嗪止痛效果要好些。"王大寨说:"那你为什么这十多天,光给我打布桂嗪,应该早些时候打这针药就好了。"何玲说:"这种药不是你想打就能打的,不到万不得已,不能注射。哌替啶的副作用大,还有依赖性。"王大寨问:"我的病是不是严重了?"何玲说:"是的,你应该到格尔木二十二医院住院治疗。病就跟衣服上的裂缝一样,时间一长,裂缝就越大,大了就不好缝补了。这个道理,连长你比我懂。"王大寨说:"是,只不过工地上我放心不下……"何玲边往注射器里推药边说:"工地有秦副连长、张副指导员、方技术员和四个排长,你应该放心。人的生命只有一次,连长。"给王大寨注射后,何玲又说:"连长,我作为一名医生,应对你的生命负责。你一心扑在工地上,大家都很敬重你,但你也不能不顾自己的身体,除了有工程尖刀连的官兵们需要你外,还有嫂子玉洁和你们活泼可爱的女儿也需要你,还有你年迈的父母也需要你……"说到这里,何玲心里一酸,泪水控制不住地啪嗒啪嗒滴落下来。王大寨也不好安慰她,他觉得何玲的话有一番道理,受她的情绪感染,心里不由得升出几许悲伤,竟然眼圈也红了。为了不让自己的泪水滚落下来,他赶紧从包里掏出烟来点燃猛吸了几口。帐篷里一片寂静。

何玲掏出手绢擦去脸上的泪水又道:"连长,你应该听我的话,你不把我当成战友看,也应该把我看成是你的小妹妹吧!"一股暖流涌向王大寨的全身,泪水止不住地从粗黑的面颊上滚了下来,他用手抹了一把脸,好一会儿才说:"何医生,我听你的,等3千米改性沥青路面一铺完,我就下山到二十二医院治疗。"何玲心里有些喜悦,费了好一通口舌终于使王大寨有了治病的愿望,说:"连长,最好这两天就下山去治疗。"王大寨说:"不,要等3千米改性沥青路面铺完再说,已铺了三分之二了,还有几天,最多不超过十天就全铺完了,到那时,我不要你催,我自己主动下山治病。"何玲也不好再叫他让步了:"反正越快越好!"王大寨从凳子上站了起来,刚走一步,仿佛又想起了什么,转身说:"何医生,为了不影响大家的施工士气,请你为我保密!"何玲说:"保密?给谁保密?你的病哪个不知道?你原来对我说你的病只有孙排长知道,其实大家都知道,只不过大家不好当面提,担心你发火影响你的病情。人消瘦成这样,饭量也大减了,谁还会不知道,除非他是瞎子。用秦副连长的话说,你这病成了人人皆知的秘密了。"王大寨一听何玲说了这么多,也就没再说什么了,转身往连部帐篷走去。他走得很慢,双脚像灌了铅一样沉重得迈不开步子……

时间一天一天地过去,工程尖刀连官兵们拼命苦干,一门心思想提前完成3千米改性沥青路面的试铺任务,好早点让病情日渐加重的王大寨放心地去格尔木去二十二医院治病。试铺任务比原计划整整提前了两天,任务完成的当天下午,大家比往日提前一个多小时扛着铁锹,抹着豆大的汗珠,疲惫地回到营区洗刷衣服,洗完脸等着开饭。

王大寨仍然每天要在大家下工后检查一番新铺的路面,每当他爬在公路上像瞄靶一样,认认真真地观看路面的平整度时,心里就充满了喜悦和自豪感。这天下午下工时,秦擎天和张德彦都劝他早点回去放松放松,张德彦还说:"连长,中午我通知炊事班为庆祝改性沥青路面铺设竣工加了两个菜,一起回去高兴高兴。"王大寨固执地说:"你们先回,我一会儿就回去吃饭。"秦擎天了解王大寨说一不二的脾气,也就没好再劝他,只是说:"连长,我们等你回来了再开饭。"

走在路上,秦擎天说:"看来叫连长明天下山去治病未必能行。"张德彦问:"为什么?"秦擎天说:"你没看出来呀,他舍不得离开我们,也舍不得离开热火朝天的工地啊!"张德彦说:"我一直对连长了解不多,几天前我才从何玲那里知道连长的病情,他还一直坚持要把试铺任务完成才下山治病,连长这人真是不错!"秦擎天说:"连长是条铮铮的硬汉。"

今天晚上这顿饭比平时多了三个菜:一盘午餐肉,一碟花生米,一碟黑乎乎的粗粉条。文书为每位干部盛好了饭。何玲说:"今晚上一定要等连长回来才吃,前几天他老吃剩汤剩饭。我叫黄宝宝给他做点面条吧,他还黑着脸把我吼了一顿。"张德彦说:"对,等着连长回来一起吃,他明天就要去治病了。"方林问:"秦副连长,车安排好没有?"秦擎天说:"安排了,叶排长和钱老兵各开一辆。团里前两天给了我们连一个提干名额,党支部开会决定提李俊杰,我准备让他到机关填了表体检后,就去医院照顾连长,车返回来时再捎两车煤上来。"

这时电报员喊了声"报告"进来,将手中的电报递给秦擎天,并请秦副连长在电报登记本上签字。秦擎天签字时,何玲就站起来将他放在桌上的电报拿过去看了起来。何玲看完电报,欢天喜地连声说:"祝贺!祝贺……祝贺连长和秦副连长升官了!"张德彦想要看电报:"还有谁?"何玲故意不把电报给张德彦看:"没有你,你看啥?"张德彦一听自己没有提职,脸瞬间白了。

方林看完电报便递给秦擎天。秦擎天仔细地看着电报,电报的内容是"关于王大寨等同志的任职命令",命令上说,提升王大寨为三团司令部正营职副参谋长,秦擎天为工程尖刀连的正连职连长,孙绪明为工程尖刀连的副连长。电报的末尾处还有几句话,大意是本来政治处要派领导来工程尖刀连宣布命令,只因机关工作太忙了,请工程尖刀连谅解。看完电报,秦擎天脸上丝毫没有露出喜悦的表情,而是从包里掏出烟来点起,默默地吸了起来,一副若有所思的样子。他不是因为团领导不来宣布提拔命令而难过,说心里话能够提职秦擎天还是高兴的,但一想到王大寨即将离开他,离开工程尖刀连,他又有些惆怅。他想,这两年工程尖刀连取得如此辉煌的成绩,王大寨可是九死一生立下了汗马功劳啊,自己当副连长配合他是多么的协调啊,从个人感情讲,自己多么希望连长早些晋升正营,哪怕当团长、师长,自己都会举双手拥护。而从现实来讲,工程尖刀连承担全师最艰苦最艰巨的任务,真离不开像连长这样的人啊,现在这副沉重的担子压在了自己的肩上……想到这些,他长长地叹了一口气。

方林说:"秦副连长,提了职,高兴一点嘛!"秦擎天吸着烟摇摇头:"高兴不起来呀!"何玲问:"为连长的病?"秦擎天说:"既为连长的病,也为我能不能带领大家完成施工任务而担忧。"方林、何玲几乎是同时说道："没问题！"秦擎天又使劲地摇了摇头："不是我故作谦虚啊！"方林、何玲看着秦擎天，不知说啥才好。张德彦为自己没有提职而感到十分尴尬，为了掩饰自己的尴尬，他忙对文书说："快去看看连长回来没有？"文书出了帐篷。张德彦又说："连长回来一见命令肯定会高兴的。"何玲说："对，他终于离开了这里了！"方林说："今天可是喜事临门啊！"文书回来了，说："通往营区的路上没见连长的影子。"秦擎天扔掉烟蒂说："文书，叫炊事班把饭热热。我去看看。"说着就往帐篷外走。方林和何玲也跟着秦擎天去了。

秦擎天、方林和何玲走到通往公路的路上，见没有王大寨的身影，便加快了脚步。何玲说："是不是他病倒在公路上了？"这一下子提醒了秦擎天他们，于是大家便又加快了脚步，继而小跑起来。他们上了公路，远远望去，只见王大寨趴在猪肝色的路面上像是在检查新试铺的改性沥青路面的平整度。秦擎天喊了两声："连长，连长！"只见王大寨趴在路面上一动也不动。他们脚步更快了，气喘吁吁地跑到王大寨跟前蹲下去，只见王大寨紧闭双眼头仰在了一边。何玲用手摸了摸王大寨的额头："额头很烫，赶紧背回去抢救！"三人一起动手将王大寨扶起，秦擎天弓下身子说："你们快把连长放在我背上。"于是何玲、方林将昏迷不醒的王大寨放在了秦擎天的背上。

秦擎天背起王大寨，便朝连队驻地方向小跑起来，他又对何玲说："何医生，你先回去准备抢救的药品，这里有我和方技术员就行了。"何玲便又奔跑起来。

秦擎天他们将王大寨背进何玲的帐篷，放在病床上。何玲已手忙脚乱地做好了输液、打针的准备工作，对进门的秦擎天和方林说："你们把连长的裤子解开，先给他注射两支镇痛的哌替啶，接着再给他输液。"注射完哌替啶，何玲又给王大寨输液，接着又用血压计量了量血压。方林问："没事吧？"何玲答道："血压有些高，也许半小时左右会有所好转。"秦擎天才松了口气，用被汗水湿透的衣袖擦了擦满脸的汗。孙绪明进来说："我刚才去连部了，桌上摆的饭菜还没动，你们三个快去吃饭，我在这里守着连长。"何玲说："没事，我观察观察再说。秦副连长和方技术员快去吃！"秦擎天说："我在这里待一会儿再说。"

在连部吃饭时，张德彦、秦擎天、方林、何玲脸上都阴沉沉的。其实，这顿饭尽管加了三个平时很难吃到的菜，但不到十分钟大家都放下了筷子。张德彦因为没有提职的事，吃不下去，而秦擎天、方林、何玲是因为太累和想着连长的病情而没有胃口。大家都默默地坐着。秦擎天默默地吸了几口烟，说："原本明天由连队派车送连长下山治病，但鉴于连长的病情不断恶化，我想立即起草一份电报请示团里派救护车来,以保证连长路途的生命安全。"

何玲吃完饭回到自己的帐篷,伏下身听见王大寨微弱的呼吸声均匀了,脸上才露出了笑意,她对坐在凳子上守护的孙绪明说:"孙排长,你去叫炊事班赶紧下碗面条来,面条煮久点。"

当晚当工程尖刀连的官兵获知连长王大寨病倒的消息后都纷纷地向何玲的帐篷拥去,却被何玲好言相劝地阻挡在了帐篷门外,她说:"连长的病情刚刚有所好转,身体很虚弱,需要静静地卧床休息……"人群中赵小刚哀求道:"何医生,就让我看一眼连长吧。"钱自化也说:"连长病成啥样子,我们看一眼才放心。我们一句话不说,只看一眼,何医生就让我们进去吧。"邹洪康说:"何医生,连长是为我们摊铺排而累垮的,我作为排长,代表摊铺排看一眼。"何玲态度很坚决地说:"不行,坚决不行!"接着她口气缓了缓道,"战友们,你们的心情我很理解,连长病倒了,不仅你们心里难过,我心里也不好受。但连长现在说话都特别困难……如果大家真的对连长好,那就请明天再来看望他,你们先回去吧!"人们见何玲说着说着声音嘶哑了,眼泪也快要落下了,大家不再吭声了,只好转头回去。

过了一会儿,秦擎天和张德彦来到何玲的帐篷看王大寨。秦擎天小声地问何玲:"连长病情好些了没?"何玲说:"好些了,稳定了。"张德彦看见病床前的凳子上放了一碗已冷却结成团的面条,便问:"连长没吃?"孙绪明说:"我和何医生给连长喂了,连长不吃。"张德彦弓着腰双手扶在病床上,小声呼喊了两声:"连长,连长,你咋样?"病床上的王大寨蜡黄的脸,紧闭双眼,纹丝未动,只听见时轻时重的呼吸声。秦擎天掖了掖盖在王大寨身上的白色被子,将嘴凑到王大寨脸前,轻声呼喊道:"连长,你好些了吗? 全连官兵都挂念着你呢,我们知道你说话困难,如果你好些了就睁一下眼睛,我们才放心哩。"王大寨像施工一样使尽全身力气睁开了双眼。秦擎天喜悦地喊道:"何医生,连长睁开眼睛了!"何玲便奔了过去,四个人看见王大寨睁了眼都很高兴。张德彦笑容满面地说:"连长,告诉你一个好消息,你被提升为团里的副参谋长的命令下来了。"张德彦以为王大寨听到这一消息会笑笑,没想到他不但没笑,反而闭上了沉重的眼睑,这让他多少感到有些尴尬,觉得自己太不会选择说话的时机了。秦擎天说:"今晚上我就留在这里守候连长,明天还要施工,张副指导员和孙排长快回去休息。"张德彦说:"我留下来看着连长吧。"他要留下来的目的,是想与何玲说说话,这些日子,施工任务重,虽说天天见面,但能在一起卿卿我我的时间几乎没有,他真想能时时刻刻与何玲厮守在一起。孙绪明说:"你们不要争了,我留下来看连长就行了,你们知道我最近经常失眠,回去也是睡不着。"其实他的失眠症早好了,他只是真心实意地想守护连长,所以才找了个理由。何玲说:"你们都回去休息,有我就行了。"秦擎天说:"不行,你一个女同志,连长解手你连翻身都不一定翻得动,莫说扶他下床了。张副指导员一直没熬过夜,孙排长失眠更需要好好休息,我就在这里照看连长。"说完,就去拉坐在病床前凳子上的孙绪明,并狠狠地瞪了一眼:"快回去,这是命令。"

张德彦听完秦擎天说的话,觉得还有些道理,刚刚光想着何玲了,没有想到躺在病床上的王大寨,如果真留在这里,还不一定能与何玲说什么话,有可能整夜都得照顾王大寨,这种熬夜他肯定坚持不下来。再说自己与何玲来日方长,又不在乎这一晚上,他便顺水推舟答应回去睡觉了。

孙绪明看了看病床上的王大寨,无奈地和张德彦一前一后走出了帐篷。

第二瓶点滴一输完,何玲又在输液架上挂起了第三瓶药液。她考虑连长没吃饭,就在第三瓶药液里多加了些维生素。何玲换了液体,坐在自己的床铺上。秦擎天坐在凳子上小声地说:"何医生,忙了一天了,你快躺躺,我看着就行了。"何玲说:"我不困,你不是也忙了一天了,你快在我床上躺躺吧。"秦擎天摇了摇头说:"睡不着。"何玲问:"是因为升官而激动?"秦擎天说:"激动啥呢?准确说是压力,是责任。连长也病了,还有5千米沥青路面呢。"说着走到病床前,弓下身子问王大寨:"连长,想不想解手?如果要解小手,就请你眨一下眼睛。如果想解大手,请你眨两下眼睛。"王大寨果然眨了一下眼睛,又很快地闭上了。秦擎天便开门出去了,一会儿一手打着手电一手拿着洗脸盆进来了,他把洗脸盆放到病床前,小心翼翼地扶起周身发软的王大寨,让他坐在床边,叫何玲把连长扶着。何玲急忙脱掉脚上的军用胶鞋爬上床跪在床上从王大寨的背后用双手向上提着王大寨的腰部。秦擎天在帮王大寨解裤腰带时,只见他眨开了疲惫的眼睛朝帐篷门口望了望。秦擎天心领神会王大寨的意思,说:"连长,外面又黑又冷,你手上又打着吊针,出去不方便,没事,就在这里撒尿。"何玲也说:"我是医生,你病成这样,没啥不好意思的。"秦擎天将王大寨的裤子褪至大腿,就将脸盆端了起来:"连长,你撒吧!"一分多钟过去了,王大寨却没有撒出一滴尿来。秦擎天说:"连长,你撒吧,何医生把双眼闭上了。"何玲也说:"连长,我早闭上眼睛了。"过了几秒钟,王大寨的尿果然撒了出来,而且还尿了不少。接完尿,秦擎天帮王大寨穿好裤子,与何玲一起,轻轻将他平放在病床上,又把被子给他盖好。秦擎天端着散发着热气的尿盆出去了,倒完尿就回来。何玲站在病床前问:"连长,喝不喝水?"王大寨只是轻轻地摆了摆头。何玲有些喜悦地对秦擎天说:"连长的病好些了,头能动了。"秦擎天放下脸盆,脸上惊喜地露出了微笑。何玲说:

"那洗脸盆是你的？为啥不用我的？"秦擎天："这有什么大惊小怪的,哪能用你一个女孩子的!"

两人坐下来小声地聊开了。何玲问："你最近又读什么书了？"秦擎天说："每天晚上坐在床上随便翻翻《心理学》,它对我们带兵有好处。你业余时间干点啥？"何玲说："记点笔记,记点工程尖刀连的人和事,今后有时间了想写部反映军人在青藏公路改建工程中的长篇小说。"秦擎天夸奖说："有雄心壮志,只要努力,想法就会变成现实。"何玲说："现在只是有初步的想法,你别给我戴高帽子了。"秦擎天问："准备给你的小说取个啥名？"何玲说："叫《生命之路》如何？"秦擎天说："不错,这条路是用军人的血肉之躯铺筑的。别说一团、二团,单说我们连这两年就为这条路牺牲了四个人呢!"何玲说："有人说是军人就要上战场,上战场就会有牺牲。其实,军人的牺牲岂止在战场？"秦擎天感叹道："是啊,一提到战场,人们就会想到轰鸣的枪炮,鲜红的焦土……其实,报效祖国也不仅仅只有在战场上!"何玲说："所以,今后假如我的那部小说写好了,也想取名为《脊梁》,意思就是共和国的脊梁,还有一层意思就是青藏公路本身就是世界屋脊的脊梁。现在我八字还没有一撇呢,只是一个幼稚的想法,只是一个良好的愿望。"秦擎天说："我相信你能行!"

点滴一打完,何玲叫秦擎天回去休息一会儿,让王大寨好好睡一觉。秦擎天说："有啥事喊我一声。"

秦擎天躺到自己的床铺上很快就睡着了,天快亮时,他做了一个奇怪的梦,他梦见自己站在一个雪山顶上,周围一片空寂,突然他的旁边出现了两个人,仔细一看,原来是何玲和张德彦,他正想问他们怎么到这里了,就见张德彦什么话也不说,一步一回头地就朝雪山脚下走去,而何玲却留在他的身边。忽然一阵风吹来,他身上一个激灵,看见何玲也冷得直发抖,他想找一个温暖的地方让她避避寒,可是何玲突然就扑到了他的怀里,对他说："抱紧我,我冷。"他心里很紧张,想喊张德彦却怎么也喊不出来……很快场景又变成了他的老家,他的父母还健在,他把何玲带到他们面前说："爸妈,我把你们的儿媳妇带来了……"天亮了,秦擎天努力从梦境中清醒过来,他不知道自己怎么会做这样一个梦,他觉得这个梦太奇怪太可怕了,难道自己潜意识里对何玲有什么企图？这不可能！何玲确实是一个好姑娘,可即使这样他秦擎天也不会做夺人所爱的事啊!他猛摇了两下脑袋,平静了一会儿,想想自己有些可笑,梦毕竟是梦,不是现实,何玲怎么会看上他这个农村出来的大兵呢？不要再去胡思乱想了,他今天还有那么多工作要干,哪有时间净想这个不期而遇的虚幻的梦呢？他搓了一下手,拍拍脸翻身起来,看见连队正开早饭。他草草地刷了两下牙,洗了把脸,就去看王大寨,王大寨睡得正香。他去找到值班排长邹洪康交代道:"你通知各班排的人注意,开工前去看望连长时不要讲话,不要问候连长,连长好不容易睡着,让他好好歇歇!"

然而,当全连官兵进入何玲帐篷,站在王大寨病床前时,赵小刚、钱自化看着平躺在床上的王大寨那消瘦、黝黑的面颊,便控制不住自己的感情,两人眼里噙满了泪水,一前一后不由自主地深情地呼喊着:"连长,连长!"王大寨仿佛从睡梦中惊醒了,睁了一下眼睛又闭上了,随即豆大的泪水从紧闭的眼角流出,经过面颊流到了枕头上……

按照秦擎天的安排,何玲和李俊杰留下看护连长,其余人看望了王大寨后都上了工地。一上工地,还没开始干活,秦擎天就叫邹洪康吹响了集合哨声,大家纷纷跑过来集合。

秦擎天站在队列前讲道:"同志们,战友们,如何对待生与死、苦与乐、名与利、公与私,这是我们每位官兵必须回答的考题。我们的连长做出了朴实而又生动的回答。伟大源于平凡,平凡孕育着伟大。连长常讲的话是艰苦奋斗,一不怕苦、二不怕死。刚才大家都看见了躺在病床上的连长……"他心情沉重了,停了停又讲道,"我们要像连长那样热爱党,热爱本职工作,时刻牢记党和人民的重托,忠实履行好自己的职责,不辱使命,不负重托,让党和人民放心,早日修好青藏路!"

队列里鸦雀无声,听着秦擎天讲话的同时,大家脑海里都浮现出王大寨躺在病床上的情形。

"同志们,战友们,该讲的话都讲透了。今天5千米的沥青路面的铺设工作就要开始了,大家有没有决心保质保量完成?"秦擎天满脸严肃大声地问道。

"有!"官兵们铿锵的回答声响彻在风火山的上空。

接着,秦擎天十分严肃地安排了运输排、机械排、摊铺排、人工排的工作,鉴于人工排修筑涵洞、过筛石灰的任务已完成,全体人员就参加摊铺任务。工作一安排完,秦擎天就问站在与自己两三米远的张德彦:"你还有没有要讲的?"张德彦说:"我把命令宣布了吧?"秦擎天说:"最好等连长病好点,晚上由他来宣布不迟。"张德彦说:"早点宣布让大家高兴高兴。"秦擎天说:"又不是战士们人人提干,有什么好高兴的?"张德彦说:"白纸黑字的,宣布了,没啥。"

看着张德彦迫不及待的样子,秦擎天也不想再争了,便说:"随你。"

张德彦走到队伍前,咳嗽了一声,拉开架势,从包里摸出早上吃饭前就装在包里的"任命电报"展开后,又看了看队列里的官兵,说:"我现在宣读一份团部发来的提升任职命令。任命工程尖刀连副营职连长王大寨为该团司令部正营职副参谋长。"队列里的官兵们拿出抡铁镐的劲头,热烈的掌声响起。赵小刚说:"像连长这种人早该提了。"钱自化嘟囔道:"现在提了,有啥用,连长都病成这样了。"不知哪位战士又大声地说道:"提了总比不提好!"张德彦吼了起来:"别嚷了!"队列里静了下来。张德彦又宣读起来:"任命工程尖刀连副连长秦擎天为本连正连职连长。"话声一落,掌声雷鸣般的在队列里炸响。钱自化小声地对站在自己前面的孙绪明说:"看来领导还是明智的,提秦副连长提对了。"孙绪明说:"我们连有了他绝对能搞上去。"赵小刚有点手舞足蹈地说道:"秦副连长不挨整,早就该提正连了,也怪命运捉弄了他。"张德彦虎着脸吼:"赵小刚在队列里说啥,有本事说大声点。"队列里一下平静下来。赵小刚却面不改色心不跳地,一本正经地说:"没说啥。我说秦副连长不挨整,早就该提正连了,也怪命运捉弄了他。报告首长,我回答完毕!"并举起右手向张德彦行了军礼。人们被赵小刚的幽默逗笑了。张德彦气愤地吼道:"赵小刚,你好了伤疤忘了疼,小心我处分你!"张德彦不但没震住他,没想到赵小刚更来劲了:"处分?我怕什么。一个处分我背着走,两个处分我挑着走。不过,我刚上唐古拉山扔干粮,连长给我的处分,刚开始我想不开,后来我想开了,是我做得不对,该受处分。张副指导员如果今天你要给我处分,是你看我不顺眼,打击报复我,你给我处分有啥理由?"站在一旁的秦擎天气得像咆哮的雄狮样吼道:"理由?难道张副指导员就不能给你处分?"赵小刚被镇住了,脸色发白,老老实实地站在队列里。秦擎天说:"张副指导员,你继续宣读!"张德彦向秦擎天感激地点了点头,又看了看队列里的官兵,清了清嗓子,道:"任命工程尖刀连机械排排长孙绪明为本连副连长。宣读完毕。"人们又鼓起潮水般的掌声。张德彦问秦擎天:"秦连长还讲不讲?"秦擎天说:"没了。按刚才的分工开始干吧,解散!"

自从文小英寄来那件毛衣后,又给孙绪明来了好几封信,除了对他的宽慰,还对他说,她这辈子不会嫁给别人,只要他不嫌弃她,她愿意一辈子等着他。这让孙绪明感动不已。他想他再不能对不起文小英,吴雁已死,可文小英活着,他总不能让文小英失望一辈子吧,他开始考虑与文小英的将来。他想如果自己不登攀,就熬不到十五年军龄或当不上副营职干部,文小英就永远随不了军……想着想着他就在心中默默地算了一下,自己的军龄满打满算也才六年还差几个月呢。

午饭是在工地上吃的。当黄宝宝挑着两箩筐米饭,胡南雄挑着两铁桶菜,另一名战士挑着两铁桶醋汤一到工地,值班排长邹洪康便吹响了开饭的哨子。于是大家停下手中的工作,拿着自己早上上工时就带上的碗筷像饥饿的狼一样奔跑过来,盛上正冒热气的饭菜,蹲在地上,按班排围成几个圈,狼吞虎咽地吃了起来。秦擎天吃着饭,问胡南雄:"连长的病好些没有?"胡南雄说:"好些了。"孙绪明说:"只有连长病好些了,我们才高兴得起来。"钱自化一边吃饭一边说:"对,孙排长说得对!"赵小刚学着张德彦的口气幽默道:"钱自化你小子不尊重领导,怎么还是孙排长?从张副指导员宣布任命起就应该叫孙副连长。兵都当老了,还不懂规矩,你还想不想进步?"扑哧一声,人们笑得饭都喷了出来,有几位战士放下了碗,捂着肚子笑。钱自化很真诚地对孙绪明说:"孙副连长,对不起,我喊惯了。"孙绪明说:"别理他的,他开玩笑呢。"赵小刚喜笑颜开地说:"钱老兵,去年你的生日,孙副连长为你白挨了一酒瓶,缝了那么多针。"话一说完,他才抬头见张德彦也走过来,正好听到他说的话,便赶紧低下头。秦擎天看见张德彦满脸的不高兴,就吼道:"赵小刚你这几天高兴个啥,不说话别人又不会说你是哑巴。"赵小刚胆怯怯地说:"张副指导员,是我瞎说,大人别记小人过。"张德彦蹲在地上端着碗吃饭,头也不抬一下。赵小刚像是在做检讨似的说:"几天前,我收到未婚妻的信,她说我不仅改好了,而且还入了党,所以我们又和好了。很感谢老连长和秦连长给我家还有我未婚妻写信,使我和我未婚妻又破镜重圆。我是三年老兵了,如果今年年底退伍回去结婚,我一定会买最好的喜糖寄来工程尖刀连!"孙绪明说:"是说你小子这几天怎么这么忘乎所以啊?"不少战士笑着起哄道:"我们有喜糖吃了!"秦擎天对张德彦说:"吃了饭,我回去看一看连长。"张德彦小声地说:"你去,但要早点回来,我担心他们胡闹。"秦擎天说:"别想那么多,不会的,我了解他们。"

　　大家吃完饭,又喝了一碗醋汤。抽烟的人坐下来开始神仙般地吸着烟,享受着这片刻难得的悠闲。还没等一支烟吸完,秦擎天就站起来说:"开工,大家抓紧点!"

　　于是大家散开又开始了各自的施工任务。顿时工地上又响起了轰轰的压路机声,拉运沥青的翻斗车的奔驰声,人工摊铺沥青的铁锹声……这些声音混合在一起就像一首激昂的交响曲。

　　团里派来的救护车是傍晚才到工程尖刀连的,救护车到达连队后,连队晚饭已开过了。秦擎天安排文书去叫炊事班煮了一大盆面条来。与救护车一起来的有两名驾驶员和一名医生,医生姓唐,是钱远明的老乡,同年兵。一天一夜的路上三人仅靠出发前在军人服务社买的两小袋饼干充饥,口干舌燥,没有喝一口水……当救护车停在工程尖刀连的营区,三人从车上下来时,他们的嘴唇上已起了血泡。黄宝宝将一大盆面条端来放在连部的饭桌上,他们三人抓过碗筷便盛起热气腾腾、香味扑鼻的面条,毫不客气地狼吞虎咽起来。他们呼啦啦地干完一盆面条,又喝了半盆面汤后,才依依不舍地放下碗筷。驾驶员小何征求唐医生的意见:"咱们饭也吃饱了,是不是得赶紧走?"秦擎天疑惑不解地问:"走?往哪里走?"唐医生说:"我们出发前,团长就反复交代,要我们赶快把王副参谋长接下去送二十二医院治疗。我们出发时,团长已安排我们卫生队长去二十二医院联系住院事宜了。当时卫生队长说等病人下来再去联系不迟,谁承想团长吹胡子瞪眼睛地跟卫生队队长发火,团长说,爱护干部要像爱护自己的眼珠一样。当时团长火气冲天的,把我们都吓了一大跳呢。所以,我们接上王副参谋长要立即下山,不能耽误,否则团长要跟我们发火,我们可受不了。"秦擎天说:"王副参谋长今天下午才有些好转。你们来前,何医生正给他打吊针。病情已有所稳定,能吃点饭了,也能说点话了。让他今晚好好休息一下,你们也好好休息一晚上,恢复恢复体力,我也是跑车的,一天一夜不合眼,真的很疲乏,人是血肉之躯,又不是钢铁之躯,就算钢铁之躯也有被磨损的时候。所以我建议你们明天早上再往格尔木返。"唐医生和两名驾驶员听到秦擎天这番真诚的话语,真的很感动,但又担心挨团长的收拾,那位驾驶员说:"秦连长的主意好是好,也为我们着想,但是回去迟了一旦团长的火爆脾气上来,我们就要遭殃了……"秦擎天又道:"我算了一下,明天早上走,后天早上就能到达格尔木,可以直接送王副参谋长到二十二医院住院。再说,今晚上他还要输液……为了让团长放心,我立即给团里发封电报,把情况说明,使你们安心住下来。"唐医生他们三人脸上露出了笑容,都说还是秦连长想得周到。这时唐医生提出要去看看王大寨。秦擎天摇了摇手说:"你最好别去,我们老连长这人很固执,关于给团里要救护车来接他下山治病,我们全连都守口如瓶没让他知道,否则他不但不去治疗不说,还可能会发火……他才叫吃苦在前,享受在后呢!"

第二天早晨,救护车装上王大寨和李俊杰的洗漱用具后,开到了何玲的帐篷门口。官兵们吃完早饭,碗都没顾上洗刷就奔了过去,将车围得水泄不通。人们看见穿着整齐的王大寨在秦擎天和何玲的搀扶下从帐篷里走出来。王大寨经过几天病痛的折磨,脸颊又消瘦了许多,身板也有些佝偻了。王大寨走到车门时才不经意地抬头看见是救护车,他愣了片刻,对秦擎天和何玲说:"搞啥呀,你们不是说送我回连部吗?"大家没吭声,静静地看着王大寨。这时孙绪明打开车门:"老连长,请你上车。"王大寨却抓住车门,不肯上去,对前来送行的战友说:"眼下施工正紧张,我一天不在工地,就闷得发慌……"人群中,不少人鼻子一酸,两行眼泪忽地从面颊上流了下来。赵小刚泪眼迷蒙地上前抓住王大寨的手说:"老连长,你一定要保重,我们一把施工任务完成,就下山去看你!"钱自化在人群中也啜泣着喊起来:"连长你一定要保重!"于是大家也一前一后地喊了起来:"连长,你要保重!"王大寨感动得流出泪水,用发烫的舌头舔了舔干裂的嘴唇说:"我不下山……"秦擎天说:"这是团首长的命令!"孙绪明、方林便使劲将王大寨死死抓住车门的手掰开。秦擎天、孙绪明、方林、何玲,还有赵小刚几乎是将王大寨抬起来送上了救护车,早已等候在车内的唐医生和李俊杰便急忙抓住了王大寨的手臂,他想跳下车也无机可乘了。随即救护车门砰的一声便关上了。何玲又举起一小纸箱药品对车上的唐医生急切地喊道:"药、药品,唐医生!"唐医生从救护车的窗子探出头来,摇了摇手:"不用了,我什么药都带齐了。"秦擎天向驾驶室的司机喊道:"快开车!"王大寨艰难地从救护车的窗子里伸出头来,眼圈红红的,泪珠挂在他消瘦而又黝黑的面颊上,招了招手道:"用不了几天,我还要回来……"救护车鸣了两声喇叭,倒退了一下,转个大弯便消失在官兵们眼泪迷蒙的视线里……

第三十四章

　　时光如梭,三个月就要过去了,5千米的黑色沥青路面的铺设任务在工程尖刀连官兵们起早贪黑的拼命苦干中已进入尾声。

　　按连队干部统一的意见,一旦风火山地段的施工任务完成,就将推土机、装载机、帐篷、床板等施工设备和生活设施搬迁于相距风火山120千米的沱沱河大桥附近,再让两三名战士留守,待来年可直接投入施工。然而团部没有同意让两三个战士在沱沱河留守。团部的意思是可先将施工设备和生活设施置放于沱沱河兵站……让全连官兵统统下格尔木休息。收到这封电报后,秦擎天他们既感动,也感到为难。感动的是团部领导着实考虑到工程尖刀连的官兵很辛苦,需要在格尔木养精蓄锐,为来年施工储蓄更大的力量。棘手的是沱沱河兵站与基建工程兵施工部队没有任何隶属关系,想把东西放在那里,他们愿意吗?沱沱河兵站是总后勤部青藏兵站部的一个下属单位,专为往返于青藏线的十多个汽车团官兵提供住宿、就餐的……

　　在连部吃饭时,秦擎天将与沱沱河兵站联系放东西的困难讲了一遍后,就说:"要不张副指导员和孙副连长去联系,要不我和孙副连长去。"张德彦说:"还是连长和副连长去吧。我和方技术员在家组织施工。"孙绪明吃着饭没吭声,不管哪个主管去,自己都跑不掉。何玲说:"还是秦连长和孙副连长去稳妥一些。"她知道张德彦不一定弄得成事。她越来越看清楚张德彦的为人了,不会与人相处,小心眼,拈轻怕重,正儿八经干的事真叫人放心不下。一旦与沱沱河兵站联系不好,把推土机、帐篷之类的东西折腾到格尔木去,明年初又折腾到沱沱河很费劲……而秦擎天做事稳重,关键时刻拿得起放得下,又有能力处理各种关系。所以,她觉得还是秦擎天去为佳。

　　张德彦正怕让他去呢,在他心里只觉得这是件难事,故此当何玲提出秦擎天去联系时,他心中充满了喜悦,向何玲投去感激的目光。他与何玲已有两三个月没说话了,原因是王大寨离开连队去格尔木治病的那天早晨,何玲凭着女人的细心和特有的敏感在送行的人群中发现全连只有张德彦一人没去。送走王大寨后,何玲气呼呼地去张德彦的帐篷找他,他正在床上睡得香,嘴里还发出模糊不清的呓语。何玲站在床边怒气冲天地喊了两遍他的名字,他被惊醒翻身爬起,赶紧扯过放在床边的上衣穿起,用手揉了揉惺忪的眼睛,伸了一下懒腰道:"怎么天就亮了呢?"何玲青筋暴突,咄咄逼人地质问道:"老连长走时为什么不去送送?你这人真缺少人情味,今后也许你连自己也爱不起来呢!"他说:"我昨晚考虑连队的工作想了一夜。"何玲道:"难道工程尖刀连就你在整夜考虑工作,秦擎天、孙绪明、方林都在玩耍?!"也许是没有睡醒的原因,张德彦一下子控制不住自己了,便吼了起来:"王大寨跟你什么关系,你这么关心他?为了不相干的人,你总是跟我过不去,你怎么就不为我着想?"这句话一下子激怒了何玲,她转身疾步地走了……望着何玲气冲冲离去的背影,张德彦想想觉得自己是做得欠妥,怎么就睡过去了呢,没送老连本身就理亏而且还忍不住地冲何玲发脾气,但事已至此也只能在心里发出一声长叹。他想何玲正在气头上,等过了这阵,他去道个歉,又会像从前一样一切都烟消云散。可是他没想到,这次何玲可是真生气了,日复一日,尽管两人一日三餐都在连部的饭桌上吃饭,何玲却不愿多跟他说一句话。他曾试图借拿药的机会想和何玲交谈,没想到待他把药拿到手里,坐下来对正坐在床边上的何玲吞吞吐吐地说:"我不对,今后我一定改正。"谁承想何玲看都不看他,充满鄙夷地说:"张德彦,你这话我都听得耳朵起老茧了。我可告诉你,我们的爱情正在走向死亡。"张德彦还想说什么,何玲却出了帐篷。但是,没想到今天何玲居然帮自己说话,这怎么不让他激动呢。

"我去就我去,争取把这事办好。不过俗话说,编筐编篓重在收口,张副指导员和方技术员,还有何医生一定要保证收尾工程的质量。我和孙副连长最多两天时间就返回。"秦擎天说。

秦擎天和孙绪明开着一辆"解放牌"汽车来到沱沱河兵站。在停车场停好车后,他们没有直奔站长室,而是去兵站的七八排住房前后看了看后才去了站长室。敲开站长室,几位战士和一位干部正在玩扑克牌,见秦擎天两人进来,便停下来。红脸膛干部站起来对几个战士说:"不玩了,你们该干啥干啥去。"几个战士放下手中的扑克,就往屋外走。其中一位战士边走边笑着说:"站长,记住你今天甩老K输了啊!"站长笑嘻嘻地说:"记住了,我下次一定赢回来!"接着他热情地让秦擎天、孙绪明在凳子上坐下来,边为客人倒茶边解释道:"我们兵站就九个人,管管过往司机的吃喝住宿,有时一旦大车队来就忙得很,深更半夜的车队一来大家就都起来做饭。今天刚送走两个团的车队,好不容易清闲一下,就玩几把扑克。"秦擎天摸出盖有工程尖刀连鲜红印章的介绍信递过去并问站长贵姓。站长爽朗地笑了:"就凭你们一身绿军装就知道我们是一家人,要这玩意儿干啥呢?免贵姓刘。"秦擎天高兴地把自己和孙绪明介绍了一下,然后说:"你们站原来也有个姓刘的站长,1959年10月1日在北京参加了国庆十周年观礼,还受到叶剑英元帅的接见呢。"刘站长也高兴地说:"哎呀呀,秦连长对我们兵站的历史知道得很清楚呢。"秦擎天说:"我是偶然在一本书上得知的。"在一片谈笑声中,秦擎天把来的目的说了一遍,并诚恳地请刘站长支持一下。刘站长原来微笑的脸绷紧了,怔了片刻说:"很抱歉,我们哪有空房子堆放你们的帐篷布呢?"秦擎天说:"刘站长,我们来时在兵站周围转了一圈,发现兵站还有一个礼堂。"刘站长说:"那是为过往司机放电影用的。"秦擎天口气委婉地说:"刘站长,能不能把帐篷布放在礼堂的后面,我们保证叠得整整齐齐的,尽量少占地方,最多放三个月时间。"刘站长脸上的表情终于缓和下来:"这个方法好呀,我怎么没想到,至于你们的机械就停在兵站停车场内,用篷布搭上就行了,我们帮你们照看着。明年初,你们一搬来,我们兵站就热闹了,沱沱河大桥离我们兵站只有一两百米远。"

又干了几天,风火山地段整个工程就竣工了。于是大家就根据连队的安排除了洗刷衣服外,又踏踏实实地睡了一天安稳觉。但秦擎天等连队干部没有睡成舒坦的懒觉,而是一前一后地陪着赵副师长、唐科长一行五人的工程质量验收组来到工程尖刀连对竣工的风火山地段的挡土墙、涵洞、沥青路面进行了仔细的检查验收。当工程质量验收组对涵洞进行验收时,方林因为想到去年炸掉涵洞的情景,不由自主地周身痉挛地颤抖了几下,很担忧地对秦擎天说:"秦连长,我心里虚得很。"秦擎天安慰地拍了拍他的肩,笑道:"虚啥呢?试铺改性沥青路面之前,赵副师长他们就检查过。方技术员,俗话说,真金不怕烈火炼。"

检查验收的结果很快出来了:所有工程均为优良工程。

赵副师长离开风火山地段上车前高兴地握着工程尖刀连干部的手说:"祝贺你们,你们工程尖刀连不但是全优工程,而且是全师施工部队中最早提前完成任务的。"说着说着,他似乎想起了什么,拍了一下脑袋说,"噢,记起了,师部收到十多封地方运输单位的表扬信。"说到这里,他叫他的司机从车上拿了过来,交到张德彦手里。赵副师长望着何玲笑道:"我前不久去你们三团,据小何医生的黑脸爸爸说,地方的表扬信,团里也收到几封。"何玲半开玩笑半认真地说:"赵副师长,其实您的脸比我爸的脸还黑呢。"连队干部和唐科长他们都笑了。赵副师长不无幽默地说:"是吗,那我就是大黑了,你爸爸何明凯就是二黑了?"何玲笑得前仰后合:"赵副师长您这人真幽默!"赵副师长来了情绪:"这算啥幽默,我给你们讲个幽默的。前一个月吧,电视台几个人来我们师里拍一个反映青藏线改建的片子,叫什么《人往高处走》吧,电视台几个人听说我们机关的一名新兵炊事员不错,能吃苦。他们扛着摄像机,拿着话筒去采访他。你们猜他说啥呢?"大家摇摇头。赵副师长说:"他说,我原以为当兵是来拿枪呢,没想到叫我拿锅铲煮饭,早知道要我煮饭还不如叫我妈来,她的饭比我煮得好!"一说完,自己先忍不住笑了起来。果真这个故事又把大家逗得哈哈大笑。何玲笑道:"这新兵真是傻得可爱!"

大家笑过,赵副师长说:"言归正传,我们验收组出发前,师长和政委就找我和唐科长说过,说你们工程尖刀连在一面施工一面保障了过往车辆的畅通,而且军民关系也搞得不错。大概在年底前师部要召开个'军民共建文明青藏线'的动员大会,要求你们连写份材料,要在大会上发言介绍经验。"张德彦看了看手中十多封地方来的表扬信说:"我们除了保障过往车辆畅通外,没有什么军民共建。"唐科长插话道:"不对,上次师长还提过你们连一个藏族小战士为藏民的牛羊治病防病返回连队途中遇到泥石流牺牲的事,藏族同胞还为他举行了葬礼呢。"秦擎天也说道:"还有何医生为藏族同胞治病防病的事都可以写进材料里。"何玲谦虚地说:"别提我了,那是应该做的事。"方林说:"藏族同胞还给我们送过羊呢。"赵副师长说:"就是嘛,这些都是好东西。你们从现在起就要着手准备了,不要搞得人措手不及的。"秦擎天表态道:"我们立即开始准备材料,请赵副师长和唐科长放心!"赵副师长夸奖道:"对,这就是军人的性格,说干就干,雷厉风行。"他恍惚又忘记了什么,拍了拍脑门还是没想起来,说,"噢,你们看我这记性,一上山就短路哩!干咱们这行,人过五十岁,就像是一部旧的机器,部件总是出毛病,现在常常失眠,而且睡不好觉就头疼,量了一次血压,高达一百八九,后来干脆不量了,量了还增加思想负担!"人们又被赵副师长风趣的话语逗笑了。

赵副师长又拍了拍脑门,在脑海里搜索了半天,还是没想起来,便问站在身旁的唐科长:"噢,唐科长帮我想想,上山前,师长和政委还给我们交代过什么?"唐科长想了想,说:"我记不清了,是不是今年年底师部召开第二届'双先'代表大会的事?"赵副师长兴奋起来:"对,对。师部年底又要召开'双先'会,你们又是全优工程,还试铺了3千米的改性沥青路面。师长说让时间检验一下,如果真的改性沥青路面质量好的话,明年后年就在一团、二团的施工连队推广。所以,也许你们又将树为'双先标兵连队',还是像去年一样需要扎实的感人的事迹材料。你们千万要引起重视,赶紧搞,然后团政治处润色修改,再然后师政治部修改把关。好吧,你们下山时注意人车安全。我们就走了。"连队干部一再挽留赵副师长和唐科长他们吃了午饭再走。赵副师长手一挥,说:"不了,忙得很,我们还要去一团、二团施工连队验收呢。"秦擎天握着赵副师长的手,关切地问道:

"我们老连长在医院病情如何?"赵副师长提高了嗓门,对几个连队干部说:"我和唐科长都去医院看望了你们的'怒伤肝'连长,他的病情稳定多了,他就是做梦都想念你们工程尖刀连的官兵啊!"一听说王大寨的病情稳定了,连队干部脸上都露出了灿烂的笑容。秦擎天长叹道:"为了部队建设,他把命都搭上了,我们一下山就去看他。"赵副师长刚要上车时又停下了脚步,说:"你们的家属房早已盖好,大彩电也从省城买回来了,下去就有电视看了。"张德彦说:"感谢首长关心!"

从铺好的沥青路面返回连队的路上,几位连队干部有说有笑的。何玲仰望湛蓝的天空,又远眺牧场上几个藏族男女放牧的牛羊,那一团团、一簇簇洁白的羊群就像绿色地毯上的朵朵雪白的花朵,她不禁触景生情地嘴里哼着小曲:"'美丽的草原我的家,风吹绿草遍地花。彩蝶纷飞百鸟唱,一湾碧水映晚霞。骏马好似彩云朵,牛羊好似撒珍珠。啊哈呵伊!牧羊姑娘放声唱,愉快的歌声满天涯……'"何玲哼着哼着,秦擎天、孙绪明、方林也相继跟着哼了起来……只有张德彦跟在他们的后面闷不吭声地走着,刚才还笑容满面的他蓦地愁眉苦脸起来……

五人回到连队见只有炊事班胡南雄、黄宝宝他们在做饭,其余人还在酣睡,有的从嘴里流出的又稠又黏的涎水已将用衣裤垫起的枕头打湿了一大片,有的从嘴里发着含糊不清的呓语。在人工排一班的帐篷里,赵小刚似乎梦见了未婚妻,嘴唇嚅动了一下,又嘿嘿地笑了两下。孙绪明就想用手拉拉他,却被秦擎天制止了:"让他们好好睡,睡个够,苦死累死八九个月了!"他们蹑手蹑脚地退出帐篷,又轻轻地拉上门,在路过机械排二班的帐篷门口时,二班的门是敞着的,不知是风吹开的,还是谁起床解了手回帐篷时慌慌张张地害怕影响了自己难得的睡懒觉的机会,忘了关门。秦擎天他们没有进去,只是站在门口往十个人睡的通铺床上看了看,正想转身离去,突然听见钱自化深情地喊着:"妈妈,妈妈——!"大家悄悄地笑了一下,走了几步,孙绪明说:"钱自化想家了。"说完,折转身回去将门轻轻拉上了。秦擎天说:"是啊,在这地方谁不想家,想未婚妻、想兄弟姐妹和亲戚朋友?是人哪,都有感情!"说着,看了一下手腕上的表,"还有一个多小时才到开饭时间,我们五个干部开个会吧。"

到连部刚一落座,秦擎天对值班干部方林说:"方技术员,中午别吹开饭哨了,让他们睡个够。"何玲说:"我真羡慕他们啊,他们恨不得把在风火山这几个月损失的觉都补回来呢。"秦擎天摸出一支烟点燃,说:"现在开什么会,大家都能猜出来。"何玲说:"我想是那两份材料吧。"秦擎天点头说:"对。"方林迫不及

229

待地说:"我还是负责给你们提供所需要的数字吧。"秦擎天爽朗地说:"行,方技术员提供具体数字吧。现在请张副指导员谈谈他的想法。"

张德彦又是愁眉苦脸的样子,一说起弄材料,他就像刚从格尔木上唐古拉山时因缺氧、高寒和风雪搞得人头都要爆炸了。去年好赖还躲过去了,今年情况不一样了,想躲也躲不过去了,再加上何玲最近又不理自己,弄得他心里窝火得很。要是秦擎天和何玲给自己甩摊子,两个材料都落到自己肩上,到时弄不出来,自己真是无地自容了。此时他从心里暗暗恨起师首长来,工程干好了就干好了嘛,非要写什么材料。想到这里自己也恨自己的无能……但当秦擎天请他谈谈他的想法时,他还是不失礼节地抬起头向大家微笑道:"秦连长叫我谈谈想法,我就说说。咱们工程尖刀连干出优异的成绩,受到师部首长的肯定,我们应该高兴是不是?"看着张德彦的样子,何玲就有些生气,气他总也没有长进,一到关键时候就丢人现眼的。因此她故意说:"张副指导员,我们没有不高兴呢,大家不是高兴着嘛。"张德彦的额头沁出了虚汗,目光平视前方,也没看何玲,他知道自己的短处,由于紧张,又语无伦次地继续道:"这两份材料对宣传我们连队的英雄事迹将起到积极作用,所以我们要高度重视,要写就写好!"方林附和着:"对,要写就写好!"孙绪明补充道:"是的,跟我们搞施工一样质量很重要。"秦擎天吸着烟,凝神地思考着什么。

听着张德彦绞尽脑汁说出来的无关痛痒的几句话,何玲脑海里突然冒出一句"书到用时方恨少"的话来,她很想笑,又担心在这种场合太不给他面子了,怕他恼羞成怒,所以还是忍住了。她心里说,你说得多好听,"要写就写好",你来试试,真是说话也不怕闪了舌头。

张德彦用手抹了一下额头上的汗珠,诚恳地说:"下面由秦连长讲两句。"秦擎天说:"好,我说两句。刚才张副指导员的话说得不错,要写就写好。我想两个材料的初稿,我来写一个。"听秦擎天说到这里,张德彦心里松了一口气,向他投去感激的目光。秦擎天又说:"另外一个由张副指导员和何医生合写一个。"何玲说:"我不同意,这些工作原本是张副指导员的工作范畴。"她的犟脾气上来了,她可不愿再像上次那样给张德彦大包大揽了。秦擎天恳切地对何玲说:"何医生,你看连队工作这么重,我不能一人写两个吧。要是老连长在,他把连队工作全面抓起来,我就可以都揽下来,你就不能看在全连官兵的面上答应下来吗?"

其实秦擎天这些日子也隐约觉得张德彦和何玲之间发生了什么矛盾,但在这个问题上他又不好意思主动去问他们中的任何一个人,害怕产生误会,现在看何玲拒绝帮张德彦写材料,他便坚定了自己的猜想。可是自从他做了那个奇怪的梦后,他看何玲时就有些不自在,他强迫自己努力工作,忘掉那个梦,那个梦时常让他在何玲面前生出一种羞耻感,他觉得他玷污了何玲似的。尽管张德彦曾做过对不起他的事,但他还是真心希望张德彦与何玲之间的爱能天长地久,虽说张德彦的文化程度差了些,但他觉得这都是经过后天的努力可以改变的,毕竟他们是门当户对的。本来他完成两个材料也不是不可以的,但他想通过写材料也许能让张德彦与何玲之间的矛盾得到缓解,使他们能重归于好。另一方面自己作为一连之长,现在连队的搬迁工作千头万绪都需要他去布置去安排,有时还要亲自干,如果他们能帮着写一个材料的初稿,也可以让工程的收尾工作更顺利些。他心里清楚,两个初稿充其量只能算个半成品。一下格尔木,贾股长,不,贾副主任又要叫他去政治处挑灯夜战……

"好吧,我就答应下来。"尽管何玲非常生张德彦的气,也越来越觉得跟他在一起没什么可说的,可是想起少年时的张德彦曾给过她们母女的帮助,想起张家一家人,她一时还真下不了狠心决绝地离他而去,不管到啥时候她都不希望看张德彦的笑话。何况何玲也不愿把工作与个人情感混为一谈,她一向对工作是认真负责的,更不愿在别人面前认输。现在见秦擎天这样说,何玲找个台阶就爽快地答应下来。张德彦如释重负,幸好没让他单独写一个。秦擎天说:"你俩哪一个,现在就定下来。张副指导员定。"

张德彦倒真不知写哪一个好呢,写"军民共建"嘛,事情本身太简单。写"双先"嘛,又太复杂,也不知从何处下手。基于简单与复杂的矛盾,他确实很难分出轻与重、好写与不好写来,想了半天仍然觉得自己既没底气又说不准,只好说:"何医生定吧。"何玲说:"那就写共建的材料吧,我题目都想好了,就叫《风火山上军民情　共建盛开团结花》!"秦擎天说:"但执笔还是由你来。"何玲说:"还是由张副指导员执笔。"她话这么说,心里却想给张德彦一些压力,让他开动脑筋。其实她也得背着他写自己的,一旦他拿不出来,就把自己的初稿拿出来。

秦擎天说:"那你俩定,这两份材料要在后天晚上之前把初稿弄出来,时间只有两天,我们三人都要抓紧。明后两天,张副指导员和何医生的工作就是赶紧弄材料,不参加任何工作。至于连队这两天的工作,我在这里讲一下,明天上午除留七顶帐篷外,其他统统拆掉装车送沱沱河兵站存放,这事由孙副连长负责。还有装载机和推土机也要弄到沱沱河兵站,停放在兵站的停车场里,叶排长也一道去。我算了一下,明天要用七八辆汽车。"孙绪明似乎在征求秦擎天的意见:"能不能再开几台翻斗车停放在兵站,开下去明年又要开上来,路不好走,折腾人。"秦擎天的回答很肯定:"不行。你也不想想,明年一上山就有大批的钢筋、水泥、木材、抽水机、发电机等施工物资要运到沱沱河大桥的施工地点。"孙绪明微笑道："我真没有想到这一茬。"秦擎天强调道："孙副连长，你和叶排长千万要注意安全，万万不可疏忽。一旦出点事，我们全连官兵一年的心血和汗水就将付之东流。"孙绪明自信地表态道："放心吧，保证不会出事。"秦擎天看着方林说："方技术员，明天你组织人工排把平板车、压路机和平地机里里外外擦拭一遍，并把压路机和平地机装上平板车，用钢丝绳固定好。遇到困难喊我一声。明天早饭后的第一件事，全连拆装帐篷，接着摊铺排全部人马，还有机械排、运输排所剩人员由我负责拆装烤油架，这就是明天大家的工作。后天运输排和机械排检查保养车辆，包括平板车。人工排和摊铺排把手推胶轮车、十字镐、铁锹打磨擦拭一遍，然后装车，包括炊事班所剩的大米等生活物资和设施。大后天早上一早拆装剩余的帐篷、床板以及锅碗瓢盆铁桶之类的东西。大家看这样安排可以不？"第一个回答的是张德彦："可以，完全行，就按连长的意见办。"刚才秦擎天安排材料时对他给予了照顾，他心里激动了好一阵子。孙绪明、方林、何玲更没话可说，都表示同意。接着，何玲问："连长，我住的那顶帐篷明天拆不？"秦擎天解释道："不拆。都怪我刚才没讲清楚，我是这样想的，你和炊事班的帐篷明天都不拆，另外留五顶明后两晚上大家挤着睡。连部的帐篷以及我与张副指导员住的都拆。所以你俩的材料利用你的帐篷赶紧弄，力争在后天晚上交给我。"何玲说："反正我们抓紧吧。"

一听何玲说到"我们"两字，张德彦心里就热乎起来，心想她毕竟还爱着自己呢。

会议一开完，秦擎天看了一下手腕上的表，还不到十二点，距开饭时间还有半个小时，便用商量的口气说："一下山，我和张副指导员肯定有个人去政治处改材料，还要去医院看老连长，有的家属还要来队……一下山，其他连的战友、老乡等等又要来咱们连找大家聊天，还要送车去修理连保养等等事情千头万绪的，何医生又要回卫生队工作，很难凑齐。所以我们利用下午这点时间召开个排以上的干部会，把立功人员的事定一下，大家看行不行？"张德彦倒是积极地先发言："行啊，怎么不行？只要不让我去政治处改材料。"秦擎天说："好吧，还是我去。"何玲表示赞同："把工作往前赶是对的。"孙绪明说："连长，那我去通知司务长和三个排长起来吃饭，下午好开会。"秦擎天说："行吧，进帐篷时，开门要轻，走路要轻，说话要轻，别影响战士们睡觉。"

下午连部召开排以上干部会，共九个人参加。原来全连只有十个干部，包括"怒伤肝"连长王大寨。叶增光、邹洪康、汪满良三个排长由于睡眠充足，人人感

232

到周身轻松,精神饱满,幸福的笑容挂在了脸上。这会儿方林见何玲还没有到,就问汪满良:"汪排长,睡舒服了吧?"汪满良满脸堆笑说:"何止是舒服?用连长家乡的四川方言来说,简直安逸得很。"他故意把"安逸得很"四个字提高了声调。包括秦擎天在内的几个干部都嘿嘿地笑个不停。邹洪康见大家不笑了,便老老实实地说:"我刚梦见未婚妻,她细嫩的莲藕样的手向我伸来……没想到是孙副连长的手把我推醒了。"他不无遗憾地叹了口气。其实他的话还没说完,大家就笑得前仰后合了。孙绪明一副很真诚的样子:"邹排长,我对不起你,我向你检讨,害得你不但没有抓上尹秀像莲藕一样的白手,还没有来得及亲上她像雪一样白的脸蛋。"邹洪康这才意识到自己不应该老老实实把真话说出来,他不好意思起来,本来黝黑的脸臊得黑里透红。

何玲的到来才使邹洪康走出尴尬的境地。大家停止了笑,都把目光聚集在何玲的脸上——她用一条洁白的手绢使劲擦抹着眼里快要滚落出来的泪水。待她擦完,眼圈便是红红的。秦擎天不禁关心地问:"何医生咋了?好像哭了?"何玲边往凳子上坐边细声细气地说:"没什么,刚才不小心一粒沙飞进了眼睛。"

秦擎天说:"人到齐了,现在开会,主要研究今年立功的人员。去年由于团里给我们连有些照顾,按2.5%的比例分配的立功名额,今年咱们连不能因工程完成得不错,就以功自居,还是按着普通连队2%的比例评选立功人数,也就是说我们连只能评出四个立功的。当然我和张副指导员中午碰头商量了一下,假若团部还照顾我们呢,就评五个,如果团里不照顾我们,就只有四个名额,我们取前四名。张副指导员讲讲。"张德彦说:"我把评功的步骤讲一下,先由各排排长根据自己排的实际情况,提出工作干得出色的三四名人选,然后再由大家讨论研究……"

其实刚才何玲说"不小心一粒沙飞进了眼睛"说的不是真话,她一直觉得自己很坚强的,没想到竟然流泪,而且一发不可收拾。张德彦此时讲的什么话,她没有听进去,她仍然沉浸在那伤感的情愫中。半个小时前,从自己帐篷往连部走来开会时,她突然发现钱自化独自一人坐在停在空旷的营区内的推土机旁,一针一线地缝补衣服。一个庞然大物的机械旁,一个孤单的人,钱自化显得那么渺小。她出于好奇,就大步地向钱自化走去,钱自化像小学生做作业似的专心致志地缝补着一条裤子的屁股后面那一块,对于何玲的到来,他全然不知。何玲蹲下看他补了一会儿,他还没有发现。何玲咳了一声,受惊的钱自化一针扎在了左手的食指上,随着轻轻地哎哟一声,手指上就冒出了血珠,他用右手使劲地捏着出血的手指,抬头看见是何玲,就笑吟吟地说:"把我吓了一大跳,原来是玲玲医生。"何玲关切地问:"对不起,让你受惊吓了,你做事太专注了,没事吧?要是厉害,我给你涂点消炎药。"说着伸手去抓钱自化被扎的手。钱自化把手往后抽了抽不让何玲看:"玲玲医生,我这手没事,真的没事。小时候我打猪草时把手砍出血了,就抓把泥巴往伤口上抹抹,过几天就好了。你真好,大家都说你好,我真想喊你一声姐姐哩!"何玲微笑道:"喊吧!"两只大而亮的眼睛专注地看着他。钱自化看着何玲那真诚的目光,脸一时窘得绯红。何玲担心他尴尬,赶紧岔开话题:"大家说我好,我好在什么地方?"钱自化说:"我也说不好,反正大家说你没架子,心好,能干……"后面的话,他不知说啥。何玲关切地问:"大家都睡懒觉,就你一个人起来了,为什么不多睡会儿?"钱自化愁眉苦脸地说:"老做梦,尽是噩梦。梦见妈妈得重病死了……所以,从梦里惊醒过来就再也睡不着了。"何玲脑海里顿时浮现出上午几个连队干部在机械排二班的帐篷门口听见和看见的情景,问道:"你妈患的腰疼病吧?"钱自化说:"嗯,患的腰疼病,老毛病了,一旦疼起来腰都直不起来……一想到这些,我心里就很难过,觉得对不住她。二十好几了,也无法照顾她……"说着,愧疚就从心底油然升起,两眼闪出泪花。何玲突然鼻子一酸,一种又苦又涩的感觉立即涌上心头,又道:"你家里除父母外,还有哥哥、嫂子和妹妹,是吗?"钱自化问:"嗯。你怎么知道得这么清楚?"何玲说:"我读过你送到连部的那封家信。"钱自化说:"你记性真好。但哥哥和嫂子离开家了,也不管爸妈的死活,爸爸的背也驼了,还在大田里没日没夜地干……"他更伤心起来,撩起衣角擦了擦泪。

　　何玲看着钱自化顿生怜悯之心,她不想再让他伤心,便看着他脚旁堆放的裤子和衣服,转移了话题:"我见你在连队经常穿着补丁叠补丁的衣服,你发的新军装呢?"钱自化说:"玲玲医生,你人好,我给你说实话吧。好在部队穿补丁的衣服没人笑话,我们老连长以及一些战友也穿补过的衣服呢,只不过我的补丁多些。我家里穷,家里没钱扯布做衣服,所以去年发的一套冬季服装寄回去了,让我爸穿。今年五一前发的夏装,我考虑到小妹上初中了,家里又没钱给她买布做一套像样的衣服,在人前人后也抬不起头。小妹来信说她也真想要一套军装,其实我真舍不得。记得刚发衣服的那天晚上,吃了晚饭,我把发的衣服穿了又脱,脱了又穿,这么试了好几遍。这时秦副连长到我们班来见我正在认真叠那套新衣服,就笑着对我说:'看别人都穿了你还舍不得穿?'我说:'我想给小妹寄回去。'他说:'男式的寄回去咋穿?'我说:'寄回去改改就行了。'秦副连长知道我家的困难,因为自从平地机翻车事后,他经常找我谈心。秦副连长说:'军装一改就不好看了,这样吧,过两天我要去团里拉物资,顺便到后勤服装仓库给你换成女式的。'我不相信能换。他笑道：'没问题，我在机关当过管理员，大家都认识。'后来他帮我换了也寄了，两块多的邮寄费，秦副连长死活不要，他还以党支部的名义给我家寄去三十元钱。"说着说着，就透出几分悲伤、凄苦之情，两行眼泪忽地又从面颊上流下来。望着这个家境贫苦的战士，何玲心里又泛起一种说不出的酸楚，眼里沁出泪水，赶紧摸出手绢……擦着眼泪的何玲眼前又显现出保卫股吴股长他们在调查"秦擎天贪污奖金案"时，自己读到的钱自化的父母的来信……钱自化又气愤地说："再后来，听说秦连长贪污的事，我替他捏了一把汗，这样的人怎么会贪污呢？"何玲泪眼迷蒙地看了一下表，已超过了开会的时间了，她赶紧站起来说："小钱，我开会去了，有时间我找你好好聊聊。"说完就向传出此起彼伏的笑声的连部走去……

　　何玲回想到这里被秦擎天洪亮的声音打断了："现在我宣布今年被评选出来的立功人员：副连长孙绪明、技术员方林、人工排的赵小刚，还有摊铺排的黄小磊、运输排的肖国强。推荐到团里立功的，也就是占团里单项立功名额的是医生何玲。"何玲推辞道："我就算了，给其他战士立功吧！"叶增光说："大家评出来的，不是你说算了就算了！再说，还要上报团党委研究呢。"何玲只好不吭声了。接着秦擎天把明后两天的工作又做了具体的安排后，说道："另外我再说一件事，是开会前大家和邹排长开玩笑使我联想到的，今年按师团机关的规定，我们工程尖刀连年底除特殊情况外不能休假，所以团里已给我们连盖了二十多间家属房，像叶排长、汪排长、胡司务长、钱远明老兵、李俊杰班长以及其他结了婚的干部和战士都可以通知家属带着儿女来队，全家团聚。那么对今年年底准备结婚而又不能回家的干部战士怎么办？那就请他们的未婚妻来部队结婚。结婚仪式用的糖果、瓜子、香烟等开支由连队出，大家看好不好？"秦擎天一说完，一片赞同声就在帐篷里响起："好！"秦擎天情绪激昂地说："那就孙副连长、邹排长带头叫文小英、尹秀她们来，在连队举行集体婚礼……"秦擎天还没有说完，大家就高兴地鼓起了掌来。掌声响过后，秦擎天问："战士中还有谁今年底要结婚的，都请他们的未婚妻来，大家想一想。"汪满良说："我们排的赵小刚说过，他在今年年底退伍回去就要结婚。"秦擎天说："过两天，我问问他，如果他愿意退伍，我们就欢送他。城市兵嘛，家庭条件又不错，江南经济发展又快，再说他也是三年服役期满了，党也入了，功刚才大家也给他评上了……如果是他不想退伍，我们就欢迎他，让他的未婚妻来连队参加集体婚礼吧！"

　　干部会议一开完，人们走出连部帐篷时就发现不少战士已起床，兴高采烈地正在洗漱。

洗漱完的赵小刚约已缝补完衣服的钱自化出去溜达溜达,钱自化还想着做梦时梦见母亲身患重病死亡的情景,便没有心思出去溜达。赵小刚说:"钱老兵,能不能看在我赵小刚快退伍的面子上请你陪陪我,说不定我回温州后咱们这一辈子都很难再见上一面呢。"

钱自化一听赵小刚说退伍的事,心里生出几分悲怆感。是呀,自己也是满打满算五年兵龄的老兵了,功立了,党也入了……自己风里来,雨里去,拼死拼活地在二团施工连干了三年的平地机机手,又在唐古拉山、风火山干了两年,不是开平路机,就是开推土机,究竟图个啥呢?他问自己,唉,不就是想转个志愿兵吗?但按有关文件规定转志愿兵需要服役期满六年呢,自己服役期才五年。想到这里他心情更加沉重了,万一连队今年年底要安排自己退伍,在工程尖刀连这两年不是白干了吗?他突然感到自己的命运是如此不可捉摸……

赵小刚见他犹豫不定,就伸手去拉他,又叫上了两个战友,钱自化也就不好再推辞了。

第二天早上,天色依然朦胧,工程尖刀连已开过早饭,他们比平时还提前了一个半小时起床,因为他们必须赶快将二十多顶帐篷拆卸,然后装车送往沱沱河兵站,否则,车队很难在天黑前赶回驻地。秦擎天昨天夜里为所撰写的材料苦苦熬了一个通宵,没合一下眼,抽完了两包烟,才将近万字的"双先"材料的初稿拿了出来。应该说他去年弄过这种材料,知道怎么谋篇布局,知道用怎样的语言来表述,但风火山不同于唐古拉山,它们各有自身不同的环境特点以及官兵在施工中各自的精神风貌……他想在这个材料上比去年的有所突破有所创新,也确实煞费了一番苦心,苦熬了一整夜。早上在连部吃饭时,他问及张德彦和何玲的材料写作情况,两人都说还可以。秦擎天说:"吃了饭,全连拆装帐篷,你们两人在何医生帐篷里继续搞,抓紧时间。"一听说秦擎天的初稿已出来,何玲就急躁起来,于是吃完饭急忙钻进了自己的帐篷。张德彦吃了饭放下碗也去了何玲的帐篷……

此时,秦擎天眼里布满了红红的血丝,跑前跑后地指挥大家拆装帐篷。拆卸帐篷的啪啪声,支撑帐篷铁管落地的叮当声,还有汽车发动机的突突声伴着秦擎天因整夜吸烟偶尔的咳嗽声,在官兵们忙忙碌碌的劳动中不绝于耳……

张德彦目不转睛地看着何玲,默不作声,心中不由得忐忑不安起来,担心自己的材料写得不行,何玲会说出不好听的话来,但他已有思想准备,不管何玲说什么,他都会心悦诚服地接受何玲对材料的意见。刚才,当他进到何玲的帐篷时,何玲端出凳子来让他坐,他便将写在公用信笺纸上的几页材料递给何玲"斧正"。他坐在凳子上想,看来何玲的气已经消了。

何玲盯着信笺纸,又苦思冥想了一会儿,终于想起了第一次见到这种信笺纸的情景。那是几个月前的一个晚上,何玲去张德彦的帐篷找他聊天,她走到门口时,发现帐篷门没有关上,张德彦正背对着门在烛光下伏案写着什么。她心里暗暗高兴,他终于知道用功了。张德彦写得是那样专注,以至于何玲走到他背后站了片刻都不知道。由于烛光暗淡,何玲没有看清张德彦写的是什么,只看见了信笺顶部的"基建工程兵青藏公路改建工程指挥师三团司令部信笺"的红色印刷字。她笑吟吟地故意咳了一声:"咦,看不出你学习如此渐入佳境呢。"张德彦一慌张,将放在信笺本左上角的蜡烛撞倒了,正好倒在了信笺纸上,蜡烛也熄灭了,屋里顿时漆黑一片。黑暗中何玲歉意地说:"对不起,我不是故意的,想跟你开个玩笑。"张德彦说:"我不知道是你来了,没关系,用火柴点燃就行了。"他在桌上摸索了半天才找到火柴,由于一时紧张,接连划了三根火柴才划着。在豆星似的火光照射下,何玲从办公桌上急忙拿起蜡烛凑过来,蜡烛很快被张德彦手中的火柴点燃了。何玲将燃烧着的蜡烛小心翼翼地放在桌子上,见信笺纸左上角已被蜡烛油浸透了一片,忙说:"对不起,我不是故意的。"又说,"写的什么好东西,能否给我拜读拜读?"张德彦扔掉手中的火柴棍,跨步到桌旁抓起信笺纸,立即藏于背后,身子痉挛地颤抖了一下,支支吾吾道:"没、没写啥,等我、我写好后再送给你指导!"何玲笑吟吟地说:"我的大指导员呀,你不给我看,我也不勉强。这样吧,我不影响你的学习,我走了。晚安!"看着何玲走出帐篷,他那颗悬着的心才落了下来,用手揩了揩额头上沁出的虚汗,走到门口立即关死门,才又坐在桌旁写了起来……

过了二天,吃完晚饭,见天还没有黑下来,他俩便去散步。何玲问他的东西写得如何了,张德彦望着她疑惑地说:"我没写啥东西。"何玲笑嘻嘻地说:"你这人官不大,忘性可不小呢,啥东西?就是两三天前的晚上我去你帐篷,你把蜡烛打倒了……"张德彦才想起来,便不慌不忙地解释道:"写得不好,我都把它撕了,等以后再写。"何玲说:"你这人干什么事开始都是雄心勃勃,后来都是半途而废,说到底你干什么事都缺少应有的毅力。在这方面你应该向秦擎天学习,他这人干啥事都一鼓作气,从来都是有始有终,绝不半途而废!"滔滔不绝的何玲让张德彦不高兴了,他拉下了脸,不满地说:"别嘴里秦擎天、秦擎天的,我一听到他的名字心里就不舒服。"何玲说:"你这人心眼怎么这么小,容不下比你能干的人,这叫嫉贤妒能!"两人都沉着脸,默不作声地走了一段路。

其实此前已有两三次,何玲只要和秦擎天多待一会儿,张德彦就会盘问她,他们到底在说什么,让她少跟秦擎天在一起,只要她一提"秦擎天"这三个字,他心里就不舒服。为这事她很恼火,觉得他太可笑,总是监视着她,干涉她的自由。可是生气过后,她还是原谅了张德彦,从他的角度想想,也许这就是他爱她的方式吧,尽管不能尽如人意,但毕竟还是真诚的。后来她也十分注意,尽量在他面前不提秦擎天,可有时候还是控制不住自己,情不自禁地顺嘴就说到秦擎天,一说还没完没了的。何玲在大学时曾听人说过,当一个人不自觉地经常说一个异性的名字时,她或他一定爱上这个人了,难道自己已不知不觉间爱上了秦擎天?她立即摇摇头,不管从道德上还是良心上来讲都不可能。脚踏两只船的事不仅自己难以接受,而且也要受到社会的谴责。她与张德彦自那年春节在自己家吃"转转饭"起,两人便在各自的心中暗暗地播下了朦朦胧胧的爱情种子。打那以后,张德彦的父母更加疼爱何玲,尤其是自己大学毕业后在江油参加军训期间,尽管张德彦的父亲张大光已转业到一个机关单位工作,但还是隔三岔五地想方设法弄辆车来部队家属院接她娘俩过去热热闹闹地吃饭。特别是张德彦的母亲,只要何玲娘儿俩去吃饭,总是像过年一样大鱼大肉摆满满当当的一桌子。吃饭时,张大光两口子再加张德彦的弟妹总是热情地给她娘儿俩碗里不断地夹菜,她们母女两个都被这份热情弄得有些不好意思了,张家四口方才停下夹菜的筷子……不说张德彦曾经对自己的情,就是光想想张德彦的父母,她都不能对不起他们。可不知怎么的,她就是愿意与秦擎天在一起聊天,他们在一起总能找到说不完的新鲜话题,她从心底里钦佩秦擎天的才能和人格魅力。

那天何玲又提到秦擎天惹恼了张德彦,心里就恨自己怎么那么不注意,便歉疚地解释道:"是我不对,今后再不提他了。"

后来保卫股吴股长他们来调查"秦擎天奖金贪污案"时,吴股长面对排以上干部念那封匿名举报信,何玲正好坐在前面,离吴股长很近,因为纸张较薄,印有红色字体的公用信笺以及纸上被蜡烛油浸过的地方,都映在她的眼睛里,当时她就觉得在哪里见过,但一下子又想不起来了……今天又见到这种公用信笺,她突然想起来了,便说:"你用这么好的信笺纸来写初稿实在有些可惜,用来写信多好呀!"忐忑不安的张德彦原本以为何玲会对材料横挑鼻子竖挑眼,没想到她说这个,周身便轻松了许多,微笑道:"没什么可惜的,我那里还有一本呢,你要用来写信什么的,我给你送来。"何玲说:"谢谢,你自己留着用吧。"张德彦以为何玲喜欢这种信笺纸,便忘乎所以地说:"这种信笺纸好写,全连只有我有两本,上山前我去团司令部一个战友那里要的两本,想用来写信,其实你也知道我没什么信好写。过去你读大学时,我经常给你写信,用的信笺纸倒是很多,谁承想到我们在一起了,连吃饭都在一起了,也就没有什么信好写了……"听张德彦这么一说,何玲确信她的猜测没有错,她一直在怀疑这件事——匿名举报信肯定是张德彦写的,她稳定了一下情绪,决定为了不影响材料的进度,还是先不把这件事戳穿为好,于是说:"言归正传,你的写作水平有所提高,不错。"张德彦脸上露出了喜滋滋的笑容,嘴里说:"啥不错,差得远呢。"何玲说:"总的来讲,你在材料上叙述的几件事还是可以,不过缺少应有的深度、思想。"张德彦笑着的脸顿时绷紧了:"深度?思想?我有些闹不明白。"何玲说:"你别紧张,张副指导员,我只是抛砖引玉。"张德彦一时语塞,不知怎样说了。何玲说:"这样吧,我这里昨晚上也写了三四千字,你就把两个综合起来,再润下色,把握好深度、思想就行,我再去了解些素材。"张德彦连连摇手,十分虔诚地说:"还是你来综合,我不行。"何玲说:"那这样吧,我先去搜集些素材来,我来综合、修改,你来抄写,反正要抓紧,明天一定要交出去。"她很想说"人家秦擎天昨晚上就弄了近万字的初稿,你不急我还急呢",话到嘴边,她突然意识到这话说出来肯定要惹恼了他,说不定两个人又要争吵起来,影响材料的完成,便把话咽了回去。张德彦似乎全身轻松了许多,说:"对,我来抄!"

第三十五章

　　工程尖刀连浩浩荡荡地从风火山回到格尔木,全团官兵像迎接凯旋的将士一样,彩旗飘扬,锣鼓喧天,掌声如潮。不过,今天欢迎的队伍却没有像去年那样从团部排到工程尖刀连驻地,因为有几个连队去西宁拉施工物资了。

　　在连队的营区里迎接工程尖刀连的除了在连队留守的卫生员外,还有已来了三天的钱远明的妻子丁巧巧。这个能干的女人一到连队后,见自己日思夜想的丈夫和他的战友还没有下山,她请卫生员看着她的一对宝贝儿女,自己就操起扫帚打扫完营区的卫生,而后见营房因无人住,从窗户缝里灌进的风沙,使每间房子里都积上了厚厚一层尘土,她又把每个房间的地面打扫得干干净净。累得满头大汗的她又在伙房烧起热水,用铁桶提到房间,用毛巾将窗户玻璃、床板、办公桌等等擦洗得一尘不染……

　　昨天后勤处安排物资、服装和粮食仓库的六位战士扛着铁锹、提着扫帚来打扫卫生,没想到待他们一走进工程尖刀连的营区,才惊喜地发现,已被他们称为"嫂子"的人打扫了。这几位战士非常高兴,连连向丁巧巧问好:"嫂子辛苦了!"丁巧巧笑道:"辛苦啥,农村人干惯了!"一个战士开玩笑道:"难怪嫂子叫丁巧巧,不仅心灵美,而且手也巧呢!"说得丁巧巧怪不好意思的,一双本来大而亮的眼睛笑得眯成了一条缝。另一位战士告诉她:"你的郎君明天就回来了,你们全家就能欢天喜地地团聚了。"丁巧巧红着脸说:"啥郎君呢,都老夫老妻的。"几位战士大笑起来。丁巧巧问:"你们还有啥活干?我帮你们干。"战士们说:"嫂子,你帮我们干了这么多活了,你休息吧,我们把每个房间的烤火炉子生起来就没事了。"于是大家从炊事班伙房抱来一捆捆用来点火的木柴,放在每个房间的炉膛内,用废旧报纸蘸上汽油点燃,待木柴熊熊燃烧时,他们就将从煤堆上提来的煤块倒在火炉里,顿时整个工程尖刀连营区上空缕缕烟雾升腾而起……今天早上,丁巧巧和卫生员才把她和孩子们的床铺从连部搬到新建的家属房。刚来时,卫生员就让她住到家属房去,她看了看那一排崭新的家属房,说自己带着孩子住到那里心里发毛,晚上害怕。

　　此时,丁巧巧右手扯着冬冬,左手牵着天天,站在营区内目光巡视着尘土满面、背着背包、排着队列鱼贯而入的官兵,他们寻找了半天,也没有看见钱远明的身影,她的心里咯噔一下,心想千万不能……正想到这里,队列里熟悉她的叶增光就喊她的名字。丁巧巧回过神来见是叶排长喊她,便迫不及待地问:"叶排长,钱、钱远明他……"叶增光从队列里走过来,笑了一下:"你别急,钱老兵他们要开车,还在后面。我去安排一下大家的铺位。"丁巧巧焦急的表情一下平缓下来,似乎心里一块石头落了地。

果然,等了一会儿,秦擎天、钱远明他们开车回来了。车队一到营区,秦擎天跳下驾驶室见丁巧巧母子三人目不转睛地盯着开进来的车辆,就笑着与丁巧巧打招呼:"欢迎你们呀!"丁巧巧转过脸来见是秦擎天,便问道:"秦副连长,钱远明呢?"她还不知道秦擎天已是连长了。秦擎天说了一句地地道道的陕西话:"钱老兵是最后一辆车。等我把车队安顿好,就来和你好好聊聊。"丁巧巧笑道:"你忙吧,秦副连长!"最后一辆车开进来了,丁巧巧通过已摇下玻璃的驾驶室窗口看见了脸色黝黑的钱远明,他正在认真地驾着车。丁巧巧情不自禁地喊了起来:"钱远明,钱远明!"接着她微弓着腰对两个孩子说:"冬冬、天天,你们的爸爸回来了。快叫,快叫爸爸!"兄妹俩一前一后地叫了起来:"爸爸!"钱远明听到喊声,看见了丁巧巧他们,立马刹车,将头伸出窗子,喜不自禁地道:"噢,你们已经来了?"丁巧巧一激动,眼泪扑簌簌地流了下来,咬着嘴唇嗯了一声。两个孩子想从她手中挣脱开跑过去,丁巧巧却使劲地拽着说:"听话,爸爸停好车就来。"钱远明停好车,就与秦擎天走了过来。秦擎天笑着对丁巧巧说:"在山上我们已经安排了,一下山就叫大家发电报通知家属来,你来了正好。"说着,他开起玩笑来,"丁巧巧,如果钱老兵欺负你,你来给我讲一声,我要好好收拾他。钱老兵,你和你媳妇、孩子回家属房说悄悄话去吧,这里卸东西的活不用你干了。我去安排一下卸车的事。"钱远明憨厚地笑笑。

左手提着背包的钱远明这才认认真真地看了看绯红着脸、有些不好意思的丁巧巧,然后蹲下来用右手抱起冬冬,在冬冬细嫩的小脸蛋上亲了亲。冬冬用细嫩的小手抚摸着钱远明粗糙的脸颊。钱远明笑嘻嘻地对抱着天天往家属房走的丁巧巧问:"你怎么知道我们这时候下山呢?"丁巧巧说:"去年我来时你不是说过你们每年差不多在11月上中旬左右下山,我想你们今年该下山了,我就带着娃儿们来了。"钱远明问:"妈的病好些了不?还咳得那么厉害吗?"丁巧巧说:"好多了,现在大冷的天也能下床干些家务了。你今年寄回来的三四百元钱,你叫我给全家人买点衣服,我只给妈和孩子各买了一身。其余的钱,我除了交土地税、提留款外,把妈弄到公社医院治了二十多天的病,她老人家的咳嗽才好了一些,精神也好多了。我走时,把油盐米面都给她准备充足了,她说她特别想你,希望你能回去看看她。"钱远明愧疚地长叹一声:"不行啊!我早写信告诉过你,部队今年除特殊情况外,不准休假,其实我也想回去看看妈,当兵这么多年才回过一次家呢。"丁巧巧看钱远明有些伤感的样子,赶紧说:"我知道你今年回不去,我陪妈在照相馆给妈照了一张相,也给你带来了。"钱远明点了点头,没说啥,一家子默默地往家属房走去。

丁巧巧知道钱远明心里不好受,又说:"我们抽空去格尔木照张合影我带回去,妈就可以看到你了。"钱远明紧蹙的眉头舒展了些:"这个办法不错。"丁巧巧笑嘻嘻地告诉他:"另外,我来时把家里那头肥一些的猪卖了……除了我和娃儿们来回路途上的花销外,家里还存了一百三十八元呢。"钱远明说:"巧巧,可苦了你了,一天天精打细算的。我身上还有点钱,等这两天工作忙完,我就去市里给你买身衣服。"丁巧巧说:"不,不买,你看我身上穿的这件挺好哩,把钱节省下来,过几年两个娃儿就该上学了,花钱的地方多着呢。农村人得这么掰起指头过日子,钱这东西地上不长天上不掉。"说到这里她笑了起来。钱远明问:"你笑啥?"丁巧巧说:"你千万别骂我,说我有野心啊!我说得不对,你千万别生气。"钱远明说:"我骂你干啥?"丁巧巧娇嗔地说:"你这四年没回家看看,咱们村头有两家男的在外头当工人的都修起了砖瓦楼房。我想再过几年修一楼一底的砖瓦楼房。"钱远明说:"好啊,这有啥不好!"两口子抱着快要睡着的孩子说着话,就走到了新建的土坯家属房。

丁巧巧打开房门,钱远明一进去眼前一亮,屋子里双人床铺、军用棉被、桌子、木凳、铁皮桶都是崭新的,新的铁皮烤火炉还散发着热气。他激动地说:"我们不好好干,哪对得起上级的关怀。"丁巧巧说:"对,好好干,我不拖你的后腿!"说着,两口子将孩子放在床上,丁巧巧拉过一床被子将两个孩子盖好,说:"听说你们今天要下山,昨晚两个娃儿高兴得闹腾了大半夜,盼着你回来,你看这会儿都睡着了。"钱远明嗯了一声,就迫不及待地抱着丁巧巧,抚摸着,然后把干裂的嘴唇凑上去想亲她。丁巧巧说:"别,千万别,大白天的,娃儿们醒了,还有你的战友们来闲聊,看到多不好,今晚上吧,啊?"钱远明一想也觉得对,便不情愿地答应道:"嗯。"丁巧巧挣脱了他那抚摸得她心里痒酥酥的手:"我去给你拿妈的照片。"她走到房间一角放提包的地方,蹲下去翻腾起包来,找了半天才找出来照片,走过来递给坐在床沿上的钱远明,然后又走回到墙角打开另一个包捧出花生和红枣来,放在钱远明眼前的桌上。钱远明愣愣地看着照片,半天没有抬头。丁巧巧剥出几粒花生米递到钱远明嘴边:"给,你吃吧。"钱远明抬起头来,两眼噙满了泪花,哽咽道:"妈老了,妈老了,老得差点我都认不出来了。"

秦擎天与钱远明两口子分开后,就安排几个战士先把做饭用的锅碗瓢盆和在山上剩的几袋大米、面粉等东西卸下来,并对司务长胡南雄交代道:"现在不到十点,赶紧做饭,做一锅稀饭,做一锅米饭,同时把山上剩的午餐肉开二十多罐做个菜,听卫生员说,昨天下午后勤处给咱们送来两麻袋花生米,一百多斤粉条,分别做一个菜,两天两夜了,大家又冷又饿又乏。你们辛苦点儿,让大家吃顿饱饭。"胡南雄一听,做饭的任务这么艰巨,便说:"连长,是不是中午这顿饭不做这么多菜,炒个花生米算了,离开饭只有两个小时,纵有三头六臂也弄不出来。"秦擎天几乎是斩钉截铁地说道:"不行,不光要做而且还要完成得好,你不会想想办法?"胡南雄看了看秦擎天的脸色,也不知连长哪来那么大的火气,勉强道:"那我们尽量吧。"秦擎天望着连队营区内一根圆木电线杆上的高音喇叭,说:"不行,必须同全团部队同时开饭,开饭号一响必须开饭。"

秦擎天在连队会议室与张德彦、孙绪明准备开个简单的会,电话却响了。秦擎天顺手接了电话,是后勤处锅炉房烧洗澡水的老周打来的,通知工程尖刀连去洗澡。

放下话筒,秦擎天说:"老周说,赶紧叫大家去洗澡,为了节约煤,洗澡水只供应到晚上八点钟以前。我看这时候愿意去洗澡的,抓紧时间去,别磨磨蹭蹭的,不愿去洗的,不勉强,让他们先休息休息,就不像去年那样分成三批去了。我想现在想去洗澡的不多,但现在去洗的必须中午十二点前归队吃饭。孙副连长去通知一下。张副指导员,你打电话通知一下何医生。"

孙绪明回来后,秦擎天对他俩说:"我们连刚下山,今天下午去一个连干部带一个排长和一个战士代表全连官兵去二十二医院看看老连长,同时向他汇报一下工作。其实我知道大家都想去探望,因为大家对老连长的感情都很深。但去的人多了害怕会影响他休息,况且只能去一辆车,驾驶室也只能坐三人,张副指导员和孙副连长的意见如何?"张德彦说:"对,都应该去看看。"他一直为上次未送王大寨走而追悔莫及,很想通过什么方式挽回一下,便望着秦擎天说道:"秦连长在山上就说过老连长为青藏公路的改建工程立下了汗马功劳,甚至差点把命都搭上了。"秦擎天问:"那我们三人只能去一个。""我……"孙绪明刚说一个"我"字,顿觉不妥,自己是个副连长,怎么也轮不上自己去看望老连长,于是便没有说下去,其实自己日夜牵挂着老连长,几个月不见了,准确地说,三个月了吧,自己心里空落落的,便说:"我觉得你去就行。"秦擎天问:"张副指导员的意见呢?"张德彦说:"你定吧。"本想说自己去,可见孙绪明已表态,由于他对孙绪明心存的那一份感激,加上秦擎天在写材料的问题上对他的关照,只好这样说。

秦擎天说:"行吧,我去。战士就让赵小刚去吧,下山前他找我说过他当兵三年了,年底退伍他就准备走了,今后再想见老连长就难了,别看老连长给了他一个处分,但他对老连长的感情深着呢。排长中你们看谁去?"孙绪明说:"叶排长去嘛!"秦擎天摇摇头说:"算了,一路上他开车也累得够呛,让他休息。"张德彦说:"摊铺排邹排长去。"秦擎天赞同道:"行行行,就这么定了。张副指导员你中午好好睡一觉,然后去洗洗澡,再把你和何医生写的材料从我这里拿去,让何医生补上她为民治病的事。我看了材料后,觉得那一段你们写得太简单了,需要再补充,不要认为是自己写自己就可以三言两语一笔带过,要实事求是。"张德彦见秦擎天对那份材料没提更多的意见,心里不由得一喜,赶紧说:"当时我就觉得她把为藏民治病的事写简单了,可她不想过多地宣扬这件事,我就没坚持。"秦擎天说:"把材料充实完,你再找方技术员核对一下材料里所涉及的数字,不能说绝对正确,但也要差不多。另外,拖拉过往被陷车辆的数字还有人员要核对准确,不能自吹自擂。今后介绍经验时,其他两个团的施工连队听了,不但不服气,反而会说全师唯一的工程尖刀连弄虚作假,这就影响了全连的声誉。"张德彦连连点着头:"行,行行。"

秦擎天对孙绪明说:"下午孙副连长洗完澡回来就休息了,连队的事你就负责一下。至于车辆送修理连大修、卸物资等等工作明天再说吧。"他又从包里摸出烟来点上,吸着烟思考了片刻,长叹道,"唉,真是干不完的活啊,今晚我得把我那份材料认真改一遍,就送贾副主任那里,明晚把张副指导员和何医生的材料改改,也送上去。上帝保佑两个材料能一次过关,否则,把我抽去搞几天材料就麻烦了,连队事情太多了。你们看还有事没有?"孙绪明说:"刚才我去各班排通知洗澡,看见钱自化的老乡来看他,几个老乡说今年年底可能都要退伍,不知咋的他就哭了,我劝他几句他不听还越哭越厉害……"秦擎天站起来,说:"我一会儿去看看有什么伤心事。噢,还有一件事,下午团领导可能要来看望部队,张副指导员请你立即给乐主任打个电话,请他转告团长政委,下午就不要来看望战士们了,明后天来都行。孙副连长,你去给邹排长和赵小刚通知一下要派他们看老连长的事,看谁还有信或电报要发,顺便带上。然后你快洗洗满脸满身的尘土。"孙绪明看了一眼秦擎天身上也是风尘仆仆的,关切地说:"你也该洗洗。"秦擎天看了看表,已十一点过几分了:"要不我赶紧去洗一下澡,顺便就把脸也洗了。"说着回到自己房间扯了一条毛巾,捏在手里就去了机械排二班的寝室。

秦擎天走进二班寝室,见已有几个战士横七竖八地和衣躺在已铺好的床上睡着了,并不时地发出鼾声,看样子脸都没顾上洗一把。另外有两个床铺上没有人,可能去洗澡了。钱自化坐在自己的床铺边上默默地微低着头,背对着门,秦擎天走到他跟前说:"小钱,走,陪我洗澡去。"钱自化抬起还有泪痕的脸,眼圈红红的嗯了一声,便拿起毛巾,跟着秦擎天走出了寝室,朝团部的洗澡堂走去。秦擎天问:"你想家,想父母了?"钱自化微微地摇着头。秦擎天笑了:"你别骗我了,你在山上做梦,嘴里都在喊妈妈,还不想父母?"钱自化没有言语地走着,心事重重的。秦擎天关切地问:"你想回家?"钱自化以为秦擎天让他退伍,便双眼瞪得溜圆,急切地说:"连长,我不回,我还要继续留在部队上干,我还想转……"但没把"志愿兵"三个字说出来。秦擎天说:"我没有想让你退伍的意思,只是想让你休二十天假。"钱自化惊讶地站住了,愣愣地看着秦擎天,随即笑容就从脸上洋溢出来,他想了一下,说:"秦连长,连队准备工作这么重,我就不回去了。再说,这一回去,今后会影响我转……算了算了,其他战友都没走。"秦擎天说:"回家一趟看看父母吧,明天就走。把你作为特殊情况处理,中午我就叫文书给你打休假报告,再呈团军务股批。我们连就你一个,我想团里会批的。"钱自化犹豫地说:"就我一个?算了不回了,我不能搞特殊。"秦擎天说:"这叫啥特殊,你家有实际困难嘛。"钱自化很感激地说:"那我会提前归队的。"秦擎天说:"别,既然回去了,就安心休假,有什么急事,需要提前归队,连里会给你发电报。"钱自化站着傻乎乎地看着秦擎天,一激动不知说啥了。秦擎天拍了拍他的肩:"走吧,抓紧时间洗洗澡。"

洗澡一回来,秦擎天就赶紧去了炊事班,按照他的要求,一锅稀饭,一锅米饭已做好了,午餐肉、花生米两个菜也已弄好了,黄宝宝系着白围裙正在冒着热气的大铁锅的灶台旁挥舞着铁铲,认真地炒着粉条。秦擎天很高兴地拍着胡南雄的肩:"这不是饭菜都弄好啦!"胡南雄笑了笑。这时,连队的高音喇叭响起了全团统一的开饭号。秦擎天从炊事班出来见值班干部叶增光已将部队集合完毕,他一看人不全,便对叶增光说:"叫各班班长去寝室喊一遍,都来吃饭。"叶增光面露难色:"连长,有的在洗澡,有的忙着写信,下午好让你们帮着发了,当然也有的在睡懒觉。我看,不来吃饭的就算了。"秦擎天说:"不行。我和钱自化是最后从洗澡堂出来的,没人洗澡了。写信的,先叫他们吃了饭再写,来得及,下午我们上班号响了再走。睡懒觉的更不行。各班长快去叫!"待秦擎天说完,班长们便纷纷地出了队列回各班寝室叫人去了。趁等人的间隙,秦擎天问站在身旁打着哈欠的张德彦有没有什么要讲的。张德彦摇了摇头。战士们陆陆续续地站到队列里了,刚从睡梦中被叫起来的战士,迷迷糊糊地打着哈欠,脸上挂着没有睡醒而遗憾的表情。叶增光说:"我起支歌让大家唱唱,振奋振奋精神!"他抬起双手指挥道:"大家注意了,拿出精神唱歌。日落西山红霞飞——预备起!"接着战士们跟着叶增光舞动的手臂稀稀拉拉地唱了起来:

> 日落西山红霞飞,战士打靶把营归,
> 风展红旗映彩霞,愉快的歌声满天飞。
> 歌声飞到北京去,毛主席听了心欢喜,
> 夸咱们歌唱得好,夸咱们枪法数第一。
> 一二三四!

稀稀拉拉的歌声一完,叶增光征求道:"开饭吧,连长?"秦擎天一脸威严地扫视了一下排得并不整齐的队列,嗓门提高了:"数第一?这样就能数第一?听你们的歌声,像蚊子嗡嗡的,就像患了高原重感冒似的。再看看这弯弯曲曲的队列,哪里像是咱们工程尖刀连的形象?别人说我们工程尖刀连是全师的一面旗帜,一个施工走在前面的典型。旗帜、典型就这副狗熊样?叶排长,重新整理队列,重新再唱歌。什么时候好了,再开饭!"于是,叶增光在重新整理队列时,下达口令的声音也洪亮了。整理完队列,他又站在队列前瞄瞄,接着又跑到队列旁边瞄瞄,真是横看竖看都是笔直的一条线。战士们个个抬头挺胸,精神饱满。他又跑到队列前,挥动着双臂指挥大家又重唱了《打靶归来》。

战士们精神焕发、声音嘹亮地唱完歌,秦擎天跨步到队列前,一脸严肃地向大家行了军礼,说:"请稍息。我讲几句,没有洗澡的官兵,下午都去洗洗澡,让僵硬的身体舒展一下;没休息好的继续睡觉,明天才开始工作;要发信、发电报的,下午上班号响之前,都交到邹排长那里,下午就给大家发出去;关于去二十二医院看望老连长的事,我、张副指导员、孙副连长议了一下,下午我和邹排长、赵小刚代表大家去看望老连长。哦,你们问赵小刚为什么去看老连长?因为他是城市兵,三年满了,过一段时间就该退伍了。当然在山上不少人都跟我打过招呼,要求下山去看老连长,我代表老连长感谢大家。如果老连长身体状况不错,在连队举行集体婚礼时,我们把老连长接回来当证婚人,大家说好不好?"队列里发出整齐而喜悦的回答声:"好!"秦擎天又道:"另外,炊事班的同志很辛苦,为大家做了可口的饭菜,让大家补补在路途上忍饥挨饿的损失,现在开饭!"

下午按机关的统一作息时间是两点半起床上班。广播里上班号一响,正睡得酣畅的秦擎天从床上翻身跃起,穿好衣裤,打着哈欠伸了伸懒腰,真想再睡一觉。他洗了一把脸,觉得精神一些,又从包里抽出一支烟点燃吸了起来,就向停在炊事班外已卸完生活用品的一辆空车走去。这时,邹洪康和赵小刚两人手里都攥着一摞要在邮电局发的信件和写有电报内容的信纸走了过来,上到驾驶室。秦擎天问:"全连的信和电报拿完没有?"邹洪康说:"我和赵小刚分头到各班去拿的。"秦擎天说:"好吧,坐好,咱们走。"车很快便驶出了连队上了青藏公路,秦擎天加大油门,向市里驶去。茫茫的戈壁滩从车窗外掠过,赵小刚摇下驾驶室的玻璃,一股强大的凉风嗖嗖地灌了进来,他伸出头,面对格尔木的方向深情地呼喊了一声:"格尔木,我回来了!"坐在中间位置的邹洪康拍了一下赵小刚的肩:"快把玻璃摇上,太冷了。"赵小刚说:"怕啥冷呢?哪有唐古拉山、风火山冷。让我多看几眼这格尔木,今后就没机会了。"他把头伸出窗外,任凭寒风吹乱他的头发。秦擎天对邹洪康说:"让他多看几眼吧,等他退伍了,再来格尔木就不容易了!"邹洪康拍了一下赵小刚的肩:"看吧,让你小子看个够!"

很快到了格尔木邮局,秦擎天把车停下来,三人下了车,秦擎天边锁车门边说:"邹排长,我发电报,你俩发信,没粘信封口的要粘上,没贴邮票的买上贴起,钱我这里有。"他锁好车门,便掏出十块钱塞到邹洪康手里。邹洪康不接:"我身上也有钱。"赵小刚一把从邹洪康手里夺过钱:"如果你们两位首长看得起我,就让我为战友们尽最后一次义务吧!"然后将钱塞到了秦擎天军装的口袋里。秦擎天不好再推辞,说道:"好吧,让你为战友们尽最后一次义务吧!"邹洪康觉得不好意思:"这多不好,虽说我家不富裕,但给战友们付点发信的邮票钱还是有嘛!"秦擎天边往邮局里走边说:"算了,赵小刚态度坚决,让他付吧!"邹洪康把一沓写有电报内容的信纸交给秦擎天说:"连长,这是十多份要家属来队的电报。"秦擎天说:"咱们抓紧吧!"

发完信和电报出来,秦擎天驾车直接去了河东商场,在河东商场他几乎花掉了一个月的工资买了麦乳精、奶粉、水果罐头等食品,然后来到了医院。他们在内二科找到了王大寨住的201号病房。秦擎天推门进去,只见一个身穿白大褂、长得眉清目秀的护士坐在病床旁边的一个圆凳上正给半躺在病床上的王大寨测量血压。首先看见秦擎天等三人进来的是坐在另一张病床床沿上的李俊杰。刚刚李俊杰正聚精会神地看着护士给王大寨量血压,忽然听见门发出很轻的吱呀声,便抬头向门口望去,只见秦擎天三人面带微笑地进了病房,李俊杰情不自禁地喊道:"王副参谋长,秦连长他们来看你了!"半躺在病床上双眼望着房顶的王大寨便一手撑着病床坐了起来,看见秦擎天他们已站在了自己的病床旁,先是嘿嘿地笑了,目光熠熠地说:"你们来了!李班长快让秦连长他们坐。"秦擎天摆了摆手说:"没事。"护士微笑着,友好地对王大寨说:"别动,别动!"王大寨像听话的孩子一样,一动不动,只是满脸兴奋地看着秦擎天、邹洪康和赵小刚。不一会儿,护士量完血压,便收拾起血压计,说:"不要太激动了,我的副参谋长同志,注意身体。"王大寨满脸笑意地解释道:"田护士,对不起,刚才我见战友们来了,确实有些激动。"田护士说:"你别生我的气就行!"待田护士一出门,秦擎天他们三人才迫不及待地问:"老连长病情如何?"王大寨坐在床上,笑嘻嘻地招呼道:"先坐,先坐,坐下再说。"于是邹洪康、赵小刚把提着的两包慰问品放在床头柜上,三人才坐下了。王大寨见两大网兜的食品,不高兴了:"花这么多钱,买这么多东西干啥?人来了,我就打心眼里高兴呢!"赵小刚说:"这都是秦连长花钱买的,我和邹排长要付,他死活不让。"王大寨埋怨道:"哎呀,秦连长你这人对别人大手大脚,对自己吝啬得很,有时烟比我抽得还孬。"秦擎天说:"我们三人代表全连官兵来看望你,其实大家都想来看望你。"王大寨拍了拍脑袋说道:"有啥好看的,我不是好好的。你们看我哪像有病的人?"秦擎天看着王大寨的精神面貌的确不错,比他想象的好多了:"你好些了,我们就放心了。饭量如何?"李俊杰说:"他饭量很小,不想吃东西。"王大寨急忙解释道:"上午打几瓶吊针,药里面有营养,输完液,觉得肚子胀胀的,哪还吃得下饭。"李俊杰说:"一上午要输两三瓶,每天还要服三次西药。"

王大寨笑道:"算了,别说我的病情了,反正死不了。说说风火山的工程吧!"邹洪康迫不及待地说:"经过师部验收,所有工程全优!"王大寨喜不自禁地说:"全优,不错,不错!"秦擎天道:"还不是你领导得好!"王大寨说:"别把功劳记在我头上,我是半途的逃兵,成绩是全连官兵共同奋斗的结果。"秦擎天说:"话不能这么说,大家都很想念你。几天前,赵副师长来山上验收时我们获知你的病情稳定了并有所好转,大家才放心了。"李俊杰插话道:"噢,赵副师长、师长、师政委、唐科长,还有团里的团长、政委以及参谋长、主任、后勤处长都先后来医院看望了王副参谋长。还有王副参谋长原来在一团的战友也来医院慰问过他。原来这病房里是两个病人,师长来后找院领导谈了,把另外一个病人安排到其他病房去了,我就睡这张床。"王大寨很诚挚地说:"患点小病,牵动着这么多首长和战友的心。秦连长回去一定代我向全连官兵问好,感谢大家了!告诉大家我会很快好起来,很快就能出院了!"李俊杰又说:"王副参谋长做梦嘴里都是工程尖刀连的工程、工程尖刀连的官兵!"秦擎天说:"我们也听赵副师长讲了。"说着,抬头看了一下李俊杰,顿时愣住了。虽说李俊杰脸色没有在山上黑了,可人瘦了一大圈,于是他又说道:"李班长也辛苦了,照顾老连长,你瘦多了。"李俊杰有些伤感地说:"不是照顾王副参谋长累得……"秦擎天赶紧说:"是不是你在考虑提干的事?我上午洗澡回连队时碰到贾副主任了,我问了你提干的事,他说没问题,师部很快就下命令了。我们都为你高兴呢。"然而李俊杰听到这个喜讯并没有像大家想象的那样激动,仍然一副心事重重的样子。赵小刚安慰道:"现在提干真不容易,全团只有你一个,李班长你应该高兴呢!"王大寨道:"是啊,高兴点!祝贺你!"李俊杰微微抬起头,但脸上还是没有露出笑容。这时,田护士推开病房门,对李俊杰说:"李班长,你出来一下。"李俊杰嗯了一声便出了病房,随即拉上了门。

王大寨长叹道:"这李班长,不知咋了,前一段时间他向我请了半天假,提了不少西药回来,我问他在什么地方看的,他说在格尔木人民医院看的。我问他什么病,他说没什么大病,可从此他每天晚上睡不着,饭量也减少了,整天心事重重的,慢慢就消瘦了。他隔一周要去拿一次药。我再三追问他患的什么病,他简直像要了他命似的就是不肯开口……唉,我想等一两天再问问,急死人了!"秦擎天说:"不会有什么大病吧?如果真有什么大病,提干前体检早就查出来了。"王大寨说:"你的分析也对,不过……唉,急人!我跟他开玩笑说我俩真是同病相怜呢,他就只是笑笑。秦连长,你别考虑那么多,李班长的事我来管!"接着,秦擎天就将连队评选立功的事从头到尾说了一遍。王大寨说:"好,就按大家评出来的办!"秦擎天说:"洗澡归队时,我碰到贾副主任,他同意我们按去年立功的比例评,说团长、政委也是这个意见。"王大寨说:"那好!感谢团首长对我们工程尖刀连的关怀!"

这时李俊杰手里提着一个新的热水袋进来了,说:"田护士说刚接通知,今明两天医院检修锅炉,不供暖气了,她担心王副参谋长打了吊针的手受不了,就叫我去买了热水袋给王副参谋长暖暖手。"说着就提着开水瓶往热水袋里灌开水,赵小刚也过来帮忙,灌好了热水袋,李俊杰把塞子拧紧,走过去放在了王大寨冰凉的手腕下。王大寨用另一只手摸了摸发烫的热水袋说:"这田护士想得真周到啊,要是谁娶她做老婆真是福分呢。"大家嘿嘿地笑了。王大寨长叹道:"唉,今年初上山前我就对秦连长许过愿,今年一下山就让你休假,年龄一大把了,也该成个家了。谁承想我住进了医院,再者师部又考虑沱沱河大桥明年开工,准备工作繁杂,又不让工程尖刀连官兵休假。"说到这里,他似乎又想起了什么,便微笑着道,"秦连长,我看田护士这人不仅模样好,而且心肠也好,我给你们当红娘牵线搭桥吧?"秦擎天笑道:"老连长,你千万别这样,我求你了!"大家看着秦擎天想给王大寨磕头作揖的滑稽相忍不住又笑了。

王大寨笑道:"看把我们秦大连长吓得,我只是开个玩笑!"秦擎天说:"我想等沱沱河大桥一竣工再休假回家找老婆。"王大寨说:"嗯,有志气! 不过,那时你都二十八九了,还有姑娘要你?"秦擎天说:"到时再说!"接着汇报道,"老连长,我接着把立功的事说完,我听贾副主任说,团长、政委的意思准备明年年底给方技术员报请二等功,说他研制的改性沥青路面对青藏公路改建工程的贡献大,不过还需时间来检验。贾副主任的意见是今年不给方技术员立三等功了,把这个名额让给其他干部。"王大寨说:"那你回去再给贾副主任去个电话,问究竟能不能给方技术员在明年年底立二等功,如果能立,今年就评其他干部。"秦擎天说:"我回去就给贾副主任去电话,如果方技术员能记二等功的话,那么今年那三等功就该你立了。"王大寨态度坚决地说:"不行!"秦擎天说:"老连长,排以上干部在研究官兵立功时,大家都评的是你,说你为了青藏线差点把命都搭上了。但当时考虑名额有限,我说老连长今年就算了……"邹洪康插话道:"当时秦连长也不让大家评他,他说要多评其他干部和战士。"王大寨说:"多评其他干部和战士是对的。你没必要给我解释那么多。"秦擎天说:"我不是给你解释,我也知道你高风亮节! 但是……这次名额既然多出来,我们连还是将老连长报上去。"王大寨有点火了:"扯淡,不能报我。报你秦擎天我是双手赞成!"秦擎天说:"既然你这么固执,那就在叶排长和邹排长中评选一个。"邹洪康摇了摇头:"评叶排长吧,他今年工作干得不错……"王大寨说:"你邹排长也不错,尤其在改性沥青路面的铺设中,那玩意儿不好搅拌,你确实想了不少办法……这样吧,秦连长回去开个干部会,在他两人中评选一个。"他靠在病床的床头上,好像是自言自语又好像是对大家叹息道:"唉,其实工程尖刀连的干部和战士人人都够立功的标准啊!"秦擎天说:"邹排长和赵小刚陪老连长聊聊,我去解手。"

　　秦擎天其实并不想解手,刚走了几步抬头便见田护士推着装得满当当的服药车迎面走来,他走过去向田护士问给王大寨的主治医生是谁。田护士告诉他是内科的谷主任。秦擎天走进主任办公室,看见眼角布满了鱼尾纹的谷主任,五十多岁,便抬手向她行了军礼:"谷主任,您好!"谷主任站起身,请秦擎天坐。秦擎天坐下来便向谷主任做了自我介绍,接着说:"谷主任,我顺便来问问我们老连长的病情。"谷主任慈祥的脸上顿时少了笑意:"怎么说呢!"秦擎天说:"我刚从老连长的病房出来,我觉得他精神面貌不错!"谷主任似乎有些惋惜,轻轻摇摇头:"王大寨刚住进医院时,你们师长、团长都来找过我,要求不惜一切代价抢救他,说他是修青藏线的功臣,也是你们师目前来说职务最高的一线指挥员。我们也尽了最大的努力,这几个月来一直都是用最好的药品,才使他有所好转。"

秦擎天心情沉重地问："老连长他患的是……"谷主任说："本来不该对你说，我们主要考虑一旦病人知道，对他精神打击很大。"秦擎天说："我作为连长，绝对会守口如瓶，请谷主任相信我！"谷主任叹息道："唉，你们师长、团长也追问过我王大寨的病情，他们第二次来时，我就告诉他们了。"秦擎天用哀求的目光看着她："我们今天上午刚从山上下来，也没去问团长，下午我和一位排长、一位战士代表全连官兵来看望他。我们的心情谷主任应该理解，我想早知道，做到心中有数。"谷主任翻看了一下桌上绿色塑料夹子里的病历，抬起头说："小秦，你既然态度这么坚决，我就告诉你吧，你们老连长患的是肝癌，现在已到晚期了！"秦擎天犹如五雷轰顶，惊愕地睁大了眼睛，似乎不敢相信自己的耳朵："肝癌？晚期？"谷主任点头道："是的，肝癌晚期！"秦擎天呆呆地看着谷主任。谷主任把绿色塑料夹递到了秦擎天面前说："我刚才正在仔细地看王大寨的病历记录……"秦擎天随手翻了几页，又递给谷主任说："有些东西我也看不懂，我总觉得老连长他这病不该发展得这么快。在山上我们连有位何医生，关于他的病我们在一起议过，是肝有问题，但没想到这么快就是肝癌晚期了。"谷主任说："小秦，你一定不能告诉他，一旦他的精神垮了，整个人就完了。"秦擎天说："请谷主任放心，刚才我说过会守口如瓶的。"谷主任慈祥地说："你平时多安排人来，陪陪他，聊聊天，使他精神愉快，心情快乐。这样你们的老连长也许还能熬上一两个月吧！"秦擎天又傻眼了，重复道："一两个月？"谷主任感慨地说："是的，生命哪，就这么脆弱！"秦擎天思考了一会儿，征求地问道："谷主任，大概十来天吧，我们连举行集体婚礼，能不能让老连长回去当证婚人？当然这不是主要的，而是想让他和全连战友们分享这份喜悦，用谷主任的话说使他精神愉快，心情快乐！"谷主任微笑道："嗯，可以，到时候我批假。"

走出谷主任办公室，秦擎天顿觉双脚像灌了铅似的沉重得有些迈不开步子，心里骤然烦躁起来，便有了想吸烟的强烈欲望，于是随手掏出烟来叼在嘴上，刚拿出火柴刚点燃时，就听有一个甜甜的声音传来："同志，请你别抽烟！"他抬头望去，是田护士推着已发完药的服药车笑容甜甜地向自己走来。秦擎天只好将划燃的火柴在空中晃晃，火柴熄灭了，对田护士充满歉意地说："对不起，我忘了这是在医院！"

秦擎天进病房后见大家有说有笑的，自己也强颜欢笑，坐在床边。王大寨看着秦擎天问："你现在烟瘾还大不大？"秦擎天说："大啊，特别是你离开工程尖刀连后，我觉得身上的担子更重了，每天抽得比你在时还要多。"王大寨深呼吸了两下说："真馋啊，现在能吸上一支烟，就是让我马上见马克思我都愿意。"听着王大寨的话,秦擎天心里一酸,不由自主地从兜里掏出烟来递给王大寨。看着烟,王大寨眼睛一亮,立刻接了过去说:"你赶快把门关死,免得田护士过来收拾咱们。别看她平时对我们好,一见我和李班长抽烟,脸就拉下来了。"李俊杰赶紧过去把病房门关死。王大寨吸了两口烟,很幸福的样子,接着对秦擎天说:"医院管得严,每次抽支烟都偷偷摸摸的。秦连长,你不知道呀,我和李班长多久没抽了。"李俊杰说:"我们被田护士捉到过好几次呢。"王大寨背靠床头,有意开玩笑道:"秦连长,你解手解这么久,是不是趁机找田护士去了?"秦擎天脸腾地红了:"没、没有。"大家一片笑声。

秦擎天说:"老连长,还有个事向你汇报:就是孙副连长和邹排长准备在连里举行集体婚礼,到时请你当证婚人。"邹洪康有些不好意思地说:"请王副参谋长一定参加!"王大寨犹豫了:"我不知谷主任让不让去?"秦擎天胸有成竹地拍拍胸说:"我保证给你请上假!到时我来接你。"王大寨说:"能请上假当然行,分开了几个月了,我真的很想大家啊!"说着,眼里噙满了泪水。秦擎天对赵小刚说:"你今年就要走了,还有啥话对老连长说,快说。"赵小刚支吾道:"老首长,去年刚上唐古拉山时惹你生气了,后来我擅自离队给连队又抹了黑,现在想起来真后悔……"王大寨说:"陈芝麻烂谷子的事,别提了!"赵小刚开始哽咽道:"再后来,是你和秦连长找我谈心开导我,使我懂得了许多做人的道理……"王大寨说:"你进步不小啊,入了党,回地方后好好干。我这个人性情粗暴给你记了处分,别记恨我……"赵小刚已是泪如泉涌:"如果没有老连长你们的帮助,就没有我的今天……"他哽咽着说不出来了。秦擎天、邹洪康、李俊杰也受到了感染,眼睛湿润了。王大寨劝说道:"赵小刚,别哭了,有首歌唱得好,战友战友亲如兄弟……"劝别人不哭,没想到自己却先哭了起来,他用粗大的手抹了一把在面颊上滚落的热泪。赵小刚擦着泪,声音沙哑道:"老连长,你千万保重,我有空就来看你!"王大寨流着泪,似乎命令道:"你们快回吧!"秦擎天便站起来,对邹洪康、赵小刚说道:"走吧,让老连长休息。"赵小刚边走边用衣袖擦着泪,快到门口时又转身想对王大寨说什么,嘴唇嚅动了几下又没有说出来。王大寨尽量口气平缓地说:"回吧,回吧!"赵小刚这才恋恋不舍地跟随秦擎天他们出去。

在走向医院大门口时,秦擎天对送他们出来的李俊杰说:"过几天,我安排人来换你,叫你家属小梁来一趟!"李俊杰的态度便强硬起来:"别,别别,我求你了秦连长!"秦擎天问:"为啥?"李俊杰只是使劲地摇着头。

车向团部方向开了几百米,赵小刚突然说:"秦连长,能不能麻烦你把车再开回邮局一趟?"秦擎天心想一个即将退伍的老兵这点请求算啥呢,便掉转车头又向邮局方向开去。秦擎天的耳畔不断地响起谷主任的声音:"……你们的老连长也许还能熬个一两个月。"他想,什么是天伦之乐?全家团聚就是天伦之乐,可老连长的家还有团聚的那一天吗?人活着就是美好,这不赵小刚马上就要享受到天伦之乐了,想到这里,他不由得加快了开车的速度。车停在邮局外,赵小刚下车便风风火火地进了邮局,秦擎天若有所思地也下了车朝邮局门口走去……

在秦擎天开车离开医院后,叶增光、汪满良、钱远明和钱自化也提着慰问品步履匆匆地进了医院。没走几步,便碰到送走秦擎天他们返回病房的李俊杰。王大寨一见叶增光他们,惊喜地问道:"秦连长他们刚走,你们怎么又来了?"叶增光他们放下东西,坐下来说:"想老连长了!"王大寨问:"你们怎么来的?"汪满良说:"我们走路来的。"王大寨心疼地:"走路?天寒地冻的,也不怕冷,你们当真年轻啊!是偷着跑出来的?"叶增光说:"老连长,你别冤枉我们,我们跟孙副连长请了假。其实,他也想来,只是秦连长安排他今天下午在连里负责工作。"王大寨说:"刚才听邹排长和赵小刚说不是叫你们下午休息或洗澡吗?"钱远明说:"觉晚上再睡,澡回去再洗。"钱自化说:"老连长,看上你一眼不容易,分开几个月了。我明天准备回趟老家。"王大寨说:"你入伍几年了,是该回去看看父母了,你家里困难又大,我又帮不上忙。"钱自化说:"老连长,见你精神状态不错,我们就放心了!"叶增光说:"老连长,我们中午吃饭时说要偷着来看你,钱远明连老婆和孩子都不管了,也跟着我们跑来了。"王大寨有些感动了:"钱老兵做得不对啊,跟老婆刚见上面,你就跑出来。"钱远明说:"老连长,见你一面可真难,她嘛今晚就和我睡在一张床上了。"大家被钱远明的话逗得哈哈大笑。钱远明有些不好意思地:"你们笑个啥嘛,我说的是实话。她听说我要来看老连长,非要让我给老连长带些老家产的红枣来。"说着便将装满军用挎包的红枣倒在了床头柜上。王大寨眼里含着泪水,很感激地说:"钱老兵,谢谢你家属了!"钱远明说:"我们老家到处都是这玩意儿,又不是什么宝贝,有啥谢的。老连长你快吃!"王大寨招呼道:"来,大家一起吃。"于是大家都抓起一把,吃了起来。叶增光说:"老连长,看到你精神这样好,我们真高兴!"王大寨很感激地说:"谢谢大家了,这么远跑来看我。我相信我的病会很快好起来的!"

从风火山下来后,特别是合写了材料后,张德彦以为何玲已尽弃前嫌,他们又可以重归于好了,可不知为什么,每当他们在一起说工作之外的话题时,何玲总是干巴巴、冷冰冰的,让他感到一种距离感,何玲似乎正在渐渐离他远去。这让他十分不安,他问何玲,是不是不再爱他了,是不是她爱上了别人。何玲愤怒地说道:"我不会做那种脚踩两只船的事,请你以后不要再无端地猜忌,那样到最后可能我们连普通的朋友都做不成了。如果说我们之间出现了什么问题,那也是自身的原因,不要总想着找什么外在的原因,我们的事与其他人无关,我之所以现在还没有明确提出跟你分手,那是因为我还念着那些年你和你们家的情意,但是如果你仍然这样继续下去,我相信这一天的到来不会太久的。"这是何玲第一次在张德彦面前说分手的话,让张德彦非常吃惊,他开始反思自己到底在什么地方得罪了何玲,想来想去,他想出两点:一是自己不努力,学习没什么长进;二是气量小总是猜忌她与秦擎天的关系。对于这两点,张德彦确实理亏,他想自己以后是得狠下心来读点书了,再不能像从前那样看到书就发困,不知所云,不然自己会越来越配不上何玲。至于何玲与秦擎天的关系,那更是自己多心,事后想想也觉得可笑。他了解何玲,是一个干什么都很专一的人,而秦擎天不但没有什么勾引何玲的言行举动,而且还让他和何玲一起合写材料,在关键的时刻帮了他,让他非常感动,他觉得以后也应该善待秦擎天一些,不能老把他视为眼中钉了。基于这些,尽管何玲对他冷淡,张德彦每天还是要抽时间去她那里坐坐,说说话,以期重新获得她的好感,赢得她的爱。两个人的关系就这样若即若离地维持着,不知情的人还真看不出他们之间已出现了危机。

第三十六章

"李俊杰要离婚了!"听到这消息,工程尖刀连的官兵们都很惊讶。

王大寨的妻子玉洁带着九岁的女儿来格尔木后,李俊杰才从医院回到了连队。

叫玉洁速来探亲的电报是秦擎天去医院看望了王大寨后,从医院出来掉转车头去邮局发的,当时赵小刚正给他的未婚妻打电话。

玉洁跟她的名字一样冰清玉洁。官兵们原来在老连长王大寨办公桌的玻璃板下见过玉洁嫂子和他们女儿的照片,所以当玉洁带着女儿一进工程尖刀连的营区时,大家便认出了她,一窝蜂似的围了上去,黄宝宝忙接过玉洁手中的行李。秦擎天热情地招呼玉洁母女俩休息,接着安排黄宝宝去为她们煮些鸡蛋面条来,黄宝宝放下玉洁的行李应声就去了。

待母女俩吃完饭,秦擎天、张德彦才将王大寨患病的事情轻描淡写地说了一下。秦擎天说:"我们老连长在山上太拼命,都累垮了,送到二十二医院治病,现在病都快好了。我们领导强迫他在医院里多待一段时间,好好休养一下,如果他一回来就到司令部上班,机关杂事不少,工作也忙,他又是闲不住的人。现在好不容易有了这个机会就让他多在医院里安静地休息。"玉洁心里的一块石头总算落了地。收到来队的电报后,她仿佛预感到有什么不幸降临在自己头上,但转眼又想到去年王大寨探亲回家时说,今年施工一完,就通知她们来队,他不回来休假了,好让秦副连长休一次假,她的不安才减轻了一些。但当她们母女俩一到连队没见王大寨的身影时,心里咯噔了一下,满腹疑云,当着那么多的人又不好问,现在听了秦擎天的解释,便说:"今下午我们就去看看他。"秦擎天知道玉洁嫂子想早点看到老连长的心情迫切,便说:"好,我送你们去。"

医院的病房里,王大寨正坐在床上聚精会神地看一张报纸,李俊杰也手捧本杂志仔细地在读着。秦擎天提着玉洁的行李进到病房,王大寨和李俊杰竟全然不知,他便有意地咳了一声。王大寨和李俊杰才猛然一惊地抬起头来。秦擎天喜悦地说:"你们看谁来了?"王玉惊喜地呼喊道:"爸爸!"便扑了过去。王大寨搂着女儿亲了又亲,眼泪潸潸而下,而后抬起头来,眼睛放出异常兴奋的光彩:"玉洁,你来了,辛苦了!"玉洁满脸幸福地嗯了一声,关切地问:"好些没有?"王大寨抹了一把泪说:"好多了。"玉洁坐在床边,愧疚地说:"大寨,我接到你的电报,今天才到!"王大寨看了看秦擎天,充满感激地说:"我没给你发电报啊,肯定是我们的秦大连长发的。"秦擎天只是笑笑,没有吭声。王大寨说:"玉洁呀,这就是我给你讲的秦连长,此人有知识有才干有魄力,光明磊落,一身正气,是咱们全师的老典型了。"玉洁也赞叹道:"真是名不虚传。"秦擎天不好意思地说:"嫂子,别听他的,老连长拿我开玩笑。他才是我们师我们团的老黄牛呢!"秦擎天接着说,"老连长,告诉你一个好消息,李俊杰提升为排长的命令下来了,我已在昨天把命令宣布了!"王大寨满脸溢着喜悦,真诚地说道:"祝贺你,李俊杰排长!"李俊杰笑了一下,旋即脸上又恢复了平静。

玉洁睁着一双圆圆的杏眼,惊讶道:"你就是李俊杰?"李俊杰望着玉洁吃惊的神情,也不知发生了什么事,只是嗯的一声点了点头。玉洁道:"唉,大寨探家时跟我说起过你好几次,说你能吃苦,说你家里接连失去三个亲人都不回家,说你的妻子在家如何料理老人的后事,他说着说着就掉了泪。他还说你妻子到了唐古拉山住了几天就走了,在她走之前,你去找他想借几十块钱,他还跟你发了火。其实他也很后悔,说对不住你!"李俊杰认真地说:"嫂子,这事不能怪老连长。开始我想不开,觉得老连长不近人情,但后来我想开了,一个连队没有规矩不成方圆,这个道理我懂。"王大寨好像是做检讨似的说:"这事我当时太粗暴了。"秦擎天安慰道:"这事过去一两年了,别提了。"玉洁很善良很真诚地说:"李排长,你今后一定要对你妻子好些,要关心她,爱护她。我知道作为一个军人的妻子很难,你的妻子更不容易!"李俊杰感激地点了点头。秦擎天站起来说:"老连长,我和李排长就回去了,让你们一家好好团聚团聚,见一次面也不易。过些天我安排人来换嫂子。家属房专门给你们安排了一间新房子。"玉洁说:"算了,我在这里陪陪他就行了,你们忙你们的事!"

从医院出来,秦擎天驾车去了邮局,车停下后,对坐在驾驶室的李俊杰说:"你快去发封电报。"李俊杰不解地问:"发电报?给谁发?"秦擎天说:"明知故问,还有谁?梁菊芳!你咋了,脑子不够用?"李俊杰心里一阵紧张,心想自己本身就烦,她来了不添乱才怪呢,赶紧说:"别、别,今后再说!"秦擎天见他坐在驾驶室没有下车的意思便想发火,但一想他照顾老连长也很辛苦,口气就平缓了,说道:"本来该放你回趟家,但师里团里都有规定,不让探家,更主要的是你的命令是机械排排长,你没学过开车,机械你根本玩不转,师部在元旦过后要举办半个月的机械手培训班,到时你去学学,有了本事才能当个合格的排长,尽管明后两年修沱沱河大桥用不上,今后也能用上。我想现在还有一段时间就叫小梁来一趟,你们两口子聚聚!"李俊杰除了感激地望着秦擎天外,便不吭气了,也不下车去发电报,更不想把自己难以启齿的痛苦告诉这位可亲可敬的兄长。秦擎天掏出烟来,先给李俊杰递过去一支,两人吸了几口烟,秦擎天便催促他道:"快去呀!"说完见李俊杰仍不动,自己便走进了邮局。

　　几天后,梁菊芳从山西老家拎着行李到达连队时,是赵小刚和卿春燕首先见到的。看上去她比去年到唐古拉山时,脸上多了些喜悦,也显得精力充沛、朝气蓬勃。赵小刚两口子一见到梁菊芳,就喜滋滋地帮她提着行李往李俊杰夫妻住的家属房走去。李俊杰与赵小刚的住房只隔了一道墙,门挨着门。将梁菊芳送到家属房外,赵小刚微笑地指着自己的新房介绍道:"梁嫂子,这就是我们的新房,旁边是孙副连长、邹排长的新房。我们两家今后就是挨门挨户的邻居了。"卿春燕接着说:"小刚,别老站在这里说话,先让嫂子进屋休息。"赵小刚推开没上锁的门,先让梁菊芳进去,自己和卿春燕才进去。

　　梁菊芳一进屋看着满屋的新家具,喜不自禁地说:"全是新的?"赵小刚放下行李自豪地说:"这是师里拨款为我们连盖的家属房。"接着他用洗脸盆从铁桶里盛了些水,又提起开水瓶兑了些开水,让梁菊芳洗脸,他又说:"李排长估计你今明两天要到,昨晚就把烤火炉生起了,他今下午和秦连长去团部了,走时反复给我和春燕交代多留心点等着你。"梁菊芳洗完脸,搭好毛巾,疑惑地盯着坐在床铺上的赵小刚和卿春燕问:"你刚才说的李排长是谁呀?"赵小刚说:"梁嫂子,你装得挺像,李排长是谁你真不知道?"梁菊芳很真诚地摇着头。赵小刚笑道:"我告诉你吧,李排长就是我的老班长李俊杰!"梁菊芳半信半疑地问:"他当排长了?"赵小刚说:"几天前,秦连长宣布的命令。他几个月前就体检了,他没告诉你?"梁菊芳说:"几个月前,收到过他一封信,说一切都好。后来就一直没收到他的信,说来也怪,过去每月他要给我写一两封信。"赵小刚说:"可能是在医院照顾老连长,没时间写信吧!自玉洁嫂子到医院照顾老连长后,李排长才回队,回队后他一直没有笑脸,显得心事重重的。梁嫂子,这次别像在唐古拉山时住几天就偷偷地走了,我们都没有送你一下。这次多住些日子,趁现在没有小孩拖累,今后有了小孩,出门就不易了。"说着,便给梁菊芳泡了一碗方便面。

　　连队开晚饭时,李俊杰回来了,梁菊芳的到来自然使他高兴。在连队统一吃了晚饭回到家属房后,两口子聊了几句,李俊杰就说:"你刚来,早点休息,我去排里看看,不要出啥事。"梁菊芳通情达理地说:"你去,你去!"李俊杰走后,梁菊芳暗自为男人当上了排长而感到高兴,但与此同时心里也不禁有些担忧:他有些微妙的变化,缺少过去那种对自己到来的激情和喜悦了。熄灯号响过之后,李俊杰回来了,见梁菊芳还坐在屋里傻乎乎地等着他回来休息,心中的愧疚更重了:"你路途上颠簸了几天,该早点休息,等我干啥?"梁菊芳将挤上牙膏的牙刷和盛满温水的牙缸递到他手里,有些撒娇地说:"我就是要等你回来,分开了快一年了,想和你说说话。"待李俊杰刷完牙,梁菊芳又将盛了半盆温水的洗脸盆端到他面前放下,情深意切地说:"快洗脸吧!"李俊杰默默地洗完脸,梁菊芳又将热气腾腾的洗脚水端到他脚跟前说:"趁热快洗脚!"说着她从洗脸盆里抓起毛巾拧干晾在屋里的铁丝上,弓着身端起洗脸水出门倒了,回屋后却见李俊杰坐在凳子上心事重重地吸着烟,也没有洗脚。梁菊芳安慰他说:"少吸点烟,对身体不好。"李俊杰仿佛没听到梁菊芳的话,目光盯着前方,仍然一口一口地吸着烟。梁菊芳心疼地问:"有心事?"李俊杰只是微微摇了摇头。梁菊芳放下洗脸盆,蹲了下来,为李俊杰脱掉沉重的大头鞋、袜子,将他的双脚放入盆里,便用双手仔细地给他洗着脚:"有啥事说出来,也许我能给你帮帮忙,出出主意,有什么大不了的事呢?去年爸、妈和孩子去世,我一个人还不是挺过去了。"李俊杰仍大口大口地吸着烟,不说话。梁菊芳见李俊杰不吭声,也不勉强,只是默默地给他洗完脚,又用毛巾擦干,便推着他上了床,自己才洗漱后上床,拉灭灯,便钻进被窝,温柔地搂着他,想和他亲热。李俊杰轻轻地拨开她的手,淡淡地说:"别、别,今后再说吧,你路上也辛苦了,早点睡吧。"梁菊芳又把手放到他身上,甜蜜地说:"我不累,我想,我想……"后面的话,出于女人的矜持便没有说出来。李俊杰无动于衷,也没有拨开她的手,也没有回应她的话,只是满脸的惆怅。梁菊芳顿觉索然无味,潮水般的激情荡然无存,慢慢地把手缩了回来,仰躺在床上,偶尔也听见李俊杰发出粗粗的长叹声。由于疲劳,她渐渐入睡了……说到底,她还是一个通情达理的女人。

第二天起床号响了,李俊杰起床时见梁菊芳正在睡梦中,也没叫她,自己扎上腰带便去连队组织大家出操。中午回来看见梁菊芳一个人独自坐在床边上呆呆地想心事,见他后,话也少了。当晚两口子躺在床上后,梁菊芳又伸出胳膊去搂抱他,他浑身一惊,一骨碌坐起来,抱着枕头爬到另一头睡下来。这一夜他俩都失眠了。

梁菊芳心想,李俊杰现在当了干部就想甩掉她,没门。想当年李俊杰想当兵,他的父母就他一个儿子不让他去,是梁菊芳鼓励他去,并且帮他做通他父母的工作。梁菊芳曾开玩笑对李俊杰说,既然当兵的愿望实现了,就要好好干,今后当了军官可别甩了她。李俊杰说这辈子他除欠父母的情外,就欠她的了……可现在李俊杰的行为对得起她吗?

李俊杰心想,这些年来,他实在对不起菊芳,尤其去年在失去三个亲人的情况下,全家的重担都压在她一人身上,来唐古拉山也只住了几天就匆匆离去。这些年来,菊芳为他,为全家付出得太多了,他欠菊芳的情,今生今世也还不清……他现在有病,从昨天见到梁菊芳的第一眼,他就想跟她说,他成了废人了。但他又不敢说,这是男人最痛苦的事也是最难以启齿的事啊!他爱梁菊芳,他不能对不起她。这一段时间,他日思夜想想不出好的结局来,唯一的办法就是离婚。梁菊芳还年轻,可以再找一个爱她疼她的人,过上好日子,他会像对待亲妹妹一样对她……

起床号响时,李俊杰翻身穿好衣服,扎好腰带,准备到连队组织大家出操。当他正准备出门时,没想到梁菊芳从背后伸出的双手死死地把他抱住了。李俊杰使劲地扒她的手,却扒不开,想到自己是值班干部,说不定全连已排好队列等着他去带队出操呢,心里便一股火升上来,大声吼道:"放开,放开我!"梁菊芳被这突如其来的声音吓了一跳,全身哆嗦了一下,但还是死死地抱住他不放,口气也很坚决地说:"你说,我来了两天了你为什么连我的身子都不挨一下!"说着便号啕大哭起来。

赵小刚因和卿春燕还没有正式结婚,他就住在班里的寝室里,连队出操前他到卿春燕住的家属房帮卿春燕通开昨晚封好的铁皮烤火炉后,手里提着腰带正准备跑到连队去出操,突然听到梁菊芳越来越大的哭喊声,本能地进了李俊杰的房间,一见此情景,便问眼里布满血丝仍在哭叫的梁菊芳:"梁嫂子,你这是为啥呢?"梁菊芳一个劲儿地号啕大哭,也不说话。赵小刚扎好腰带,也去帮李俊杰扒紧箍在他身上的梁菊芳的双手,梁菊芳的手似钳子般紧紧咬着不放。李俊杰哀求道:"等我带了操回来再对你说,行不行?"梁菊芳非常干脆地回答:"不行!"赵小刚也急躁起来:"梁嫂子,这周李排长带操,全连正等着呢!"梁菊芳固执地说:"我管不了,不说清楚,我就不放。他要和我离婚!"双眼同样布满了血丝的李俊杰气得脸一阵白一阵紫的,无计可施。"你们等着,我去叫连长来!"赵小刚说完便朝连队奔跑而去。

营区里两百名官兵早已排好了队,正等着李俊杰来带操。见赵小刚从家属房方向跑来,站在第一排队列排头的秦擎天问:"见李排长来了没有?"赵小刚站在秦擎天面前,气喘吁吁地说:"不好了,李排长要离婚!"秦擎天惊诧地追问:"什么?李排长要离婚?!"赵小刚又补充了一句:"嗯,两口子正闹着呢,梁嫂子哭得死去活来!"

这消息犹如春天的惊雷顿时在队列里炸开了:

"李排长这人看不出来还喜新厌旧呢？"

"刚当排长几天就不知天高地厚了！"

"人模狗样的，怎么干这种没良心的事！"

"李排长的良心被狗吃了，梁嫂子多好的人呀！"

"叶排长带操！"秦擎天安排完，对站在第二、三排队列排头的张德彦、孙绪明喊："张副指导员，孙副连长，走，我们看看去！"

秦擎天他们来到李俊杰的房间时，梁菊芳已松了手，坐在凳子上悲伤地哭泣着。李俊杰愣愣地看着秦擎天他们进来，没有说一句话，只是呆呆地站着。秦擎天、张德彦、孙绪明在床边坐下来。张德彦安慰梁菊芳说："小梁，别哭了！"梁菊芳不但没有停止哭泣，反而双肩抽搐着，双手捂面，哭声更大了，眼泪从手缝里流淌出来。听到号啕的哭声，一墙之隔的，本来睡懒觉要到十点多才起床的卿春燕也起来了，睡眼惺忪地来到梁菊芳身旁坐下，扶着她说："嫂子别哭了，有话好好说，哪有夫妻不吵架的。"秦擎天摸出烟，点燃后狠狠地吸了一口，又狠狠地瞪了一眼李俊杰，对梁菊芳说："小梁，你先说你们为啥事？"梁菊芳边哭边说："这些年我受的苦，你们知道，好不容易苦尽甜来，他却想甩掉我……"秦擎天几乎是以质问的口气问道："李俊杰，小梁冤枉你了吗？"李俊杰傻了一般愣了片刻，接着嘴唇剧烈地哆嗦起来。

秦擎天气得大声呵斥道："几天前，你在团部看过电影《人生》，你知道你扮演的是什么角色吗？你就是电影中的高加林，你就是生活中的陈世美！难怪叫你发电报通知小梁来队，你却死活不愿意，我今天才知道你的打的什么鬼主意！"这时梁菊芳的哭声小了，但李俊杰仍站在原地保持缄默。张德彦说："李排长，你这样做就不对了，不能地位变了，就喜新厌旧。"秦擎天越说越激动了："喜新厌旧？你敢！你才穿了几天四个兜。不要认为你当了干部就无法无天了，只要你敢与小梁离婚，我就处理你！"李俊杰终于开口了，态度很坚决："不离不行啊！"梁菊芳的态度更坚决，她斩钉截铁地说："不！坚决不离！"而后又大声地哭了。秦擎天猛吸了口烟，吼道："你提干了，农村老婆就不要了？我告诉你，你真要离婚，我们会报告团里处理你，开除你的军籍，像高加林那样打起背包卷回去，你这样的人配当干部？"李俊杰双手抱头，痛苦万状地蹲下身，泪水像泉水似的涌了出来。秦擎天啪地摔掉烟头，又掏出烟来点上，吐出浓浓的烟雾，道："男儿有泪不轻弹，你算啥男人？哭就解决问题了？你这是道德问题，有句话说得好，道德可以弥补智能的缺陷，但智能永远弥补不了道德的缺陷！"李俊杰嘶哑着嗓子喊道:"你们冤枉我了啊!"大家的眼睛转过来,看着李俊杰。梁菊芳的哭声也戛然而止,吃惊地凝视着他。孙绪明问:"谁冤枉你了?"李俊杰说:"我患病了!"孙绪明问:"什么病?"李俊杰痛苦地说:"男人难以启齿的阳痿。"秦擎天问道:"阳痿?"李俊杰泪如雨下地说:"我是照顾老连长时在格尔木人民医院查出来的。老连长再三追问我,我担心给他添麻烦,至今没说。今天万不得已才说!"

秦擎天想到这些日子李俊杰的一系列反常的事情来,叹息道:"我冤枉你了,难怪……"李俊杰泣不成声了:"我成了废人了,所以我不想再拖累菊芳了,她为我家为我付出太多了,趁她还年轻再成个家,也比现在守活寡强。原想给她一说,她同意离婚就行了,人不能活得太自私了。只要她后半辈子幸福,就算她恨我,我心里还好受一些。谁承想弄成现在这个样子……"梁菊芳惊讶地看着眼前悲伤的丈夫,痛苦地长叹道:"我的命怎么这么苦啊!"孙绪明说:"我叔叔的儿子在县人民医院当医生,与我一起入伍的战友蒋晓光,原来在五连开汽车,后来也是因为高原恶劣的自然环境,也患了李排长那样的病,早几年就退伍回去,我叔叔的儿子用中药把他的病治好了。李排长两口子也不用着急,我写信去问问,请他把药寄来。"秦擎天说:"行,最好发电报,越快越好,叫他赶紧将药寄来!"孙绪明说:"这不是一两服药就能治好的,光着急也没有用。"秦擎天恨不得马上治好李俊杰的病:"总之越快越好,今上午孙副连长去格尔木发电报,我给你派车!"

当晚,梁菊芳搂着自己的丈夫痛苦地哭了大半夜……

第三十七章

　　集体婚礼在工程尖刀连的营区里举行，熠熠的灯光下，食堂外的土坯墙面上贴着的红双喜字正闪耀着夺目的光芒。双喜字上方还有"工程尖刀连集体婚礼"的字样。

　　两百名官兵围坐在摆有香烟、糖果、花生、瓜子的桌子旁，有说有笑，热闹非凡。不少兄弟连队的官兵们也跑来凑热闹。主持人秦擎天也穿上了崭新的军装，面对大家他声音洪亮地宣布道："工程尖刀连集体婚礼现在开始！"随即震耳欲聋的鞭炮声噼里啪啦地响起。鞭炮声刚停，《婚礼进行曲》响起……在神圣、抒情的音乐声中，秦擎天带头鼓掌道："欢迎新郎、新娘入场！"接着孙绪明、文小英；邹洪康、尹秀；赵小刚、卿春燕在官兵们如雷般的掌声中，徐徐地进入会场。三个新郎西装革履，三个新娘也打扮得像鲜花一样漂亮。卿春燕这位来自温州的漂亮姑娘，脸蛋上还化了淡妆，所以相比之前她更加光彩夺目了。三对胸戴红花的新郎、新娘面带微笑，含羞地走入会场时，官兵们的掌声停了下来。何玲向新郎、新娘身上抛撒着彩纸屑，以示祝愿。

　　秦擎天满脸笑容地主持道："下面，欢迎我们的老连长，王副参谋长为新郎、新娘证婚。"

　　王大寨从前排站起来，信步走上前，面对掌声如雷的场面，身子有点佝偻地向官兵们行了军礼，他从口袋里摸出用红纸事先写好的证婚词，笑着朗读起来："孙绪明和文小英、邹洪康和尹秀、赵小刚和卿春燕经自由恋爱，自愿结合。按照《中华人民共和国婚姻法》经民政部门登记结为合法夫妻。从今以后，新郎、新娘将相互忠诚，携手生活，白头到老。特此证婚。"秦擎天带头鼓掌道："下面，欢迎贾主任代表机关首长向新郎、新娘致祝词。"在热烈的掌声中，贾副主任兴高采烈地上了主席台，他没有拿稿子，便激情满怀地祝贺道："我受团长、政委的委托代表机关的指战员祝三对新人，相敬如宾，百年好合，早生贵子，实行计划生育！最后赠三对新人一副对联：朝阳彩凤喜双飞建千秋伟业；向晓红莲开并蒂树一代新风。"掌声又响起，有的战士听着"实行计划生育"几个字，还哈哈大笑，甚至吹起了口哨。秦擎天主持道："一拜天地！"三对新人不知道怎么拜天地了。孙绪明抬头看看天，又低头看看地。邹洪康便傻乎乎地望着战友们不知所措。

赵小刚摇了摇脑袋,思考着,三个新娘便扑哧地笑了。接着秦擎天便喊道:"夫妻对拜!"夫妻面对面地对拜完后,秦擎天主持道:"下面,三对新人讲下谈恋爱经过。"孙绪明拉了拉邹洪康的手说:"你们先来。"邹洪康犹豫了一下,面对起哄的战友们,黝黑而满脸疙瘩的面颊上也泛起了红光。大家都停止了吃喜糖、花生、瓜子,望着他,喊道:"邹排长、邹排长快讲!"

邹洪康便一五一十地介绍道:"其实,俺的恋爱经过很简单,原来家里给俺介绍了十几个对象,都没成。姑娘们说俺脸上疙瘩多太难看。去年回家休了一段时间的假,本来第二天就要起程归队,她——"他指了指站在自己身旁的含羞微笑的尹秀,又道,"尹秀拿着登有俺事迹的《驻马店报》找到俺家。俺听她介绍后感到很吃惊,拿过报纸,看到一篇标题为《唐古拉山好儿郎》的文章,俺一看特别亲切。再看内容实实在在是写的俺的事,连俺在唐古拉山如何和战友们铺沥青都写得清清楚楚,就连战友们给俺取的绰号'非洲人'都搞得明明白白。俺想了半天,都不知是哪位好心的通讯员做了这么大的好事,是他的这篇文章使俺和尹秀走到了一起。所以,俺和尹秀在这里向这位好心人深深地鞠一躬!"邹洪康和尹秀并肩站好,面对来宾和战友们很虔诚地鞠了一躬。来宾和战友们为这位好心的红娘鼓起热烈的掌声。

坐在前排与来队家属们、贾副主任和王大寨坐在一起的何玲,听到这里便问:"写文章的叫什么名字呢?"邹洪康声音很洪亮地回答道:"秦川。"何玲腾地一下站了起来,声音激动地说:"各位来宾,各位战友,你们知道秦川是谁吗?他远在天边,近在眼前,这个秦川就在我们工程尖刀连,大家猜猜。"邹洪康被何玲这么一说,蒙了,他问尹秀:"是谁呀?"尹秀摇了摇头。贾副主任问身旁的王大寨:"这人是谁呢?"王大寨想了一下,也不知道。战友们便嚷了起来:"何医生,别卖关子,我们猜不着!"一位战士喊道:"何医生,快说是谁呀!我今后找不着对象也请那位秦川同志写篇文章,名字就叫《沱沱河大桥一傻兵》!"于是,大家哄堂大笑。战友们已没有耐性了,几乎是吼叫起来了:"何医生,你快说,别把我们急死了!"何玲仍然笑嘻嘻地看看台上的新郎新娘们,又看看会场上的家属们、战友们,她终于提高嗓音说:"他就是工程尖刀连的连长秦擎天同志!"不知谁吼叫道:"写文章叫秦川,怎么是我们秦连长呢?"何玲说:"我读过他的散文、散文诗,他发表的文章用的笔名就叫秦川。"接着又操着秦擎天说话的声调说,"用他的话说,我秦擎天生在四川,长在四川,就改笔名叫'秦川'。"潮水般的掌声、笑声之后,方林大喊道:"'非洲人',你还傻乎乎地站着干啥,找个亭亭玉立的媳妇,还不赶快给秦连长发喜糖、喜烟!"叶增光他们也跟着方林起哄:"是呀,多亏了秦连长你才找到这么好的老婆,你光是笑有什么用,快发喜糖!"邹洪康这才反应过来,向前走了几步抓起桌上的糖果,走到秦擎天面前,说:"感、感、感谢你!"战友们哄笑道:"尹秀,你还不给秦连长发喜烟。"尹秀笑眯眯地走到桌前拿起一包香烟和火柴走到邹洪康的身旁。

秦擎天刚才听何玲一解释,才猛然想起自己确实写过一篇通讯,但报社把标题改了,他至今没见这张刊发邹洪康事迹的报纸。这事的起因是老连长王大寨,所以当邹洪康、尹秀给他发喜糖、抽喜烟时,作为主持人的他就没接,他说:"这功劳不是我一个人的。"邹洪康、尹秀以及所有来宾和战友们都迷惑不解地望着秦擎天。秦擎天说:"这主意是老连长出的。"大家把目光就转向了王大寨。王大寨却丈二和尚摸不着头脑,用他那粗大的手搔了搔秃得在灯光下发亮的脑袋,站起来,面对大家笑道:"秦连长'栽赃陷害'我这'老革命'!"大家又一阵笑声。秦擎天解释道:"去年邹排长休假走了的当天晚上,老连长与我提起邹排长婚姻的老大难问题。后来我想了半天,就写了一篇介绍邹排长事迹的两千字左右的文章《世界屋脊的拼命三郎》。这事我早就忘了,刚才才知道那篇文章当了一次红娘,真是可喜可贺!大家说我'栽赃陷害'老连长没有?"大家回答道:"没有!"秦擎天笑容满面地说,"所以,邹排长和尹秀首先应该感谢老连长!"在大家"对,对"的嬉笑声中,邹洪康、尹秀便走到王大寨面前。王大寨说:"俗话说,无功不受禄,我却无功先受禄了。"邹洪康要把一把糖果塞给王大寨。王大寨说:"糖留着你两口子说悄悄话时吃,我抽烟就行了。本来医生不让我吸,但今天高兴啊!"何玲嚷道:"'非洲人'快把糖给玉洁嫂子嘛!"邹洪康这才将一把糖塞到了坐在前排的玉洁手中。玉洁笑着站起来说:"祝你们幸福!"接着,转身很有礼貌地向大家鞠了一躬,才坐下去。尹秀给王大寨发了一支喜烟。邹洪康又从桌上抓把喜糖走到秦擎天面前。秦擎天笑着问邹洪康、尹秀:"你们两口子知道你们新房的婚联是谁写的吗?"邹洪康和尹秀同时摇着头。秦擎天说:"你们新房婚联的内容你们一定记得。"邹洪康背诵道:"愿天下有情人终成眷属;喜国家好政策自主婚姻。"秦擎天又问孙绪明:"孙副连长新房的婚联呢?"孙绪明道:"你敬我爱你我好比鸳鸯鸟,意合情投意情恰似连理枝。"秦擎天又问赵小刚:"你呢?"赵小刚说:"艰苦同栽理想树,勤奋共赏爱情花。"秦擎天高兴道:"他们三个洞房的横批分别是燕尔新婚、花好月圆、天长地久!这些婚联写得好不好啊?"大家道:"好!"秦擎天指指墙上的大红双喜字后,问道:"这些做得好不好?""好!""那么请三对新人给贾副主任、何医生以及来参加婚礼的家属们散发喜糖、喜烟!"秦擎天一说完,戴着红花的新郎、新娘便忙得不亦乐乎地给大家散发喜糖、喜烟。

接着孙绪明、赵小刚在大家嘻嘻哈哈的笑声中,介绍了各自的恋爱经过……

秦擎天主持道:"下面,欢迎每对新郎、新娘为大家表演节目!"

掌声过后,赵小刚便激动起来,说:"我和爱人小卿演节目之前,先说两句。过几天我就该退伍了,但我们两口子已商量好了,我决定再干两年,等沱沱河长江大桥竣工后,我再退伍。"秦擎天、王大寨,还有贾副主任带头鼓起掌来。赵小刚真诚地说:"大家都知道我曾犯过错误,我今天能站在这里举行婚礼,感谢老连长、秦连长以及全连战友对我的关怀!"说着他向大家鞠了一躬,强忍着泪水,又道,"从山上下来的当天下午,秦连长带我和邹排长去医院看望老连长,老连长为了修建青藏线,把身体都搞垮了,使我很受感动,也使我改变了今年退伍的想法,所以立即到邮局给小卿打了电话,叫她来部队结婚。我们团不少农村、城市入伍的战友都已超期服役一两年了,他们家庭的困难都不小,但他们为了'四化'建设,为了青藏公路,不恋小家爱高原……我今后一定以大家为榜样,好好干!"他说不下去了,整个会场也鸦雀无声了,空气好像凝固了。卿春燕立即从裤包里摸出手绢递给赵小刚。秦擎天打破了沉寂,笑道:"赵小刚,你哭啥?全连就数你进步大,你今年又是入党,又是立功。你问大家是不是?"大家异口同声地回答着:"是!"赵小刚用手绢擦了眼泪,将手绢递给卿春燕,说:"我太高兴了,太激动了!我们为大家唱首《小草》吧!"于是大家又使劲地鼓起了掌。赵小刚起了头,卿春燕便跟着唱了起来:

  没有花香,没有树高,
  我是一棵无人知道的小草,
  ……

赵小刚和卿春燕唱得很情投意合,大家就跟着歌曲的节拍鼓着掌,有的甚至还跟着他俩哼了起来。歌声毕,热烈的掌声响起。秦擎天鼓着掌说:"欢迎孙副连长两口子来一个!"于是,孙绪明和文小英便唱起了《十五的月亮》:

  十五的月亮,
  照在家乡,照在边关。
  宁静的夜晚,
  你也思念,我也思念。
  ……

这首歌不仅曲调优美,而且歌词似乎也唱出了农村兵的心声。孙绪明两口子在台上唱着,大家也跟着情不自禁地唱着,高亢悠扬、激昂奔放的歌声便回响在工程尖刀连的上空。大家唱完歌,秦擎天对大家说:"欢迎邹排长两口子表演节目。"邹洪康脸腾地红了起来:"我们唱不好,算了吧!"大家哄笑道:"那不行,你俩得表演节目!"尹秀想了一下,说:"我给大家唱一首流传于俺们地区的《撒米歌》吧!"接着唱道:

> 午时新人进了房,绸缎被子描金床。
> 进房撒下十把米,把把撒得有名堂。
> 第一把米撒得美,四个金砖支床腿。
> 第二把米撒一绺,两口对饮交心酒。
> 第三把米撒得好,元宝往到屋里跑。
> 第四把米撒得匀,一年四季都称心。
> 第五把米撒得多,五个儿子都登科。
> ……

"这'非洲人'的婆娘野心不小,生五个儿子都当官哩!"
"咦,她把计划生育的政策都忘了,一生就生五个,了不得呀了不得!"
唱着歌的尹秀,见大家起哄,她知道他们那是逗她玩的,她才不是那种开不起玩笑的人,于是装着没听见,一门心思一口气把歌唱完。
尹秀的歌一下把婚礼的气氛推到了高潮,大家在哄笑声中,又喊道:"再来一个!再来一个!"
尹秀却气喘吁吁地摆摆手说:"来不了了。"随即她便砰的一声栽倒下去……
大家啊的一声惊叫后,都围了过去。
何玲有些惊恐地吼道:"快,快送卫生队抢救!她休克了!"

第三十八章

秦擎天驾车拉着黄宝宝去二十二医院接替玉洁及王玉回连队休息。可是秦擎天、黄宝宝提着玻璃瓶罐头刚进内二科的大门，就隐约听见玉洁、王玉那撕心裂肺的哭声。秦擎天一惊，一种不祥的预感使他的脚步踉跄起来。他对黄宝宝说："快，不好了，老连长他……"

秦擎天推开201病房的门，见玉洁和王玉扑在王大寨直挺挺的身子上，嗓子已经哭哑了。秦擎天顿时傻了眼，脑子一片空白，手中的网兜砰的一声掉在了水泥地上，玻璃罐头全碎了。黄宝宝泪如雨下，一下扑到病床边，摇晃着紧闭双眼的王大寨，呼喊着："老连长，老连长！"半响，秦擎天才走过去，拉着王大寨已经僵硬的手，泪水倏地涌了出来，歉疚地说："老连长，老连长，我来迟了……"

这时，田护士和另外两名护士推着平台车进来了，田护士默默地走去扶起仍旧扑在王大寨遗体上悲痛欲绝的玉洁。几个护士从病床上把王大寨的遗体抬上平台车，田护士将一条白布床单覆盖在王大寨僵硬的遗体上，推着平台车将遗体送往那冰冷的世界——太平间。玉洁跑上去，一把抓住平台车不让离去……

老连长去世的噩耗传到连队，不少官兵也抱成一团恸哭不已。第一天，玉洁母女由于悲哀过度，粒米未进，黄宝宝将饭菜怎样送去又怎样端回来。秦擎天闻讯后叫上张德彦、方林又来到玉洁母女住的家属房，坐下来想安慰几句，又不知从何说起，只是轻声地说："玉洁嫂子，你们一定要吃饭才行，不然身体要拖垮。……"没想到秦擎天说着说着自己的眼圈又红了，接着便落下泪来。玉洁抬起泪眼说："一个活生生的人眼睁睁从自己眼皮底下消失了，越想越难过……他在生命的最后时刻，嘴里还念着'工程尖刀连，沱沱河大桥'……"秦擎天对坐在玉洁旁的梁菊芳说："小梁，你和李排长每天三顿都陪着玉洁嫂子母女在这里吃饭，我们安排黄宝宝多送些饭菜米。你陪玉洁嫂子多聊聊天。"梁菊芳嗯了一声，点着头。这时孙绪明进来了，秦擎天便说："孙副连长，你叫文小英她们多过来陪陪嫂子。"孙绪明说："文小英、卿春燕、丁巧巧和尹秀，她们都想来看看玉洁嫂子，但她们说一见嫂子哭，她们就想掉泪，反而惹得嫂子更悲伤。"张德彦说："女人同情心强，但相互说说话对玉洁嫂子也是一种安慰嘛！"玉洁说："她们忙她们的，有菊芳在就行了。"

追悼会的头一天,何明凯、刘相村、贾副主任、云顺县民政局局长来到玉洁母女的住处。此时,玉洁、王玉还有从老家赶来的王大寨的年迈的父母正沉浸在失去亲人的巨大痛苦中。见何明凯他们进来,四人停止了哭泣,玉洁立即招呼何明凯他们坐下。一落座,民政局局长问:"玉洁、大叔、婶子,不认识我了?"玉洁和王大寨的父母便抬起头,惊诧地看着民政局局长。片刻,玉洁说:"是大刚大哥?"民政局局长王大刚点点头。王大寨的父亲说:"你长胖了,差点认不出来了。"何明凯问道:"王局长,你们认识?"王大刚说:"认识,认识。"玉洁说:"大刚大哥,你怎么来了?"王大刚叹了口气说:"我们民政局收到部队发来的加急电报,一看是大寨他……我就来了。我紧赶慢赶,昨天深夜才到,很想当时就来看望你们,但又考虑夜深了,怕影响你们休息,团长、政委也劝我早点休息。"刘相村说:"我们原以为王局长可能出于工作关系,礼节性地看看,哪知你们认识。"王大刚说:"何止是认识。我和大寨从小就生活在一个村子里,也是一起入伍的。三位首长可能不知道,我和大寨同时提干,我当了排长后就转业了,安排到了民政局工作,一直干到今天。我回去后在县教育局找了对象,成了家。那时玉洁也是在县教育局工作,我就通过我家属把玉洁介绍给了大寨。当时双方父母都不同意,玉洁的父母认为自己如花似玉的女儿和大寨不般配,而王大叔和婶子觉得城里的姑娘靠不住……后来大寨和玉洁结了婚,玉洁因工作干得好,就调到市教育局了。"

王大寨的父亲这时说:"我老封建,我错怪了我们玉洁,现在想起来真后悔呀……"玉洁说:"爸,别这么说!"何明凯说:"王局长有出息啊,现在当局长了,也是我们部队的骄傲!"王大刚说:"何团长,和大寨比起来,我确实惭愧啊!"说着掏出一个沉甸甸的信封,交给玉洁说,"玉洁,这是地方政府付给大寨的一次性抚恤金一千元,按有关政策,作为他的爱人和父母应该各一半。"接着又从皮衣口袋里摸出一个信封,"玉洁,这里的一千块钱,是我的一点心意。"玉洁不接,王大刚却执意塞到她的手里。玉洁充满感激地接过两个沉甸甸的信封,交给王大寨的母亲,说:"妈,你们拿着用吧!"王大寨的父亲说:"玉洁,好闺女,听爸妈的话,寨儿的抚恤金和大刚那一千块你拿上用,玉儿还小,花销大。"玉洁握着王大寨母亲的手:"爸、妈,你们二老更需要用钱。玉儿你们不用发愁,我有工资,地方每月还要发给玉儿抚恤金,你们作为玉儿的爷爷、奶奶,你们放心吧,我会尽心把玉儿培养成为一名大学生,成为像她爸那样的人。每年我会利用玉儿放假的时候带她来看望你们!"大家听了玉洁一番发自肺腑的话,眼里都盈满了泪水。王大寨的父亲早已老泪纵横了:"孩子他娘,玉洁说得这么诚恳,就收下吧。

也不知我王家哪辈子做的好事,让我们的大寨儿遇到这么好的媳妇啊!"说完,抹了一把泪水。这时,贾副主任将一个沉甸甸的信封郑重地交给玉洁:"玉洁同志,团长、政委和我来看望你们的同时,把王大寨同志的生活补贴交给你。"刘相村说:"两位老人和玉洁同志,你们要多保重,王大寨同志为部队建设贡献了毕生精力,你们应该感到自豪和骄傲!"玉洁感激地说:"感谢部队首长的关心!"

王大寨的追悼会在三团礼堂召开。师长、赵副师长以及师部门以上的领导的小车,还有一团、二团首长的小车和两辆运载着参加追悼会的官兵的车冒着纷飞的雪花徐徐驶进了三团营区,停在礼堂前。人们下了车,脸上都带着悲痛的神情,很有秩序地走向礼堂门口装有小白花的大纸箱前,弯腰从纸箱里拿起一朵小白花,默默系在自己军装的左上兜的纽扣上。何明凯和刘相村站在门口,见师长等首长来了,赶紧上前和他们握手,并帮他们戴上小白花。

此时,《葬礼进行曲》肃穆、悲哀的旋律开始响起……

师长他们和兄弟团的官兵进入会场时,只见戴着小白花的三团的官兵早已排好了整齐的队列,表情肃穆、神色悲伤地静静地等待着他们的到来。抬头望去,主席台前摆满了花圈。主席台上白纸黑字的横幅上挂着黑纱:沉痛哀悼王大寨同志。

主席台两侧是一副巨大的挽联:壮志未酬身先死,留取丹心照汗青。

主席台墙壁上悬挂着王大寨面带微笑的遗像。

主席台中央停放着从二十二医院借来的玻璃棺,里面放着王大寨穿着崭新军装的遗体,身上覆盖着鲜红的中国共产党党旗。

何明凯陪同师长走上主席台,面对大家,何明凯说道:"王大寨同志追悼会现在开始,首先向王大寨同志默哀!"大家默哀毕,何明凯说:"下面由师长致悼词。"师长从军装口袋里摸出事先准备好的悼念词,神情肃穆地读了起来:

同志们、战友们:

今天,我们怀着十分沉痛的心情悼念王大寨同志。

王大寨同志于 1982 年 4 月开始,身患肝癌,于 1983 年 8 月入住中国人民解放军第二十二医院治疗,因医治无效,于 1983 年 12 月 21 日 9 时在二十二医院逝世,终年三十五岁。

王大寨同志于 1948 年生于云顺县农村,1968 年 11 月应征入伍,1971 年 7 月 1 日入党,曾先后七次被评为"学习毛主席著作先进个人""双先个人代表""优秀共产党员",荣立三等功五次,受到嘉奖十次,历任班长、排长、副连长、连长、副营职连长、正营职副参谋长。

　　王大寨同志入伍十五年来，认真学习马列主义、毛泽东思想、邓小平理论，热爱党、热爱祖国、热爱人民。他无论在援建中巴公路，还是在青藏公路改建中，都率先垂范，以身作则，奋战在空气稀薄、气候多变、地质条件极为复杂的帕米尔高原喀喇昆仑山脉和喜马拉雅山脉的冰川雪域，以最快的速度和最好的质量完成了可以说世界上难度最大的公路地段的修筑任务。尤其是近两年来，王大寨在担任我师唯一的工程尖刀连的连长以来，发扬艰苦奋斗、"一不怕苦、二不怕死"的大无畏的革命精神，带领官兵努力拼搏，忘我工作，在青藏公路改建工程中创造了奇迹，立下了汗马功劳。他所带的连队两次被师部党委评为"双先标兵单位"，并荣立集体三等功。他最终因积劳成疾，病倒在风火山地段的施工线上。王大寨住院期间，师团领导多次前往医院看望他，让他安心治疗，他却时时刻刻想着工程尖刀连的官兵，想着青藏公路改建工程……

　　此时，队列里传来人们的哭泣声。师长念到这里，也哽咽着读不下去了，从口袋里掏出手绢擦去滚落在面颊上的热泪，稳定了片刻情绪，又念道：

　　王大寨同志的逝世，使我们党失去了一位有卓越贡献的好儿子，使我们师失去了一位冲锋陷阵的勇士，也使我们失去了一位朝夕相处的好战友。我们悼念他，就是要学习他那种艰苦奋斗，不怕苦、不怕死，忘我工作，无私奉献的高尚品格和可贵精神。为保证在1985年8月底前完成青藏公路改建任务，我们要以王大寨同志为榜样，以实际行动为祖国"四化"、为振兴中华做出贡献。

　　王大寨同志永远活在我们心中。

　　王大寨同志安息吧！

　　人们向王大寨的遗体三鞠躬。接着《葬礼进行曲》又如泣如诉地回响在礼堂，师领导、王大寨的亲属、地方民政局领导、团领导、工程尖刀连官兵、兄弟团的官兵、三团全体官兵依次走向主席台，向玻璃棺里面的王大寨遗体告别……

　　追悼会的第二天，玉洁、王玉和王大寨的父母来到格尔木烈士陵园。在"王大寨之墓"的木牌子前，王玉和玉洁跪了下来，重重地磕了三个头。王大寨的坟墓与余辉的坟墓相邻。玉洁又从衣兜里掏出两条崭新的手绢，在地上铺平，用手刨开坟头上的浮雪,从坟头捧起泥土,分别放在两条手绢上,然后将两包泥土扎好,站了起来,拿了一包交给王大寨的母亲说:"爸、妈,你们今后要想他了就看看这包土吧!"王大寨的父母又泪如泉涌:"玉洁呀,你对大寨的感情深厚啊!"

玉洁、王玉和王大寨的父母离开部队的那天早晨,天色朦胧。他们在李俊杰和梁菊芳、何玲、丁巧巧、文小英、卿春燕、尹秀的陪同下,走出了家属房。玉洁他们刚走出几步,就听到秦擎天在下达命令,那洪亮的声音响彻工程尖刀连上空:"向我们老连长的亲人致敬!"

玉洁他们透过朦胧的雾气,看到工程尖刀连的官兵们排成两路笔直的队列站在凛冽的寒风中,他们穿着皮大衣,举起右手向他们致以崇高的革命军礼。

第三十九章

20世纪70年代末,中国长江流域规划办公室,依据一万至十万分之一比例尺的地形图,采用统一量算规范对长江整个长度重新量算的结果是,长江全长6300多千米,比美国的密西西比河还长,仅次于南美洲的亚马孙河和非洲的尼罗河,为世界第三大长河。长江的源头在青海、西藏交界的唐古拉山脉主峰各拉丹东雪山西南侧的沱沱河。长江河源的三源是:正源为沱沱河,南源为当曲,北源为楚玛尔河。

待建的沱沱河大桥位于长江上游,处在青藏公路多年冻土的腹部地带,桥址处距长江发源地各拉丹东约260千米,号称"长江源头第一桥"。

按上级图纸设计,此桥单孔跨径20米,上部结构为钢筋混凝土T型梁桥,下部结构为钻孔灌注柱,全桥长324米,桥面净宽9米,两侧都有1米宽的人行道。

3月初,工程尖刀连向沱沱河一线集结。军车吼叫着,唤醒了沉睡的山体和那些峭险的沟壑。吊车、钻机、水泵、拌和机、起重机、交流发电机、交流电焊机等大中型的施工机械也集结于沱沱河岸边。绿色的帐篷和绿色的军服,构成了沱沱河从来没有过的绿意盎然的春色。

按师部的指示,所有三个团的施工连队均比往年提前一个月开赴工地。此时高原仍在封冻之中。秦擎天、张德彦、孙绪明、方林来到沱沱河岸边,他们站在那座20世纪50年代搭起的吱吱作响的木桥上,冷风撕扯着他们的皮大衣,并用尖如芒刺的舌头舔着他们的面颊。大家看着河面依然完好的冰壳和一处又一处赭褐色的沙滩,分析着沱沱河一带的地质情况,仔细地思考着大桥施工的重大举措和细枝末节,以期做出最详尽、最科学的布置和安排。因为他们心里明白,他们即将在海拔如此高的地方施工建造的如此规模的大桥,不仅在此时,有可能在十年后都只有此一例。

在开赴沱沱河大桥之前,工程尖刀连在师部工程技术科的大力指导下,举办了钢筋工、模板工、吊装工、钻孔工、混凝土工的培训班,使大家掌握了各技术工种的业务知识并进行了实际操练。

开工的第一天,秦擎天站在队列前做了激昂的讲话,也算是开工前的动员:"同志们、战友们:中央领导去年7月在视察青海时号召全省人民'立下愚公志,开拓青海省'，对我们工程尖刀连来说，就是要'立下愚公志，建好第一桥'。号称'万里长江第一桥'的沱沱河大桥的修建工程今天就要开工了，至于修建它对加快西藏经济建设的重大意义，在格尔木各技术工种培训班上已讲得很多了，我在这里就不啰唆了。有人认为我们连曾在唐古拉山、风火山地段的施工中立下汗马功劳，两次被师党委评为'双先标兵单位'，已经功成名就了，但是真正考验我们的是沱沱河大桥的修建。什么叫工程尖刀连？如果我们高质量、高标准、高速度地完成了长江源头第一桥——沱沱河大桥的建设，我们就是全师嗷嗷叫、唯一名副其实的工程尖刀连。否则，我们就是狗熊，我们就是草包！"大家聚精会神地听着秦擎天高昂激越的演讲，备受鼓舞，个个精神饱满。

秦擎天用威严的目光扫视了一下队列，又道："'奋战青藏线，争创第一流'不仅要喊在嘴上，更重要的是要落实到实际行动中。所以，我这里要求全连的每一位干部以身作则，率先垂范；要求全连的每一名党员，充分发挥先锋模范作用，吃苦耐劳；要求全连的官兵要像老连长生前常讲的那样，'艰苦奋斗，一不怕苦、二不怕死'，早日保质保量地完成沱沱河大桥修建任务！大家有没有决心？"官兵们雄壮的回答声回荡在沱沱河空旷的上空："有！"接着秦擎天布置了任务："运输排由孙副连长和叶排长负责，前往格尔木拉运钢筋、水泥、木材；摊铺排由方技术员和邹排长负责，根据钢筋图纸下料，绑扎，制作模板；人工排由张副指导员和汪排长负责，准备制作预制板、盖梁和T型梁桥的碎石和沙砾；机械排由我和李排长负责，承担桩柱桩基开挖、钻孔、浇灌等任务。鉴于机械排人手不够，暂抽调人工排一班归口机械排工作。第一阶段的工作就大致这么分一下，今后根据任务的变化还要调整。准备开工！"

工程尖刀连尽管是全师施工连队中装备配置最好的，但还是不尽如人意，甚至连要求严格、施工难度极大的桩柱桩基工程，都还是靠人力进行施工。机械排和人工排一班，也就是赵小刚现任班长的那个班，共四五十人，在秦擎天、李俊杰的带领下在泥水中奋战，用铁锹和十字镐刨冻土，然后用手推车装运出河床淤积的泥沙，艰难地向淤积层深处开挖。越往深处挖，工程难度和劳动强度就越大。最后，几乎是在深井中工作了。战士们想出很多办法，采用滑轮和辘轴装吊手推车，以减轻劳动强度，加快施工进度。即使这样，施工进度也很缓慢。恶劣的环境和超负荷的劳动，让官兵们极度疲惫。每天傍晚，从工地上下来，无论是秦擎天、李俊杰，还是钱自化、赵小刚，个个成了泥猴子。别看秦擎天在工地上神气活现，似乎永远不知劳累，其实，当收工回到帐篷后，他腰酸背痛，骨头就像散架了一样，还有那疼痛难忍的痔疮也无时无刻不在折磨着他。战士们的情形大抵相同,施工的时候,个个是小老虎,争强斗胜,你追我赶,收工之后,泥猴子似的他们都软成了一摊。机械排二班围在一起吃饭,钱自化手捧着碗,饭刚刚送进嘴里就睡着了。半下午,他的肚子早就空荡荡的了,但在吃饭的时候,疲劳战胜了饥饿。排长李俊杰发现了,摇醒他:"哎,怎么就这么睡着了呢?醒醒,快吃饭。"钱自化睁开惺忪的眼睛,喃喃地说:"我迟到了吧?"他自己蒙了,以为是早上起床迟到了。李俊杰心疼地拍着他的肩:"快吃,吃完了好好睡一觉。"

经过大家艰苦卓绝的努力,终于找到了方法。人工挖至深1.5米、直径1.5米时开始埋护筒,柴油发电机带动直径有1.3米的钻头的钻机下钻至21米深。接着用吊车起吊重达几吨的9米多长的钢筋笼下于孔内,落到孔口时,用钢管横排,而后焊接第二节钢筋笼,直至到达设计高度,并加以固定、校位,使其达到规范的要求。接着是安装直径为0.3米的钢管导管和安装2.8立方米的料斗。然后用翻斗车将混凝土运至孔口处倒入吊车,再用吊车将吊斗吊起,将混凝土漏进料斗,经导管下到孔底。为了确保桩顶质量,在桩顶设计标高以上加灌0.5米,浇灌结束后,在混凝土凝结前挖除多余的一段桩头,保留0.01米,待系支模前修凿。

4月中旬,四根直径为1.3米、高出地面6米的桩柱浇灌出来了。接着天气开始转暖,沱沱河大桥上游的冰雪开始融化,汛期即将到来,当务之急是围堰。围堰之后还要拉来沙石,将施工地面垫高1米以上。正当运输排、人工排、摊铺排围堰和用沙石垫高施工地面的工作按工序在紧张而有条不紊地进行的时候,团部发来电报说,为了使工程尖刀连官兵在施工第一线过好即将到来的五一劳动节,团后勤处已为他们准备了猪肉、羊肉、花生米、粉条、红豆等副食品,还有官兵们的夏季服装。鉴于团里所属汽车连配合兄弟团施工连队运输施工物资任务繁重,无法派车送来,所以叫连队派一辆车下格尔木领取。

在连部吃饭时,秦擎天看完电报,脸上露出了笑容:"团领导想得真周到!"说着将电报递给张德彦,接着孙绪明、方林、何玲也看了电报。孙绪明说:"这事交给我吧。"秦擎天说:"干部各有一摊子事,还是叫战士去吧。但现在工地上人手紧,只能去一个人,去的这个人必须技术要好!"孙绪明思忖了一会儿:"那只有运输排的钱老兵了。"秦擎天问张德彦:"张副指导员,你的意见呢?"张德彦同意道:"对,让钱远明去,他既是志愿兵,技术又过硬。"秦擎天说:"那吃完晚饭,孙副连长去通知钱远明,叫他明天早上就去,同时叫他注意安全。另外,让他把大家的信件带下去发了。"孙绪明吃完饭,放下碗筷,便去运输排通知钱远明了。

自打上了沱沱河修建大桥以来,副指导员张德彦成天与大家一样累得跟泥猴子似的,细皮嫩肉的奶油脸也变成了红脸膛,而且脸上还掉了一层皮。战士们暗地里议论他：

"他有进步是因为他思想上有了觉悟，要同大家打成一片，吃苦大干……"

"可能是老连长把命都搭在青藏线上，老连长的逝世对他思想的触动很大。"

"主要是何医生对他不错，爱情也能使人发生变化。"

"这是他本人严格要求自己的结果。"

虽然战士们对他们的副指导员张德彦的分析和议论是导致他努力表现的部分原因，但最大的原因是何明凯与他的一次谈话。那还是去年12月5日中午，张德彦从师里参加"军民共建文明青藏线动员会议"，代表工程尖刀连介绍了经验回到团里时，与团长何明凯坐一辆小面包车。车到机关，参加会议的人都陆陆续续下了车，跟着大家下了车准备向卫生队去的张德彦却被何明凯喊住了："到我办公室坐坐。"张德彦跟着何明凯进了办公室。何明凯指着办公桌旁的一个红色的椅子说："坐吧。"何明凯拉过藤椅，面对张德彦坐了下来，跷起二郎腿，一脸威严地说："从山上下来这么久了，你也不来我这里坐坐？"张德彦见何明凯满脸严肃，心里便有些发虚，支吾道："我怕影响你的工作。"何明凯说："好，不说这些了。我问你，在山上你干得如何？"张德彦回答道："还可以吧。"何明凯说："不，很一般。只要赵副师长从山上下来，我就问他工程尖刀连的干部情况，他说王大寨、秦擎天、何玲不错，噢，还有搞改性沥青路面的方林也不错。一问到你，赵副师长当着那么多团领导的面，说啥呢？你说说。"张德彦额上已沁出汗珠，抬头望了望何明凯有些生气的脸，急忙低下头，接着便摇了摇头。何明凯说："赵副师长说，你张德彦除了细皮嫩肉外，再没有什么优点了。难道说你'还可以'？"张德彦头也不抬了，低垂着。何明凯似乎火发完了，停了片刻，用平缓的语气说道："秦擎天干得不错，上自师领导，下到连队，大家都对他交口称赞。你要向他多学习，取长补短，一定要跟他搞好关系。现在你要提职的唯一办法是把工作干好，大家都盯着你。你给你父母写信没有？"张德彦说："写了。"何明凯语重心长地说："写了就好！可怜天下父母心啊。你父母隔三岔五向我表示希望你能提正连职，但是你在尖刀连的表现太一般了。今后你一定要好好干，提职才有希望。"张德彦说道："我绝不辜负你的希望！不过我还是想到机关来工作。"何明凯很爽快地说："我已考虑好了，等把沱沱河大桥修好了，如果你的工作干得好，能立功提职，就可以申请调到机关里工作。"张德彦激动地搓着双手，感激地看着何明凯。何明凯又说："德彦啊，打铁还需自身硬哪！业余时间多读点书，多加强文字训练。"

这天，正当工程尖刀连干得热火朝天的时候，突然达杰和卓玛各骑着一匹马奔驰而来。他俩一跃下马就奔到正在挖桩柱桩基的秦擎天他们面前。秦擎天见他俩惊慌失措的样子，就想到他俩在俄尕志被埋入泥石流时到连部报告的情景，心中不免咯噔一下。所以还没等达杰、卓玛站稳，他便迫不及待地问："又咋了？"达杰急忙用藏语说了几句，他立刻发觉自己的话秦擎天他们听不懂，便叫卓玛说。卓玛语音有些颤抖："不好了，出事啦！"这时不少战士放下手中的活围了过来。听到卓玛的话，秦擎天脸色有些发白，追问道："什么事？快说！"卓玛紧张起来，说话就断断续续的："昨天晚上风火山下了一场大雪……今天上午九点多钟，科研组的鄢专家他们外出作业……在风火山地段见到一辆军车停在公路边，车上面覆盖着一层积雪……他们出于好奇便上前拉开了驾驶室门，没想到一位身穿皮大衣的解放军栽了下来……他们在那位解放军的军装里发现了士兵证，一看，原来是你们连的钱远明……"大家都迫不及待地问："他人呢？"卓玛又道："鄢专家他们已开车把钱远明送往格尔木治疗去了，他们叫我和达杰来通知你们。"赵小刚问："钱老兵不会有生命危险吧？"卓玛说："我们往沱沱河赶来时，他已经苏醒了。"秦擎天这才舒了一口气，一颗悬着的心终于落了下来。他看了看手表，还不到十二点，便对达杰、卓玛挽留道："你们就在这里吃午饭吧，还有半个小时我们就开午饭了。"卓玛代表达杰说："你们忙，你们事多，我们先回去了。"说完便上了马。秦擎天眉头紧蹙，目光呆滞地看着远方，好半天才从包里掏出烟来点燃，猛吸起来，叫赵小刚快去通知张副指导员、孙副连长马上到连部开会。

在连部，秦擎天心情沉重地把卓玛告诉他的事向张德彦、孙绪明复述了一遍，并分析道："根据卓玛说的情况，要么是钱老兵的车行驶到风火山时车出了故障，要么是他突然患了什么病。唉，总的来讲，情况还不错，人还活着，否则后果不堪设想。大家都知道，钱老兵家庭困难大，又有双胞胎子女……张副指导员，你看呢？"张德彦说："你安排就是了！"秦擎天说："你们看这样行不行？我考虑了一下，施工任务紧，施工人员不能动，就把黄宝宝从炊事班抽出来，孙副连长带黄宝宝开一辆车赶往格尔木去看看钱老兵，然后留下黄宝宝在医院照顾他。你返回来时捎上一车水泥。有什么情况及时到团里给我们发个电报，让我们心中有数。"孙绪明说："行，行行！"秦擎天征求张德彦的意见："我和叶排长开辆车到风火山把运副食品的车拖回来，所以今天下午张副指导员就全面负责一下施工。我和叶排长力争在今晚尽早赶回来。张副指导员，你的意见如何？"张德彦说："我没意见。"

匆匆忙忙地吃了饭,两辆车便上了路。下午四点多钟,两辆车便到了风火山地段,还有几百米远,一辆停在公路边雪地上的车便映入了秦擎天的眼帘。他看到车的同时,看到一个穿着皮大衣、戴着皮帽的人,在车旁厚厚的雪地上来回地走动,不时呵出热气暖暖手,接着双手相互摩擦着。两辆车很快驶到了跟前。刹了车,秦擎天第一个跳下来,跑步上前,才看清那人的脸,原来是科研组的一个科研员。他忙伸出双手,握着那人冰冷的双手说:"肖科研,怎么是你?"肖科研激动地说:"鄢组长和我们另外一名同志送你们的战士去格尔木了,老鄢安排我在这里看着你们的车和车上的物资。哎呀!你们终于来了,我的任务完成了!"秦擎天感激地掏出烟来给肖科研递过去:"感谢了,感谢了!"肖科研接了烟,微笑道:"有啥谢的,我们本是同命人,你们修公路,我们搞科研,一句话,都是为了西藏建设。"秦擎天笑道:"肖科研,你说得对,说得对。"接着便对身旁的孙绪明安排道,"你和黄宝宝快去。注意安全!"孙绪明和黄宝宝开车走了。肖科研望着开走的车问道:"秦连长,这车去哪里?"秦擎天叹了口气:"唉,还能去哪?去格尔木看望鄢专家送下去的钱老兵。连队最缺人的时候,哪想到出这档事。真是天有不测风云啊!"肖科研说:"谁说不是呢?哪想到风火山从昨天下午一直到深夜还风雪交加呢,那雪呀铺天盖地的。"叶增光打开钱远明的车的引擎盖检查了一遍,脸上便露出微笑:"不错,钱老兵把沸腾的水放尽了,否则发动机的缸体冻坏了,损失就惨重了。"

孙绪明驾驶的车从山上下来直奔团部卫生队。孙绪明和黄宝宝在卫生队门口碰到了唐医生,便问:"你老乡钱远明住在哪个病房?"唐医生看了看满身尘土的孙绪明和黄宝宝,说:"他被送到卫生队后便转院送到了二十二医院。大概团领导和卫生队队长考虑我是他的老乡吧,安排我和另一位卫生员到二十二医院去照顾他。我刚从医院回来,取换洗衣服……"孙绪明性子急,还没等唐医生说完,就迫不及待地问道:"钱老兵情况如何?"唐医生长叹了一声:"唉,命算是保住了!"孙绪明听得懵懵懂懂的,便疑惑不解地问:"你这话我没听懂,啥意思?"唐医生不无遗憾地说:"他的左脚保不住了。"黄宝宝不解地摇了摇头:"为什么?"唐医生心情沉重地说:"他左脚已冻坏死了,要截肢,也就是说他要永远失去左脚了。"孙绪明、黄宝宝双眼睁圆了,孙绪明惊讶道:"截肢?永远失去左脚?"唐医生无可奈何地惋惜道:"是的。二十二医院的专家们已经论证过了!"孙绪明对黄宝宝说:"我俩快走,到医院去!"唐医生说:"等等我,我拿套换洗衣服,一起去。"

待唐医生拿上换洗衣服,三人一上车,孙绪明想早些见到钱远明,所以车开得很快。唐医生便提醒他慢慢开，一定要注意安全。一经提醒，孙绪明也想到安全的重要，果真减慢了车速。他边驾车边问唐医生："你刚才是坐什么车回的团卫生队？"唐医生说："坐科研小组的车。我在卫生队一下车，他们就开车往风火山赶了。要不是他们，钱远明早就没命了。唉，我这个钱老乡也是命不好，推迟一两年转志愿兵吧，差点因体检前喝了酒没转成，好不容易转上了，左脚又残废了。团里已给他家属发了加急电报，可能过几天他的家属就到了。"

车到了二十二医院门口，孙绪明和黄宝宝去买东西，唐医生便先进了医院。

孙绪明和黄宝宝到医院对面的小商店买了些水果罐头、奶粉、饼干、糖果等食品，两人各提了一网兜，走到医院门口，孙绪明又打开车门，取出从山上捎下来的钱远明的衣服，到病房见到了钱远明。此时的钱远明坐靠在病床上正输着液，见孙绪明和黄宝宝进来，疲惫的脸上顿时露出了笑容，有些激动。孙绪明、黄宝宝将慰问品和换洗衣服放在床头柜上说："我俩代表全连来看望你。"钱远明感动地说："谢谢大家了！"

孙绪明在病房里望了望，没见到唐医生，便问道："唐医生呢？"钱远明说："刚才他一回来就告诉我你们要来，你们进来前，外科主任叫他去一趟。"孙绪明说："全连官兵都很挂念你，连里特派我和小黄来看你，而且还要把小黄留下来照顾你呢。"钱远明又一次被感动了："连队建桥活那么重，还让大家为我牵肠挂肚的！"说着，眼眶里便盈满了泪水。孙绪明安慰道："钱老兵别伤心，养好病最重要。"钱远明哽咽着，用手抹了一把泪水："养好病有什么用？我再不能上工地了。唉，也怪风火山那天晚上雪大风大，天气太冷了，否则，我也不至于要锯掉左脚啊！"孙绪明安慰道："这又不怪你，全连上下都知道你是个老实人，干活又肯吃苦出力！你也别太悲观了，只要人活着就好，留得青山在，不怕没柴烧！"钱远明往事不堪回首地说："那晚十点左右，我的车行驶在风火山，在风雪交加之中突然熄火了，我打着手电去检查了两次车，就是找不到故障原因，车发动不着。我担心把发动机冻坏，就放了沸腾水。"孙绪明说："你应该去科研小组求援。"钱远明说："当时我确实想去找鄢专家他们，但我又冷又饿，疲劳得很，周身一点力气都没有，我担心走在风雪途中倒下去回不来，车上的食品、服装丢失了咋办？那些副食品可是团里在五一劳动节慰问我们工程尖刀连的啊……所以我趴在方向盘上盼天亮，只听到风雪把挡风玻璃打得噼里啪啦地响。在凌晨二三点钟我实在坚持不住了，后来我就失去知觉了……第二天上午我才被鄢专家他们救了，等我知道这一切，我已躺在科研小组热乎乎的铁皮房里了。再后来我才发现我的左脚不听使唤了，我边哭边拿拳头捶打左脚，但是一点都感觉不到疼痛……我知道我彻底完蛋了,残废了……"他悲伤地哭出声来。孙绪明一时不知用什么语言来安慰他了。黄宝宝拿过洗脸毛巾,为钱远明擦了擦脸上的泪珠。这时,唐医生回来了,说:"手术时间安排了,明天上午。"孙绪明说:"唐医生,需要我们做什么,你尽管安排。如果没事,我下午就回一趟团里,给秦连长发封电报,他们还牵挂着这事。黄宝宝就留在这里,我明早从团里赶过来。"唐医生说:"你回团里把卫生员也送回去,他就不需要来了。"

　　孙绪明回到团部,然后到团长办公室请何明凯签发电报。何明凯看完后,紧锁眉头:"小孙,这电报不能写钱远明明天截肢的事,免得影响大家的施工情绪,就说小钱正在医院休养,一切正常,勿念就行了。这样吧,你重写一份拿来,我签字。"孙绪明只好重写了一份电报。他想,何明凯毕竟是团长,考虑事情比自己周到得多。何明凯签完电报就问:"你们下来几个人?"孙绪明答道:"除我之外,还有一名炊事班的黄宝宝,连长安排他在医院里照顾钱远明。"何明凯重复了一句:"黄宝宝?"又思考了一会儿,说,"你们连任务重,时间紧,人员少。这样吧,过两天等钱远明的家属一到,你和黄宝宝就上沱沱河,我另外安排卫生队的战士去照顾他。""是!"孙绪明向何明凯行了军礼。

　　钱远明的老婆丁巧巧是在钱远明做了截肢手术后的第五天上午赶到医院的,一见到躺在病床上输液的钱远明,她的泪水像断了线的珠子滚了下来。接着她便扑在病床上号啕大哭起来,哭着哭着她感到被子下面有些空荡,她蓦地抬起满是泪痕的脸,停止了哭声,猛地掀开被子,只见钱远明的左脚没了,腿上裹着厚厚的纱布。她惊呆了,盯着纱布好半天没动。然后她双手颤抖地抚摸了一会儿钱远明腿上厚厚的纱布,随即哆嗦着身子扑在病床上,那撕心裂肺的哭声便惊天动地地响了起来。那恸哭声就像失去了亲人,引来了不少相邻病房的病人围观。看着丁巧巧痛苦的样子,人们的眼里也涌出了同情的泪水。

　　孙绪明、黄宝宝也受了感染,泪水夺眶而出。

　　钱远明的热泪从紧闭着的双眼的眼角流了出来,他没有擦,任凭泪水流到枕头上……

　　"天哪,我哪辈子做了坏事啊,老天爷竟这样对我啊……"丁巧巧哭吼着。

第四十章

一转眼,时间已悄无声息地进入了8月上旬。这时工程尖刀连浇筑的桩柱共十五根已齐刷刷从地下21米的深处矗立起来。

官兵们望着直径1.3米、高出地面6米的桩柱,心里生出了喜悦和成就感来。一天中午吃了饭刚上工,人们看见黄宝宝深情地抚摸着一根桩柱,又将脸贴在桩柱上轻轻地摩擦着,眼中噙满了泪水……赵小刚开玩笑道:"黄胖子,你摸桩柱的样子就像在抚摸自己的宝贝儿子那样疼爱,要是桩柱是人的话,它非亲你一下不可!"大家被赵小刚的话逗笑了。这一笑,黄宝宝有些不好意思起来,说:"赵班长,这都是你们的功劳啊!"李俊杰说:"话不能这么说,别看你在炊事班,用秦连长的话说,黄宝宝的功劳比谁都大呢!"黄宝宝谦虚地摇了摇头。赵小刚笑着说:"黄胖子,你不要谦虚,要不是你小子给我们打鱼改善生活,这进度肯定要慢一些。"黄宝宝听战友们这么夸奖自己,脸上一副受之有愧的样子,心里却是喜滋滋的。黄宝宝还清楚地记得,几个月来,他已为大家在沱沱河里网过六次鱼,每次收获都不小。

到沱沱河网鱼不是黄宝宝最先发现的。一次,他见沱沱河兵站刘站长和一名战士提着渔网朝沱沱河大桥下游走去,出于好奇,他跟着他们走了一段路程,就见河里水流湍急,而且还有一个深潭。他见刘站长两人将网理好后,使劲地甩了下去,随即收拢渔网拉上来,就有几条白花花的一两斤重的鱼在网里蹦跳着……当晚,黄宝宝便把想在兵站借网打鱼的想法向司务长胡南雄汇报了一遍,得到了胡南雄的赞赏,说他善于动脑筋。第二天,胡南雄和黄宝宝到兵站找刘站长把借渔网打鱼的事一说,刘站长爽快地答应了,并说:"这张渔网就送给你们吧!"胡南雄和黄宝宝自然很高兴,几乎是异口同声地说:"那不行,那不行,我们用了就还给你们!"刘站长爽朗地笑了:"一张破渔网,有什么好还的?拿去用吧!"胡南雄连声道:"感谢刘站长支持,感谢刘站长……"两人提着渔网便去了头天刘站长他们撒网打鱼的地方。由于心情太激动,加上技术太差,胡南雄没有把网撒开,所以收拢网提起来一看,渔网空空,连个小鱼儿也没打着,两人便笑了起来。黄宝宝从胡南雄手里抢过渔网,照着刘站长他们撒网的样子,拼足力气将渔网撒了下去,然后收拢网提起来,就发现网里有一条足有半斤重的鱼张着大嘴,鼓着鱼鳃,活蹦乱跳……第一次打鱼收获颇大,一两个小时下来,从水流湍急的深潭里打捞了十多斤鱼,当晚炊事班做了一大铁锅鱼汤,里面还放了不少辣椒面。当每个班吃到大半盆味道鲜美的鱼汤时,大家简直就像在唐古拉山时吃到豆芽那样,高兴得手舞足蹈。有的战士觉得鱼汤味道鲜美,干脆不吃压缩菜了,把鱼汤倒在米饭里搅拌一下,便狼吞虎咽地吃了个饭饱肚儿圆。

后来黄宝宝提着渔网独自去打了五次鱼,每次都收获不小。每次秦擎天都要对这个可爱有加的小老乡反复交代道:"一定一定要注意安全!"黄宝宝总是笑嘻嘻地说:"连长,你放心吧!"

应该说,这几个月来,工程尖刀连的官兵干得很猛,也很苦。这期间,秦擎天实实在在是以身作则,率先垂范。他不仅带领机械排和赵小刚的那个班的人马负责桩柱桩基的开挖、钻孔、浇灌工程,而且还奔波于担负着各自不同任务的运输排、摊铺排、人工排,解决各排所遇到的困难。由于过度劳累,他的痔疮和肛裂更加严重了,在解大手时流血过多,在开挖第十六根桩柱桩基时,便扑通一声倒在糨糊似的泥浆里,昏倒过去了。李俊杰、赵小刚、钱自化等五位战友手忙脚乱地把他背到连部,给他洗了脸、手、脚,在给他换衣服时才发现他的裤衩、衬裤和绒裤被血紧粘在身上。刚换完衣服,他有气无力地睁开疲惫的眼睛,说:"你们快去干活吧,我会照顾自己的。"说着他固执地挥了挥手,示意大家快去施工。李俊杰对赵小刚他们说:"你们去吧,我叫何医生来了。另外把文书叫回来,把连长的衣服赶快洗洗。"赵小刚他们便离开了。李俊杰将秦擎天扶正躺下,并拉过被子给他盖上。秦擎天有气无力地说:"你到何医生那帮我拿点消炎药来就行了,你快去工地,机械排没有干部不行。"李俊杰眼圈红了,嗯了一声,转身急匆匆地出了帐篷,叫何玲去了。

此时的何玲正在离营区四五百米远的简易制作棚下同摊铺排的战士们绑扎钢筋笼,听见李俊杰站在棚外慌慌张张地喊她,她便疾步地跑了过来,问:"有人病了?"李俊杰说:"秦连长昏倒了!刚扶他躺下。你快去,他说叫你给他拿点消炎药去就行了。"说完便朝工地跑去。

何玲一进秦擎天的帐篷,就见文书蹲在地上,在盆里洗秦擎天被血迹染红的裤衩。她蹲下看了看,又看了看放在地上染着血迹还没有洗的衬裤、绒裤,接着站起来走到床边,看着躺在床上紧闭双眼的秦擎天,问道:"你咋了?"秦擎天缓慢地说:"没啥,请你给我拿点消炎药来。"何玲用手在他额头上摸了摸,觉得有些发烫,又问:"是不是感冒了?"秦擎天含糊其词地说:"可能是吧。"何玲又追问道:"你裤衩、衬裤、绒裤上的血是怎么回事?"秦擎天睁开眼睛,看了看何玲,没有吭声。何玲有些急了:"你不说清楚病情,我不会去拿,我有这个权力。"停了一会儿,她又猜测道,"你是不是患了痔疮,可能还有肛裂?"秦擎天面对何玲咄咄逼人的目光,只是嗯了一声。何玲连珠炮似的埋怨道:"你是不是想成为第二个王大寨,把命也搭上去?从风火山起,你不知在我这里取了多少次消炎药,每次来取药,我问你怎么总取消炎药,你说什么自己是个烟鬼,烟抽得凶,喉咙发炎,没想到你骗了我这么久!"秦擎天无可奈何地说:"何医生,你能不能小声点?现在施工任务这么紧,说出去会影响大家施工的情绪。"何玲说:"哼,小声点?我是医生,得向工程尖刀连的每个人的生命负责!你这人和老连长都是死要面子活受罪。别说了,我先把青霉素给你输上。"何玲说完,就回自己的帐篷去取葡萄糖注射液和青霉素。

皮试做完后,何玲给秦擎天输液,又灌了个热水袋垫在秦擎天输着液的手腕下。秦擎天有点情不自禁地说:"感谢你,何医生!"何玲说:"我说过,这是我的职责——救死扶伤!有什么好谢的?从你衬裤和绒裤上那么多的血迹看,你不仅有严重的痔疮,还有严重的肛裂。你什么时候患的?"秦擎天说:"在唐古拉山。"何玲说:"两年多了,这么严重,为什么不治?你和老连长一个样,成天就是时间、质量、速度!可你们忘记了一点,那就是没有生命一切将成为泡影。"秦擎天说:"话虽这么说,但当你站在老连长和我的位置上,你就不那么认为了。用你刚才的话说就是职责。对你来说,职责就是救死扶伤,而对我来说,就是带领工程尖刀连的两百名官兵高质快速地确保沱沱河大桥在明年8月底前竣工!"何玲说:"你别激动,激动也没用。我是说你应该到二十二医院住院。"秦擎天说:"住院?你别开玩笑了。"何玲说:"谁开玩笑?"秦擎天说:"我早就在笔记本上计划了好几遍,如果照现在的速度,要完成一半的桩柱浇筑任务,也就是说完成十八根桩柱的浇筑任务也得到8月中旬了。如果不出意外,到明年3月底完成所有桩柱的桩基开挖、钻孔、浇筑任务;4月系梁、盖梁、T型梁预制、养护;5月T型梁的安装;6月桥面铺装、桥面附属工程、锥坡、竣工清理。"何玲问:"那七八月呢?"秦擎天说:"提前两个月竣工,下山就让大家好好休假一个月。我前几天看书时读到这么一句话:'给我一个支点,我能撬起地球。'这句话真有一种撼人的气魄。"何玲反问道:"你想提前两个月竣工就要那种气魄?"秦擎天说:"不是那意思,别误会。干啥事都要有种超前意识,再说我们连的官兵都知道自己的职责,大家不愿当狗熊,不愿当草包!"何玲说:"你作为连长,心中应该比我清楚,沱沱河大桥的工程量是两百名官兵的三个普通施工连队也要两年才能完成的,我们工程尖刀连一人干了三人的活,有必要提前两个月竣工吗?"秦擎天说:"不那样我们还叫什么工程尖刀连?!不信,你问你的黑脸团长爸爸!"何玲扑哧笑了,片刻又严肃起来:"你得立即下山到二十二医院做手术!"秦擎天说:"咦,听你这口气,像团长的团长!"何玲说:"我没那权力,我只是对工程尖刀连的每个人的生命负责。所以,我还是那句话,你必须得做手术!"秦擎天说:"我想等8月中旬第十八根桩柱浇注完,任务过半再去,我想这手术迟早得做,这样拖着也不是办法。"何玲说:"做这种手术一二十天就能出院。身体是革命的本钱,这句话的意思你比我懂。"秦擎天说:"好,等到8月中旬我一定去!"何玲几乎是气愤地吼了起来:"不行!"转身便气呼呼地走了。她走到帐篷门口站住了,对正在洗衣服的文书说:"你注意一点,药液快输完的时候到我帐篷喊一声,还得吊一瓶柴胡。"文书回答道:"嗯,我知道了!"何玲故意大声地略显不满地说:"真没想到,浪费我的时间,简直是对牛弹琴!"话是冲着秦擎天说的,目的是气气他。

秦擎天躺在床上,双眼盯着输液管里晶亮的药液一滴滴地流入他的体内。听到何玲的话,他的心里不由得生出一种前所未有的柔情。何玲确确实实是为自己的身体健康着想,是在关心自己。他很久没有得到过别人这样的关心了,他在心里默默地说:谢谢你,何玲!可是作为一连之长,在施工紧张忙碌的节骨眼上,自己怎么能心安理得地去医院呢?

输完两瓶液,秦擎天在床上躺了一会儿就爬了起来,感觉身体也舒服了些,就想到工地去,但一看表才发现,离开饭时间只有十来分钟了,自己还没走到工地,也许就该下工了。所以他坐在办公桌旁用开水服了一次药片,服完药又点燃一支烟,还没等烟抽完,张德彦、孙绪明、方林便下工回来了。他们是在下工回来的路上才从机械排的官兵嘴里获知秦擎天患病的。所以,张德彦一进连部便问秦擎天:"病好些没有?"穿戴整齐的秦擎天吸着烟,有些愧疚地笑笑:"好多了!"方林说:"只要好了就好!"孙绪明说:"你千万不能倒下!"秦擎天说:"其实是小毛病,没什么大惊小怪的!"

于是大家回自己的帐篷洗了一下脸,就过来坐在饭桌旁吃饭了。刚吃了几口饭,何玲看了一眼正在埋头吃饭的大家,声音很严肃地说:"有件事情,咱们商量商量!"大家便抬起头来望着何玲严肃的脸,不知发生了什么事。何玲一本正经地说:"秦连长的病到了非治不可的地步了,再拖下去后果不堪设想。"孙绪明的脸白了一下,问道:"啥病呀?这么严重!"秦擎天轻描淡写地说:"没啥大病,小毛病老毛病,我给你们说吧,就是痔疮、肛裂。"张德彦、孙绪明、方林和文书就笑了。何玲还是板着脸说:"你们别笑,你们知道他每天要流多少血吗?"大家摇摇头。何玲说:"文书,你说。"文书大声地说道:"我下午帮连长洗的裤衩、衬裤、绒裤,上面全是血,把盆里的水都染红了。"何玲说:"如果血照这样流下去,不到十天,他就是铁打的身子也要垮下去。我是医生,说话要负责,真不是危言耸听。"孙绪明说:"哎呀,不说不知道,一说吓一跳。何医生说咋办就咋办!"何玲说:"好,秦连长明天必须下格尔木做手术!"方林说:"好,就按何医生说的办!"张德彦的话显得很真诚:"秦连长,老秦,工程尖刀连不能没有你,你千万不能垮下去,你明天无论如何要下格尔木治疗!除了你,我就是工程尖刀连的最高指挥官了,大家同意不同意我的意见?"除秦擎天外,其余的人都异口同声地回答着,连文书也跟着吼道:"同意!"

秦擎天放下碗筷,吸起烟来,犹豫着。张德彦说:"别再考虑工程了,工地上有我,有孙副连长、方技术员、何医生,还有几个排长。你住院期间,我去机械排带着大家干。"秦擎天长叹道:"现在是一个萝卜一个坑,每个干部一摊子事。"孙绪明说:"运输排和人工排的事,我一个人包了!"方林说:"如果张副指导员带领机械排,我也可以帮上忙,你就安心做手术吧!"张德彦说:"对,对。技术上的事我请方技术员把关。"何玲说:"其实住院也就一二十天。"秦擎天有些感动了:"感谢你们这样关心我,我争取早些赶上来。"孙绪明说:"明天我开车送你下去。"秦擎天说:"算了,明天我搭个顺路车下去,如果没有就坐长途班车下去,大家安心施工吧!"何玲毕竟是个女孩子,心也很细,她说:"还要去个人照顾。"秦擎天说:"算了,施工这么紧,我会自己照顾自己的。"张德彦说:"看在哪个班挑一个心细能吃苦的去。"孙绪明说:"要说心细能吃苦的,那就是炊事班的黄宝宝最合适。上次我和他去照顾钱远明,这家伙真不错。"张德彦安排道:"对,就让他去。吃完饭,文书去通知他,让他准备好换洗衣服,再带些路上吃的。"文书答道:"是。"秦擎天说:"说起钱老兵,等我做完手术上山前,我还得回连里看看,他已从医院回连队好久了,有时还真想他。叶排长前一段时间回来说,钱老兵手术做得不错,现在拄着双拐和连队卫生员住在连里。"孙绪明说:"是,钱老兵还很乐观,笑嘻嘻的呢!"

第二天吃了早饭,何玲还要给秦擎天输一瓶液,秦擎天却说:"我感觉好多了,加上昨晚上觉也睡得香,全身也有力气了,没必要输了。"何玲提着已兑好青霉素的输液瓶说:"不输也浪费了,再说需要好好消消炎,也不耽误事。黄宝宝已到兵站问刘站长去了,看看有没有过路的军车下格尔木,如有就坐军车,如果没有……我已叫他到沱沱河旧大桥上等班车,车一来,黄宝宝就来喊你。总之,能输多少算多少,我一直守在这里!"秦擎天听何玲这么一说,也不好再坚持,他了解何玲说一不二的固执个性。昨天就是一例,开始说她对他的话是"对牛弹琴",他想她生生小气就算了,没料到在晚饭桌上她发动那么一场叫他"有苦难言"的"战争",迫使他今天下格尔木住院。他想有一天在她和张德彦的婚礼上他一定要送给她一句他现在还不能说的话,那就是:"你有一颗金子般的心。"何玲给他输上液,没有再说话,似乎还在生他的气。

文书已去了工地,连部的帐篷里就剩下了他们两人,空气仿佛也凝固了,显得十分沉闷。背靠帐篷坐在床上的秦擎天,看见何玲坐在办公桌前,拿过桌上的本子,沉思了一会儿,然后从衣包里掏出一支圆珠笔来,伏案写着什么。秦擎天便问:"你写的啥?"何玲放下笔,转过头,微笑道:"随便画画,叫有感而发,积少成多!"秦擎天说:"给我看一下吧。"何玲便把本子递给他,只见上面写道:"有的人向往事业的成功,于是就孜孜不倦,时时耕耘;有的人向往奉献的快乐,于是就淡泊明志,心底无私;有的人向往生命的辉煌,于是就志存高远,胸怀天下;有的人向往人格的升华,于是就洁身自好,一尘不染……因此,向往有好坏之分,是非之别,正可谓'高尚是高尚者的通行证,卑鄙是卑鄙者的墓志铭'。"秦擎天说:"很有思想嘛,哎,对了,你的长篇小说构思得如何了?"何玲笑道:"唉,别提了,八字还没有一撇呢。不过我最近一直在想工程尖刀连牺牲的几位战友,他们身上有一种中华民族的奉献精神,这种精神在何小碧、余辉、俄尕志、王大寨以及几个月前致残的钱远明身上都不同程度地得到了体现。如果今后能将这些精神贯穿在小说里,那就更有深远的内涵了。同时,我还想在将来的小说中注入高原情、战友情、军民情、亲情和爱情!"秦擎天夸奖道:"我们的何医生还动了不少脑筋啊!"何玲谦虚地说:"别瞎说了!"一瓶药液输完了。何玲说:"看来今天上午还不一定走得成呢。"秦擎天说:"走不成,没关系,我就上工地去,身体好多了。"

正在这时,黄宝宝气喘吁吁地跑来了,站在帐篷门口,激动地喊道:"秦连长,来了,车来了!"何玲问:"是军车还是班车?"黄宝宝说:"我问了刘站长了,没有从拉萨方向下来的军车,我等的班车,从拉萨去西宁的,是散木旦开的。"

三人提着换洗衣服、洗脸盆以及洗漱用品朝连队营区外的公路上停放的一辆客车走去。散木旦像见了亲人一样欢天喜地地从驾驶室跳下来,然后就迎了上来,很幽默地做了一个"请"的动作:"欢迎解放军秦连长乘坐由藏族司机散木旦亲自驾驶的客车!"说完,又从秦擎天、何玲、黄宝宝手里接过东西,送到车上。秦擎天、黄宝宝上了车就对车门口的何玲招手道:"你回吧,何医生!"何玲说:"好,安心治病吧!"然后转身向营区走去。散木旦放好东西后,对车上的另一位司机说:"你安排两位解放军同志好好坐下,我解个小便就上来。"秦擎天、黄宝宝见车的最后一排还有几个空座位,就往后排走。秦擎天坐下后,掏钱交给那位司机说:"买两张到格尔木的车票。"司机接过钱数了数,从皮大衣的包里摸出一把零钱正数出几张来找给秦擎天时,散木旦双手勒着裤腰带上了车,问那位司机:"你收那两位解放军的钱了?"那位司机点了点头。散木旦微笑的脸顿时黑了下来,说道:"退给他们!"那位司机便把刚才秦擎天付给他还攥在手里的钱递给秦擎天。秦擎天不接,说道:"坐车给钱,是天经地义的事。"乘客们都纷纷地抬起头来看着散木旦,其中有位乘客便说:"那位解放军说得对,哪有坐车不给钱的?"

  散木旦提高嗓门,激动地说:"乘客同志们,我散木旦不是傻子,该收的钱我绝对不会少收,不该收的钱我也绝对不收。你们不知道,去年我和另外一名司机也是开着这辆车拉了四十多人从西宁开往拉萨,客车还没到风火山就遇到了大风雪,我们在便道上迷路了就开进了沼泽地,几十名乘客在前不着村后不挨店的地方,从早上到晚上饥寒交迫地冻了一天……"这位豪放的汉子眼圈红了,哽咽着说不下去了。乘客们也被散木旦所叙述的情景吸引住了,心都提到嗓子眼了,一位乘客迫不及待地想听下文,问道:"散师傅,后来呢?"散木旦指了指坐在后排的秦擎天和黄宝宝说:"后来,直到深夜十二点我才找到在风火山修路的解放军。坐在后排的就是当时救我们的秦连长和炊事员。"秦擎天笑笑,然后挥了挥手:"没啥,没啥,也是我们应该做的!"几个身穿藏袍的藏族乘客伸出大拇指,连声称赞道:"金珠玛米亚咕嘟!"

  散木旦接着说:"他们二话没说,王连长和秦连长叫上战士们开上推土机帮我们把车拉了起来。深更半夜的,战士们又是给我们腾床铺又是给我们做热乎乎的饭菜。刚才送秦连长上车的何军医还抢救了一位怀孕妇女和一位已经昏死过去的女同胞。如果不是他们,那两位妇女肯定冻死饿死病死了……"他掉下了两行热泪,又道,"有一位被救的妇女说得好,我至今还清楚地记得,她说:'我知道,你们身上有很多东西是金钱买不到的。'"那位收秦擎天和黄宝宝车费的司机也被深深地感动了。散木旦深情地说:"打那以后,只要我看着身穿绿色军装的解放军就感到非常亲切。只要我开车路过他们施工的地方,每次都要鸣一声长长的喇叭声向他们表示深深的敬意!"他停了片刻,大声问乘客们,"你们说我该不该收他们的钱?"车内的乘客都异口同声道:"不该收!"那位司机便又将车费退还给秦擎天,秦擎天坚持不要。散木旦走到那位司机跟前,一把夺过那位司机手中的钱,对秦擎天说:"秦连长,你给我算算账,要不是你们救了我们,那两位妇女必死无疑,你说她们的生命值多少钱?你们两人坐我一次车才多少钱?这车费我绝对不能收。"乘客们也劝秦擎天把钱收回去算了。这时,散木旦一把把钱塞到黄宝宝怀里。黄宝宝从怀里抓起钱站起来又要塞给散木旦,散木旦有些急了,脸也拉下来了,气呼呼地说:"再这样我要生气了!"黄宝宝拿钱的手便僵在半空中,左右为难了,他看着秦擎天,希望秦擎天表态。秦擎天看到散木旦真的生气了,就对黄宝宝说:"散师傅实在不收我也没办法,这是藏族同胞的一片心意,算了。"

秦擎天办完住院手续,医生便对他的痔疮和肛裂进行了全面检查,说:"你为什么不早点来治?你不仅有外痔,而且有内痔,肛裂也很厉害。幸亏你来了,否则病情会急剧加重,并且最后会因失血过多而卧床不起。"这时秦擎天才真正知道他的病情的严重性,难怪何玲要强迫他来住院,他问医生:"我什么时候能做手术?"医生说:"不要急,还得先服些中药,把大便稀释一下,同时还要输液消炎才能做手术。"秦擎天问:"能不能提前做手术?"医生说:"你这人怎么这么急?一入院就想出院。"看着医生不高兴了,秦擎天只好没趣地不说话了。

第四十一章

秦擎天住院半个多月来，张德彦带领的一班人马干得不错，无论质量还是速度都与秦擎天在连队时一样，第十六、十七号桩柱很快地从地上耸立起来。第十八号也很快成孔，第二天就可灌注混凝土了。这段时间作为施工的主要负责人，张德彦忙得甚至连和何玲在一起沟通的时间都没有了。

这天晚上，快要下工时，满身泥土的张德彦凝视着浇筑出来的两根桩柱和已挖钻成孔的基础，满怀着喜悦，自言自语地说："明天一定要把第三根桩柱浇筑完成。"

吃了晚饭，张德彦让文书去叫机械排排长李俊杰来。李俊杰一进门便问："张副指导员，找我有事？"张德彦说："我今天中午在商店买了五瓶'绿豆大曲'，大家近来很辛苦，你去叫孙副连长、方技术员、赵小刚、钱自化来，我们几个人把它喝了。"

张德彦所说的商店，其实就在沱沱河大桥桥头几百米处，商店与沱沱河兵站中间只隔了一条青藏公路。商店是几间土坯房，几位服务员都是清一色的藏族同胞，经营牙膏、牙刷、香烟、茯茶、方便面、糖果、花生，还有几种价格低廉的瓶装白酒、几种颜色各异的毛线、藏袍等东西。张德彦买的五瓶"绿豆大曲"在几种白酒中，价格算是最高的，三块钱一瓶。他原本打算等第三根桩柱浇筑完成后，再请大家喝酒，高兴一下，以表明他们已打成了一片。不知怎么的，看着两根已浇筑出来的桩柱和挖钻成孔的基础，他的心里激动不已，就有了控制不住地想喝酒的愿望。

李俊杰一听张副指导员要请大家喝酒，连连说："算了，算了。"张德彦说："过去我在你、赵小刚、钱自化、黄宝宝等人立功、入党时都说了一些不该说的话。最近秦连长去治病了，我和你们一起干活才感到你们是那样卖命，是那么可爱。所以我请大家喝喝酒，沟通沟通！"李俊杰还是推辞道："算了，算了。最近你也干得很辛苦，大家看在眼里，记在心上，都说你变了。"张德彦手一挥斩钉截铁地说："别夸我了，快去，快去叫他们来喝酒！"李俊杰便按张德彦的意思去叫了一遍。赵小刚和钱自化先到，张德彦热情地招呼他俩先坐下。赵小刚便开起玩笑来："张副指导员是不是有什么喜事？"张德彦笑道："没喜事就不能喝几口酒?"钱自化坐在床铺边上,张德彦一反常态的热情使他有些受宠若惊。方林和李俊杰同时进的帐篷,张德彦见孙绪明没来,便问:"孙副连长呢?"李俊杰说:"他说他对喝酒不感兴趣,酒使他出了不少洋相,他还说感谢你的盛情邀请!"方林也说:"我和孙副连长住在一个帐篷,他断断续续给我谈起过,酒,他实在不想沾了!"张德彦说:"我去喊!"说完,径自去了。张德彦一进孙绪明的帐篷,看见他正躺在床上,便喊道:"老孙,孙副连长。"孙绪明一骨碌从床上爬起来:"张副指导员,我腰酸腿疼的,刚躺下,你们几个人喝吧,我刚才就跟李排长讲清楚了,感谢你的盛情邀请。真的,一说喝酒我心里就有一种难以言状的痛苦,我赌咒发誓今后再不沾一滴酒了。"张德彦说:"你是不是对我还有意见,还耿耿于怀?"孙绪明从床铺边站起来:"既然你这么说,那我还非去不可了,走吧!"

两人走出帐篷,孙绪明说:"我这人是刀子嘴豆腐心,至于你说我对你耿耿于怀,那是你认为的,其实我早把那件事忘了!"张德彦笑笑说道:"我和你开玩笑的。"

两人边说边笑地进了帐篷,接着大家将办公桌抬到屋子中间,围坐了一圈。张德彦便把五瓶"绿豆大曲"和几袋花生放在桌上,给每人面前的牙缸里倒上小半缸酒,然后自己先端起来,说:"最近大家辛苦了,喝点酒,以示感谢!我先干为敬!"说完,他仰头喝干了。孙绪明、方林、李俊杰、赵小刚、钱自化纷纷站起来,端起牙缸也仰头喝了个底朝天。张德彦招呼大家吃花生,又为大家斟了小半缸酒,三瓶酒就倒空了。

酒一下肚,大家的话就多起来,天南海北无所不谈。孙绪明拍了拍装有白酒的牙缸,感慨万千地说:"酒这东西既是好东西又是坏东西。"方林说:"不知哪位诗人写过一首诗说,酒看起来似水,喝下去似火!"孙绪明说:"先说酒对我的好处嘛,我去年在风火山时,心理负担太重,我便采纳何医生的建议,果然把我的失眠症治好了。"赵小刚问:"那坏处呢?"孙绪明叹息道:"酒对我坏处太多了。唉,第一大坏处,莫过于在我的个人问题的处理上,至今我都不能原谅自己;第二件事,大家都知道,因为喝了酒,与张副指导员打了一架……"张德彦也后悔道:"也怪我,是我不对,孙副连长别说了!"孙绪明端起牙缸,站起来说:"方技术员知道,我发誓不喝酒了,因为酒对我的伤害太大了。但今天面对张副指导员的真心实意的盛情邀请,我来了。所以我敬你这半缸酒,表示赔礼道歉!"张德彦站起来,端起牙缸,与孙绪明碰了一下,真诚地说:"算我向你赔礼道歉!"说完,仰头喝干了。孙绪明见张德彦先干了,自己也咬咬牙,紧闭着眼睛喝了下去。这一半缸酒下去,孙绪明的头就有些发沉,不由得想起自己和文小英结婚后没几天的一件事。那天兄弟连队的几个战友前来新房祝贺他和文小英喜结良缘,并带来了几瓶白酒和几个午餐肉罐头,非要请他喝酒不可。战友们一杯一杯地端起来祝贺,无奈之下他便喝了,结果他喝吐了,也喝哭了。俗话说,酒后吐真言。他泪流满面地说:"我这一生对不起两个女人,一个是吴雁,要不是我她也不会死,我有罪,我有罪啊!"说着他双手拍打着自己的胸脯,又道,"另一个我对不起的就是文小英!"一边说着一边双手又在自己的脸上左右开弓地扇着自己耳光。文小英见自己的丈夫悲痛地哭了,她也禁不住双手捂脸大哭起来。夫妻俩一哭,搞得来祝贺他俩的战友们措手不及,不欢而散。第二天,孙绪明又去兄弟连队一一向战友们作解释。

这时,钱自化端起牙缸,站起来说:"张副指导员,我敬你一口酒,有些地方对不起你,请你谅解!"张德彦挥手制止道:"小钱,你先坐下,慢慢喝。"钱自化诚恳地说:"张副指导员,我敬你一口酒,我还要去检修一遍发电机,明天又要浇筑桩柱了。"张德彦说:"既来之则安之。"接着对孙绪明说,"你说呢,孙副连长?"孙绪明点头道:"快敬张副指导员酒。"钱自化端着牙缸,又重复道:"张副指导员,我敬你一口酒,有对不起你的地方,请你谅解!"张德彦也端起酒缸站起来,内疚道:"小钱,其实是我对不起你!"话一完,便仰头喝干了。钱自化没想到张德彦一口把酒喝完了,看着自己的小半缸酒,心里就有些发虚,按礼讲,张副指导员都把酒喝完了,自己也得喝完,否则不成敬意,于是,钱自化左手攥紧拳头,狠狠心便喝干了。几个人鼓着掌道:"钱自化不仅干活厉害,喝酒也厉害。"一落座,钱自化的头就耷拉下来,他知道自己要呕吐了,于是想出去,又觉双腿无力,他使出全身力气要站起来,谁想还没站直,就砰的一声栽倒了。大家不由得喊道:"钱自化怎么了?"

赵小刚扶起了钱自化,对大家说:"他喝醉了,我扶他回班里躺下,你们继续喝。"孙绪明上来想帮赵小刚,赵小刚说:"我一个人够了,你们喝吧!"钱自化脸色惨白,目光呆滞,重一脚轻一脚地跟着搀着他的赵小刚往自己班里走去。走了二三十步,钱自化哇的一声从嘴里喷出一股酒气冲天的污秽物,接着他又弓着腰呕吐起来……

何玲从帐篷里出来,倒完洗脸水,就听到钱自化那哇的一声,于是便放下脸盆,急忙奔跑过来,问正搀着呕吐不止的钱自化的赵小刚:"赵班长,小钱怎么啦?"赵小刚说:"喝醉了!"何玲问:"喝醉了?吐成这样,在什么地方喝的?"赵小刚不语。何玲又想追问时,却听见从张德彦的帐篷里传出来张德彦"喝呀!喝!"的声音,她循声而去,只见帐篷里的几个人端着装有酒的牙缸正在喝酒,她气愤地吼道:"你们还喝?"张德彦、孙绪明、方林、李俊杰忙放下牙缸,都呆呆地望着何玲。

何玲嗓门更大了,说道:"按常规,因为明天要浇筑桩柱,今天晚上小钱应该检修发电机,你们看他醉成啥样了?"张德彦觉得面子上有些下不来,便支吾道:"他自己喝醉的。"何玲气得声音发抖说道:"张德彦,你算什么男人?敢作不敢当!"方林、孙绪明、李俊杰顿觉无地自容,尴尬不已。孙绪明劝何玲道:"何医生,算了算了,别发这么大的火,都是我不好,我邀请张副指导员他们喝酒的。"听何玲、孙绪明这样说,张德彦的自尊心受不了了,他突然吼道:"不,是我请他们喝的!"何玲说:"张德彦,你是不是觉得你能干,觉得你的行为光荣?"张德彦一下子恼羞成怒了,吼道:"我能干,我光荣,你又能把我咋样?"何玲说:"你能干个啥?你光荣个啥?秦擎天带领大家挖钻、浇筑了十五六根桩柱也没像你这样,你才挖钻、浇筑两根就不得了了,也不知道自己姓啥了,就忘乎所以了!"这时,不少战士听到吵闹声都纷纷地走出帐篷过来看热闹。有人说,酒能壮胆,这话不假。要是在平时,张德彦对何玲的话,那是洗耳恭听,但今天张德彦本来也喝了不少酒,再加上被何玲这么一数落,气就涌上心头,气势汹汹地问:"你说完了没?"何玲说:"没有!你这叫小人得志。今年一上沱沱河我还觉得你变了,变得能吃苦了。我暗自为你高兴,没想到才几天,你就翘尾巴了,以为自己是英雄了。其实你是狗熊,真正的英雄是王大寨、是秦擎天!"被酒精刺激着的张德彦再也顾不上他曾暗下的决心,他气得咬牙切齿,一口气喝完牙缸里剩下的白酒,将牙缸使劲地往地上摔去,咆哮道:"你口口声声秦擎天、秦擎天,他难道是圣人?他到底是你什么人呀?!"孙绪明、方林、李俊杰真感到劝也不是,退也不是,如坐针毡。

孙绪明只好站起来,走到帐篷外对看热闹的战士们说:"回去吧,有啥好看的!"有的战士离开了,有的战士还是不肯离去,孙绪明也不好在这种场合发火,只好任其自然。他又上前来推何玲,要她回去。何玲的气也上来了,拍打下孙绪明推自己的手,气愤地对张德彦说:"秦擎天在我眼里在我心中确实是圣人!他严于律己,宽以待人,襟怀坦荡,光明磊落!你看连队哪位干部哪位战士不尊重他、拥护他、钦佩他?不像你张德彦,嫉贤妒能。"张德彦气愤得脸上的肌肉都在抽搐:"你瞎说什么!"何玲两眼喷着怒火道:"你说我瞎说,众所周知的事,你指挥平地机失误,还不敢承认,你还用酒瓶把孙副连长打得头破血流。"孙绪明一下子急了:"张副指导员,我没告诉何医生。"何玲道:"孙副连长,我不是说你说的,你跟王大寨和秦擎天一样也是一条真正的硬汉。这事,我是几天前从战士们的聊天中偶然听到的。"张德彦用力拍了一下桌子,然后用手指指着何玲气急败坏地吼道:"闭上你的嘴!"何玲再也控制不住自己了:"你没有权力命令我,想让我闭上嘴可没那么容易。咱们是该一刀两断了,你走你的阳关道,我过我的独木桥。"说完,何玲不想多看张德彦一眼,转身走了。她刚走几步,就听到掀翻桌子和酒瓶子破碎的巨响,接着又传来张德彦的号啕大哭声……

第二天,浇筑桩柱的工作正常进行了。灌注混凝土是个艰辛的工作,从一开始到浇筑完才能停工,哪怕这期间浇筑二十个小时乃至更长的时间都不能间断,否则将前功尽弃。所以中午饭,都是炊事班送到工地上,大家轮换着吃的。今天大家干得很压抑,因为负责他们施工的张德彦为昨晚和何玲发生的争吵而耿耿于怀,怒气未消,总是紧绷着脸,没有一丝笑意。

四台 75 千瓦的柴油发电机,上午就启用了两台,然而还没有浇筑到五个小时就因故障而停止了运转。负责发电的除了钱自化外,还有一名战士,两人立即又启用另外两台。这四台发电机是师部为了节约施工成本,从其他两个兄弟施工团调集而来的,由于使用的时间过长,动不动不是这里毛病就是那里故障,有时一个小故障需要倒腾半天甚至一天。先启用的两台发电机出了故障,就只好使用抢修出来的发电机。于是,钱自化叫另一位战士照看着两台正发电的发电机,自己跑步去浇筑的施工点找到张德彦汇报了先启用的两台发电机出故障的情况,他对张德彦说:"张副指导员,急需派修理工抢修,如果现在发电的机子一坏,再抢修就来不及了。"张德彦火气上来了,说道:"你怎么知道现在的发电机会坏呢?你又不是神仙!"李俊杰说:"张副指导员,不管你爱听不爱听,我这个小排长说句实话,是应该赶快派修理工抢修,否则一旦……"张德彦气呼呼地吼道:"就你毛病多,当了几天干部,教训起我来了,我大小也算是副指导员!"李俊杰哑口无言了。在大家的注视下,钱自化委屈得掉下了两行热泪。

赵小刚看着钱自化一掉泪,心中生出怜悯来,说:"张副指导员,钱老兵的建议并没有错呢,你气势汹汹地跟别人发火,这不对吧?李排长也是对的……"张德彦没等赵小刚把话说完,又火冒三丈地说:"你对,行了吧!"赵小刚被噎住了。李俊杰说:"张副指导员,我保留我的观点,在场的这么多战友都听见的,你要对你的话负责!"赵小刚不满地说:"他负得起这个责吗?"张德彦青筋暴突地冷笑道:"你们怎么也跟何玲一样小瞧我。我郑重地向大家宣布我是男人,敢作敢当! 要真是这根桩柱在浇筑中因发电机出了故障而造成了什么损失,我负责!快干活,别看着我!"钱自化擦了一把脸上的泪水,满腹委屈地走了。这时,李俊杰将手中的振动棒一扔,转身就走。张德彦虎着脸问道:"李俊杰,你要到哪里去?"李俊杰说:"我找孙副连长、方技术员去,叫他们立即派人抢修发电机。"张德彦虎视眈眈地呵斥道:"你给我滚回来,要是这里误了工,小心我处置你。你这个名字倒取得不错,识时务者为俊杰。我不信,一个副指导员管不住一个刚拿几个月工资的排长!"李俊杰瞪了他两眼,又无可奈何地回来拿起振动棒继续干起活来。

钱自化脸上挂着泪痕回到发电棚向另外那名战士要来一支烟,点着后拼命地吸了起来,吸了几口又猛烈地咳嗽起来,便气愤地扔掉烟,瘫坐在地上,望着出了故障的发电机呆呆地想了好久。他闭上双眼,脑海里突然幻想着因发电机故障停止施工的场面:半途而废的桩柱,桩柱被炸掉的情景……他蓦地站起来,朝连队的帐篷走去。他取来修理工具,开始检修有故障的发电机。

下午四点多钟,十八号桩柱已浇筑到了离地面3米多高时,正发着电的发电机又出现故障了,钱自化抢修的发电机也还没有排除故障。整个浇筑工作无声无息地停了下来,人人脸上露出了难以言状的失望之情。这时,李俊杰急了,问道:"张副指导员,这咋办?"张德彦气急败坏道:"我能怎么办?停,大家休息!"李俊杰、赵小刚撒腿朝发电棚跑去,见钱自化满脸油污地在抢修着发电机。李俊杰气喘吁吁地问:"钱自化,能在半小时内抢修出来吗?"钱自化摇摇头道:"可能不行呀!"赵小刚心疼地说:"完了,十八号桩柱完了,损失太惨重了。"李俊杰从包里拿出烟,给每人发了一支,点燃吸着,说:"咱们得想想办法。"钱自化说:"办法只有一个,李排长、赵班长,你俩分头去找孙副连长、方技术员,由他们再想办法。"

孙绪明、方林满脸汗水地跑到发电机棚,你看我一眼,我看你一眼。方林惶恐万状地说:"晚了,一切都晚了,这下损失太惨重了!"他痛心疾首地问:"先启用的发电机出故障后,你们为什么不找张副指导员派人抢修?"李俊杰无可奈何地说:"咋没找?他大发雷霆地把我、赵班长和钱自化吼了一顿,把钱自化还吼哭了。我准备去找你俩,他又叫我滚回来。唉!"孙绪明气愤地咬牙切齿道:"张副指导员也真浑蛋啊!把工程尖刀连的脸丢尽了,现在只有向团部发电报派人来处理,这么大的工程事故隐瞒也隐瞒不过去,少说也得损失好几万呀!"方林思忖道:"至少损失七八万呢!不当家不知柴米贵。唐古拉山的一个涵洞被炸掉损失就是两万多元。你们想想这一根桩柱要用多少钢筋水泥,就知道它的价值该是多少了。"大家睁大了眼睛,盯着方林,不约而同地喊道:"天哪!"

还没到下工时间,张德彦便垂头丧气、满脸沮丧地迈着沉重的脚步,跌跌绊绊地回自己的帐篷躺下了,两眼直愣愣地望着帐篷顶发呆。一会儿,他又像患了重感冒一样一身虚汗淋淋地坐起来,双手悔恨地抓扯着自己的头发,两行清泪便流了下来。今天下午钱自化来汇报发电机有故障的事,按理讲,负责浇筑施工的自己应该责无旁贷地立即组织修理人员抢修,但不知怎么的,当时自己一见钱自化就不舒服,他想,要不是钱自化昨晚喝酒逞能,也不至于呕吐,后来自己也就不会与何玲发生争吵,他与何玲马拉松式的恋爱也不会以失败告终。所以当钱自化来汇报发电机有故障的事时,一股无名的火涌上心头……于是发生了本不该发生的重大事故。他知道这根桩柱的浇毁意味着什么,它意味着官兵们拼搏七八天的汗水、心血付之东流,意味着官兵们对他的极大怨气和愤慨,意味着他要受到严肃的处理,更意味着给国家造成了巨大的经济损失……想着想着,悲哀的情绪塞满了他的全身……接着他痛苦地哭了起来。

晚上开饭时,孙绪明、方林、何玲都毫无表情地坐在饭桌旁,等了一会儿还没见张德彦来吃饭,孙绪明叫文书快去叫张副指导员来吃饭。文书去了,回来说:"张副指导员说他不想吃。"孙绪明说:"我们去看看!"何玲说:"你和方技术员去吧,我不去。"

孙绪明、方林来到张德彦的床前,只见他紧闭双眼,满脸泪痕地平躺着和衣而睡,喘着粗气。方林喊了一声:"张副指导员,起来吃饭!"张德彦没吭声。孙绪明弯腰拉过被子给张德彦盖好,对方林说:"算了,让他休息,晚上我叫炊事班做碗面条送来。"

回到连部,孙绪明对文书说:"吃了饭,你去通知炊事班晚上用午餐肉罐头给张副指导员煮一大碗面条。"文书嗯了一声。何玲吃着饭说:"别说他能吃下一碗面条,就是半碗也吃不下,他张德彦不是那种宰相肚里能撑船的人!"方林猛吃两口饭,放下碗说:"谁遇了这事也痛苦不堪,我在唐古拉山造成涵洞事故时就食不甘味,寝不安席,更何况这桩柱浇毁比涵洞事故大几倍呢。"孙绪明说:"何医生,平时我见你说话甜甜的,对人也很好。昨晚,你咋了,跟吃了火药似的,谁劝也不听,弄得我和方技术员左右为难,骑虎难下。"方林关切地问:"你和张副指导员真的分手了?"何玲态度坚决地说:"君子一言,驷马难追。别说他了,说起他我心里烦。"孙绪明心情沉重地说:"这桩柱浇毁的事怎么办?"方林叹息道:"这么大的事故,只有立即报团部。"何玲也说:"今晚就得把电报发出去。"孙绪明说:"谁来签发?"何玲、方林几乎是异口同声地回答:"当然是你!"孙绪明说:"算了,我和方技术员两个签发。"方林说:"行,这有什么,我自己的处分决定我都签过我方林的大名呢!"何玲说:"你是不是有种自豪感?"方林说:"何医生你讽刺我呢。这次张副指导员也免不了受处分了。"孙绪明叹息道:"唉,造成的损失太大了,处分可能都不行了。"方林问:"那要咋办?"何玲道:"至少要降职处理,方技术员没学过《纪律条令》?"方林说:"学过,条条款款太多,记不清了。"孙绪明说:"电报内容咋写好些? 你俩一个大学生,一个中专生,出出主意!"何玲想了一会儿说:"就说'我连今下午因施工时操作不慎,致使十八号桩柱浇毁,造成直接经济损失数万元,特此报告。'你们看行不行?"孙绪明、方林同时回答道:"行。"

  团长何明凯收到机要室送来的"关于桩柱浇毁的报告"的电报,已是晚上九点多了,他先是没有在意,但待他看完寥寥数语的电报内容,犹如晴空霹雳,震得他脑子里嗡嗡直响。接着他大惊失色地一字一句看了两遍后,自言自语地说:"连续两年被师里树为'双先标兵单位'的工程尖刀连完了!"沉默了一会儿,又抬头看了看电报的签发人,竟然不是秦擎天、张德彦,而是孙绪明、方林,难道秦擎天、张德彦两人因浇毁了十八号桩柱而赌气,才由孙绪明和方林联名签发了叫他感到沮丧的电报? 他抓起电话想给唐科长或赵副师长汇报一下,又觉不妥,政委刘相村在家,应该先和他通通气,看看他的态度再说。所以他放下电话筒,拿起电报就来到刘相村的办公室,刘相村把电报认真地看了两遍,脸色顿时发白,声音有些发颤地说:"你说咋办?"何明凯怒目圆睁地说:"我处理秦擎天、张德彦这两个浑蛋!"刘相村很冷静地说:"团长,你骂人没用。"何明凯叹息道:"政委,你说咱们今年咋了? 眼看上半年的安全运输形势不错,师部通报表彰咱们要再接再厉,谁想到这才8月下旬,工程尖刀连又给你捅出这么大个娄子? 叫我这个团长咋当?"此时,从营区的高音喇叭里传来晚上熄灯就寝的号声。刘相村说:"事故即然发生了,现在唯一的办法就是立即报告师部,寻求解决办法。"何明凯说:"现在十点了,也不知赵副师长睡了没有?"刘相村说:"如果怕影响赵副师长的休息,就先给唐科长去个电话。"何明凯抓过刘相村办公桌上的电话就叫团部总机转了师部,又由师部总机转了唐科长寝室,那头却没有人接电话。无奈,何明凯打通了赵副师长的电话,他先向赵副师长说了几句"这么晚了打搅老首长休息,很对不起"的客套话后,就将电报内容给赵副师长念了一遍,随即电话里传来赵副师长啊的一声,便没有再说话的声音,看来赵副师长很吃惊,过了一会儿,赵副师长要求何明凯再念一遍电报内容。何明凯清了一下嗓子,提高声音又读了一遍。赵副师长这才指示道:"你明天一早到师里,我们和师长一起研究怎么处理。"

  第二天,师长看完"关于桩柱浇毁的报告"的电报后,脸色沉了下来,说道:"这可是我们师担负青藏线改建任务以来,损失最惨重的一次事故啊。赵副师长,你带上唐科长,三团再抽出一位主要领导,组成师团调查组前往沱沱河把事故原因调查清楚,不管涉及谁,必须严惩不贷!"

何明凯说:"刘政委最近感冒得厉害,我也实在走不开,师长看我们能不能派政治处的贾副主任去?"

师长同意了:"行,抓紧吧!"

何明凯立即通知政治处的贾副主任带干部股的敖干事跟随赵副师长他们到沱沱河调查桩柱的浇毁事故。贾副主任接电话后,就和敖干事慌慌忙忙地准备了洗漱用具。两人提着简单的洗漱用具又急急忙忙到管理股找龚股长派车。一进龚股长办公室,贾副主任就见钱远明坐在床边和龚股长说着什么。钱远明看见贾副主任进来,忙提过放在床边的拐杖支撑着身体站了起来,向贾副主任问好。贾副主任忙劝道:"小钱,你一只脚行动不方便,你坐,你坐下。"钱远明又坐回原处,把拐杖放到身边。龚股长问贾副主任:"你们这么慌慌张张的,有什么事?"贾副主任说:"要车!"龚股长说:"现在只有一辆空车,我准备派给小钱,他要去二十二医院复查他的左腿。"贾副主任说:"我和敖干事有急事,要上沱沱河!"接着把工程尖刀连浇毁桩柱的事说了一遍,然后对龚股长说,"你下午再给小钱安排辆车去医院行不?"龚股长无可奈何道:"我刚说把车安排给小钱去医院。既然这样只好先安排给你们了。贾副主任,你们直接去小车班,我立即给小车班去个电话。"说着便抓起电话给小车班打了过去。贾副主任他们走了。钱远明听贾副主任说工程尖刀连桩柱浇毁的事,惊讶得目瞪口呆。龚股长歉意地说:"小钱,实在对不起,下午我再给你安排一辆车去医院检查。"钱远明这时才反应过来,说:"龚股长,没关系,今下午如果没车,明天去也可以,不忙,不忙!"他拄着双拐站了起来。龚股长也站了起来:"我今下午想方设法也要给你弄辆车。你下午不必过来了,在连队等着,我叫车过去接你,你走路不方便。"钱远明很感动,连声说:"谢谢龚股长!谢谢龚股长!"

下午钱远明果真坐上龚股长给他专门安排的面包车到了二十二医院。车停到医院门诊部外,钱远明拄着双拐下了车,他刚走了几步却猛然看到黄宝宝手里攥着一本书走来。钱远明喊了一声:"黄宝宝!"黄宝宝发现了拄着双拐的钱远明,他有些喜出望外地跑过去,上下打量了一番,看着风吹起钱远明左脚的空裤管,说:"钱老兵,山上的战友都很想你呀,但大家想象不出你成了这样子啊!"他说着有些心疼起来。钱远明笑了:"没事,我习惯了。你怎么在这儿?"黄宝宝举了举手里的一本新书《成功之路》,说:"秦连长病了,我在这里照顾他。这是他叫我去书店给他买的。"钱远明急切地问:"秦连长得的什么病?好些没有?"黄宝宝说:"痔疮和肛裂。好多了。"钱远明说:"咱工程尖刀连出事了,他知道不?"黄宝宝问:"出啥事了?他不知道啊!走,到秦连长那里去。"钱远明在黄宝宝的引领下,到了秦擎天等六个病员住的大病房。对于钱远明的到来,秦擎天自然很高兴,忙跳下床,扶钱远明在病床边坐下:"钱老兵,我还说等出院了,我和小黄回连里来看你呢,没想到在这里见到你,你怎么来了?"钱远明说:"按医院的规定,我每个月要来复查一次,看截肢的左腿有没有病变。刚才我碰到黄宝宝,才知道你住院了,秦连长你好些没有?"秦擎天高兴地说:"好多了。"接着拍了拍屁股,"除这里有些疼痛,每天换两次药,还要服些药片外,跟正常人没什么两样!主治医生讲,还有十来天就能出院呢!你的情况如何?"钱远明说:"没事,我习惯了!"说着,就想还是不把连队桩柱浇毁的事告诉秦连长吧,免得破坏他的好心情。黄宝宝说:"秦连长,刚才听钱老兵讲,咱连队出事了。"钱远明看见秦擎天脸上的笑容消失了,自己的心情也沉重起来。秦擎天望着钱远明犹豫不定的表情,急躁起来:"钱老兵,你说说,连队究竟出了啥事?"钱远明便一五一十地把自己上午在龚股长办公室要车时听贾副主任说的情况说了一遍。

秦擎天一听,脑子快要炸开了,既然师部团部已派调查组去了,事故肯定不小,否则这样兴师动众干什么呢?他目光呆滞地盯着病房的窗外。黄宝宝也惊慌地问:"秦连长,那咋办?"秦擎天把目光收回来:"你快收拾一下东西,我去找医生,我要立即出院。咱们今天下午就赶长途班车上沱沱河。"接着又对钱远明说,"钱老兵,你复查去,别管我们了!"钱远明内疚道:"秦连长,我真不该告诉你,你看你的病都没有好!"秦擎天拍了拍钱远明的肩:"别管我了,你倒是要注意身体,加强锻炼,你快去复查吧!"秦擎天找到主治医生把自己要提前出院的理由说了。主治医生说你的伤口正在恢复,不能提前出院,至少还要十天时间。秦擎天几乎是哀求道:"你就高抬贵手吧,我会注意保护伤口的。"医生无奈,只好给他开了一些止痛和消炎的药带上,并叮嘱道:"回去后,立即用青霉素之类的消炎药输液,一旦感染,后果很严重。"

秦擎天和黄宝宝在格尔木长途汽车站乘车赶到沱沱河连队驻地时,赵副师长、唐科长、贾副主任的两辆专车已先他们一天半时间到达沱沱河。等秦擎天到达时,赵副师长他们对浇毁十八号桩柱的原因已调查清楚了。秦擎天提着住院的换洗衣服和洗漱用具,还有几本书籍走到连部帐篷门时,见赵副师长、唐科长、贾副主任和敖干事正在研究什么。他忙对身后的黄宝宝说:"你回炊事班洗洗休息。"黄宝宝提醒道:"秦连长,别忘了输液。"秦擎天说:"我知道。"便进连部向赵副师长他们敬礼问好。贾副主任握着秦擎天的手问:"你怎么回来了?"秦擎天说:"连队出这么大的事故,我在医院哪能待得住?你们上午出发,我和黄宝宝下午在格尔木坐班车也没追上你们,还是你们的专车快呀!"赵副师长关切地问:"你的病好了没有?"秦擎天说:"凑合吧。事故的原因调查清楚了吗?"唐科长说:"调查清楚了,现在我们正在研究处理结果。"秦擎天说:"这样吧,我不影响你们,你们继续研究。我去何医生那里输点消炎的药,医生说,一旦感染,后果由我自负。我不想再回医院住院了。"赵副师长说:"那你去,我们等着你的意见呢。"秦擎天便走出了连部。后面传来贾副主任的声音:"何医生好像去工地了。"

走在营区里,秦擎天抬头便见何玲和黄宝宝从工地的方向边说边朝营区走来。

在何玲的帐篷里,何玲先给秦擎天做了皮试。秦擎天便坐在病床边,从包里掏出烟,点燃吸了起来。何玲拉过搭在铁丝上的洗脸毛巾在洗脸盆里洗了一把,拧干递给秦擎天,关心地说:"把脸上的灰擦擦,把身上的土掸掸!"秦擎天有些感激,接过毛巾,笑道:"真是春风般的温暖呀!"何玲说:"你挖苦我呢,我心里烦!"秦擎天问:"为啥?"何玲说:"不为啥!"秦擎天说:"这就怪了,没有无缘无故的烦。"他草草地擦了脸,掸了掸军装上的土,便去洗毛巾。"我来。"何玲一把夺过毛巾,在盆里洗了几把,拧干后搭在了铁丝上,一看表,十五分钟到了。她过去抓起秦擎天做了皮试的右手看了看没发现异常反应,便从药盒里拿出青霉素和葡萄糖注射液兑好,叫秦擎天坐在病床上,背靠一面帐篷,就开始液输了。秦擎天问:"你能不能把浇毁桩柱的事给我说说。"何玲心情无比沉重地将十八号桩柱浇毁的前因后果讲述了一遍。秦擎天痛惜道:"张副指导员怎么这么糊涂啊,拿工作赌什么气嘛!"何玲说:"他这是罪有应得,都是心胸狭隘、小肚鸡肠害了他,江山易改,本性难移。不过赵副师长他们来调查,他倒没有狡辩,满口承认是他造成的巨大损失,他说不管上级对他做出什么样的处理,他都已做好了思想准备,包括开除军籍。"秦擎天惊讶道:"那么严重?"何玲说:"是的,据唐科长测算,损失达十万元。"秦擎天又惊讶地重复道:"十万元?"他有些坐不住了,又从包里掏出一支烟,点燃猛吸起来,接着就是一阵咳嗽,咳嗽完秦擎天又请何玲把方林叫来了。他叫方林把桩柱浇毁的前前后后又讲了一遍。何玲和方林所说的基本一致,只是何玲表述时显得激动些,而方林则显得冷静些。

打完点滴,秦擎天迫不及待地回到连部。赵副师长说:"你液也输完了,去通知全连排以上干部来开会。"

排以上干部从工地上回来,也没顾及身上的泥土,便提着凳子来到了连部。

张德彦一进来,在靠帐篷的一角放下凳子低垂着脑袋坐了下来。半个多月不见,秦擎天发现张德彦不仅人瘦了一大圈,而且皮肤也黑了,在他这张黑乎乎的脸庞上再也找不到过去那细皮嫩肉奶油书生的影子了。赵副师长环视了一下帐篷里的人,问秦擎天:"干部到齐没有?"秦擎天看了看已坐好的连队干部,回答道:"到齐了!"赵副师长表情很沉重很严肃,说:"在我的记忆中,近三年我是第四次来工程尖刀连的施工地点了,前三次是在唐古拉山、风火山,应该说,那时我和唐科长心情是高兴的,一到工地我和连队干部有说有笑,谈笑风生,为你们所取得的成绩和创造的奇迹而高兴,大家觉得我这老头子还平易近人。但这次我一到你们沱沱河,也就是长江源头第一桥的工地,看见浇毁的冒出地面3米多高的十八号桩柱,我的心无比沉重呀。据唐科长测算,这根浇毁的桩柱损失达十万元呀!"唐科长插话道:"这里所说的损失达十万元,是指的直接经济损失。如果加上连队指战员的劳力、心血、今后炸毁桩桩拖延的工期,那造成的损失就更大了!"赵副师长痛心疾首地接着说:"给国家造成这么大的经济损失,谁不心疼?谁不难受?昨天当我们师部和团部的联合调查组的同志一下车看到浇毁的桩柱时,你们团的司机说了一句话,耐人寻味。他说,谁造成这么大的损失就等于犯罪!连这个不到两年兵龄的战士都知道这个简单的道理,我们工程尖刀连的个别干部就这么糊涂啊!"说到这里,他气愤地猛击了一下桌子。大家都惊得身子颤抖了一下,屏声静气地看着赵副师长。

"工程尖刀连是全师唯一的一面旗帜,在过去两年的施工中曾创造过辉煌业绩,在座的各位干部心里清楚,全师的指战员心里清楚。只要一提起工程尖刀连这响当当的名字,谁心中不生出敬意和佩服之感!"讲到这里,赵副师长喝了一口茶水,扫视了一下在座的所有人,"今下午我们师团两级调查组的同志认认真真地研究了,拟给予张德彦同志降职处分,现在组织排以上干部来,就看大家有没有不同意见。若有可以直接说出来,若没有我们回去报师党委批准。"这时,秦擎天掏出烟来给赵副师长、唐科长分别发了一支,而后自己也吸了一支。

秦擎天猛吸了一口烟说:"赵副师长、唐科长、贾副主任,敖干事,我讲几句。"赵副师长手一挥:"你讲!"秦擎天说:"首先我代表全连指战员向师团首长表示感谢!你们在百忙之中抽出时间跋涉几百千米来调查我们浇毁的桩柱事故,说明师团领导对我们连所承担的沱沱河大桥修建任务的高度重视。大家都知道,我是今下午才赶到连队的,在医院里我一听说我们连浇筑的桩柱出事了,便立即出院。在咱们开会之前,我利用打吊针的机会,又找两名干部问了问发生事故的一些情况,张副指导员造成无法挽回的经济损失,师团两级组织给他处分是应该的。但是,我觉得光处分张副指导员一个人不妥。"赵副师长问道:"那你说,还应该处分谁呢?"秦擎天说:"我,秦擎天!"话一出口,语惊四座。在座的所有干部,包括一直坐在角落里耷拉着头的张德彦都惊诧地抬起头看着秦擎天。赵副师长追问:"为什么?"秦擎天埋怨起自己:"都怪我这不争气的痔疮和肛裂。大家想想,如果我在这关键的时候不去住院,我敢肯定地说,绝对不可能给国家和部队造成如此大的经济损失!"贾副主任听到这里,心想秦擎天这人真是宰相肚里能撑船呢!张德彦之前与他有矛盾,他倒好,却想方设法为张德彦的错误行为开脱,还把责任往自己身上揽,一般人常常是荣誉一来就争,责任一来就躲,看来人与人就是不一样啊!秦擎天激动地说:"我还清楚地记得,在下格尔木二十二医院的头天晚上,我、张副指导员、孙副连长、方技术员、何医生,还有文书就在这屋里吃晚饭,当时大家都劝我去住院,去做手术。实话讲,就在我犹豫不定时,张德彦同志很真诚地劝我去住院。当时我觉得有股暖流在心中涌动,什么是战友情?什么是战友爱?这就是战友情,这就是战友爱!我到二十二医院后才知道自己的病情有多么严重,如果没有张副指导员他们竭力劝我下山住院的话,老连长病倒在工地上的悲剧又将在我身上重演!所以我非常感谢关心我的所有战友!"他猛吸了两口烟,又道,"我作为工程尖刀连的连长,连队出了这么大的施工事故,我有不可推卸的责任。所以,张副指导员受到降职的处分,我秦擎天也应该受到降职处分。恳请师团两级调查组的首长考虑一下我的建议和意见!谢谢各位首长!"说完,秦擎天向赵副师长、唐科长、贾副主任、敖干事深深地鞠了一躬。赵副师长表示道:"秦连长的意见,我们联合调查组的同志回去一定向师党委做好汇报,师党委会做出正确的处理意见的。秦擎天你还有什么要说的没有?其他同志还有意见没有?"大家都摇了摇头。秦擎天又说:"我再说两句,请师团首长放心,我决心带领全连指战员把这次事故耽误的时间夺回来,绝不拖青藏公路改建工程的后腿。我坚信工程尖刀连的指战员人人都是英雄好汉!"

　　十多天后,工程尖刀连收到了"关于给秦擎天、张德彦同志分别记大过处分的决定"的电报。

第四十二章

师部做出的"关于给秦擎天、张德彦同志分别记大过处分的决定"的电报,张德彦捏在手里逐字逐句凝神看了好几遍,他知道如果不是秦擎天在师团联合调查组和连队干部面前为他开脱事故的责任,自己肯定会受到降职的处分,那他还不知要承受比现在大多少倍的痛苦。他张德彦清楚,降职处分是中国人民解放军纪律条令中除开除军籍、撤职处分之外的最重处分了。然而,由于秦擎天承担了事故30%的责任,才使他承担的事故责任降到了70%。现在想来,自己是多么的渺小,看来有必要向秦擎天敞开胸怀,开诚布公地谈一谈了!

第二天晚上吃了晚饭,张德彦便热情地约秦擎天到距沱沱河大桥几百米远的草滩上坐了下来,接着张德彦掏出价格比较昂贵的香烟,先给秦擎天发了一支,自己也点燃一支。秦擎天吸着烟,笑道:"张副指导员,你搞什么名堂,你不是不抽烟的,怎么现在也染上了我这个老烟鬼的坏毛病了?烟不是好东西,我这次住院,主治医生不让我抽,说对痔疮不好,果真在住院期间我一支也没抽。"张德彦说:"我抽烟是闹着玩,自从桩柱浇毁事故后,有时心烦就烧烧。这一段时间我想得很多,有时还失眠。所以今天特地约你出来,开诚布公地向你道歉。我这次我造成桩柱浇毁事故,是自食其果,是搬起石头砸自己的脚!本来我应该受到降职处分的,没想到你却挺身而出,现在我才知道我俩之间的差距在哪里。……我这人心胸狭窄,小肚鸡肠……正是因为这样,我有好多地方对不起你。"秦擎天劝阻道:"别说了,张副指导员,事情都过去了……"张德彦态度坚决地说:"不,我要说。平地机翻车事件出现后,本来我该向全连做检讨,但你给王连长做工作,说算了,做什么检讨,哪个人敢保证自己一生不犯点错误。你还说'金无足赤,人无完人'。如果我那时能迷途知返,也不至于闹出这么大的事故来。所以,秦连长,我张德彦掏肝掏肺地说一声,我对不起你,我……"

秦擎天感动地说:"张副指导员,你话都说到这种程度了,我很感动。有句话叫'精诚所至,金石为开',很有道理。人与人之间只能用爱来交换爱,只能用信任来交换信任。"张德彦由衷地说:"老秦,你说得对!"秦擎天说:"我觉得作为一个大写的人,支撑我们生活在这个世界上最重要的就是八个字,那就是:关爱、责任、尊重、知识。先说关爱,母爱最典型地说明了爱蕴含着关爱。如果一位母亲毫不关心她的孩子，竟然忘了要喂养他、抚慰他，那么不管她怎样信誓旦旦地夸耀其爱子之情，我们也绝不会称为真诚的爱；反之，如果我们观察到她对孩子关怀备至，则她的爱将深深地打动我们。同样的标准可以推广到我们对战士的爱……战友之爱、兄弟之爱就是对他人的关切、尊重和理解，时时刻刻从内心深处希望他人比自己过得更好。关爱中又蕴含着责任，责任在今天，经常用于指某种外加于人的职责，但它应该是一种自愿的行为。战友之爱和兄弟之爱有时就是一种责任。要把每位战士当作独一无二的，要意识到每个人皆有不可替代的个性。关心他人，使其能发展自己，敞亮自己，这就是尊重。尊重人以理解人为前提。比如，有个人并未在脸上表露出其情绪，但我有可能从侧面知道了他正处于一种焦虑的状态，我就要从他的角度去考虑，体会他的不安、孤独、伤感、自疚。在这时候，他在我的眼中就是一个忧心忡忡、茫然不知所措的人，一个正蒙受苦难的人。所以我们就要想法为他排解……我这人对人的原则是你敬我一尺，我敬你一丈。感情需要真心交换的，对朋友也好，对战友也罢，只要你对他真诚，他就会对你真诚，只要你对大家掏肝掏肺，大家也会对你说肺腑之言，将心比心，人心都是肉长的，人和其他低级动物不一样，是人都有感情，是人都得尊重别人，别人才会尊重你！至于知识，那就是我们每个人都必须要通过不断地学习掌握一定的能够安身立命的最基本的技能，这样才不会被时代的发展所淘汰。综合上述的说法，用通俗地说，那就是对战士，我们要有一份慈母爱；对干部，我们要有一腔兄弟情；对连队，我们要有一颗赤子心！"张德彦激动地说："秦连长，你真是一个重情重义又知识渊博的人！我要是早几年跟你这么打开心扉地沟通沟通，也不至于走这么多弯路呀！你倒适合在政治部门干呢。"秦擎天叹息道："唉，张副指导员，实话对你说，要不是所谓的'黄宝宝持枪打团长未遂案'，我早调组织股当干事去了，贾副主任当股长时就看上我了……唉，生活就这么阴差阳错地捉弄人。但是，对于来工程尖刀连我也绝不后悔，有这么好的一群朝夕相处、同甘共苦、浴血奋战的战友兄弟们，我知足了！"

望着已经黢黑的天空，两人默默地吸着烟。

过了一会儿，秦擎天问："你和何医生真分手了？"张德彦说："分手了，别说了，说起她心里烦。"秦擎天说："心一旦烦乱，幸福就会和你疏远；人一旦复杂，快乐就会和你再见。唉，张副指导员，你是有眼不识金镶玉，这都是你的不对。何医生可是百里挑一的好姑娘呢。"张德彦感慨道："我俩各方面都合不来。再说，强扭的瓜不甜。我会按你刚才说的好好去干，把连队的施工搞好！"秦擎天说："你还是应该珍惜你们之间的那份情，我真的很羡慕你们。你刚刚说我重情义,是的,人非草木,孰能无情,鲁迅说过:'无情未必真豪杰,怜子如何不丈夫。'就说已去世的老连长吧,别看他在工地上性情暴躁,动不动就发火,那是因为工作繁忙,身体劳累。可当他晚上一个人时,他便会陷入深深的痛苦和自责中,因为他无法时刻尽到一个丈夫和父亲的责任,去爱护和陪伴妻子、女儿,特别是在他吃了安眠药都睡不着的晚上,他只有起来给玉洁嫂子写那时断时续的充满了内疚和自责的信,不然你说玉洁嫂子一个大学生,工作单位又好,凭啥爱一个一个月只有百十块钱的大兵呢?那是因为老连长除了坚毅的性格外,还有不为外人所知的丰富的情感和一颗爱人的心。所以啊,你还是应该找何医生好好谈谈,沟通沟通,我真心祝愿你们能重归于好。"听了秦擎天的话,张德彦只觉得一股热流在全身涌动着。秦擎天又说:"何医生是个知书达理感情细腻的人,她一定会原谅你的。"张德彦只有感激地点点头,他心里清楚,何玲不可能再爱他了,即使能原谅他,他们将来也只能做普通朋友了,他伤何玲伤得太深了,这伤一时半会儿是不会治愈的。

  秦擎天见张德彦点头,就有点激动了,猛吸了一口烟,说:"有首歌词写得好啊,歌名我忘了,但歌词我还依稀记得。"接着,他好像是自言自语,又好像是在对张德彦朗诵:

    爱能融化思想中的冰川,
    爱会使世界变得芳醇美好。
    我们多么希望世间充满爱,
    我们多么希望人间充满情。
    怎么才能达到?
    我想——
    在人与人的相处中:
    需要理解,
    只有理解才是和睦的前提;
    需要尊重,
    只有尊重才是融化隔阂的力量;
    需要谦让,
    只有谦让才能换来对方的理智。
    别忘了:
    真诚是人生的命脉,

真诚是一切价值的根基。

让我们用千百倍的真诚，

去打开心灵的红门。

张德彦听得很专注，等秦擎天一朗诵完他就说："这歌词写得可真好。"秦擎天说："我也认为写得很好，短短的几句歌词把人们相互之间的理解、尊重、谦让的内涵写得淋漓尽致的。在这方面老连长做得不错，值得我们学习。有一件事使我很受感动啊！那就是在唐古拉山立功的事儿，当时老连长探家回来对我解释他年底立功的事，并对我没立功表示了歉疚之意。我清楚地记得，老连长当时那眼神那口气是那么的真诚。"说着，眼泪流了下来。他平静了一下说："刚才我说了这么多理解呀、尊重呀、谦让呀、真诚呀，说真的，张副指导员，现在我俩是一根绳子上的蚂蚱，都是挨了记大过处分的人，只有齐心合力把沱沱河大桥修好，才是你我最首要的大事。"张德彦点点头，诚恳地说："老秦，你放心，我绝对配合好你的工作。"

一个天气晴朗的下午，三点钟左右，沱沱河兵站的刘站长和一位战士以及胡南雄气喘吁吁、满脸汗珠地从连队营区方向跑到挖桩柱基础的施工工地，见到埋头忙碌着的秦擎天就呼喊着："老秦、老秦，快、快……"秦擎天听到喊声，抬头看去，见是刘站长，便问道："老刘，你怎么来了，有什么事吗？"刘站长有些急躁起来："快、快快，不好了，出事了！"听到刘站长那"出事了"的惊慌声音，所有挖桩柱基础的官兵都抬头愣怔地望着刘站长。秦擎天声音有些发颤地问："出啥事了？"刘站长指了指身旁的战士："刚才我和这名战士拿着渔网去我们经常网鱼的地方打鱼，只见岸上有只铁皮桶，桶里已有十多条鱼，岸上还有一双军用胶鞋，我们知道你们连的人经常到那里捞鱼，但我们找了半天没见到打鱼的人，我分析是不是打鱼的人掉入那5米多深的河里了？我们就跑来问你们的炊事班，确实有位战士去打鱼还没有回来。"不少战士先是吃惊，后是怀疑："啊，不可能！"胡南雄说："黄宝宝说过下午去打鱼，刚才刘站长来说，我们又找了他可能去的地方，都没有发现他。"秦擎天问："他是不是穿的胶鞋？"胡南雄想了片刻："他穿的什么鞋，我记不清了。"李俊杰说："尽管发的有大头鞋、布鞋，但黄宝宝经常穿胶鞋，我想肯定是他了！"刘站长分析道："我想也是他，他单独打鱼时我碰见过三次，再说这里的藏民根本不去打鱼。"秦擎天安排道："李排长，你带领机械排继续施工。赵班长，你带上你的班跟我走！"

刘站长带头跑在前面，跟在他后面的是兵站的那位战士，接着便是秦擎天、胡南雄、赵小刚,再后面就是赵小刚那个班的战士们。跑了一段路程,大家气喘吁吁、汗流浃背到了刘站长他们发现铁皮桶的地方。刘站长指着铁皮桶和胶鞋说:"这应该是黄宝宝留下的!"秦擎天他们凑近铁皮桶一看,只见桶中十多条白花花的鱼张着大嘴在喘气……大家又把目光落到了那双胶鞋上。胡南雄说:"没错,这就是黄宝宝打鱼的铁皮桶和他的胶鞋。"刘站长指着宽阔的、混浊的河面说:"秦连长,你看这河水急得。"秦擎天他们便向河面望去,只见河里水流湍急,混浊的河水发出哗哗的声音,在奔腾不息地翻滚着。

　　刘站长在河岸上,像突然发现了什么,惊呼道:"老秦,你来看这里,这里!"秦擎天他们便围了过去,看向刘站长所指的地方。刘站长蹲下去,指着河边一块被拔掉草的地方说:"你们看,这里的草已经被拔完了,看来黄宝宝是从这里不慎滑到河里的,他滑下去后想抓着河边的野草爬上来,却没有成功。"秦擎天刚才还抱着一线希望,现在经刘站长一说,他脑子里顿时一片空白,呆呆地望着刘站长半天,又使劲地摇摇头,悲怆地说:"老刘,你熟悉这里的地形,你快给我想想办法!"刘站长想了一会儿说:"下面四五千米处是个宽阔的浅滩,水深1米左右。现在唯一的办法是你赶快组织一批战士赶到那里去阻截尸体。"秦擎天又问:"他会不会被水冲得更远?"刘站长有把握地说:"不会。老秦你想想,人一淹死后,肚里立即灌满了水,尸体就变得沉重起来,会沉到水底,再说这水底里又有石头,所以尸体不会像树木那样被水直冲而下。"

　　秦擎天站起来命令道:"赵小刚,你赶紧跑回去报告张副指导员:一、请他立即组织人员做上几十只火把;二、请他立即向团里报告,说黄宝宝同志为改善连队的伙食,在沱沱河下游网鱼时不慎滑入了河水里,我连官兵正在寻找他的尸体;三、请他待连队开晚饭后组织大家前来一起寻找;四、你这一切办完后,到炊事班给我们十多个人提些馒头来。"赵小刚向秦擎天行了军礼:"是!"转身向连队方向跑去。这时,秦擎天向刘站长抱歉道:"老刘,你和你的战士已为我们忙了半天,你们回去吧!"刘站长道:"老秦,别说了,咱们都穿着这身军装,都是一家人。我熟悉这里的地形,我带你们去!今晚上又没有车队到兵站,我有的是时间。"秦擎天说:"那真是太感谢你了,老刘!"刘站长对他的那位战士说:"你回兵站告诉站里的同志晚上吃饭别等我了,我可能一晚上都回不去。"那战士应声而去。

　　刘站长、秦擎天便带领着十多名战士向沱沱河下游四五千米处的浅滩奔跑而去……

　　当晚在沱沱河下游的河岸两边,工程尖刀连的官兵举着自制的火把在寻找黄宝宝的尸体。熊熊燃烧的火把映红了半边天……黄宝宝的尸体是第二天上午在浅滩处被截到的。黄宝宝的肚子大概是灌了水的缘故，鼓胀得几乎要撑破他身上的那套军装，衣领的领章已被河水冲掉了，惨白的浮肿的脸上透着紫青色……

秦擎天和赵小刚他们从冰凉的河水里把僵硬的尸体抬上岸后，放在了从何玲那里拿来、早已准备好的担架上。人们脸上满是悲哀的表情，迈着沉重的脚步将黄宝宝的尸体抬到连队的营区里。

尸体停在营区后，秦擎天说："大家回去洗洗，就到连部吃饭。"

大家散了，只有秦擎天和赵小刚还站在那里。赵小刚望着黄宝宝的尸体，想起了头天的情景。昨天赵小刚因为有点感冒，下午快要上工时，去何玲那里取了些药，等他出来时，大家都上工了。他在营区里碰着黄宝宝，黄宝宝手里提着装有渔网的铁皮桶。他俩还开了几句玩笑，他说："黄胖子你又想立功了！"黄宝宝笑了说："立什么功，我去打点鱼改善改善战友们的生活，你们成天苦死苦活地干，大家指甲都陷进去了，听何医生说那是缺乏营养。"赵小刚说："那你小子多打些，让大家营养个够。"黄宝宝只是嘿嘿地笑了两声后说："我一定多打些鱼回来，赵班长，你放心吧！"赵小刚又说："今年年底立功评奖时，我们班首先推荐你立功！"黄宝宝说："赵班长，你们在一线辛苦些，应该你们立功。唉，我再好好干几年能转个志愿兵就行了，我要求也不高。"赵小刚拍了拍他的肩，说："只要你继续好好干，别说转志愿兵，就是当个排长也不成问题！"黄宝宝又说："我还不知道我有几斤几两吗？"后来黄宝宝向打鱼的方向走去，赵小刚就上了工……

这时胡南雄将一条白色床单拿过来，与满脸泪渍的赵小刚一起把黄宝宝的尸体覆盖上。胡南雄对秦擎天说："连长，快十一点了，你们快去吃饭。昨晚上啃了几口干馒头，到现在还没吃饭呢。"秦擎天说："司务长，你叫炊事班把饭菜弄到连部来，让战士们坐在连部吃吧，他们已忍饥挨冻一夜了。"胡南雄点点头，便朝伙房走去。秦擎天说："赵班长，你去看你班上的人洗刷完没有，叫他们快到连部吃饭。听话，快去。让我在这里多站一会儿，心里堵得慌！"

赵小刚走了，秦擎天坐到黄宝宝尸体旁边，心情沉重地摸出烟来，点燃，吸着……望着尸体上盖着的白色床单，他自言自语地说："黄宝宝，我的好战友，你怎么说走就走了呢？"他脑海里浮现出几个月前给黄宝宝反复交代"一定要注意安全"的情景，顿时他的耳畔响起黄宝宝笑嘻嘻的说话声："连长，你放心吧！"

这时，张德彦从工地上回来。昨晚全连官兵在河岸两边打着火把寻找黄宝宝的尸体，到深夜了才回来休息。按秦擎天的要求，留下他和赵小刚一个班的人就够了,其他人员赶紧回来休息,不能影响施工。刚才张德彦在工地上见秦擎天他们抬着尸体回来了,因为想起团部发来的电报,于是他回来找秦擎天商量。他走到秦擎天身旁,坐了下来,拍了拍秦擎天的肩:"你在想什么?"秦擎天说:"唉,还能想什么,想黄宝宝!现在工地上情绪怎么样?"张德彦说:"大家都很悲伤,但还是在拼命地干活。"秦擎天说:"哎,施工这么紧张,又出这档子事。"张德彦说:"谁能预料得到!我来找你是早晨吃饭时收到团部电报的事。团领导研究决定要大力宣扬黄宝宝的事迹,需要连队提供一份黄宝宝的先进事迹材料,要随同运尸体的车捎下去。同时还要整理好他的遗物,看能不能找出什么闪光的东西。"说着,把电报从包里掏出来递给秦擎天。秦擎天看完电报又递给了张德彦:"团里要求很高。"张德彦说:"是的,我已安排了炊事班清理黄宝宝的遗物。"秦擎天说:"好吧,中午咱们几个连队干部凑凑黄宝宝的事迹,我来写吧!"

这时,赵小刚来催秦擎天快去吃饭。秦擎天和张德彦双手撑地站起来,缓慢地向连部走去。刚走几步,张德彦关切地说:"你吃了饭,好好睡一觉。我去炊事班看看遗物清理得如何!"秦擎天一进连部就呆住了,战士们看着黄宝宝昨天网起的已被炊事班做得香喷喷的一大盆鱼在默默地抹眼泪,谁都没有动筷子。他知道,战士们是见鱼思人,所以他故作平静地说:"大家的悲痛心情我理解,但这鱼还得吃。吃饱饭后,你们都休息,下午不上工了。"还是没有人动一下。秦擎天端起已盛满米饭的饭碗说:"我带头吃,必须把它吃完,别浪费了。"说着,他先夹了一块鱼肉吃了起来。

午饭后,胡南雄和炊事班的另一位战士将黄宝宝的背包、衣服、书籍、信件以及脸盆、牙缸之类的遗物提来,放在了连部的帐篷一角。干部们在一起凑了凑黄宝宝的事迹,接着大家研究了一下,由孙绪明和赵小刚于第二天早上出发,送黄宝宝的遗体到团部。人们散去后,秦擎天又吸了两支烟,觉得周身十分疲乏,便起身走到床跟前躺了下去,闭着眼睛想好好睡上一觉,下午好有饱满的精神状态写黄宝宝的事迹材料。但是不知咋的,他脑海里黄宝宝的音容笑貌总是像放电影一样一幕一幕地出现。他在心里默默地算了一下,黄宝宝与自己已共同战斗了快四年时间了。

秦擎天还清楚地记得自己第一次见到黄宝宝是1981年2月初,新兵分配下队时。黄宝宝那批兵是从四川等地接来的,共计两百人,90%多是来自农村,只有少部分来自城镇,经过三个多月的新训后,有八十人被分配到北京交通部兵办房建营,有四十人被分配到一团和二团,其余几十名新兵按师部要求均在江油留守处的教导队、轮训队分别学习汽车驾驶和汽车修理技术。然而就在新训结束前夕,黄宝宝却满腔热忱地给新兵连连长写了一份志愿书,要求到炊事班去煮饭。连长不好表态就请示留守处的主任,主任觉得这位新战士觉悟高,思想好,精神值得提倡,就找黄宝宝谈话,问道:"你为什么主动要求做饭?别的战士都怕脏怕累不愿做饭。"他说:"我从小在家就喜欢煮饭,煮饭这活我喜欢。"新训结束后,他果真被分配到了留守处炊事班煮饭。作为留守处炊事班司务长的秦擎天去新兵连接了黄宝宝,并帮他在炊事班的寝室铺好床铺,秦擎天问起他的家庭情况,黄宝宝犹豫了片刻才说:"家中有一个奶奶,还有父母,再有就是我。"他一到炊事班就表现得很勤快,很能吃苦,只要他做早饭从来没有误过开饭时间。对于这个胖乎乎、个头不高的小老乡黄宝宝,秦擎天是越来越喜欢。再后来经秦擎天的推荐,留守处主任便安排他去江油饭店培训了三个月。

秦擎天调到格尔木任管理股管理员不久,龚股长对他说团长要在十几个连队物色一个烹饪技术好的炊事员给首长做饭。他就到连队跑了一圈,回来后给龚股长报告说这十几个连队经过考查,炊事员的烹饪技术很一般。龚股长说团长催得急,这时他想到了烹饪技术不错的黄宝宝。

黄宝宝很快从江油调到了格尔木。黄宝宝一来,果然不负众望,做一手"色香味美"的好菜,在餐厅就餐的首长们很高兴。团长何明凯也夸奖秦擎天有眼力,人选得准,并说:"秦管理员为团首长的身体健康立了一功啊!"

后来因为所谓的"黄宝宝持枪打团长未遂案",秦擎天和黄宝宝被"发配"到工程尖刀连,又在一起共事了。黄宝宝只要与秦擎天一起,总是很自责,觉得对不起秦擎天,自己惹事却牵连了秦擎天,每次黄宝宝一提起对不起自己,秦擎天心里就不是滋味,他想,要不是自己的建议,黄宝宝不可能调到格尔木来给首长做饭,也不至于后来发生什么"黄宝宝持枪打团长未遂案"了。当然,如果不发生那件事黄宝宝也不会来工程尖刀连……命运啊,就这么阴差阳错地作弄了黄宝宝。

前一段时间,秦擎天在二十二医院做完手术几天后的一个傍晚,他与黄宝宝在医院内散完步后,坐在石头墩上,秦擎天很真诚地说:"宝宝,我真羡慕你有父母啊!"接着他就用平缓的口气向黄宝宝叙说了自己到部队前的种种不幸遭遇。黄宝宝望着他就抹了一把泪,说:"连长没想到你也是苦命人呀,难怪这么多年我就没见你回过一趟老家。"秦擎天原以为黄宝宝掉泪是同情自己的不幸,也没问他为什么掉泪,便说:"我也想回一次老家在父母坟头烧烧纸,磕磕头,作作揖,也算是尽一片孝心,可是一直没时间呵!"黄宝宝说:"连长,我新兵训练结束后到留守处炊事班时,我骗你了。"秦擎天吃惊地问:"骗我什么了?"黄宝宝说:

"当时我不想让部队领导为我家里操心,我对你说,我家有奶奶和父母。其实,我家里只有一个奶奶。"秦擎天惊诧地道:"怎么回事?"黄宝宝声音有些悲伤:"我妈生下我后,因产后大出血,被送到公社医院,当时的医疗条件差,再加上抢救不及时就离开了人世,我奶奶一手把我拉扯大。穷人的孩子早当家,我七八岁就能做饭、喂猪、挑水、洗衣。我在初中快要毕业时,也就是1977年夏天,我父亲去赶场,走在马路上又被公社的手扶拖拉机碾死了。尽管后来我和奶奶都由生产队负责照顾,但我初中一毕业就回家务农了……"

秦擎天叹息道:"托尔斯泰说得好啊:'幸福的家庭是相似的,不幸的家庭各有各的不幸'啊!"黄宝宝说:"再后来呢,我就想当兵。说来也有些好笑,我刚上小学一年级的那个冬天,解放军拉练路过我们公社的马路,大队小学校组织我们小学生去马路两边站着队列欢迎。我们手里都举着一本红塑料皮的《毛主席语录》,见解放军通过马路时,我们就在老师的带领下高呼'解放军叔叔好!''解放军叔叔辛苦了!''向解放军叔叔学习!'的口号,那是我第一次见到那么多军车,那么多军人,觉得他们穿着军装真神气……所以在那时我就想长大后当解放军……为了我当兵的事,我的奶奶可没少出力。1979年底,我体检通过了,却被挤了下来没有去成。为这事,我奶奶大哭了两天两夜。1980年冬我们公社体检过关的有五十多个青年人,然而接兵的只收十人。我奶奶拄着拐棍迈着她那缠裹过的小脚三番五次地找公社党委书记、武装部长哀求道:'你们做做好事,照顾照顾我们孤儿寡母吧,就让我的孙儿宝宝去参军吧!'公社党委书记和武装部长被奶奶感动了,所以我10月底换上军装到了三团江油留守处轮训队的新兵连。"秦擎天说:"我一直以为你有父母,要早知道,去年年底一下山,作为特殊情况处理,就该让你探家回去看看你奶奶!"黄宝宝说:"没事,我奶奶请人写信来说她好着呢,就是做梦都想我。"秦擎天说:"今年年底,我一定批准你回去看看你奶奶!四年兵该探一次家了。噢,你对你今后有什么打算?"黄宝宝说:"今后?我一定好好干。"秦擎天说:"对,好好干。农村出来不容易,只要你像这几年这么干,再过两年转个志愿兵,也让你奶奶高兴高兴。"黄宝宝不好意思地笑了一下:"嗯,其实我也是这么打算的。"秦擎天说:"上山后,你把你的家庭情况和怎样来当兵的给何医生说说。她正在构思一部反映青藏线改建工程的长篇小说,你提供的素材也许对她写作有用。"黄宝宝点了点头:"嗯。"

躺在床铺上的秦擎天,闭着眼睛想到这里,似乎觉得黄宝宝就站在他的床边,他睁开疲惫的双眼朝四周下意识地看了看,屋里却没有一人,他的目光又落到了黄宝宝的遗物上。他翻身下床,走到黄宝宝的遗物旁,蹲下朝脸盆里看去,里面装了一大摞书,他伸手拿起这些书,看见大部分都是《中国菜谱》《烹调原理》《节日菜谱》《四川菜的制作方法》《美味豆腐一百法》之类的烹饪书籍,其余的几本书都是普通的一般读物,但有本《五英模典型事迹选》深深地吸引了秦擎天的目光,他翻开看了看,里面是"为人民利益而死重于泰山"的张思德;"完成党交给的艰巨任务最光荣"的董存瑞;"英勇战斗奋不顾身"的黄继光;"纪律重于生命的"邱少云;"把有限的生命投入到无限的为人民服务之中去"的雷锋……秦擎天合上书,又对这些皱皱巴巴的书盯了半天,然后心情沉重地吸了几口烟,从脸盆里拿起一个绿色塑料皮的笔记本,翻开一看,密密麻麻记满了笔记,字迹虽工整,但那字就跟黄宝宝的人一样粗壮。笔记本里还夹着几张面值八分钱的邮票和折叠的一张1982年9月11日的《基建工程兵报》,上面刊登的是中国共产党第十二次全国代表大会1982年9月6日通过的《中国共产党章程》。笔记本一看完,秦擎天又从脸盆里拿起几封信来读,几封信都是黄宝宝的奶奶请人代写的,其中有封信,他看了两遍,信上写道:

宝宝孙儿:

你好,奶奶可想你啦!你当兵三年了,奶奶原以为你在冬天要退伍回来,所以那几天我一直拄着拐棍去公社马路边上等你,盼我日思夜想的宝宝孙儿早日回来。有时在马路边上望得我眼睛流泪也没看到你的身影。后来从你们部队退伍回来的曹二娃说,你有长进留在部队继续干不回来了,奶奶也就放心了。又过了几天奶奶收到你寄来的一包糖,奶奶已吃了几颗,那糖可软可甜了,就是有些粘牙哩。宝宝孙儿,你好好干吧,家里不用你操心,奶奶的身体硬朗着呢。中秋节后,奶奶把喂大的猪卖了,用卖猪的钱给你买了四套棉絮。你今后回来结婚就不愁了……

宝宝孙儿,奶奶天天做梦都梦见你,奶奶知道你有长进,心里比吃了你寄回来的糖还甜呢……

秦擎天有些控制不住自己的感情了,泪水簌簌往下流。他抹了一把眼泪,站起来走到办公桌前坐下,有些颤抖的手握住笔杆,开始伏案写起黄宝宝的事迹材料来……

1984年底,国务院、中央军委国发(1984)73号和中国人民武装警察部队(1984)武司字120号文件指出:基建工程兵交通部队担负着国家交通重点项目建设,长期工作在高山、严寒和边远等条件十分艰巨地区,承担着一般民用工程施工队伍难以承担的任务,继续保留这支军事化的建设队伍,有利于国家一些边远地区重点项目建设,并决定将青藏公路改建工程指挥师从1985年1月1日起,编入武警部队序列,改名为"中国人民武装警察部队交通第一总队",所属三个团分别改为"中国人民武装警察部队交通第一支队""中国人民武装警察部队交通第二支队""中国人民武装警察部队交通第三支队"。执行解放军条令、条例和武警部队有关规定,同武警部队一样待遇。营以下建制单位仍称营、连、排、班。

第四十三章

　　人心齐泰山移。转眼到了1985年的4月初,工程尖刀连承担的沱沱河大桥修建任务中的三十六根下部结构为钻孔灌桩的桩柱全部矗立起来了。

　　这一天吃过晚饭,连队干部在连部召开了会议。秦擎天总结了前一段时间的工作,他说:"由于全连官兵的不懈努力,拼命苦干,已把因桩柱浇毁而浪费的时间夺了回来。"接着他布置了4月份系梁、盖梁、T型梁预制、养护等具体工作。会议一结束,人们都离去了,何玲微笑地坐在那里没有动。秦擎天便问道:"何医生还有事?"何玲提起放在脚旁的军用挎包,取出为秦擎天精心编织的一件白色毛衣。秦擎天一时愣住了。何玲说:"我估摸着给你织的,你试试,看合适不合适?"过了好一会儿,秦擎天才回过神,声音有些颤抖地说:"你送给张副指导员吧!"何玲本来微笑的脸顷刻拉了下来,有些生气地说:"废话,我要送给他还用你说吗?"秦擎天知道何玲的倔强脾气,不好再多说什么,只好接过毛衣。何玲说:"快把军装和棉衣脱下来吧,穿上试试!"秦擎天又呆了片刻,然后像个温驯听话的孩子,笨拙地脱下了身上散发着浓重汗味的军装和棉衣,把那件新毛衣穿上了。何玲在一旁,像欣赏自己一件得意的作品一样,看着秦擎天身上的毛衣。人靠衣裳马靠鞍,这个体魄雄壮的汉子穿上新毛衣,更显得神采奕奕。她满意极了,看见肩头有处皱褶,大概是因为他里面穿了一件衬衣,便走到秦擎天面前,帮他轻轻地抚平。就在那一刻,何玲身上一股力量被激活了,她离他这么近,她闻到了他身上男子汉特有的气味。霎时,一个成年女子对异性的强烈渴望攫住了何玲,这种欲望像熊熊火焰在她体内奔腾开来,她渐渐感到身子变成了一块火炭,像要燃烧、像要爆炸。何玲终于清醒地认识到,原来她一直渴望得到秦擎天的爱,原来她一直爱着秦擎天。

　　这情景让秦擎天又想起了那个梦,一股暖流浸漫了他的全身——这暖流是他一生中除英年早逝的母亲外,第一次从一个女人那里得到的。他的身子也开始颤抖了,他闻着她身上散发出的香气,他感觉她鬓角的一绺散发碰着了他的面孔。他的双手下意识地抬起来,这是上天送来的礼物,他怎么能不珍视呢?然而他的手刚举到半空就突然僵住了,停了半晌,他缓缓地放下双手,低头看了看何玲那被爱情的火焰烧得通红的可爱的面孔,他闭上了双眼,片刻后便坚定地转身走到一边,在凳子上坐下去,从包里掏出烟点燃猛吸起来。何玲眼里噙满了委屈的泪水,她气呼呼地哼了一声,转身提起桌上的军用挎包走了。

睡觉前,秦擎天坐在床上,吞云吐雾地吸了五支烟,直到嘴里发苦,嗓子发痒,猛烈地咳嗽了几声后才停止了吸烟。他内心充满了苦涩与矛盾。他躺在床上,望着黑黢黢的帐篷顶发出长长的叹息声。他万万没有想到何玲会真的爱上他,还将她用一颗爱心一针一线,精心编织的白色毛衣当作爱情的信物送给他。然而,就在他的双手下意识地抬起来的那一刹那,他突然意识到:尽管自己很喜欢何玲,也许潜意识里可能一直爱着何玲,但何玲毕竟是张德彦青梅竹马的恋人,自己不是一直在做张德彦的工作,让他与何玲重归于好吗?更何况对他们的分手,他一直有一种歉疚感,如果不是自己因患痔疮去格尔木住院,也许他俩之间就不可能发生激烈矛盾,也许他们的爱情就不会走向死亡。而且不管是从出身还是从学历上讲,自己都与何玲相差甚远,门不当户不对,他怎么能那么自私地把何玲据为己有呢?那一刻面对着何玲发出的爱的信号,他努力克制着自己没有去拥抱何玲,没有去亲吻何玲,其实看着何玲生气离去的背影,他的心里真是充满了难以言表的苦涩。我该怎么办?我该怎么办?他又从床上坐起来,心情矛盾地吸了一支烟,随后啪的一声扔掉烟蒂,好似下定了决心。

进入5月中旬,T型梁的安装按照连队的施工进度计划已进行了一大半,T型梁的安装也是个苦差事,工程尖刀连的官兵要在T型梁预制的人工排施工场地用吊车吊起二十吨重的T型梁装上平板车,拉到桥头,再用吊车吊下堆放在桥头,然后再用吊车将T型梁一片一片地吊至桥墩安装。安装桥墩T型梁时,人们一律戴着黄色的安全帽,再加上大家的警服是上绿下蓝的颜色,构成了一道亮丽的风景。十多天来,T型梁的安装,一直是秦擎天当指挥长、方林当副指挥长,他俩分别手持两面小旗,红旗代表着停止,绿旗代表着运动。他俩站在事先用吊车吊上的盖梁上,指挥着吊车吊起的T型梁按照手中的两面旗帜在上下左右不断地频繁地运动着,嘴里的哨子声此起彼伏响个不停……十多天下来,他俩的双臂不仅疼痛不已,而且还有些发肿,吃饭时连双手端碗、拿筷子都成了问题。张德彦和孙绪明主动要求替换他俩。秦擎天说:"也好,你俩指挥两天,我和方技术员再上!"

当张德彦、孙绪明指挥到第二天的下午,一片T型梁吊至空中时,张德彦突然发现一根粗大的钢丝绳因使用的时间太久而开始发出砰砰似要断裂的声音,他赶紧挥舞了一下小红旗,吊车果然停了下来,张德彦叫在桥头负责给吊车捆T

型梁的李俊杰立即找来一根方木递给他,他拿着方木使出全力试图将T型梁移正,好使T型梁缓缓落至桥墩的盖梁上,但是由于用力过猛,方木开始在T型梁上打滑,他身体失去平衡,顷刻栽倒了,谁知就在那一刹那T型梁由于惯性等原因致使钢丝绳完全断裂,T型梁脱落下去,随着一声发闷的巨响,T型梁砸中了张德彦……工地上的人们被这突如其来的惨景惊得目瞪口呆,好一会儿,大家才从惊吓中反应过来,撕心裂肺地呼喊着:

"张副指导员——!"

"张副指导员——!"

在这冲破云霄的哭喊声中,大家向桥墩奔捅而去,只见张德彦的上半身鲜血一片,而且方圆两三米的地面上都喷溅了滴滴鲜血。张德彦的嘴还在向外淌血,他的下半身齐胸部以下全部被T型梁砸进了泥土里……整个牺牲现场惨不忍睹。

秦擎天、何玲从人工排正在预制大桥栏杆的工地赶来,拨开已经被震惊得麻木的战士,上前看到了那目不忍睹的惨景。秦擎天发疯似的喊道:"何医生,何医生,快抢救!"一旁的何玲脸色惨白,身子不停地颤抖着,她不愿相信这是真的,她心里知道,张德彦已经不可能抢救过来了。秦擎天一下跪到张德彦的头边,抱起张德彦的头,让自己的脸紧贴上去,嘴里断断续续声泪俱下地说:"张副指导员呀,是我不好,是我的错,我不该让你去当指挥长,死的应该是我呀,没想到你就……"战士们听到秦擎天嘶哑的哭喊声,更加难过。何玲的肩膀战栗着,任脸上的泪水滚落下去,与地面上的血迹交汇在一起。方林、李俊杰把担架抬了过来,放在尸体旁。秦擎天擦着泪,从地上缓缓地站起来,似乎耗尽了全部的力量,用虚弱的声音说:"把吊车开过来吧。"孙绪明抹着泪开来吊车,放下吊钩用钢丝绳套住砸在张德彦身上的T型梁,由秦擎天指挥着将T型梁吊走。T型梁一吊走,人们才发现指导员张德彦的下半身被砸进了四五十厘米深的泥土里,鲜血已凝固了。秦擎天带头用手扒,但是已分不清哪是肉体哪是泥土。张德彦的身体以及他身上穿的已被鲜血染成红色的警服早已与大地融为一体了。已转为志愿兵的钱自化扛来几把铁锹。人们用铁锹小心翼翼地铲起那些带着张德彦的鲜血和肉体的泥土……

何玲勉强支撑着身体,哭泣着向营区走去。大家不知道怎么去安慰她,虽说张德彦和何玲早已因喝酒吵架的事而分手了,但他俩毕竟谈了那么多年恋爱,在这样的打击下,她内心的感受肯定与其他人不一样。何玲很快就回来了,她手里捏着一条鲜艳的绿色纱巾,来到张德彦的尸体旁,蹲下来,在地上铺开纱巾,然后将混有张德彦血肉的泥土一捧一捧的捧到纱巾上。这条纱巾是张德彦在何玲上大学时送给她的,两人分手后,何玲曾执意要退给他,张德彦却执意不要。后来何玲就把这条鲜艳的纱巾收进装衣服的提包里。刚才何玲突然想起这条纱巾,才回帐篷从提包里翻出来。何玲做梦也没有想到这条绿纱巾在这时候派上了用场……

两天后,赵副总队长、唐科长、贾副主任驱车从格尔木赶到正在紧张施工的工程尖刀连驻地。他们在连队驻地一下车,也没顾得上休息就去了工地,唐科长开始对正在施工的大桥进行质量检查,贾副主任就陪赵副总队长在几个施工点转转看看。

正站在盖梁上手持小旗指挥安装 T 型梁的秦擎天见赵副总队长他们过来,便要下来陪他们,赵副总队长一挥手示意他们继续抓紧干活。

中午下工后,秦擎天十分详细地向赵副总队长、唐科长、贾副主任汇报了张德彦同志壮烈牺牲的经过。说着说着,秦擎天眼眶里就噙满了眼泪。赵副总队长对大家说:"你们支队接到张德彦同志壮烈牺牲的电报后,报到总队,总队长、政委便叫我和唐科长开了一个会。会议主要是说,今年 8 月份整个青藏公路改建工程全线竣工,叫我和唐科长来检查十几个施工连队的工程质量,所以我们就和贾副主任先到工程尖刀连来了,这是第一件事。第二件事,总队长、政委已明确表态,要在总队政治部办的《政工简报》上,大力宣扬张德彦同志为'四化'建设、为部队建设壮烈牺牲的英雄事迹,所以,你们支队派贾副主任来了解张德彦同志的事迹。第三件事,就是方林技术员在完成改性沥青路面的试验工作中功绩显著,有重要贡献,经过去年两个支队的十多个施工连队的铺设,改性沥青路面的效果不错,使用寿命肯定比普通沥青路面长。所以方技术员的二等功总队也批了。今天下午利用一点时间开个简短的庆功会,明天一早我们往格尔木返,途中还要去几个连队看看工程质量。来时也顺便看了看几个连队的施工情况,总的来说不错。明天秦连长也跟我们一起去参加张德彦同志的追悼会,我们在路上碰到了运遗体的孙绪明。一个副连长代表全连在支队开追悼会,显得不够分量。但愿张德彦同志是在青藏公路改建工程中牺牲的最后一名英雄了,我们已有不少人为青藏线改建而献身了!"贾副主任说:"据总队组织科的记载,截至张德彦同志为止,在青藏线改建过程中,已有一百零八名官兵牺牲,有四百二十多人身负重伤和患高原性疾病而致残!"秦擎天和方林不约而同地吃惊地问:"有那么多?"贾副主任肯定地说:"对,这是经过调查的数据。"赵副总队长又感慨道:"是啊!我们总队自 1974 年陆续进入青藏线以来,已十多年了,牺牲了这么多人,伤残了这么多人,说起心里就难受啊!"大家一阵沉默。过了一会儿,赵副总队长说:"唐科长,你把他们修建大桥的质量情况说说。"唐科长说:"我粗略地看了他们正在修建的沱沱河大桥,总的来说,质量很不错,达到甚至超过了设计的技术标准,而且从现在的速度看,进展也很快。看来工程尖刀连从去年桩柱浇毁后,一直在马不停蹄地追赶时间。估计在六七月份竣工没问题。"赵副总队长高兴地说:"好啊,工程尖刀连又创奇迹了!"秦擎天认真地说:"现在不敢说创不创奇迹,反正我们尽力,要让工程尖刀连的名字重新响亮起来!你们去年来处理浇毁的桩柱事故时,我就向几位首长立下过军令状!"赵副总队长拍着秦擎天的肩说:"好啊,秦擎天你小子有气魄啊!当时总队长建议你当工程尖刀连连长没错!"听了赵副总队长的话,秦擎天和方林脸上露出这两天来的第一次淡淡的微笑。

　　中午吃饭时,根据秦擎天的安排,特地加了两个菜:一盘午餐肉罐头,一盘炒粉条。胡南雄和文书从炊事班端来饭菜,一放上桌子赵副总队长就开起玩笑来:"我们一来,你们就为我们多加两个菜,就为我们搞不正之风。今后要是谁告了我们多吃多占,我可不认账呢。"要是在往日,何玲早就伶牙俐齿地跟赵副总队长斗起嘴来,可是现在,她无法不去想张德彦的牺牲,觉得自己也许永远也快活不起来了。张德彦的牺牲,让她感到生命的无常。她只是默默地听着赵副总队长的玩笑,嘴角勉强地动了动,算是对赵副总队长的话的响应。赵副总队长似乎也意识到什么,不再开玩笑了。大家吃着饭,贾副主任说:"我呢,时间紧,刚才赵副总队长都说了,明早上就得跟他和唐科长下去,你们三人能不能给我介绍介绍张副指导员的事迹?"秦擎天说:"贾副主任,别急,安心吃饭!"贾副主任说:"秦连长,你是饱汉不知饿汉饥啊,总队政治部要求我一周内完稿。你们给我算算,七天时间已过去三天了,下去路途又是两三天,我能不急?"秦擎天放下碗筷,站起来走到办公桌前拉开抽屉取出一沓已写好的几十页稿纸来,递给贾副主任。贾副主任放下碗筷,接过这写得密密麻麻的一沓稿纸,一页一页地翻看起来,脸上焦急的神情消失了,继而露出了欣慰的微笑,看完后,望着秦擎天说:"秦连长,你这人还真行,写得很不错,感谢你帮了我的大忙了!"秦擎天吃着饭说:"这两天晚上睡不着,脑海里总是想着张副指导员,所以两晚上我写了一万来字,写得不一定对贾副主任的思路。如果还需要补充材料,何医生、方技术员都了解我们张副指导员,你可找他俩谈谈。我明天要跟你们一起下去,咱们在车上可以仔细谈一些张副指导员的情况。"贾副主任激动地说:"好,好好!"

　　秦擎天吃了几口饭,突然又想起什么,又说:"贾副主任,我的底稿你千万不要给弄丢了,何医生还有用。她最近正在构思一部反映咱们改建青藏公路壮阔历史的长篇小说,可以做素材。"贾副主任夸赞道:"何医生不简单啊,不愧是本科生呀!"何玲绯红着脸说道:"八字还没一撇呢,我只是有这么个想法,现在正在大量搜集素材。"方林接着说:"十多天前,何医生找我谈我是怎么面对严重警告处分、面对爱情挫折后的转变的,搞得我一时没有转过弯来,弄得我当着孙副连长的面哑口无言呢。"贾副主任一番感慨后又说道:"现在这个社会还是要有文化、要有知识,看何医生比我们就是看得远些。所以呀,为了多学知识,我4月下旬参加了青海省的首届自修大学考试,考了《哲学》《中共党史》《政治经济学》《写作通论》,还不知道成绩如何。想想也是一种悲哀,三十六七岁才知道学习,我的女儿佩佩今年夏天就小学毕业了,她没想到她的老爸每天干完工作还要强压自己死记硬背地学习自修课程。何医生,如果创作长篇小说时需要什么素材找我,我们组织股有不少材料,正面的反面的都有。只要你需要,我这个目前只有高中文化程度的老兵绝对支持!"何玲有些感激:"谢谢,到时需要,我一定找贾副主任!"这时,赵副总队长和唐科长已吃好饭放下筷子。

  赵副总队长关切地说:"我这才发现,这个工程尖刀连不简单啊,有三多:一是人才济济,你们看何医生不仅会看病,而且还要写长篇小说;秦连长呢,不仅会开车,懂工程,而且还能写一手好材料;方技术员呢,不仅懂工程技术,而且还搞技术革新。这是一多吧,人才多。"唐科长说:"赵副总队长概括得对。"赵副总队长又说:"这第二多吧,是英雄人物多。我就不一一多说了,大家都清楚。这第三多,是奇迹多。工程尖刀连这几年在施工中创造的奇迹,全师,啊不对,现在叫全总队,全总队官兵是有目共睹的。"贾副主任很赞同地说:"那是,赵副总队长概括得很准确。今后何医生需要搜集全总队的素材,就找赵副总队长。"赵副总队长说:"好啊,我大力支持。只要你能写出反映我们军人在这世界屋脊浴血奋战青藏线的长篇小说,我到时给总队党委建议,像方林技术员那样给你记二等功。"唐科长说:"能写出一本反映青藏公路改建工程的书,你何医生就是功德无量。等我们今后老了,我会捧着这本书,自豪地对孙儿孙女们讲这段历史,告诉他们你爷爷曾在世界上海拔最高的青藏线修过路,这书上还有你爷爷的影子呢。"何玲不好意思地说:"好像我真的已经写出来了似的。"赵副总队长说:"小何医生,我对写这本书提个要求,你要把官兵们在荒凉的世界屋脊用青春、热血、甚至生命改建的这条路写得生动具体。1974年我们师的二团就进入了青藏公路改建工程,1979年一团和三团又进驻格尔木担负青藏公路改建工程。我们很多战士入伍三年五载,没见过格尔木树枝发芽。他们大多每年3月冒雪上山,破冰动工,一直干到11月严寒冰冻,无法施工,才撤回格尔木休整。在工地上,干部和战士冒着严寒作业,不少人耳朵冻肿了,手上裂开了血口子,有的被冻伤致残,有的患上各种高原疾病,有的甚至献出宝贵的生命。但是,冻土被他们的热血所融化,艰苦被他们的意志所战胜,黑色路面不断向冰雪世界延伸……可以说,官兵们无愧于党、无愧于人民、无愧于这块雪域高原!"他停了一会儿又道:"你还有什么要求,比如写作假呀?"贾副主任纠正道:"赵副总队长,不是写作假,叫创作假。"赵副总队长越来越激动:"对,创作假,创作假,我都给你解决。小何医生有没有决心?"何玲似乎缺少应有的勇气:"争取吧!"赵副总队长大声地说:"不行,必须保证。从明年起,工程尖刀连的医生重新配备,给小何医生一年的创作假,如果一年时间不够就两年!"何玲表态道:"总之,我力争不辜负你们的殷切希望!"赵副总队长激动地说:"好,我们等着读小何医生的书了。"贾副主任问道:"秦连长,你们明年是要女医生呢还是男医生?"秦擎天说:"明年在西藏什么地方施工现在还不知道呢,至于说医生,男女都行。"贾副主任说:"如果要女医生,我就让干部股把吕莉分配给你们连。"秦擎天问:"是不是余辉的高中同学?"贾副主任说:"是啊,前几天她给我们政治处来了封信,说7月底在重庆三军医大就毕业了,8月初回队,希望把她分配到余辉生前工作过的工程尖刀连。"秦擎天高兴地说:"那我们欢迎她!"贾副主任爽快地说:"我给你们做主,就让吕莉明年配合工程尖刀连,我认识她,不错!"

下午上工前,工程尖刀连利用不到半个小时的时间为技术员方林召开了庆功会。

在前往工地的途中,赵小刚对李俊杰说:"排长,咱们连真是悲喜交加呀!"李俊杰盯了他一眼,不解地问:"什么意思?"赵小刚说:"几天前是张副指导员的牺牲,刚才是为方技术员开庆功会,你说这不叫悲喜交加,叫什么?"李俊杰没有吭声,若有所思地径直朝工地走去……

吃了晚饭,李俊杰独自坐在床铺边,望着床头一个大包裹,大口大口地吸着烟发呆。包裹是梁菊芳从山西老家寄到格尔木的,今天上午被贾副主任从团部收发室捎上来的。不需要打开,便能闻到一股刺鼻的中药味……

李俊杰因失去了男人应有的雄风而闹"离婚"后,好心的副连长孙绪明立即就给在县人民医院工作的孙绪军发了电报,孙绪军很快就寄来了一个装有十服中草药的大包裹。李俊杰像喝开水一样一天喝两三大碗苦不拉叽的中药,恨不得立即把病治好。此后每隔一月孙绪军都要寄来十服中草药。就这样,李俊杰坚持服了大半年,却不见好转。自打好战友黄宝宝牺牲后,熬药也不方便了。过去黄宝宝将他的每服中药熬上三次就装在暖水瓶里,提来放在李俊杰的床头,他每天早晨起床、中午、晚上下工一回来就能在饭前喝上一碗药。黄宝宝牺牲后,炊事班失去了一位得力干将,再加人手又少,他自己也不好开口麻烦炊事班的战友了。这样他干脆就停药了,孙绪明问他服了这么久的药效果怎么样?他故作不好意思地说:"还行,不错。"孙绪明一听很高兴。后来李俊杰给孙绪军写了一封热情洋溢的感谢信,并说自己的病已好了,随信又寄去两百元的药费。一个月后,孙绪军将多寄的十二元伍角钱寄了回来。

后来梁菊芳来信问及他的病情,李俊杰不敢隐瞒只好如实告诉她。梁菊芳收信后就着急了,风风火火地坐长途班车往地区医院跑,找到治阳痿病的医生,一把鼻子一把泪地述说着自己的不幸,述说着自己的痛苦,述说着自己丈夫的"不治之症"。医生开处方时,就生出对眼前这个女人的深深的怜悯和同情来……

从此,李俊杰几乎每个月都要收到梁菊芳从家乡寄来的一个大包裹,里面都是些中草药。

连队去年年底从沱沱河下去休整了两个多月,梁菊芳来队了,他们的脸上都露出了一副哀伤的神情。李俊杰开几次口,可话到嘴边又说不出离婚的话来。梁菊芳似乎看出了他心中的痛苦和想要说的话,她便扑在他怀里泪水涟涟地说:"俊杰,咱们老家有句俗话,叫嫁鸡随鸡,嫁狗随狗。我不管你的病今后治不治得好,我今后都跟定你了。几年前,你父母和儿子相继去世,那么大的风浪,我都挺过来了,现在这点风浪算得了什么?我知道你心里的那份苦楚,你怕拖累我,想和我离婚,我知道你的心意。我很感动,我认为我这辈子找的男人没错。尽管你那方面现在不行了,但我不后悔。咱们都是苦命人,要横下一条心一起往前奔哪!"李俊杰使劲地搂着自己心爱的女人,两眼闪出泪花,只是内疚地深情地在嘴里呼喊着:"菊芳,菊芳……"梁菊芳抹了一把脸上的泪,口气平缓地说:"今后咱们去抱一个孩子,把他养大,一家三口好好地过日子。"李俊杰只是泪流满面地点点头,嗯了一声,便感激不尽地再也说不出话来……

想着想着,李俊杰耳畔突然响起下午上工时,赵小刚说的"悲喜交加"的词来,他一口一口地吸着烟,心里禁不住发出一阵感叹:生活呀生活,你怎么对我对菊芳只有悲,没有喜呢?

赵小刚一进帐篷,见李俊杰独自吸着烟,便径直走到李俊杰的床铺边坐了下来,喜滋滋地从警服口袋里掏出一张彩色照片递过去:"排长,你看这是我女儿半岁时照的相,今天刚收到。"李俊杰接过一看,照片上是一个白白胖胖,漂漂亮亮的小女孩,说:"赵班长,我真羡慕你呀!"赵小刚说:"我才羡慕你呢,我们连组建四年来,只有你一个人提了干,当了排长!"李俊杰感慨道:"当排长有啥用呢!"赵小刚把照片装进口袋里,看着床头散发着药味的包裹说:"还是梁嫂子对你好啊!"李俊杰吐出烟雾,长叹道:"唉,没办法!"赵小刚安慰道:"啥事都有个过程,慢慢来。"李俊杰有些悲地说:"这药也吃了一年半载了,就是不见好转!"

赵小刚不想再提他伤心的事,便转移话题说:"刚才,我去连部找秦连长问施工上的事,见贾副主任和他正在谈钱老兵的事,你猜贾副主任咋说?"李俊杰摇了摇头。赵小刚微笑道:"贾副主任说,钱远明还真行,从今年元月他调到政治处广播室放广播以来,从来没有误过一次起床、开饭、上班、下班、熄灯号。原来起床号由电影组的战士放,隔三岔五地推迟起床误事。为了广播误事,他和乐主任挨了支队长、政委不少收拾。他说现在好了,钱远明不简单。排长,你猜钱老兵采用什么办法每天按时开广播?"李俊杰仍然摇了摇头。赵小刚笑着说:"听贾副主任讲,公家给他买了个闹钟,他为了慎重起见,自己又花钱买了个闹钟,晚上不管睡多晚,早上两个闹钟同时响起,你说他怎能延误时间?"李俊杰也笑了:"钱老兵这家伙真的能动脑子!"赵小刚说:"是啊!贾副主任叫钱老兵去开张发票把他买回来的那个闹钟报销了,他不干,反问贾副主任说秦连长给不少家里有困难的官兵家里寄钱,难道是图报销?"李俊杰说:"看来一个榜样可以带动不少人进步啊!"赵小刚说:"贾副主任还说,尽管钱老兵失去了左脚,成了残疾人,拄着双拐,但成天还是乐哈哈的。"李俊杰长叹道:"是啊,家家有本难念的经,你说他好端端的一个家,一儿一女,怎么就残疾了呢。想想,我的那档子事又算得了什么呢?"

赵小刚说:"排长,你说钱老兵这人也怪,据说他可以退出现役,由国家供养终身,他却不干。"李俊杰说:"不是据说,那是真的。"去年从沱沱河下山,赵小刚回去探家了,不知道具体情况,李俊杰便给他介绍当时钱老兵已由二十二医院评为一等伤残军人,按有关文件规定,他退出现役,由国家供养终身。但在一次连队召开干部会议时,他拄着拐棍找到秦连长、张副指导员,说他不想离开部队,他舍不得部队这么好的战友,也舍不得待了好几年的高原。秦连长说:"你的美好心愿,我们连队的每个人都能理解,也很感动,但你因公残疾被评为一等伤残军人,让你退出现役,由国家供养终身,是你应该享受的待遇,所以还是应该愉快地服从。"可钱老兵却哭了,他说,自己和连队牺牲的黄宝宝、俄尕志等人相比,心里很不是滋味……所以,他愿意留下来再干些年头。秦连长说:"你现在残疾了,行动不方便。"钱老兵哭着说:"我还能干,我还能干,这段时间我一直在想,我虽然失去了左脚,但我有一双健全的双手,我能到电影组放广播!"秦连长说:"你既然这样眷恋着部队,我和张副指导员明天就去团里向首长汇报。"后来,元旦之后,钱老兵果真去政治处宣传股电影组放广播去了。

进入6月,工程尖刀连已开始了桥面铺装、桥面附属工程、修筑锥坡等施工任务。

几天后吃过晚饭,秦擎天吸着烟独自在桥面铺装的工地上踱着步,东看看西瞧瞧地检查着施工质量。这时,何玲来了。时间真是医治心灵创伤的最好的医生,张德彦死后,经过一段时间的沉寂,人们又看到何玲脸上的笑容了。见到秦擎天,她说:"终于找到你了。"秦擎天问:"找我有事?"何玲说:"没事就不能找你?"接着指着天边一轮红红的残阳又道,"你看天边那轮夕阳多美,把湛蓝湛蓝的天空映得红通通的,真有一种'残阳如血'的意境呢!"秦擎天笑笑:"你真是一位诗人啊!"何玲说:"你别挖苦我了!"秦擎天说:"说实在的,我最近每天吃了晚饭都要来桥上看看,却没有你这种诗情画意的感觉。"何玲说:"那是你一心想着工程。"秦擎天说:"我一直没有抬头看看夕阳,经你这么一说,抬头一看这夕阳还真美呢。不过'夕阳无限好,只是近黄昏'啊!"何玲感慨道:"是啊,人生跟夕阳一样,当你有丰富的社会经验的时候,人却老了!"秦擎天也有同样的感慨:"那是。"

看完夕阳,何玲又看着桥下缓缓流动的河水,问秦擎天:"面对这个月底就要竣工的长江源头第一桥,你有什么想法?"秦擎天说:"啥想法?保质保量完成好任务,绝对不能出事,包括工程和人员。这是我的真实想法。"何玲看了秦擎天一眼,小声地说:"我听说,你和二十二医院的田护士正在恋爱。"秦擎天哈哈大笑:"捕风捉影,捕风捉影!"何玲一脸严肃地说:"请你认真回答我的问题。"秦擎天见何玲认真的样子,问:"你听谁说的?"何玲努了努嘴:"谁说的你别管,反正我听人说你和田护士关系不错。无风不起浪,肯定有这事了。"秦擎天又笑了:"那是老连长在二十二医院住院,我去看他时,他很关心我的个人问题,开了这么个玩笑。我要真能找到田护士这样细皮嫩肉、心地善良的姑娘,用我们老家的话说真是'祖宗坟上冒青烟了'。既然你问到这个问题,我就坦诚地告诉你,我是这样想的,等沱沱河大桥一竣工,如果组织需要我干,我就继续干,如果不让干了,我就转业回到县城找一个真心爱我的女孩子,结婚生孩子,过日子。"何玲说:"你是不是太低调了?"秦擎天说:"不是,我真是这么想的。人们常说'铁打的营盘,流水的兵',迟早都得离开部队,再说地方又不是地狱,我不怕转业,有句话说得好——天生我才必有用!"何玲说:"你的话也对,不过像你这种'拼命三郎'都走了……"秦擎天说:"别给我戴高帽子了,我不配称为'拼命三郎',你知道它是什么意思?"何玲说:"怎么不知道。'拼命三郎'是宋代梁山好汉石秀的绰号,说他武艺高强,血性刚烈,每当临战都奋不顾身,从不服输……你说我说得对不?所以,像你这种'拼命三郎'都走了,除非全总队都解散了。"秦擎天说:"话不能这么说,在部队就要听从命令。你看我,一纸命令把我从江油留守处调到格尔木当管理员,而后又一纸命令把我弄到工程尖刀连……"何玲问:"来工程尖刀连你后悔了?"秦擎天说:"没有什么后悔的,军人以服从命令为天职,如果现在让我离开工程尖刀连我才后悔呢。钱远明为了要求去机关放广播,说的'我还能干,我还能干'的话一直在我耳边回响。"

何玲说:"据说,总队将要成立'工程尖刀营',明年准备开赴那(曲)昌(都)线施工。"秦擎天说:"上次下格尔木开张副指导员的追悼会时也听人说过,但我不相信。"何玲说:"如果真是这样,你还有荣升的希望呢。"秦擎天真诚地说:"权,确实是个诱人的东西。你以为我听了这话会高兴?我一点也高兴不起来,我说过当官是一种责任,而且这种责任重于泰山。过去我对这方面的认识不深,自从当了工程尖刀连的副连长以来,我对'当官是一种责任'这话的认识就逐渐深刻起来。我当连长这两年来,发现我的脾气也暴躁起来,安排工作时我的嗓门都要高些。不过真要成立'工程尖刀营',那对我们连现有的干部来说可是一件好事,他们早就该提拔了,因为团里考虑到沱沱河大桥的工程,所以把他们的提升都给推迟了!"

何玲说:"咱们换个轻松的话题吧。"秦擎天说:"好吧,你的小说构思得如何了?"何玲说:"我最近一直在思考这个事,说起来都容易,但当你真正手握笔杆,你才感到自己的生活积累、文化积累和思想积累远远达不到,但不管今后创作遇到再大的困难,都得写出来,不管写得好与不好。话已经说出来了,我是骑虎难下,只好破釜沉舟了!"秦擎天说:"《呼啸山庄》你可能读过,作者艾米莉·勃朗特是一个很勤奋的英国女作家,她年轻的时候,除了写作,还要承担全家繁重的家务劳动,像洗衣服、烤面包、做菜。她在厨房里干活的时候,每次都随身带着铅笔、纸张,只要一有空,就立即把脑子里涌现的思路记下来,然后继续做饭。长篇小说创作是个煞费苦心的事情,但我相信你一定会写出来,我等着那一天的早日到来。"何玲恳切地说:"争取吧,但你要支持我!"秦擎天说:"我能帮得上忙的一定帮!"何玲说:"谢谢!"然后伸出手去握秦擎天的手表示感谢。何玲那滚烫的小手握着秦擎天那粗糙的大手似乎有些不想松开,她用深情的目光注视了他一会儿,想说什么,却欲言又止。

桥面铺装、桥面附属工程、锥坡的施工任务进入尾声时,秦擎天给负责制作预制板的人工排排长汪满良安排道:"你组织几个人做七块墓碑。"汪满良说:"连长,放心吧,我们一定做好做精美。"秦擎天说:"多用些钢筋、水泥,使这些墓碑百年不朽,要把我们全连官兵对牺牲的这七位战友的崇敬之情融入那小小的墓碑之中。墓碑正面刻上某某烈士之墓,然后刻上工程尖刀连于青藏公路改建工程竣工之时敬立,1985年8月。还有等孙副连长从格尔木买来红漆,就将所刻的字用红漆涂写一遍。墓碑做好后,由孙副连长和你带人去唐古拉山把何小碧的碑立好。"汪满良离去后,秦擎天脑海里突然浮现出著名诗人臧克家的四句名言来:"有的人活着,他已经死了;有的人死了,他还活着。"

长虹般的沱沱河大桥竣工了。桥头的水泥柱上,用红漆书写着令世人敬佩和惊叹的七个行书大字:长江源头第一桥。

工程尖刀连经过一天的休整,该装车的施工设备已装了车,包括墓碑。一切下山的工作准备就绪了。

吃过早饭,人们纷纷拥上号称万里长江第一桥的沱沱河大桥,站在人行道上,依依不舍地抚摸着护栏,心里充满了自豪感和成就感。

何玲站在桥上,一阵西北风吹来,尽管是夏季,但身上还是有股寒意。她远眺白雪皑皑的群山中蜿蜒曲折、望不到尽头的青藏公路,看着雪山顶上冉冉升起的一轮耀眼的朝阳把湛蓝湛蓝的天空映得红通通的,情不自禁地对身旁的秦擎天说:"真有一种'朝阳似火'的意境呢!"

秦擎天说:"不,应该是一种'朝阳如血'的意境!"

何玲说:"我只听说'残阳如血',没听说'朝阳如血'。"

秦擎天说:"为了改建这条路,我们工程尖刀连牺牲的战友,他们就像朝阳一样,如血的朝阳……嗯,何医生,你的小说构思得如何了?"

何玲说:"唉,早着呢,连名字都没有想好,我原来给你聊过的两个名字,后来一想,觉得太缺少诗意了!"

两人走到桥头,何玲轻轻地抚摸着水泥柱上鲜红的遒劲有力的"长江源头第一桥"的大字,眼中忽然闪出激动和惊喜的光芒,嘴里说着:"有了,有了!"站在她身旁的秦擎天问:"看把你激动得!什么有了?"何玲激情澎湃地说:"我的长篇小说的名字有了,叫《黑飘带》!刚才我看到如血的太阳,这会儿又看到这七个鲜红鲜红的大字,脑海里突然想到鲜血。然而在余辉、张德彦两个战友牺牲后我却发现,他们的鲜血凝固在地面上后就跟青藏公路改建后的沥青路面一样黑,所以我想把小说取名为《黑飘带》,寓意着这条长达1937千米的青藏公路就像一条长长的飘带,它凝聚着中国军人的忠诚、青春、热血和生命!你说好不好?"

"好!"两双手紧紧地握在了一起。

一轮红日照射着工程尖刀连浩浩荡荡的车队,似镀上一层金色的光环。

车队发动了,前进在一〇九国道的青藏公路那路基宽 10 米、路面宽 7 米如缎子做成的黑飘带似的二级公路上……